LA SENTENCE

Auteur de renommée internationale né en 1955, John Grisham a été avocat pendant dix ans avant de connaître son premier succès littéraire avec *La Firme*, publié en 1991. Aujourd'hui auteur à temps plein, il est un véritable phénomène éditorial aux États-Unis où chacun de ses livres se vend à plusieurs millions d'exemplaires et fait l'objet d'adaptations cinématographiques très remarquées. Marié, père de deux enfants, John Grisham est l'un des auteurs les plus lus dans le monde.

Paru au Livre de Poche :

L'Allée du sycomore

Le Cas Fitzgerald

Les Imposteurs

L'Informateur

L'Insoumis

L'Ombre de Gray Mountain

JOHN GRISHAM

La Sentence

ROMAN TRADUIT DE L'ANGLAIS (ÉTATS-UNIS)
PAR DOMINIQUE DEFERT

JC LATTÈS

Titre original :

THE RECKONING
Publié par Doubleday,
une division de Penguin Random
House LLC, New York.

Ce livre est une œuvre de fiction. Les personnages, les lieux et situations décrits ici sont imaginaires ou utilisés de manière fictive. Toute ressemblance avec des personnages, lieux ou événements réels est purement fortuite.

ISBN : 978-2-253-24180-5 – 1re publication LGF

I

LE MEURTRE

1

Début octobre 1946, par un matin froid, Pete Banning s'éveilla avant l'aube. Il savait qu'il ne se rendormirait pas. Longtemps il resta étendu au milieu du lit, à regarder fixement le plafond sombre, en se demandant pour la millième fois s'il trouverait le courage d'aller au bout. Enfin, quand les premières lueurs du jour apparurent aux fenêtres, il accepta la réalité implacable : il était temps de tuer. Le besoin était devenu si prégnant, si obsessionnel, qu'il ne pensait plus qu'à ça. Il ne pouvait pas continuer ainsi. Ne pas agir, c'était renier tout ce qu'il était. Le plan était simple, et en même temps il surprendrait tout le monde. Cela provoquerait un véritable séisme dans le comté. Et pendant des décennies, il y aurait des secousses. L'onde de choc allait bouleverser les existences de ceux qu'il aimait, et aussi de bien d'autres qu'il ne portait pas dans son cœur. On parlerait de son geste dans un siècle encore, son nom deviendrait une légende, même s'il ne cherchait pas la célébrité, au contraire. Par nature, il était discret et préférait ne pas attirer l'attention. Cette fois, ce ne serait pas possible. Il serait le sujet de toutes les conversations. Mais il n'y avait pas d'autre chemin. La vérité, peu à peu, s'était révélée et, maintenant qu'il la connaissait totalement, la mort était devenue inéluctable, comme le lever du soleil.

Il s'habilla lentement. Comme chaque matin, ses jambes raides le faisaient souffrir, séquelles de ses blessures de guerre. Il traversa la maison plongée dans la pénombre, alluma la cuisine et se prépara un café. Pendant que l'eau passait dans la cafetière, il s'arrêta devant la table, joignit ses mains derrière sa nuque et, doucement, descendit sur ses jambes, pliant les genoux. La douleur qui remontait des chevilles jusqu'aux hanches le fit grimacer, mais il tint la flexion pendant dix bonnes secondes. Il se releva et recommença, encore et encore, descendant chaque fois un peu plus bas. Il avait des broches de métal dans la jambe gauche, et des éclats d'obus dans la droite.

Pete remplit une tasse, ajouta du lait et du sucre, et alla sur le perron derrière la maison. Il se tint debout en haut des marches et contempla ses terres. Le soleil se levait, projetant ses rayons sur les collines blanches. Les champs de coton étaient prêts pour la cueillette. C'était comme de la neige. D'ordinaire, devant ce spectacle, Pete aurait souri de satisfaction. Une belle récolte en perspective. Mais là, il n'y aurait pas de joie, juste des larmes – beaucoup de larmes. Ne pas tuer aurait été de la lâcheté, toutefois. Et la couardise n'était pas dans ses gènes. Il sirota son café en admirant son domaine. C'était si paisible, si serein.

Sous ce manteau duveteux, la terre était noire et riche, propriété des Banning depuis plus de cent ans. Ceux qui avaient le pouvoir et l'autorité allaient l'arrêter, l'emprisonner et sans doute l'exécuter, pourtant la terre continuerait à faire vivre les siens.

Mack, son bluetick, se réveilla et vint le rejoindre. Pete lui dit bonjour en le grattant entre les oreilles.

Les branches des cotonniers ployaient sous les capsules blanches et, bientôt, les équipes de cueilleurs allaient monter dans les carrioles pour se rendre sur les portions les plus éloignées du domaine. Enfant, Pete faisait le voyage avec les Nègres et portait son sac de cueillette douze heures par jour. Les Banning étaient fermiers et propriétaires fonciers, mais ils travaillaient aussi aux champs, ils n'étaient pas comme ces planteurs décadents qui s'enrichissaient grâce à la sueur des autres.

Il but son café et regarda le blanc de ses champs flamboyer avec le lever du soleil. Au loin, derrière l'étable et le poulailler, il entendait les Nègres qui se rassemblaient sous le hangar des tracteurs, se préparant pour une nouvelle journée de labeur. Des hommes et des femmes qu'il connaissait depuis toujours, de pauvres ouvriers agricoles dont les ancêtres s'occupaient déjà de cette terre voilà un siècle. Que leur arriverait-il après le meurtre ? Rien. Ou pas grand-chose. Ils avaient survécu avec très peu et ne connaissaient que cette vie. Demain, ils se rassembleraient en silence, sous le choc, à la même heure, au même endroit. Ils parleraient à voix basse autour du feu, puis se rendraient aux champs, inquiets, sans doute, mais impatients de reprendre le travail et de toucher leur salaire. La récolte se poursuivrait, comme avant, pleine de promesses.

Pete termina son café, posa sa tasse sur la rambarde et alluma une cigarette. Il songeait à ses enfants. Joel était en dernière année à Vanderbilt et Stella en deuxième année à Hollins. C'était une chance qu'ils ne soient pas à la ferme. Il imaginait déjà leur peur et leur honte quand ils sauraient que leur père était en prison, mais ils survivraient, eux aussi, comme les ouvriers. Ils étaient intelligents, solides, et ils auraient toujours la plantation. Ils finiraient leurs études, feraient un bon mariage, réussiraient leur vie.

Tout en fumant, il récupéra sa tasse, rentra dans la cuisine et appela sa sœur, Florry. On était mercredi, le jour où ils prenaient le petit déjeuner ensemble. Il lui annonça qu'il arrivait bientôt. Il jeta le marc, alluma une autre cigarette et décrocha sa veste de fermier suspendue à la porte. Avec Mack sur ses talons, il traversa la cour pour prendre le sentier qui longeait le potager. Grâce aux efforts de Nineva et Amos, ce lopin de terre produisait assez de fruits et de légumes pour nourrir les Banning et tous leurs employés. Il dépassa l'étable et entendit Amos parler aux vaches pendant qu'il les trayait. Pete le salua. Ils parlèrent un peu du cochon qu'ils allaient abattre samedi.

Pete reprit son chemin en s'efforçant de ne pas boiter malgré ses jambes douloureuses. Il trouva les Nègres rassemblés sous le hangar, autour d'un feu. Ils bavardaient en buvant un café dans des tasses en fer-blanc. Quand ils le virent, tout le monde se tut.

Il y eut quelques « Bonjour, missié Banning ». Il bavarda un peu avec eux. Les hommes portaient de vieilles salopettes, les femmes de longues robes et des chapeaux de paille. Personne n'avait de chaussures. Les enfants et les adolescents s'étaient installés près d'une charrette, pelotonnés sous une couverture, les yeux bouffis de sommeil, le visage grave, s'apprêtant à endurer une longue journée de travail dans les rangs de coton.

Une école pour eux se trouvait sur le domaine, un projet lancé grâce au don d'un riche Juif de Chicago. Le père de Pete avait apporté le reste des fonds pour qu'elle puisse être construite. Les Banning tenaient à ce que les enfants de couleur de la plantation étudient au moins jusqu'à treize ans. Mais en octobre, la récolte passait avant tout. L'école était fermée, et les élèves aux champs.

Pete s'entretint à voix basse avec Buford, son contremaître blanc. Ils parlèrent du temps, du tonnage ramassé la veille et du cours du coton à la Bourse de Memphis. On manquait toujours de cueilleurs pour la récolte, et Buford attendait des journaliers blancs qui arrivaient de Tupelo. Ils devaient se présenter la veille mais ils ne s'étaient toujours pas montrés. On racontait qu'un planteur, à cinq kilomètres d'ici, leur avait offert une pièce de plus par livre, mais les fausses rumeurs allaient bon train au moment de la cueillette. Les ouvriers itinérants travaillaient dur un jour, disparaissaient le lendemain, puis réapparaissaient au gré des prix. Les Nègres, eux, ne pouvaient proposer leurs services aux plus offrants et, chez les

Banning, tout le monde était payé pareil quelle que soit la couleur de sa peau.

Les deux tracteurs John Deere crachotèrent dans une pétarade de pistons, et les ouvriers montèrent dans les remorques. Pete les regarda s'éloigner puis disparaître dans cet océan blanc.

Il alluma une autre cigarette et s'engagea sur la petite route de terre derrière le hangar, son chien à ses côtés. Florry habitait à un kilomètre et demi, sur sa propre parcelle, et Pete se faisait un devoir d'y aller à pied. Le trajet était pénible, cependant les médecins insistaient : de longues marches muscleraient ses jambes et, à terme, la douleur pourrait s'estomper. Pete en doutait. Il avait accepté son état. Il aurait mal pour le restant de ses jours, mais c'était déjà une surprise d'être en vie. L'armée l'avait porté disparu et supposé mort et, effectivement, la mort l'avait frôlé bien des fois. Alors chaque jour était un don du ciel.

Jusqu'à maintenant. Car aujourd'hui, c'était le dernier jour de sa vie. Il avait accepté sa fin. Il n'avait pas le choix.

*

Florry vivait dans une petite maison rose bonbon qu'elle avait fait construire après la mort de leur mère. Elle était poète et ne s'intéressait guère à la plantation, mais appréciait vivement les revenus qu'elle en tirait. Sa parcelle, deux cent soixante hectares, était aussi fertile que les terres de Pete, et elle la lui louait en échange de la moitié des bénéfices.

Cet arrangement à l'amiable était aussi solide que s'il avait été écrit noir sur blanc – il reposait sur la confiance mutuelle.

À son arrivée, sa sœur était dans le jardin, arpentant sa volière grillagée. Elle donnait à manger à sa collection de perroquets, de perruches et de toucans. En plus de ces volatiles, elle avait une dizaine de poules dans une cabane et deux golden retrievers qui paressaient dans l'herbe, observant sans grand intérêt cette distribution de nourriture. La maison était pleine de chats aussi, des créatures que ni Pete ni les chiens n'appréciaient.

Pete fit signe à Mack de s'asseoir sur le perron et de l'attendre. Il entra dans la maison. Marietta s'affairait dans la cuisine, qui fleurait bon le bacon grillé et le pain de maïs. Il lui dit bonjour puis s'installa à la table du petit déjeuner. Elle lui servit du café, et il se mit à lire le journal de Tupelo, l'édition du matin. Sur le vieux phonographe dans le salon, une soprano s'époumonait, criant sa misère. Combien de gens dans le comté de Ford écoutaient de l'opéra ? Ils ne devaient pas être nombreux.

Quand Florry eut terminé de nourrir ses oiseaux, elle rentra dans la maison par la porte de derrière, lança un salut à son frère et s'assit en face de lui. Il n'y eut ni embrassades, ni effusions. Chez les Banning, on n'était guère démonstratifs. Les gens les trouvaient même froids et distants, peu enclins aux témoignages d'affection. C'était vrai, mais involontaire. Simple effet de leur éducation.

Florry avait quarante-huit ans. Elle avait été mariée autrefois, une union brève et malheureuse alors qu'elle était toute jeune. Elle était l'une des rares femmes divorcées du comté. Et cela faisait jaser, comme s'il y avait là quelque chose d'anormal, voire d'immoral. Bien sûr, elle s'en fichait. Elle avait peu d'amis et quittait rarement son domaine. Dans son dos, on la surnommait Lady Bird, et cela n'avait rien d'affectueux.

Marietta leur servit une omelette aux tomates et épinards, accompagnée de pain de maïs, avec du beurre, du bacon et de la confiture de fraises. Hormis le café, le sucre et le sel, tout provenait de leurs terres.

— J'ai reçu une lettre de Stella hier, annonça Florry. Elle paraît en forme, même si les maths lui causent des soucis. Elle est bien plus à l'aise en littérature et en histoire. Elle me ressemble tant !

Les enfants de Pete étaient censés écrire une fois par semaine à leur tante qui, de son côté, leur écrivait deux fois plus souvent. Pete, guère adepte des échanges épistolaires, leur avait dit qu'ils pouvaient s'éviter cette corvée avec lui. En revanche, donner des nouvelles à leur tante était une obligation absolue.

— Je n'ai rien reçu de Joel.

— Il doit être débordé, répondit Pete en continuant à feuilleter le journal. Il voit toujours cette fille ?

— Je suppose. Mais il est bien trop jeune pour se lier à quelqu'un. Il faut que tu lui dises, Pete.

— Il ne voudra rien entendre. (Il prit une bouchée de son omelette.) Qu'il passe son examen et le réussisse, c'est tout ce que je demande. J'en ai assez de payer pour ses études.

— La récolte s'annonce bonne, n'est-ce pas ?

Elle n'avait quasiment pas touché à son assiette.

— Ça pourrait se présenter mieux. Et les cours ont chuté hier. Il y a trop de coton cette année.

— Les prix montent et descendent, non ? Quand ils sont hauts, il n'y a pas assez de coton et quand ils sont bas, il y en a trop. Dans les deux cas, tu n'es pas content.

— C'est vrai.

Il avait été tenté de dire à sa sœur ce qu'il s'apprêtait à faire, mais elle risquait de mal réagir, de le supplier de renoncer. Elle serait affolée, paniquée. Ils allaient se disputer, ce qui ne leur était pas arrivé depuis des années. Ce meurtre allait bouleverser leur vie. D'un côté, il avait pitié d'elle, se sentant dans l'obligation de lui exposer ses raisons. Mais aucun argument n'était recevable. Essayer de se justifier serait peine perdue, et même contre-productif.

C'était peut-être leur dernier repas ensemble – ce qui paraissait inimaginable. Pourtant, à partir de ce moment-là, tout allait changer.

Ils parlèrent du temps, et cela les occupa quelques minutes. À en croire l'almanach, les deux prochaines semaines seraient froides et sèches. Ce qui était idéal pour la cueillette. Pete s'inquiétait pour la main-d'œuvre. Florry se fit un malin plaisir de lui rappeler qu'il se lamentait ainsi à chaque récolte. La semaine dernière, en effet, il s'était déjà plaint du manque d'ouvriers agricoles.

Pete n'avait pas un gros appétit, en particulier ce matin-là. Il avait connu la faim pendant la guerre et il avait appris qu'un corps avait besoin de très peu pour survivre. Et plus il était léger, moins ses jambes le faisaient souffrir. Il mâchonna un morceau de bacon, avala une gorgée de son café, tourna une autre page du journal, et écouta Florry lui annoncer le décès d'une cousine à quatre-vingt-dix ans, ce qui était, à son goût, bien trop tôt pour quitter ce monde. La mort occupait aussi les pensées de Pete. Qu'allait raconter le journal de Tupelo dans les jours à venir ? Il y aurait des articles sur lui, sans doute beaucoup, alors qu'il aurait préféré l'oubli. Malheureusement, c'était impossible. Son acte allait faire sensation.

— Tu n'as rien mangé, dit-elle. Et j'ai l'impression que tu as maigri.

— Je n'ai pas très faim.

— Tu fumes beaucoup ?

— Ça me regarde.

Il avait quarante-trois ans et, du moins aux yeux de sa sœur, il en paraissait dix de plus. Ses cheveux bruns blanchissaient aux tempes, et des rides se creusaient en travers de son front. Le sémillant soldat qui était parti pour la guerre vieillissait trop vite. Son passé était sans doute trop lourd à porter, mais Pete était un taiseux. Les horreurs qu'il avait vécues n'étaient jamais évoquées. Du moins par lui.

Une fois par mois, il se forçait à s'intéresser aux écrits de sa sœur, à ses poèmes. Quelques-uns avaient été publiés dans une obscure revue dix ans plus tôt, mais cela n'avait pas été plus loin. Malgré le manque criant de succès, Florry adorait parler à son frère, ses neveux et son petit cercle d'amis de sa carrière littéraire et de ses prochains coups de maître. Elle pouvait ainsi disserter pendant des heures sur ses « projets », ou sur la pléthore d'éditeurs qui appréciaient sa poésie mais qui n'avaient pas d'espace de publication à lui offrir, ou encore sur les centaines de fans qui lui écrivaient des quatre coins du monde. Ses supporters n'étaient en réalité pas si nombreux. Hormis l'âme en peine qui, trois ans plus tôt, lui avait envoyé une lettre de Nouvelle-Zélande, Pete soupçonnait que sa sœur n'eût jamais reçu d'autre courrier de l'étranger.

Il n'était guère amateur de poésie. Et après avoir lu les vers de sa sœur, il s'était juré qu'on ne l'y reprendrait plus. Il préférait la fiction, en particulier celle des auteurs du Sud. William Faulkner, par exemple, qu'il avait rencontré avant la guerre à une soirée à Oxford.

Ce matin-là, il n'avait pas le temps de parler quatrains. Il avait une mission à accomplir, la plus horrible et détestable qui soit, et il ne pouvait la reporter davantage.

Il repoussa son assiette, quasiment pleine, et termina son café.

— Merci, Florry. C'est toujours un plaisir, annonça-t-il en se levant.

Il remercia également Marietta, enfila sa grosse veste et s'en alla. Mack l'attendait sur le perron. En haut des marches, Florry lui fit au revoir de la main tandis qu'il s'éloignait. Il la salua aussi. Sans se retourner.

De retour sur la route de terre, il allongea le pas, pour chasser la raideur qui était revenue dans ses jambes après une heure d'inactivité. Le soleil, déjà haut, commençait à faire disparaître la rosée. Autour de lui, les cotonniers ployaient sous les capsules ventrues, suppliant qu'on les libère de ce poids. Il poursuivit son chemin – un homme seul dont les jours étaient comptés.

*

Nineva était dans la cuisine, occupée à mettre en conserve la dernière fournée de tomates. Il lui dit bonjour, se versa du café et se rendit dans son bureau. Il s'assit à sa table de travail, rangea ses papiers. Toutes les factures étaient payées. La comptabilité était à jour. Les opérations bancaires avaient été pointées et faisaient état d'un solde positif. Il écrivit une lettre d'une page à sa femme, la mit dans une enveloppe à son adresse et la timbra. Il rangea un carnet de chèques et quelques dossiers dans une serviette qu'il laissa à côté de son fauteuil. Dans un tiroir, il sortit son revolver Colt .45, s'assura que le barillet était chargé de ses six balles, et le glissa dans la poche de sa veste.

À 8 heures, il annonça à Nineva qu'il allait faire un tour en ville et lui demanda si elle avait besoin de quelque chose. Non, elle ne manquait de rien. Il descendit les marches du perron avec Mack derrière lui, ouvrit la portière de son pick-up Ford de 1946 flambant neuf, et le chien sauta sur la banquette. Mack manquait rarement une occasion d'aller en ville. Une agréable balade en perspective, pour lui du moins.

La maison des Banning, une belle demeure néocoloniale que ses parents avaient fait construire juste avant le krach de 1929, se dressait à côté de la Highway 18, au sud de Clanton. La route du comté avait été bitumée l'an passé, grâce au plan fédéral de développement d'après-guerre. Les gens du coin étaient certains que Pete avait usé de son influence pour que ces travaux soient lancés. Mais il n'y était pour rien.

Clanton était à cinq kilomètres de là. Pete conduisit lentement, comme de coutume. Il n'y avait personne sur la route, hormis de temps en temps une charrette remplie de coton, emportant sa cargaison à l'égreneuse. Seuls les plus gros planteurs du comté, comme Pete, avaient des tracteurs. Les autres utilisaient encore des mules, pour tirer leurs carrioles comme pour labourer et planter. Et bien sûr, pour tous, la cueillette était faite intégralement à la main. International Harvester et John Deere s'employaient à mettre au point des machines pour récolter le coton. Ils prétendaient qu'un jour on n'aurait plus besoin de main-d'œuvre pour la cueillette. Pete en doutait. De toute façon, il s'en fichait. Seule sa mission du jour importait.

Les fleurs de coton, emportées par le vent, saupoudraient la route derrière les charrettes. Deux petits Nègres, encore tout ensommeillés, qui traînassaient à côté d'un champ, le saluèrent en voyant passer le pick-up rutilant. Ils étaient deux fermiers dans tout le comté à avoir ces nouveaux Ford. Pete ne les reconnut pas. Il alluma une cigarette, dit quelques mots à Mack en entrant en ville.

Il se gara devant la poste, à côté de la place du palais de justice, et regarda un moment les gens qui allaient et venaient. Il préférait éviter de croiser des connaissances, parce que, après le meurtre, tout le monde allait donner son témoignage, et cela irait de « je l'ai vu et il semblait dans son état normal » à « je l'ai croisé à la poste et il avait la tête d'un illuminé ». Après un tel drame, chacun voudrait avoir sa part, quitte à broder et à exagérer l'importance de ses observations.

Il descendit du pick-up, se dirigea vers la boîte aux lettres et glissa dans la fente le courrier destiné à sa femme. De retour au volant, il fit le tour du palais de justice, avec ses grandes pelouses, ses arbres et ses kiosques. Son procès allait être le grand événement de Clanton. Allaient-ils l'emmener au tribunal menottes aux mains ? Les jurés allaient-ils avoir quelque empathie pour son geste ? Ses avocats allaient-ils faire des miracles et le sauver ? Trop de questions. Et si peu de réponses. Il dépassa le Tea Shoppe, où magistrats et banquiers se retrouvaient tous les matins autour d'un café et de scones au babeurre chauds. Qu'allaient-ils dire sur le meurtre ? Il évita le coffee-shop, c'était le repaire des fermiers et il n'avait pas le temps de bavarder.

Qu'ils parlent. Il n'attendait guère de soutien ni de leur part, ni de personne dans le comté. Et il s'en fichait. Il ne cherchait pas à être compris, il ne comptait pas justifier ses actes. Il était un soldat et avait une mission à mener.

Il se gara dans une rue tranquille, à cent mètres derrière l'église méthodiste. Il descendit, étira ses jambes douloureuses, remonta la fermeture Éclair de sa veste, annonça à son chien qu'il revenait bientôt et se dirigea vers l'église que son grand-père avait aidé à bâtir soixante-dix ans plus tôt. Il ne croisa personne en chemin. Plus tard, aucun de ses concitoyens ne pourrait dire qu'il l'avait vu.

*

Le révérend Dexter Bell avait pris ses fonctions trois mois avant Pearl Harbor. C'était sa troisième église et, s'il n'y avait eu la guerre, il aurait déjà été affecté dans une autre paroisse. La pénurie de pasteurs avait bouleversé les habitudes et les calendriers. Chez les méthodistes, un ministère durait deux ans, parfois trois. Le révérend Bell était à Clanton depuis cinq ans, et son ordre de mutation pouvait tomber à tout moment. Malheureusement pour lui, il n'était pas arrivé.

Il était assis à son bureau dans son annexe derrière le joli sanctuaire, seul, comme de coutume le mercredi matin, la secrétaire de la paroisse ne travaillant que trois après-midi par semaine. Le pasteur avait terminé ses prières du matin, avait étudié sa bible ouverte sur la table, ainsi que deux ouvrages de référence. Il commençait à réfléchir à son prochain sermon quand quelqu'un toqua à la porte. Il n'eut pas le temps de répondre que le battant s'ouvrit. Pete Banning entra, l'air grave et déterminé.

— Bonjour Pete, lâcha le pasteur, surpris par cette intrusion.

Il allait se lever pour lui serrer la main quand Pete sortit un revolver avec un canon long.

— Vous savez pourquoi je suis ici.

Bell se figea en voyant l'arme et bredouilla d'une voix quasiment inaudible :

— Pete, qu'est-ce que vous faites ?

— J'ai ôté la vie à beaucoup d'hommes, pasteur. Tous des braves sur le champ de bataille. Mais vous, vous êtes un lâche.

— Pete, non, non..., lança Bell en levant les mains en l'air. (Il se laissa retomber dans son fauteuil.) C'est à cause de Liza ? Je peux tout expliquer. Pete, ne faites pas ça !

Pete avança d'un pas, pointa son Colt sur le pasteur et pressa la détente. En ancien tireur d'élite, il savait manier toutes les armes à feu et avait tué beaucoup d'hommes à la guerre. Bien trop à son goût... Et il avait passé sa vie à battre les bois pour chasser du gros comme du petit gibier. La première balle transperça le cœur, la deuxième aussi. La troisième perfora le front, juste au-dessus du nez.

Dans le petit bureau, les déflagrations retentirent comme des coups de canon mais, à l'extérieur, seulement deux personnes y prêtèrent attention. Jackie, la femme de Bell, était seule dans le presbytère, de l'autre côté de l'église, s'affairant en cuisine quand elle entendit les détonations. Plus tard, elle préciserait que les sons lui avaient paru étouffés, comme si quelqu'un avait tapé dans ses mains à trois reprises. Jamais elle n'aurait pensé qu'il s'agissait de coups de feu et que son mari venait d'être assassiné.

Hop Purdue était homme de ménage depuis trente ans à l'église méthodiste. Il se trouvait dans l'annexe lorsque les coups de feu avaient retenti. Et tout le bâtiment avait tremblé. Quand Pete sortit du bureau du pasteur, son revolver toujours à la main, il tomba nez à nez avec Hop. Il leva le canon vers le visage de l'employé, prêt à tirer. Hop se mit à genoux et le supplia :

— Pitié, missié Banning. Je n'ai rien fait de mal. J'ai des enfants, missié Banning !

Pete baissa son arme.

— Tu es un brave homme, Hop. Va prévenir le shérif.

2

Immobile sur le seuil de la porte, Hop regarda Pete s'éloigner d'un pas tranquille en rangeant son arme dans sa poche. Quand il fut hors de vue, Hop fonça en claudiquant (il avait une jambe plus courte que l'autre, un écart de cinq centimètres) vers le bureau du pasteur. Le battant était encore ouvert. Il entra et découvrit Bell. Ses yeux étaient fermés, sa tête penchée sur le côté, du sang s'écoulant du nez. Derrière son crâne, un amas de substances blanchâtres et sanguinolentes maculait le dossier du fauteuil. Une trace rouge grossissait sur sa chemise blanche. Hop ne bougea pas, quelques instants, une minute entière, peut-être plus, pour être certain qu'il n'y avait plus le moindre mouvement dans ce corps, plus rien à faire pour le pasteur. L'odeur âcre de la poudre flottait encore dans l'air. Hop faillit vomir.

Étant le seul Nègre dans le périmètre, il était sûr qu'il allait avoir des ennuis. Terrorisé et tremblant, il veilla à ne rien toucher et sortit de la pièce, en reculant lentement. Il referma la porte et se mit à pleurer. Le pasteur Bell était un homme bon, qui l'avait toujours traité avec respect et s'était soucié du bien-être des siens. Un homme d'honneur, un père de famille aimant son prochain et apprécié de tous. Il ignorait ce qu'il avait fait à Pete Banning, mais cela ne méritait sûrement pas la mort.

Quelqu'un avait peut-être entendu les coups de feu ? Et si Mme Bell arrivait en courant et découvrait son mari mort, baignant dans son sang ? Hop attendit, longtemps, tentant de se reprendre. Il n'avait pas le courage d'aller lui annoncer la nouvelle. Que les Blancs s'en chargent ! Il n'y avait personne d'autre dans le bâtiment et, petit à petit, il comprit que c'était à lui de gérer la situation. Mais il n'avait pas beaucoup de temps. Si quelqu'un le voyait s'enfuir de l'église, il serait aussitôt le premier suspect. Il quitta donc l'annexe le plus tranquillement possible et s'engagea dans la rue que venait d'emprunter Pete Banning. Il accéléra l'allure, contourna la place et, rapidement, la prison fut en vue.

L'agent Roy Lester sortait d'une voiture de patrouille.

— Salut, Hop, lança-t-il avant de remarquer ses yeux bouffis et les larmes sur ses joues.

— On a tiré sur le pasteur, bredouilla l'homme de ménage. Il est mort.

*

Avec Hop sur le siège passager, essuyant encore ses larmes, Lester traversa les rues tranquilles de Clanton. Quelques minutes plus tard, il se garait sur le parking poussiéreux à côté de l'annexe. Devant eux, la porte s'ouvrit à la volée et Jackie Bell sortit en hurlant. Ses mains étaient rouges de sang, sa robe de coton tout aussi maculée. Sans s'en rendre compte, elle avait porté ses mains à son visage, le couvrant aussi de rouge. Elle poussait des mugissements de bête aux abois, prononçant des mots inintelligibles, son visage n'était plus qu'un masque d'horreur, distordu. Lester voulut la prendre dans ses bras pour la calmer, mais elle s'arracha à lui, hurlant de plus belle. « Il est mort ! Il est mort ! On a tué mon mari ! » Lester l'attrapa à nouveau, tentant de la consoler, et l'empêcha de retourner dans le bureau. Hop observa la scène, ne sachant que faire. Il s'inquiétait encore pour lui-même. Allait-on lui reprocher quelque chose ? Il préférait donc garder ses distances.

Entendant les cris, Mme Vanlandingham accourut, son torchon encore dans les mains. Elle arriva au moment où le shérif, Nix Gridley, s'arrêtait sur le parking en faisant crisser les graviers. Gridley descendit de voiture et, quand Jackie l'aperçut, elle se mit à hurler de nouveau.

— Il est mort, Nix ! Dexter est mort ! Quelqu'un l'a tué ! Seigneur, aidez-moi !

Accompagnée par le shérif et son adjoint, Mme Vanlandingham entraîna Jackie de l'autre côté de la rue, l'installa sur un des fauteuils d'osier du perron. Elle voulut lui essuyer le visage mais Jackie la repoussa. La jeune femme enfouit sa tête entre ses mains traversée de spasmes et de hoquets.

Nix se tourna vers Lester :

— Reste avec elle.

Il traversa la rue où l'attendait Red Arnett, son autre adjoint. Ils entrèrent dans l'annexe, pénétrèrent avec précaution dans le bureau et trouvèrent le corps du pasteur gisant au sol au pied de son fauteuil. Nix toucha son poignet droit.

— Il n'y a pas de pouls, déclara-t-il après quelques instants.

— On s'en doutait, dit Arnett. Inutile d'appeler une ambulance.

— Non. Plutôt les pompes funèbres.

Hop apparut sur le seuil.

— C'est missié Pete Banning qui l'a tué. Je l'ai entendu. J'ai vu l'arme.

Nix se redressa et regarda Hop, les sourcils froncés.

— Pete Banning ?

— Oui, missié. J'étais dans le couloir. Il a pointé son arme sur moi, puis il m'a demandé d'aller vous prévenir.

— Qu'est-ce qu'il a dit d'autre ?

— Que j'étais un brave homme. C'est tout. Et il est parti.

Nix croisa les bras sur sa poitrine et regarda Arnett qui secoua la tête, incrédule.

— Pete ?

Les deux policiers se tournèrent vers Hop, l'air suspicieux.

— C'est la vérité ! Je l'ai vu, il avait un revolver, avec un long canon. Braqué sur moi. Juste là, précisa-t-il en désignant du doigt le milieu de son front. J'ai cru aussi que c'était fini pour moi.

Nix repoussa son chapeau et se frotta le visage. Il regarda au sol la flaque de sang qui s'élargissait sous le corps, sans bruit. Il contempla les paupières closes du pasteur en se demandant pour la première fois – et cette question le hanterait de longues années – pourquoi Pete avait-il fait ça ?

— Apparemment, l'affaire est réglée, annonça Arnett. On sait qui est le meurtrier.

— Sans doute. Mais prenons quand même quelques photos et cherchons les douilles.

— Et la famille ?

— C'est justement la question que je me posais. Ramenons Mme Bell dans le presbytère et trouvons-lui quelques dames pour lui tenir compagnie. Je vais aller à l'école et parler à la directrice. Ils ont trois enfants, c'est ça ?

— Je crois.

— Oui, intervint Hop. Deux filles et un garçon.

Nix regarda l'homme de ménage avec intensité.

— Pas un mot, Hop. Je suis sérieux. Ne dis à personne ce qui s'est passé ici. Si tu parles, je te colle en prison.

— Promis, missié shérif. Je dirai rien de rien.

Ils quittèrent le bureau, refermèrent la porte et sortirent de l'église. De l'autre côté de la rue, d'autres voisins et amis s'étaient rassemblés devant le perron de Mme Vanlandingham. Des femmes au foyer pour la plupart, les yeux écarquillés, la main sur la bouche pour cacher leur stupeur.

*

Le comté de Ford n'avait pas connu de meurtre de Blanc depuis plus de dix ans. En 1936, deux pauvres fermiers s'étaient déclaré la guerre pour un lopin de terre. Le plus adroit au fusil l'avait emporté et avait plaidé la légitime défense au procès. Il était ressorti libre. Deux ans plus tard, un jeune Noir s'était fait lyncher près du hameau de Box Hill. Il aurait prononcé des paroles déplacées devant une femme blanche. Toutefois, en 1938, lyncher un Noir n'était pas considéré comme un meurtre ou un crime dans les États du Sud, et le Mississippi n'échappait pas à la règle. En revanche, un mot de travers à l'adresse d'une Blanche était passible de mort.

En attendant, Nix Gridley et ses adjoints, comme tout habitant âgé de moins de soixante-dix ans, n'avaient jamais connu une affaire de ce genre : le meurtre d'un membre important de la communauté. Et son auteur présumé en était une figure non moins éminente. La sidération était générale. Toute l'activité s'arrêta dans la bourgade. Au palais de justice, greffiers, avocats et juges oublièrent leurs affaires et répétaient à l'envi ce qu'ils venaient d'apprendre, secouant la tête d'incrédulité. Dans les magasins et les bureaux autour de la place, secrétaires, patrons et clients se passaient la nouvelle, en échangeant des regards interloqués. Dans les écoles, les professeurs interrompaient leurs cours, abandonnaient leur classe et se regroupaient dans les couloirs. Dans les allées ombragées alentour, les habitants se tenaient à côté de leur boîte aux lettres, cherchant chacun une manière originale de dire : « Ce n'est pas possible ! »

Et pourtant, c'était la vérité vraie ! Une petite foule se rassembla sur la pelouse de Mme Vanlandingham, les yeux rivés sur le parking de l'autre côté de la rue, où se trouvaient trois voitures de patrouille – la flotte de la police du comté au complet – plus un corbillard des pompes funèbres de la maison Magargel. Jackie Bell avait été emmenée dans le presbytère. Elle était avec le docteur et quelques dames de l'église. Rapidement, les rues furent encombrées de voitures et de pick-up ; tout le monde venait aux nouvelles. Certains roulaient au pas, le nez collé aux fenêtres, bouches béantes. D'autres se garaient en hâte, au plus près de l'église.

La présence du corbillard agissait comme un aimant. Les gens envahissaient le parking malgré les efforts de Roy Lester pour les garder à distance. Le hayon du corbillard était entrouvert, ce qui signifiait, évidemment, qu'un corps allait y être chargé. Et transporté à la morgue. Qu'il s'agisse d'un meurtre ou d'un accident de la circulation, les gens voulaient voir le corps. Choqués, médusés, ils s'approchaient en silence, sachant qu'ils faisaient partie des chanceux. Ils étaient les premiers témoins d'un drame, une tragédie comme la ville n'en avait pas connu depuis longtemps et, pour le restant de leurs jours, ils pourraient dire : « J'y étais ! »

Le shérif Gridley sortit de l'annexe, contempla la foule et ôta son chapeau. Derrière lui, un brancard apparut, porté par le vieux Magargel et son fils aîné. Le cadavre était couvert d'un drap noir. Seul le bout de ses chaussures dépassait du tissu. Tous les hommes retirèrent leur couvre-chef, les femmes inclinèrent la tête – mais ne fermèrent pas les yeux. Certaines sanglotaient en silence. Une fois le corps installé dans le fourgon et le hayon refermé, le vieux Magargel s'installa au volant et démarra. Ne voulant pas rater une publicité pareille, il fit deux fois le tour de la place pour que tout le monde puisse profiter du spectacle.

Une heure plus tard, le shérif Gridley demanda, par téléphone, qu'on emmène le corps à la morgue de Jackson pour pratiquer une autopsie.

*

M. Pete ne lui avait pas demandé de s'asseoir à côté de lui sous l'auvent de la maison depuis des lustres. C'était si vieux que Nineva en avait perdu le souvenir. D'ailleurs, elle avait d'autres choses à faire. Amos était dans la grange à baratter le beurre et il avait besoin d'elle. Après cette corvée, elle avait des tas de pois et de fèves à mettre en bocaux. Et la lessive à faire. Mais si le patron lui disait de s'asseoir dans ce rocking-chair, elle était à ses ordres ! Elle savoura un thé glacé pendant qu'il fumait cigarette sur cigarette – encore plus que d'habitude, raconterait-elle plus tard à Amos. M. Pete semblait curieusement intéressé par les véhicules qui passaient sur la route, trois cents mètres plus bas. Quelques berlines, quelques pick-up traversaient l'horizon, dépassant des carrioles croulant sous le coton, en route vers l'égreneuse de la ville.

— Le voilà ! annonça Pete en voyant la voiture de patrouille s'engager dans l'allée.

— Qui ça ?

— Gridley.

— Qu'est-ce qu'il veut ?

— Il vient m'arrêter, Nineva. Pour meurtre. Je viens de tuer Dexter Bell, le pasteur.

— Qu'est-ce que vous racontez ?

— Tu m'as très bien entendu.

Il se leva et s'approcha d'elle. Il se pencha et pointa son doigt sur elle :

— Et tu n'en parleras à personne, Nineva. Jamais. C'est clair ?

Elle le regardait avec des yeux ronds, bouche ouverte, mais ne pouvait articuler un mot. Il sortit une petite enveloppe de sa veste et la lui tendit.

— Rentre dans la maison. Et dès que je serai parti, va donner ça à Florry.

Il lui prit la main, l'aida à se relever du fauteuil et lui ouvrit la porte moustiquaire. Une fois à l'intérieur, Nineva poussa un mugissement de chagrin qui le fit frissonner. Il referma la porte et se tourna pour accueillir le shérif. Gridley ne se pressait pas. Il se gara à côté du pick-up de Pete, descendit de voiture accompagné de Red et de Roy et marcha vers le perron. Il s'arrêta au bas des marches, regarda Pete qui resta impassible.

— Il va falloir que tu viennes avec nous, Pete, annonça Nix.

Pete désigna son Ford.

— Le revolver est sur le siège passager.

Nix se tourna vers Red :

— Va le chercher.

Pete descendit lentement l'escalier et se dirigea vers la voiture de police. Roy ouvrit la portière arrière. Au moment où Pete se penchait pour entrer dans l'habitacle, il entendit Nineva pousser un cri dans la cour. Il releva la tête et l'aperçut. Elle courait vers le fond du jardin, la lettre à la main.

— Allons-y, annonça Nix en s'installant au volant.

Red prit place à côté de lui. Sur la banquette arrière, Roy et Pete étaient côte à côte, leurs épaules se touchaient presque. Au moment de quitter la ferme, personne ne pipa mot, comme si tous retenaient leur souffle. Les policiers accomplissaient leur travail, choqués comme le reste de la population. Un pasteur bien connu tué de sang-froid par l'un des habitants les plus respectés de la ville. Il devait forcément y avoir une raison. Tôt ou tard, on découvrirait la vérité. Mais pour l'heure, le temps semblait s'être arrêté et rien ne paraissait réel.

Alors qu'ils n'étaient plus qu'à un kilomètre de la ville, Nix regarda Pete dans le rétroviseur.

— Je ne vais pas te demander pourquoi tu l'as tué. Confirme-moi juste que c'est bien toi qui l'as fait.

Pete poussa un long soupir et contempla les champs de coton.

— Je n'ai rien à dire.

*

La prison du comté datait du siècle dernier. Elle était quasiment insalubre. À l'origine, c'était un petit entrepôt qui avait connu de multiples reconversions. Finalement, il avait été racheté par le comté et scindé en deux par un mur de brique. La moitié en façade abritait six cellules destinées aux prisonniers blancs, et à l'arrière on en avait fait tenir huit, réservées aux Noirs. La prison était rarement pleine, du moins du côté des Blancs. Adossée au pignon, une autre partie avait été construite, pour accueillir le bureau du shérif et les services de la police de Clanton. Le bâtiment se trouvant à deux cents mètres de la place, du perron, on distinguait le toit du palais de justice. Quand il y avait un procès, ce qui était rare, le prévenu se rendait généralement à pied au tribunal, escorté par un ou deux agents.

Une petite foule s'était rassemblée devant la prison pour apercevoir le tueur. Banning, l'assassin ? Impossible ! Personne ne pouvait croire que Pete allait se retrouver derrière les barreaux. Pour quelqu'un de sa stature, il y aurait sans doute d'autres dispositions. Mais puisque Nix Gridley avait eu le courage de l'arrêter, des curieux voulaient voir ça de leurs propres yeux.

— Apparemment, la nouvelle s'est répandue, marmonna le shérif en s'engageant sur le petit parking devant la prison. (Il se tourna vers ses adjoints :) Pas un mot à qui que ce soit.

La voiture s'arrêta et les quatre portières s'ouvrirent. Nix attrapa Pete par le coude et l'entraîna rapidement vers la porte d'entrée, suivi de Red et de Roy. La foule resta muette de stupeur jusqu'à ce qu'un journaliste du *Ford County Times* s'approche avec un appareil photo. Le coup de flash surprit tout le monde, y compris Pete. Au moment où il franchissait les portes, quelqu'un cria : « Tu brûleras en enfer, Banning ! »

— Ouais, en enfer ! renchérit un autre.

Le suspect ne broncha pas. Il semblait ne pas voir la foule. Rapidement, il disparut de leur vue.

Dans la petite pièce où suspects et criminels étaient amenés pour régler les formalités d'admission l'attendait John Wilbanks, l'éminent avocat de Clanton et ami de longue date de la famille Banning.

— Tiens donc ! Et que nous vaut ce plaisir ? lâcha Nix avec acrimonie.

— M. Banning est mon client, et je suis ici pour défendre ses droits, répliqua Wilbanks.

Il fit un pas vers eux et serra la main de Pete.

— D'abord, on fait notre boulot, après vous ferez le vôtre.

— J'ai déjà prévenu le juge Oswalt et on a évoqué une libération sous caution.

— Parfait. Quand il l'aura acceptée, je suis sûr qu'il me passera un coup de fil. En attendant, monsieur Wilbanks, cet homme est suspecté de meurtre et il y a une procédure à suivre. Maintenant, si vous voulez bien nous laisser…

— J'aimerais m'entretenir avec mon client.

— Il ne va pas s'évaporer. Revenez dans une heure.

— Mon client ne doit être soumis à aucun interrogatoire sans ma présence, c'est bien entendu ?

C'est Pete qui répondit :

— Je n'ai rien à dire.

*

Florry lut la lettre sur le perron, sous les yeux de Nineva et d'Amos. Ils étaient encore haletants après avoir couru d'une traite depuis la maison, et sous le choc, aussi.

Quand elle eut terminé sa lecture, elle baissa la feuille et les regarda.

— Et il est parti ?

— C'est la police qui l'a emmené, ma'am Florry, répondit Nineva. Il savait qu'ils allaient venir.

— Pete a dit quelque chose ?

— Il a affirmé qu'il a tué le pasteur, articula-t-elle en s'essuyant les joues.

Dans la lettre, Pete demandait à Florry d'appeler Joel à Vanderbilt et Stella à Hollins et de leur annoncer qu'il avait été arrêté pour le meurtre du révérend Dexter Bell. Ils ne devaient en parler à personne, et surtout pas à la presse. Jusqu'à nouvel ordre, il valait mieux qu'ils restent loin, chacun dans leur université. Pete regrettait de leur faire ce sale coup mais espérait qu'un jour ils comprendraient. Il voulait aussi que Florry passe le voir demain à la prison. Il y avait des affaires à régler.

Elle se sentit vaciller mais, surtout, ne voulut rien montrer devant les domestiques. Elle plia la feuille de papier, la glissa dans sa poche et congédia le couple. Nineva et Amos reculèrent, encore plus inquiets et perdus, et reprirent lentement le chemin de la maison de Pete. Florry attendit de les voir disparaître pour s'asseoir dans un fauteuil. Un chat sauta aussitôt sur ses genoux. Elle retint ses larmes.

Pete semblait préoccupé, au petit déjeuner, quelques heures plus tôt, mais depuis la guerre, il n'allait pas bien. Pourquoi ne lui avait-il rien dit ? Comment avait-il pu commettre un acte aussi terrible ? Qu'allait-il lui arriver ? À lui ? à ses enfants ? à sa femme ? Et elle, sa sœur, qu'allait-elle devenir ? Et le domaine ?

Florry n'avait rien d'une méthodiste dévote, mais elle avait reçu une éducation religieuse et allait à l'église de temps en temps. Elle avait appris à garder ses distances avec les pasteurs parce qu'ils ne restaient jamais longtemps. Mais Bell était l'un des meilleurs qu'elle eût connus.

Elle pensa à Jackie, sa charmante épouse, à ses enfants, et finalement les larmes vinrent. Marietta sortit de la cuisine et se tint à côté d'elle tandis qu'elle pleurait.

3

Toute la ville se rendit à l'église méthodiste. Alors que la foule affluait, un diacre demanda à Hop d'ouvrir la salle. Les gens endeuillés s'installèrent sur les bancs et se murmurèrent les dernières nouvelles, qu'elles soient vraies ou non. Ils priaient, pleuraient, essuyaient leurs joues mouillées en secouant la tête d'incompréhension. Les fidèles qui connaissaient bien Dexter et l'aimaient formaient des petits groupes, rassemblés dans la douleur. Pour les autres, ceux qui ne venaient à l'église qu'une fois par mois, l'édifice était devenu un phare, signalant le drame, lançant son appel irrésistible alentour. Même quelques brebis égarées avaient rejoint le troupeau pour participer à la communion. En cet instant terrible, tout le monde était méthodiste et accueilli à bras ouverts dans l'église du révérend Bell.

Le meurtre d'un pasteur était un choc pour toute la paroisse. Personne n'arrivait à croire que l'auteur d'une telle horreur puisse être un membre de leur communauté. Joshua Banning, le grand-père de Pete, avait aidé à la construction de cette église. Son père avait été diacre toute sa vie. Quasiment tous, dans l'assistance, avaient prié pour Pete quand il était à la guerre. Ils avaient été emplis de chagrin quand le ministère des Armées avait annoncé qu'il était porté disparu. Ils avaient allumé des cierges pour son retour d'entre les morts. Et ils avaient été émus aux larmes quand Liza et son mari avaient à nouveau franchi ensemble les portes de l'église, une semaine jour pour jour après la capitulation du Japon. Tous les dimanches matin, pendant la guerre, le révérend Bell énumérait les noms des fils de Clanton partis au front et prononçait une prière à leur intention. Et le premier sur la liste était Pete Banning, le héros de la ville, leur grande fierté. Et aujourd'hui, on prétendait qu'il avait assassiné leur pasteur ? Comment croire à une telle folie ?

La rumeur ne faiblit pas. Dans certains groupes, les messes basses allaient bon train : la grande question était « Pourquoi ? ». On la posa mille fois. Seule une poignée de courageux avancèrent que ce drame avait peut-être un rapport avec la femme de Pete.

Mais surtout, ce que voulait cette assemblée, c'était s'approcher de Jackie et des enfants, pouvoir les étreindre et pleurer avec eux, comme si cela pouvait atténuer l'horreur de cette tragédie. Jackie, d'après les commérages, était dans le presbytère, recluse dans sa chambre avec ses trois enfants. Elle ne voulait voir personne. Les proches avaient envahi la petite maison. Sur le perron et dans la cour, des hommes, au visage sombre et fermé, fumaient en grommelant. Quand les uns sortaient prendre l'air, d'autres entraient pour les remplacer. Et un flot ininterrompu continuait à se diriger vers l'église.

Affligés comme curieux affluaient. Les rues du quartier étaient encombrées de voitures et de pick-up. Les gens arrivaient par petits groupes, approchant lentement, semblant hésiter et pourtant irrésistiblement attirés.

Quand la nef fut pleine, Hop ouvrit la porte menant au balcon. Il resta dans l'ombre, sous le clocher, évitant tout le monde. Le shérif Gridley l'avait menacé : il ne devait parler à personne. Il était toutefois étonné de voir tous ces Blancs rester de marbre, silencieux, imperturbables pour la plupart. Si un pasteur noir avait été assassiné, la colère et le chagrin des ouailles auraient fait grand tapage dans l'église.

Un diacre laissa entendre à Emma Faye Riddle qu'un peu de musique serait la bienvenue. La femme jouait de l'orgue depuis des années à l'église et n'était pas sûre que le moment fût bien choisi. Cependant elle se laissa convaincre et, quand elle entama les premières notes de « The Old Rugged Cross », les pleurs redoublèrent dans l'assemblée.

Dehors, sous les arbres, un homme rejoignit un groupe de fumeurs et annonça :

— Ils ont mis Banning en prison. Ils ont récupéré l'arme aussi.

Le groupe hocha la tête d'un air solennel, commenta la nouvelle et s'empressa de la transmettre. Rapidement, l'annonce parvint jusqu'à l'église et se répandit de banc en banc.

Pete Banning avait bien été arrêté pour le meurtre de leur pasteur.

*

Quand il apparut que le suspect n'avait effectivement rien à dire, le shérif Gridley ouvrit une porte et le conduisit dans un étroit couloir chichement éclairé, flanqué de grilles. Trois cellules se trouvaient sur le côté droit, trois autres à gauche, chacune de la taille d'un débarras. Il n'y avait pas de fenêtre. La prison avait un air de donjon humide, un endroit où les hommes étaient laissés là, dans l'oubli, et où le temps n'avait plus d'importance. Un endroit aussi, à l'évidence, où tout le monde fumait. Gridley glissa une grosse clé dans une serrure et fit signe à Pete d'entrer. Hormis le lit de camp, la cellule était vide. Pas le moindre mobilier.

— C'est pas très grand, désolé. Mais c'est une prison.

Pete pénétra dans ce réduit et jeta un regard circulaire.

— J'ai connu pire.

Il se dirigea vers le lit et s'assit.

— Les toilettes sont au bout du couloir. Si tu as besoin d'y aller, appelle.

Pete, sans relever la tête, haussa les épaules.

Gridley referma la grille et retourna dans son bureau. Pete s'étendit sur le lit. Il mesurait un bon mètre quatre-vingt-cinq, et ses pieds dépassaient. La cellule sentait le moisi et le froid. Il prit la couverture pliée à côté de lui. Elle était usée jusqu'à la corde et ne lui serait guère utile cette nuit. Mais il s'en fichait. Il connaissait la captivité et il avait survécu à des conditions bien plus difficiles, une abomination qui, même avec le recul, quatre ans plus tard, dépassait toujours l'entendement.

*

Quand John Wilbanks revint moins d'une heure plus tard, il discuta avec le shérif pour savoir où il allait pouvoir s'entretenir avec son client. Il n'y avait pas de pièce dédiée à cette fonction. Les avocats entraient généralement dans les cellules pour parler avec leurs clients, séparés des autres détenus par une simple rangée de barreaux, autant dire qu'on entendait absolument tout. Parfois, un avocat, profitant de l'heure de promenade, prodiguait ses conseils au prisonnier à travers le grillage. Toutefois le plus souvent, les avocats ne se donnaient pas la peine de rendre visite à leurs clients en prison. Ils préféraient attendre de les voir apparaître au tribunal pour parler avec eux.

Mais John Wilbanks se pensait au-dessus du lot. Il était le plus grand avocat du comté, voire de tout l'État du Mississippi, et son client n'était pas non plus du tout-venant. Alors, ils avaient droit à un lieu décent et adéquat pour s'entretenir – par exemple, le bureau du shérif. Gridley, de guerre lasse, accepta. On l'emportait rarement contre John Wilbanks qui, détail d'importance, soutenait à chaque élection la candidature de Nix Gridley. Après quelques grommellements et jurons pour la forme, et le rappel de quelques consignes de sécurité, le shérif alla chercher Pete. Il ramena le détenu sans menottes et annonça aux deux hommes qu'il leur accordait une demi-heure.

Une fois seuls, Wilbanks annonça :

— OK, Pete. Parlons du crime. Si c'est toi l'auteur, avoue-le. Si ce n'est pas toi, alors donne-moi un nom.

— Je n'ai rien à dire, répliqua-t-il en allumant une cigarette.

— Ça ne va pas me suffire.

— Je n'ai rien à dire.

— Intéressant. Tu ne veux pas parler à ton avocat ?

Pete haussa les épaules, tira une bouffée. Pas un mot.

Wilbanks, en bon professionnel, lui retourna un sourire.

— D'accord. Voilà ce qui va se passer. Dans un jour ou deux, ils vont t'emmener au tribunal pour ta première comparution devant le juge Oswalt. Je suppose que tu vas plaider non coupable, et ils vont te ramener en cellule. Dans un mois environ, le grand jury se réunira et t'inculpera pour assassinat. J'imagine qu'en février ou en mars Oswalt sera prêt pour le procès, et je me ferai un plaisir de te défendre, si tu veux de moi.

— John, tu as toujours été l'avocat de la famille.

— Parfait. Alors dans ce cas, il faut que tu coopères.

— Comment ça ?

— Oui, Pete, coopérer. À première vue, ça ressemble à un meurtre de sang-froid. Donne-moi du grain à moudre. Tu as forcément un mobile.

— C'est entre moi et Dexter Bell.

— Non, c'est entre toi et l'État du Mississippi qui, comme la plupart des États de ce pays, n'apprécie guère les assassinats.

— Je n'ai rien à dire.

— Ce n'est pas un système de défense.

— Peut-être que je n'ai pas de défense, du moins pas une que les gens d'ici comprendront.

— Les jurés auront besoin d'explications. Mon idée, la seule qui me vienne pour l'instant, c'est de plaider la folie.

Pete secoua la tête.

— Pas question. Je suis aussi sain d'esprit que toi.

— Mais moi, je ne risque pas la chaise électrique.

Pete souffla un nuage de fumée.

— Je ne veux pas de ça, point.

— Très bien, alors indique-moi un motif, une raison. Quelque chose !

— Je n'ai rien à dire.

*

Joel Banning descendait les marches du Benson Hall quand quelqu'un l'appela : un autre étudiant, un première année qu'il connaissait de vue. Il lui remit une enveloppe.

— Le doyen veut te voir. Il dit que c'est urgent.

— Merci, répondit Joel en regardant le jeune homme s'éloigner.

Dans l'enveloppe, il y avait un mot manuscrit sur un papier à en-tête de Vanderbilt lui demandant de se rendre sans tarder au bureau du doyen Mulrooney au Kirkland Hall, le bâtiment de l'administration.

Son cours de littérature commençait dans un quart d'heure, et le professeur n'aimait pas les absences. S'il se dépêchait, il pouvait foncer chez le doyen, voir ce qu'on lui voulait, et aller au cours avec un peu de retard, en croisant les doigts pour que le prof soit dans ses bons jours. Il traversa l'esplanade en courant, grimpa le perron du Kirkland Hall et monta au deuxième étage. Sitôt arrivé, la secrétaire lui annonça qu'il devait attendre jusqu'à 11 heures précises, heure à laquelle sa tante Florry allait rappeler. L'employée assura ne pas en savoir davantage. Elle avait eu sa tante au téléphone un peu plus tôt, quand elle avait appelé de chez elle, une ligne rurale groupée. Elle allait se rendre en ville pour utiliser le téléphone personnel d'une amie.

Quelqu'un devait être mort, songea-t-il alors qu'il patientait. Malgré lui, il se mit à faire un classement des proches qu'il préférait perdre en premier. La famille Banning était petite : juste ses parents, Pete et Liza, sa sœur, Stella, et sa tante, Florry. Les grands-parents étaient morts. Florry n'avait pas d'enfants. Stella et lui n'avaient donc pas de cousins germains du côté des Banning. Quant au côté maternel, ils étaient originaires de Memphis mais tous s'étaient éparpillés après la guerre.

Il fit les cent pas dans le bureau, ignorant les regards de la secrétaire, et conclut que cela devait avoir un rapport avec sa mère. Elle avait été internée quelques mois plus tôt et la famille avait du mal à s'en remettre. Stella et lui n'avaient plus revu leur mère, et leurs lettres restaient sans réponse. Leur père refusait de leur parler du traitement qu'elle suivait. Et il y avait tant d'inconnues. Son état allait-il s'améliorer ? Allait-elle rentrer à la maison ? Allaient-ils redevenir une vraie famille comme avant ? Joel et Stella avaient bien des questions, mais leur père préférait aborder d'autres sujets, les rares fois où il sortait de son mutisme. Et Florry n'était guère plus loquace.

Elle appela à 11 heures sonnantes. La secrétaire tendit le téléphone à Joel et s'éloigna dans le couloir, quoiqu'elle restât sans doute à portée d'oreille. Joel lui dit bonjour et écouta sa tante pendant un temps qui parut durer une éternité. Florry commença par expliquer qu'elle était à Clanton, chez Mildred Highlander, une femme que Joel connaissait depuis toujours. Elle avait fait le voyage jusque là-bas parce qu'elle avait quelque chose à lui annoncer et qu'il n'y avait pas d'intimité possible sur leur ligne de campagne puisque, comme il le savait, toutes les fermes alentour pouvaient écouter leurs conversations. Ce n'était d'ailleurs plus si important. Car toute la ville était au courant : son père, quelques heures plus tôt, s'était rendu à l'église méthodiste et avait tué le pasteur Dexter Bell. Désormais, il était en prison et, forcément, tout Clanton était en émoi. Les gens ne parlaient plus que de ça. Ne me demande pas pourquoi il a fait ça, et surtout ne dis rien, parce qu'on pourrait t'entendre. Je ne sais pas où tu es. C'est horrible, Joel. Que Dieu nous aide !

Se sentant chanceler, Joel s'appuya au bureau de la secrétaire. Il ferma les yeux, prit une longue inspiration et écouta la suite. Florry lui apprit qu'elle venait d'appeler Stella à Hollins et qu'elle avait tourné de l'œil. Elle se trouvait en ce moment dans le bureau du président, en compagnie d'une infirmière. Pete avait donné des instructions précises : lui et Stella devaient rester à l'université et ne pas s'approcher de la maison ni de Clanton jusqu'à nouvel ordre. Et pour les vacances de Thanksgiving, il leur recommandait de partir loin avec des amis, le plus loin possible du comté de Ford. Et si des journalistes, des enquêteurs, la police ou qui que ce soit leur posait des questions, ils ne devaient rien dire. Absolument rien. Pas un mot sur leur père ou leur famille. Rien. Elle termina son laïus en affirmant qu'elle les aimait, qu'elle allait leur écrire une longue lettre tout de suite et que, pour sa part, elle aurait bien voulu qu'ils soient là avec elle pour traverser cette épreuve.

Joel raccrocha sans prononcer un mot et quitta le bâtiment. Il erra dans le campus jusqu'à trouver un banc, à l'abri des regards. Il s'y assit et retint ses larmes, bien décidé à se montrer aussi stoïque que son père. La pauvre Stella. Elle était si émotive, comme sa mère. Il imaginait dans quel état elle devait se trouver en ce moment même.

Terrorisé, hébété, Joel regarda les feuilles tomber, emportées par la brise. Il brûlait de retourner chez lui tout de suite, d'attraper un train pour être à Clanton avant la nuit et, une fois là-bas, tenter d'en savoir plus. Mais l'impulsion passa. Pourrait-il rentrer un jour, d'ailleurs ? Dexter Bell était apprécié, et l'animosité devait être grande en ce moment contre les Banning. En outre, son père avait donné ses ordres, à lui et à Stella : interdiction de s'approcher du comté. Joel avait désormais vingt ans et pas une fois il n'avait désobéi à son père. En grandissant, il avait appris, avec respect, à exprimer ses désaccords, mais jamais il n'avait remis en question son autorité. Son père était un ancien soldat, fier et strict ; il parlait peu et avait des principes inflexibles.

Il ne pouvait avoir commis ce meurtre.

4

Le palais de justice, comme les boutiques et les bureaux autour de la place, fermait à 17 heures en semaine. D'ordinaire, à cette heure, toutes les portes étaient closes, les lumières éteintes, les trottoirs vides. Tout le monde était rentré chez soi. Mais aujourd'hui, les bonnes gens de Clanton traînaient en ville au cas où il y aurait du nouveau ou des rumeurs concernant le meurtre. Depuis le matin, ils ne parlaient que de ça. Ils avaient partagé le choc causé par la nouvelle, puis s'étaient échangé les dernières informations au fil de la journée. La mine grave et solennelle, ils avaient regardé passer le corbillard de Magargel. Le vieux croque-mort avait fait le tour de la place pour que tout le monde puisse voir le cadavre enveloppé d'un drap noir. Certains s'étaient rendus à l'église, pour ne rien rater et prier avec les autres, puis étaient revenus à leurs magasins et bureaux rapporter d'une voix blanche les dernières nouvelles du front. Les baptistes, les presbytériens et les pentecôtistes avaient un désavantage parce qu'ils ne pouvaient revendiquer de lien étroit ni avec la victime ni avec le tueur. Les méthodistes, en revanche, étaient sous les feux de la rampe, et chacun d'eux était impatient de raconter comme ils étaient proches du pasteur, une proximité qui devenait plus intime d'heure en heure au fil de leur récit. En ce jour funeste et mémorable, l'église méthodiste de Clanton n'avait jamais eu autant de fidèles.

Pour la plupart des habitants, du moins au sein de la communauté blanche, le sentiment de trahison prévalait. Dexter Bell était très apprécié et respecté, quant à Pete Banning, il était quasiment une figure mythique. Que l'un ait tué l'autre était si incompréhensible qu'aucune rumeur ne parvint à donner une explication plausible.

Toutefois, les commérages ne manquaient pas. Ils étaient même très nombreux. Banning serait conduit au tribunal le lendemain. Il refusait de parler. Il allait plaider la folie. John Wilbanks n'avait jamais perdu un procès. Le juge Oswalt était un ami des Banning, ou alors un ami des Bell. Le procès serait déplacé à Tupelo. Pete ne s'était pas bien remis de la guerre. Jackie Bell était sous calmants. Ses gosses étaient en vrac. Pete proposerait sa terre comme caution et rentrerait chez lui.

Pour ne pas être vue, Florry se gara dans une rue adjacente et entra dans le cabinet de John Wilbanks, qui l'attendait dans le hall.

*

En 1946, il y avait douze avocats dans le comté de Ford, et la moitié d'entre eux travaillaient pour

Wilbanks & Wilbanks. Tous les six avaient des liens de parenté. Depuis plus de cent ans, les Wilbanks étaient aux affaires : le droit, la politique, la banque, les terres et les plantations. John et son frère Russell avaient fait leur droit dans le Nord. Leur cabinet gérait quasiment tous les litiges du comté y compris dans le domaine financier. Un autre frère était président de la plus grande banque du comté et propriétaire de plusieurs sociétés. Un cousin exploitait mille hectares de terre, siégeait au parlement de l'État du Mississippi et avait visiblement des ambitions nationales. On racontait que la famille se réunissait en secret chaque année la première semaine de janvier pour compter sa fortune et se partager le magot. Et l'argent, effectivement, coulait à flots.

Florry connaissait John Wilbanks depuis le lycée, bien qu'elle fût de trois ans son aînée. Son cabinet s'était toujours occupé des affaires des Banning sur un plan juridique, des affaires simples jusqu'à présent. L'envoi de Liza dans un asile psychiatrique avait posé quelques problèmes, mais John avait discrètement fait jouer ses relations et Liza avait été internée. De la même façon, le divorce de Florry avait été géré de main de maître par John et son frère ; il n'y avait quasiment aucune trace de la séparation dans les archives du comté.

Il la serra dans ses bras, l'air grave, et la conduisit dans son grand bureau à l'étage, le plus beau de la ville, avec un balcon donnant sur la place du palais de justice. Une collection de tableaux décorait les murs, des portraits de ses illustres ancêtres posant la mine sévère. La mort était partout dans ce cabinet. Il désigna un grand canapé de cuir et l'invita à s'asseoir.

— Je l'ai vu, commença Wilbanks en grattant une allumette pour allumer un petit cigare. Il n'a pas été très causant. En fait, il n'a rien voulu m'expliquer.

— Pourquoi, John ? Pourquoi il fait ça ? demanda-t-elle, ses yeux s'embuant de larmes.

— Je n'en sais absolument rien. Tu as vu quelque chose venir ?

— Bien sûr que non. Tu connais Pete. Il ne dit jamais rien, encore moins quand c'est personnel. Il va parler de la météo comme tous les fermiers et du cours du coton, ce genre de vétilles. Mais jamais rien d'intime. Alors quelque chose d'aussi terrible, il ne risquait pas de le lâcher !

John tira sur son cigare et souffla un nuage de fumée bleue vers le plafond.

— Alors tu ne sais pas ce qu'il y a derrière tout ça ?

Elle se tamponna les joues avec un mouchoir.

— Je suis trop sous le choc pour avoir les idées claires, John. J'ai déjà du mal à respirer, alors réfléchir… oublie. Demain, peut-être, ou après-demain, mais pas maintenant. Tout est embrouillé dans ma tête.

— Et Joel et Stella ?

— J'ai parlé à chacun. Les pauvres petits. Ils étaient tranquilles et heureux dans leur école, sans souci, et d'un coup ils apprennent que leur père a assassiné leur pasteur, un homme qu'ils admiraient. Et ils ne peuvent rentrer à la maison parce que Pete a donné des instructions, par écrit, rien que ça ! Ils doivent rester loin jusqu'à nouvel ordre. (Elle éclata en sanglots – John continuait à fumer son cigare. Puis elle serra les dents, se tamponna encore les joues et déclara :) Pardon, excuse-moi.

— Vas-y. Ne te gêne pas. Pleure tant que tu veux. J'aimerais y arriver. Mieux vaut que ça sorte, c'est plus sain. On ne va pas faire semblant entre nous. C'est un véritable cauchemar qui va nous pourrir la vie pour des années.

— Qu'est-ce qui va se passer ?

— Rien de bon, ça c'est certain. J'ai parlé au juge Oswalt et il refuse toute idée de libération sous caution. C'est hors de question et, honnêtement, je le comprends. Il s'agit d'un assassinat. J'ai vu Pete cet après-midi et il n'est pas très coopératif. D'un côté, il ne veut pas plaider coupable, et de l'autre, il ne me donne aucune carte pour sa défense. Ça peut changer, certes, mais toi et moi, on le connaît. Il n'est pas du genre à revenir sur ses décisions.

— Quel angle de défense on peut envisager ?

— Le choix est plutôt limité : légitime défense, coup de folie ou alibi solide. Et pour l'instant, rien ne colle. (Il tira une nouvelle bouffée sur son cigare.) Et il y a pire. J'ai eu une info surprenante tout à l'heure et je suis allé vérifier au bureau du cadastre. Il y a trois semaines, Pete a fait don de ses terres à Joel et à Stella. Il n'avait aucune raison de faire ça et, visiblement, il ne voulait pas que je le sache. Il est passé par un avocat de Tupelo, un gars qui n'a pas beaucoup de contacts à Clanton.

— Et ça pose un problème ? Excuse-moi, John, mais j'ai le cerveau en compote.

— Ça signifie que Pete préparait quelque chose. Et pour protéger ses biens, au cas où la famille de Bell veuille l'attaquer financièrement, il a mis la ferme au nom de ses enfants.

— Et ça suffira ?

— J'en doute, mais chaque problème en son temps. Ta terre, bien entendu, ne risque rien.

— Je n'avais même pas pensé à ça.

— À supposer qu'il aille au procès, et je ne vois pas comment il pourrait y échapper, ce transfert de propriété sera retenu contre lui, comme preuve de préméditation. Il avait prévu son coup, Florry. Pete y pensait depuis longtemps.

Elle porta le mouchoir à sa bouche et regarda le sol un long moment. Un grand silence régnait dans le bureau. Tous les bruits de la rue s'étaient tus. John se leva et écrasa son cigare dans un gros cendrier de cristal, puis s'approcha de sa table de travail pour en allumer un autre. Devant les portes-fenêtres, il contempla le palais de justice de l'autre côté de la place. Le soir tombait, les ombres s'allongeaient sur la pelouse.

Sans se retourner, il demanda :

— Combien de temps Pete est-il resté à l'hôpital après son retour de la guerre ?

— Des mois et des mois. Je ne sais pas au juste, peut-être une année. Il avait des blessures partout et ne pesait plus que soixante kilos. Cela a pris du temps de le remettre sur pied.

— Et mentalement ? Il y avait des problèmes ?

— Aucune idée. En tout cas, il ne m'en a jamais parlé. Mais après ce qu'il a enduré, la tête doit en prendre un coup.

— On lui a trouvé des troubles psychiques ?

— Je n'en sais rien. Il n'était plus le même, à son retour de la guerre, et c'est normal, non ? Je suis sûre que plein de nos *boys* ont des séquelles.

— Qu'est-ce qui a changé chez lui ?

Elle rangea son mouchoir dans son sac à main, comme pour signifier que le temps des larmes était terminé.

— Liza disait qu'il faisait des cauchemars, que parfois il ne dormait pas de la nuit. Il est plus taciturne, c'est vrai, il reste de longs moments silencieux, des silences qu'il semble apprécier. Mais tu connais Pete, il n'a jamais parlé beaucoup, de toute façon. En tout cas, il était vraiment heureux de rentrer à la maison, j'en suis sûre. Il était en convalescence, regagnait du poids et avait toujours le sourire aux lèvres. Il était content d'être en vie et que la guerre soit finie. Pourtant ça n'a pas duré. C'est devenu tendu entre Liza et lui. Nineva prétendait qu'ils ne s'entendaient plus. C'était bizarre, comme si plus il récupérait et recouvrait la santé, plus Liza allait mal.

— Tu sais pourquoi ils se disputaient ?

— Non. Nineva a les yeux et les oreilles partout, alors ils faisaient attention. D'après ce que m'a raconté Marietta, ils demandaient à Nineva de quitter la maison quand ils voulaient discuter de certaines choses. L'état de Liza n'a cessé de se dégrader. Je l'ai vue une fois, peu avant son internement, elle était si maigre, si fragile, un petit animal aux abois. Comme tout le monde le sait, entre elle et moi, le courant ne passait pas, alors elle ne m'a jamais rien confié. Et lui non plus.

John tira une bouffée et revint s'asseoir. Il regarda Florry avec un sourire, comme un vieil ami, et déclara :

— Le seul lien possible entre Dexter Bell, ton frère et ce meurtre incompréhensible, c'est Liza, tu n'es pas de cet avis ?

— Je ne suis pas en état d'avoir un avis sur quoi que ce soit.

— Florry, il faut que tu m'aides. Je suis le seul qui puisse sauver Pete, lui sauver la vie, et pour l'instant c'est très mal engagé. Le pasteur est souvent passé voir Liza quand on a appris que Pete était sans doute mort. Ils se voyaient beaucoup ? Pendant combien de temps ?

— Comment veux-tu que je le sache ? C'était une période terrible. Liza était effondrée. Les gosses traumatisés. La maison était une vraie ruche. Tout le comté s'arrêtait pour offrir du jambon, des jarrets de cochon ou pour pleurer avec la famille et poser mille questions. Évidemment que Dexter était là ! Et sa femme aussi. Ils étaient proches de Pete et Liza.

— Mais tu n'as rien remarqué d'inhabituel ?

— Comment ça ? Tu sous-entends qu'il aurait pu y avoir une histoire entre Liza et le pasteur ? C'est absurde !

— Bien sûr, mais ce meurtre l'est aussi. Et je dois trouver un système de défense, s'il en existe un. Pete ne l'a pas tué sans raison. S'il ne me donne pas d'explications, alors c'est à moi de trouver le motif.

Florry leva les mains.

— J'ai mon compte pour aujourd'hui, John. La journée a été éprouvante. Je n'ai pas la force de continuer. Une autre fois, peut-être.

Elle se leva et se dirigea vers la porte. Il s'empressa d'aller lui ouvrir, lui prit le bras et l'aida à descendre l'escalier. Ils s'étreignirent devant la porte d'entrée et se promirent de se reparler sous peu.

*

Son premier repas de détenu se résuma à un bol de haricots en sauce avec une tranche de pain de maïs rance. Les deux servis froids. Pete s'installa au bord de son lit avec le bol dans les mains, en se demandant s'il était difficile de garder le plat au chaud le temps de le distribuer aux prisonniers. Cela devait être possible, mais il se garda bien d'en parler à quelqu'un. Par expérience, il savait que se plaindre ne faisait qu'aggraver les choses.

De l'autre côté du couloir, un prisonnier, assis comme lui sur son lit de camp, dînait sous la lueur blafarde d'une ampoule suspendue à son fil. Il s'appelait Leon Colliver, le rejeton d'une famille réputée pour faire un alcool de contrebande tout à fait buvable. Il en avait d'ailleurs caché une flasque sous son lit. À deux reprises durant l'après-midi, il en avait proposé à Pete. Les deux fois, celui-ci avait refusé. Au dire de Colliver, il allait être transféré à Parchman, le pénitencier de l'État, où il passerait quelques années à l'ombre. Ce serait son deuxième séjour là-bas, et il avait hâte d'y être. N'importe quelle prison était mieux que ce cachot humide. À Parchman, les détenus passaient quasiment toute la journée hors de leur cellule.

Colliver était curieux de savoir pourquoi Pete était derrière les barreaux. Au fil de la journée, la rumeur s'était propagée à travers la ville, jusqu'aux quatre prisonniers blancs en cellule. Le soir, tous les détenus savaient que Pete avait tué le pasteur méthodiste. Colliver voulait donc discuter. Il n'avait que ça à faire. Et il espérait avoir des détails. Mais il n'obtint rien de Pete. Colliver ignorait que Pete Banning avait été blessé à la guerre, battu, privé de tout, affamé, torturé, lacéré par des fils barbelés, enfermé dans des cales de bateaux, des wagons de bestiaux, des camps de prisonniers, et que, durant son calvaire, Pete avait appris l'une des grandes règles de la survie : ne jamais trop en dire à un inconnu. Colliver resta donc sur sa faim.

Après le dîner, Nix Gridley passa dans le couloir et s'arrêta devant la cellule de Pete. Le détenu se leva et s'approcha des barreaux. À voix basse, presque dans un murmure, le shérif annonça :

— Pete, on est harcelés par les journalistes. Ils font le siège devant la prison, ils veulent te parler, à toi, à moi, à n'importe qui susceptible de leur donner des détails. Je voulais être certain que tu n'avais rien à déclarer.

— Effectivement, je n'ai rien à leur dire.

— Ils viennent de partout. Tupelo, Jackson, Memphis.

— Je n'ai rien à leur dire.

— C'est bien ce que je pensais. Tout se passe bien ici ?

— Oui. Tout va bien. J'ai connu pire.

— Je sais… Juste pour info, je suis passé cet après-midi voir Jackie au presbytère. Elle va tenir le coup, je pense. Mais les enfants sont dévastés.

Pete regarda fixement Gridley, inflexible, ne laissant paraître aucune émotion, même s'il brûlait de lui lancer quelque chose comme : « Transmets-lui toutes mes condoléances », ou « Je suis vraiment désolé pour elle et les gosses ». Il se contenta de plisser le front, comme s'il avait affaire à un demeuré. Pourquoi tu me racontes ça ?

Voyant que Pete ne lâcherait rien, Gridley tourna les talons.

— Si tu as besoin de quelque chose, ajouta-t-il en s'en allant, fais-le-moi savoir.

— Merci.

5

À 4 heures du matin, Florry comprit qu'elle ne trouverait pas le sommeil et se rendit dans la cuisine se faire un café. Marietta, qui vivait au sous-sol, entendit le bruit et apparut en chemise de nuit. Florry lui annonça qu'elle n'avait besoin de rien, qu'elle n'arrivait simplement pas à dormir et la renvoya dans sa chambre. Après deux tasses et une nouvelle crise de larmes, Florry décida que ce cauchemar pourrait peut-être nourrir sa créativité. Elle se battit pendant une heure avec un poème qui, à l'aube, termina à la poubelle. Elle reporta ses efforts sur une œuvre de non-fiction et commença un journal qui narrerait ce drame au jour le jour. Elle sauta le bain, le petit déjeuner et, à 7 heures, elle était à Clanton, chez Mildred Highlander, une veuve qui, pour autant qu'elle puisse en juger, était l'unique personne en ville appréciant sa poésie. Devant un thé et des scones au fromage, elles parlèrent évidemment de cette tragédie.

Mildred alla récupérer dans la boîte aux lettres le journal de Tupelo et celui de Memphis, s'attendant au pire, et les deux femmes ne furent pas déçues.

Le meurtre faisait la une du quotidien de Tupelo, avec en gros titre : « Un héros de guerre arrêté pour meurtre ! » Memphis, bien sûr, portait un intérêt moindre aux vicissitudes d'une bourgade du fin fond du Mississippi. L'affaire figurait dans les pages locales du journal : « Un pasteur assassiné dans son église. » Les informations étaient similaires. Pas un commentaire de l'avocat, ni des autorités. La ville était en état de choc.

La gazette du coin, le *Ford County Times*, était un hebdomadaire, sortant tous les mercredis. Ils avaient raté l'info d'une journée et devraient attendre la semaine prochaine pour exploiter l'événement. Leur photographe, toutefois, avait pris en photo Pete Banning escorté en prison, et on retrouvait le même cliché dans les éditions de Tupelo et de Memphis : Pete, conduit par trois braves policiers, dans des uniformes mal assortis, marchant dans une indifférence totale.

Puisque Clanton semblait victime d'un mutisme collectif, les journalistes n'avaient que le passé glorieux du héros à se mettre sous la dent. S'appuyant sur leurs archives, les deux journaux retraçaient par le menu la carrière et les exploits du grand soldat durant la guerre du Pacifique. Les deux publications avaient ressorti des photos de Pete lors de son retour à Clanton l'année précédente. Tupelo publiait même un cliché de Pete et Liza lors d'une cérémonie commémorative sur la place du palais de justice.

Vic Dixon habitait en face de chez Mildred. Il était l'une des rares personnes à Clanton abonnées au quotidien de Jackson, le plus grand tirage de l'État, mais celui qui s'intéressait le moins aux comtés du Nord. Après l'avoir lu en prenant son café du matin, Vic traversa la rue et le donna à Mildred, comme elle le lui avait demandé. Il en profita pour exprimer maladroitement à Florry sa sympathie, sa compassion – que dire à la sœur d'un homme qui vient d'être arrêté pour meurtre ? Mildred finit par renvoyer Vic chez lui non sans lui avoir fait promettre de lui garder tous les jours le journal.

Florry voulait conserver les articles pour son dossier de presse, son journal, son cahier, elle ne savait trop comment l'appeler. Elle voulait tout consigner, tout sauver. Dans quel but ? Cela restait encore assez flou. Mais c'était le début d'une longue histoire, d'une épopée à la fois sinistre et exceptionnelle, et elle ne comptait pas en rater une miette. Quand Joel et Stella reviendraient – cela arriverait bien un jour –, elle devait pouvoir répondre à toutes leurs questions.

Cependant la déception la gagna quand elle découvrit que le journal de Jackson, qui était plus éloigné de Clanton que Tupelo et même Memphis, donnait encore moins de détails. Il n'y avait qu'une seule photo, et ce titre laconique : « Un grand planteur de coton arrêté à Clanton. » Néanmoins, Florry découpa le coupon d'abonnement, en comptant leur envoyer un chèque pour un an.

Grâce à la ligne privée de Mildred, elle appela Joel et Stella, avec l'intention de les rassurer et de leur expliquer que la situation n'était pas si catastrophique. Mais elle échoua misérablement. Quand elle raccrocha, sa nièce comme son neveu étaient en larmes. Leur père était derrière les barreaux, bon sang ! Et accusé d'avoir tué de sang-froid un homme d'Église ! Et ils voulaient tous les deux rentrer à la maison.

À 9 heures, Florry prit son courage à deux mains et se rendit à la prison dans sa Lincoln de 1939. La voiture avait à peine trente mille kilomètres au compteur et sortait très rarement du comté, car sa propriétaire n'avait pas son permis de conduire. Elle l'avait raté à deux reprises et avait été arrêtée plusieurs fois par la police, sans avoir d'amende. Elle continuait à conduire parce que Nix Gridley lui avait fait promettre de se servir de la voiture uniquement pour aller en ville, et de ne jamais rouler la nuit.

Elle entra dans le bureau du shérif, salua Nix Gridley et Red Arnett, et annonça qu'elle voulait voir son frère. Dans un gros cabas, elle avait mis trois romans de Faulkner, un paquet de Standard Coffee, le café préféré de Pete, qu'il achetait par correspondance, un mug, une cartouche de cigarettes, des allumettes, du dentifrice, une brosse à dents, deux savons, deux flacons d'aspirine, deux d'antalgiques, et une boîte de chocolats.

Après quelques politesses d'usage, Nix demanda ce que contenait le sac. Sans l'ouvrir, Florry expliqua qu'il s'agissait de quelques effets personnels pour le quotidien, rien de dangereux. Des articles que Pete voulait. Il avait fait une liste.

Les deux policiers échangèrent un regard. Ce détail serait noté et transmis au procureur. Le prisonnier avait si bien préparé son crime qu'il avait prévu ce que sa sœur devrait lui apporter en cellule. Une preuve de plus que le meurtre était prémédité. Cette précision de Florry était très dommageable pour la défense.

— Quand t'a-t-il remis cette liste ? s'enquit Nix d'un ton nonchalant, comme si de rien n'était.

Florry, impatiente de coopérer, répondit :

— Oh, il a laissé une lettre à Nineva, pour qu'elle me la porte juste après son arrestation.

— Je vois. Dis-moi, Florry, tu étais au courant de ses projets ?

— Pas du tout, je le jure. Absolument pas. J'ai été aussi surprise que toi. Encore plus, parce que c'est mon propre frère. Je ne comprends toujours pas comment il a pu faire ça. Ça me dépasse.

Nix lança un coup d'œil à Red, un regard chargé de doute. Il ne la croyait pas. Pas totalement. Elle savait forcément des choses… Elle devait avoir sa petite idée sur le mobile. Ce regard entre les deux policiers inquiéta Florry. Elle comprit soudain qu'elle parlait trop.

— Maintenant Nix, est-ce que je peux voir mon frère ? demanda-t-elle avec raideur.

— Bien sûr. (Le shérif fit signe à son adjoint :) Va chercher le prisonnier.

Une fois que Red Arnett eut quitté la pièce, Gridley prit le cabas et le vida. Ce geste irrita Florry.

— Qu'est-ce que tu cherches ? Des couteaux ? Des pistolets ?

— Pourquoi ce café ?

— Pour le boire

— Il y a du café ici.

— J'imagine, mais Pete est attaché à cette marque. Ça date de la guerre, quand il en a été privé pendant si longtemps. Il tient à avoir du Standard Coffee de La Nouvelle-Orléans. On peut faire ça pour lui, non ?

— Si on lui sert du Standard, alors il faudra en donner aussi aux autres prisonniers, du moins aux Blancs. On ne peut pas faire d'exception. Les gens commencent déjà à dire que Pete va avoir droit à un traitement de faveur.

— Je comprends. J'apporterai autant de Standard Coffee qu'il faudra.

Nix Gridley sortit le mug du sac. Il était en céramique, beige, avec des traces sombres, patine évidente des années. Avant que le shérif fasse le moindre commentaire, Florry expliqua :

— C'est sa tasse favorite. Ils la lui ont donnée quand il était à l'hôpital militaire après son opération et qu'il se remettait doucement. Tu ne vas pas interdire à un héros de guerre de boire dans sa tasse préférée ?

— Certes, marmonna Nix en remettant un à un les objets dans le cabas.

— Ce n'est pas un prisonnier comme les autres, Nix, je te le rappelle. Tu l'as enfermé avec Dieu sait qui, sans doute des voleurs ou des contrebandiers d'alcool, mais il s'agit de Pete Banning, il ne faut pas l'oublier.

— Il est là parce qu'il a tué le pasteur de l'église méthodiste, Florry. Et, pour le moment, il est le seul meurtrier ici et il n'aura pas droit à plus d'égards que les autres.

La porte s'ouvrit et Pete entra dans la pièce, suivi de Red. Il regarda sa sœur, le visage fermé, puis se tourna vers Nix.

— Je suppose que tu veux encore une fois mon bureau ? comprit Nix.

— Merci, c'est gentil.

Le shérif se leva en grommelant, prit son chapeau et sortit avec Red Arnett. Il laissa son pistolet dans son holster accroché à une patère, bien en évidence.

Pete s'assit et leva les yeux vers sa sœur dont les premiers mots furent :

— Espèce d'idiot ! Comment peux-tu être aussi stupide et aussi égoïste ! Et ne pas voir plus loin que le bout de ton nez ! Et ta famille ? Et moi ? Et la ferme, tous les gens qui comptent sur toi, tu y as pensé ? Tes amis ? Comment as-tu pu faire ça à tes enfants ? Ils sont absolument dévastés, Pete. Terrifiés, anéantis ! Comment as-tu osé ?

— Je n'avais pas le choix.

— Ah oui ? Vas-y explique-moi, alors…

— Non, je ne vais rien expliquer, et ne parle pas aussi fort. Ils écoutent, qu'est-ce que tu crois ?

— Je me fiche qu'ils entendent ou pas !

Son regard se durcit et il tendit le doigt vers elle.

— Baisse d'un ton, Florry. Je ne suis pas d'humeur à supporter tes grands airs et tu ne m'auras pas. Ce que j'ai fait, c'est pour une bonne raison. Peut-être qu'un jour tu sauras. Mais pour l'instant, je n'ai rien à dire, et comme tu ne peux rien comprendre, surveille tes paroles.

Les yeux de Florry se mirent à briller, ses lèvres à trembler.

— Tu ne veux vraiment pas parler. Même à moi ?

— Non. À personne. Pas même à toi.

Elle regarda le sol un long moment, alors que les mots de son frère prenaient corps en elle. La veille, tout semblait normal. Leur rendez-vous du mercredi. Un petit déjeuner comme un autre. Il n'avait rien laissé paraître. Elle n'avait rien vu. Pete était comme à son habitude, comme en ce moment même : distant, fermé, reclus dans son monde.

Florry releva les yeux vers lui.

— Je veux savoir pourquoi.

— Et moi, je n'ai rien à dire.

— Qu'est-ce que Dexter Bell a fait pour mériter ça ?

— Je n'ai rien à dire.

— Ça a un rapport avec Liza ?

Pete hésita l'espace d'un instant. Elle avait touché une corde sensible.

— Je n'ai rien à dire, répéta-t-il.

Pour faire diversion, il prit une cigarette. Il tapota l'extrémité sur le cadran de sa montre – un geste curieux et parfaitement inutile –, puis il gratta une allumette et tira une bouffée.

— Tu as des regrets pour les Bell, de la compassion ?

— J'essaie de ne pas penser à eux. Oui, je regrette ce qui s'est passé, mais c'était nécessaire, c'était mon choix. Eux, comme nous, apprendront à vivre avec.

— C'est tout ? C'est fini, il est mort, on passe à autre chose ? Et la vie continue ? Va donc dire ça à ses trois enfants.

— Tu ferais mieux de partir.

Elle ne bougea pas, hormis sa main qui tamponnait ses joues avec un mouchoir. Pete souffla un nuage de fumée qui forma une nappe au-dessus de leurs têtes. Ils entendaient des voix dans l'autre pièce, des rires, le shérif et ses adjoints vaquant à leurs occupations.

Finalement, Florry demanda :

— Comment ça se passe là-dedans ? Ça va ?

— C'est une prison.

— Ils te donnent à manger ?

— Oui, j'ai de quoi manger. J'ai connu pire.

— Joel et Stella veulent venir te voir. Ils sont terrifiés, Pete. Fous d'angoisse. Et bien sûr totalement perdus.

— J'ai été très clair. Ils ne doivent pas bouger tant que je ne les y ai pas autorisés. Point. Je compte sur toi pour le leur rappeler. Je sais ce qui est le mieux pour eux.

— J'en doute ! Le mieux pour eux, c'est que leur père soit à la maison à s'occuper de la plantation, à tenter de recoller les morceaux d'une famille brisée, et pas en prison parce qu'il a commis un meurtre insensé !

Il ignora la pique.

— Je me soucie d'eux, mais ils sont forts et intelligents. Ils survivront.

— Je n'en suis pas si sûre. Tu pars du principe qu'ils sont aussi solides que toi, après tout ce que tu as subi, mais ce n'est peut-être pas le cas. Comment peux-tu être certain que tes enfants s'en sortiront sans séquelles ?

— J'en ai assez de tes sermons. Tu es la bienvenue si tu veux me rendre visite, et je t'en suis reconnaissant, mais pas si tu me fais des reproches. N'en rajoutons pas, OK ? Mes jours sont comptés. Ne les gâche pas, s'il te plaît.

6

Depuis dix-sept ans, l'honorable Rafe Oswalt était le juge de la cour de circuit pour les comtés de Ford, Tyler, Milburn, Polk et Van Buren. Comme il habitait dans les environs de Smithfield, le siège du comté de Polk, il n'avait jamais rencontré l'accusé ni la victime. Comme tout le monde, toutefois, l'affaire l'intriguait. Il était impatient de présider le procès. Durant sa carrière ordinaire, il s'était occupé d'une dizaine d'affaires de meurtres – bagarres entre saoulards, duels au couteau dans d'obscurs bouges, disputes conjugales –, exclusivement des crimes passionnels ou perpétrés dans un accès de rage. Les procès étaient courts, les peines de prison lourdes. Et aucune des victimes n'était une personnalité de la ville telle que le révérend Bell.

Le juge Oswalt avait lu les articles de journaux et écouté les ragots. Il avait parlé deux fois au téléphone avec John Wilbanks, un avocat pour qui il avait le plus grand respect. Il avait aussi eu en ligne Miles Truitt, le procureur du district, qu'il respectait beaucoup moins.

Le vendredi matin, l'huissier entrouvrit la porte de son bureau et annonça qu'il y avait foule dans la salle.

Il disait vrai ! Le vendredi était réservé aux auditions préliminaires, de simples formalités destinées à entendre la défense du prévenu dans les affaires criminelles et les requêtes des avocats pour les affaires civiles. Aucun procès avec jury ne s'étant tenu dans le comté de Ford depuis des mois, ce genre d'audiences de routine n'attirait personne. Et soudain, la curiosité était là et, comme l'accès était gratuit… Mais cette curiosité ne se limitait pas aux habitués du palais de justice qui traînaient sous les chênes vénérables de la place, à chiquer et à sculpter des bouts de bois en attendant que quelque chose se passe. Cette fois, l'intérêt avait gagné tout le comté de Ford. À 9 heures du matin, la salle était noire de monde. Tous voulaient voir Pete Banning. Des journalistes étaient venus de partout. Certains avaient même fait le voyage depuis Atlanta. Les méthodistes étaient nombreux, formant la faction anti-Banning, agglutinés derrière la table de l'accusation. De l'autre côté de l'allée centrale s'étaient rassemblés les amis de Pete et de Dexter Bell, ainsi que beaucoup d'autres habitants ayant réussi à quitter leur boulot. Quelques Nègres avaient pris place au-dessus, au balcon, isolés par leur couleur. À l'inverse de bon nombre de bâtiments publics en ville, ils étaient autorisés à utiliser l'entrée principale comme les Blancs, cependant, une fois à l'intérieur du palais, ils étaient confinés à l'étage. Eux aussi voulaient apercevoir l'accusé.

Aucun Banning ou Bell n'était présent. La famille Bell faisait son deuil et se préparait aux funérailles du lendemain. Les Banning préféraient ne pas se montrer.

En leur qualité d'auxiliaires de justice, les avocats de la ville pouvaient s'installer dans la partie réservée à la cour pour suivre la séance. Les douze avocats de Clanton étaient donc présents, dans leur plus beau costume, feignant de mener des affaires cruciales sous les regards de l'assistance. Les greffiers, d'ordinaire calmes pour ne pas dire léthargiques, s'activaient avec un bel entrain.

Nix Gridley avait deux adjoints à plein temps – Roy Lester et Red Arnett –, trois autres à mi-temps et deux bénévoles. En ce grand jour, la police de Clanton était au complet, tous les huit dans des uniformes frais repassés et presque identiques. Comme à la parade. Nix, pris aussi par la frénésie ambiante, courait partout. Il plaisantait avec les avocats, faisait du charme aux secrétaires, bavardait avec des gens sur les bancs. Les élections étaient dans un an, et il briguait un nouveau mandat. Il n'allait pas rater une occasion pareille de faire le beau.

Et le spectacle continua. Les gens ne cessaient d'affluer, l'horloge tournait. Enfin, le juge fit son entrée dans sa grande robe noire et s'installa sur son trône. Feignant ne pas avoir remarqué la foule, il se tourna vers Nix :

— Shérif, veuillez amener les prévenus.

Nix était déjà à la porte, à côté du box des jurés. Il l'ouvrit, disparut un moment, puis réapparut avec Pete Banning, menottes aux poings, vêtu d'une combinaison grise, trop large, marquée « Jail » sur le devant. Derrière lui, Chuck Manley, un voleur de voitures, avait eu la malchance d'être arrêté quelques jours avant que Pete ne tue le pasteur. En des circonstances normales, Chuck se serait présenté devant le juge avec son avocat et serait retourné en prison incognito. Mais le sort en avait décidé autrement. Le prisonnier, accusé de vol, était désormais connu de toute la ville.

Pete avançait droit comme un « i », le pas assuré, l'air détaché. Nix le conduisit vers une chaise devant le box des jurés, vide pour l'heure. Manley s'assit à côté de lui. On leur laissa les menottes. Les avocats s'installèrent, et ce fut le calme pendant que son honneur étudiait quelques documents. Finalement, il annonça :

— État du Mississippi contre Chuck Manley !

Un avocat nommé Nance se leva d'un bond et fit signe au prévenu de le rejoindre devant le juge.

— Vous êtes bien Chuck Manley ? demanda Oswalt.

— Oui, monsieur.

— Et M. Nance ci-présent est votre avocat ?

— Sans doute. C'est ma mère qui s'est occupée de ça.

— Vous acceptez qu'il vous représente ?

— Pourquoi pas ? Je ne suis pas coupable, de toute façon. C'est juste un malentendu.

Nance lui attrapa le coude et lui dit de se taire.

— Vous avez été arrêté lundi dernier et êtes accusé d'avoir volé le véhicule d'Earl Caldwell, une Buick de

1938 qui était garée dans son allée, à Karraway. Vous reconnaissez les faits ?

— Non, je plaide non coupable. Je peux tout vous expliquer.

— Pas aujourd'hui, jeune homme. Plus tard peut-être. Votre caution est fixée à 100 dollars. Vous pouvez payer ?

— Ça m'étonnerait.

Nance, impatient de se faire entendre devant une telle assistance, lança d'une voix de stentor :

— Votre honneur, je propose que cette jeune personne soit relâchée sur sa seule bonne foi. Il n'a pas de casier judiciaire, il a un emploi et il se présentera devant la cour lorsque celle-ci l'ordonnera.

— C'est vrai, ça, vous avez un travail ?

— Oui, monsieur. Je suis chauffeur. Mon patron, c'est M. J.P. Leatherwood.

— Et cette personne est dans la salle ?

— Oh, ça m'étonnerait. Il est très occupé.

Nance intervint de nouveau :

— Votre honneur, j'ai parlé avec M. Leatherwood et il est prêt à se porter garant et assure que mon client obéira aux injonctions de la cour. Si vous voulez vous entretenir avec M. Leatherwood, je peux arranger ça.

— Très bien. Ramenez le prévenu en prison et j'appellerai son patron cet après-midi.

Chuck Manley, sous escorte, quitta le tribunal, moins de cinq minutes après y être entré. Oswalt signa quelques papiers et en consulta d'autres alors que tout le monde retenait son souffle. Enfin, il lança :

— L'État du Mississippi contre Pete Banning !

John Wilbanks était déjà debout et marchait vers l'estrade. Pete se leva, avec une petite grimace de douleur, et rejoignit son avocat.

— Vous êtes Pete Banning ? demanda Oswalt.

— Oui, c'est moi, répondit-il en hochant la tête.

— Et c'est M. John Wilbanks qui vous représente ?

Nouveau hochement de tête.

— Oui.

— Vous avez été arrêté mercredi et êtes accusé d'assassinat sur la personne du révérend Dexter Bell. Vous avez bien compris ce que cela signifie ? Lorsqu'on parle d'assassinat, on parle de meurtre avec préméditation, un crime, donc, passible de la peine de mort, alors que le meurtre sans préméditation est puni d'une longue peine de prison. C'est bien clair ?

— Parfaitement clair.

— Comment souhaitez-vous plaider ?

— Non coupable.

— La cour accepte votre choix et l'inscrit au dossier. Monsieur Wilbanks ? Quelque chose à ajouter ?

— Effectivement, votre honneur. Avec tout le respect que je porte à la cour, je demande qu'elle veuille bien examiner la possibilité d'une libération sous caution pour mon client. Certes, je mesure la gravité des faits et je ne saurais les minimiser. Mais cette procédure serait envisageable pour cette affaire. Une caution n'est rien d'autre que la garantie pour le ministère public que le prévenu ne s'enfuira pas, et se présentera bien devant la cour au moment où le tribunal le jugera opportun. M. Banning est propriétaire de toutes les terres qu'il exploite, soit deux cent soixante hectares, libres de gage et de toute hypothèque, et il est prêt à mettre l'entièreté de sa plantation en garantie. Sa sœur, qui possède la parcelle adjacente, en fera de même. Je précise, votre honneur, que cette terre est la propriété des Banning depuis plus de cent ans, et que ni mon client, ni sa sœur ne sauraient la mettre en péril.

Le juge Oswalt l'arrêta :

— Il s'agit d'un assassinat, monsieur Wilbanks.

— Je comprends bien, votre honneur, mais mon client est présumé innocent jusqu'à preuve du contraire. Je ne vois pas ce que le ministère public ou qui que ce soit aurait à gagner à garder M. Banning en prison alors qu'il peut mettre en caution ses biens les plus précieux et rester libre jusqu'à son procès. Il ne va pas s'en aller.

— Jamais je n'ai vu un tribunal fixer une caution pour un crime de cette gravité.

— Moi non plus, mais le Code pénal du Mississippi ne l'interdit pas. Si la cour accepte d'envisager cette option, je déposerai une requête en ce sens.

Durant cet échange, Pete se tenait au garde-à-vous, immobile comme une sentinelle. Il regardait droit devant lui, enfermé dans sa bulle, comme s'il n'écoutait pas, mais il n'en perdait pas une miette.

Le juge réfléchit un moment.

— Très bien. Je lirai votre requête, mais elle devra être très persuasive car, pour l'heure, ma décision est prise. En attendant, le prévenu reste incarcéré.

Nix prit doucement le coude de Pete et le fit sortir de la salle d'audience, avec John Wilbanks sur leurs talons. Au-dehors, deux photographes les attendaient. Ils levèrent leurs appareils et prirent les mêmes clichés qu'à l'arrivée du détenu au palais de justice. Un journaliste cria une question. Pete l'ignora et s'engouffra à l'arrière de la voiture de police. En quelques minutes, il était de retour dans sa cellule, installé sur le lit de camp, sans chaussures ni menottes, pour lire *Descends, Moïse*, en fumant une cigarette.

*

L'enterrement de Dexter Bell fut mémorable. Il commença le jeudi, le lendemain du meurtre, quand le vieux Magargel ouvrit les portes de son funérarium à 18 heures pour faire entrer la foule. Une demi-heure plus tôt, Jackie Bell et ses trois enfants purent voir le corps en privé. Comme le voulait la coutume, à cette époque et dans cette partie du monde, le cercueil était ouvert. Dexter gisait sur sa couche de satin, son costume noir visible à partir de la taille. Jackie faillit s'évanouir, tandis que ses enfants hurlaient de chagrin et s'étreignaient. Le vieux Magargel et son fils, les seuls étrangers présents dans la pièce, tentèrent de consoler tout le monde – tâche impossible, évidemment.

Il n'y avait aucune raison d'ouvrir les cercueils. Aucune loi ni aucun verset de la Bible n'imposait un tel rite. C'était juste une façon pour les gens d'intensifier le drame. Plus d'émotion signifiait plus d'amour pour le défunt. Jackie avait assisté à des dizaines de funérailles présidées par son mari, et les cercueils étaient toujours ouverts.

Les Magargel avaient peu d'expérience des blessures par balles au visage. La plupart de leurs clients étaient des personnes âgées dont le corps frêle était facile à préparer. Rapidement, ils comprirent qu'ils n'étaient pas de taille pour embaumer le pasteur Bell. Ils avaient besoin d'aide et firent appel à un collègue de Memphis plus expérimenté. À l'arrière du crâne, une grande partie avait été emportée par la troisième balle, mais ce n'était pas très grave. Personne ne verrait ça. En revanche, l'entrée de la balle, juste au-dessus du nez, posait problème. Un cratère qu'il fallait combler et dissimuler avec du mastic, de la résine et des colorants. Le travail terminé n'était pas indigne, mais loin d'être parfait. Dexter continuait de froncer les sourcils comme s'il regardait encore avec horreur la gueule fumante du canon.

Après une heure réservée à la famille, une épreuve déchirante qui remua même les Magargel qui, pourtant, en avaient vu d'autres, Jackie et les enfants furent installés près du cercueil et les portes s'ouvrirent pour laisser entrer le public. Et pendant trois heures, le défilé fut sinistre, une succession de pleurs et de lamentations.

Le lendemain après-midi, le supplice continua quand Dexter fut porté dans l'église et installé devant le pupitre où le pasteur avait officié pendant tant d'années. Jackie, qui en avait assez enduré, avait demandé que le cercueil soit refermé. Le vieux Magargel avait sourcillé, mais s'était exécuté sans commentaires.

C'était une si belle occasion de voir toute une foule pleurer. Un vrai gâchis ! Pendant plus de trois heures encore, Jackie et ses enfants restèrent à côté de la dépouille, stoïques et courageux, tandis que les mêmes personnes qu'ils avaient vues la veille au soir venaient les saluer une à une. Ils furent des centaines, tous les méthodistes du comté capables de marcher, nombre d'ouailles provenant d'autres obédiences, sans compter tous les amis et proches, encombrés d'enfants bien trop jeunes pour ce genre de cérémonie mais qui tenaient, par-devers tout, à montrer leur empathie pour les Bell. Beaucoup d'inconnus vinrent aussi parce qu'ils ne voulaient pas rater ce moment tragique. Les bancs étaient noirs de monde. Chacun attendait son tour pour passer devant le cercueil et dire quelques mots d'encouragement à la famille et, pendant qu'ils patientaient dans la queue, ils s'échangeaient les derniers potins. La nef bourdonnait de tout ce chagrin, alourdi encore par les notes de l'orgue. Emma Faye Riddle s'activait au clavier, enchaînant les hymnes avec ardeur.

Hop observait la scène du balcon, choqué à nouveau par l'étrange réaction des Blancs.

Le samedi, après ces deux jours de préliminaires, les endeuillés se rassemblèrent une dernière fois à l'église pour l'apothéose : l'enterrement. Un pasteur, ami de Dexter, dirigea la cérémonie, qui offrit au public une chorale au complet, deux solistes, une longue homélie, de nouvelles prestations d'Emma Faye à son orgue, des lectures de divers versets, trois éloges funèbres, des larmes à n'en plus finir et, oui, un cercueil dûment ouvert ! Malgré une ardeur et une conviction héroïques, le pasteur ne parvint pas à donner du sens à cette mort. Bien sûr, les voies du Seigneur sont impénétrables, mais, cette fois, cette pirouette ne suffisait pas. Sentant qu'il ne pourrait convaincre l'assistance, il rendit les armes et laissa la place aux chants.

Après deux heures de supplice, tout avait été dit. Une fois la dépouille chargée dans le corbillard, la voiture fit un tour complet de la ville avant de rejoindre le cimetière. Le cercueil fut alors déposé au sol, au milieu des fleurs et des pleurs. Longtemps après que le pasteur eut enjoint les gens à rentrer chez eux, Jackie et les enfants restèrent sous la tente, assis sur des chaises pliantes, les yeux rivés sur la bière et la pile de terre à côté.

Georgia Grange, en méthodiste dévote, ne manquait aucune cérémonie. Après l'inhumation, elle s'arrêta chez Mildred Highlander pour prendre le thé. Mildred était presbytérienne et ne connaissait pas le pasteur Bell. Elle n'avait donc pas assisté à la messe ni aux funérailles, mais elle voulait quand même connaître tous les détails, et Gloria ne se fit pas prier.

Plus tard, en fin d'après-midi, Florry descendit en ville, elle aussi pour prendre le thé chez Mildred. Elle était impatiente d'entendre le récit du calvaire que son frère faisait endurer à cette famille. Et Mildred, elle non plus, ne se fit pas prier.

7

Pour la première fois dans sa jeune vie, Joel Banning désobéit à son père. Il quitta Nashville le samedi matin et prit le train pour Memphis, un voyage de quatre heures avec de nombreux arrêts, de quoi lui laisser le temps de réfléchir aux conséquences de ses actes. Lorsqu'il arriva à Memphis, il était convaincu que sa désobéissance était justifiée. Mieux même, il pouvait en détailler les raisons : il devait s'assurer que Florry tenait le coup ; discuter avec Buford, le contremaître, pour vérifier que la récolte se passait bien ; rencontrer John Wilbanks si possible et parler de la défense de son père. Leur petite famille se désintégrait de tous côtés et il fallait la sauver. En plus, son père étant en prison, si Joel se faisait discret pendant cette courte visite, Pete ne saurait jamais que ses instructions n'avaient pas été suivies.

Le train de Memphis à Clanton s'arrêta six fois. Et il faisait nuit noire quand Joel débarqua sur le quai, les pans de son chapeau rabattus sur son visage. Peu de gens descendirent avec lui et personne ne sembla le reconnaître. Il y avait deux taxis à Clanton et les deux se trouvaient devant la gare, chacun des chauffeurs adossé contre l'aile de sa voiture, l'un mâchant du tabac, l'autre fumant une cigarette roulée.

— La cabine téléphonique devant la pharmacie existe toujours ? demanda Joel au chauffeur le plus proche.

— Oui.

— Vous pouvez m'y emmener ?

— Montez.

La place était prise d'assaut par les chalands du samedi. Même durant la saison des récoltes, les fermiers et leurs ouvriers agricoles lâchaient leur travail après le déjeuner et descendaient en ville. Les boutiques étaient noires de monde, les trottoirs aussi. L'Atrium passait *La Mélodie du bonheur* avec Bing Crosby, et la file d'attente s'étirait jusqu'au coin de la rue. Un orchestre de bluegrass jouait sur la pelouse devant le palais de justice, pour le plus grand plaisir des spectateurs. Joel préférait éviter la foule et demanda au chauffeur de s'arrêter dans une rue adjacente. La cabine devant la pharmacie Gainwright était occupée. Joel patienta à côté, en faisant les cent pas pour bien montrer à la jeune femme à l'intérieur qu'il était pressé, en tâchant toujours de cacher son visage. Quand enfin il put entrer, il glissa une pièce dans la fente et appela sa tante. Elle répondit après quelques sonneries.

Sachant que sa ligne de campagne n'offrait aucune intimité, il annonça rapidement :

— Florry, c'est moi. Je serai là dans vingt minutes.

— Quoi ? Qui est à l'appareil ?

— Ton neveu préféré. À tout de suite.

Il était son seul neveu. Elle avait compris le message. Débarquer à l'improviste lui aurait causé un trop grand choc. En outre, il était affamé et, s'il la prévenait de son arrivée, elle mettrait peut-être quelque chose sur le feu. De retour dans le taxi, il demanda au conducteur de passer devant l'église méthodiste. Au moment de quitter la place, il aperçut le Cal's Game Room, une salle de billard connue pour sa bière de contrebande et ses parties de craps dans l'arrière-salle. Quand il était jeune, Joel avait été mis en garde par son père. Interdiction de mettre les pieds chez Cal's. Et tous les adolescents de bonne famille avaient reçu les mêmes instructions. Le week-end, l'endroit était bondé, les clients bruyants et tapageurs, il y avait souvent des bagarres. Parce que c'était une *terra interdicta*, Joel avait toujours été tenté d'y faire un tour quand il était encore au lycée. Tous ses amis se vantaient d'y être allés. On racontait même qu'il y avait des filles à l'étage. Aujourd'hui, toutefois, avec trois années d'université derrière lui, qui plus est dans une grande ville, ce désir de braver l'interdit le faisait sourire. Il fréquentait désormais les meilleurs bars de Nashville et tous les plaisirs lui étaient permis. Il ne se voyait pas revenir vivre à Clanton, une ville où la bière et l'alcool étaient interdits, comme tant d'autres choses.

Les lumières étaient allumées dans l'église.

— Vous êtes du coin ? demanda le chauffeur.

— Pas vraiment.

— Alors vous ne connaissez pas encore la grande histoire de la semaine ? Avec le pasteur ?

— Si, j'ai lu ça. C'est vraiment bizarre.

— Il l'a abattu juste ici, annonça l'homme en désignant l'annexe derrière le bâtiment. Ils l'ont enterré cet après-midi. Le gars est en prison et il ne veut rien expliquer.

Joel ne répondit pas, préférant que cette conversation tourne court. Il regarda le bâtiment derrière la vitre, les souvenirs lui revenant en mémoire. Tous ces dimanches où lui et Stella, arborant leurs beaux vêtements – nœud papillon pour lui, chapeau de dentelle pour elle –, pénétraient dans l'église en tenant la main de leurs parents, qui eux aussi s'étaient mis sur leur trente et un. Tout jeune déjà, Joel avait conscience que le costume de son père et la robe de sa mère étaient plus élégants et raffinés que les habits des autres fidèles de l'église, et que leurs voitures étaient toujours les plus récentes. Et quand ils évoquaient les études de leurs enfants, les Banning parlaient de l'université et pas seulement du lycée. Enfant, Joel avait déjà compris beaucoup de choses mais, parce qu'il était un Banning, on lui avait appris l'humilité et la réserve. Être le plus discret possible.

Il avait été baptisé dans cette église à dix ans. Pour Stella, c'était à neuf. La famille assistait à la messe tous les dimanches, mais aussi aux kermesses de l'automne et du printemps, aux barbecues et repas de bienfaisance, aux funérailles, aux mariages et à la longue litanie de fêtes paroissiales, parce que pour les Banning, comme pour la plupart des habitants, l'église était le centre de la vie sociale. Joel se rappelait tous les pasteurs qui étaient passés derrière cette chaire. Le révérend Wardall avait enterré son grand-père Jacob Banning. Ron Cooper avait baptisé Joel, et son fils était le meilleur ami de Joel quand il était en CM1. Il y en avait eu tant. Les pasteurs allaient et venaient, jusqu'à Dexter Bell qui était arrivé avant la guerre.

À l'évidence, il était resté trop longtemps.

— Prenez la Highway 18. Je vous dirai où me déposer.

— Où ça ? J'aime bien savoir où je vais.

— Pas très loin de chez les Banning.

— Vous êtes de la famille ?

Il n'y avait rien de pire qu'un chauffeur de taxi curieux. Joel ignora la question et regarda l'église disparaître derrière lui. Il aimait bien Dexter Bell, même si, en grandissant, il cessa d'adhérer à ses sermons enflammés. C'était le pasteur Bell qui avait soutenu la famille quand ils avaient appris que le lieutenant Pete Banning était porté disparu aux Philippines et était sans doute mort au combat. Durant ces jours sombres, Bell s'était chargé de tout : accueillir les gens qui venaient présenter leurs condoléances, gérer le flot ininterrompu de bigotes apportant plats et gâteaux, organiser les veillées de prières à l'église, faire sortir tout le monde de la maison quand la famille avait besoin d'intimité. Il était là quasiment tous les jours. Tant et si bien que Joel et Stella commencèrent à se lasser de l'entendre dispenser ses conseils. Ce qu'ils voulaient, c'était être seuls avec leur mère, mais le pasteur était toujours dans les parages. Souvent il venait avec son épouse, Jackie – pas toujours. Joel trouvait Jackie Bell froide et distante. Stella ne l'aimait pas non plus.

Le jeune homme ferma les yeux et secoua la tête. Il n'arrivait pas à se faire à cette idée : son père avait tué Dexter Bell et maintenant il était en prison.

Les champs de coton commençaient dès la sortie de la ville ; sous la pleine lune, il était difficile de savoir si la récolte avait eu lieu. Il n'avait aucune envie de devenir planteur comme ses ancêtres, mais Joel consultait les cours du coton à la Bourse de Memphis tous les jours dans le *Nashville Tennessean*. C'était important. La terre lui appartiendrait un jour, à lui et à Stella, et la récolte annuelle était vitale.

— Ça va être une bonne année pour le coton, annonça le chauffeur.

— J'ai entendu ça. Encore un kilomètre et vous pourrez me déposer.

Quelques instants plus tard, il précisa :

— Ici, à l'entrée de Pace Road, ce sera parfait.

— Au milieu de nulle part ?

— Exactement.

Le taxi ralentit, s'engagea sur la route de gravillons et s'arrêta.

— Ça fera un dollar.

Joel lui tendit quatre pièces de vingt-cinq cents, le remercia, et sortit avec son petit sac. Une fois que le taxi eut fait demi-tour, il marcha les cinq cents mètres pour rejoindre l'allée qui menait à la plantation des Banning.

La maison était éteinte et ouverte. Mack devait être chez Florry ou Nineva, sinon, il aurait aboyé dès son arrivée. Autrefois, il n'y a pas si longtemps, la maison était pleine de bruits et d'activité, on entendait ses parents parler, la musique à la radio et souvent le samedi soir il y avait des amis à dîner. Mais ce soir-là, la maison était silencieuse comme une tombe, sentant le tabac froid.

Aujourd'hui, ses parents étaient tous les deux enfermés, sa mère dans un asile de fous, son père en prison.

Il sortit par la porte de derrière, fit un détour pour éviter la petite maison de Nineva et d'Amos et prit le chemin qui menait aux granges et au hangar. C'était sa terre, et il en connaissait chaque centimètre. Cent mètres plus loin, il y avait de la lumière chez Buford, le contremaître. Depuis des années – bien avant la guerre –, il voulait être considéré comme un simple membre de l'équipe ; en tout cas son rang dans la plantation venait de s'élever d'un coup.

Les lumières étaient aussi allumées dans la maison de Florry. Elle l'attendait près de la porte. Elle le serra dans ses bras, lui reprocha d'être venu, puis l'enlaça à nouveau. Marietta avait préparé un ragoût de chevreuil deux jours plus tôt et il mijotait sur le fourneau. Une bonne odeur flottait dans la cuisine.

— Tu as grossi, enfin ! lança Florry en s'asseyant à la table de la salle à manger.

Elle lui remplit une tasse de café.

— Évitons de parler de nos poids respectifs.

— Tu as raison.

Florry aussi avait grossi, mais c'était involontaire.

— Je suis si contente de te voir, Joel.

— C'est bon de rentrer à la maison, malgré les circonstances.

— Pourquoi es-tu venu ?

— Parce que c'est chez moi. Parce que mon père est en prison et que ma pauvre mère a été internée loin de chez nous. Comment en sommes-nous arrivés là ? Où est-ce qu'on a merdé ?

— Pas de gros mots, jeune homme !

— Allez. Je suis en dernière année à l'université. Je peux jurer, fumer et boire tant que je veux.

— Doux Jésus ! marmonna Marietta en traversant la pièce.

— C'est bon, Marietta, lança Florry. Je m'occuperai du ragoût. Tu as fini pour ce soir. On se verra demain matin.

Marietta détacha son tablier, le jeta sur le comptoir, enfila son manteau et partit dans sa chambre au sous-sol.

La tante et le neveu poussèrent un long soupir et burent leur café. Un ange passa. Puis, d'une voix calme et posée, il demanda :

— Pourquoi il a fait ça ?

Florry secoua la tête.

— À part lui, personne ne le sait. Et il refuse de s'expliquer. Je suis passée le voir, le lendemain, et il était fermé à double tour.

— Il y a forcément une raison. Ça ne peut pas être un coup de folie.

— Je suis bien d'accord, mais il n'a rien voulu me dire. Je l'ai vu sur son visage. Je connais bien cette expression. Il emportera son secret dans la tombe.

— On a le droit de savoir. Il nous doit une explication.

— Tu n'en auras aucune, j'en mets ma main à couper.

— Tu as du bourbon ?

— Tu es trop jeune pour boire ça, Joel.

— J'ai vingt ans, répondit-il en se levant. Je vais être diplômé de Vanderbilt au printemps, et ensuite je compte m'inscrire à la faculté de droit. (Il se dirigea vers le canapé où il avait posé ses affaires.) J'ai choisi le droit parce que je n'ai aucune intention de devenir planteur, même si c'est ce que papa voudrait. (Il ouvrit son sac et en sortit une flasque.) Je ne veux pas vivre ici, tante Florry, et je pense que tu l'as compris depuis longtemps. (Il retourna s'asseoir, dévissa le bouchon et but une rasade.) Tu en veux ? C'est du Jack Daniel's.

— Non.

Il prit une autre goulée.

— Et même s'il restait une petite chance pour que je m'installe dans le comté, tu peux oublier ça maintenant que mon père est le tueur le plus célèbre de la région. Logique, non ?

— Sans doute. Mais tu n'avais jamais parlé de faire du droit.

— Ça fait un an que j'y pense.

— C'est merveilleux. Où comptes-tu poursuivre tes études ?

— Je ne sais pas trop encore. En tout cas, pas à Vanderbilt. J'aime bien Nashville, enfin là j'ai besoin de changer d'air. Tulane peut-être ou le Texas. J'envisageais Ole Miss, en fait, mais maintenant, j'ai envie de m'éloigner le plus possible.

— Tu as faim ?

— Je suis affamé !

Florry se rendit dans la cuisine et remplit un grand bol de ragoût. Elle le lui apporta accompagné du reste de pain de maïs et d'un verre d'eau. Avant de se rasseoir, elle plongea le bras au fond d'un placard et en sortit une bouteille de gin. Elle en versa dans un verre, dilué avec un peu de Schweppes et revint à la table.

Il esquissa un sourire

— Stella et moi, on a trouvé ton gin, un jour. Tu le savais ?

— Non ! Et vous en avez bu ?

— On a tenté. J'avais seize ans et on savait que tu le cachais dans le placard. Je m'en suis servi un petit verre et j'ai bu une gorgée. J'ai failli vomir. Ça m'a brûlé jusqu'aux doigts de pied. Et ce goût de savon. Comment tu peux boire ça ?

— C'est une question d'entraînement. Et Stella ?

— Même réaction. Je crois qu'elle n'a plus touché à l'alcool depuis.

— Ça m'étonnerait ! En tout cas, toi, tu n'as pas l'air dégoûté !

— Je suis à l'université, tante Florry. C'est le parcours de tout étudiant.

Il attaqua le ragoût. Après quatre ou cinq cuillerées, il fit une pause. Une rasade de Jack Daniel's l'aida à faire passer le tout, puis il sourit à nouveau à sa tante :

— Je voudrais que l'on parle de ma mère. Il y a des secrets derrière tout ça, et tu en sais davantage que tu ne le laisses croire.

Florry secoua la tête et détourna les yeux.

Joel poursuivit :

— Je sais qu'elle a craqué quand on nous a annoncé que papa était mort, ou présumé mort. Ça a été un choc pour tout le monde, non ? Je n'ai pas pu sortir de la maison pendant une semaine. Tu te souviens ?

— Je ne risque pas de l'oublier. Un vrai cauchemar.

— On était comme des morts vivants. La journée, on errait hébétés, et la nuit, on ne parvenait pas à dormir. Et pourtant on a trouvé la force de surmonter tout ça. Et j'ai cru que maman aussi, qu'elle allait bien. Pas toi ? Elle semblait tenir le coup, faire bonne figure.

— On essayait, effectivement. Mais ce n'était pas facile.

— C'est vrai. C'était un enfer, pourtant on a survécu. J'étais à Vanderbilt quand elle a appelé pour m'annoncer qu'il n'était pas mort, finalement, qu'on l'avait retrouvé et rapatrié. Ils nous ont prévenus qu'il était salement amoché, mais on s'en fichait. Il était en vie, c'est tout ce qui comptait. Je suis rentré aussitôt à la maison pour fêter ça. Tu te souviens comme maman était contente ?

— Oui. Je m'en souviens. On était sur un petit nuage, presque extatiques. Et ça a duré plusieurs jours. Juste parce qu'il était vivant. C'était un miracle. Puis on a découvert la façon dont étaient traités les prisonniers de guerre, et on a commencé à s'inquiéter de ses blessures.

— Bien sûr. Mais revenons à maman. On était si joyeux quand il est sorti de l'hôpital, et quand il est rentré à la maison en héros, ma mère était si fière. Ils ne pouvaient pas être plus heureux. On était tous ivres de bonheur. Et ça date juste d'un an, Florry. Que s'est-il donc passé ?

— Je n'en sais rien. Ne compte pas sur moi pour t'expliquer. Les premières semaines, c'était le bonheur. Pete se rétablissait, retrouvait des forces de jour en jour. Ils étaient heureux. Tout allait bien. Du moins en apparence. Mais ce n'était pas vrai. J'ai compris bien plus tard que ça n'allait pas. Nineva a raconté à Marietta qu'ils se disputaient, que Liza piquait des crises, qu'elle était souvent dépressive ou de mauvaise humeur et restait cloîtrée toute la journée. Ils ont cessé de dormir ensemble, et ton père a emménagé dans ta chambre. Comme, officiellement, je n'étais pas au courant, je n'ai pas pu lui poser de questions. Tu connais ton père. Pour les choses intimes, c'est un mur. Je n'ai jamais été très proche de Liza et elle ne se confiait pas à moi. J'étais dans le flou le plus total et, à vrai dire, souvent ce n'était pas plus mal.

Joel but une longue gorgée de whisky.

— Alors, il l'a fait interner. Loin de chez nous.

— Oui.

— Pourquoi, Florry ? Qu'est-ce que ma mère fabrique dans un asile psychiatrique ?

Florry fit tourner son gin dans son verre et le regarda longtemps tourbillonner. Puis elle avala une lampée dans une grimace, comme si c'était infect, et reposa son verre.

— Ton père a décidé qu'elle avait besoin de soins. Et il n'y avait aucun médecin pour ça dans les environs. Les spécialistes sont à Whitfield, il l'a donc envoyée là-bas.

— Ça a été aussi simple ?

— Non. Il y a toute une procédure. Mais ton père connaît les bonnes personnes et il avait les Wilbanks dans la poche. Ils ont parlé au juge. Il a signé l'injonction. Et ta mère a dit oui. Elle n'a pas contesté cette décision, même si elle n'avait pas trop le choix, en réalité. Pete a dû lui mettre la pression – j'en suis sûre –, et elle n'avait pas les armes pour lutter contre lui.

— C'est quoi, sa maladie ?

— Aucune idée. Être une femme, je suppose. C'est un monde d'hommes, Joel, n'oublie pas ça. Si un mari influent considère que sa femme est instable, dépressive et que ses hormones lui jouent des tours, il peut la faire enfermer pour un certain temps.

— J'ai du mal à croire que mon père ait placé ma mère dans un asile de fous parce qu'elle supporte mal la ménopause. Elle est bien trop jeune pour ça. Il y a autre chose, forcément.

— C'est certain, mais je n'étais pas dans la confidence. Je ne sais rien de leurs problèmes ni de leurs différends.

Joel revint à son ragoût, avala quelques bouchées, puis encore une rasade de Jack Daniel's.

Dans le vain espoir de changer de sujet, Florry demanda :

— Tu vois toujours cette fille ?

— Quelle fille ?

— Alors, j'ai ma réponse. Et tu as quelqu'un, en ce moment ?

— Pas vraiment. Je suis trop jeune et j'ai mes études à finir. Tu as dit au téléphone que tu avais parlé à John Wilbanks. Je suppose qu'il va se charger de la défense.

— Oui, si tant est qu'il y ait une défense possible. Ton père n'est pas très coopératif. John veut plaider la folie, c'est la seule façon de lui sauver la vie, mais Pete ne veut pas en entendre parler. Il affirme qu'il a toute sa tête et qu'il a plus de bon sens que les Wilbanks ou tout autre avocat.

— C'est bien la preuve qu'il a perdu l'esprit. Il n'a pas d'autre choix que de plaider la folie. C'est la seule solution. J'ai fait des recherches hier à la bibliothèque de la fac de droit.

— Tu pourras donc aider John. Il en a besoin.

— Je lui ai écrit. Je compte passer le voir demain.

— Ce n'est pas une bonne idée. Je doute qu'il travaille le dimanche, et il ne faut pas qu'on te voie en ville. Tu ferais mieux de t'en aller discrètement, comme tu es venu, et de ne revenir que lorsque Pete le dira.

— J'aimerais aussi parler à Buford et vérifier que tout se passe bien avec la récolte.

— Tu n'es d'aucune utilité. Tu n'es pas fermier, je te rappelle. En plus, Buford gère tout ça parfaitement. Il me tient au courant. Je compte passer régulièrement à la prison pour que Pete soit informé. On est au beau milieu de la cueillette, qui s'annonce très bonne, alors ne viens pas ficher le bazar. Sans compter que Buford s'empressera d'aller répéter à Pete que tu étais ici. Et ça, ce ne sera pas bon du tout.

Joel parvint à lâcher un rire, son premier, et avala une nouvelle gorgée d'alcool. Il repoussa son bol.

— Tu n'en as mangé que la moitié, fit remarquer Florry. Ce n'est pas assez. Tu as grossi un peu, mais tu es encore loin du compte. Tu es bien trop maigre.

— Je n'ai pas beaucoup d'appétit, ces temps-ci. Va savoir pourquoi. Je peux fumer ?

Elle acquiesça.

— Dehors sur le perron.

Joel sortit fumer sa cigarette pendant qu'elle débarrassait la table et se servait un nouveau verre. Elle rajouta une bûche dans la cheminée du salon et s'installa dans son fauteuil préféré en attendant son retour. Quand il revint dans la maison, il attrapa sa flasque, la rejoignit dans le salon et s'assit dans le vieux canapé.

Elle s'éclaircit la gorge.

— En parlant de coton, il faut que je te dise quelque chose… Ce n'est pas vraiment un secret puisque c'est dans les registres publics du Mississippi. Il y a un mois environ, ton père est allé voir un avocat à Tupelo pour qu'il rédige une donation. Il vous a transmis la plantation à Stella et à toi. Ma parcelle, bien sûr, m'appartient toujours, et n'est pas concernée par ce changement de propriété. John Wilbanks m'a appris ça mercredi soir dans son bureau. Bien entendu, les terres te seraient revenues un jour, à toi et à ta sœur.

Joel resta un moment pensif, à la fois surpris et troublé.

— Pourquoi il a fait ça ?

— Pourquoi ? Parce qu'il en a le pouvoir. Ce n'était pas très finaud, selon John. C'était une façon de protéger ses biens au cas où la famille de sa future victime décidait de réclamer des dommages et intérêts. C'est aussi simple que ça. En mettant le domaine à votre nom, il a donné à l'accusation le bâton pour se faire battre. Le procureur au procès pourra ainsi démontrer que le meurtre était prémédité. Que Pete avait tout prévu.

— Et la plantation est désormais intouchable ?

— Les Wilbanks en doutent. Mais on n'a pas trop creusé la question. C'était le jour même du meurtre. On était tous sous le choc. Et je le suis encore.

— Comme nous tous. John pense que les Bell vont s'en prendre à la terre.

— C'est ce qu'il a laissé entendre, mais sans être plus précis. Tu peux tenter de te renseigner là-dessus, maintenant que tu sais où est la bibliothèque de droit.

— Cette famille a besoin d'un avocat à plein temps !

Il prit un verre et y vida le reste de sa flasque. Florry l'observa. Elle aimait tout chez ce garçon. Il était de son clan, c'était un Banning, grand, avec des yeux sombres, des cheveux épais, alors que Stella était le portrait craché de sa mère, à la fois par son allure et son tempérament. Tout s'écroulait autour de lui, et Florry compatissait à sa souffrance. Sa vie protégée, privilégiée, venait de prendre une toute nouvelle direction, cap vers l'abîme, et il ne pouvait redresser la barre.

À voix basse, il demanda :

— Et maman ? Elle va revenir ? Quelqu'un a-t-il évoqué cette possibilité ? Papa l'a fait interner mais, à présent que son pouvoir est drastiquement limité, elle va peut-être pouvoir rentrer, non ?

— Je ne sais pas. Personne ne m'a parlé de ça. Avant, ton père allait à Whitfield tous les mois lui rendre visite. Il ne racontait pas grand-chose – à une ou deux reprises, il a dit qu'elle n'allait pas mieux.

— Comment peut-on aller mieux quand on est enfermé chez les fous ?

— Ce n'est pas à moi qu'il faut poser la question.

— Et pourquoi n'ai-je pas le droit de la voir ?

— Parce que ton père a mis son veto.

— Je ne peux rencontrer ni mon père, ni ma mère. Et je suis censé trouver ça normal ?

— Je sais, mon chéri. Je suis désolée.

Ils regardèrent la cheminée un long moment, en silence. Le bois chuintait, crépitait en sourdine. Le feu mourait doucement. L'un des chats de sa tante sauta sur le canapé et regarda Joel comme s'il était un intrus.

— Je ne sais pas quoi faire, Florry, souffla-t-il. Plus rien n'a de sens.

Pour la première fois, son élocution n'était pas claire. L'alcool engourdissait ses phrases.

Elle but une rasade de gin et répondit :

— Revenir ce soir n'était pas la solution. Le train pour Memphis part demain matin à 9 h 30. Ne le rate pas. Tu ne peux rien faire ici, sinon te morfondre.

— Autant me morfondre à l'université, alors ?

— Oui, je crois que ce sera mieux.

8

Le grand jury du comté de Ford se réunissait le troisième lundi de chaque mois pour prendre connaissance des derniers crimes perpétrés dans la région et statuer sur la validité des charges. Au programme ce 21 octobre, les affaires habituelles : une dispute conjugale qui s'était terminée en coups et blessures ; le cas Chuck Manley, accusé de vol de voiture ; un Nègre qui avait tiré sur un autre avec un pistolet, et qui l'avait manqué de peu – la balle avait cassé le carreau d'une église de campagne pour Blancs, ce qui aggravait notablement l'affaire, transformant un simple incident en délit caractérisé ; un escroc de Tupelo avait émis des chèques en bois dans tout le comté ; un Blanc et une femme noire attrapés en flagrant délit s'employant à violer avec enthousiasme les lois antimétissage en vigueur dans l'État ; et d'autres délits du même acabit. Au total, dix affaires, un chiffre dans la moyenne pour une communauté paisible du Mississippi. La dernière sur la liste était le cas de Pete Banning et son accusation de meurtre.

Depuis son élection sept ans plus tôt, Miles Truitt était le procureur du district. En tant que premier représentant du ministère public, il avait la charge de présider le grand jury, une simple formalité pour lui. Truitt choisissait les dix-huit jurés, sélectionnait les crimes et délits qui devaient être poursuivis en justice, appelait les témoins uniquement à charge pour qu'ils présentent leurs preuves, faisait pression sur le jury quand le dossier de l'accusation était un peu fragile, et obtenait l'inculpation des prévenus. En outre, Truitt, ayant la mainmise sur le registre des comparutions, décidait quelle affaire serait jugée en premier ou en dernier. Quasiment aucune n'allait jusqu'au procès. Tout était fait pour que le prévenu plaide coupable afin d'alléger sa peine.

Après sept années à la table de l'accusation, Miles Truitt avait pris l'habitude de gérer les cas de contrebande d'alcool, de violences conjugales et de vols de voiture. C'était devenu une routine. Sa juridiction couvrait les cinq comtés du vingt-deuxième district et, l'année précédente, seules quatre affaires étaient allées jusqu'au procès. Tous les autres prévenus avaient plaidé coupable. Son travail avait perdu de son panache, pour la simple et bonne raison qu'il y avait peu de crimes dans le nord du Mississippi susceptibles de défrayer la chronique.

Cependant le cas Pete Banning rompait cette monotonie, et de façon spectaculaire. Tous les procureurs du monde rêvaient d'avoir un meurtre à sensation à gérer, avec un accusé de renom – et Blanc –, une victime connue, une salle de tribunal bondée, des articles de presse en pagaille et, bien sûr, un beau verdict à la clé – ce qui assurerait leur réélection. Enfin, ce rêve était à portée de main ! Truitt devait surtout rester détendu, ne pas montrer son excitation.

Le grand jury tenait conseil dans la salle des délibérations – une petite pièce tout juste assez grande pour accueillir les douze membres d'un jury de procès, avec des chaises réparties autour d'une longue table étroite. Sur les dix-huit jurés, seuls seize étaient présents, tous des Blancs, tous des hommes. M. Jock Fedison de Karraway s'était fait porter pâle, même si tout le monde savait qu'il était simplement occupé par la récolte du coton et ne voulait pas perdre du temps à faire son devoir de citoyen. M. Wade Burell ne s'était même pas donné la peine de prévenir de son absence. On n'avait plus de nouvelles de lui depuis des semaines. Il n'avait pas de terres, mais des problèmes avec sa femme. La matrone racontait à qui voulait l'entendre que son bon à rien de mari était parti rond comme une queue de pelle et qu'il ne reviendrait pas.

Avec seize jurés, le quorum était atteint. Truitt, consciencieusement, fit l'appel. Le shérif Gridley fut le premier témoin appelé et prêta serment. Truitt commença par l'affaire Chuck Manley et Gridley exposa les faits. Le vote se solda par seize voix en faveur d'une inculpation. Sans autre discussion. L'émetteur de chèques sans provision fut le cas suivant. Le shérif montra les copies des chèques et les dépositions de plusieurs commerçants lésés. Inculpé à l'unanimité.

Comme le bûcheron qui avait cassé, entre autres, le nez de sa femme.

Le glaive de la justice s'abattait sans coup férir jusqu'à ce que soit abordé le cas de métissage. Les deux amants avaient été surpris en pleins ébats, à l'arrière d'un pick-up garé à un endroit connu pour être un lieu prisé par les couples illégitimes. L'adjoint Roy Lester avait été prévenu par un coup de téléphone anonyme que les deux jeunes devaient s'y retrouver. Il s'était posté à l'affût avant leur arrivée. L'identité du délateur demeurait inconnue. Lester, caché dans l'ombre, avait constaté avec plaisir que l'information était exacte. L'homme blanc, qui plus tard avait avoué avoir une femme et un enfant, s'était garé non loin de la planque de Lester et avait commencé à se déshabiller, tandis que sa passagère, une fille noire, âgée de dix-huit ans et célibataire, faisait de même. L'endroit étant désert, ils avaient décidé de terminer leur affaire sur la plateforme arrière.

Devant le grand jury, Lester affirma qu'il avait regardé la scène avec détachement, sous le couvert des arbres. En réalité, il avait trouvé ça très excitant et n'en avait pas perdu une miette. Les jurés étaient tout ouïe. Lester se montra retenu dans ses descriptions. Au moment où le gars blanc atteignait l'orgasme, Lester était sorti de sa cachette, arme au poing, et avait crié : « Stop. On ne bouge plus ! » Un ordre mal à propos, car s'immobiliser à cet instant-là pour les deux amants était mission impossible. Alors qu'ils se rhabillaient en toute hâte, Lester avait sorti les menottes. Il les avait entraînés jusqu'à sa voiture de patrouille cachée dans un chemin et les avait emmenés à la prison. Pendant le trajet, le gars s'était mis à pleurer et à le supplier. Sa femme allait demander le divorce et il l'aimait tant.

Quand Lester eut terminé son témoignage, un grand silence tomba dans la salle, comme si les jurés étaient encore perdus dans les images torrides et attendaient des détails. Finalement, Phil Hobard, professeur de sciences au lycée de Clanton et émigré yankee de l'Ohio, s'exprima :

— Le garçon a vingt-six ans et la fille dix-huit. Je ne vois pas ce qu'ils ont fait de répréhensible.

Truitt s'empressa de reprendre les rênes :

— Il se trouve que les relations sexuelles entre Caucasiens et Nègres sont interdites. Et ce depuis que l'État du Mississippi les a déclarées illégales voilà de nombreuses années.

Cette réponse ne suffisait pas à Hobard. Ignorant la mine renfrognée de ses collègues, il insista :

— L'adultère est-il interdit par la loi ?

Quelques hommes baissèrent la tête et firent mine de s'intéresser à leurs papiers. Deux jurés remuèrent sur leur chaise, mal à l'aise. Mais les sectaires lui retournèrent un regard courroucé, l'air de dire : « Si ce n'est pas le cas, cela devrait l'être ! »

Truitt répliqua :

— Non, l'adultère n'est pas illégal. À une époque il l'était, mais l'interdiction s'est révélée difficile à appliquer.

— Donc, pour résumer, poursuivit Hobard, au Mississippi aujourd'hui il n'est pas interdit d'avoir des relations avec une autre femme que son épouse à condition qu'elle soit de la même race. En revanche, si ce n'est pas le cas, on peut être arrêté et poursuivi en justice, c'est bien ça ?

— C'est ce que dit le Code pénal, répondit Truitt.

Hobard, qui était visiblement le seul juré à vouloir creuser la question, demanda :

— Vous n'avez rien de mieux à faire que de poursuivre deux adultes consentants qui prennent du bon temps, que ce soit au lit, à l'arrière d'un pick-up ou que sais-je encore ?

— Ce n'est pas moi qui rédige les lois, monsieur Hobard. Si vous voulez changer la législation, alors envoyez une réclamation auprès du sénateur de l'État.

— Notre sénateur est un crétin fini.

— Peut-être, mais cette question sociétale est hors de notre champ de compétence. Maintenant, pouvons-nous passer au vote ?

— Non, répliqua Hobard. Vous voulez avancer vite. Très bien, mais avant de voter j'aimerais demander à mes collègues jurés s'il y en a parmi eux qui ont déjà eu des rapports sexuels avec une femme noire. Si c'est le cas, je ne vois pas comment nous pourrions décemment inculper ces deux jeunes personnes.

La pièce sembla soudain se vider de son air. Plusieurs jurés pâlirent. D'autres devinrent rouges de colère. Un intégriste éructa : « Jamais ! » Les autres emboîtèrent le pas :

— C'est ridicule !

— Ça suffit, votons !

— C'est interdit. La loi est la loi.

Nix Gridley se tenait dans un coin et les observait, s'efforçant de cacher son sourire. Parmi les jurés, Dunn Ludlow était un habitué des lupanars noirs à Lowtown. Milt Muncie avait la même maîtresse de couleur depuis que Nix était shérif, si ce n'était plus longtemps. Neville Wray venait d'une vieille famille de planteurs et cela faisait des générations que tous fricotaient avec la main-d'œuvre. Et pourtant, ces quinze-là prenaient des airs outrés.

La loi contre le métissage n'était pas une exception dans le sud des États-Unis. Le problème n'était pas le sexe entre hommes blancs et femmes noires ; de telles relations étaient monnaie courante et tout le monde s'en fichait. L'objet de cette interdiction visait à protéger le caractère sacré des femmes blanches et à tenir les Nègres loin d'elles. Mais comme l'histoire l'avait maintes fois prouvé, quand deux personnes voulaient avoir des relations sexuelles, elles faisaient fi des interdits et des risques encourus. La loi n'empêchait rien, elle permettait juste, de temps en temps, de punir quelques couples pour l'exemple.

Truitt attendit que cessent les commentaires puis déclara :

— Nous avons encore beaucoup de dossiers à traiter. Peut-on procéder au vote, maintenant ? Que ceux qui veulent que ces deux-là soient traduits en justice lèvent la main.

Quinze bras se dressèrent, tous sauf celui de Hobard.

Il n'était pas nécessaire d'avoir l'unanimité. Deux tiers des voix suffisaient à obtenir l'inculpation.

Truitt n'avait jamais été mis en défaut. Le grand jury statua rapidement sur les affaires suivantes, puis le procureur annonça :

— Et maintenant, passons au cas de M. Pete Banning. Homicide volontaire avec préméditation. Je suis certain que vous en savez autant que moi sur cette affaire. Shérif Gridley, c'est à vous.

Nix dut enjamber quelques pieds pour rejoindre sa place en bout de table. La moitié de l'assistance fumait. Nix demanda à Roy Lester d'ouvrir une fenêtre. Truitt alluma une cigarette et souffla un nuage de fumée au plafond.

Pour commencer, Nix fit passer deux photographies où l'on voyait Dexter Bell gisant au sol dans son bureau. Il décrivit la scène de crime, rapporta le témoignage de Hop Purdue et narra l'arrestation de Pete chez lui, qui lui avait alors indiqué où se trouvait l'arme. Nix présenta le revolver et les trois douilles, en déclarant qu'il s'agissait sans conteste de l'arme du crime. La police de l'État avait réalisé une analyse balistique. Depuis son arrestation, Pete Banning refusait de parler de l'affaire. John Wilbanks était son avocat. S'il était inculpé, selon toute vraisemblance son procès se tiendrait rapidement.

— Nous vous remercions, shérif, annonça Truitt. Des questions ?

Une main se leva. C'était Milt Muncie.

— On est vraiment obligés de voter ? demanda-t-il avec agacement. Je connais Pete et Dexter, et je n'ai aucune envie d'être impliqué dans cette histoire.

— Moi non plus, renchérit Tyus Sutton. J'ai grandi avec Pete et je ne me sens pas le droit de le juger.

— C'est vrai, ajouta Paul Carlin. Je ne touche pas à ça. Et si vous voulez m'y forcer, je démissionne. On peut démissionner d'un grand jury, non ? Je préfère tout arrêter plutôt que de me poser comme juge.

— Non, on ne peut pas démissionner, répliqua Truitt, sentant l'affaire mal engagée.

— Et s'abstenir, c'est possible ? s'enquit Joe Fisher. Ça me paraît plus sage, quand on connaît personnellement les gens incriminés. Dites-moi où c'est écrit qu'on ne peut pas s'abstenir ?

Tous les regards se braquèrent sur Truitt qui, devant un grand jury, avait l'habitude d'improviser, comme ses confrères. Il ne se souvenait pas d'un article évoquant la possibilité d'une abstention dans le Code de procédure pénale. Il faut dire qu'il n'avait pas consulté cette section depuis des années. Gérer ce genre d'audience était une telle routine pour lui qu'il avait négligé d'en connaître les détails procéduraux.

Il tenta de gagner du temps, en attendant qu'une idée lui vienne. Il pensait déjà au jury du procès. Si les hommes du comté de Ford étaient si partagés, et si réticents à prendre parti, il aurait bien du mal à trouver douze jurés pour lui offrir le verdict qu'il espérait. C'était la plus belle affaire de sa carrière, et elle lui glissait entre les doigts !

Il s'éclaircit la gorge.

— Je vous rappelle que vous avez prêté serment, juré d'entendre les affaires en toute impartialité et de décider si les charges étaient suffisantes pour ouvrir un procès. Vous n'êtes pas ici pour juger de la culpabilité de M. Banning. Ce n'est pas votre travail. Votre devoir est d'établir s'il doit être poursuivi pour meurtre. Le procès décidera ensuite de son sort. Shérif Gridley, êtes-vous certain que Pete Banning a tué Dexter Bell ?

— Oui.

— Et cela, messieurs, est amplement suffisant pour prononcer l'inculpation.

— Je ne voterai pas, insista Tyus Sutton. Pete avait une bonne raison pour faire ce qu'il a fait et je n'ai pas à juger.

— Combien de fois faut-il que je vous le répète ? s'agaça Truitt en haussant la voix. On ne parle pas de jugement ! Si M. Banning a une bonne raison, il le fera savoir au procès. D'autres questions ?

Truitt, le regard mauvais, observa tour à tour les autres jurés, prêt au combat. Lui connaissait la loi, pas eux !

Mais Tyus Sutton ne se laissa pas intimider. Il se leva et tendit le doigt vers le procureur.

— J'ai passé l'âge que l'on me parle sur ce ton. Je m'en vais. Et si vous voulez vous plaindre au juge et me créer des ennuis, je m'en souviendrai pour votre prochaine élection. Et soyez sûr que, de mon côté, je sais où trouver un avocat.

Sutton sortit de la pièce à grands pas et claqua la porte derrière lui.

Ils n'étaient plus que quinze. Il fallait deux tiers des votes pour prononcer l'inculpation, et au moins trois des jurés encore présents ne voulaient pas voter. Truitt eut une sueur froide, sa respiration s'accéléra. Il fallait trouver une parade, tout de suite ! Il pouvait leur demander de rentrer chez eux et leur présenter l'affaire le mois prochain. Ou demander au juge de convoquer un nouveau panel de jurés. Il pouvait aussi forcer le vote, en croisant les doigts. S'il n'atteignait pas la barre des dix voix, il soumettrait à nouveau l'affaire en novembre. Ce devait être possible, non ? Présenter deux fois la même affaire à un grand jury n'était pas interdit par le cinquième amendement ? Sans doute pas. Mais il ne fallait pas se tromper. Jamais il n'avait été dans une posture aussi délicate.

Il décida de ne rien lâcher, comme s'il avait déjà eu affaire à ce genre de challenge.

— Quelqu'un a encore quelque chose à dire ?

Il y eut quelques regards inquiets mais personne ne souhaitait imiter Tyus Sutton.

— Parfait, conclut Truitt devant le silence éloquent. Ceux qui veulent poursuivre en justice Pete Banning pour meurtre avec préméditation sur la personne du pasteur Dexter Bell, veuillez lever la main.

Sans grand enthousiasme, cinq jurés dressèrent lentement le bras. Cinq autres suivirent le mouvement. Les derniers demeurèrent immobiles.

— Vous ne pouvez vous abstenir, aboya Truitt à l'intention de Milt Muncie.

— Et vous, vous ne pouvez me forcer à voter !

À son air de défi, il était prêt à en venir aux mains.

Truitt lança un regard circulaire dans la pièce.

— Je compte dix voix. Cela fait deux tiers. Cela suffit pour valider l'inculpation. Merci, shérif. On en a terminé.

*

Au fil des jours, Pete s'employa à améliorer ses conditions de détention. La qualité du café fut son premier objectif. À la fin du troisième jour, toute la prison – détenus, gardiens, et policiers – avait droit à du Standard Coffee. Florry l'apportait par gros paquets de deux kilos et demi. Au cours de sa deuxième livraison, elle demanda à Nix ce que buvaient les gens de couleur. Il répliqua qu'ils n'avaient pas droit au café, et cette injustice la mit en colère. Dans une tirade enfiellée, elle menaça de ne plus apporter de café si tout le monde n'était pas logé à la même enseigne.

De retour à la maison, elle rameuta Marietta et Nineva, et les trois femmes se mirent aux fourneaux, comme des soldats fourbissant les armes de la révolte. Presque tous les jours, Florry débarquait à la prison avec des gâteaux, des tartes, des cookies, des brownies, et aussi des plats mijotés – bœuf, chevreuil, choux, haricots rouges, riz, petits pois – agrémentés de pains de maïs. La qualité des repas grimpa en flèche, pour tous les pensionnaires – la plupart ne mangeant pas aussi bien quand ils étaient en liberté. Quand Amos tua un gros cochon, toute la prison se régala de travers de porc fumés. Nix et ses adjoints étaient du festin et économisaient ainsi quelques dollars chaque midi. C'était la première fois que le shérif détenait dans ses murs un grand propriétaire terrien ayant à la fois de la nourriture en pagaille et des gens pour cuisiner.

Au bout de la première semaine, Pete convainquit Nix de faire de lui son prisonnier de confiance. Sa cellule ne serait donc pas fermée la journée, et il pourrait aller où bon lui semble tant qu'il ne quittait pas le bâtiment. Nix avait peur des rumeurs. On allait raconter que Pete avait droit à un traitement de faveur. Il se montra donc très réticent au début. Mais toute prison digne de ce nom avait son prisonnier modèle – pourquoi pas celle de Clanton ? Le dernier en date, Homer Galax, avait purgé six années pour agression à main armée. Il lui en restait encore trois quand il s'était fait la belle avec une veuve qui avait un petit pactole, disait-on. On ne l'avait plus jamais revu, et Nix n'avait ni l'énergie, ni les moyens pour courir à sa recherche.

Il existait cependant un point de règlement concernant le choix du prisonnier de confiance : celui-ci devait avoir été jugé et condamné à purger sa peine dans la prison du comté, et non dans le pénitencier de l'État. Nix passa outre. Grâce à ce nouveau statut, Pete fut chargé de distribuer les repas à ses quatre codétenus blancs ainsi qu'aux six Noirs dans la partie arrière de la prison. Les prisonniers, sachant d'où venait cette bonne chère, tenaient donc Pete en haute estime. Il organisa un roulement pour nettoyer la prison et paya un plombier pour moderniser les deux sanitaires. Pour quelques dollars, il conçut un système de ventilation afin d'évacuer l'air saturé de fumée de cigarette, et tout le monde, y compris les fumeurs, put respirer à son aise. Avec l'aide d'un détenu noir, il chargeait à fond la chaudière et, la nuit, les cellules devinrent presque douillettes. Il passait de bonnes nuits, faisait des siestes dans la journée, de la gymnastique pendant une heure chaque jour et encourageait ses camarades à l'imiter. Quand l'ennui le gagnait, il lisait. Il dévorait ses livres si vite que Florry avait du mal à suivre le rythme. Comme il n'y avait pas d'étagères dans sa minuscule cellule, sa sœur les rapportait dans la bibliothèque de son bureau qui comptait des centaines d'ouvrages. Il parcourait aussi des journaux, des magazines.

Pete proposait sa lecture aux autres, mais cela ne les intéressait guère. Sans doute étaient-ils mal à l'aise avec l'écrit, peut-être même totalement illettrés. Pour passer le temps, il jouait au poker avec Leon Colliver, le distillateur clandestin occupant la cellule en face. Quoiqu'il ne fût pas une lumière, Leon se révéla curieusement vif d'esprit aux cartes et Pete, ayant pratiqué tous les jeux à l'armée, avait un large choix à lui proposer. Le crib était son préféré et Florry lui apporta sa planche pour le comptage. Leon ne connaissait pas ce jeu, mais il apprit vite et, en une heure, il avait gagné cinq cents. Il jouait un cent la partie. On pouvait faire crédit mais personne ne cherchait réellement à gagner de l'argent.

En fin d'après-midi, quand toutes les corvées étaient terminées et que la prison brillait comme un sou neuf, Pete ouvrait la cellule de Leon. Ils sortaient leurs chaises branlantes et s'installaient dans le couloir, bloquant totalement le passage. La planche de crib était placée sur une plaque de contreplaqué que Pete gardait dans sa cellule, le tout posé en équilibre sur un tonnelet qui autrefois contenait des clous. La partie commençait. Mystérieusement, Leon avait toujours une flasque pleine d'alcool de maïs, fabrication maison bien sûr. Au début, Pete n'était pas tenté. Mais au fil des jours, il commença à mesurer la réalité de sa situation : il allait être exécuté ou incarcéré pour le restant de ses jours. À quoi bon se retenir ? Alors quand la partie se corsait, Leon sortait discrètement la flasque de sa poche, dévissait le bouchon, avalait une lampée et la tendait à Pete. Après s'être assuré que personne ne les observait, Pete en prenait une goulée et la rendait à son camarade. Ce n'était pas de l'égoïsme. Il n'y en avait simplement pas assez pour tout le monde. De plus, les prisons avaient leurs mouchards et le shérif Gridley n'aurait pas apprécié d'apprendre que de l'alcool circulait dans ses geôles.

Les deux compères étaient penchés sur leur plateau de jeu quand la porte s'ouvrit. C'était Nix qui entrait dans le couloir, une liasse de papiers à la main.

— Salut, les gars, lança-t-il.

Les deux prisonniers le saluèrent poliment d'un signe de tête. Le policier tendit les documents à Pete.

— Le grand jury s'est réuni aujourd'hui. C'est ton inculpation officielle. Tu es poursuivi pour meurtre avec préméditation. Autrement dit, pour assassinat.

Pete se redressa et prit les papiers.

— Je m'y attendais, articula-t-il.
— Ça n'a pas traîné. Ton procès aura lieu le 6 janvier.
— Si tard ? On ne peut pas l'avancer ?
— Pour ça, il faut voir avec ton avocat.
Sur ce, Nix tourna les talons et s'en alla.

9

Un mois après la mort de son mari, Jackie Bell alla s'installer, avec ses trois enfants, chez ses parents à Rome, en Georgie. Elle emporta les rares meubles qui n'appartenaient pas au presbytère, tous les beaux souvenirs de ces cinq ans passés à Clanton, et la chaleur des adieux des paroissiens qui l'avaient soutenue, elle et sa famille. Elle emmena aussi son mari. Dans le chaos qui avait suivi le meurtre, elle avait accepté qu'il soit inhumé à Clanton parce que c'était plus simple. Toutefois, ils n'étaient pas originaires du Mississippi, n'avaient aucun proche ici, ni de véritables attaches. Et Jackie voulait rentrer chez elle. Pourquoi laisser sa dépouille derrière elle ? Tous les jours, elle se rendait au cimetière pour fleurir la tombe et pleurer la mort de son époux, un rite qu'elle comptait perpétuer jusqu'à la fin de ses jours, ce qui serait impossible lorsqu'elle serait en Georgie. Dexter aussi était natif de Rome, il était donc normal de l'enterrer dans le petit cimetière de son église méthodiste.

Ils s'étaient mariés quand Dexter était au séminaire à Atlanta. Leur vie nomade avait commencé juste après son entrée dans les ordres, quand il avait été nommé pasteur adjoint dans une paroisse de Floride. Puis ils avaient sillonné le Sud, avec trois enfants, chacun né dans des endroits différents. Finalement, Dexter avait été affecté à Clanton, peu avant l'attaque de Pearl Harbor.

Jackie avait aimé Clanton jusqu'à la mort de son mari, mais après les funérailles elle comprit rapidement qu'elle ne pourrait y rester. L'église avait besoin de récupérer le presbytère. C'était la raison la plus évidente. Un nouveau pasteur allait être nommé, et sa famille devait pouvoir se loger. La hiérarchie avait toutefois proposé de leur trouver une maison et d'assumer les frais pour un an. Elle avait cependant décliné cette offre. Il y avait une autre raison, plus impérieuse : la souffrance de ses enfants. Ils adoraient leur père et ne pouvaient accepter sa disparition. Et dans une ville aussi petite, ils seraient toujours montrés du doigt, ils seraient toujours les gamins dont le papa avait été abattu pour des raisons mystérieuses. Pour les protéger, Jackie les emmenait loin – chez papy et mamie.

Une fois à Rome, lorsque les enfants retrouvèrent le chemin de l'école, Jackie s'aperçut que cette solution ne serait que temporaire. La maison de ses parents était bien trop petite pour accueillir la fratrie. Elle récupéra les dix mille dollars de l'assurance vie, se mit à chercher un logement à louer et commença à rater les offices à l'église, au grand désarroi de ses parents, des méthodistes dévots qui, pour rien au monde, n'auraient manqué une messe. Dans leur entourage, tout le monde allait à l'église le dimanche, et les rares qui ne s'y rendaient pas étaient très critiqués. Jackie n'était pas d'humeur à se justifier, mais elle laissa entendre à ses parents que sa foi avait été ébranlée et qu'elle avait besoin de temps pour faire le point. Secrètement, une question évidente la taraudait : son mari, un fidèle serviteur du Christ, était dans l'église et lisait la Bible pour préparer son sermon quand il avait été assassiné. Pourquoi Dieu ne l'avait-il pas protégé ? Lui, plus que quiconque au monde ? Et cette question en induisait une autre, plus troublante encore, qu'elle n'aurait jamais osé formuler à voix haute : Dieu existait-il vraiment ? Rien que le simple fait de concevoir cette interrogation lui glaçait le sang, mais elle était bel et bien au fond d'elle-même.

Comme c'était prévisible, son absence à la messe fit rapidement jaser, au dire de sa mère, mais elle s'en fichait. Sa souffrance dépassait tellement celle que pouvaient lui causer les commérages. Ses enfants avaient changé d'école, une épreuve pour eux aussi. Chaque jour était un nouveau défi.

Deux semaines après son emménagement chez ses parents, Jackie trouva une maison en location de l'autre côté de la ville. Elle appartenait à Errol McLeish, un avocat célibataire de trente-neuf ans qu'elle avait connu au lycée de Rome. McLeish et Dexter étaient dans la même classe, mais pas dans le même cercle d'amis. McLeish, comme tout le monde, connaissait les raisons du décès de Dexter, et il ne demandait qu'à aider sa jeune veuve.

Après toutes ces semaines à ne manger que pour survivre, Jackie avait perdu les quelques kilos en trop qu'elle avait gardés depuis son dernier accouchement, six ans plus tôt. Pour perdre du poids, elle n'aurait recommandé à personne le chagrin. Pour l'instant, c'était le seul point positif de ce long cauchemar mais, quand elle se regardait dans la glace, l'évidence était là : elle n'avait pas été aussi mince depuis longtemps. Aujourd'hui, à trente-huit ans, elle faisait le même poids qu'à son mariage et elle aimait revoir la courbe de ses hanches. En revanche, elle avait toujours les yeux rouges et enflés à cause des larmes, et avait hâte que ça s'arrête.

McLeish passait deux fois par semaine pour s'assurer que tout allait bien, et Jackie se mit à se maquiller un peu, à porter des jupes plus étroites pour ses visites. Au début, elle se sentait coupable. Le cadavre de Dexter était encore chaud dans sa tombe, mais elle ne cherchait pas à séduire. Pas du tout. Elle comptait rester seule jusqu'à la fin de sa vie, se disait-elle – d'autant plus qu'à Rome, les célibataires ayant de l'instruction devaient être rares. Après tout, elle était à nouveau célibataire, et il n'y avait rien de mal à être élégante, si ?

De son côté, McLeish la trouvait mignonne mais avec bien trop de casseroles à son goût. Être veuve était une chose, ça pouvait se gérer avec le temps, mais trois enfants, c'était une autre paire de manches. En tant que fils unique, il avait l'habitude de la tranquillité. Avoir toute cette marmaille dans les pattes lui paraissait insurmontable. Toutefois, il se montrait aux petits soins avec elle et, l'air de rien, profitait de sa solitude et de sa peine. Et la sollicitude se mua peu à peu en opération charme.

En réalité, ce qui l'intéressait vraiment, c'étaient les possibles suites judiciaires de l'affaire. McLeish avait quelques biens, tous lourdement hypothéqués, sans compter de multiples dettes, et, après une décennie à exercer le droit, il s'était rendu à l'évidence : il ne ferait pas fortune. Aussi, dès que Jackie arriva à Rome, il commença à poser ses pièges. Il fit le voyage jusqu'à Clanton et fureta au palais de justice pour en savoir le plus possible sur la plantation des Banning. Il passa des heures à éplucher les registres fonciers et, quand on lui demanda pourquoi il s'intéressait tant que ça aux propriétés du coin, il expliqua qu'il cherchait des terrains pour de « grosses compagnies de pétrole ». Comme c'était prévisible, la nouvelle se répandit dans tout le palais, traversa la place pour gagner les cabinets juridiques alentour. Et bientôt tout Clanton connaissait sa première ruée vers l'or noir. Avocats et assistants se plongèrent dans les archives poussiéreuses du cadastre, tout en restant à l'affût du moindre commérage, et surveillèrent les faits et gestes du nouveau. Malheureusement, McLeish disparut aussi vite qu'il était venu, laissant la ville sur des charbons ardents : quand donc les compagnies pétrolières allaient-elles débarquer avec leurs dollars ? De retour en Georgie, McLeish prit sous son aile la veuve éplorée et lui rendit dûment visite, sans jamais paraître avide ou impatient. Il se montrait à l'écoute, réservé, presque effacé, comme s'il mesurait les épreuves qu'endurait Jackie et qu'il ne voulait pas s'en mêler.

*

En 1946, Hollins comptait trois cent soixante-quinze élèves – uniquement des filles. L'université centenaire jouissait d'une excellente réputation, en particulier chez les dames des classes supérieures du Sud. Stella Banning l'avait choisie parce que la plupart des amies fortunées de sa mère à Memphis y étaient allées. Pas Liza, car sa famille n'avait pas les moyens.

Ses camarades de classe l'entourèrent comme un cocon, la protégeant des intrus et des ondes négatives. Comment une personne aussi douce et gentille que Stella pouvait-elle se retrouver au cœur d'une telle tragédie ? Mais ce n'était pas sa faute. Elles n'avaient jamais mis les pieds à Clanton. Quelques-unes savaient que le père de Stella était un héros de guerre, mais c'était un détail à leurs yeux. Aucune ne connaissait ses parents ; en revanche, son frère, Joel, était venu à Hollins pour un week-end et avait fait son petit effet.

Au cours des semaines qui suivirent le meurtre, Stella ne fut jamais seule. Ses deux camarades de chambrée se relayaient à son chevet la nuit quand les cauchemars et les pleurs se faisaient trop violents. La journée, elle était soutenue par ses amies, qui s'évertuaient à lui changer les idées. Ses professeurs comprenaient cette délicate situation. Ils l'autorisaient à sauter des cours et à rendre plus tard ses devoirs. Les conseillers d'éducation parlaient avec elle chaque jour. Le président de l'université était tenu informé, et deux fois par semaine un adjoint lui faisait un rapport détaillé. Rapidement, on apprit qu'elle ne rentrerait pas chez elle pour les vacances de Thanksgiving. Son père lui avait ordonné de rester loin de Clanton. Aussitôt, Stella fut submergée d'invitations, certaines émanant d'amies et de professeurs, d'autres de filles qu'elle connaissait à peine.

Stella en fut émue aux larmes et les remercia tous, puis elle quitta Roanoke en train avec Ginger Reed, sa meilleure amie, direction Alexandria dans la banlieue de Washington, pour une semaine de fêtes. Elle était déjà allée là-bas avec Ginger, et elle avait adoré la capitale. Elle ne l'avait pas encore dit à ses parents, ni à Joel, mais elle comptait arrêter ses études sitôt sortie de Hollins et filer vers la lumière des grandes villes. New York était son premier choix, Washington son second. La Nouvelle-Orléans arrivant loin derrière. Bien avant le meurtre, elle avait décidé qu'elle ne vivrait pas dans le comté de Ford. Raison de plus, aujourd'hui. Elle allait mettre le plus de distance possible entre elle et sa terre natale.

Même si son rêve avait du plomb dans l'aile, elle était déterminée à devenir écrivain. Elle adorait les nouvelles d'Eudora Welty et les personnages hauts en couleur de Carson McCullers. Deux femmes du Sud, qui parlaient d'une voix authentique de la famille, des conflits, de la terre et de l'histoire douloureuse de cette région. Et elles connaissaient la gloire, dans un secteur pourtant dominé par les hommes. Stella lisait tous les auteurs américains, femmes comme hommes, et elle était convaincue qu'elle avait sa place parmi eux. Elle aurait pu commencer par écrire des histoires sur sa famille, se disait-elle souvent – et aujourd'hui plus encore –, mais elle savait ce rêve brisé.

Elle aurait trouvé un travail dans un magazine à New York, vécu dans un petit appartement à Brooklyn en colocation, se serait lancée dans son premier roman sitôt installée, et l'inspiration lui serait venue en un flot continu. Elle était certaine que ses parents et sa tante Florry l'auraient aidée financièrement au besoin. Elle était une Banning. Elle avait été élevée avec la certitude que la terre resterait toujours dans la famille et les nourrirait tous.

Profiter de la vie à New York, travailler pour un magazine, commencer un roman, tout oser – et savoir qu'il y avait de l'argent à la maison. Le rêve était excitant, et si réel, presque à pouvoir le toucher du doigt… Mais il y avait eu ce meurtre. La maison était si loin, dorénavant, l'avenir si incertain.

La famille de Ginger vivait à Old Town, dans une grande maison du XVIIIe sur Duke Street. Ginger avait prévenu ses parents et sa petite sœur, ils connaissaient l'épreuve qu'endurait Stella et personne ne posa de questions. Stella eut droit à une semaine de cocktails, de dîners, de grandes promenades le long du Potomac, et de soirées festives dans des clubs fréquentés par des étudiants qui fumaient des cigarettes, buvaient trop, écoutaient des orchestres de swing et dansaient toute la nuit.

Le jour de Thanksgiving, elle appela sa tante Florry, et pendant dix minutes elles bavardèrent comme si de rien n'était. Joel était invité chez un camarade dans le Kentucky. Florry lui raconta qu'il passait ses journées à chasser et que cette parenthèse lui faisait du bien. Ils se retrouveraient tous pour Noël, lui promit-elle.

*

Plus tard dans l'après-midi, Florry chargea dans la voiture deux dindes rôties avec des pommes de terre, des carottes, des betteraves et des navets, accompagnés d'un gratin de maïs, d'une sauce d'abats, de petits pains briochés et de deux tartes aux noix de pécan. Elle apporta le festin à la prison et dirigea la découpe des dindes effectuée par son frère. Le repas était pour tous les prisonniers et pour Tick Poley, le geôlier à mi-temps qui travaillait la nuit et la plupart des jours fériés afin que Nix et ses hommes puissent passer du temps dans leur famille. Florry et Pete dînèrent seuls dans le bureau du shérif, avec son arme de service à portée de main, rangée dans une mallette même pas fermée à clé. Une porte, pas plus verrouillée, donnait sur le parking. Tick était content de manger tranquille dans le hall de la prison, tout en gardant la porte d'entrée.

Pete prit quelques bouchées, puis alluma une cigarette. Malgré les efforts de sa sœur, il mangeait toujours aussi peu. Il était maigre et tout pâle, car il ne sortait jamais au soleil. Comme de coutume, elle lui fit des remontrances. Comme de coutume, il les ignora. Il s'anima un peu quand elle lui narra les deux coups de fil de Joel et Stella. Dans la version de Florry, les enfants allaient très bien et profitaient des vacances. Pete sourit en continuant à fumer, le regard perdu au plafond, et peut-être plus loin encore.

10

Le jour de Thanksgiving, le coton avait été cueilli sur les plants pour la troisième et dernière fois. Pete était satisfait de la récolte. Il suivait les cours du marché et vérifiait les livres de comptes avec Buford qui lui rendait visite toutes les semaines. Il signait les chèques, payait les factures, examinait les comptes en banque et gérait la vente de son coton à la Bourse de Memphis. Il ordonna la réouverture de l'école pour les enfants de couleur sur sa propriété et donna son accord pour une augmentation du salaire des professeurs et l'installation de nouveaux poêles afin de chauffer les salles l'hiver. Buford voulait acheter le dernier modèle de tracteur John Deere. La plupart des gros planteurs en avaient un, mais Pete refusa. Pas maintenant, plus tard peut-être. L'avenir étant si incertain, il hésitait à faire une telle dépense.

Le cours du coton était aussi surveillé de près par Errol McLeish. La Georgie en produisait presque autant que le Mississippi, et il connaissait bien ce secteur d'activité. Plus le cours montait à la Bourse de Memphis, plus il ressentait de l'empathie pour Jackie Bell.

*

Après des semaines de discussion et de recherches, John Wilbanks et son frère Russell décidèrent qu'il valait mieux que Pete ne soit pas jugé à Clanton. Ils demanderaient qu'un autre tribunal accueille le procès, et le plus loin serait le mieux.

Au début, les nouvelles étaient encourageantes : Miles Truitt aurait eu du mal à obtenir l'inculpation. Il y avait eu une quasi-mutinerie au grand jury. À l'évidence, leur client avait des amis et des admirateurs, et les deux tiers des voix avaient été tout juste atteints. Mais ce n'étaient que des bruits de couloirs. Comme les débats au grand jury n'étaient pas consignés, et étaient supposés confidentiels, les avocats ne pouvaient être certains de la véracité de cette rumeur. Avec le temps, en revanche, ils commencèrent à douter de l'impartialité du jury. Avec leurs assistants, ils avaient interrogé beaucoup de gens pour sonder l'opinion générale au sujet de cette affaire. Ils avaient aussi consulté d'autres avocats en ville, deux juges à la retraite, ainsi que quelques anciens policiers et shérifs. Puisque le jury serait composé exclusivement d'hommes blancs, et tous, ou presque, membres d'une congrégation religieuse, ils bavardèrent aussi avec les pasteurs qu'ils connaissaient, représentant diverses obédiences. Leurs épouses parlèrent à d'autres épouses, dans d'autres églises, aux garden-parties, dans leurs clubs de bridge, et partout où elles pouvaient aborder le sujet sans attirer les soupçons.

Il devint clair, du moins pour John Wilbanks, que l'opinion publique était contre son client. Souvent, lui ou quelqu'un de son équipe entendait des gens dire : « Quel que soit le problème qu'il y avait entre eux, cela pouvait se résoudre autrement que dans le sang. » Et le fait que Pete Banning refusât d'expliquer son geste aggravait encore la situation. Il serait toujours un héros de guerre, mais personne n'avait le droit de tuer quelqu'un sans une bonne raison.

Sous la houlette de John, son cabinet éplucha tous les cas où le changement de lieu d'un procès avait été demandé et accordé. Il rédigea sa requête, un petit chef-d'œuvre, accompagnée d'un solide dossier de cinquante pages pour étayer sa demande. Ce travail fut chronophage, ce qui donna lieu à une discussion animée avec Russell. Il était urgent d'aborder avec leur client l'épineux sujet de leurs honoraires. Depuis l'arrestation de Pete, John n'avait pas voulu parler d'argent. Mais, aujourd'hui, c'était devenu indispensable.

Mettre en place une défense prenait du temps, et dans cette affaire cela s'annonçait particulièrement compliqué. Pete avait été très clair : il ne voulait pas plaider la folie. Cependant les avocats n'avaient aucune autre raison à donner aux jurés. C'était une vérité universelle : aucune personne saine d'esprit n'irait tuer son prochain en lui tirant dessus à trois reprises à bout portant. Pete ne pouvait donc avoir au moment des faits toutes ses facultés mentales. Toutefois, pour présenter cette défense, John Wilbanks devait en informer la cour et formuler une requête en ce sens. John en avait rédigé une, encore très bien documentée, qu'il comptait déposer en même temps que sa demande de délocalisation du procès.

Mais avant cela, il lui fallait avoir l'accord de son client. Il batailla longtemps avec le shérif et, enfin, une semaine avant Noël, en fin d'après-midi, Nix et Roy Lester quittèrent la prison avec Pete Banning pour le mener en voiture dans le centre-ville. C'était la première fois que Pete sortait à l'air libre. Il resta de marbre. Il ne sembla pas remarquer les décorations aux devantures des magasins, l'ambiance de fête qui régnait dans les rues, ni apprécier qu'il allait voir son avocat confortablement installé dans son cabinet et non dans le bureau du shérif. Il était tassé sur la banquette arrière, caché derrière son chapeau, menottes aux poings. Il garda la tête baissée durant tout le trajet. Nix se gara derrière l'immeuble des Wilbanks et personne ne vit Pete entrer, encadré par les deux policiers. Une fois à l'intérieur, on lui ôta ses menottes et il suivit John dans son bureau à l'étage. La secrétaire servit du café et des petits gâteaux à Nix et à Roy qui allaient patienter dans le hall au rez-de-chaussée.

Russell et John s'installèrent chacun dans un fauteuil, Pete s'assit sur le canapé, de l'autre côté de la table basse. Ils tentèrent de discuter un peu, mais c'était difficile. Est-ce qu'on parlait de la pluie et du beau temps à un homme qui risquait la chaise électrique ?

— Comment ça se passe, à la prison ? s'enquit John.

— Ça va. J'ai connu pire.

— Il paraît que tu as pris les choses en mains, là-bas ?

Il esquissa un petit sourire.

— Nix m'a choisi comme prisonnier de confiance. Comme ça, je ne suis pas enfermé toute la journée en cellule.

— On dit aussi que les détenus prennent du bide, grâce à Florry ! lança Russell.

— La nourriture s'est améliorée, répondit Pete en prenant une cigarette.

John et Russell échangèrent un regard. Russell eut soudain très envie d'une cigarette lui aussi, laissant son frère se charger de la partie déplaisante.

Il s'éclaircit la gorge et se lança :

— Bon, Pete, il faut aborder le sujet. On n'a pas encore parlé de nos honoraires. On a déjà beaucoup travaillé sur ton affaire. Le procès est dans trois semaines et, d'ici là, on ne va s'occuper quasiment que de toi. On a besoin d'être payés.

Pete haussa les épaules.

— Je t'ai toujours payé.

— Certes, mais jusqu'à maintenant, tu n'avais jamais été poursuivi pour meurtre.

— Et ça va s'élever à combien ?

— Dans les cinq mille dollars. Et c'est la fourchette basse.

Pete tira une longue bouffée, souffla un nuage de fumée au plafond.

— Je ne veux même pas entendre la haute. Pourquoi c'est si cher ?

Russell décida de monter sur le ring :

— Le temps, Pete, des heures et des heures de travail. Le temps, c'est notre seule ressource. Et nous n'allons pas gagner d'argent avec ce procès. On s'occupe de ta famille depuis toujours, on est amis. On est là pour te protéger. Mais nous avons des frais, des factures à payer, nous aussi.

Pete tapota sa cigarette sur le bord du cendrier et prit une autre bouffée. Il ne paraissait ni agacé, ni surpris. Comme toujours, il ne laissait rien paraître.

— Très bien, annonça-t-il après un silence. Je vais voir ce que je peux faire.

Ce que tu peux faire, c'est nous signer un chèque tout de suite ! brûlait de lui rétorquer John. Mais ç'aurait été inutile. Pete avait reçu le message. Il ne l'oublierait pas. Ils en reparleraient.

Russell sortit des papiers et annonça :

— On a des trucs que tu dois lire, Pete. Ce sont des requêtes préliminaires pour ton procès. Avant de les soumettre à la cour, il faut que tu en prennes connaissance et que tu les signes.

Pete souleva les documents et fronça les sourcils.

— Il y en a beaucoup. Vous ne pouvez pas me faire un résumé, de préférence en termes simples ?

John acquiesça dans un sourire.

— Pas de problème. La première requête concerne le changement de lieu pour la tenue du procès. L'idée, c'est qu'il se passe ailleurs, le plus loin possible de Clanton. Tout nous porte à croire que l'opinion publique ici est contre toi. Et ça va être compliqué de trouver des jurés acquis à ta cause.

— Et il aurait lieu où, ce procès ?

— Selon les textes, c'est à la discrétion du juge. Connaissant Oswalt, il voudra garder l'affaire sans avoir à se déplacer trop loin. S'il accepte notre demande, ce qui n'est pas gagné, il choisira un palais de justice dans sa juridiction. Bien sûr, on fera des objections, mais, entre nous, l'important, c'est que ça se passe ailleurs.

— Pourquoi donc ?

— Parce que le pasteur Bell était apprécié, ici, et qu'il avait beaucoup de fidèles. Sans compter qu'il y a huit autres églises méthodistes dans ce comté. C'est la deuxième congrégation, derrière les baptistes, ce qui pose un sérieux problème. Baptistes et méthodistes sont cousins germains. Ils sont d'accord sur tous les sujets qui fâchent. La politique, l'interdiction de l'alcool, les conseils d'école locaux. Ces deux groupes marchent souvent main dans la main.

— Je le sais. Mais je suis, moi aussi, un méthodiste.

— Certes, et tu as quelques soutiens, de vieux amis. Cependant la plupart des gens te considèrent comme un assassin qui a tué de sang-froid. Je ne suis pas sûr que tu t'en rendes bien compte. Pour les habitants, tu es un héros de guerre qui, pour des raisons connues de lui seul, est allé abattre un pasteur désarmé dans son église.

Russell enfonça le clou :

— Pete, tu n'as pas une chance de t'en sortir.

Pete haussa les épaules. Il avait fait ce qu'il avait à faire. Peu importe les conséquences. Il tira une longue bouffée sur sa cigarette, tandis que des volutes de fumée ondulaient au plafond.

— Et pourquoi ce serait différent dans un autre comté ?

— Tu as déjà rencontré les pasteurs méthodistes de Polk, Tyler ou Milburn ? Non, évidemment ! Ces comtés sont juste à côté, et pourtant on ne connaît quasiment personne qui habite là-bas. Et la réciproque est vraie. Aucun d'entre eux ne vous connaîtra personnellement, toi ou Dexter Bell.

— C'est mieux comme ça, ajouta Russell. Bien sûr, ces gens auront lu les journaux, mais il n'y aura pas de liens affectifs. On aura plus de chance de désamorcer leur colère, de leur mettre le doute.

— Le doute ? Quel doute ?

— On va aborder ce sujet dans un instant, répondit John. Tu es d'accord pour délocaliser le procès ?

— Non. S'il doit y avoir un procès, je veux qu'il ait lieu ici.

— Bien sûr qu'il va y avoir un procès ! La seule façon d'éviter ça, ce serait de plaider coupable.

— C'est ça que tu veux ? Que je dise que je suis coupable ?

— Non.

— Tant mieux, parce que je ne le suis pas. Et le procès se tiendra ici. C'est chez moi, ça a toujours été chez moi, c'est la terre de mes ancêtres et, si les gens du comté de Ford veulent me condamner, eh bien ce sera ici, dans notre palais de justice, de l'autre côté de la rue.

John et Russell se regardèrent, agacés. Pete reposa les papiers sur la table, sans même y avoir jeté un coup d'œil. Il alluma une autre cigarette, croisa les jambes, comme s'il avait tout son temps.

— Ensuite ? demanda-t-il.

John lâcha avec humeur son exemplaire sur la table basse.

— Entre les recherches et la rédaction, ça nous a pris un mois de travail.

— Et je dois payer pour ça ? Si vous m'aviez posé la question, je vous aurais évité toute cette débauche d'énergie. Pas étonnant que vous soyez si chers.

John et Russell se renfrognèrent. Pete continua à fumer tranquillement.

— C'est bon, les gars, ajouta-t-il finalement. J'ai toujours payé vos honoraires, c'est normal, en particulier dans ma situation, mais cinq mille dollars ? Vous êtes sérieux ? Je cultive près de quatre cent dix hectares, ce qui revient à se casser le dos huit mois de l'année à trente bonshommes, et si tout se passe bien – c'est-à-dire si le temps est de mon côté, si les prix ne s'effondrent pas, si les engrais prennent, si on n'est pas infestés par les charançons et si j'ai assez d'ouvriers pour tout ramasser –, alors tous les trois ou quatre ans je peux faire une bonne récolte et, après déduction des charges et tout le tralala, gagner vingt mille dollars. Florry a sa part. Ce qui m'en laisse dix et vous m'en réclamez la moitié !

— Tu noircis le tableau, répliqua John sans hésiter. (Sa famille aussi avait des champs de coton, une plantation plus grande que celle des Banning.) Notre cousin a fait une très belle récolte cette année et toi aussi.

— Si tu trouves nos honoraires trop élevés, ajouta Russell, tu peux toujours aller voir ailleurs. Ce n'est pas les avocats qui manquent en ville. On fait juste de notre mieux pour te protéger.

— Je le sais bien. Vous avez toujours veillé sur moi et ma famille. Je ne conteste pas la somme, je dis juste qu'il va me falloir un peu de temps pour réunir l'argent.

John comme Russell savaient que Pete avait de quoi les payer tout de suite, mais c'était un fermier et, comme tous ses semblables, il était près de ses sous. Et les deux avocats le comprenaient. Selon toute probabilité, il ne cultiverait plus jamais sa terre et mourrait bientôt sur la chaise électrique, ou finirait ses jours dans un asile psychiatrique. Son avenir n'avait rien de réjouissant. Ils ne pouvaient lui reprocher de vouloir économiser le plus possible.

Une secrétaire toqua à la porte et entra avec un joli service à café sur un plateau. Elle remplit les trois tasses, proposa de la crème et du sucre. Pete mélangea tranquillement son café, but une gorgée et écrasa sa cigarette.

Quand l'employée fut partie, John reprit :

— Bien, passons à la suite. Nous avons préparé une autre requête. Notre seule défense possible est de plaider la folie. Si tu es reconnu non coupable, ce qui est très peu probable, c'est parce que nous aurons convaincu le jury que tu n'avais plus toutes tes facultés mentales au moment des faits.

— Je vous ai dit que je ne voulais pas entendre parler de ce système de défense.

— Et on t'a entendu, Pete, mais ce que tu veux ou pas n'entre guère en ligne de compte. La question c'est : quelles options avons-nous pour le procès ? Plaider la folie est notre seule et unique ligne de défense. Point barre. Si on ne sort pas cette carte, autant jouer les spectateurs et regarder le proc t'écharper. C'est ça que tu veux, Pete ?

Pete haussa encore les épaules.

— Faites ce que vous voulez, les gars, mais jamais je ne prétendrai avoir eu un coup de folie.

— On a trouvé un psychiatre à Memphis, précisa Russell. Un type conciliant qui est prêt à t'examiner et à témoigner en ta faveur. C'est une pointure et il s'en sort très bien dans ce genre de cas.

— Entre nous, s'il me déclare fou, c'est lui qui a un petit vélo dans la tête ! répliqua Pete avec un sourire, comme s'il y avait quelque chose de drôle dans sa situation.

Ni Russell, ni John ne lui retournèrent son sourire. John but une gorgée de café pendant que Russell allumait une autre cigarette. L'air était étouffant, pas seulement à cause de la fumée. Les deux avocats faisaient de leur mieux, mais leur client ne semblait mesurer ni leurs efforts, ni la gravité de sa situation.

John se racla la gorge une seconde fois, bougea sur sa chaise, mal à l'aise.

— Bien. Résumons. Tu n'as aucune excuse, aucune défense, aucune explication à donner pour justifier ton geste et, puisque tu ne veux pas être jugé ailleurs, aucune chance de te retrouver devant un jury qui ne te sera pas entièrement hostile. Et ça te convient ?

Pete haussa les épaules, sans répondre.

John se pinça le nez, comme s'il avait mal au crâne. Il y eut un long silence. Finalement, Russell poursuivit :

— Ce n'est pas tout. C'est bien que tu le saches. On a un peu fouillé le passé de Dexter Bell et on a trouvé des choses intéressantes. Il y a huit ans, quand il était pasteur dans une petite paroisse de Louisiane, il y a eu un problème. L'église avait une jeune secrétaire, une fille de vingt ans qui venait tout juste de se marier. Et il semble qu'il ait eu des relations sexuelles avec elle. Beaucoup de rumeurs ont circulé mais rien d'avéré. Finalement, la secrétaire et son mari ont déménagé au Texas.

— Bien sûr, ajouta John, on n'a pas creusé aussi loin. Et ce n'est pas sûr qu'on trouve la moindre preuve. Surtout que l'affaire a été étouffée.

— Ça pourrait sortir au procès ? s'enquit Pete.

— Pas sans preuve. Tu veux que l'on continue à fouiller ?

— Non. Je ne veux pas qu'on parle de ça au procès.

— On peut te demander pourquoi ? insista John. Tu ne nous donnes rien, Pete. Absolument rien.

Russell leva les yeux au ciel, comme s'il était prêt à quitter la pièce.

— J'ai dit non, répondit Pete. N'insiste pas.

Que Dexter Bell ait été un coureur de jupons dans sa jeunesse ne serait pas retenu à charge au procès, mais cela aiderait à expliquer le meurtre. S'il était un homme à femmes, et qu'il s'était attiré les faveurs de Liza Banning alors qu'elle portait le deuil, une partie du mystère serait levée. Mais visiblement, Pete n'avait toujours pas envie de donner la clé de l'énigme. Il emporterait son secret dans sa tombe.

— Très bien, Pete, reprit John. Le procès va être rapide. On n'a aucune défense, aucun témoin à appeler à la barre, aucun argument à opposer. En deux ou trois jours, ce sera plié.

— Voire moins, ajouta Russell.

Pete les regarda tour à tour :

— Alors, qu'il en soit ainsi.

11

Trois jours avant Noël, Joel monta dans le train à la gare centrale de Nashville. Dans le wagon-restaurant l'attendait sa jeune et jolie sœur. Stella avait dix-neuf ans, juste dix-huit mois de moins que lui, mais durant ce semestre l'adolescente était devenue une jolie jeune femme. Elle paraissait plus grande, et sa silhouette élancée était désormais dotée de courbes gracieuses, ce qu'il ne put s'empêcher de remarquer. Elle semblait plus mûre, plus sage et, quand elle alluma une cigarette, elle ressemblait à une actrice de cinéma.

— Quand as-tu commencé à fumer ? demanda-t-il.

Le train quittait la ville, roulant vers le sud. Ils étaient à une table, avec un café devant eux. Les serveurs allaient et venaient, prenant les commandes des autres clients.

— Je fume en cachette depuis mes seize ans. Comme toi. À l'université, la plupart des filles fument ouvertement dès qu'elles ont vingt ans, même si c'est encore mal vu. Je comptais arrêter quand papa s'est mis à jouer de la gâchette. Maintenant, je fume pour me calmer.

— Tu devrais quand même arrêter.

— Et pas toi ?

— Si, moi aussi. Je suis content de te voir. Ne commençons pas notre voyage en parlant de papa.

— Commencer le voyage ? Ça fait plus de six heures que je suis dans ce train ! On a quitté Roanoke à 5 heures du matin.

Ils commandèrent à manger et du thé glacé. Pendant une heure, ils se racontèrent leur vie à l'université : les cours, les professeurs, les amis, leurs projets, et leur difficulté à vivre comme si de rien n'était, alors que leurs parents étaient enfermés, l'un et l'autre. Dès qu'ils se surprenaient à parler de leur famille, ils changeaient aussitôt de sujet. Mieux valait évoquer l'avenir. Joel avait été accepté à la faculté de droit de Vanderbilt mais il voulait partir loin. Il était également pris à Ole Miss – cette université à moins d'une heure de Clanton. C'était bien trop près, étant donné les circonstances.

Stella était seulement en deuxième année et avait hâte d'en finir. Elle aimait beaucoup Hollins, pourtant elle avait besoin de l'anonymat d'une grande ville. À Hollins, tout le monde la connaissait et savait ce qu'avait fait son père. Elle souhaitait rencontrer de nouvelles personnes, des gens qui ne la connaîtraient ni d'Ève ni d'Adam, et qui se ficheraient de l'endroit d'où elle venait. Quant aux amours, c'était plutôt le calme plat. Pendant les vacances de Thanksgiving, elle avait rencontré un garçon à Washington.

Ils avaient dansé deux fois ensemble et étaient allés voir un film au cinéma. Il étudiait à Georgetown, sa famille était gentille, il était bien habillé, avait de bonnes manières, il lui écrivait des lettres. Pourtant il n'y avait pas l'étincelle du côté de Stella. Elle lui avait laissé de l'espoir pendant un mois puis lui avait brisé le cœur. Du côté de Joel, c'était tiède aussi. Quelques rendez-vous ici et là, rien qui vaille la peine d'en parler. Il affirmait qu'il n'était pas sur le marché. Trois années de droit l'attendaient, il n'avait pas la tête à ça. Il comptait rester célibataire jusqu'à au moins trente ans.

Malgré leurs efforts, ils ne purent éviter le sujet crucial. Joel lui révéla que son père avait mis le domaine à leurs noms trois semaines avant le meurtre. Pete se croyait peut-être avisé mais c'était carrément stupide. Du pain bénit pour l'accusation. Cela prouvait qu'il avait soigneusement préparé son crime. Joel passait beaucoup de temps à la bibliothèque de la fac de droit et, plus il creusait la question, plus l'avenir se révélait sinistre. D'après un ami, dont le père était avocat, il y avait de fortes chances que Jackie Bell poursuive Pete Banning en dommages et intérêts pour la mort de son mari. Pendant des heures, Joel avait épluché les décisions de justice dans ce domaine. Il avait étudié aussi la jurisprudence en matière de donations frauduleuses. Le transfert de la plantation à leurs noms pouvait être contesté par les avocats des Bell. La loi était la même dans tout le pays : une personne risquant d'être condamnée au civil ne peut dissimuler ses biens ni en transférer la propriété pour échapper aux sanctions financières.

Cependant, Joel avait confiance dans le cabinet Wilbanks. Ils étaient puissants, mais aussi fins stratèges. Bien sûr, Stella était terrifiée à l'idée de perdre la plantation. La situation de son père la rongeait déjà d'angoisse. Elle ne savait pas plus ce qui allait advenir de sa mère. Et maintenant ça ! Il ne lui resterait plus rien. Ses yeux se mirent à briller, mais elle retint ses larmes. Joel parvint à la rassurer un peu : rien n'était jamais joué dans un recours au civil. En outre, ils avaient des affaires plus urgentes à régler. Le procès de leur père commençait dans deux semaines. Et, conformément à ses instructions, ils ne devaient pas s'approcher du palais de justice.

Quand ils eurent terminé leur déjeuner, ils gagnèrent leur compartiment privé et verrouillèrent la porte. Ils étaient désormais dans le Mississippi. Le train commença à s'arrêter dans des petites gares, Corinth, Ripley… Stella piqua du nez. Ils somnolèrent pendant une heure.

Ils rentraient chez eux parce que leur père, enfin, les y autorisait Dans sa lettre, il avait spécifié les conditions de leur séjour pour cette visite de Noël. Arrivée le 22 décembre, pas plus de trois nuits à la maison, ne pas s'approcher du palais de justice, pas question d'aller à l'église, limiter au maximum les contacts avec les amis, ne parler à personne des affaires de la famille, tenir compagnie à Florry, et il s'arrangerait pour les voir, mais pas longtemps.

Florry leur avait écrit aussi, comme d'habitude, et leur avait annoncé qu'elle avait organisé des choses de son côté, et leur préparait une surprise. Quand, au crépuscule, le train marqua l'arrêt à la gare de Clanton, elle les attendait sur le quai. Pour cette période des fêtes, elle avait passé une grande robe verte qui s'évasait autour d'elle comme une tente, pour cacher son embonpoint. Le tissu tombait en cascade sur ses chevilles et brillait sous les lampadaires. Sur sa tête, elle avait posé un chapeau rouge que seul un clown dans un cirque oserait porter, et autour de son cou scintillait un assemblage de breloques colorées qui tintinnabulaient à chacun de ses pas. Quand elle vit Stella, elle poussa un cri de joie et fonça sur elle pour la prendre dans ses bras, manquant la faire tomber à la renverse. Joel détourna les yeux pendant l'assaut. Lorsque sa tante l'embrassa à son tour, elle avait déjà les yeux brillants. Stella aussi avait les larmes aux yeux. Ils s'enlacèrent tous les trois, ignorant le flot des voyageurs autour d'eux.

Les enfants étaient de retour à la maison ! La famille tombait en miettes. Ils se soutenaient l'un l'autre. Pourquoi Pete leur avait fait ça ?

Joel porta les valises, pendant que les deux femmes avançaient bras dessus bras dessous, bavardant, toutes joyeuses de se retrouver. Elles s'installèrent à l'arrière de la Lincoln, sans cesser de parler. Florry prit tout juste le temps de dire à son neveu qu'il allait conduire. Et c'était une bonne nouvelle. Sa tante était un danger public au volant. Il enfonça la pédale et ils laissèrent Clanton derrière eux, sans respecter une seule fois les limitations de vitesse.

Alors qu'ils filaient sur la Highway 18, déserte à cette heure-là, Florry leur annonça qu'ils allaient dormir chez elle et non chez eux. La maison rose de Florry était décorée pour Noël, il y avait du feu dans la cheminée, et ça sentait la bonne chère grâce à Marietta qui s'affairait en cuisine. Leur maison à eux était quasiment déserte, froide et sombre, sans âme, et il n'y avait rien au four. En plus Nineva était déprimée et passait son temps à tourner en rond en marmottant toute seule, du moins au dire de Marietta.

Quand Joel s'engagea dans l'allée, les deux femmes cessèrent de parler. Devant eux se dressait la seule et unique maison qu'ils avaient connue. Tout était éteint, immobile, comme si les gens qui vivaient là étaient morts ou partis, laissant la bâtisse à l'abandon. Joel s'arrêta, mais laissa les phares allumés. Il coupa le moteur. Pendant un long moment, personne ne pipa mot.

— Ne rentrons pas ici, marmonna finalement Florry.

— Il y a un an, articula Joel, on était tous là, rassemblés pour fêter Noël. Papa était rentré de la guerre, maman était heureuse, rayonnante, et s'affairait dans la maison. Elle était si contente que toute la famille soit au complet. Vous vous souvenez du réveillon ?

— Oui, souffla Stella. La maison était pleine de gens. Il y avait même Dexter Bell et sa femme.

— Que s'est-il passé ? Comment on en est arrivés là ?

Il n'y avait pas de réponse, tout le monde resta donc silencieux. Le pick-up de Pete était garé le long de la maison, à côté de la voiture, une Pontiac achetée avant la guerre. Les véhicules étaient à leur place habituelle, comme si leurs propriétaires étaient dans la maison, dans leur lit, prêts à dormir, comme si tout était normal chez les Banning.

— Ça suffit, lança Florry. Inutile de rester là à ruminer. Démarre et allons-nous-en. Marietta a préparé du chili et il y a une tarte au caramel au four.

Joel fit marche arrière et prit l'allée de gravillons qui contournait les granges et les dépendances. Ils dépassèrent la petite maison où Nineva et Amos vivaient depuis des dizaines d'années. Il y avait de la lumière à une fenêtre, et Mack, le chien de Pete, les regarda passer, assis sur le perron.

— Comment va Nineva ? demanda Stella.

— Toujours aussi désagréable, répondit Florry.

L'inimitié entre Florry et l'employée de Pete ne datait pas d'hier. Les deux femmes avaient décidé depuis des années de ne plus s'adresser la parole.

— En fait, elle est très inquiète, précisa-t-elle. Comme tous les autres. Personne ne sait ce que l'avenir nous réserve.

— Tout le monde s'inquiète, marmonna Stella.

Ils suivaient l'allée dans la nuit, cernés par les champs de coton à perte de vue. À mi-chemin, Joel s'arrêta soudain, coupa le moteur et les lumières. Sans se retourner, il demanda :

— Bon, tante Florry, on est au milieu de nulle part, et personne ne peut nous entendre. On est juste tous les trois, réunis pour la première fois. Tu en sais toujours plus que tout le monde, alors finissons-en. Pourquoi Pete a tué Dexter Bell ? Il y a forcément une raison, et tu la connais.

Florry resta silencieuse un long moment. Stella et Joel étaient suspendus à ses lèvres. Enfin, elle allait révéler le grand secret, donner un sens à toute cette folie. Finalement, elle lâcha :

— Que Dieu m'en soit témoin, je ne sais rien ! Vraiment. Et je ne suis pas sûre que je comprendrai un jour. Ton père est tout à fait capable d'emmener ça dans sa tombe.

— Pete était en colère contre Dexter. Ils avaient un désaccord ? Il y avait un problème à l'église ?

— Pas à ma connaissance.

— Ils faisaient des affaires ensemble ? Je sais que c'est une question ridicule mais je préfère m'ôter ça de la tête. Je procède par élimination.

— Dexter était pasteur. Je ne crois pas qu'ils faisaient des affaires ensemble.

— Alors cela nous ramène à l'évidence. Notre mère est le seul lien entre Dexter et Pete. Je me souviens des premiers temps, quand on croyait que papa était mort. La maison était pleine de gens, ils étaient si nombreux que je préférais sortir pour échapper à cette foule. Bell venait souvent tenir compagnie à maman. Ils priaient ensemble, lisaient la Bible, et parfois je m'asseyais avec eux. C'était une période horrible, on était sous le choc, mais je me souviens bien de Dexter. Il était calme, rassurant. Tu te rappelles, Stella ?

— Oh oui, il a été parfait. Il était là tout le temps. Sa femme l'accompagnait parfois, mais elle ne savait pas nous réconforter. Au fil des jours, les gens ont été moins nombreux à venir, et on a repris une existence normale, si on peut dire.

— Le pays était en guerre, ajouta Florry. Les hommes mouraient partout sur la planète. Il fallait avancer, garder espoir, prier beaucoup, mais on ne pouvait abandonner. Il fallait continuer à vivre.

— La question, c'est combien de temps Dexter a traîné chez nous, insista Joel. C'est ça que je veux savoir. Je t'écoute, Florry.

— Je n'en sais rien. Et je n'aime pas trop ce ton. Je n'ai rien fait de mal et je ne te cache rien.

— Je veux juste des réponses.

— Il n'y en a peut-être pas. La vie est pleine de mystères. Personne ne nous a promis qu'il y aurait des explications pour tout. Je n'ai jamais pensé qu'il y avait quelque chose entre Dexter et ta mère. Cette simple idée me fait horreur. Jamais entendu la moindre allusion de la part de Marietta ou de Nineva, ni de quiconque, pas un mot. Rien du tout.

Florry se tut pour reprendre son souffle.

— Joel, intervint Stella. Démarre, s'il te plaît. Il fait froid.

Mais il ne bougea pas.

— En même temps, reprit Florry, j'ai toujours gardé mes distances avec Liza, et encore plus avec Nineva. Je ne sais pas comment Pete pouvait vivre avec ces deux femmes, mais ça ne me regardait pas.

Joel voulait répliquer que la maison était très joyeuse, du moins avant la guerre, quand la vie était normale. Et Stella pensa très fort – même si elle n'osait le dire à haute voix : c'est plutôt toi Florry qui posais des problèmes dans cette famille ! Seulement c'était aussi avant la guerre, quand ses deux parents étaient encore plus ou moins en un seul morceau.

Joel se pinça l'arête du nez.

— Je n'accuse ma mère de rien, sache-le. Je n'ai aucune preuve, pourtant, vu les circonstances, il faut poser toutes les questions.

— On croirait entendre un avocat ! lança Stella.

— Joel, Dieu du ciel ! s'impatienta Florry. Il gèle ! Rentrons à la maison !

*

La veille de Noël, à midi, Nineva s'activait en cuisine, préparant au moins cinq plats à la fois. Joel et Stella la taquinaient pour la faire rire quand le téléphone sonna. Joel fut le premier à décrocher. C'était Nix Gridley. Cet appel n'était pas une surprise. Quand il raccrocha, il annonça à Stella que leur père serait à la maison dans une heure. Et il alla chercher sa tante.

Dix semaines de cellule usent toujours un homme, mais Pete Banning semblait avoir vieilli plus vite que les autres. Ses cheveux étaient plus gris, ses rides s'étaient creusées au coin des yeux. Malgré les bons plats qu'apportait Florry à la prison, il paraissait encore plus maigre qu'avant. Bien sûr, pour certains prisonniers, dix semaines, c'étaient dix de gagnées vers la liberté. Cependant pour les gens comme Pete, il n'y avait pas de liberté au bout de la ligne. Et donc pas d'espoir, aucune raison de s'accrocher. Dans tous les cas, il mourrait captif, loin de chez lui. La mort, certes, serait une forme de libération. Une libération physique : il était condamné à avoir mal pour le restant de ses jours, souvent une véritable torture, et cela n'avait rien de réjouissant. Et aussi une libération mentale : les images du passé, cette souffrance humaine, cette abomination innommable le hantaient, elles étaient gravées en lui, et parfois c'était un fardeau trop lourd à porter, au point d'en perdre la raison. Il ne se passait pas une heure sans qu'il tentât de les chasser de son esprit. Mais la lutte était inégale.

Pete savait que c'était son dernier Noël. Il avait réussi à convaincre Nix de cette fatalité et obtenu son accord pour organiser cette petite visite à la ferme. Il n'avait pas vu ses enfants depuis des mois. Et il ne pourrait pas leur parler avant très longtemps. Le shérif avait de la compassion, mais pas au point d'oublier que les enfants de Dexter Bell ne verraient, quant à eux, plus jamais leur père. Maintenant que le procès approchait, Nix était convaincu que les habitants du comté en voulaient vraiment à Pete Banning. L'admiration qu'ils lui vouaient un an plus tôt, une popularité que Pete avait payée au prix de sa chair, s'était envolée en un rien de temps. Son procès serait rapide.

Nix Gridley avait accepté une courte visite – une heure maximum. Aucun détenu jusqu'à présent n'avait eu droit à une telle faveur et Pete ne devait dire à personne où il allait. Après avoir échangé sa combinaison de détenu contre des vêtements de ville, il monta avec Nix à l'avant. Comme d'habitude, il ne prononça pas un mot pendant le voyage, se contentant de contempler les champs vides. Quand ils se garèrent derrière son pick-up, Nix annonça qu'il allait l'attendre dans la voiture. Mais c'était hors de question pour Pete. Il faisait froid et il y avait du café chaud dans la maison.

Pendant une demi-heure, Pete resta dans la cuisine, assis à table avec ses enfants et Florry. Nineva se tenait près de la cuisinière, essuyant la vaisselle, et faisait quasiment partie du groupe. Pete se détendit, ravi de voir Joel et Stella, et leur posa mille questions sur leurs études, leurs projets.

Le shérif Gridley était seul dans le salon, à boire son café en feuilletant un magazine agricole. Il surveillait l'heure. C'était Noël, et il avait des emplettes à faire.

Puis Pete, avec ses enfants, se rendit dans son bureau. Il ferma la porte pour avoir un peu d'intimité. Pete s'assit avec Stella sur le petit canapé, et Joel approcha une chaise. Dès que leur père commença à parler du procès, Stella dut contenir ses larmes. Il n'avait aucune défense à proposer, et il s'attendait à être rapidement condamné. Restait à savoir si le jury allait demander la peine de mort ou la prison à perpétuité. Peu importait, au fond. Il avait accepté son sort, comme il accepterait le châtiment.

Stella sanglota, mais Joel voulait en savoir plus. Pete le mit tout de suite en garde. Il y avait une question interdite : pourquoi il avait fait ça. Il ne leur dirait rien. Il avait une très bonne raison, mais c'était entre lui et Dexter Bell. À plusieurs reprises, Pete leur présenta ses excuses pour ce qu'il leur faisait subir. La honte, l'embarras, le chagrin. Il leur rendait la vie difficile et avait sali le nom de la famille, une tache indélébile. Il réclamait leur pardon mais c'était trop tôt pour eux, bien sûr. Tant qu'il ne pouvait expliquer son geste, il n'y avait pas de pardon possible. Il était leur père. Comment pouvait-il leur demander ça ? Accorderait-on un pardon quand le pécheur refusait de donner la moindre justification ? Ce moment fut intense et douloureux, même Pete versa une larme.

Quand l'heure fut écoulée, Nix frappa à la porte pour mettre fin à la réunion. Pete suivit le policier, remonta en voiture et retourna en prison.

*

Pour faire plaisir aux enfants, Jackie Bell les emmena à l'église pour la messe de Noël. Ils s'installèrent avec leurs grands-parents, qui souriaient en contemplant leur petite famille réunie – moins le père. Jackie s'était mise au bout du banc. Errol McLeish se trouvait deux rangs derrière elle. Il était méthodiste, lui aussi, et assistait de temps en temps à un office. Elle avait mentionné qu'elle irait à la messe de Noël avec les enfants, et McLeish, comme par hasard, y était. Il ne la harcelait pas, il entretenait le lien à distance. Elle était encore meurtrie, et il avait l'intelligence, et le tact, de respecter son deuil. Le chagrin finirait par disparaître.

Après l'office, Jackie se rendit chez ses parents pour un long dîner de réveillon puis des contes au coin du feu. Chaque enfant eut droit à son cadeau. Jackie prit des photos avec son Kodak. Il était tard quand la petite famille rentra dans son duplex. Jackie mit les enfants au lit et passa une heure au pied du sapin, avec un chocolat chaud, à écouter des chants de Noël sur le phonographe. Bien sûr, les larmes vinrent. Dexter aurait dû être là, à monter les jouets avec les enfants, à partager ce moment avec eux. Comment pouvait-on être veuve à trente-huit ans ? Autre question plus pressante encore : comment allait-elle subvenir aux besoins de ces trois chers petits qui dormaient au bout du couloir ?

Depuis dix ans, voire davantage, elle se demandait si son mariage allait tenir. Dexter avait un faible pour la gent féminine, et l'œil baladeur. Pour séduire les jeunes femmes qui fréquentaient son église, il jouait de son charisme, de son physique avantageux, et aussi de l'aura de sa fonction. Il n'avait jamais été pris sur le fait, n'avait jamais confessé ce regrettable penchant, mais il laissait à chaque fois derrière lui des soupçons en pagaille. Clanton était sa quatrième paroisse, son deuxième ministère à temps plein, et Jackie l'avait surveillé plus que jamais. N'ayant aucune preuve, elle n'avait encore jamais cherché à le faire avouer, mais ce jour viendrait, pensait-elle. À condition d'avoir le courage de faire voler en éclats sa famille, et de se lancer dans un divorce douloureux.

Elle savait qu'elle s'attirerait tous les reproches. Ou devait-elle souffrir en silence pour protéger les enfants ? Pour protéger son mari et sa carrière ? Souvent, ce dilemme l'étreignait.

Et aujourd'hui, tout cela était fini. Elle était seule, sans les séquelles d'un divorce. Ses enfants étaient terrifiés certes, mais le pays venait de perdre un demi-million de ses *boys*. Toutes les familles étaient blessées, meurtries, et tentaient de recoller les morceaux et d'avancer.

De toute évidence, Dexter avait fricoté avec celle qu'il ne fallait pas. Et Jackie n'avait rien vu venir. Liza Banning était jolie, et vulnérable à ce moment-là. Jackie avait ouvert l'œil et n'avait remarqué aucun comportement suspect, mais Dexter n'avait pas son pareil pour tromper son monde. C'était un chasseur. N'importe quelle femme pouvait être une proie.

Jackie essuya une larme en songeant à son mari. Elle l'aimerait toujours, et cet amour rendait ses doutes plus douloureux encore. Un amour teinté de colère. Comment avait-il pu lui infliger ce supplice ? Elle le détestait pour ça, comme elle se détestait, parce qu'elle n'avait pas le courage de partir. Mais tout ça appartenait au passé. Plus jamais elle ne serait rongée par les soupçons quand Dexter partait rendre visite aux malades. Plus jamais elle ne se demanderait ce qu'il faisait dans son bureau fermé à clé. Plus jamais elle ne regarderait les formes avantageuses d'une jeune femme à l'église en sachant que Dexter les admirait aussi.

Les larmes devinrent sanglots. Elle ne pouvait plus s'arrêter. Pourquoi pleurait-elle, au juste ? De chagrin ? De colère ? Ou de soulagement ? Tout se mélangeait. Le disque se termina. Elle alla dans la cuisine se chercher à boire. Sur le comptoir, il y avait un gros cake, avec plein de couches et un glaçage tout rouge, un gâteau de Noël qu'Errol McLeish était venu apporter pour les enfants. Elle se coupa une grosse part, se versa un verre de lait et repartit au salon.

Cet homme était si attentionné.

12

Après un solide brunch de Noël avec omelette et bacon, accompagnés de petits pains au babeurre, ils dirent au revoir à Marietta dans la maison rose, ainsi qu'aux oiseaux, aux chats, aux chiens, chargèrent les bagages et montèrent en voiture pour un long voyage. Joel serait au volant. Apparemment c'était désormais sa place attitrée puisque les deux femmes, sans hésitation, s'étaient installées à l'arrière. Elles se mirent à bavarder aussitôt et à taquiner leur chauffeur. La radio de Memphis ne passait que des chants de Noël, mais pour les entendre Joel dut monter le volume afin de couvrir leurs voix. Les filles s'en plaignirent aussitôt. Et lui se plaignit de leurs jacasseries incessantes. Tout le monde rit. Le voyage s'annonçait agréable. Quitter le comté de Ford était un tel soulagement.

Trois heures plus tard, ils arrivèrent devant le portail imposant de l'hôpital psychiatrique du Mississippi à Whitfield, et la bonne humeur dans la voiture s'évanouit aussitôt. Liza y était internée depuis sept mois. Ils n'avaient quasiment aucune nouvelle d'elle. Ils lui avaient écrit des lettres mais n'avaient reçu aucune réponse. Pete avait parlé avec l'équipe soignante, et, comme de coutume, il n'avait rien révélé de ses conversations. Liza devait être au courant du meurtre, mais ce n'était qu'une supposition. Il était tout à fait possible que pour la protéger, les médecins lui aient caché cette terrible nouvelle. Encore une fois, Pete ne leur avait rien dit.

Un vigile leur fit signer des papiers, leur indiqua le chemin et, enfin, les portes s'ouvrirent. Whitfield était le seul établissement psychiatrique de l'État du Mississippi. Il rassemblait une collection impressionnante de bâtiments répartis sur près de cinq cents hectares. Ils appelaient ça le « campus », et cela ressemblait plus à une grande propriété de jadis, au milieu des champs et des bois. Plus de trois mille patients vivaient là, en compagnie de cinq cents employés. La ségrégation raciale était appliquée, avec des installations séparées pour les Noirs et les Blancs. Joel dépassa un bureau de poste, un pavillon pour les tuberculeux, une boulangerie, un lac, un parcours de golf, et le quartier réservé aux alcooliques. Sous la houlette de ses passagères, Joel finit par trouver le bâtiment où se trouvait sa mère et se gara sur le parking.

Pendant un moment, tout le monde resta dans la voiture, contemplant en silence l'imposant pavillon.

— On sait ce qu'elle a ? s'enquit Stella. Il y a eu un diagnostic ? C'est quoi ? Dépression nerveuse, schizophrénie ? Elle est suicidaire ? Elle entend des voix ? Ou papa a-t-il juste voulu l'éloigner de la maison ?

Florry secoua la tête.

— Aucune idée. Elle a perdu les pédales quasiment d'un coup, et Pete m'a demandé de ne plus venir à la maison. C'est tout ce que je sais, je vous l'ai dit mille fois.

Les problèmes commencèrent dès qu'ils eurent franchi le seuil de la porte. L'employée revêche à l'accueil leur demanda s'ils avaient rendez-vous. Oui, répondit Florry, elle avait appelé deux jours auparavant et elle avait parlé à Mme Fortenberry, une responsable du Pavillon 41. L'employée annonça que Mme Fortenberry était en congé, parce que c'était le jour de Noël, pour mémoire. Florry répliqua qu'elle savait très bien quel jour on était, et que ces deux jeunes gens ci-présents étaient les enfants de Liza Banning et qu'ils voulaient voir leur mère le jour de Noël.

La femme disparut un long moment. Elle revint avec un homme qui se présenta. Dr Hilsabeck. De mauvaise grâce, il les conduisit jusqu'à un petit bureau au fond du couloir, où il n'y avait que deux chaises pour les visiteurs. Joel resta debout, adossé contre la porte. Malgré la blouse blanche, Hilsabeck ne correspondait guère à l'image qu'il se faisait d'un psychiatre. L'homme avait le crâne rasé, une voix aiguë et le regard fuyant. Il n'inspirait pas confiance. Une fois tout le monde installé, il feuilleta un dossier sur son bureau et annonça :

— Je crains qu'il y ait un problème.

Il avait un accent pédant du Nord. Et ce nom, Hilsabeck, ne venait pas non plus du Sud.

— Quel genre de problème ? demanda Florry.

Elle n'aimait décidément pas ce Pavillon 41, ni les gens qui y travaillaient.

Hilsabeck leva les sourcils, mais pas les yeux, comme s'il préférait éviter de les regarder directement.

— Je n'ai pas le droit de vous parler de cette patiente. M. Pete Banning nous a demandé, à moi comme aux autres médecins, de n'en référer qu'à lui.

— C'est ma mère ! s'emporta Joel. Et je veux savoir comment elle va.

Hilsabeck ignora l'agacement du jeune homme et se contenta de lever une feuille de papier comme s'il s'agissait des saintes écritures.

— C'est une injonction de la cour du comté de Ford, signée par le juge. (Il observa le document et annonça, toujours en évitant de les regarder :) La justice a nommé Pete Banning comme tuteur. Liza Banning est sous son autorité. Et il est stipulé très clairement que tout ce qui concerne son internement ici doit être discuté avec lui, et lui seul. Toutes les visites, qu'il s'agisse de sa famille ou d'amis, doivent être soumises à son approbation. Et il se trouve que M. Banning a téléphoné hier après-midi. J'ai parlé avec lui quelques minutes et il m'a rappelé qu'il interdisait toutes les visites en sa qualité de tuteur. Je suis désolé. Je ne peux rien faire.

Les trois Banning n'en revenaient pas. Ils avaient vu Pete durant une heure la veille à la maison. Joel et Stella avaient demandé des nouvelles de leur mère, et bien sûr leur père ne leur en avait pas donné. À aucun moment, ils n'avaient laissé entendre qu'ils comptaient lui rendre visite.

Joel regarda fixement sa tante.

— Tu lui en as parlé ?

— Pas du tout. Et toi ?

— Bien sûr que non. On s'était mis d'accord. On ne lui disait rien.

Hilsabeck referma le dossier.

— Je suis sincèrement désolé. Mais ce n'est pas de mon ressort.

Stella enfouit son visage dans ses mains et commença à pleurer. Florry lui tapota le genou et fusilla Hilsabeck du regard :

— Ils n'ont pas vu leur mère depuis sept mois. Ils se font un sang d'encre pour elle.

— Encore une fois, ce n'est pas de mon ressort.

Joel demanda :

— Dites-nous au moins comment elle va. Vous pourriez avoir ce minimum de compassion.

Hilsabeck se leva en reprenant le dossier.

— Je ne tolérerai pas qu'on m'insulte. Mme Banning va mieux. C'est tout ce que je peux affirmer. Maintenant, je dois vous laisser.

Il contourna le bureau, passa devant Joel et sortit de la pièce.

Stella sécha ses joues et prit une longue inspiration. Florry lui tapota la main.

— Quel salopard, lâcha Joel entre ses dents.

— Qui ça ? demanda Florry.

— Ton frère. Il savait qu'on allait venir. C'est pour ça qu'il a téléphoné

— Pourquoi aurait-il fait ça ? s'enquit Stella.

La question resta en suspens. Le silence tomba dans la pièce, lourd comme une chape de plomb. Pourquoi ? Parce qu'il cachait quelque chose ? Peut-être Liza n'avait-elle aucun problème psychiatrique ? Peut-être l'avait-on enfermée ici juste parce que son mari était en colère contre elle ? C'était déjà arrivé. Florry avait une amie d'enfance qui avait ainsi été envoyée dans un asile parce qu'elle avait vécu une période difficile au moment de sa ménopause.

Ou alors Liza était réellement malade. Quand elle avait appris que Pete était porté disparu et était sans doute mort, elle avait fait une dépression. Peut-être ne s'en était-elle jamais remise ? Mais dans ce cas pourquoi empêcher ses propres enfants de lui rendre visite ?

Ou alors, c'était Pete le véritable fou. La guerre avait peut-être laissé trop de séquelles... Finalement, sa raison avait flanché et il avait tué Dexter Bell. Peut-être était-il vain de chercher à comprendre ses actions ?

On toqua doucement à la porte. Le bruit les fit sursauter. Ils sortirent du bureau. Deux vigiles en uniforme les attendaient dans le couloir. L'un des deux, avec un sourire, leur indiqua la sortie. Les gardes les escortèrent jusqu'au perron et les regardèrent s'en aller en voiture.

Alors qu'ils passaient devant le lac, Joel aperçut un petit parc un peu plus loin, avec des bancs et un kiosque à musique. À l'intersection, il prit cette direction. Arrivé devant la pelouse, il coupa le moteur et sortit. Il alluma une cigarette puis se dirigea vers une table de pique-nique installée sous un chêne. Il contempla l'eau immobile et la rangée de bâtiments de l'autre côté. Stella le rejoignit et lui demanda une cigarette. Ils s'adossèrent à la table, fumant en silence. Florry arriva à son tour, bravant le froid. Que faire, maintenant ?

— On devrait rentrer à Clanton, lâcha Joel. Aller le trouver à la prison et régler ça. Il doit nous laisser voir notre mère.

— Et tu crois qu'il va accepter ? répliqua Florry.

— Va savoir. Qui ne tente rien n'a rien.

— Ne sois pas ridicule, lança Stella. Il a toujours un coup d'avance sur nous. Il savait qu'on allait venir ici. Et maintenant on est là, à regarder ce lac au lieu de parler à maman. Je ne veux pas rentrer à Clanton. Pas question.

— Moi non plus, renchérit Florry. J'ai réservé des chambres dans le Vieux Carré, et je compte bien y aller. C'est ma voiture, ma route.

— Mais tu n'as pas le permis, railla Joel.

— Et alors, ça ne m'a jamais empêchée de conduire. Et je suis déjà allée à La Nouvelle-Orléans. Une fois. Aller et retour, sans le moindre problème.

— Allons-y, conclut Stella. On le mérite bien.

*

Cinq heures plus tard, Joel quittait Canal Street pour s'engager sur Royal Street. Le Vieux Carré français était animé, avec son flot de touristes et de chalands qui se rendaient dans les restaurants ou les clubs de jazz. Pour les fêtes, les bâtiments et les réverbères étaient décorés de guirlandes et de lampions. Au coin d'Iberville Street, Joel s'arrêta devant le beau Monteleone Hotel, le plus grand hôtel du quartier historique. Un chasseur prit leurs bagages et un voiturier emmena la Lincoln. Ils traversèrent un hall élégant et pénétrèrent dans un autre monde.

Trois ans plus tôt, au cœur de la guerre, quand la famille était certaine que Pete était mort, mais qu'elle espérait encore un miracle, Florry avait convaincu Liza de la laisser emmener les enfants à La Nouvelle-Orléans. Liza était bien sûr invitée, mais elle déclina la proposition, prétextant qu'elle n'avait pas le cœur à s'amuser. Florry s'attendait à cette réponse – et même l'espérait. Ce fut un soulagement qu'elle ne soit pas du voyage. Ils prirent donc le train sans elle, pour un voyage de six heures de Clanton à La Nouvelle-Orléans, et passèrent trois jours mémorables dans le Vieux Carré, un endroit que Florry aimait particulièrement. Leur camp de base était déjà le Monteleone. Un soir alors qu'ils étaient installés au bar de l'hôtel, un must du quartier français, avec un gin pour Florry, du bourbon pour Joel, et pour Stella une boîte de chocolats, elle avait avoué à ses neveux qu'elle aimerait habiter La Nouvelle-Orléans. C'était son grand rêve, loin du comté de Ford. Ici, c'était la terre des écrivains, des poètes, et des dramaturges. Tous vivaient là, et faisaient la fête. Elle aurait tant aimé que ce rêve devienne réalité, mais le lendemain matin, elle s'était excusée d'avoir parlé à tort et à travers. Elle avait trop bu.

Cette nuit de Noël, le directeur du Monteleone descendit les accueillir. Tous les employés semblaient heureux de revoir Florry. Ils eurent droit à une coupe de champagne de bienvenue, puis on leur annonça qu'ils auraient une table pour 21 heures. Ils montèrent dans leurs chambres respectives faire un brin de toilette et se changer.

Pendant l'apéritif, Florry exposa la règle d'or pour le bien de leur séjour : interdiction formelle de parler de leur père ou de leur mère durant les quatre jours à venir. Joel et Stella ne souhaitaient que ça ! Florry avait demandé à la réception ce qu'il y avait à faire dans le quartier en ce moment. Ils avaient l'embarras du choix : un nouveau club sur Dauphine Street, un spectacle de Broadway au Moondance, de nouveaux restaurants à foison. Sans compter le plaisir de flâner dans les rues du Vieux Carré, d'admirer les meubles anciens et autres antiquités françaises sur Royal Street, regarder les artistes de rue à Jackson Square, boire de la chicorée et manger des beignets dans les dizaines de cafés et salons de thé, ou se promener sur la digue et regarder les bateaux passer, ou encore aller faire du shopping à Maison Blanche. On ne s'ennuyait jamais dans cette ville !

Bien sûr, il y aurait une agréable soirée chez Twyla, dans sa maison de Chartres Street. Twyla était très proche de Florry, une amie de l'époque où les deux femmes habitaient Memphis. Elle était poète, écrivait beaucoup et publiait peu. Comme Florry. Twyla, en revanche, avait fait un beau mariage. Quand son mari avait trépassé, elle était devenue une veuve fortunée, préférant la compagnie des femmes à celle des hommes. Elle avait quitté Memphis à peu près au moment où Florry avait fait construire sa maison rose et était retournée sur ses terres.

Pour le dîner, Florry et les enfants eurent droit à une table de choix dans l'élégante salle à manger, au milieu des autres clients, tous habillés de pied en cap pour Noël. Des serveurs en veste blanche leur apportèrent des plateaux d'huîtres et du sancerre frais. Le vin opéra sa magie. Ils se détendirent et commencèrent à se moquer des autres convives. Ils rirent beaucoup. Florry leur annonça qu'elle avait prolongé leur séjour pour toute la semaine. S'ils étaient d'accord, ils passeraient le nouvel an ici, à danser dans la grande salle de bal de l'hôtel.

Le comté de Ford paraissait si loin.

13

À 5 heures du matin, le lundi 6 janvier 1947, Ernie Dowdle quitta sa petite maison de Lowtown et longea la voie ferrée qui reliait Chicago à La Nouvelle-Orléans. Il faisait moins un degré Celsius, ce qui était dans les normales saisonnières à en croire l'almanach accroché dans sa cuisine. Connaître chaque jour les conditions météorologiques, en particulier au cœur de l'hiver, était crucial pour son travail.

Le vent soufflait du nord-ouest. Le temps d'arriver au palais de justice vingt minutes plus tard, il avait les doigts et les pieds gelés. Comme à son habitude, il s'arrêta pour admirer le bâtiment, la construction la plus imposante du comté, et ne put s'empêcher d'éprouver de la fierté. Sa mission était de le chauffer. Et cela faisait quinze années que lui, Ernie Dowdle, l'accomplissait avec brio.

Mais ce n'était pas un jour comme les autres. Aujourd'hui s'ouvrait le plus gros procès que le comté eût connu et la salle de tribunal au premier étage allait être bondée. Il entra par la porte de service côté nord, la verrouilla derrière lui, alluma la lumière et descendit au sous-sol. Dans la chaufferie, il commença son rituel de l'hiver. Il vérifia les quatre chaudières, dont une seule restait active durant le week-end. Cela permettait d'assurer une dizaine de degrés dans tout l'édifice, de quoi protéger la plomberie contre le gel. Ensuite, il examina les niveaux des deux réservoirs de mille cinq cents litres de mazout. Il les avait fait remplir le vendredi précédent en prévision du procès. Après avoir retiré une plaque de protection, il inspecta les conduits d'évacuation des fumées. Quand il fut assuré que tout était en ordre, il alluma les trois brûleurs et attendit que la température monte.

Pendant ce temps, il assembla une table de fortune avec trois casiers de sodas tout en gardant un œil sur les manomètres et se mit à manger un petit pain cuit par sa femme la veille. Souvent, il prenait le petit déjeuner et le déjeuner ici et, quand tout était calme au palais, Penrod, le concierge, venait disputer quelques parties de dames avec lui. Ernie se servit un café qu'il avait apporté dans une bouteille thermos. En le buvant, il songea à Pete Banning. Il ne le connaissait pas, mais un de ses cousins habitait sur leur plantation et travaillait dans les champs de coton. Depuis des années, sinon des décennies, tous les membres de la famille d'Ernie étaient ouvriers agricoles et la plupart étaient enterrés sur la terre des Banning. Ernie avait eu de la chance d'échapper à cette vie à la campagne. Il avait fait son propre chemin jusqu'à la ville et, maintenant, il avait un travail bien moins pénible qui n'avait rien à voir avec le coton.

L'affaire Dexter Bell fascinait Ernie, comme la majorité des Noirs du comté. Après le meurtre, tous pensaient qu'une personne aussi importante que Pete Banning ne se retrouverait jamais au tribunal. Si M. Banning avait tué un homme noir, pour quelque motif que ce soit, il n'aurait sans doute même pas été arrêté. En revanche quand un Noir tuait un autre Noir, le glaive de la justice devait s'abattre, uniquement sous la conduite des Blancs. Mobiles, circonstances aggravantes, alcool, passé criminel, tout cela était pris en considération, mais le plus important restait pour qui travaillait l'accusé. Avec un patron influent, la peine pouvait être réduite à quelques mois d'incarcération dans la prison du comté. Sans patron, c'était la chaise électrique assurée.

Ce jour-là, il semblait que M. Banning allait être jugé par ses pairs, pourtant personne, du moins à Lowtown, ne pensait qu'il allait être condamné et puni. Il avait de l'argent, et avec de l'argent on pouvait s'offrir de bons avocats, corrompre les jurés, influencer le juge. Les Blancs fortunés s'achetaient ce qu'ils voulaient.

Aucun Noir n'était impliqué, c'était ça, le plus fascinant dans cette affaire. On ne pourrait rejeter la faute sur eux. Il n'y aurait pas de bouc émissaire de couleur. D'ordinaire, chaque fois que la victime était un Blanc, on finissait toujours par arrêter un Noir, mais pas cette fois. C'était juste un différend entre deux Blancs qui s'était mal terminé, et Ernie comptait ne rien rater des débats. Comme tout le monde, il avait très envie de savoir pourquoi Banning avait tué le pasteur. À tous les coups, il y avait une femme derrière cette histoire.

Il termina son petit pain et vérifia les jauges. Les chaudières montaient en pression et la vapeur allait bientôt pouvoir être libérée. Quand la température atteignit quatre-vingts degrés, il ouvrit lentement les vannes. La vapeur courut à travers le dédale de tuyaux qui menaient aux radiateurs disposés dans toutes les salles du palais de justice. Il ajusta l'intensité des brûleurs, tout en surveillant les aiguilles des cadrans. Une fois satisfait des réglages, il monta au premier étage par l'escalier de service et ouvrit la porte à côté du box des jurés. La salle d'audience était froide et plongée dans l'obscurité. Il alluma une seule lumière (il ne lancerait le plein feu qu'à 7 heures), passa la barre, longea les bancs en direction du mur du fond où un gros radiateur en fonte cliquetait, revenant à la vie. La vapeur du sous-sol montait jusqu'ici et commençait à lâcher ses premières ondes de chaleur. Ernie esquissa un sourire. Il était fier de ses machines, et fier de bien les entretenir.

À présent, il était 6 h 30. Vu les dimensions de la salle, avec ses dix mètres sous plafond, son balcon, ses hautes fenêtres qui fuyaient comme des passoires, encore toutes recouvertes de givre, il faudrait plus d'une heure aux six radiateurs pour que la température atteigne les vingt degrés. Le palais de justice ouvrait officiellement ses portes à 8 heures, mais sans doute les habitués, les greffiers et les petites mains du tribunal viendraient bien avant, peut-être aussi quelques avocats. Tout le monde était impatient d'assister à l'ouverture de ce procès historique dans la région.

*

Le juge Rafe Oswalt arriva au palais à 7 h 45 et trouva Penrod occupé à balayer son bureau. Ils échangèrent quelques politesses d'usage, mais Penrod sentit que le magistrat n'était pas d'humeur à bavarder. Quelques minutes plus tard, Ernie Dowdle passa saluer son honneur et lui demanda si la température lui convenait. C'était parfait, comme toujours.

John Wilbanks et son frère Russell firent à leur tour leur entrée et s'installèrent à la table de la défense, la plus éloignée du box des jurés, et déballèrent leurs affaires. En un rien de temps, la table fut couverte de livres de droit, de dossiers et autres effets. Ils portaient de beaux costumes sombres et des cravates de soie : la tenue des vainqueurs. Les spectateurs n'en attendaient pas moins d'eux. Miles Truitt arriva, accompagné de son adjoint, Maylon Post, un petit jeune sortant tout juste d'Ole Miss. Truitt et John Wilbanks se serrèrent la main et discutèrent tout en regardant la salle se remplir.

Nix Gridley débarqua avec ses deux hommes, Roy Lester et Red Arnett, dans leurs uniformes fraîchement repassés, cette fois parfaitement assortis, et avec des souliers sentant encore le cirage. Pour l'occasion, Nix avait mobilisé deux bénévoles, leur avait donné armes et uniformes, et pour consigne de maintenir l'ordre dans la salle d'audience. Nix alla faire un brin de causette avec les greffiers et secrétaires, échanger quelques plaisanteries avec les avocats, et saluer dans l'assistance les gens qu'il connaissait.

Les spectateurs furent placés sur l'aile gauche et les bancs se remplirent rapidement. Parmi les curieux, il y avait des journalistes qui purent s'asseoir aux premiers rangs.

La partie droite de la salle était réservée aux personnes susceptibles d'être appelées comme jurés. Walter Willy, l'huissier, installa un à un les soixante-dix citoyens qui avaient été sélectionnés par le juge et son greffier. Chacun avait reçu sa convocation par la poste deux semaines plus tôt. Quatorze avaient été révoqués pour diverses raisons. Ceux qui restaient jetaient des regards nerveux autour d'eux, hésitant entre fierté et terreur. Être juré dans un tel procès n'était pas anodin. Même si dans leur convocation rien n'indiquait l'identité de l'accusé, tout le comté savait qu'il s'agissait de Pete Banning. Sur les cinquante-six, un seul avait déjà été juré. Les procès pour crimes de sang étaient rares dans le Mississippi rural. Tous les jurés potentiels étaient blancs. Et il n'y avait que trois femmes parmi eux.

Au-dessus d'eux, le balcon se remplissait de Nègres, et exclusivement de Nègres. Des panneaux disposés dans tout le bâtiment veillaient à cette stricte répartition – toilettes, fontaines à eau, accès aux bureaux ou à la salle d'audience, tout était séparé. Penrod, fort de son statut, gérait le placement dans la galerie supérieure et expliquait aux novices les us et coutumes du palais de justice. Il était sur son territoire. Il avait déjà assisté à des procès et avait réponse à tout. Ernie faisait la navette entre les étages pour vérifier ses radiateurs, et s'arrêtait de temps en temps au balcon conter fleurette aux dames. Hop, de l'église méthodiste, était le héros du jour, parce qu'il serait appelé à la barre. En tant que témoin le plus important du ministère public, il tenait à ce que sa communauté le sache. Tout le monde, à l'étage, lui lançait des petits signes d'encouragement.

À 9 heures précises, Walter Willy, l'huissier bénévole du palais de justice depuis des temps immémoriaux, alla se poster devant l'estrade, au garde-à-vous, du moins sa version personnelle du garde-à-vous, et s'écria :

— Mesdames et messieurs, la cour !

Sa voix aiguë surprit tous ceux qui ne l'avaient encore jamais entendue. L'assistance se leva et le juge Oswalt fit son entrée du fond de la salle.

Walter Willy renversa la tête en arrière, les yeux rivés au plafond, et poursuivit :

— Oyez ! Oyez ! La cour de circuit du vingt-deuxième district judiciaire du grand État du Mississippi siège en ce jour, présidée par l'honorable juge Rafe Oswalt. Que tous ceux qui ont affaire devant elle prennent place. Que Dieu bénisse l'Amérique et le Mississippi !

Un tel laïus n'était pas exigé. Il ne figurait dans aucun code de procédure ni aucun arrêté légal, tant au niveau fédéral que local. Quand Walter, voilà des années, devint l'huissier attitré du palais, sans que personne ne l'ait réellement décidé, il passa beaucoup de temps à peaufiner sa harangue. C'était devenu une figure incontournable du protocole. Le juge Oswalt ne s'en formalisait pas. Les avocats trouvaient ça totalement ridicule. Quelle que soit l'importance du procès, Walter beuglait son appel, tel un héraut de l'ancien temps.

Autre détail folklorique : son uniforme fait main. La chemise et son pantalon étaient vert olive, mais la similitude avec la tenue des policiers s'arrêtait là. Sa mère avait brodé son nom au fil d'or sur le revers de sa poche. La brave femme avait aussi ajouté sur ses manches quelques écussons de son cru, ce qui n'avait aucun sens. Il portait également un badge doré trouvé dans un vide-greniers à Memphis, et une cartouchière en cuir, décorée de balles rutilantes. Avec ce ceinturon, Walter semblait du genre à tirer d'abord et discuter ensuite – pure posture car il n'avait pas d'arme. Nix Gridley avait mis son veto. Jamais, il ne le prendrait comme adjoint. Et il tenait à garder ses distances avec Walter Willy.

Le juge Oswalt tolérait cette prestation parce qu'elle était sans danger et qu'elle apportait une pointe d'humour dans la procédure austère des débats.

Il s'installa sur son siège.

— Vous pouvez vous rasseoir, annonça-t-il en ajustant les plis de sa robe.

Il contempla l'assistance. La galerie comme le balcon étaient bondés. En dix-sept ans d'exercice, il n'avait jamais vu autant de monde dans son tribunal. Il s'éclaircit la voix :

— Bonjour, mesdames et messieurs et bienvenue. Nous n'avons qu'une seule affaire à examiner cette semaine. Shérif, faites entrer l'accusé, je vous prie.

Nix attendait sur le côté. Quelques instants plus tard, il réapparut avec Pete Banning, qui avança lentement dans la salle, sans menottes, droit et digne, mais les yeux rivés au sol. Il semblait ne pas voir la foule qui épiait le moindre de ses mouvements. Pete détestait les cravates et portait simplement une veste sombre sur une chemise blanche. John Wilbanks voulait qu'il se présente en costume pour montrer son respect à la cour. Pete avait demandé si beaucoup de jurés allaient eux aussi porter des costumes. Sans doute aucun, avait répondu John. Et ce point vestimentaire fut réglé. En vérité, Pete se fichait de sa tenue, comme il se fichait de celle des jurés ou de n'importe qui d'autre dans la salle.

Sans un regard pour le public, il prit place à la table de la défense, croisa les bras et observa le juge.

Florry se trouvait trois rangs derrière Pete, près de l'allée centrale. Mildred Highlander était à côté d'elle – Mildred, sa seule amie en ville, la seule qui avait accepté de l'accompagner. La présence de Florry au procès avait soulevé une âpre discussion entre elle et son frère. Évidemment, il était contre ! Toutefois elle était bien décidée à y assister. Elle voulait savoir ce qui se passait. Non seulement pour elle, mais aussi pour les enfants. Et puis elle serait sans doute la seule à le soutenir dans la salle. C'était d'ailleurs le cas. Tout le monde envoyait à Pete des regards noirs.

— Dans l'affaire État du Mississippi contre Pete Banning, que déclare le ministère public ? demanda le juge.

Miles Truitt se leva, plein d'énergie :

— Votre honneur, l'État du Mississippi est prêt pour le procès.

— Et la défense ?

John Wilbanks se leva à son tour.

— La défense est prête aussi.

Quand les deux hommes se rassirent, le juge reporta son attention sur le groupe de jurés potentiels :

— Mesdames et messieurs, vous étiez soixante-dix à être convoqués. L'un d'entre vous est mort, trois se sont révélés introuvables, et dix ont été renvoyés chez eux pour diverses raisons. Vous êtes donc cinquante-six. Vous avez entre dix-huit et soixante-cinq ans, et ne souffrez d'aucun problème de santé vous empêchant d'accomplir votre devoir de citoyen. On vous a donné un numéro, et c'est par ce numéro que la cour se référera à vous.

Inutile de préciser que les dix manquant à l'appel avaient été remerciés parce qu'ils étaient illettrés et avaient été incapables de remplir le petit formulaire qu'on leur avait donné.

Le juge Oswalt fouilla dans ses papiers, trouva l'acte d'accusation et le lut à voix haute. Le prévenu était poursuivi pour meurtre avec préméditation, un crime, selon le Code pénal du Mississippi, passible de la peine de mort ou de la prison à perpétuité.

Il présenta l'équipe de la défense et de l'accusation et demanda aux quatre hommes de se lever tour à tour à l'annonce de leur nom. Il présenta aussi l'accusé, mais celui-ci ne se mit pas debout, malgré l'insistance du juge. Il semblait ne rien avoir entendu. Oswalt parut irrité mais ne fit aucun commentaire.

C'était parfaitement idiot. John Wilbanks allait remonter les bretelles de son client à la première suspension de séance. Il n'avait rien à gagner à se montrer irrespectueux.

Le juge se lança dans une longue présentation de la victime et du meurtrier présumé : Dexter Bell était le pasteur de l'église méthodiste de Clanton depuis cinq ans et, de par ses fonctions, participait activement à la vie sociale de la communauté. Il était une figure bien connue en ville, tout comme l'accusé. Pete Banning était un enfant de Clanton, originaire d'une famille importante dans le comté… et ça n'en finissait pas.

Quand enfin il eut terminé, Oswalt demanda aux jurés potentiels si certains d'entre eux avaient des liens de parenté, par le sang ou le mariage, avec Dexter Bell ou Pete Banning. Personne ne bougea. Ensuite, il voulut savoir si, parmi eux, il y avait des proches de Pete Banning. Deux hommes se levèrent. Ils expliquèrent qu'ils étaient amis de longue date et qu'ils ne pouvaient décemment pas condamner Pete, quelles que soient les preuves présentées. Les deux furent remerciés et purent quitter la salle d'audience. Puis Oswalt demanda si, dans le groupe, il y avait des proches de la famille Banning, à savoir de Florry, Liza et de ses enfants – Joel et Stella. Six personnes se levèrent. Un jeune homme annonça qu'il avait été au lycée avec Joel. Un autre que sa sœur et Stella étaient amies. Un autre encore avait connu Florry voilà plusieurs années. Le juge les interrogea un à un : pensaient-ils pouvoir rester impartiaux ? Tous les six l'affirmèrent, et ils ne furent pas exclus. Trois autres étaient amis des Bell mais assurèrent aussi pouvoir être impartiaux. John Wilbanks en doutait, il s'occuperait de leur cas plus tard.

La guerre étant si récente, les plaies encore béantes, le juge Oswalt était contraint d'aborder le sujet. Sans donner de détails, il expliqua que Pete Banning était un officier de l'armée émérite, décoré à de nombreuses reprises, et avait été prisonnier de guerre. Combien d'anciens soldats étaient présents dans le groupe de jurés ? Sept hommes se levèrent. Oswalt les appela un à un pour les interroger. Tous déclarèrent qu'ils pouvaient mettre de côté leur esprit de corps, et suivre la loi et les consignes de la cour.

Onze hommes du comté de Ford avaient été tués pendant la guerre, et le juge, avec son greffier, avait exclu ces familles de la sélection.

Il passa ensuite à l'autre camp : y avait-il dans le groupe des membres de l'église de Dexter Bell ? Trois hommes et une femme se levèrent et ils furent aussitôt remerciés. Il n'en restait plus que cinquante. Et combien y avait-il de méthodistes issus d'autres églises du comté ? Cinq autres personnes se levèrent. Trois d'entre elles reconnaissaient avoir rencontré Dexter Bell. Oswalt les garda toutes dans le groupe.

Chaque partie avait le droit d'éliminer cinq jurés. Si John Wilbanks n'appréciait pas l'un des méthodistes, il avait la possibilité de l'exclure sans autre explication. Si Miles Truitt craignait qu'un proche de la famille Banning ne puisse fausser le verdict, il pouvait refuser sa présence, et la personne en question partait sur-le-champ. Les représentants de la défense comme de l'accusation étaient perchés sur le bord de leur chaise, épiant les moindres gestes et mimiques des membres du groupe. Un sourire en coin, une moue à peine esquissée, un frémissement de sourcils, tout pouvait être révélateur.

Le juge Oswalt préférait gérer lui-même la sélection des jurés. D'autres magistrats laissaient plus de liberté aux avocats et procureurs, mais souvent ils parlaient trop et en profitaient pour influencer le futur jury. Après une heure de questions habiles, Oswalt avait réduit le groupe à quarante-cinq membres. Il donna alors la parole à l'accusation. Miles Truitt, qui était déjà debout, lança un grand sourire à l'assistance et feignit la nonchalance. Il commença par répéter ce que venait de dire le juge : si le ministère public parvenait à prouver qu'il s'agissait bien d'un assassinat, il demanderait au jury de prononcer la peine de mort. Étaient-ils prêts à cette éventualité ? Serez-vous capables d'envoyer Pete Banning sur la chaise électrique ? La loi vous y contraindra. Ce ne sera pas une décision facile, parfois suivre la loi exige du courage. Aurez-vous ce courage ?

Truitt allait et venait derrière la barre, forçant chaque juré à mesurer la gravité de leur tâche.

Certains, bien sûr, avaient des doutes mais, à ce moment-là, personne ne risquait de le reconnaître. Truitt se méfiait des vétérans. Il craignait qu'ils n'aient plus d'empathie qu'ils ne voulaient bien l'admettre. Il en appela un, lui demanda de se lever, le remercia d'avoir défendu son pays et l'interrogea quelques minutes. Une fois qu'il eut ses réponses, il passa au suivant.

Le processus de sélection était long et fastidieux. À 10 h 30, le juge avait besoin d'une pause et d'une cigarette. La moitié droite de la salle s'anima. Les gens se levèrent et s'étirèrent, échangeant leur point de vue. Certains se rendirent aux toilettes, d'autres retournèrent au travail. Tout le monde essayait d'ignorer les jurés, conformément aux instructions de la cour.

*

À 11 heures, John Wilbanks se leva et contempla le groupe de futurs jurés. Son client l'avait quasiment muselé ; il aurait voulu plaider la folie, creuser ce sillon dès la sélection du jury, puis il aurait fait venir à la barre des sommités qui auraient livré des témoignages poignants et crédibles. Pourtant Pete ne voulait pas en entendre parler. Pete ne voulait pas sauver sa peau. Était-ce une sorte de masochisme pervers, de la pure arrogance, comme s'il pensait qu'aucun jury au monde n'oserait le condamner ? En attendant, son avocat n'avait aucun système de défense.

John Wilbanks en avait assez entendu et savait d'ores et déjà quels jurés il voulait. Il essaierait d'éviter les méthodistes et de garder les vétérans. Mais il était avocat, et aucun avocat ne manquerait une occasion de parler en public. À son tour, il lança un sourire à l'assistance, un sourire plein de chaleur humaine, pour montrer à quel point il était honoré d'être parmi eux et d'assurer la défense d'un homme bien, un héros qui s'était battu pour son pays. Il posa quelques questions d'ordre général au groupe, puis interrogea deux méthodistes. Toutefois son laïus était destiné avant tout à susciter l'empathie et la confiance, pas à lever des loups.

Quand il eut terminé, le juge Oswalt suspendit la séance jusqu'à 14 heures. Pendant que les gens quittaient les bancs, le juge annonça aux employés qui s'attardaient dans la salle que c'était le bon moment pour aller manger. Lorsque le tribunal fut enfin quasiment désert, il se tourna vers la table des avocats :

— Monsieur Wilbanks, je crois que vous avez une demande à faire à la cour et vous désirez qu'elle soit consignée.

— C'est exact, votre honneur, répondit John Wilbanks en se levant, mais je préférerais en parler en privé.

— Faisons ça ici. Il y a du monde dans mon bureau. En outre, si cela doit être versé au dossier, cela n'a rien de privé.

— Certes.

Le juge fit signe au greffier de se tenir prêt.

— Allez-y, monsieur Wilbanks, nous vous écoutons.

— Merci, votre honneur. En réalité, il ne s'agit pas d'une requête. Nous ne demandons aucune faveur. En revanche, je suis dans l'obligation de faire une déclaration et je veux que celle-ci soit dûment enregistrée, pour qu'il n'y ait aucun doute quant à ma volonté de défendre les intérêts de M. Banning. La voici : je comptais suivre deux stratégies pour assurer à mon client un procès équitable. La première : demander à la cour un déplacement du procès. J'étais convaincu, et je le suis toujours, que M. Banning ne peut avoir un procès impartial dans ce comté. J'ai passé toute ma vie ici, comme mon père, et le père de mon père, et je connais bien cette ville. Comme vous avez pu le constater ce matin, amis, voisins, tout le monde est au courant de l'affaire. Il sera impossible de trouver douze personnes réellement ouvertes d'esprit et sans a priori. Après avoir étudié le groupe de jurés, je suis persuadé qu'ils n'ont pas tous été honnêtes. Il n'est pas juste que le procès se tienne ici. Toutefois, quand j'ai parlé à mon client de délocaliser le procès, il s'y est fortement opposé. Et il n'en démord pas. J'aimerais que ce point soit versé au dossier.

Le juge se tourna vers Pete :

— Monsieur Banning, c'est la vérité ? Vous êtes opposé à changer le lieu du procès ?

Pete se leva.

— Oui. C'est vrai. Je veux que mon procès se tienne ici.

— Vous préférez ignorer les conseils de votre avocat ?

— J'ai confiance en mon avocat. Je ne suis simplement pas d'accord avec lui sur ce point.

— Très bien. Vous pouvez vous rasseoir. Poursuivez, monsieur Wilbanks.

John haussa les sourcils de frustration et s'éclaircit la voix :

— Deuxième point, et c'est le plus important, du moins d'après moi : il s'agit du système de défense. Je comptais annoncer à la cour que nous allions plaider la démence au moment des faits. Malheureusement M. Banning ne veut pas entendre parler de ça non plus. J'avais prévu de présenter à la cour le traitement inhumain que mon client avait enduré pendant la guerre. Une souffrance indescriptible. Cependant à nouveau, celui-ci refuse de coopérer et m'interdit de choisir une telle stratégie.

— C'est exact, monsieur Banning ?

Sans se lever, Pete répondit :

— Je ne suis pas fou, monsieur le juge. Et tenter de le faire croire serait malhonnête.

Le juge hocha la tête. Le greffier notait tout avec sa machine. Pour la défense, ces paroles étaient déjà très lourdes de conséquences, mais le coup fatal n'avait pas encore été porté : comme pour enfoncer le clou, Pete, qui n'était pas du genre à parler au hasard, ajouta :

— Je savais précisément ce que je faisais.

John Wilbanks regarda le juge, puis haussa les épaules, vaincu.

14

Le juré numéro Un était un mystère : James Lindsey, cinquante-trois ans, marié. Profession inconnue. Adresse : une route perdue de campagne dans le hameau de Box Hill, à la limite du comté de Tyler. Dans son questionnaire, il se déclarait baptiste. Il ne s'était pas exprimé durant la séance de questions, et personne ne savait rien sur lui. Comme ni John Wilbanks ni Miles Truitt ne voulaient gâcher leurs jokers, James Lindsey fut le premier juré sélectionné.

Le juge cita le numéro Deux, un certain Delbert Mooney, l'un des nombreux Mooney originaires de Karraway, la deuxième municipalité du comté de Ford. Delbert, âgé de vingt-sept ans, avait combattu pendant deux ans en Europe, blessé deux fois. John le voulait à tout prix. Bien sûr Truitt mit son veto. Son premier.

Ils étaient toujours dans la salle mais seuls, juste le juge Oswalt, la défense et l'accusation. L'accusé avait été ramené en cellule pour le déjeuner. L'huissier, le greffier, les employés et les assistants avaient tous été renvoyés. La sélection du jury, affaire confidentielle, ne concernait que le juge, l'avocat et le procureur, et rien ici ne serait consigné. Ils grignotaient des sandwichs arrosés de thé glacé, mais ils étaient trop préoccupés pour apprécier leur repas.

Ils passèrent au juré numéro Trois. L'une des deux seules femmes restant dans le groupe. Il existait des règles écrites, d'autres implicites. Pour les grands crimes, les jurys étaient toujours composés de douze hommes blancs. Personne ne remettait en cause cette tradition, ni ne demandait d'explication. Cela allait de soi, c'est tout. John Wilbanks déclara :

— Nous devrions l'exclure par « décision discrétionnaire de la cour », qu'en pensez-vous Miles ?

Le procureur s'empressa d'acquiescer. Ce motif permettait à un juge d'éliminer un prétendant qu'il considérait inapte, sans avoir à lui infliger la gêne d'être récusé en public, puisque les raisons de cette éviction étaient invoquées à huis clos. Et plus important encore, cela n'affectait en rien le nombre de veto autorisé pour chaque partie. Le juge déclarait simplement que la personne ne serait pas juré, et il n'y aurait aucun débat.

Les deux parties travaillaient sans précipitation. L'accusation, ayant peu de témoins à appeler, et la défense peut-être aucun, le procès une fois lancé risquait d'être rapide. Ils examinaient donc la liste des futurs jurés sereinement, en acceptant certains, en refusant d'autres, parfois cela soulevait des discussions, mais les échanges restaient toujours posés et professionnels, et le travail avançait bien. À 15 heures, Oswalt eut besoin d'une nouvelle pause cigarette et demanda aux huissiers d'aller annoncer aux personnes qui patientaient dans les couloirs, les escaliers, et même sur le perron dans le froid, que le procès commencerait demain à 9 heures précises. En revanche, le groupe des jurés ne devait pas s'éloigner. À 16 h 30, les portes se rouvrirent. Quelques spectateurs entrèrent avec le groupe et une petite dizaine de Noirs remontèrent au balcon. Une fois l'accusé installé à la table de la défense, le juge Oswalt déclara que le jury avait été sélectionné. Il appela douze noms et, un à un, les jurés prirent place dans le box.

Douze hommes blancs. Quatre baptistes, deux méthodistes, deux pentecôtistes, un presbytérien, un membre de l'Église du Christ. Et deux autres n'appartenant à aucune obédience, donc voués aux flammes de l'enfer.

Ils jurèrent solennellement d'accomplir leur devoir et furent renvoyés chez eux avec l'interdiction formelle de parler de l'affaire à qui que ce soit. Oswalt leva la séance et quitta son siège. Quand la salle fut vide, John Wilbanks demanda au shérif s'il pouvait passer quelques minutes seul avec Pete. Il était plus facile de lui parler à la table de la défense qu'à la prison. Nix accepta.

Pendant que Penrod passait le balai et qu'Ernie Dowdle contrôlait ses radiateurs, les Wilbanks tinrent conciliabule avec leur client.

— Pete, je n'aime pas ton attitude devant la cour, annonça Russell.

— Tu parais arrogant, renchérit John. Et distant. Et le jury l'a remarqué. En plus, tu t'es montré irrespectueux avec le juge. Il ne faut plus que cela se reproduise.

— Demain, quand le procès commencera, les jurés ne vont pas te lâcher du regard, précisa Russell.

— Pourquoi donc ? demanda Pete.

— Par curiosité. Parce qu'ils sont là pour ça. C'est une première pour eux. Ils sont impressionnés. Ils vont épier tous tes faits et gestes, et il est essentiel que tu leur paraisses sympathique.

— Ça va être difficile.

— Essaie quand même, insista John. Prends des notes, fouille dans des papiers. Fais semblant de t'intéresser à ce qui se passe.

— Qui a choisi ce jury ?

— Nous. Avec l'accusation et le juge.

— Je ne les sens pas. J'ai l'impression qu'ils ont déjà pris leur décision. Je n'ai pas vu beaucoup de visages amicaux.

— Raison de plus ! lança John en roulant des yeux d'agacement. Je te rappelle que ces gens ont ta vie entre leurs mains.

— Tout est déjà joué, de toute façon.

*

À 9 h 30, le mardi matin, les radiateurs d'Ernie bourdonnaient à plein régime lorsque Miles Truitt s'adressa au jury pour la présentation des faits. Il régnait une douce chaleur dans la salle, les bancs étaient à nouveau pleins. Ernie et Penrod s'étaient trouvé une petite place au balcon, impatients de voir la suite.

Tout le monde était immobile et silencieux. Truitt portait un costume brun avec un gilet. La chaînette dorée d'une montre à gousset pendait de sa poche. C'était une toute nouvelle tenue, achetée spécialement pour l'occasion – le plus grand procès de sa carrière. Il lança au jury un grand sourire, et les remercia de faire ainsi leur devoir de citoyen pour l'État du Mississippi, État qu'il représentait. Ils avaient été choisis avec minutie pour prendre connaissance des preuves et pièces à conviction, pour évaluer la crédibilité des témoignages, pour appliquer la loi, et finalement décider de la culpabilité ou de l'innocence de l'accusé. C'était là une grande responsabilité et il les remercia à nouveau pour leur courage civique.

L'homicide volontaire avec préméditation, autrement dit l'assassinat, était le plus grave des crimes selon la loi du Mississippi. Truitt en lut la définition dans le Code pénal : « Fait de tuer intentionnellement, de manière délibérée et réfléchie, par un dessein mûrement formé avant l'action, un autre être humain sans y être autorisé par la loi, et ce par tout moyen et en toutes circonstances. » Il lut l'article une seconde fois, lentement, en articulant chaque mot. Sa voix résonnait dans la salle. Et la peine encourue : en cas de condamnation pour assassinat, le jury aura à décider de la sentence, soit la mort par la chaise électrique, soit la prison à perpétuité sans liberté sur parole.

Truitt pivota et désigna l'accusé :

— Messieurs les jurés, le révérend Dexter Bell a été assassiné par Pete Banning, qui mérite de mourir pour son crime.

Ces paroles étaient prévisibles. Elles n'en restaient pas moins impressionnantes.

Truitt parla ensuite de la victime : son enfance en Georgie, sa vocation, son mariage avec Jackie, ses premières paroisses, ses enfants, ses sermons poignants, sa compassion infinie pour son prochain, son rôle moteur dans la communauté, sa popularité à Clanton. Tout était immaculé, aucun faux pas le long de sa route. Un jeune pasteur, entièrement dévoué au service du Seigneur, abattu sauvagement dans son église par un ancien tireur d'élite de l'armée. Quel gâchis ! Un père aimant emporté en une fraction de seconde, laissant trois beaux enfants.

L'État du Mississippi allait prouver la culpabilité de l'accusé, sans l'ombre d'un doute, et, quand le jury aurait entendu les témoins, Miles Truitt se présenterait à nouveau devant eux, à cet endroit même, et leur demanderait de rendre la justice. Justice pour Dexter Bell. Justice pour la bonne ville de Clanton. Justice pour le genre humain.

John Wilbanks suivit la prestation de Truitt avec une certaine admiration. C'était imparable. Les faits étaient en faveur du ministère public. Truitt avait toutefois montré une certaine retenue, ne faisant que sous-entendre ses pensées plutôt que de les asséner. Le meurtre était si monstrueux qu'il n'y avait nul besoin d'en rajouter dans le pathos. À voir la tête des jurés, Wilbanks eut la confirmation de ce qu'il pressentait depuis longtemps : pas un seul n'avait une once d'empathie pour son client. Et sans aucun élément à apporter, la défense était morte, comme l'accusé.

La salle de tribunal était plongée dans le silence quand Miles Truitt retourna s'asseoir. Le juge Oswalt se tourna vers John Wilbanks :

— À présent, c'est à la défense de s'exprimer.

Wilbanks se leva en rajustant le nœud de sa cravate et s'approcha du box des jurés. Il n'avait rien à dire, et il n'allait pas prétendre qu'il y avait erreur sur la personne ou inventer un alibi. Il se contenta donc de sourire et annonça :

— Messieurs les jurés, le Code de procédure pénale, en pareil cas, autorise la défense à réserver sa présentation des faits quand l'accusation en aura terminé. La défense choisit donc cette possibilité qui lui est offerte.

Il se tourna vers la cour et regarda le juge.

Oswalt haussa les épaules.

— Je n'y vois pas d'inconvénient. Monsieur Truitt, faites venir à la barre votre premier témoin, je vous prie.

Truitt se leva et lança d'une voix de stentor :

— L'État du Mississippi appelle Jackie Bell.

Au deuxième rang derrière la table du procureur, Jackie se leva et se faufila vers l'allée centrale. Elle était assise à côté d'Errol McLeish, qui l'avait accompagnée en voiture. Ils étaient arrivés de Georgie le dimanche après-midi. Les parents de Jackie gardaient les enfants. Son père voulait être présent au procès, mais elle l'en avait dissuadé. Errol avait aussitôt proposé de faire office de chauffeur. Elle séjournait chez des amis de l'église, et McLeish avait pris une chambre au Bedford Hotel sur la place de Clanton.

Tous les regards étaient braqués sur la jeune femme. Mais elle était prête. Fluette, elle portait un tailleur noir ceinturé, des escarpins en daim noir, un bibi en velours noir, assorti d'un simple rang de perles. Tout ce noir était fort à-propos. Le deuil et le chagrin. Elle se présentait en veuve éplorée, mais jeune et jolie.

Les douze jurés la dévorèrent des yeux tandis qu'elle s'approchait de la barre, comme les avocats et la cour, et quasiment toute l'assistance. Pete, en revanche, ne sembla pas sous le charme et garda la tête baissée. Le greffier lui fit prêter serment, puis la jeune femme s'installa dans le box des témoins. Elle contempla la salle et, d'un mouvement élégant, elle croisa les jambes.

Derrière son pupitre, Miles Truitt lui adressa un grand sourire, puis lui demanda son nom et son adresse. Il l'avait bien entraînée. Elle se tourna vers les jurés pour répondre. Puis s'ensuivirent d'autres précisions factuelles : elle avait trente-huit ans, trois enfants. Elle avait habité Clanton pendant cinq ans, mais avait déménagé à Rome en Georgie après la mort de son mari.

— Quand je suis devenue veuve, précisa-t-elle d'un ton plein de tristesse.

— Venons-en au matin du 9 octobre. Où étiez-vous à 9 heures ce jour-là ?

— À la maison. On habitait le presbytère, à côté de l'église.

— Où se trouvait votre mari ?

— Dexter était dans son bureau à l'église. Il préparait son sermon.

— Veuillez raconter aux jurés ce qui s'est passé.

— J'étais dans la cuisine. Je rangeais la vaisselle quand j'ai entendu des bruits bizarres. Trois claquements brefs, une succession rapide, comme si quelqu'un, sur le perron, avait tapé dans ses mains trois fois, tapé très fort. Au début, je n'y ai pas prêté attention, et puis ça m'a intriguée. J'ai eu comme un pressentiment. Il fallait que je demande à Dexter si tout allait bien. J'ai pris le téléphone et l'ai appelé à son bureau. Comme il ne me répondait pas, je suis sortie et me suis rendue dans l'annexe de l'autre côté de l'église, là où il travaillait.

Sa voix se brisa, et les larmes lui montèrent aux yeux. Elle posa le revers de sa main sur ses lèvres tremblantes et regarda Truitt d'un air implorant. Elle sortit son mouchoir, qu'elle avait emporté avec elle dans le box.

— Et vous avez trouvé votre mari ?

Elle déglutit en grimaçant, sembla serrer les dents et poursuivit :

— Dexter était à son bureau, encore dans son fauteuil. On lui avait tiré dessus et il saignait. Il y avait du sang partout.

Sa voix se brisa à nouveau. Elle s'interrompit, prit une grande inspiration, s'essuya les yeux, prête à poursuivre.

Un grand silence régnait dans la salle. Les radiateurs d'Ernie cliquetaient en sourdine. Pas un mouvement, pas un murmure. Tout le monde regardait Jackie et attendait patiemment qu'elle rassemble son courage et raconte son horrible histoire. Rien ne pressait. La ville attendait depuis trois mois d'entendre les détails.

— Vous lui avez parlé ? demanda Truitt.

— Je ne sais plus. Je me souviens d'avoir crié. Je me suis précipitée vers lui, j'ai voulu le relever, le prendre dans mes bras… Mais tout est confus. C'était si horrible.

Elle ferma les yeux, baissa la tête et se mit à sangloter. Les larmes en appelèrent d'autres. Et beaucoup de femmes dans l'assistance qui connaissaient le couple se mirent à pleurer aussi.

Ce témoignage n'était absolument pas nécessaire. La défense avait proposé de reconnaître que Dexter Bell était bel et bien mort et qu'il avait été tué de trois balles de calibre .45, provenant d'un revolver Colt. Ni l'empathie ni la compassion ne devaient intervenir dans l'appréciation des faits et, par suite, ce récit pouvait être rejeté par la cour. Toutefois, le juge Oswalt, comme tous ses confrères, que ce soit au Mississippi ou ailleurs, accordait au ministère public le droit d'appeler à la barre un proche ou deux du défunt pour évoquer les conditions du décès. L'objectif inavoué de l'accusation, c'était évidemment d'émouvoir les jurés.

Jackie serra à nouveau les dents et poursuivit son récit, du moins elle essaya. Elle était sortie du bureau en hurlant, couverte de sang. C'est à ce moment-là que l'adjoint du shérif était arrivé avec Hop. Après, elle ne se souvenait plus très bien. Tout se brouillait.

Elle marqua une autre pause et fondit en larmes. Elle semblait incapable de continuer. Le juge se tourna vers le procureur.

— Monsieur Truitt, je pense que nous en avons assez entendu.

— Oui, votre honneur.

— Voulez-vous interroger le témoin, monsieur Wilbanks ?

— Non, c'est inutile, répondit l'avocat en tentant de se montrer le plus compatissant possible.

— La cour vous remercie, madame Bell. Vous pouvez regagner votre place.

Walter Willy bondit de sa chaise, lui prit la main et la conduisit à son banc, la soutenant tout le long du chemin. Le juge avait besoin d'une cigarette et demanda une suspension de séance. Walter fit d'abord sortir les jurés. Une fois le box désert, la tension tomba d'un coup. Les gens poussèrent des soupirs, tout le monde voulait y aller de son commentaire. Les paroissiens de Dexter Bell faisaient la queue pour enlacer Jackie. Ils étaient si impatients de pouvoir toucher l'éplorée. Errol McLeish s'écarta un peu de la foule et observa la jeune femme à distance.

Hormis Jackie, il ne connaissait personne dans cette salle, et la réciproque était vraie.

*

Hop marcha d'un pas mal assuré jusqu'au box des témoins et prêta serment. Son véritable nom était Chester Purdue, ce fut donc celui qu'il donna à la cour, puis expliqua qu'on l'appelait Hop depuis son enfance, parce qu'il était toujours en train de sursauter. Et aujourd'hui, dire que Hop était nerveux était un euphémisme. Terrifié, il jetait des regards inquiets vers le balcon pour chercher des soutiens. De là-haut, cela paraissait facile de témoigner. Mais en bas, avec tous ces regards braqués sur lui, devant tous ces gens – les avocats, les magistrats, les jurés, les greffiers, sans parler des spectateurs –, il avait d'un coup la tremblote et du mal à parler. M. Truitt avait répété avec lui pendant des heures dans son bureau au bout du couloir. Ils avaient revu ensemble chaque phrase de son témoignage. M. Truitt lui avait dit de se détendre et de raconter simplement ce qui était arrivé. Hier, il était détendu, et avant-hier aussi, mais là c'était le grand jour, et tout le monde l'observait, personne ne souriait. « Ne regarde que moi. Et personne d'autre », ne cessait de lui répéter M. Truitt.

Alors Hop se tourna vers le procureur et raconta son histoire. C'était mercredi matin et il nettoyait les vitraux, un travail qu'il effectuait une fois par mois et qui l'occupait bien trois jours. À un moment, quand il avait eu besoin d'aller chercher des produits dans la réserve, il était passé devant le bureau du pasteur. La porte était fermée. Hop savait qu'il ne fallait pas le déranger le matin. Il n'avait rien entendu. Ni vu personne entrer dans l'annexe. Pour lui, ils étaient juste tous les deux dans l'église, le pasteur et lui. Hop attrapait sur une étagère un bidon de nettoyant pour vitres lorsqu'il y avait eu un grand bruit. Trois grands *boum !* qui avaient fait trembler tout l'édifice. Surpris, il s'était précipité dans le couloir et il avait entendu une porte s'ouvrir. C'était M. Pete Banning qui sortait du bureau du pasteur avec un revolver dans la main.

— Depuis combien de temps connaissez-vous Pete Banning ? demanda Miles Truitt.

— Depuis très longtemps. C'est un membre de notre église.

— Vous pourriez montrer au jury quel homme tenait l'arme ?

— Si vous voulez.

Hop désigna l'accusé. Puis il raconta la suite : missié Banning avait pointé l'arme sur sa tête, Hop s'était alors mis à genoux et l'avait supplié de ne pas le tuer. Missié Banning avait dit que Hop était un brave homme. Et il lui avait dit d'aller chercher le shérif.

Hop l'avait regardé partir puis il était rentré dans le bureau du pasteur. C'était plus fort que lui, parce qu'en fait il n'en avait pas envie du tout. Le révérend Bell était dans son fauteuil, il saignait de la tête, et de la poitrine aussi. Et il avait les yeux fermés. Hop ne savait pas combien de temps il était resté là. Il était si terrifié qu'il avait l'esprit tout embrouillé. Finalement, il était sorti à reculons sans toucher à rien et était parti trouver le shérif.

Il n'y avait rien à gagner à interroger Hop ou à tenter de remettre en cause la véracité de son témoignage. C'était la stricte vérité. Pourquoi Hop inventerait-il une histoire pareille ? Il racontait simplement ce qu'il avait vu, sans rien ajouter. John Wilbanks se leva et annonça qu'il ne souhaitait pas interroger le témoin. Il n'avait rien à opposer aux récits des témoins de l'accusation.

John se rassit, rongeant son frein. Pourquoi s'était-il empressé de vouloir assurer la défense de Pete ? Et ce n'était pas la première fois qu'il se posait cette question. L'homme était coupable, et il n'avait aucune envie de faire croire le contraire. Il aurait tellement préféré être ailleurs, qu'il y ait quelqu'un d'autre à la barre de ce navire qui allait droit au naufrage. Pour un avocat de sa renommée, se retrouver aussi impuissant était déstabilisant, pour ne pas dire humiliant.

Le témoin suivant présenté par le ministère public était connu de tous. Slim Fargason travaillait en tant que greffier à la chancellerie depuis des décennies. Parmi ses attributions, il assurait l'enregistrement et la conservation de tous les actes et titres fonciers du comté. Il produisit une copie officielle d'un transfert de propriété et expliqua aux jurés que, le 16 septembre dernier, M. Pete Banning avait fait don à ses deux enfants, Joel et Stella, d'une parcelle de deux cent soixante hectares. Pete avait hérité de ce bien en

1932, à la mort de sa mère, conformément au testament de la défunte.

Pendant le contre-interrogatoire, John Wilbanks s'attacha à montrer que cette terre appartenait aux Banning depuis plus de cent ans. Tout le monde dans le comté de Ford savait que le domaine des Banning se transmettait de génération en génération, n'est-ce pas ? Fargason ne pouvait parler au nom de la communauté mais, oui, lui comme d'autres sans doute, s'attendait à ce que la terre revienne aux enfants.

Quand John en eut terminé, Fargason s'empressa de quitter la salle pour regagner son bureau dans l'autre aile du palais de justice.

L'adjoint Roy Lester fut alors appelé à la barre. Conformément à la législation du Mississippi, il retira son arme et son ceinturon avant de s'installer dans le box des témoins. Sous la conduite de Truitt, Lester reprit la suite du récit de Hop et décrivit la scène à son arrivée. D'abord, ils avaient essayé de calmer Mme Bell, qui était dans tous ses états, et on la comprend. Il était avec elle quand le shérif Gridley était arrivé sur les lieux. Il avait alors accompagné Mme Bell chez Mme Vanlandingham, de l'autre côté de la rue. Ensuite, il était retourné dans l'église pour aider ses collègues.

John Wilbanks n'avait pas de questions.

L'accusation avait les faits de son côté – comme c'était souvent le cas. Miles Truitt se montrait méthodique et prenait tout son temps. Inutile d'être inventif. Il lui suffisait d'assembler une à une les pièces du puzzle et de présenter petit à petit le crime et ses conséquences. Le témoin suivant était le shérif Nix Gridley qui, lui aussi, retira son arme avant de s'installer dans le box.

Nix détailla la scène de crime, avec une série de photos en couleur pour que les jurés puissent bien voir le corps et le sang. Les images de ce genre de meurtre étaient toujours crues et brutales, difficilement soutenables pour les jurés – et dévastatrices pour la défense –, mais les juges du Mississippi les autorisaient toujours. Un meurtre était un acte violent, abominable, et les citoyens qui allaient rendre la justice devaient voir le mal et la souffrance causés par l'accusé. Heureusement, les photos étaient trop petites pour que le public puisse distinguer les détails. Jackie Bell n'eut pas à endurer une nouvelle fois cette vision cauchemardesque, mais elle fut choquée d'apprendre l'existence de ces images. Personne ne lui avait dit qu'on avait pris des photos du cadavre de son mari baignant dans son sang. Qu'adviendrait-il de ces clichés après le procès ?

Alors que les photographies passaient de main en main dans le box du jury, quelques jurés, l'œil noir, observèrent Pete qui feuilletait un épais ouvrage juridique. Il relevait rarement la tête, ne regardait personne. La majeure partie du temps, il semblait ne pas s'intéresser aux débats.

Nix rapporta la conversation qu'il avait eue avec Hop qui avait identifié le meurtrier. Avec ses adjoints, Roy Lester et Red Arnett, il était parti arrêter Pete Banning. Celui-ci les attendait sur le perron de sa maison et leur avait annoncé que l'arme du crime était dans son pick-up. Ils avaient récupéré le revolver et conduit Pete Banning au poste. Le suspect n'avait rien dit durant tout le trajet. À leur arrivée, John Wilbanks était déjà sur place et s'était empressé de préciser qu'ils ne pouvaient interroger M. Banning sans sa présence. Nix n'avait donc pas eu l'occasion de parler à l'accusé qui, jusqu'à aujourd'hui, n'avait toujours pas expliqué son geste.

— Vous n'avez aucune idée quant au mobile du crime ? insista Truitt.

John Wilbanks, en bon avocat, ne tenait plus en place. Il se leva d'un bond et lança :

— Objection ! L'accusation incite le témoin à des spéculations. Le témoin n'a pas à donner son « idée » ou son opinion concernant le mobile.

— Objection retenue.

Imperturbable, Truitt se dirigea vers une petite table installée devant l'estrade. Il plongea la main dans un carton et en sortit un revolver qu'il tendit à Nix.

— Est-ce l'arme que vous avez trouvée dans le pick-up de Pete Banning ?

Nix prit le revolver et hocha la tête.

— Vous voulez bien décrire cette arme pour le jury ?

— Bien sûr. C'est un Colt, fabriqué pour l'armée, de calibre .45, un revolver à simple action, avec un barillet de six coups. Et un canon de cinq pouces et demi. Une belle arme. Un revolver de légende.

— Savez-vous comment l'accusé s'est procuré cette arme ?

— Non. Encore une fois, je n'ai pas pu parler à l'accusé.

— Combien de balles ont-elles été tirées sur la victime ?

— Trois. Hop a dit, à l'instant, qu'il a entendu trois déflagrations, Mme Bell aussi. D'après l'autopsie, la victime a été touchée deux fois à la poitrine et une fois au visage.

— Vous avez retrouvé les balles ?

— L'une est passée au travers du crâne et s'est logée dans la mousse du fauteuil dans lequel Dexter Bell était assis. Une autre, après avoir perforé le thorax, a été arrêtée par le dossier. La troisième a été récupérée plus tard sur le cadavre par le médecin légiste.

Jackie Bell fondit en larmes et se mit à sangloter. McLeish l'aida aussitôt à se lever. Elle quitta la salle, le visage enfoui dans ses mains. Tout le monde la regarda partir. Quand la porte se referma derrière elle, Miles Truitt se tourna vers le juge qui hocha la tête, l'incitant à poursuivre.

Truitt sortit du carton une petite boîte qu'il tendit également au shérif.

— Vous voulez bien décrire ces objets ?

— Bien sûr. Ce sont les trois balles qui ont tué le pasteur.

— Et comment vous le savez ?

— J'ai envoyé l'arme et les balles au laboratoire de la police criminelle. Ils ont pratiqué des analyses balistiques et m'ont renvoyé leur rapport.

Truitt alla à sa table prendre quelques papiers et les montra au juge.

— Votre honneur, j'ai ici leurs deux rapports. Le premier provient de l'expert en balistique. Le second du médecin légiste qui a réalisé l'autopsie. Je demande que ces deux pièces soient versées au dossier.

— Des objections, monsieur Wilbanks ?

— Absolument, votre honneur. Pour les raisons que j'ai exposées la semaine dernière. Je voudrais avoir ces deux spécialistes dans la salle d'audience afin de pouvoir mener un contre-interrogatoire. Je ne vais pas m'adresser à des bouts de papier ! Pourquoi ces deux personnes n'ont-elles pas été convoquées pour témoigner ? Ce n'est pas équitable pour la défense.

— Objection rejetée. Les rapports sont admis par la cour. Poursuivez, monsieur Truitt.

— Bien entendu, les jurés pourront consulter à loisir ces deux rapports, mais pouvez-vous, shérif, d'ores et déjà nous résumer ce que dit le rapport balistique ?

— Les trois douilles étaient encore dans le barillet. L'analyse a donc été facile. L'expert les a examinées, ainsi que les trois balles, et il a testé l'arme à feu. Selon lui, il n'y a pas de doute possible. Le Colt .45 que l'on a retrouvé dans le pick-up de l'accusé est bien l'arme du crime. Les trois balles qui ont tué Dexter Bell proviennent de ce revolver.

— Vous voulez bien nous résumer aussi le rapport d'autopsie ?

— Ce qu'il établit est sans surprise. Les trois balles tirées du revolver de Pete Banning sont entrées dans le corps de la victime et ont entraîné le décès. Tout est écrit noir sur blanc.

— Je vous remercie, shérif. L'accusation en a terminé avec son témoin.

John Wilbanks se leva et lança un regard noir à Gridley, comme s'il allait lui sauter dessus. Il s'avança vers le pupitre, réfléchissant à sa première question. Depuis des semaines, tous les habitants du comté savaient que Pete Banning avait tiré sur Dexter Bell et l'avait tué. Si Wilbanks osait laisser entendre le contraire, il allait perdre le peu de crédibilité qui lui restait. Il risquait aussi le ridicule, et là, sa fierté y mettait son veto. Il décida de demander quelques détails, de lancer quelques piques, pour semer peut-être les graines du doute, mais surtout pour préserver sa réputation et son ego.

— Shérif, qui est votre expert en balistique ?

— Doug Cranwell. Il a fait les analyses à Jackson.

— Et vous le pensez compétent en son domaine ?

— Tout porte à le croire. Beaucoup de gens ont recours à ses services.

— Pardonnez-moi cette question mais, personnellement, je ne peux être certain de ses compétences puisque je ne peux l'interroger. Pourquoi n'est-il pas venu se présenter devant le jury ?

— Il faut poser cette question à M. Truitt. Ce n'est pas moi qui gère les témoins.

Nix lança un sourire aux jurés, tout content de sa repartie.

— Certes. Et à quel médecin avez-vous fait appel pour pratiquer l'autopsie ?

— Au Dr Fred Briley. Il est aussi à Jackson. De nombreux shérifs font appel à lui.

— Et pourquoi n'est-il pas devant nous aujourd'hui ?

— Je crois qu'il demande trop d'argent.

— Je vois. C'est une enquête à l'économie… Un crime n'est pas si important finalement, c'est ça ?

— C'est M. Truitt qui gère le budget, pas moi. Posez-lui la question.

— Vous ne trouvez pas ça bizarre ? Aucun des deux experts n'est présent pour être dûment interrogé par la défense. Curieux, non ?

— Objection, votre honneur ! lança Truitt en bondissant de sa chaise. Le témoin ne représente pas le ministère public. Il n'a pas à répondre à cette question !

— Objection retenue.

Nix toutefois, qui appréciait son petit moment de gloire dans le box, ne se tut pas :

— C'est une affaire toute simple et je suppose que M. Truitt n'a pas besoin d'un bataillon d'experts pour valider l'évidence.

— Ça suffit, shérif, grogna Oswalt.

Wilbanks sentit la moutarde lui monter au nez :

— Dites-moi, shérif, combien d'affaires de meurtre avez-vous eu à gérer ?

— Pas beaucoup. Je tiens le comté d'une main de fer. Les meurtres sont rares par ici.

— Combien ?

Comprenant que Wilbanks attendait une réponse, Gridley se redressa sur son siège et réfléchit un instant :

— Avec des Noirs ou avec des Blancs ?

Agacé, Wilbanks leva les yeux au ciel.

— Pourquoi ? Ça change quelque chose dans votre façon d'enquêter ?

— Non, je ne crois pas. J'ai eu trois ou quatre morts à l'arme blanche à Lowtown, et le fils Dulaney qui a été pendu dans les environs de Box Hill. Hormis ça, de notre côté blanc de la ville, on a retrouvé Jesse Green dans la rivière, mais on n'a jamais su vraiment si c'était un meurtre. Le corps était trop décomposé. Donc, disons que c'est ma deuxième vraie affaire de meurtre.

— Et depuis combien de temps êtes-vous le shérif ?

— C'est ma huitième année.

— Je vous remercie, shérif, lança Wilbanks en retournant s'asseoir.

Le juge avait besoin d'une cigarette. Il abattit son maillet :

— La séance est levée pour le déjeuner. Reprise de l'audience à 14 heures.

15

Après la pause cigarettes et sandwichs, le juge reçut dans son bureau les deux parties. Truitt annonça qu'il n'avait pas d'autres témoins à appeler. Selon lui, il avait suffisamment établi les faits. Oswalt était de cet avis. Wilbanks ne pouvait dire le contraire et il félicita le procureur pour la façon dont il avait présenté les éléments de son dossier. Quant à la défense, elle ne savait toujours pas si Pete Banning allait monter dans le box. Un jour, il acceptait de témoigner et de défendre sa cause. Le lendemain, il n'adressait même plus la parole à son avocat. Wilbanks commençait à penser que son client avait réellement un problème mental, cependant il ne pouvait plaider la folie. Pete s'y opposait formellement. De toute façon, la date pour déposer ce système de défense était passée depuis longtemps.

— Qui est votre premier témoin ? s'enquit le juge.

— Le commandant Rusconi.

— Et le but de ce témoignage ?

— Je veux établir que mon client a été fait prisonnier par les Japonais pendant la guerre aux

Philippines, et qu'on l'a supposé mort. C'est ce que l'armée a annoncé à sa famille en mai 1942.

— Je ne vois pas le rapport avec le crime, John, avança Truitt.

— Je m'attendais à votre réaction. Je cherche à poser les fondations sur lesquelles asseoir le témoignage de mon client, si bien sûr il accepte de s'expliquer.

— Je ne suis guère convaincu, répondit le juge. Vous allez déterminer qu'il était officiellement mort, ou porté disparu, ou les deux à la fois. En tout cas, c'est ce que croyait sa famille et par suite le pasteur. Et profitant de son statut de guide spirituel, il aurait franchi la ligne rouge. Ce qui expliquerait le meurtre. C'est bien ça que vous avez en tête ?

Truitt secoua la tête, visiblement offusqué.

— Monsieur le juge, répondit Wilbanks, je n'ai rien d'autre. Laissez-moi préparer une défense, même si elle est boiteuse. Ce sera peut-être mon seul témoin.

— Entendu. Faites-le venir à la barre. Et vous, Miles, fourbissez vos objections. Je vais lui donner quelques minutes, le temps de voir où cela nous mène. Mais je reste sceptique.

— Je vous remercie, votre honneur.

Quand les jurés reprirent place dans le box après le déjeuner, le juge Oswalt leur annonça que le ministère public avait présenté tous ses témoins et que la défense préférait appeler directement son premier témoin sans discours préliminaire. Le commandant Anthony Rusconi s'approcha du box en uniforme d'apparat, avec toutes ses médailles. Il était originaire de La Nouvelle-Orléans. Il avait cet accent inimitable et le sourire facile. Il avait servi dans le Pacifique.

Après les premières questions de Wilbanks, Miles Truitt se leva et demanda :

— Votre honneur, malgré tout le respect que je porte au commandant Rusconi, son témoignage me semble sans lien avec l'affaire et n'éclaire en rien les faits. Par conséquent, je souhaite déposer une objection pour l'ensemble de son audition.

— C'est noté. Poursuivez, monsieur Wilbanks.

Avant la guerre, Rusconi était en poste à Manille et travaillait au QG du général MacArthur, le chef des forces américaines aux Philippines. Le lendemain de Pearl Harbor, les Japonais avaient bombardé les bases aériennes américaines aux Philippines, et la guerre avait été déclarée.

À cette époque, le lieutenant Pete Banning était un officier du Vingt-sixième régiment de cavalerie, stationné à Fort Stotsenburg, près de la base de Clark Field, à cent kilomètres au nord de Manille.

Les Japonais détruisirent rapidement les forces aéronavales américaines et débarquèrent avec une armée de cinquante mille hommes bien entraînés. Les Américains, avec leurs alliés, les Scouts philippins et l'armée régulière philippine, opposèrent une défense héroïque, mais les Japonais prirent en étau les îles et renforcèrent leur blocus ; très vite, nourriture, médicaments, carburant et munitions vinrent à manquer. Sans soutien aérien, ni ravitaillement par la mer, ni aucun espoir de repli, les Américains furent acculés dans la péninsule de Bataan, une langue de terre s'enfonçant dans la mer de Chine, recouverte d'une jungle infestée de moustiques.

Rusconi était un très bon conteur et semblait apprécier ce moment. Il pouvait enfin parler de la guerre. Miles Truitt secouait la tête, tentant d'attirer le regard du juge, mais Oswalt l'ignorait ostensiblement. Les jurés étaient tout ouïe, les spectateurs rivés à leurs sièges.

Le siège dura quatre mois. Quand les Américains furent contraints de capituler devant des forces bien supérieures, ce fut la plus grande défaite du pays. Mais les soldats n'avaient plus le choix. Ils étaient affamés, malades, squelettiques et moribonds. Ils n'avaient même plus le temps d'enterrer leurs morts. Le paludisme, la dengue, la dysenterie, le scorbut et le béribéri faisaient des ravages, sans compter nombre d'autres maladies tropicales inconnues de la médecine occidentale. Et la situation ne faisait qu'empirer.

Rusconi rendit les armes à Manille en février 1942. MacArthur s'enfuit des Philippines en mars pour établir son QG en Australie. Rusconi et ses hommes s'étaient retrouvés dans un camp de prisonniers dans les environs de Manille, mais les Japonais les avaient autorisés à conserver et à mettre à jour des archives qui n'avaient pas d'importance stratégique à leurs yeux. Ils étaient relativement bien traités, quoique tenaillés par la faim. En revanche, les conditions étaient bien différentes à Bataan.

D'après les maigres informations que Rusconi était parvenu à rassembler, le lieutenant Banning s'était rendu avec son unité le 10 avril 1942, sur la pointe sud de la péninsule. Il était l'un des soixante-dix mille prisonniers de guerre qui avaient dû endurer une longue marche sans boire ni manger. Des milliers d'hommes étaient morts et avaient été abandonnés dans les fossés.

Parmi eux, il y avait des centaines d'officiers. Malgré les conditions effroyables, le convoi tenta de garder un semblant de commandement et d'organisation. Dans les rangs, l'ordre fut donné de se souvenir des noms de tous ceux qui tombaient pour honorer leur mémoire et prévenir leur famille. La tâche était surhumaine. Rusconi s'autorisa une digression et expliqua aux jurés qu'à ce jour, le 7 janvier 1947, l'armée américaine n'avait pas encore identifié tous ses morts aux Philippines.

Miles Truitt leva les deux bras et lança :

— Votre honneur ! Je vous en prie, il s'agit d'un procès pour meurtre. Ce récit est tragique et poignant, mais ça n'a rien à voir avec l'affaire qui nous occupe.

Le juge se trouvait visiblement en plein dilemme. Ce témoignage était à l'évidence sans rapport avec les faits. Il se tourna vers John Wilbanks :

— Où veut en venir la défense ?

Wilbanks ne se démonta pas :

— Votre honneur, je vous demande encore quelques minutes de patience. Tout va s'éclairer.

Oswalt ne parut guère convaincu, il déclara pourtant au témoin :

— Veuillez poursuivre.

Après plusieurs jours de marche forcée, le lieutenant Banning fut blessé et se retrouva à la traîne.

Personne ne tenta de le secourir, parce que, comme l'avaient appris les captifs, le moindre signe d'entraide était puni de coups de baïonnette par les gardes japonais. Plus tard, durant une pause, des hommes de son unité entendirent les Japonais achever les retardataires. Le lieutenant Banning avait été tué. Cela ne faisait aucun doute.

Pete écoutait le récit, mais il restait imperturbable, tête baissée, comme s'il était ailleurs. Pas une seule fois il n'eut une réaction, ni un regard pour le témoin.

Rusconi annonça que cette marche avait fait plus de dix mille victimes dans les rangs philippino-américains. Ils étaient morts de faim, de soif, d'épuisement, brûlés par le soleil, morts sous les balles, les baïonnettes et les coups, ou décapités. Les rescapés se retrouvèrent dans des camps de la mort, où la survie se révéla encore plus aléatoire. Les officiers tentèrent de tenir le compte des pertes et mirent en place divers systèmes de recensement des morts et, entre la fin du printemps et le début de l'été 1942, quelques listes parvinrent jusqu'au bureau de Rusconi à Manille. Le 19 mai, la famille de Pete Banning fut officiellement avertie que Pete avait été capturé, qu'il était désormais porté disparu et sans doute mort. Après cela, on n'eut plus aucune nouvelle du lieutenant Banning jusqu'à la libération des Philippines, quand il était sorti de la jungle à la tête d'un commando. Pendant deux années, il avait mené ses hommes dans une guérilla suicidaire et héroïque et avait harcelé l'armée japonaise. Pour sa bravoure et son sens du commandement, il avait reçu la Purple Heart, la Silver Star, la Bronze Star et, pour son héroïsme au combat, la Distinguished Service Cross.

À cet instant, personne dans la salle ne voyait plus en Pete Banning le meurtrier de Dexter Bell. Le juge s'en rendit compte et décida d'intervenir.

— Faisons une pause, annonça-t-il en cherchant déjà ses cigarettes.

Une fois dans son bureau, il retira sa robe et alluma une Camel.

— Ça suffit comme ça ! lança-t-il à Wilbanks. C'est un procès, pas une remise de médailles ! Je veux savoir si votre client va témoigner et en quoi tout cela est pertinent !

Truitt était furieux :

— Le mal est fait, monsieur le juge ! Ça n'a rien à voir avec l'affaire. Ce militaire n'aurait jamais dû monter dans le box.

— Alors ? Pete Banning va témoigner, oui ou non ? insista Oswalt.

— Je ne pense pas, concéda Wilbanks. Il m'a encore annoncé qu'il n'avait rien à dire.

— Vous avez d'autres témoins ?

Wilbanks hésita.

— Oui, l'un des soldats américains qui a été un compagnon de Pete.

— Un membre de son commando dans la jungle ?

— Oui. Mais le sujet est clos. Mon client vient de m'informer qu'il s'opposait à tout autre témoignage au sujet de la guerre.

Oswalt tira une longue bouffée sur sa cigarette et marcha vers la fenêtre.

— D'autres témoins encore ? Dans l'un ou l'autre camp ?

— L'accusation en a terminé, annonça Truitt.

— Non, c'est tout ce que j'ai, répondit Wilbanks.

Le juge revint à son bureau.

— Très bien. Je vais renvoyer les jurés chez eux. On va en profiter pour revoir ensemble les consignes à donner au jury. Et vous pourrez ensuite aller vous reposer. Vous ferez vos plaidoirie et réquisitoire demain matin, et je confierai l'affaire aux jurés.

*

Clay Wampler était cow-boy dans le Colorado et s'était engagé dans l'armée en 1940. Il avait été envoyé aux Philippines à la fin de cette année-là, avec le Trente et unième régiment d'infanterie. Il s'était rendu à Bataan, avait survécu à la marche de la mort et fait la connaissance de Pete Banning dans un camp de prisonniers. Il allait mourir du paludisme quand un garde japonais lui avait donné de la quinine. Alors qu'il était transporté vers un camp de travail au Japon, il s'évada avec Pete. Puisqu'ils étaient des morts en sursis, autant tenter leur chance dans la jungle. Ils passèrent trois jours et trois nuits totalement perdus dans la forêt. Au moment où ils étaient trop faibles pour continuer à marcher et commençaient à envisager le suicide, ils découvrirent un soldat japonais blessé qu'ils parvinrent à tuer. Dans le sac du soldat, ils trouvèrent de la nourriture et de l'eau. Après s'être rassasiés, ils dissimulèrent le corps et échappèrent de justesse au reste de sa patrouille. Avec leur prise de guerre – un pistolet, un couteau, un fusil et une baïonnette –, ils réussirent à rejoindre la guérilla philippino-américaine. Ils vécurent dans les montagnes et firent merveille en tueurs de soldats ennemis. Leurs exploits auraient rempli tout un livre.

Clay avait contacté John Wilbanks pour proposer son aide. Il avait fait le voyage jusqu'à Clanton et était prêt à prendre place dans le box pour sauver son ami. Quand l'avocat lui apprit qu'il n'était pas autorisé à témoigner, il se rendit à la prison le mardi après-midi pour voir Pete.

Le shérif Gridley quitta le bâtiment à 17 heures, et, comme d'habitude désormais, il laissa sa prison aux soins de Tick Poley et de son prisonnier modèle. Dans le bureau, Florry servit à Pete et à Clay un bon dîner et écouta les deux hommes des heures durant se raconter des anecdotes qu'elle n'avait jamais entendues. C'était la première fois que Pete parlait de la guerre. Au fil des histoires, sa stupéfaction grandissait. Que de souffrances ils avaient endurées ! Survivre à tout ça tenait du miracle.

Clay ne pouvait croire que Pete puisse être condamné à mort par l'État du Mississippi. Quand Pete lui assura que c'était plus que probable, Clay envisagea de rassembler la bande et d'attaquer Clanton. Ils ne feraient qu'une bouchée de ces policiers bedonnants qui gardaient le tribunal ! En combattants aguerris, ils connaissaient mille façons de tuer, dont nombre d'entre elles étaient inavouables.

Clay se tourna vers Florry :

— On était souvent obligés de tuer en silence. Un coup de feu attire l'attention.

Elle hocha la tête, comme si elle comprenait.

Longtemps après le dîner, Tick Poley vint toquer à la porte du bureau pour leur dire que la fête était finie. Pete et Clay se prirent dans les bras et se dirent adieu. Clay promit de revenir avec la bande sauver leur lieutenant. Mais Pete répliqua que ces temps étaient révolus.

Il retourna dans sa cellule, éteignit la lumière et s'endormit.

16

De petits flocons commençaient à tomber quand Truitt se leva pour prononcer son réquisitoire. La neige était toujours un grand événement à Clanton. Même si la météo ne prévoyait qu'une couche de trois ou quatre centimètres, la population était en émoi, comme si la ville allait être bloquée par un blizzard pendant un mois. Miles Truitt craignait que cela ne sabote le travail de l'accusation. Les jurés allaient expédier les délibérations pour rentrer chez eux au plus vite. John Wilbanks s'inquiétait aussi. Il espérait qu'un ou deux choisiraient la prison à perpétuité et non la peine de mort, mais désormais ces dissidents risquaient de jeter l'éponge et de se ranger du côté de la majorité pour regagner leur foyer avant que les routes enneigées ne deviennent dangereuses. La condamnation était une certitude, mais un désaccord sur la sentence pouvait sauver la vie de Pete. Toute la matinée, John et Russell débattirent des avantages et inconvénients de cette chute de neige. Russell était convaincu que cela n'aurait aucune incidence sur le verdict. Le procès avait été court. Les jurés étaient visiblement très motivés. Leur décision était bien trop importante pour être affectée par les conditions climatiques.

Des questions que seuls des avocats pouvaient se poser.

Miles Truitt s'approcha des jurés, leur sourit et les remercia pour leur sens civique – comme s'ils avaient le choix ! –, puis commença :

— Je vous prie de ne pas tenir compte des propos du dernier témoin, le commandant Rusconi. Tout ce qu'il a évoqué est sans rapport avec les faits, avec la perpétration de ce meurtre. Je ne vous demande pas d'oublier le service qu'a rendu Pete Banning à la nation, ni son sacrifice. Sa conduite a été héroïque, hors du commun, mais cela s'arrête là. Ce pays vient de remporter le plus grand conflit de l'histoire humaine, et nous avons toutes les raisons d'être fiers de cet exploit. Quatre cent mille de nos *boys* sont morts et, aujourd'hui encore, bien des familles tentent de panser leurs plaies. Plus de cinq millions d'hommes et de femmes se sont battus pour notre nation, avec courage, parfois avec héroïsme. Pourtant être un héros de guerre n'octroie pas le droit, une fois rentré chez soi, de commettre un meurtre aussi horrible et révoltant. Que se passerait-il si tous décidaient de se faire justice eux-mêmes et de régler leurs problèmes avec une arme à feu ?

Truitt marchait lentement devant les bancs du jury, sans notes. Il avait répété pendant des heures. Il se préparait depuis des semaines. C'était son heure, son heure de gloire.

— Je vous demande plutôt de penser à Jackie Bell et à ses enfants. Trois charmants bambins qui vont vivre le restant de leurs jours sans père. Un serviteur de Dieu, un homme bien, un père exemplaire, un mari fidèle. Un homme fauché dans la force de l'âge à trente-neuf ans, assassiné de sang-froid, sans aucune raison apparente. Un homme sans défense, qui ne se doutait de rien, qui ne pouvait imaginer son ami débarquer dans son bureau une arme à la main. Aucune fuite possible, aucune chance de se défendre. Juste cette fin inéluctable et funeste. Un pasteur au travail qui, soit lisait un verset de la Bible, soit venait d'en terminer la lecture quand l'accusé a fait irruption dans son bureau et lui a tiré dessus. On ne saura sans doute jamais la teneur du différend entre Dexter Bell et Pete Banning. Cependant, depuis octobre, comme tout le monde je me pose la même question : quel que soit le problème entre les deux hommes, pourquoi ce bain de sang ?

Miles Truitt se tourna vers l'accusé :

— Pourquoi ?

Pete regardait droit devant lui, imperturbable.

— Mais le sang a bien été versé et à présent notre devoir est de rendre justice. Il n'y a aucun doute sur les faits. La défense n'a pas laissé entendre que le meurtre avait été perpétré par quelqu'un d'autre. C'eût été trop énorme. La défense n'a pas dit non plus que Pete Banning n'avait plus toute sa raison quand il a commis ce crime. Elle a fait de son mieux mais la vérité, c'est qu'il n'y a pas de défense possible. Pete Banning a tiré sur Dexter Bell et l'a tué. Il a agi seul, et avec préméditation. Il avait tout prévu et savait exactement ce qu'il faisait. Quand vous vous retirerez pour délibérer, vous aurez une copie du transfert de propriété que l'accusé a signé trois semaines avant le meurtre. C'était le moyen de transmettre le gros de ses biens à ses enfants, de protéger sa terre. En termes juridiques, cela s'appelle une donation frauduleuse. C'est un acte délictueux, en vue de la perpétration d'un crime. On ne saura jamais depuis combien de temps M. Banning avait planifié son forfait, et cela n'a guère d'importance. Ce qui importe, c'est que cet acte a été soigneusement préparé, il a été prémédité.

Truitt se tut un moment, et se dirigea vers sa table pour boire une gorgée d'eau.

— Vous, vous seuls avez le pouvoir de condamner l'accusé, soit à la peine de mort par la chaise électrique, soit à la prison à perpétuité au pénitencier de Parchman. Si nous avons la peine de mort dans notre État, c'est parce que certaines personnes la méritent. Cet homme est coupable, il a commis un assassinat, et selon la loi du Mississippi, il n'a plus le droit de vivre. Nos lois ne sont pas là pour protéger les riches, les privilégiés, ou ceux qui ont servi notre pays en temps de guerre. Si je suis reconnu coupable d'un assassinat, je mérite la mort. C'est pareil pour vous. Pareil pour lui. Relisez notre Code pénal quand vous serez dans la chambre des délibérations. C'est écrit noir sur blanc, sans ambiguïté, et nulle part vous ne trouverez une exception pour les héros de guerre. Si d'aventure vous êtes tentés de vous montrer miséricordieux, je vous demande instamment de prendre le temps de réfléchir, de penser à Dexter Bell et à sa famille. Est-ce que Pete Banning a montré de la miséricorde quand il a abattu Dexter Bell ? Que Dieu ait son âme ! Vous avez juré d'accomplir votre devoir, vous avez prêté serment, et aujourd'hui votre devoir est de déclarer l'accusé coupable et de le condamner à la peine de mort. Je vous remercie.

Le juge Oswalt n'avait pas donné de durée limite pour le réquisitoire et la plaidoirie. Truitt aurait pu continuer à parler pendant encore une heure ou deux, mais il eut la sagesse de s'abstenir. Les faits étaient simples, le procès avait été court et ses arguments étaient clairs et concis.

John Wilbanks allait être encore plus bref. Il commença par le point le plus dérangeant :

— Qu'est-ce que cela nous apportera d'exécuter Pete Banning ? Posez-vous la question.

Il se tut et se mit à marcher de long en large devant les jurés, lentement.

— Si vous faites exécuter Pete Banning, aurez-vous rendu notre communauté plus sûre ? La réponse est non. Pete Banning est né ici, il est des nôtres depuis quarante-trois années et a mené jusqu'ici une vie exemplaire. Mari, père, fermier, voisin, employeur, paroissien, ancien de West Point. Il a défendu notre pays avec un courage qui dépasse l'entendement. Si vous exécutez Pete Banning, cela ramènera-t-il Dexter Bell parmi nous ? La réponse est évidente. Nous avons tous une grande compassion pour la famille Bell et pour leur chagrin. Ce qu'ils veulent, c'est que Dexter revienne, le père, le mari, mais ce miracle n'est pas en notre pouvoir. Si vous condamnez à mort Pete Banning, aurez-vous l'impression pour le restant de vos jours d'avoir accompli un haut fait, d'avoir exaucé les vœux de l'État du Mississippi ? J'en doute. La réponse, messieurs, c'est que ôter la vie d'un homme n'apporte rien à personne.

John Wilbanks marqua une pause et contempla la salle d'audience. Il s'éclaircit la gorge et reporta son attention sur les jurés, cherchant leur regard.

— Voici la question qui s'impose ici : si tuer est mal, alors comment pouvons-nous accepter que l'État du Mississippi fasse de même ? Les gens qui font les lois à Jackson ne sont pas plus intelligents que vous. Leur perception du bien et du mal, leur sens moral ne sont pas plus aiguisés que les vôtres. Je connais certaines de ces personnes et je peux vous assurer que ce ne sont pas de meilleurs hommes que vous, et pas plus respectueux des commandements de Dieu. Ils ne sont pas plus sages et avisés. Si vous preniez le temps d'analyser chacune de leurs lois, vous vous apercevriez qu'elles sont bien souvent mauvaises. Mais il se trouve qu'au cours du chemin, pendant la longue élaboration de ces lois, quelqu'un ayant un peu de jugeote a décidé de vous donner à vous, jury du peuple, la possibilité de choisir entre deux options. Les législateurs savaient que chaque affaire est différente, que chaque accusé est différent, et qu'un jour, pour certains procès, les jurés pourraient décider qu'il y a eu assez de morts comme ça. C'est écrit noir sur blanc dans l'extrait de loi que l'on vous a remis. La vie ou la mort, le choix vous appartient.

Wilbanks marqua une nouvelle pause pour accentuer son effet et regarda un à un chaque juré.

— Nous ne pouvons ramener Dexter Bell à la vie et le rendre à ses enfants. Mais Pete Banning a des enfants aussi. Un gentil fils et une ravissante fille, les deux à l'université, les deux ayant leur vie à construire. Je vous en prie, ne prenez pas leur père. Ils n'ont rien fait de mal. Ils ne méritent pas d'être punis. D'accord, Pete Banning aura une sous-vie en prison, mais il sera là quand même. Ses enfants pourront lui rendre visite. Ils pourront lui écrire des lettres, lui envoyer des photos de leur mariage, lui offrir la joie de voir ses petits-enfants. Même s'il ne sera pas physiquement avec eux, Pete sera encore présent dans leur vie, comme ils le seront dans la sienne. Pete est un grand homme, bien meilleur que je ne le suis, et que nombre d'entre nous dans cette salle. Je le connais quasiment depuis l'enfance. Mon père était ami du sien. Il est un fils de notre communauté. Il a grandi ici, a été nourri par cette même terre noire, a été élevé avec les mêmes convictions et traditions que nous, il est comme vous, comme moi. Quel intérêt avons-nous à le mettre dans la tombe ? Si nous, nous tuons l'un des nôtres, ce sera une tache sanglante sur notre cher comté, et elle ne s'effacera jamais. Jamais.

Sa voix tremblota quand il tenta de refouler son émotion. Il déglutit en grimaçant, serra les dents, ses yeux s'embuant de larmes.

— Je vous en conjure, messieurs les jurés, vous êtes ses pairs, épargnez la vie de Pete Banning.

Quand John Wilbanks se rassit à côté de Pete, il passa un bras autour de son épaule pour une accolade fraternelle. Pete resta de marbre et continua à regarder droit devant lui, comme s'il n'avait rien entendu.

Le juge Oswalt donna au jury ses consignes et le détail de la procédure, puis toute la salle se leva quand les jurés quittèrent le box.

— La séance est levée, annonça-t-il en abattant son marteau.

Il était près de 11 heures et la neige avait cessé de tomber.

Dans un grand silence, la moitié du public s'en alla avec une seule question à l'esprit : combien de temps cela allait prendre ? Comme personne n'en savait rien, il y eut très peu de commentaires. Ceux qui restèrent dans la salle se rassemblèrent en petits groupes, conversant à voix basse, cigarette à la bouche, secouant la tête de dépit tandis que cliquetait la vieille horloge du tribunal.

Jackie Bell en avait assez entendu. Après quelques minutes, elle quitta le palais de justice, accompagnée d'Errol McLeish. Il la fit monter dans sa voiture, gratta la neige qui recouvrait son pare-brise, et ils quittèrent Clanton. Elle n'avait pas vu ses enfants depuis quatre jours.

Florry aussi en avait assez. En évitant les regards noirs des méthodistes, elle récupéra son manteau et s'en alla avec Mildred Highlander. Elles rentrèrent en voiture chez Mildred et se préparèrent du thé. À la table de la cuisine, elles lurent les journaux de Tupelo, Memphis et Jackson. Les trois quotidiens couvraient l'affaire grâce à des journalistes dans la salle et à des photographes à l'extérieur. Tupelo et Memphis en faisaient leur une, avec des photos de Pete entrant la veille dans le palais de justice, menottes aux poings. Le journal de Jackson y consacrait sa deuxième page. Florry découpa les articles et les ajouta dans son livre. Elle appellerait Stella et Joel pour leur annoncer le verdict quand il tomberait.

Pete fut renvoyé en prison. Une fois en cellule, il demanda un café. Roy Lester lui apporta une tasse. Après quelques minutes, Leon Colliver, dans la cellule en face, lui lança :

— Hé, Pete. Une partie ?

— D'accord.

Pete récupéra les clés des geôles accrochées au mur et ouvrit la cellule de Leon. Ils installèrent le plateau au milieu du couloir et commencèrent une partie de crib. Leon sortit sa flasque, but une lampée et la tendit à Pete. Il ne refusa pas.

— C'est quoi tes chances ? demanda Leon.

— Quasiment nulles.

— Tu vas avoir droit à la chaise ?

— C'est couru d'avance.

*

Personne ne voulait être président du jury, mais le juge avait précisé que leur premier travail était d'en choisir un. Hal Greenwood tenait une épicerie près du lac et avait du bagou. Quelqu'un proposa sa candidature, et le commerçant fut élu à l'unanimité.

Aussitôt, il déclara qu'il devrait avoir, pour sa peine, un dédommagement supplémentaire. Dans le comté de Ford, la rétribution des jurés était de un dollar par jour.

Oswalt leur avait conseillé de prendre leur temps. Le procès avait été rapide. Il n'y avait aucune autre affaire de toute la semaine et le cas était, à l'évidence, très sérieux. Ils pourraient commencer, suggéra Hal Greenwood, par prendre connaissance des instructions que le juge leur avait remises par écrit et examiner ensemble les points de procédure et articles du Code pénal concernés – ce qu'ils firent.

Il expliqua qu'il était important d'étudier chaque pièce à conviction. Toutefois l'arme et les balles ne reçurent guère d'attention. C'était superflu. Puis Greenwood leur lut lentement les rapports d'autopsie et l'analyse balistique. Il leur fit un résumé de l'acte de donation, en citant les points importants et en passant sous silence les digressions juridiques.

Walter Willy était non seulement l'huissier de la salle d'audience mais également de la chambre des jurés. Il montait la garde devant la porte, seul, et houspillait tous ceux qui s'approchaient. En plaquant son oreille contre la porte, il pouvait entendre quasiment tout ce qui se disait dans la pièce. Et il ne se gênait pas pour le faire. Quand il entendit le mot « déjeuner », il s'écarta du battant. Hal Greenwood ouvrit la porte et annonça que le jury avait faim. Walter expliqua qu'il avait tout prévu et que les sandwichs étaient déjà en route.

Pendant qu'ils attendaient le repas, Greenwood proposa d'effectuer un vote initial. Les douze jurés répondirent « coupable », mais deux d'entre eux le firent à contrecœur.

*

John et Russell Wilbanks déjeunèrent dans leur salle de réunion. D'ordinaire, ils allaient manger dans un café mais ils n'étaient pas d'humeur à supporter les regards et les banalités des gens qu'ils croisaient tous les jours. Russell avait admiré la plaidoirie de son frère, son appel à la clémence. Il était convaincu qu'un ou deux jurés refuseraient de prononcer la peine de mort. John n'en était pas si certain. Et il était toujours frustré, et aussi déprimé, parce qu'il n'avait pu mener le procès comme il l'entendait. Si on lui avait laissé les rênes, il aurait pu monter un système de défense solide, plaider la folie, et sauver ainsi la vie de Pete. Mais son client avait décidé de s'auto-détruire. C'était peut-être la plus belle affaire de sa carrière, et il se retrouvait pieds et poings liés, relégué au rôle de figurant !

Il toucha à peine à son sandwich. Lors d'un procès pour meurtre, le plus angoissant, c'était l'attente du verdict.

*

À Vanderbilt, l'un des camarades de Joel habitait une petite ville à une heure du campus. Le lundi matin, jour de l'ouverture du procès, Joel ne pensait plus qu'à ça. Pour lui changer les idées, son ami l'invita à séjourner dans sa famille. Ils firent du cheval, chassèrent pendant des heures et veillèrent à ne jamais évoquer ce qui se passait à Clanton. Joel appelait Stella tous les soirs pour prendre des nouvelles d'elle. Elle aussi séchait les cours et évitait tout le monde.

*

Russell Wilbanks avait raison. Trois jurés sur les douze ne pouvaient se résoudre à prononcer la peine de mort, du moins au début des délibérations. Le premier était Wilbur Stack, un ancien combattant, blessé trois fois en Italie. Il avait échappé au veto de Miles Truitt uniquement parce que ce dernier avait épuisé ses cinq jokers. Le second, Dale Musgrave, patron d'une scierie près du lac, reconnut que son père avait connu le père de Pete et qu'il tenait en haute estime les Banning. On lui reprocha de ne pas l'avoir dit pendant l'audition des jurés. Mais il était trop tard. Le troisième était Vince Pendergrass. Un pentecôtiste, peintre, qui prétendait n'avoir aucun lien avec la famille Banning, mais qui ne pouvait se résoudre à prendre la vie d'un homme. Parmi les neuf restants, plusieurs exprimèrent les mêmes réserves, tout en s'affirmant prêts à suivre la loi. Aucun ne se réjouissait de prononcer la peine capitale. Cependant tous croyaient en sa vertu. Sur le papier, la grande majorité des habitants du pays, et en particulier au Mississippi, se déclaraient en faveur de la peine de mort.

Toutefois très peu se retrouvaient dans la position d'un juré à ordonner qu'on appuie sur l'interrupteur. D'un coup, cela changeait la donne.

Les débats reprirent dans le respect et la courtoisie. Et chacun eut le loisir d'exprimer son point de vue sur la question. La neige avait fondu. Le ciel était bleu. Les routes praticables. Il n'y avait plus aucune urgence à rentrer chez soi. À 15 heures, Hal Greenwood ouvrit la porte et demanda à Walter du café et douze tasses.

Après la pause-café, alors que la salle des délibérations était saturée de fumée de cigarettes, les bonnes manières disparurent. Et le ton monta. La ligne de front était claire, mais pouvait être déplacée. Les neuf pro-peine de mort tenaient leur position alors que les trois autres commençaient à montrer des signes de faiblesse. À maintes reprises, il fut répété qu'il s'agissait d'un meurtre planifié avec soin que rien ne justifiait. Si seulement Pete Banning avait accepté de témoigner et de donner ses raisons… Alors il aurait pu s'attirer leur sympathie. Mais il était resté là, apparemment absent, insensible aux débats. Et pas une fois il n'avait daigné les regarder.

Pete Banning, à l'évidence, gardait des séquelles de la guerre. Pourquoi son avocat n'avait-il pas évoqué ce point pour le défendre ? Pourquoi ce meurtre ? L'épouse de Banning aurait-elle eu une liaison avec Dexter Bell ? Les méthodistes s'offusquèrent bien sûr d'une telle supputation et montèrent au créneau pour défendre l'honneur de leur pasteur. Hal Greenwood jugea bon de rappeler à tout le monde qu'ils n'étaient pas là pour comprendre les dessous de l'affaire. Ils devaient s'en tenir aux faits, à ce qu'ils avaient vu et entendu en salle d'audience. À rien d'autre.

Vers 16 heures, Vince Pendergrass changea d'avis et se rangea à la majorité. Ce fut la première reddition. Un moment clé. Les dix, se sentant pousser des ailes, mirent la pression sur Wilbur Stack et Dale Musgrave.

*

En sortant de la salle de tribunal, Ernie Dowdle aperçut Walter Willy qui somnolait devant la porte de la salle des délibérations. Il était près de 17 heures, fin de la journée de travail pour Ernie. Walter avait-il besoin de quelque chose ? Non, tout allait bien, lui assura l'huissier, il avait la situation bien en main. Et il lui demanda de passer son chemin.

— Qu'est-ce qu'ils fichent, là-dedans ? s'enquit Ernie en désignant la porte.

— Ils délibèrent, répondit Walter d'un ton solennel. Maintenant, va-t'en, s'il te plaît.

— Ils vont se mettre d'accord ?

— Je peux pas le dire.

Ernie s'en alla et monta un petit escalier menant à l'étage. Il y avait là-haut une petite bibliothèque et quelques réserves. En marchant le plus discrètement possible, il entra dans un petit débarras plongé dans la pénombre. Penrod s'y trouvait déjà, assis sur un tabouret, avec à la bouche sa pipe, éteinte. Une grille de ventilation perçait un des murs, du sol au plafond.

À côté, une fente dans le plancher juste au-dessus de la salle des délibérations laissait passer la fumée de cigarette des jurés, mais aussi leurs voix.

Dans un murmure, Penrod annonça :

— Onze contre un.

Ernie ne cacha pas sa surprise. Il y a une heure encore, le vote était de neuf contre trois. Penrod et lui risquaient leur place, voire la prison, si quelqu'un découvrait qu'ils espionnaient les débats. Alors, ils n'en parlaient à personne. Dans la plupart des procès avec jurés, il s'agissait d'affaires au civil, et c'était d'un ennui mortel. Quand c'était une affaire criminelle, l'accusé était un Noir, face à des jurés blancs, et les délibérations étaient rapides et prévisibles. Mais cette fois, le procès de Pete Banning était bien plus intéressant. Les Blancs allaient-ils condamner l'un des leurs et le faire exécuter ?

*

Après avoir tenté, en vain, de travailler, John Wilbanks rendit les armes le soir venu et décida de boire un verre pour se détendre. Avec son frère, John monta à l'étage où il y avait une machine à café et un bar bien fourni. Russell leur prépara un Jack Daniel's avec des glaçons, et les deux hommes s'installèrent dans des fauteuils d'osier qui étaient là depuis des décennies. Par la fenêtre, ils apercevaient le palais de justice de l'autre côté de la place. Au premier étage, ils distinguaient les silhouettes des jurés dans leur salle. Ils discutaient de l'affaire depuis six heures, ce qui n'était rien dans le Mississippi rural.

Un jury pendant la Grande Dépression après le krach de 1929 avait délibéré pendant des jours pour une affaire totalement insignifiante. Quand les jurés avaient enfin rendu leur verdict et étaient rentrés chez eux, la vérité était apparue : une indemnité de un dollar la journée, c'était une belle somme, à l'époque, et les jurés étaient quasiment tous sans emploi.

Les deux avocats échangèrent des plaisanteries, se servirent un autre verre et parlaient de sortir dîner quand les lumières de la salle des délibérations s'éteignirent. Quelques instants plus tard, le téléphone sonna au cabinet. Une secrétaire monta les prévenir : le jury était prêt.

*

Le juge Oswalt attendit que la nouvelle se propage et que le public revienne dans la salle. À 19 heures, comme annoncé, il reprit place sur son siège dans sa robe noire, demanda à Walter Willy de leur épargner son annonce pompeuse et ordonna à Nix de faire entrer l'accusé. Pete Banning marcha jusqu'à sa chaise et s'assit sans regarder personne. Quand tout le monde fut installé, Walter alla chercher le jury.

Ils prirent place dans le box, un à un, le visage fermé. L'un des jurés contempla la foule. Un autre lança un regard à Pete. Une fois le jury au complet, tous les visages se tournèrent vers le juge. À l'évidence, ils auraient tous voulu être ailleurs et détestaient ce moment.

— Messieurs les jurés, lança Oswalt, avez-vous un verdict ?

Hal Greenwood se leva avec une feuille de papier dans les mains.

— Oui, votre honneur. Nous avons un verdict.

— Veuillez le donner à l'huissier.

Walter Willy récupéra la feuille et, sans la regarder, la remit au juge. Oswalt lut lentement le document puis demanda :

— Messieurs, êtes-vous tous d'accord avec ce verdict ?

Les douze jurés hochèrent la tête, certains à peine, aucun avec enthousiasme.

— Accusé, levez-vous.

Pete Banning se mit lentement debout, redressa les épaules et le menton, et regarda avec intensité le juge Oswalt.

— Le verdict voté à l'unanimité est le suivant : « Le jury déclare Pete Banning coupable de meurtre avec préméditation sur la personne de Dexter Bell. Et le condamne à mort par électrocution. »

Pete resta impassible. Pas même un battement de cils. Mais ce ne fut pas le cas de tout le monde. On entendit dans l'assistance des hoquets de stupeur, même des gémissements. Dans le box du jury, Wilbur Stack, soudain submergé par l'émotion, enfouit son visage dans ses mains. Pour le restant de ses jours, il regretterait le jour où il avait cédé à la pression et voté pour l'exécution d'un autre soldat.

Florry se contint, parce qu'elle s'attendait à ce verdict. Son frère s'y attendait aussi. Elle avait observé les jurés durant tout le procès et elle n'avait vu dans leurs rangs aucune compassion. Et c'était compréhensible. Pour des raisons obscures, son frère avait abattu un homme de sang-froid et ne montrait aucun remords. Elle sortit un mouchoir et se tamponna les joues. Elle pensa à Joel et à Stella, mais parvint à rester digne. Elle s'écroulerait plus tard, quand il n'y aurait personne pour la voir.

Le juge Oswalt prit une autre feuille et lut :

— Monsieur Banning, en vertu des pouvoirs qui me sont conférés par l'État du Mississippi, la sentence sera exécutée dans quatre-vingt-dix jours à compter d'aujourd'hui, soit le 8 avril. Vous pouvez vous rasseoir.

Pete obéit, toujours sans rien laisser paraître. Le juge annonça aux avocats qu'ils avaient trente jours pour se pourvoir en appel. Puis il remercia les jurés d'avoir accompli leur devoir de citoyen et les libéra. Quand le jury eut quitté la salle, il désigna Pete du doigt et annonça à Nix :

— Ramenez le condamné en cellule.

17

Comme d'habitude, le Tea Shoppe ouvrit ses portes à 6 heures et, en quelques minutes, l'endroit fut bondé. Avocats, banquiers, chefs d'entreprise – un public de cols blancs – se rassemblaient pour boire un café, manger des scones et se passer les journaux du matin. Personne ne déjeunait seul. Il y avait une table ronde pour les Démocrates, et une autre, à l'autre bout de la salle, pour les Républicains. Les purs et durs d'Ole Miss s'installaient près de la vitrine pendant que ceux qui soutenaient le State College choisissaient une table près des cuisines. Les méthodistes avaient eux aussi leur coin, les baptistes un autre. Les débats entre les tables étaient monnaie courante, comme les blagues et les piques, il y avait pourtant rarement des disputes.

Le verdict avait attiré du monde. Les gens connaissaient les faits, les détails, et même les ragots, mais ils étaient quand même là à la première heure pour être sûrs de ne rien manquer. Pete Banning avait peut-être rompu son vœu de silence et parlé à son avocat ou à Nix ? Peut-être Jackie Bell avait-elle commenté le verdict devant un journaliste ? Le journal de Tupelo avait-il flairé une piste ? Et il y avait cette question, la plus prégnante de toutes : l'État allait-il réellement mettre Pete Banning sur la chaise électrique ?

Un entrepreneur de travaux publics demanda à Reed Taylor, un avocat, de leur rappeler comment se déroulaient les appels. Reed expliqua que John Wilbanks avait trente jours pour faire savoir à la cour qu'il faisait appel, et trente jours encore pour étayer sa demande et remplir la paperasse juridique. L'avocat général à Jackson représenterait l'État, et son service aurait alors trente jours de son côté pour contrer les arguments avancés par la défense. Cela laissait quatre-vingt-dix jours au total. La cour suprême du Mississippi étudierait le dossier, et cela prendrait un ou deux mois encore. Si la cour annulait le verdict – ce qui était hautement improbable selon Reed – l'affaire serait alors renvoyée au tribunal du comté pour être rejugée. Si la cour suprême confirmait la condamnation, John Wilbanks pourrait encore jouer la montre en déposant un recours devant la Cour suprême des États-Unis. Ce serait en pure perte, mais cela ferait gagner à Pete deux ou trois mois supplémentaires. Si Wilbanks n'allait pas jusqu'à cette dernière démarche, l'exécution aurait lieu dans l'année.

Reed précisa que l'appel était systématique dans les cas de peine capitale. Il avait suivi tout le procès et n'avait vu aucune erreur susceptible de justifier une annulation du jugement, mais la défense tenterait quand même le coup. D'autant que le seul point discutable dans le procès, poursuivit Reed, c'était le témoignage de l'ancien combattant. Et cela avait été préjudiciable à l'accusation, pas à la défense. John Wilbanks n'avait rien pour étayer l'appel.

Quand Reed eut terminé, les hommes reformèrent les rangs avec leurs camarades et parlèrent à voix basse. De temps en temps, la porte s'ouvrait et une bouffée d'air frais agitait la fumée des cigarettes et du bacon grillé. Leur sénateur fit son entrée, en quête de votes. Il n'était pas l'un des leurs. Il habitait Smithfield, dans le comté de Polk. Les habitants ne le voyaient qu'au moment de sa réélection et, pour la plupart, ils jugeaient déplacé qu'il débarque sur leurs terres en ce moment douloureux. Il fit le tour de la salle distribuant sourires et poignées de main, en tâchant de se souvenir de tous les noms. Il trouva finalement une place chez les baptistes, qui étaient tous très occupés à lire le journal et à boire leur café. Depuis qu'un jour il s'était prononcé en faveur de la vente libre d'alcool, ils le tenaient en piètre estime.

Il devint bientôt évident qu'il n'y avait rien de nouveau sur l'affaire Banning. Le procès avait été rapide, le verdict plus rapide encore. Après la condamnation, il n'y avait eu aucun commentaire intéressant, que ce soit de la part des jurés, des avocats, de l'accusé ou de la famille de la victime. Aucune rumeur ne prit au Tea Shoppe. Si bien qu'à 7 h 30 la plupart des clients faisaient la queue à la caisse pour s'en aller.

*

Le mercredi soir, après que sa tante lui eut annoncé la mauvaise nouvelle au téléphone, Joel retourna au campus. Le jeudi matin, il se rendit à la bibliothèque, dans la section presse où il y avait une dizaine de journaux du matin. Les quotidiens de Tupelo et de Jackson ne s'y trouvaient pas, mais le *Memphis Press-Scimitar* était toujours là. Il l'emporta dans un box, à l'abri des regards, et lut l'article narrant ce qui s'était passé quand le jury avait rendu son verdict. Joel n'en revenait toujours pas. L'exécution aurait lieu si tôt ? Il avait l'impression de vivre un cauchemar. Cela ne pouvait être réel.

La cérémonie de fin d'année à Vanderbilt était prévue le 17 mai. Cinq semaines après le passage de son père sur la chaise électrique, il était censé traverser la pelouse en tenue d'apparat, fier et heureux, avec un millier d'autres étudiants pour aller chercher son diplôme. Impossible !

Suivre les cours lui paraissait une tâche tout aussi insurmontable. Ses camarades l'entouraient, s'efforçaient de le protéger et de maintenir un semblant de vie normale, mais il était montré du doigt, telle une bête curieuse. En classe, tous les regards étaient braqués sur lui. Il entendait les messes basses dans son dos, sur le campus comme ailleurs ! Il était en dernière année, avait de bonnes notes. Il pouvait se permettre de lever le pied. Il irait expliquer tout ça à ses professeurs, leur ferait des promesses. Abandonner n'était pas une option. Mais survivre était l'urgence.

Yale avait rejeté sa candidature pour la faculté de droit. Il était admis à Vanderbilt et à Ole Miss, et la différence de coût n'était pas négligeable. Maintenant que son père avait été reconnu coupable, les

Bell allaient se retourner contre lui et l'attaquer en dommages et intérêts. Les finances de la famille étaient en danger, et Joel n'était plus sûr de pouvoir se payer ses études. Incroyable ! Un Banning qui s'inquiétait pour l'argent, tout ça parce que son père avait la rancune tenace. Quel que soit le différend entre Pete et le pasteur Bell, cela ne valait pas tout ce gâchis.

Une heure s'écoula, et Joel sécha le premier cours. Il quitta la bibliothèque, erra sur le campus, acheta un café et sauta le deuxième cours de la journée. Puis il rentra dans sa chambre pour appeler sa sœur.

Stella aussi était perdue. Elle avait décidé de faire une pause et d'aller se cacher à Washington pour le restant de l'année. Elle était bien, à Hollins, et passerait un jour son diplôme, mais pour l'instant tout le monde autour d'elle savait que son père était en prison pour meurtre et qu'il avait été condamné à mort. Toute cette gêne, toute cette pitié qu'elle inspirait. Elle n'en pouvait plus ! Sa mère lui manquait tant. Bien sûr, elle avait de la peine pour son père, mais comment ne pas lui en vouloir ?

Un directeur d'études qui l'avait prise en sympathie connaissait un ancien de Hollins à Washington, et il lui avait passé un coup de fil. Stella partirait par le prochain train, vivrait dans sa petite maison d'amis à Georgetown, garderait des enfants, donnerait des cours, ferait la nounou, les courses, n'importe quoi. Et hormis sa famille d'accueil, personne ne saurait son nom ni d'où elle venait. Quitter Roanoke pour la capitale, c'était mettre encore plus de distance entre elle et Clanton.

*

Hardy Capley, un jeune journaliste du *Memphis Press-Scimitar*, suivit tout le procès. Son frère était un ancien prisonnier de guerre et Hardy était intrigué par Clay Wampler, le cow-boy du Colorado qui avait été aux côtés de Pete Banning aux Philippines. Clay n'avait pas été autorisé à témoigner, mais tout le monde savait qu'il était là. Il traîna à Clanton pendant quelques jours après le procès et finalement rentra chez lui. Capley harcela son rédacteur en chef jusqu'à ce qu'il l'autorise à poursuivre son enquête. Le journaliste se rendit dans le Colorado par le train et le car et passa deux jours avec Wampler qui lui raconta ses aventures et sa guérilla contre les Japonais pendant qu'il était sous les ordres de Pete Banning.

L'article de Hardy Capley faisait dix mille mots, et encore le journaliste s'était refréné. Il aurait pu en écrire cinq fois plus. C'était un récit incroyable qui méritait d'être publié, mais il était bien trop long pour un journal. Capley refusa de faire des coupes, menaça de démissionner et de le vendre à un autre journal, et harcela ses supérieurs jusqu'à ce qu'ils acceptent de le sortir, en trois épisodes.

Avec des détails saisissants, Capley raconta le siège de Bataan, la bravoure des troupes philippino-américaines, les ravages des maladies, la faim, la peur et le courage des soldats face à un ennemi bien plus puissant, et finalement l'humiliation de devoir se rendre. L'immonde marche de la mort de Bataan était si bien décrite que le journal dut atténuer l'horreur des faits. La sauvagerie et la cruauté des soldats japonais restaient néanmoins suffisamment détaillées. Le récit de ce massacre gratuit et de la perte de tant de prisonniers de guerre américains était révoltant et poignant.

Même si cet épisode funeste était connu de tous, un drame narré à la fois par les évadés et les survivants, l'article fit mouche et émut tout Clanton, parce que l'un des leurs avait vécu ce cauchemar. Pendant deux ans ensuite, Pete Banning avait mené un commando composé de soldats américains et philippins et harcelé sans relâche les Japonais. Chaque matin, ils pensaient vivre leur dernier jour. Ils avaient tant de fois failli y laisser leur peau qu'ils se considéraient comme des morts en sursis, et se battaient avec d'autant plus d'acharnement. Ils tuèrent des centaines de soldats japonais. Ils détruisirent des ponts, des voies ferrées, des avions, des camps, des blindés, des dépôts de munitions, des postes de ravitaillement. Ils devinrent si redoutables et craints que la tête de Pete Banning fut mise à prix. Dix mille dollars pour celui qui le tuerait. Constamment traqués, les guérilleros s'évanouissaient dans la jungle et attaquaient quelques jours plus tard à cinquante kilomètres de l'endroit où on les avait vus pour la dernière fois. Sous la plume de Capley, Pete Banning était le plus grand combattant de tous les temps.

La série d'articles fut lue dans tout le comté de Ford et sema le doute chez les partisans de la condamnation à mort. Le juge Oswalt confia même à John Wilbanks que si l'article était sorti plus tôt il aurait été contraint de déplacer le procès à l'autre bout du pays.

Pete Banning avait refusé de parler de la guerre. Cependant quelqu'un avait fait le travail pour lui, et maintenant beaucoup de citoyens voulaient une autre fin à l'histoire.

*

Pete Banning ne laissait toujours rien paraître. Impossible de savoir si sa condamnation à mort l'affectait. Il faisait son devoir de prisonnier de confiance et s'occupait de la prison avec la même rigueur. Il entretenait les toilettes, les gardant immaculées, celles des Blancs comme celles des Noirs, houspillait ses codétenus quand ils ne faisaient pas leur lit ou laissaient traîner des déchets dans leur cellule, il les encourageait à lire – des livres, des journaux, des magazines – et donnait des cours de lecture à deux d'entre eux, un Blanc et un Noir. Il veillait avec la même assiduité à l'approvisionnement de la prison, avec de la bonne nourriture provenant en grande partie de sa ferme. Pendant ses moments d'oisiveté, il jouait au crib avec Leon Colliver, lisait des romans par dizaines, ou faisait la sieste. Pas une fois il ne se plaignit du procès ou fit allusion à la sentence.

Il reçut beaucoup de courrier après le verdict. Les lettres venaient des quatre coins du pays, écrites par d'anciens combattants ayant survécu à l'enfer des Philippines. De longs récits où les soldats racontaient leur histoire. Ils témoignaient de leur soutien à Pete et étaient horrifiés que l'on puisse exécuter un héros comme lui. Pete leur répondait, des lettres plus courtes, à cause du nombre, mais rapidement il dut consacrer deux bonnes heures par jour à cette correspondance.

Les lettres pour ses enfants étaient plus longues. Bientôt, il ne serait plus sur cette terre, mais ses mots demeureraient. Joel ne lui confia pas qu'il s'inquiétait pour la poursuite de ses études. Et Stella ne lui avoua pas qu'elle était partie se terrer à Washington. Son protecteur à Hollins lui faisait suivre les lettres de Pete et réexpédiait les réponses de Stella. Même Florry ignorait où elle était.

Un après-midi, alors que Pete était en pleine partie de crib, Tick Poley vint lui annoncer que son avocat voulait le voir. Pete remercia Tick et continua à jouer, faisant attendre John Wilbanks près d'une demi-heure.

Une fois seuls dans le bureau du shérif, Wilbanks expliqua l'objet de sa visite :

— On doit déposer ton appel avant mercredi prochain.

— Quel appel ?

— Je ne te le fais pas dire ! Ce n'est pas vraiment un appel, parce qu'on n'a aucune carte à jouer. Mais dans les affaires où il y a une sentence de mort, l'appel est obligatoire. Alors je dois trouver quelque chose à redire.

— Encore une aberration.

Pete ouvrit un paquet de Pall Mall et alluma une cigarette.

— Ce n'est pas moi qui fais la loi. Mais on doit suivre les règles. Je vais rédiger une requête, une toute petite requête, et l'envoyer au dernier moment. Tu voudras la lire ?

— Qu'est-ce que tu vas raconter ? On a quoi pour contester le jugement ?

— Pas grand-chose. Je vais sortir le vieux truc : le verdict est en totale contradiction avec le contenu du dossier.

— Je croyais justement qu'il était solide…

— Absolument. Et comme tu m'as empêché de plaider la folie, ce qui était notre seul angle d'attaque, une stratégie qui aurait parfaitement fonctionné, je n'ai pas grand-chose dans ma musette.

— Je ne suis pas fou, John.

— On a déjà eu cette discussion. Il est trop tard de toute façon.

— Cette histoire d'appel, ça ne me plaît pas trop.

— Ben voyons…

— J'ai été condamné par mes pairs, de braves gens de mon comté, et ils ont plus de bon sens que ces juges, là-bas, à Jackson. Ne remettons pas en cause leur décision, John.

— Je dois déposer un appel. C'est obligatoire.

— Ne fais pas appel en mon nom, c'est clair ?

— Je n'ai pas le choix.

— Alors je trouverai un autre avocat.

— Parfait, Pete ! Magnifique ! Tu veux me virer maintenant que le procès est passé ? Et prendre un autre avocat pour le museler aussi, c'est ça ? Tu vas aller sur la chaise électrique, Pete ! Qui voudrait être ton avocat pour la dernière ligne droite ?

— Ne dépose pas cet appel en mon nom.

John Wilbanks se leva d'un bond et se dirigea vers la porte.

— J'y suis obligé, mais je refuse de perdre encore mon temps avec toi. Et tu ne m'as toujours pas payé pour le procès.

— Je vais m'en occuper.

— Ne le dis pas, fais-le !

John sortit de la pièce et claqua la porte.

*

L'appel fut déposé et John Wilbanks ne fut pas congédié, du moins à sa connaissance, mais toujours pas payé. Jamais sans doute on n'avait déposé un appel aussi famélique à la cour suprême du Mississippi dans une affaire de meurtre. La cour l'examina par le menu. Sa réponse, tout exhaustive qu'elle fût, serait aussi brève que la requête. L'évidence était incontournable. Le procès avait été mené selon les règles, et l'accusé ne contestait pas les faits. Toutefois, même si on leur reprochait souvent leur incroyable lenteur, les juges de la cour suprême hésitaient à se prononcer trop vite sur une affaire aussi médiatique. Ils ajournèrent donc leur décision et demandèrent au greffe de changer le programme de leurs audiences pour entendre les parties à la fin du printemps. John Wilbanks répondit qu'il n'avait jamais demandé une telle audience et qu'il n'y participerait pas. Il n'avait rien à dire.

Le 8 avril arriva et il n'y eut pas d'exécution. Au Tea Shoppe, la rumeur courait déjà : il y aurait beaucoup de retard, aucune date n'avait été arrêtée et il était inutile de compter les jours. Maintenant que le printemps était là, la ville se désintéressa peu à peu du cas de Pete Banning. Des affaires plus urgentes s'imposaient : quand planter le coton ? Les champs étaient labourés, préparés pour les semailles, et tout le monde surveillait le temps. Les fermiers inspectaient le ciel, cochaient les cases de leur calendrier. Planter fin mars, ce serait peut-être trop tôt, les pluies risquaient d'emporter les graines. Planter début mai, les pousses pouvaient sortir trop tard et les plants se retrouver inondés quand viendrait octobre. Cultiver la terre, c'était jouer à quitte ou double chaque année.

Buford Provine, le contremaître des Banning depuis de nombreuses années, se mit à passer tous les matins à la prison. Ils se retrouvaient dehors, derrière la prison, pour fumer une cigarette – Buford adossé contre un arbre, et Pete étirant ses jambes douloureuses de l'autre côté du grillage. C'était la « cour pour les promenades », un carré de terre poussiéreuse où les détenus venaient parfois prendre l'air. C'était aussi le lieu de rendez-vous entre avocats et clients. Tout prétexte était bon pour sortir de cellule.

Le 9 avril, le lendemain du jour où il était censé mourir, Pete et Buford discutèrent du calendrier et des prévisions météo et prirent la décision de semer à la première occasion. Pete regarda Buford repartir à la plantation à bord de son pick-up. Il était satisfait. Planter au plus tôt était le bon choix. Mais il savait aussi qu'il ne serait plus de ce monde pour voir la récolte.

*

La veille du jour de la remise des diplômes à Vanderbilt, Joel fourra ses affaires dans deux sacs de toile et quitta Nashville. Il prit le train pour Washington et retrouva Stella à Georgetown. Elle était ravie de le voir et paraissait heureuse de son travail : « Elle élevait quasiment trois enfants ! » La maison d'amis qu'elle occupait était trop petite pour l'accueillir, et ses patrons, de toute façon, lui interdisaient d'héberger qui que ce soit. Joel loua donc une chambre dans un foyer près de Dupont Circle et trouva un emploi de serveur dans un restaurant huppé. Chaque fois que Stella avait un moment de libre, ils jouaient les touristes dans la capitale. Comme c'était agréable ! Personne ne les connaissait, personne ne savait d'où ils venaient. Dans de longues lettres, ils racontaient à leur tante Florry et à leur père qu'ils avaient trouvé un job d'été à Washington et que tout allait bien. Sur leurs études, pas un mot.

Le 4 juin, les juges de la cour suprême du Mississippi, sans avoir entendu l'avocat de Pete Banning, confirmèrent à l'unanimité le verdict et la sentence, et renvoyèrent l'affaire au juge Oswalt. Une semaine plus tard, le juge programma l'exécution, elle aurait lieu trente jours après, le jeudi 10 juillet.

Il n'y eut pas d'autre appel.

18

Avant 1940, l'État du Mississippi exécutait ses condamnés par pendaison, la méthode la plus usitée dans tout le pays. Dans certains États, c'était fait discrètement, sans tambour ni trompette, mais dans d'autres au contraire l'événement était public. Les hommes politiques à la tête du Mississippi croyaient à la force de l'exemple – un rappel à leurs concitoyens de ce qui pouvait leur arriver s'ils enfreignaient la loi. Ils espéraient ainsi faire baisser la criminalité. Les exécutions étaient devenues un grand spectacle populaire dans la plupart des juridictions. Le plus souvent, les shérifs locaux choisissaient de suivre la tradition : l'exécution des Blancs avait lieu à huis clos, et les Noirs étaient pendus à la vue de tous.

Entre 1818 et 1940, le Mississippi pendit huit cents personnes, dont quatre-vingts pour cent de Noirs. Il s'agissait là d'exécutions officielles, des violeurs ou des meurtriers dûment reconnus coupables par les instances judiciaires. Durant la même période, environ six cents autres Noirs furent lynchés, hors de tout cadre légal et, pour les auteurs de ces exécutions sauvages, dans la plus parfaite impunité.

Le pénitencier du Mississippi avait hérité du nom de son premier directeur : Jim Parchman. La prison était en réalité une grande plantation de coton, couvrant plus de trois mille hectares dans le comté de Sunflower, au milieu du Delta. Les habitants ne voulaient pas que l'on surnomme leur région le « comté de la mort », et leurs politiciens étaient influents. Il fut décidé que les exécutions auraient lieu dans les comtés où les crimes avaient été commis. Il n'y avait donc pas de potence à demeure, pas de bourreaux professionnels, pas de procédure écrite ni de protocole officiel. Et cela n'avait rien de compliqué. Il suffisait de nouer une corde au cou du condamné et de le regarder tomber. Les locaux construisaient les gibets, à savoir un portique muni d'une trappe, et les shérifs devaient faire exécuter la sentence devant les yeux ébahis des habitants.

La pendaison était un procédé rapide et efficace, cependant parfois il y avait des couacs. En 1932, un Blanc nommé Guy Fairley fut pendu, mais son cou ne se brisa pas. Il suffoqua, gigota, hurlant de douleur, et mit bien trop de temps à mourir. Son infortune fut rapportée par les journaux et on commença à critiquer cette méthode. En 1937, un autre Blanc nommé Tray Samson eut la tête arrachée en tombant à travers la trappe, et celle-ci roula jusqu'aux pieds du shérif. Un photographe était là et, même si aucun journal n'osa publier la photo, tout le monde la vit.

En 1940, le Parlement du Mississippi se pencha sur la question et proposa une alternative. L'État pourrait abandonner la pendaison au profit d'une méthode plus moderne : l'électrocution. Et puisque beaucoup de gens s'opposaient à ce que les mises à mort aient lieu à Parchman, il fut envisagé de construire une chaise électrique mobile, pour qu'elle puisse être transportée de comté en comté. Impressionnés par leur propre ingéniosité, sénateurs et représentants s'empressèrent de voter cette nouvelle disposition. Divers problèmes apparurent toutefois lors de sa mise en œuvre : personne n'avait construit une telle machine. Et aucune entreprise, soucieuse de sa réputation, ne voulait s'atteler à cette tâche.

Finalement, une société à Memphis se porta volontaire et conçut la première chaise électrique transportable de l'histoire. Elle était livrée avec deux cents mètres de câbles électriques, un tableau de commande, un groupe électrogène et équipée d'un casque, de sangles et d'électrodes, le tout s'inspirant des versions fixes déjà utilisées dans le pays. Le matériel était acheminé dans un grand camion gris métallisé, spécialement aménagé pour ces occasions.

Le nouveau bourreau de l'État du Mississippi, Jimmy Thompson, était un sale type, un prisonnier qui venait d'être libéré sur parole après avoir été incarcéré à Parchman pour vol à main armée. Ancien détenu, il était aussi un ex-marin, un ex de la Navy, un ex-organisateur de croisière, un ex-hypnotiseur, mais toujours un ivrogne invétéré. Il avait décroché ce travail grâce à ses appuis politiques. Il connaissait personnellement le gouverneur. Il était payé cent dollars par exécution, plus les frais.

Thompson adorait les photographes et était toujours prêt à répondre aux questions de la presse. Il arrivait tôt sur chaque site, sortait sa chaise et son panneau de commande, et prenait la pose. Après sa première exécution, il avait expliqué à un journaliste que le condamné était mort « avec des larmes de reconnaissance dans les yeux parce que je l'ai fait griller vite et bien ». Le condamné, un Noir nommé Willie Mae Bragg, exécuté pour avoir tué sa femme, avait été photographié alors que les policiers le sanglaient sur la chaise et aussi pendant que le courant traversait son corps. Les exécutions n'étaient pas ouvertes au public, mais il y avait toujours beaucoup de témoins.

La chaise fut rapidement surnommée Old Sparky, et sa notoriété grandit. Pour une fois dans son histoire, le Mississippi était à la pointe de la modernité. La Louisiane, ne voulant pas être en reste, bricola sa version. Mais aucun autre État de l'Union ne suivit le mouvement.

D'octobre 1940 à janvier 1947, Old Sparky fut utilisée trente-sept fois par Jimmy Thompson aux quatre coins du Mississippi. Il y eut des loupés. Même si les citoyens étaient fiers de cette invention, des voix commencèrent à s'élever contre son utilisation. Il n'y avait jamais deux exécutions identiques. Certaines, rapides, paraissaient ne pas infliger de souffrances inutiles. D'autres, au contraire, étaient de longues tortures, un spectacle insupportable. En 1943, une électrocution dans le comté de Lee tourna au cauchemar car Thompson avait mal fixé les électrodes aux jambes du condamné. Elles prirent feu, brûlèrent le pantalon et la chair en dessous. Le nuage de fumée qui se dégageait du supplicié fit suffoquer tous les témoins dans la salle. En 1944, la première décharge ne tua pas le condamné. Alors Jimmy appuya de nouveau sur le bouton. Encore et encore. Deux heures plus tard, le pauvre homme était toujours vivant et souffrait atrocement. Le shérif voulut mettre fin à cette torture, mais Thompson s'obstina. Il monta le voltage du groupe électrogène et une dernière salve mit enfin un terme au supplice.

En mai 1947, Old Sparky fut installée dans la grande salle d'audience du palais de justice de Jackson et un condamné noir fut exécuté.

En juillet, Jimmy Thompson et son matériel prirent la direction du comté de Ford.

*

John Wilbanks le répétait si souvent et avec tant de sincérité qu'il n'y avait plus de doute possible : l'exécution aurait bel et bien lieu. Rien ne pouvait l'empêcher, hormis une grâce du gouverneur, un recours qu'avait entrepris l'avocat à l'insu de son client. La grâce dépendait uniquement du bon vouloir du gouverneur, et les chances qu'il l'accorde étaient infimes. Quand John remplit le dossier, il joignit une lettre où il expliquait qu'il faisait cette démarche uniquement pour tenter tous les recours légaux. À part cette dernière démarche, plus rien n'interdisait cette exécution. Pas d'appels. Pas de manœuvre juridique de dernière minute. Rien.

Clanton fêtait le 4 Juillet comme d'habitude avec sa grande parade, où des dizaines d'anciens combattants défilaient dans les rues et distribuaient des bonbons aux enfants. La pelouse du palais de justice était parsemée de barbecues et de stands de glaces. Un orchestre jouait dans un kiosque. Puisque c'était une année d'élection, les candidats se succédaient au micro pour énumérer leurs promesses. La fête était toutefois moins joyeuse que d'habitude, les gens ne parlant que de l'exécution. Et comme le constatait John Wilbanks du haut de son balcon, la foule était clairsemée.

Le mardi 8 juillet, Jimmy Thompson arriva dans son camion gris et se gara à côté du palais de justice. Il déchargea son matériel et encouragea les badauds à jeter un coup d'œil. Comme de coutume, il autorisa quelques gamins à s'asseoir sur la chaise pour se faire prendre en photo. Les journalistes étaient déjà là, et Jimmy les abreuvait d'anecdotes, fort de sa grande expérience de bourreau. Il leur détaillait la procédure, expliquait que le groupe électrogène resterait dans le camion et que le courant de deux mille volts allait courir dans les câbles électriques sur une distance de cent mètres jusqu'à la salle de tribunal au premier étage où serait installée Old Sparky.

*

Joel et Stella arrivèrent par le train le mardi soir. Florry les attendait. Ils quittèrent la gare rapidement, en évitant les regards, et se rendirent dans la maison rose de leur tante, où Marietta avait préparé le dîner. La soirée fut morose. Ils parlèrent peu. Qu'auraient-ils pu dire, de toute façon ? Ils vivaient un cauchemar, un cauchemar qui devenait à chaque instant plus réel.

*

Tôt le mercredi matin, Nix Gridley fit un saut au palais de justice et, comme il s'y attendait, une petite foule était venue observer Old Sparky. Jimmy Thompson, un escroc aux yeux du shérif, vantait les capacités de sa machine. Au bout de quelques minutes, Nix en eut assez. Il alla retrouver Roy Lester à la prison et, en empruntant une porte latérale, ils firent monter Pete Banning dans une voiture de patrouille. Pete était installé sur la banquette arrière, sans menottes, et ne prononça quasiment pas un mot de tout le voyage alors qu'ils roulaient au sud sur la Natchez Trace Parkway. Ils firent une halte à Kosciusko, et Lester partit acheter du café et des scones. Ils mangèrent en silence alors que les kilomètres défilaient.

Le directeur du Mississippi State Hospital à Whitfield les attendait devant le portail. Il les conduisit jusqu'au Pavillon 41, où Liza Banning séjournait depuis quatorze mois. Deux médecins patientaient sur le perron. Une fois les présentations faites avec une certaine raideur, Pete les suivit jusque dans un bureau. Ils refermèrent la porte.

Le Dr Hilsabeck parla pour les deux :

— Votre femme ne va pas bien, monsieur Banning. J'en suis désolé. Et cette visite ne va pas arranger son état. Elle s'est complètement refermée sur elle-même et ne veut plus parler à personne.

— Il fallait que je vienne. Je n'avais pas le choix.

— Je comprends. Vous allez être surpris par son apparence. Et n'attendez pas trop de réaction de sa part.

— Qu'est-ce qu'elle sait ?

— On lui a tout dit. Son état s'améliorait, jusqu'à ce qu'elle apprenne pour le meurtre, il y a sept mois. Le choc a été terrible et elle a rechuté. Il y a deux semaines, quand le shérif m'a confié au téléphone que l'exécution était inévitable, on a essayé de le lui annoncer avec douceur. Malgré nos précautions, elle s'est totalement repliée sur elle-même. Elle ne mange presque plus et n'a pas prononcé un mot. Si l'exécution a réellement lieu, je n'ose imaginer dans quel état ça va la mettre. Comme vous le voyez, on s'inquiète beaucoup.

— J'aimerais la voir.

— Très bien.

Pete les suivit dans le couloir. Ils montèrent à l'étage où une infirmière les attendait devant une porte. Après un acquiescement de Hilsabeck, Pete tourna la poignée et entra dans la pièce. Le médecin et l'infirmière restèrent dans le couloir.

La chambre était chichement éclairée par un plafonnier. Des murs aveugles. Une petite porte donnait sur une salle de bains minuscule. Liza était étendue sur un petit lit, adossée contre une pile d'oreillers. Elle était réveillée. Elle attendait. Elle portait une chemise de nuit grisâtre et s'était glissée sous les draps. Pete s'approcha doucement et s'assit au pied du lit. Elle le regarda avec attention, comme si elle avait peur, et ne dit rien. Elle n'avait pas quarante ans, mais en paraissait le double, avec ses cheveux gris, ses joues creusées, sa peau pâle, ses yeux enfoncés dans leur orbite. La pièce était sombre et silencieuse, l'air immobile.

— Liza, articula finalement Pete. Je suis venu te dire au revoir.

D'une voix curieusement ferme, elle répondit :

— Je veux voir mes enfants.

— Ils seront là dans un jour ou deux, quand je serai parti. Je te le promets.

Elle ferma les yeux et lâcha un soupir. Les minutes passèrent. Pete caressa sa jambe à travers le drap. Elle ne réagit pas.

— Les enfants vont bien, Liza, rassure-toi. Ils sont forts, ils s'en sortiront sans nous.

Des larmes roulèrent sur ses joues et dégoulinèrent de son menton. Elle ne tenta pas de les essuyer. Lui non plus. Les minutes passèrent encore, les larmes ne tarirent pas.

— Tu m'aimes encore, Pete ? demanda-t-elle dans un murmure.

— Oui. Je n'ai jamais cessé de t'aimer.

— Tu peux me pardonner ?

Pete baissa la tête et resta figé un long moment. Finalement, il s'éclaircit la gorge.

— Je ne vais pas te mentir. J'ai essayé bien des fois, mais je n'y parviens pas. Non, je n'y arrive pas.

— Je t'en prie, Pete. Dis-moi que tu me pardonnes avant de partir.

— Je regrette. Je t'aime et, quand j'irai sous terre, j'emporterai cet amour avec moi.

— Le même amour qu'au début ?

— Oui, le même.

— Qu'est-ce qui s'est passé, Pete ? Pourquoi ne pouvons-nous être ensemble avec les enfants comme avant ?

— Tu sais pourquoi. Il s'est passé trop de choses. Je suis désolé.

— Moi aussi, Pete. Je suis désolée.

Elle se mit à sangloter. Il se pencha vers elle et doucement l'enlaça. Elle était si frêle, si maigre. L'espace d'un instant, il fut de retour à Bataan, quand il était forcé d'enterrer tous ces squelettes, autrefois de solides soldats, des hommes qu'on avait affamés, qui ne pesaient plus que quarante kilos. Il ferma les yeux et chassa ces images. Il parvint même à se souvenir du corps de Liza autrefois, dans toute sa beauté, quand il ne pouvait s'empêcher de la toucher. Comme ce temps lui manquait. Et ce n'était pas si vieux. À cette époque, ils étaient tout le temps attirés l'un par l'autre et saisissaient la moindre occasion d'assouvir leur désir.

Finalement, il ne put se contenir plus longtemps et pleura lui aussi.

*

Nineva prépara le dernier souper pour toute la famille. Le plat favori de Pete : côtelette de porc, purée de pommes de terre avec jus de viande et gombos. Il arriva à la nuit tombée avec Roy et le shérif. Les deux policiers l'attendirent sous l'auvent, installés dans des fauteuils d'osier.

Nineva servit le repas dans la salle à manger, puis s'en alla en larmes. Amos la raccompagna dans leur petite maison, après avoir fait, lui aussi, ses adieux.

Pete fit la conversation, non par choix, mais parce que personne d'autre n'avait envie de parler. Que dire en un moment aussi terrible ? Florry n'arrivait pas à manger tant elle avait la gorge nouée, Stella et Joel non plus n'avaient pas d'appétit. Pete, lui, était affamé et coupait sa côtelette tout en racontant sa visite à Whitfield.

— J'ai dit à votre mère que vous pourriez aller la voir vendredi, si c'est ce que vous voulez.

— Les retrouvailles seront très joyeuses, railla Joel. On t'enterre vendredi matin, et on est censés foncer voir maman à l'asile juste après ?

— Elle a besoin de vous, répondit Pete en mâchonnant.

— On a déjà tenté de lui rendre visite, annonça Stella, qui n'avait pas avalé une bouchée. Mais tu avais mis ton veto. Pourquoi ?

— On ne va pas parler de ça pour notre dernier repas ensemble, n'est-ce pas, Stella ?

— Bien sûr que non. Nous sommes des Banning et on n'aborde pas les sujets qui fâchent. Ne rien laisser paraître et avancer, comme si tout allait bien. On enterre les secrets, et tout revient à la normale. Et personne ne saura jamais pourquoi tu nous as fait vivre cette horreur. On doit ravaler toute notre colère, toutes nos questions. C'est ce que fait un Banning, parce que les Banning sont forts, c'est bien connu !

Sa voix se brisa et elle se cacha le visage.

Pete l'ignora et annonça :

— J'ai vu John Wilbanks. Tout est en ordre. Buford gère la plantation de coton et il verra régulièrement Florry pour s'assurer que tout se passe bien à la ferme. La terre est à votre nom maintenant et elle restera dans la famille. Les revenus seront partagés en deux chaque année et vous toucherez vos chèques à Noël.

Joel posa sa fourchette.

— Donc la vie continue, c'est ça, papa ? L'État t'exécute demain, on t'enterre le jour d'après, et on reprend nos petites vies comme si de rien n'était ?

— Tout le monde meurt un jour ou l'autre. Mon père est parti avant cinquante ans, et son père pareil. On ne vit pas très vieux, chez les Banning.

— Voilà qui est rassurant, lança Florry.

— Les Banning mâles, j'aurais dû préciser. Les femmes tiennent le coup plus longtemps.

— On peut parler d'autre chose ? intervint Stella.

— Ah oui ? Et de quoi, sœurette ? Du temps qu'il fait ? Des récoltes ? De base-ball ? De quoi veux-tu qu'on parle sinon de la mort ?

— Je ne sais pas, souffla-t-elle en se tamponnant les yeux. Je n'arrive pas à croire que c'est vrai. Qu'on soit assis là, à manger avec toi, alors que c'est la dernière fois qu'on va te voir.

— Il faut que tu sois forte, Stella, insista Pete.

— J'en ai marre d'être forte, marre de faire semblant. Pourquoi est-ce que ça nous arrive à nous ? Pourquoi tu as fait ça, papa ?

Il y eut un long silence pendant que les deux femmes séchaient leurs larmes. Joel prit une bouchée de purée, l'avala dans une grimace et lâcha :

— Tu as donc décidé d'emporter ton secret dans la tombe. C'est bien ça ? Même maintenant, à la toute fin, tu ne veux toujours pas nous dire pourquoi tu as tué Dexter Bell. Et nous allons passer le restant de notre vie à nous demander pourquoi. C'est ça, ce que tu souhaites ?

— Je ne veux pas en discuter, je vous l'ai dit.

— J'ai entendu.

— Tu nous dois une explication, reprit Stella.

— Je ne vous dois rien du tout ! répliqua Pete. (Il poussa un long soupir :) Je suis désolé. Mais je ne vous dirai rien.

— Il y a quand même une chose que je voudrais savoir avant que tu partes, annonça Joel calmement. Sinon je vais me poser la question jusqu'à la fin de mes jours : tu as vu des choses terribles pendant la guerre, tu as vu plein de souffrances, plein de morts et tu as tué toi-même beaucoup d'hommes au combat. Quand un soldat connaît tant d'horreurs, est-ce que cela endurcit son cœur ? Est-ce que la vie, l'existence en général, paraît moins précieuse ? À force de voir tout ça, en arrive-t-on à se dire que la mort n'est pas si terrible ? Ce n'est pas un reproche, papa, je suis juste curieux.

Pete mâcha un morceau de viande en réfléchissant.

— Peut-être. J'avais la certitude que j'allais mourir et, quand on en arrive là, quand un soldat accepte son sort, il combat plus férocement encore. J'ai perdu beaucoup d'amis. J'en ai enterré certains de mes propres mains. Alors j'ai cessé de me faire des amis. Puis, contre toute attente, je ne suis pas mort. J'ai survécu et, parce que j'ai réchappé à tout ça, la vie m'est devenue plus précieuse. Et je me suis aperçu que la mort fait partie de la vie. Tout le monde doit mourir. Certains plus tôt que d'autres. Ça répond à ta question ?

— Pas vraiment. Mais il n'y a peut-être pas de réponse.

— Je croyais qu'on cessait de parler de la mort ? intervint Florry

— C'est impossible, bredouilla Stella. Ça ne peut pas nous arriver vraiment.

— La vie est précieuse, poursuivit Pete. Chaque jour est un cadeau. N'oubliez jamais ça.

— Et celle de Dexter Bell ? insista Joel.

— Il méritait de mourir. Vous ne le comprendrez jamais. Un jour, je suppose, vous vous rendrez compte que l'existence est un chemin semé d'inconnues et d'énigmes. Personne ne vous a promis que vous saisiriez tout durant votre vie. Il restera toujours des mystères. Il faut l'accepter et avancer.

Pete s'essuya la bouche et repoussa son assiette.

— Moi aussi, j'ai une question, intervint Stella. On va se souvenir de toi ici, pour très longtemps, et pas pour les bonnes raisons. Avec ta mort, tu vas devenir une figure légendaire de la région. Ma question est la suivante : et nous, tes enfants ? Comment veux-tu que l'on se souvienne de toi ?

Pete esquissa un sourire.

— Comme de quelqu'un de bien qui a fait deux magnifiques enfants. Laissez les gens dire ce qu'ils veulent, vous, vous êtes irréprochables. Je quitterai ce monde fier de vous deux.

Stella se couvrit le visage avec son mouchoir et se mit à sangloter. Pete se leva lentement de table :

— Il faut que j'y aille. Le shérif a eu une longue journée.

Les joues ruisselant de larmes, Joel serra son père dans ses bras.

— Sois fort, lui dit Pete.

Stella, en larmes aussi, n'eut pas la force de se lever. Pete lui embrassa le haut de la tête.

— Assez pleuré. Sois courageuse pour ta mère. Elle reviendra ici un jour.

Il se tourna vers Florry :

— On se voit demain.

Elle hocha la tête tandis qu'il quittait la pièce. Ils entendirent la porte d'entrée se refermer et tous s'étreignirent, dévastés par le chagrin. Puis Joel sortit sur le perron et regarda la voiture du shérif disparaître sur la route.

19

Le jeudi 10 juillet, date du second ordre d'exécution signé par le juge Rafe Oswalt, Pete Banning s'éveilla à l'aube et alluma une cigarette. Roy Lester lui apporta un café et lui demanda s'il voulait un petit déjeuner. Non, il n'avait pas faim. Oui, il avait bien dormi. Non, Roy ne pouvait rien faire pour lui pour le moment, mais merci quand même. Leon Colliver, dans la cellule en face, proposa une dernière partie de crib. Pete apprécia l'idée, et ils installèrent leur plateau dans le couloir entre les deux geôles. Pete rappela à Leon qu'il lui devait 2,35 dollars et Leon répliqua que Pete n'avait jamais payé pour boire durant ces neuf mois son bon alcool de contrebande. Ils rirent de bon cœur, se serrèrent la main. Ils étaient quittes.

— C'est dingue, ce qui va t'arriver, lâcha Leon en battant les cartes. Je n'arrive toujours pas à y croire.

— C'est la loi. Parfois elle est de ton côté. Parfois pas.

— Ce n'est pas juste.

— La vie n'est pas juste.

Après quelques plis, Leon sortit sa flasque.

— Toi, je ne sais pas, mais moi, j'ai besoin d'un remontant.

— Je passe mon tour.

La porte s'ouvrit et Nix Gridley approcha. Il semblait nerveux et fatigué.

— Tu as besoin de quelque chose, Pete ?

— Pour l'instant, non, rien ne me vient à l'esprit.

— D'accord. À un moment, il faudra que l'on parle du planning, histoire que l'on puisse s'organiser.

— Plus tard, Nix, si tu veux bien. Là, je joue.

— Je comprends. Au fait, il y a un tas de journalistes dehors. Ils veulent savoir si tu vas faire une déclaration.

— Je ne leur ai jamais parlé. Pourquoi je le ferais maintenant ?

— Je m'en doutais. John Wilbanks a appelé. Il veut passer te voir.

— J'en ai ma claque de John Wilbanks. Dis-lui que je suis occupé.

Nix regarda Leon, leva les yeux au ciel et tourna les talons.

*

Les soldats débarquèrent en ville dès la fin de la matinée. Ils venaient des comtés voisins, à deux ou trois heures de route, d'autres de plus loin – ils avaient roulé toute la nuit. Ils arrivaient seuls dans leur pick-up ou à cinq par voiture. Certains portaient l'uniforme qui avait fait leur fierté autrefois, d'autres étaient en salopette ou pantalon de toile, d'autres encore en costume cravate. Ils approchaient sans armes, sans plan de bataille, mais il suffisait d'un mot de leur héros pour passer à l'action. Ils étaient là pour lui rendre hommage, ils voulaient être à ses côtés quand il mourrait parce que Pete avait été là pour eux. Ils venaient lui dire adieu.

Ils se garèrent autour du palais de justice, puis autour de la place. Et quand il n'y eut plus un espace libre, ils occupèrent les rues de tout le centre-ville. Ils se promenaient, se saluaient, et lançaient des regards sinistres aux habitants, pleins de rancœur, parce qu'ils avaient condamné à mort Pete Banning. Ils traînaient dans les couloirs du palais, contemplaient les portes closes de la salle du tribunal à l'étage. Ils envahirent les bars et cafés pour s'occuper, ils discutaient entre eux, l'air grave, mais pas un n'adressa un mot aux locaux. Beaucoup se rassemblèrent autour du camion gris métallisé et observèrent les câbles électriques qui couraient le long du trottoir avant de pénétrer dans le palais de justice. Ils secouaient la tête d'incrédulité. Cela aurait été si simple d'empêcher ça. Pourtant ils se refrénaient, changeaient de sujet, et l'attente reprenait. Ils observaient les forces de police : une quinzaine d'hommes armés et en tenue, la plupart provenant des comtés voisins.

*

Le gouverneur s'appelait Fielding Wright, un avocat du Delta qui avait réussi dans la politique. Il avait pris ses fonctions huit mois plus tôt, après la mort subite de son prédécesseur, et briguait un mandat complet de quatre ans. Jeudi, après le déjeuner, il s'entretint avec l'avocat général du Mississippi qui lui confirma qu'il ne restait aucun obstacle légal à l'exécution.

Le gouverneur avait reçu beaucoup de lettres demandant, voire exigeant, la grâce de Pete Banning, mais d'autres, non moins nombreuses, réclamaient que justice soit faite, et qu'elle soit la même pour tous. Il ne craignait pas ses rivaux aux élections et n'avait aucune envie de politiser cette affaire, cependant, à l'instar de la population, ce meurtre l'intriguait. Il quitta son bureau de Jackson à l'arrière de sa Cadillac de 1946, son véhicule officiel, avec un chauffeur et son assistant. Deux voitures de la police du Mississippi ouvrant le convoi, ils prirent la direction du nord. Wright fit une halte à Grenada pour saluer l'un de ses contributeurs de campagne, et une autre à Oxford, pour les mêmes raisons. Ils arrivèrent à Clanton un peu avant 17 heures. Les voitures firent le tour de la place. Le gouverneur était impressionné par le nombre de personnes qui s'étaient rassemblées devant le palais de justice. Le shérif local lui avait assuré que la situation était sous contrôle et qu'il n'avait pas besoin de renforts.

Tout le monde savait que le gouverneur allait se montrer, et une autre foule s'était agglutinée devant la prison, principalement composée de journalistes et de photographes. Lorsqu'il sortit de la Cadillac, les flashs crépitèrent, les questions fusèrent. Il sourit, ne répondit à aucune et rentra rapidement dans le bâtiment. Nix Gridley l'attendait dans son bureau, en compagnie de John Wilbanks et du sénateur de l'État, un allié. Wright savait que Wilbanks soutenait l'un de ses adversaires. Mais pour l'heure cela importait peu. Il n'était pas à un meeting politique.

Roy Lester fit entrer le prisonnier et les présentations furent faites. John Wilbanks demanda au sénateur de sortir de la pièce. Il s'agissait d'une affaire privée et cela ne le regardait pas. L'homme politique s'en alla à contrecœur. Une fois seul avec Pete, le gouverneur lui expliqua avec un grand sourire qu'il avait connu son père des années auparavant à Jackson. Il savait que les Banning étaient une famille importante dans la région, et ce depuis très longtemps.

Pete resta de marbre.

Wright poursuivit :

— Alors voilà, monsieur Banning, comme vous le savez, j'ai le pouvoir de commuer la sentence de mort en peine de prison à perpétuité, et c'est la raison de ma présence aujourd'hui. Je ne vois pas quel bénéfice votre exécution apporterait à l'État du Mississippi.

Pete l'écouta avec attention puis répondit :

— Je vous remercie, monsieur le gouverneur, mais je n'ai rien demandé.

— Ni vous ni personne. C'est une initiative tout à fait personnelle de ma part. Je suis décidé à accorder ma grâce et à empêcher cette exécution, à une condition : que vous expliquiez à moi, au shérif et à votre avocat, pourquoi vous avez tué ce pasteur.

Pete fusilla Wilbanks du regard comme s'il était l'auteur d'un guet-apens. L'avocat secoua la tête.

Pete reporta son attention sur le gouverneur et, d'un ton glacial, répondit :

— Je n'ai rien à dire.

— C'est votre vie qui est en jeu, monsieur Banning. Je suis sûr que vous n'avez aucune envie de vous retrouver sur la chaise électrique dans quelques heures.

— Je n'ai rien à dire.

— Je suis sérieux, monsieur Banning. Exposez-nous les raisons de ce meurtre, et il n'y aura pas d'exécution.

— Je n'ai rien à dire.

John Wilbanks baissa la tête et s'éloigna vers la fenêtre. Nix Gridley poussa un soupir agacé, comme pour signifier : « Je vous avais prévenu ! » Le gouverneur regarda fixement Pete qui ne sourcilla pas.

Finalement, Wright jeta l'éponge :

— Très bien. Comme vous voudrez.

Il se leva et quitta le bureau. Il sortit de la prison, ignora encore une fois les journalistes, et partit en voiture chez un médecin de Clanton où on l'attendait pour dîner.

*

Le soir tombait. La foule grossissait devant le palais. Les rues étaient noires de monde. Les véhicules ne pouvaient plus avancer et les autorités mirent en place une déviation.

Avec sa voiture de patrouille, Roy Lester alla chercher Florry qui l'attendait chez Mildred Highlander.

Il la ramena à la prison et la fit rentrer discrètement par la porte de derrière pour éviter la presse. À son arrivée, Nix la prit dans ses bras. Il la fit patienter quelques minutes dans son bureau, revint avec son frère et les laissa seuls. Ils s'assirent l'un en face de l'autre. Ils étaient si près que leurs genoux se touchaient.

— Tu as mangé ? demanda-t-elle.

Il secoua la tête.

— Ils m'ont proposé un dernier repas mais je n'ai pas très faim.

— Qu'est-ce que voulait le gouverneur ?

— Il est juste passé me dire au revoir. Comment vont les enfants ?

— Comment ils vont ? À ton avis, Pete ? Ils sont à ramasser à la petite cuillère. Terrassés de chagrin. Ça se comprend, non ?

— Ce sera bientôt fini.

— Pour toi peut-être, mais pas pour nous. Tu vas partir dans un grand éclair, nous, on va devoir recoller les morceaux, en se demandant comment on a pu en arriver là.

— Je suis désolé, Florry. Je n'avais pas le choix.

Elle s'essuya les yeux en se mordant la langue. Elle avait envie de lui lacérer le visage, de lui lâcher tout ce qu'elle avait sur le cœur, et en même temps de le serrer dans ses bras pour qu'il parte en sachant que sa famille l'aimait.

Pete se pencha vers elle et lui prit les mains.

— Florry, j'ai des choses à te dire.

20

Le prisonnier ne formula qu'une seule requête. Il souhaitait se rendre à pied au tribunal, une courte distance, moins de deux cents mètres, mais un long chemin jusqu'à la tombe. Il était important pour lui de marcher dignement, la tête haute, les mains libres, ainsi qu'il avait bravé la mort tant de fois. Il voulait montrer son courage aux rares personnes qui pouvaient le comprendre. Il voulait mourir debout, sans rancune ni regret.

À 20 heures, il sortit de la prison, en chemise blanche et pantalon de toile. Il avait remonté ses manches parce qu'il faisait chaud et humide. Encadré par Roy Lester et Red Arnett, il suivit Nix Gridley et fendit la foule qui s'écarta à son passage. On entendait uniquement les cliquetis des appareils photo et le crépitement des flashs. Aucun journaliste ne posa de questions idiotes, il n'y eut ni huées, ni cris d'encouragement, ni insultes. Arrivés sur Wesley Avenue, ils prirent la direction de la place, en marchant au milieu de la rue, suivis par les curieux. Les soldats sur les trottoirs se mirent au garde-à-vous, et le saluèrent.

Pete, les apercevant, eut un instant de surprise puis leur fit un signe de tête. Il avançait lentement, sans se presser, mais d'un pas déterminé. Il voulait en finir.

Quand ils arrivèrent aux abords de la place, toute la foule se figea. Un grand silence tomba. Nix en fit reculer certains en grommelant. Tout le monde obéit et s'écarta. Le shérif tourna sur Madison Street devant le Tea Shoppe, suivi par la procession.

Devant eux se dressait le tribunal de Clanton, toutes ses fenêtres éclairées. C'était le bâtiment le plus imposant du comté, le sanctuaire où la justice était préservée et prononcée, où le droit du citoyen était protégé, les différends réglés dans le calme et l'équité. Pete Banning avait été juré une fois, quand il était jeune, et cette expérience l'avait impressionné. Avec ses collègues du jury, il avait suivi la loi et rendu un verdict juste. La justice avait été exercée, et aujourd'hui la justice l'attendait.

Les policiers en renfort avaient placé un cordon de sécurité le long du trottoir en face du palais. Au sol couraient les fils électriques. Le groupe électrogène bourdonnait dans le camion gris. Entendre le bruit fut inévitable quand ils passèrent devant le véhicule, mais Pete sembla ne pas le remarquer. Pour gagner l'entrée, ils durent enjamber les câbles. Pete était étonné du nombre de gens qui se trouvaient là, en particulier tous ces soldats. Il veillait à regarder droit devant lui, ne voulant reconnaître aucun visage dans cette foule.

Ils montèrent lentement les marches du perron et pénétrèrent dans le bâtiment. Il n'y avait personne dans le hall. La police avait interdit l'accès et chassé les badauds. Nix ne voulait pas que ce soit un spectacle et il comptait bien arrêter quiconque se trouvait dans les murs sans autorisation. Ils montèrent au premier étage où se trouvait la grande salle d'audience. Un garde ouvrit les portes et ils s'avancèrent. Les câbles électriques encombraient l'allée, longeaient la barre jusqu'à la chaise.

Old Sparky, sinistre, se dressait à côté du box des jurés, face aux bancs où se tenaient d'ordinaire les spectateurs. Mais il n'y avait pas de public aujourd'hui, juste les témoins. Aucun à la demande de Pete. Et personne de la famille de Dexter Bell. Nix avait banni les photographes, au grand dam de Jimmy Thompson, qui trépignait d'impatience derrière son pupitre de commande. Les tables avaient été retirées, et une rangée de sièges avait été installée au pied de l'estrade pour les témoins. Miles Truitt, le procureur, était assis à gauche du juge Oswalt. Le gouverneur Wright était là aussi. Il n'avait jamais assisté à une exécution et avait décidé de rester en ville pour l'événement. Il était de son devoir, jugeait-il, d'être témoin puisque ses électeurs étaient tellement en faveur de la peine de mort. À sa droite se tenaient quatre journalistes, triés sur le volet par le shérif. Dans le lot se trouvait Hardy Capley du *Memphis Press-Scimitar*.

John Wilbanks n'était pas présent. Par choix. Pete l'aurait accepté comme témoin, mais John ne voulait plus assister à tout ça. L'affaire était terminée et il voulait l'oublier au plus vite. C'était toutefois un vœu pieux. Il y aurait des suites à ce meurtre. À cet instant,

Russell et John, installés sur leur balcon, regardaient la foule massée devant le palais de justice en buvant un bourbon.

Pete fut conduit sur une chaise de bois installée à côté d'Old Sparky et s'assit. Jimmy Thompson déclara alors :

— Monsieur Banning, nous arrivons à la partie de mon travail que je déteste le plus.

— Fermez-la, lança Nix, et faites ce que vous avez à faire.

Le shérif ne supportait plus les effets de manches du bourreau.

Personne ne pipa mot pendant que Thompson sortit une tondeuse de l'armée et rasa les cheveux de Pete, le plus court possible. Les mèches poivre et sel de Pete s'accrochaient à sa chemise, à ses bras. Thompson les fit tomber au sol d'un revers de main. Il remonta les bas du pantalon pour découvrir les chevilles et les raser aussi. Dans le silence de la salle, on entendait le bourdonnement sourd de la tondeuse. Les témoins n'avaient jamais assisté à une exécution et ne savaient rien des préparatifs. Thompson, toutefois, était très professionnel. Il travaillait vite et bien. Quand il éteignit la tondeuse, il désigna du menton Old Sparky.

— Veuillez vous asseoir, s'il vous plaît.

Pete fit les deux pas qui le séparaient de la chaise électrique et s'installa sur le siège de bois bringuebalant. Thompson attacha les poignets avec de grosses sangles de cuir et immobilisa de la même façon la taille et le bas des jambes. Dans un seau d'eau, il prit deux éponges, les plaqua sur les chevilles et referma dessus un gros bracelet de cuir portant les électrodes. Les éponges mouillées servaient à faciliter le passage du courant.

Pete ferma les yeux et commença à respirer profondément.

Thompson plaça quatre autres éponges sur la tête de Pete. L'eau dégoulinait sur son visage. Thompson s'excusa pour ce désagrément. Pete ne répondit rien. Le casque était un objet de métal, un peu comme celui d'un footballeur. Quand le bourreau le posa sur sa tête, Pete grimaça – sa première réaction négative pour l'instant. Quand les éponges furent correctement placées sous le casque, Thompson serra la sangle. Il brancha les câbles et prit curieusement beaucoup de temps à fixer les attaches. Nix, comme les autres, ne sachant rien de la procédure habituelle, ne fit aucun commentaire et tout le monde attendit en silence. La touffeur sembla plus épaisse encore. Les témoins étaient en sueur. À cause de la chaleur, quelqu'un avait entrouvert quatre fenêtres de part et d'autre de la salle et, malheureusement, personne n'avait songé à les refermer.

Thompson avait le trac. La plupart de ses victimes étaient de pauvres Noirs, et les gens se fichaient qu'il y ait des ratés. Pas un seul condamné n'avait survécu. Mais l'exécution d'un Blanc, issu d'une famille importante de la région était une première, et Thompson était bien décidé à effectuer sa mission sans anicroche. Il voulait que la prestation soit parfaite.

Il ramassa un tissu noir et demanda à Pete :

— Vous désirez un bandeau ?

— Non.

— Très bien.

Sur un signe de Thompson, le juge Oswalt se leva et s'approcha du condamné. Il avait une feuille de papier à la main et il s'éclaircit la voix. Il avait la gorge nouée.

— Monsieur Banning, la loi exige que je vous donne lecture de l'ordre d'exécution. « Par décision de la cour de circuit du vingt-deuxième district judiciaire de l'État du Mississippi, l'accusé Pete Banning ayant été reconnu coupable de meurtre avec préméditation et condamné à mort par électrocution, verdict confirmé par la cour suprême de cet État, moi, juge Rafe Oswalt, ordonne l'exécution immédiate de la sentence. » Que Dieu ait votre âme.

Le papier tremblait entre les doigts du juge qui retourna s'asseoir au plus vite.

Là-haut, au balcon, dans la pénombre, trois hommes de couleur observaient la scène, ébahis. Ernie Dowdle, qui travaillait d'ordinaire au sous-sol du palais de justice, Penrod, le concierge, et Hop Purdue, l'homme de ménage de l'église, tous les trois étendus à plat ventre, tapis derrière les balustres. Ils avaient si peur qu'ils n'osaient plus respirer. Si le shérif les repérait, ils seraient bons pour croupir en prison des années !

Thompson fit un signe de tête à Nix Gridley qui s'approcha à son tour de la chaise électrique.

— Pete, tu veux dire quelque chose ?

— Non.

Nix recula et rejoignit Roy Lester et Red Arnett qui se tenaient derrière les témoins. Le médecin légiste du comté se trouvait avec eux. Jimmy Thompson revint à son tableau de commande, observa un instant ses manettes et demanda à Nix :

— Est-ce que quelque chose s'oppose à la poursuite de l'exécution ?

Nix secoua la tête.

— Non. Rien.

Thompson tourna un bouton. Le groupe électrogène dans le camion se mit à vrombir à mesure que l'afflux d'essence faisait monter le voltage. Comprenant ce qui se passait, les gens qui se tenaient près du véhicule reculèrent par réflexe. Le courant jaillit dans les câbles et arriva en une fraction de seconde jusqu'à Old Sparky. Un interrupteur de dix centimètres avec un manche en plastique rouge saillait du tableau de commande. Jimmy l'empoigna et l'abaissa d'un coup. Deux mille volts frappèrent Pete, et tous ses muscles se contractèrent. Son corps tressauta, traversé de spasmes, de secousses, malmenant les sangles. Pete se mit à crier, un hurlement de douleur absolue qui saisit d'effroi les témoins. Les cris durèrent plusieurs secondes tandis que le tronc et les membres du supplicié gigotaient et se tortillaient dans une danse furieuse. Les hurlements s'échappèrent de la salle par les fenêtres ouvertes et résonnèrent dans la nuit.

Plus tard, ceux qui se trouvaient près du groupe électrogène, du côté sud du palais, près de la façade, prétendirent n'avoir rien perçu, mais les autres sous les murs est et ouest, et plus encore ceux à l'arrière du bâtiment, les entendirent, et ne les oublieraient jamais. John Wilbanks les distingua aussi fort qu'un grondement de tonnerre. « Mon Dieu », souffla-t-il. Il se leva, s'approcha de la rambarde et découvrit les visages effarés de la foule en contrebas. Les hurlements retentirent quelques instants mais, pour tous, ce fut une éternité.

La première décharge était censée arrêter le cœur et rendre le condamné inconscient – mais comment savoir si c'était bien le cas ? Le courant fit soubresauter Pete pendant une dizaine de secondes peut-être – il était difficile d'évaluer le temps. Quand Thompson remonta l'interrupteur et coupa le courant, la tête du condamné s'effondra sur le côté et ne bougea plus. Puis le corps de Pete remua, traversé de petits tremblements. Thompson attendit trente secondes, comme toujours, et abaissa à nouveau l'interrupteur pour envoyer une nouvelle décharge. Pete tressauta à nouveau sous l'afflux du courant mais son corps se débattit avec moins de vigueur et livrait visiblement son dernier combat. Pendant la seconde décharge, la température à l'intérieur des chairs atteignit près de cent degrés Celsius, et ses organes commencèrent à fondre. Le sang bouillant jaillit des orbites.

Thompson coupa le courant et demanda au médecin légiste de vérifier si Pete était mort. Mais le médecin resta statufié, bouche ouverte, ne pouvant détacher son regard de ce visage sanglant. Nix Gridley détourna la tête, pris de nausée. Miles Truitt qui, six mois plus tôt, se trouvait à l'endroit même où était installée Old Sparky et sommait le jury de prononcer la peine de mort, assistait à sa première exécution et en sortirait marqué à vie. Pareil pour le gouverneur. Pour des raisons électorales, il continuerait à soutenir officiellement la peine capitale, mais en secret il la honnirait et souhaiterait son abolition, tout au moins pour les Blancs.

Au balcon, Hop Purdue ferma les yeux et se mit à pleurer. En témoin clé de l'accusation, il avait déposé contre missié Banning et se sentait responsable.

Passé le choc initial, les journalistes reprirent leurs esprits et sortirent leurs stylos pour tout noter fébrilement.

— Monsieur, s'il vous plaît, insista Thompson à l'intention du médecin légiste qui, enfin, parvint à bouger.

Tenant un stéthoscope prêté par un bon docteur qui ne voulait avoir aucun lien avec cette exécution, il s'avança vers le corps et écouta le cœur. Du sang et autres humeurs coulaient des orbites, et la chemise de coton changeait rapidement de couleur. Le légiste ne savait pas trop si le cœur battait encore, ni même s'il avait posé le stéthoscope au bon endroit, parce qu'en vérité il voulait que Pete soit mort. Il en avait assez vu. Et si la vie n'avait pas quitté ce corps, ce serait bientôt le cas. Alors le médecin recula et déclara :

— Il n'y a plus de battement cardiaque. Cet homme est mort.

Thompson était content. L'exécution s'était déroulée sans problème. Hormis ces hurlements qui avaient fait trembler toutes les vitres, et les yeux qui avaient fondu, il ne s'était rien produit de particulier. C'était sa trente-huitième exécution et c'était bien vrai :

il n'y en avait jamais deux pareilles. Thompson pensait avoir tout vu, des chairs calcinées aux os brisés quand le corps cédait, mais la nature réservait toujours des surprises. Globalement, toutefois, c'était un bon soir pour l'État du Mississippi. Il détacha rapidement le casque, l'ôta et plaça un tissu sur la tête de Pete pour cacher les dégâts. Il entreprit de débrancher les câbles, dégrafer les sangles. Pendant qu'il s'activait, Miles Truitt prit congé, ainsi que le gouverneur. Les journalistes restèrent toutefois, fascinés, consignant le moindre détail dans leur carnet.

Nix entraîna Roy Lester à l'écart.

— Je vais rester ici et faire porter la dépouille au funérarium, lui dit-il. J'ai promis à Florry de l'informer quand ce serait fini. Elle est chez elle, avec les enfants. Va leur annoncer la nouvelle.

Roy avait les yeux brillants. Sa voix chevrotait.

— Entendu, chef.

*

Depuis plus d'un siècle, les Banning enterraient leurs morts dans le cimetière de famille, sur le versant d'une colline, non loin de la maison rose de Florry. Les pierres toutes simples étaient alignées à l'ombre d'un sycomore vénérable, qui était déjà là à l'époque du premier aïeul. Bien avant la naissance de Pete, le cimetière s'appelait déjà le Old Sycamore. Quand un membre de la famille décédait, il ne mourait pas vraiment, il allait retrouver les siens sous le vieil arbre.

À 8 heures du matin précises, le vendredi 11 juillet, un petit groupe se rassembla au Old Sycamore et regarda le cercueil de bois disparaître dans la fosse. Quatre ouvriers de la ferme avaient creusé la tombe la veille, et là, ils descendaient la bière avec des cordes. La pierre tombale était déjà dressée, avec le nom complet de Pete et les dates : Peter Joshua Banning troisième du nom, né le 2 mai 1903, mort le 10 juillet 1947. Dessous, il était écrit : « Fidèle soldat de Dieu. »

Ils étaient quinze à se tenir autour de la tombe, dans leurs habits du dimanche. Uniquement des invités. Pete avait dressé la liste, en donnant des instructions précises concernant les horaires, les versets à lire et le choix du cercueil. Il y avait Nix Gridley, John Wilbanks et son épouse, et d'autres amis, et bien sûr Florry, Stella et Joel. Derrière se tenaient Nineva, Amos et Marietta, les domestiques. Derrière eux encore, en retrait, une quarantaine de Nègres de tous âges s'étaient rassemblés, tous des employés des Banning, tous ayant mis les plus beaux vêtements qu'ils avaient. Alors que les Blancs au début restaient stoïques et ne montraient aucune émotion, les Nègres ne se retenaient pas. Ils se mirent à pleurer dès qu'ils virent la bière sortir du corbillard. Missié Pete était leur patron et un homme bon. Il ne pouvait être mort !

Dans les années 1940, dans le Mississippi rural, le sort des familles noires dépendait du bon vouloir des Blancs qui possédaient la terre. Et les Banning avaient toujours été justes et protecteurs. Les Nègres ne comprenaient pas la logique de la loi des Blancs. Pourquoi tuer l'un des leurs ? Cela n'avait aucun sens.

Nineva, qui avait aidé le médecin à mettre au monde Pete quarante-quatre ans plus tôt, était dévastée par le chagrin et parvenait à peine à tenir debout. Amos la soutenait et la consolait.

Le pasteur était un jeune séminariste presbytérien de Tupelo, un ami d'ami qui ne connaissait pas le comté de Ford. Comment Pete l'avait-il trouvé ? Mystère. Pour ouvrir la cérémonie, il prononça une prière, avec une certaine éloquence. Lorsqu'il eut terminé, Stella était de nouveau en pleurs. Elle se tenait entre sa tante et son frère, les deux l'enlaçant. Après l'introduction, le pasteur lut le psaume 23, puis résuma la vie de Pete Banning. Il ne s'appesantit pas sur la guerre et se contenta de préciser qu'il avait été décoré à de nombreuses reprises. Il ne dit rien de sa condamnation à mort ni de sa fin, mais parla pendant dix minutes de la grâce, du pardon, de la justice divine et d'autres concepts qui, malgré ses efforts, semblaient avoir été bien absents ces derniers mois. Puis, pour conclure, il récita une autre prière. Marietta s'approcha de la sépulture et chanta a cappella les deux premiers couplets de « Amazing Grace ». Elle avait une belle voix et souvent, dans la maison de Florry, elle chantait sur les disques d'opéra.

Quand le pasteur annonça que le service était terminé, les gens reculèrent pour laisser les ouvriers pelleter la terre. Les trois Banning n'avaient aucune envie de regarder le trou se remplir. Ils parlèrent avec quelques invités tout en se dirigeant vers la voiture.

Nix Gridley arrêta Joel et lui annonça qu'il y avait encore beaucoup de soldats en ville et qu'ils voulaient se recueillir sur la tombe. Joel en parla avec Florry et ils décidèrent que Pete n'y aurait pas vu d'inconvénients.

Une heure plus tard, les frères d'armes commencèrent à arriver. Et la procession dura toute la journée. Ils venaient seuls, des silhouettes solitaires chargées de souvenirs, ou bien par petits groupes, se parlant à voix basse. Ils étaient calmes, solennels et fiers. Ils touchaient la stèle, contemplaient le monticule de terre fraîche, prononçaient leurs prières ou les mots qu'ils souhaitaient. Même si peu d'entre eux avaient rencontré Pete, tous repartaient le cœur empli de tristesse.

II

L'OSSUAIRE

21

Le Peabody Hotel fut édifié dans le centre de Memphis en 1869 et devint immédiatement le lieu de rendez-vous de toute la haute société de la région. Son architecture s'inspirait de la Renaissance italienne et les promoteurs n'avaient pas regardé à la dépense. Son hall majestueux était orné de charmants balcons, et en son centre trônait une fontaine où s'ébattaient de véritables canards. C'était sans doute l'hôtel le plus impressionnant de Memphis et il n'avait pas son pareil à deux cents kilomètres à la ronde. Il fut aussitôt rentable. Les habitants fortunés s'y pressaient pour boire un verre ou dîner. Il s'y organisait des bals, des réceptions, des concerts, des colloques.

Vers la fin du siècle, les grandes plantations de coton du Delta, dans l'Arkansas comme dans le Mississippi, retrouvèrent leur puissance d'antan, et en toute logique le Peabody devint la destination préférée des grands propriétaires terriens qui cherchaient à se divertir en ville. Durant les week-ends et les vacances, ils prenaient l'établissement d'assaut et faisaient la fête avec leurs amis de la haute société de

Memphis. Souvent, ils venaient avec leurs épouses pour faire les boutiques. Parfois, ils venaient seuls pour affaire ou pour profiter d'un week-end romantique avec leur maîtresse.

Si on restait suffisamment longtemps dans le hall du Peabody, on était sûr d'y voir passer tous les gens importants du Delta.

Pete Banning n'était pas originaire du Delta et ne s'en cachait pas. Il venait des collines du nord-est du Mississippi, et, même si sa famille avait des terres et était prospère, il était loin d'être riche. Sur l'échelle sociale, les gens des collines étaient plusieurs échelons en dessous des grands planteurs à seulement cent kilomètres de là. Il fit son premier séjour au Peabody invité par un ami de Memphis rencontré quand il était cadet à l'académie militaire. Il devait participer à une sorte de bal des débutantes, mais le véritable intérêt, du moins pour Pete, c'était la perspective de passer un week-end à Memphis.

Il avait vingt-deux ans et sortait tout juste de West Point. Il avait passé quelques semaines à la ferme près de Clanton en attendant de recevoir son affectation pour Fort Riley au Kansas. Il s'ennuyait déjà à la plantation et était ravi de voir les strass et les paillettes, même s'il était loin d'être un péquenaud. Il était allé à New York à de nombreuses reprises, et les mondanités n'avaient pas de secret pour lui. Quelques snobs de Memphis n'allaient pas l'intimider !

On était en 1925, et l'hôtel venait de rouvrir ses portes après de grands travaux de rénovation. Pete connaissait le Peabody de réputation mais n'y avait jamais mis les pieds. Pendant ses quatre années à West Point, son ami n'avait cessé de lui parler des fêtes étourdissantes et des filles plus étourdissantes encore. Et il disait vrai.

Le bal en tenue de soirée avait lieu dans la grande salle du premier étage, et elle était noire de monde. Pour l'occasion, Pete portait son uniforme d'apparat tout blanc. On ne voyait que lui parmi la foule des convives. Avec son verre à la main, sa prestance militaire, son visage tanné à souhait et son sourire facile, il butinait de conversation en conversation. Rapidement, il s'aperçut que nombre de jolies jeunes filles l'avaient remarqué. La cloche du dîner retentit. Il s'installa à la place qui lui était réservée en compagnie d'autres amis de son hôte. Ils burent du champagne, se régalèrent d'huîtres, parlèrent de divers sujets, tous sans conséquence et aucun n'ayant trait à l'armée. La Grande Guerre était terminée. Le pays était en paix. Et cette paix allait durer.

Pete remarqua une jeune femme à la table voisine. Elle se trouvait face à lui et, chaque fois qu'il relevait la tête, il la surprenait en train de le regarder. De toutes les jolies jeunes femmes qui dînaient dans cette salle à manger, elle était la plus belle – peut-être même la plus belle de la terre entière. Plus d'une fois, il lui fallut quelques secondes pour s'arracher à son regard. Vers la fin du repas, ils étaient tous les deux gênés à force de se dévorer ainsi des yeux.

Comme il l'apprit bientôt, elle s'appelait Liza Sweeney. Il la rejoignit au bar, se présenta et bavarda avec elle. Mlle Sweeney était originaire de Memphis, à tout juste dix-huit ans, elle avait, jusque-là, évité les bals des débutantes et autres stupidités mondaines. Elle avait très envie de fumer une cigarette, mais pas ici, car sa mère la surveillait. Pete quitta avec elle la salle de bal. Elle semblait bien connaître les lieux et le conduisit jusqu'à un patio près de la piscine. Ils fumèrent trois cigarettes chacun et vidèrent deux verres – martini pour elle, bourbon pour lui.

Liza venait de terminer le lycée et ne savait quelle université choisir. Elle en avait assez de Memphis. Elle aspirait à quelque chose de plus grand, de plus majestueux – Paris ou Rome –, mais c'était un doux rêve. Pete lui demanda si ses parents accepteraient qu'elle sorte avec un garçon de quatre ans plus vieux qu'elle. Dans un haussement d'épaules, elle répondit qu'elle fréquentait qui elle voulait depuis deux ans, et que, jusqu'à présent, cela n'avait été que des garçons du lycée.

— C'est une proposition ? demanda-t-elle avec un sourire.

— Absolument.

— Quand donc ?

— Le week-end prochain ?

— C'est d'accord, soldat !

Six nuits plus tard, ils se retrouvèrent au Peabody pour boire un verre, dîner et assister à une nouvelle fête. Le lendemain, un samedi, ils firent une longue promenade le long du Mississippi, bras dessus bras dessous, avec force enlacements et embrassades, puis déambulèrent dans le centre-ville. Ce soir-là, elle l'invita à dîner chez elle. Il rencontra ses parents et sa grande sœur. Actuaire dans une compagnie d'assurances, M. Sweeney était ennuyeux à mourir. Son épouse, une femme ravissante, fit la conversation la plupart du temps. Ils formaient un couple étrange. Liza avait avoué à Pete qu'elle comptait quitter la maison le plus vite possible. Sa sœur étudiait dans une université du Missouri.

Au début de leur relation, Pete craignait que Liza ne soit l'une de ces filles qui, par centaines, traînaient au Peabody dans l'espoir de trouver un beau parti. Il s'empressa de préciser qu'il n'était pas riche. Certes, sa famille possédait une plantation de coton, mais c'était sans commune mesure avec les grands propriétaires terriens du Delta. Liza, les premiers temps, joua à la grande dame, mais quand elle comprit que Pete était un garçon normal, elle arrêta sa comédie. En l'invitant chez elle, Pete découvrit l'évidence : sa famille était plutôt modeste. Peu lui importait que les Sweeney aient de l'argent ou non. Il était totalement sous le charme de Liza et était bien décidé à la courtiser jusqu'à ce qu'elle cède. Toutefois, comme il allait le découvrir, le défi ne serait pas bien difficile à relever. Liza se fichait de la taille de son exploitation. Elle avait trouvé son beau soldat et n'allait pas le laisser filer.

Le vendredi suivant, ils dînèrent au Peabody avec des amis. Après le repas, ils se rendirent au bar de l'hôtel, pour être seuls. Et, après quelques verres, ils montèrent dans la chambre de Pete au sixième étage. Pete avait déjà fréquenté des femmes, mais uniquement des professionnelles des lupanars de New York.

Une tradition de West Point. Liza était vierge, prête à sauter le pas. Et elle montra un tel enthousiasme que Pete en eut le tournis. Vers minuit, quand il proposa de la raccompagner chez elle, Liza refusa tout net. Elle voulait passer la nuit dans sa chambre, et si possible rester au lit avec lui toute la journée du lendemain. Pete accepta.

— Mais que vas-tu raconter à tes parents ?

— Un mensonge. J'y réfléchirai plus tard. Ne t'inquiète pas. Ils sont faciles à berner. Et ils sont à mille lieues de penser que je puisse faire une chose pareille.

— Si tu le dis. On peut dormir, maintenant ?

— Bien sûr. Je sais que je t'ai épuisé.

Pendant un mois, la passion les emporta et les deux amants oublièrent le monde extérieur. Tous les week-ends, Pete réservait une chambre au Peabody et, la plupart du temps, il passait les trois nuits avec Liza. Ses amis parlaient d'eux sous cape, les parents de Liza commençaient à se poser des questions. On était en 1925, et les règles édictant les relations entre les jeunes filles et leur petit ami étaient très strictes. Liza les connaissait toutes, mais si une fille voulait prendre du bon temps, elle devait en oublier certaines. Liza aimait les martinis, les cigarettes, et surtout le sexe interdit.

Un dimanche, Pete l'emmena à Clanton lui présenter sa famille, lui montrer la plantation, histoire de lui donner un aperçu de ses origines. Il ne comptait pas cultiver le coton. Son avenir était dans l'armée. Et avec Liza, il parcourrait le monde – du moins c'est ce qu'il croyait du haut de ses vingt-deux ans.

Puis il reçut l'ordre de se présenter à Fort Riley dans le Kansas, pour suivre une formation d'officier. Même s'il attendait avec impatience cette affectation officielle – sa première –, ne plus voir Liza allait être un déchirement. Il se rendit chez elle à Memphis pour lui annoncer la nouvelle. Ce départ était prévu, mais l'idée d'être séparé de Liza lui semblait désormais impossible. Quand ils se dirent au revoir, l'un et l'autre étaient en larmes. Il prit le train pour Fort Riley et, une semaine plus tard, il reçut une lettre de Liza. Elle lui annonçait à son tour une nouvelle : elle était enceinte.

Sans la moindre hésitation, Pete conçut un plan d'évasion. Prétextant qu'une affaire familiale l'obligeait à rentrer chez lui d'urgence, il convainquit son officier instructeur de lui prêter sa voiture. Pete roula toute la nuit pour arriver au Peabody à l'heure du petit déjeuner. Il appela Liza et lui expliqua qu'ils allaient s'enfuir tous les deux. Elle adorait l'idée mais n'était pas certaine de pouvoir sortir de la maison avec une valise sans que sa mère ne s'en aperçoive. Pete la persuada d'oublier la valise. Ce n'étaient pas les boutiques qui manquaient à Kansas City !

Liza embrassa sa mère pour lui dire au revoir, comme si elle partait au travail. Pete la récupéra, et ils quittèrent Memphis, ivres de joie et d'amour. À Tupelo, ils s'arrêtèrent près d'une cabine téléphonique pour que Liza puisse appeler ses parents. Liza se montra gentille, mais déclara sans détours : M'man, je suis désolée de te prendre de court comme ça, mais Pete et moi, on s'en va. J'ai dix-huit ans et je peux faire dorénavant ce que je veux. Je vous aime et je rappellerai ce soir pour parler à papa. Quand elle raccrocha, sa mère pleurait. Liza, elle, rayonnait de bonheur.

Puisqu'ils étaient à Tupelo, une ville que Pete connaissait bien, ils décidèrent de se marier. Les meilleurs hébergements à Fort Riley étaient réservés aux officiers et leurs familles. Être mariés serait un atout formidable. Ils se rendirent au palais de justice du comté de Lee, remplirent un formulaire, payèrent les frais et trouvèrent un juge de paix à l'arrière de sa boutique de pêche pour officialiser l'union. Avec son épouse pour témoin et deux dollars d'honoraires, le magistrat les déclara mari et femme.

Pete préviendrait ses parents plus tard. Et puisqu'ils attendaient leur premier enfant, ils étaient obligés de se marier toutes affaires cessantes. À Clanton, les commères s'empresseraient de consulter le calendrier dès que la mère de Pete annoncerait qu'elle était grand-mère. Liza pensait accoucher dans huit mois. Une naissance à cette date en ferait sourciller certaines, mais pas de quoi causer un vif émoi. Un délai de sept mois passerait moins inaperçu. Six mois, et ce serait le scandale assuré.

Ils se marièrent donc le 14 juin 1925.

Joel naquit le 4 janvier 1926, dans un hôpital de l'armée en Allemagne. Pete avait fait des pieds et des mains pour être affecté à l'étranger. Mettre le plus de distance possible entre eux et leurs villes natales était crucial. Personne ne serait là pour examiner le certificat de naissance. Ils attendirent six semaines avant d'envoyer un télégramme à leurs parents pour annoncer la nouvelle.

*

D'Allemagne, Pete fut rapatrié à Fort Riley, où il termina sa formation avec le Vingt-sixième régiment de cavalerie. C'était un excellent cavalier, mais il doutait de l'utilité d'une unité à cheval dans le contexte d'une guerre moderne. Les blindés et l'artillerie mobile étaient l'avenir. Toutefois, il aimait la cavalerie et resta avec le Vingt-sixième. Stella naquit à Fort Riley en 1927.

Le 20 juin 1929, Jacob, le père de Pete, mourut d'une crise cardiaque à l'âge de quarante-neuf ans. Liza, avec deux enfants en bas âge, ne put faire le voyage jusqu'à Clanton pour assister aux funérailles. Elle n'était pas rentrée chez elle depuis deux ans et préférait rester loin.

Quatre mois après la mort de Jacob Banning, ce fut le krach boursier et le début de la Grande Dépression. Pour les officiers de carrière, la crise économique se fit à peine sentir. Le travail, la maison, les soins médicaux, l'éducation, les salaires, tout était garanti par l'État, quoiqu'un peu rogné. Pete et Liza étaient heureux, leur avenir assuré, comme la pérennité de leur famille au sein de l'armée.

Les cours du coton s'effondrèrent aussi en 1929 et les planteurs furent durement touchés. Ils contractèrent des emprunts pour couvrir leurs dépenses et pouvoir planter l'année suivante. La mère de Pete, ébranlée par la disparition de son mari, se révéla incapable de gérer l'exploitation. Florry, sa sœur aînée, habitait Memphis et n'avait aucun attrait pour l'agriculture. Pete embaucha un contremaître pour les semailles de 1930, mais la plantation perdit encore de l'argent. Pete emprunta et engagea un nouveau contremaître l'année suivante, mais le marché était toujours aussi bas. Les dettes s'accumulaient, et les terres des Banning se trouvèrent en danger.

Durant les vacances de Noël en 1931, Pete se demanda s'il n'allait pas devoir quitter l'armée, une perspective sinistre, pour retourner dans le comté de Ford. Ni l'un ni l'autre n'en avaient envie, en particulier Liza. Elle ne se voyait pas vivre dans une petite bourgade rurale telle que Clanton et ne se sentait pas le courage d'habiter dans la même maison que la mère de Pete. Les deux femmes avaient passé peu de temps ensemble, mais c'était amplement suffisant pour savoir qu'il valait mieux qu'elles se tiennent à distance l'une de l'autre. Mme Banning était une méthodiste. Elle avait réponse à tout parce que tout était écrit dans la Bible. En s'appuyant sur les paroles de Dieu, elle expliquait à chacun comment se comporter. Elle n'était ni blessante ni autoritaire, mais elle avait un jugement sur tout.

Pete aussi préférait rester au loin. Il songeait même à vendre la plantation et à en finir avec le coton. Cependant cette idée tomba à plat pour trois raisons : d'abord, ce n'était pas lui le propriétaire de la ferme. Sa mère l'avait héritée de son mari. Ensuite, le marché était au plus bas et ce n'était pas le moment de vendre. Et enfin, sa mère n'avait nulle part où aller.

Pete aimait l'armée, en particulier la cavalerie, et il comptait servir son pays jusqu'à la retraite. Enfant, il avait planté et cueilli le coton, passé des heures innombrables dans les champs et il n'avait aucune envie de vivre ainsi. Il voulait voir le monde, peut-être participer à une guerre ou deux, gagner quelques médailles et rendre sa femme heureuse.

Il décida donc de contracter d'autres crédits et embaucha un troisième contremaître. Les plants étaient magnifiques, les cours au plus haut mais, début septembre, il se mit à pleuvoir, une sorte de mousson, et l'eau ravagea les champs. En 1932, la récolte fut maigre. Et les banques commencèrent à frapper à la porte. La santé de sa mère continua de décliner. Elle n'avait quasiment plus la force de se lever.

Pete et Liza envisagèrent alors de déménager à Memphis, ou à Tupelo, n'importe où sauf à Clanton. Une grande ville signifiait de meilleures opportunités, de meilleures écoles, et une vie sociale plus épanouie. Pete pourrait travailler à la plantation et faire le trajet tous les jours, non ? La veille de Noël, un télégramme arriva, ruinant leurs projets pour la soirée. Il venait de Florry et il annonçait un drame. Leur mère était morte la veille, peut-être d'une pneumonie. Elle n'avait que cinquante ans.

Au lieu d'emballer les cadeaux de Noël, ils firent leurs bagages en hâte pour le long voyage jusqu'à Clanton. Sa mère fut enterrée au Old Sycamore, à côté de son mari. Pete et Liza prirent la décision de rester et de ne jamais revenir à Fort Riley. Pete quitta l'armée, mais resta officier de réserve.

Les échos de la guerre approchaient. Les Japonais se déployaient en Asie et avaient envahi la Chine l'année précédente. Hitler et les nazis construisaient des usines d'armement, blindés, avions, sous-marins, canons, et tout le matériel nécessaire à une invasion. Les camarades de Pete s'inquiétaient. Certains affirmaient que la guerre était d'ores et déjà inévitable.

Quand Pete rendit son uniforme et rentra à Clanton sauver la ferme, il ne pouvait cacher son pessimisme. Il croulait sous les dettes et avait une famille à nourrir. La Grande Dépression s'enracinait et étouffait tout le pays. Les États-Unis étaient peu armés, vulnérables et, avec ses caisses vides, la nation ne parvenait pas à financer un programme d'armement.

Toutefois si la guerre devait éclater, Pete ne resterait pas à la plantation. Il partirait au combat.

22

Après deux récoltes exceptionnelles en 1925 et 1926, Jacob Banning avait décidé de se faire construire une jolie maison. Celle que Pete et Florry avaient connue enfants datait d'avant la guerre de Sécession et, au fil des années, elle avait été agrandie et rénovée. C'était certes l'une des plus belles maisons du comté, mais Jacob, avec de l'argent plein les poches, voulait marquer les esprits et s'offrir une demeure que ses voisins envieraient longtemps après sa mort. Il avait engagé un architecte de Memphis et opté pour une construction de type colonial sur deux niveaux en brique rouge, avec de grands pignons et un large perron ceignant les quatre côtés. Jacob avait choisi de l'édifier sur une élévation près de la grande route, juste assez loin pour être vue, et admirée, sans que les occupants ne soient gênés par les bruits de la circulation.

Maintenant que Jacob était mort, ainsi que son épouse, la grande demeure était devenue le fief de Liza, et elle la voulait pleine d'enfants. Elle et Pete s'attelèrent à ce projet avec grand enthousiasme, mais les résultats furent décevants. Elle fit une fausse couche à Fort Riley, puis une autre quand ils s'installèrent à la ferme. Après quelques mois de déprime et force larmes, elle retrouva tout son entrain, à la grande joie de Pete. Liza n'avait qu'une sœur, Pete aussi ; l'un comme l'autre avaient trouvé l'expérience ennuyeuse. Elle rêvait d'avoir cinq enfants. Pete en voulait six, trois de chaque sexe. Alors le couple poursuivit ce projet avec assiduité.

Quand il n'était pas au lit avec Liza, Pete s'employait à redresser la ferme avec l'énergie du désespoir. Il passait des heures dans les champs à faire lui-même le travail, donnant ainsi l'exemple à ses employés. Il défricha, construisit une nouvelle grange, remonta les dépendances, posa de nouvelles clôtures, acheta du bétail. Il travaillait ainsi de l'aube au crépuscule. Il rencontrait régulièrement ses banquiers et leur demandait, inflexible, d'être patients.

Le temps fut de son côté en 1933 et, sous la houlette de Pete, les ouvriers agricoles firent une belle récolte. Le cours du coton fut aussi en leur faveur, et l'exploitation, pour la première fois depuis des années, fit des bénéfices. Pete amadoua les banquiers en commençant à rembourser, mais il mit également de l'argent de côté. La terre des Banning comprenait deux lots de deux cent soixante hectares chacun, et si Pete continuait à défricher, il pourrait avoir plus de champs, et donc davantage de coton. Pour la première fois de sa vie, il entrevit le potentiel à long terme de son héritage.

Il avait sa propre moitié, Florry l'autre, et ils trouvèrent un accord. Il cultiverait la parcelle de sa sœur en échange de la moitié des profits. En 1934, elle fit construire sa propre maison, une bâtisse toute rose, et quitta Memphis. Son arrivée sur le domaine apporta un peu de vie. Elle appréciait Liza, et les deux femmes s'entendaient bien, du moins au début.

La vie n'était pas monotone, loin de là. Liza aimait être mère au foyer et essayait encore d'agrandir la famille. Pete lui apprit à monter, construisit une écurie pour y mettre des chevaux et des poneys. Rapidement, Joel et Stella surent tenir en selle, et mère et enfants firent de longues promenades à cheval dans la plantation et la campagne environnante. Pete lui apprit à tirer, et ils partirent ensemble chasser la perdrix. Il lui enseignait aussi l'art de la pêche, et la petite famille passait de beaux dimanches après-midi près de la rivière.

Certes Liza regrettait la grande ville, mais s'en plaignait rarement. À trente ans, elle était une épouse heureuse, avec un mari qu'elle aimait et deux beaux enfants. Elle habitait une jolie maison au milieu de terres qui leur assuraient une sécurité financière. Pour la jeune fille fêtarde qu'elle avait été, la vie sociale à Clanton était décevante. Il n'y avait pas de country club, pas d'hôtel de luxe, pas de dancings ou de bars fréquentables. En fait, il n'y avait pas de bars du tout, parce que le comté de Ford, comme tout l'État du Mississippi, leur était *terra interdicta*. La vente d'alcool était illégale dans les quatre-vingt-deux comtés. Les amateurs de bouteilles devaient s'en remettre aux bons soins des bouilleurs de cru clandestins, qui étaient nombreux, ou aux contrebandiers qui rapportaient la précieuse boisson de Memphis.

Les activités sociales étaient placées sous l'égide des églises. Et chez les Banning, bien sûr, il s'agissait des méthodistes, la deuxième obédience à Clanton. Pete tenait à ce que toute la famille assiste à la messe le dimanche, et Liza finit par s'y habituer. Elle avait été élevée dans la tradition de l'Église épiscopale, mais sa famille n'avait jamais été très pratiquante. Et personne à Clanton n'était de cette confession. Au début, elle trouvait les préceptes de l'Église méthodiste bien étriqués, mais elle se rendit vite compte qu'elle aurait pu tomber plus mal. Le comté regorgeait de mouvements évangéliques – baptiste, pentecôtiste, églises du Christ –, où les fidèles étaient bien plus radicaux que les méthodistes. Seuls les presbytériens paraissaient un peu moins stricts. S'il y avait un catholique en ville, il se gardait bien de le dire. Quant aux juifs, il fallait aller à Memphis pour en trouver.

Les gens étaient classés – et souvent jugés – selon leur confession. Et il était très mal vu de n'en avoir aucune. Liza rejoignit donc l'Église méthodiste et en devint un membre actif. Il n'y avait rien d'autre à faire à Clanton.

Toutefois, parce qu'elle était une étrangère, malgré le pedigree immaculé de son mari, il lui fallut du temps pour se faire accepter, les locaux se méfiant de tous ceux qui n'étaient pas natifs depuis deux générations. Avec le temps, elle commença à apprécier les offices religieux, en particulier la musique. On lui proposa de faire partie d'un groupe d'étude de la Bible, un club de femmes qui se réunissait une fois par mois, puis, plus tard, d'aider à gérer le planning des mariages. Elle s'occupa également de l'organisation des funérailles. Un évangéliste itinérant arriva en ville pour les fêtes du printemps, et Pete proposa de l'héberger pour la semaine. L'évangéliste étant bien fait de sa personne, les dames de Clanton jalousèrent Liza qui était proche du jeune prêcheur. Pete veillait au grain et fut soulagé quand les festivités furent terminées et que le pasteur repartit.

Mais il y avait toujours une fête œcuménique à venir. Les méthodistes en avaient deux par an, les baptistes trois, quant aux pentecôtistes, leurs célébrations du renouveau de la foi se succédaient dans une sorte d'hystérie permanente. Deux fois dans l'année, un prêcheur installait son barnum à côté de l'épicerie de la grande place et haranguait le chaland tous les soirs avec son micro. Souvent, une église « rendait visite » à une autre quand un évangéliste célèbre était en ville. Les paroissiens, quelle que soit leur confession, avaient droit à une messe de deux heures tous les dimanches matin. Et certains revenaient à celle de l'après-midi, parce qu'ils en voulaient encore – du moins dans les églises blanches, parce que, chez les Noirs, la messe durait du matin au soir sans interruption, et se prolongeait parfois même la nuit ! Les prières du mercredi soir étaient aussi monnaie courante. Entre les différentes fêtes, les offices des jours saints, les cours de catéchisme pendant les vacances d'été, les funérailles, les mariages, les anniversaires, les baptêmes, Liza en avait parfois plus que son saoul de ses bonnes œuvres à l'église.

De temps en temps, elle fuyait Clanton avec Pete. Si Florry acceptait de garder les enfants, ils allaient au Peabody pour s'amuser tout un week-end. Parfois, Florry était du voyage, ainsi que Joel et Stella, et toute la famille profitait des distractions de la grande ville qui leur semblait briller de mille feux. À deux occasions, sous l'insistance de Florry, les Banning prirent le train pour passer toute une semaine à La Nouvelle-Orléans.

En 1936, il y avait de grandes disparités dans le Sud quant à la distribution de l'électricité. Quatre-vingt-dix pour cent des zones urbaines étaient électrifiées, mais seulement dix pour cent des bourgades et des hameaux. Le centre de Clanton avait été connecté au réseau en 1937, tandis que la campagne alentour restait plongée dans l'obscurité. En allant faire des emplettes à Memphis ou à Tupelo, Liza comme les autres femmes des plantations étaient émerveillées par la fée électricité et ses prodiges : postes de radio, phonographes, fours, réfrigérateurs, grille-pain, mixeurs, et même aspirateurs. Tous ces appareils leur étaient inaccessibles, et les gens de la campagne rêvaient d'avoir l'électricité.

Liza voulait passer le plus de temps possible à Memphis et à Tupelo, mais Pete freinait des quatre fers. Il était fermier désormais, et, en bon paysan, chaque année il se faisait plus économe. Alors elle finit par accepter sa vie tranquille à la campagne.

*

Nineva et Amos faisaient partie de l'héritage. Leurs parents étaient nés esclaves et travaillaient déjà sur cette terre avant qu'elle ne revienne à Pete. Nineva prétendait avoir « dans les soixante ans », mais il n'existait aucun acte de naissance. Amos se fichait de savoir quand il était né, cependant, pour agacer son épouse, il soutenait qu'il était plus jeune qu'elle. À en juger par son acte de naissance, leur fils aîné avait quarante-huit ans. Il était donc peu vraisemblable que Nineva ait accouché de lui à l'âge de douze ans. Selon Amos, elle devait avoir au moins vingt ans. Les Banning savaient donc que Nineva avait plutôt « dans les soixante-dix ans », mais c'était un sujet tabou. Avec Amos, ils avaient trois autres enfants et une ribambelle de petits-enfants. En 1935, la plupart avaient émigré vers le nord.

Nineva travaillait depuis toujours chez les Banning. Elle était la seule domestique. Elle s'occupait de tout : la cuisine, la vaisselle, le ménage, la lessive et officiait aussi comme nounou, baby-sitter et sage-femme au besoin. Elle avait aidé le médecin à mettre au monde Florry en 1898 et son petit frère Pete en 1903, et les avait quasiment élevés. Pour la mère de Pete, Nineva était une amie, une psy, une conseillère et une confidente.

Pour l'épouse de Pete, Nineva était plutôt une rivale. Les Banning étaient les seuls Blancs en qui Nineva avait confiance, et Liza était une pièce rapportée. Elle était une Sweeney, une fille de la ville qui ne savait rien des gens de la campagne, Noirs comme Blancs. Nineva venait de dire adieu à sa plus chère amie

« Ma'ame Banning » et n'était pas prête à accueillir une nouvelle « Madame » dans la maison.

Au début, Nineva n'apprécia pas cette jeune et jolie femme à la forte personnalité. Elle était aimable, chaleureuse, et paraissait vouloir faire tout son possible pour s'intégrer, mais pour Nineva l'arrivée de cette nouvelle patronne signifiait juste plus de travail. Elle avait passé les quatre dernières années à s'occuper de Ma'ame Banning, qui en demandait bien peu, et Nineva, avec le temps, était devenue plutôt paresseuse – elle le reconnaissait elle-même. Si la maison n'était pas immaculée, personne ne lui en faisait le reproche. Ma'ame Banning, avec l'âge, ne remarquait quasiment plus rien. Et soudain, avec cette nouvelle maîtresse de maison, Nineva devait sortir de sa léthargie. La jeune épouse de Pete était coquette, ce qui voulait dire beaucoup de lessives, des amidonnages, et une montagne de repassage. Et Joel et Stella, ses chéris, devaient manger de bons repas, avoir des affaires propres, des serviettes et des draps immaculés. Contrairement à l'appétit d'oiseau de Ma'am Banning qu'il était si facile de contenter, Nineva devait cuisiner trois fois par jour pour une famille entière.

Les premiers temps, Liza n'aimait pas trop avoir cette femme dans la maison à longueur de journée, une femme au caractère bien trempé et qui était ici comme chez elle. Il n'y avait jamais eu de domestiques chez Liza. Sa mère s'occupait toute seule de son foyer, avec l'aide de son mari et de ses deux filles. En quelques jours, Liza comprit que tenir propre cette grande demeure serait une tâche titanesque. Alors elle accepta cette présence, au lieu de se lancer dans une guerre de tranchée ou de blesser l'amour-propre de Nineva.

À l'évidence, aucune des deux ne s'en irait. Elles n'avaient d'autre choix que de bien s'entendre, du moins en apparence. La maison était assez grande pour qu'elles ne soient pas l'une sur l'autre. Les premières semaines furent difficiles. Et Pete ne leur était d'aucune aide. Il était dans les champs, là où il était heureux, tout à ses affaires. Il laissait les femmes se débrouiller.

Amos, en revanche, adora Liza dès le premier jour. Tous les printemps, il s'occupait d'un grand potager qui nourrissait les Banning et une grande partie des employés, et Liza aimait le jardinage. En citadine, elle n'avait jamais rien fait pousser de ses mains, sinon quelques marguerites dans une jardinière. Le jardin d'Amos occupait deux mille mètres carrés, des rangées parfaites de courges, maïs, salades, haricots, carottes, patates douces, poivrons, aubergines, concombres, gombos, fraises, oignons, et plus de quatre variétés de tomates ! À côté du potager, il y avait un verger avec des pêches, des prunes, des poires. Amos élevait aussi des poules, des cochons, et des vaches laitières. Heureusement, quelqu'un d'autre s'occupait du bétail.

Sa nouvelle apprentie était plus que la bienvenue. Chaque matin, après le petit déjeuner, Liza allait dans le jardin arroser les plantes, arracher les mauvaises herbes, retirer les insectes et les fruits gâtés en fredonnant, ou en assaillant Amos de questions. Elle portait un grand chapeau de paille, un pantalon de toile roulé jusqu'aux genoux et des gants à manchons qui lui couvraient tout l'avant-bras. Elle se fichait de la poussière et de la boue, et pourtant jamais elle ne se salissait. Pour Amos, elle était la plus belle femme de la terre, et il eut un faible pour elle, même s'il grommelait à chaque fois qu'elle faisait intrusion. Elle voulait tout savoir sur le jardinage et, quand elle était à court de questions, ils allaient dans la laiterie, où il lui apprenait à traire, à baratter du beurre, à faire du fromage.

Souvent, Jupe les aidait. C'était le petit-fils d'Amos et de Nineva. La mère de Jupe l'avait nommé Jupiter, un prénom qu'il détestait et qu'il avait raccourci. Elle habitait Chicago et ne comptait pas revenir, mais Jupe préférait la vie à la ferme et vivait avec ses grands-parents. À quinze ans, il était un beau garçon musclé, à la fois sous le charme de Liza et totalement pétrifié devant elle.

Au début, Amos pensa que l'intérêt de Liza pour le jardinage était juste un prétexte pour quitter la maison et fuir Nineva, et ce n'était pas totalement faux. Pourtant une réelle amitié naquit entre ces deux-là, à la surprise de l'un et l'autre. Liza voulait connaître son histoire, le passé de la famille, qui étaient ses parents et ses grands-parents, comment était leur vie sur la plantation. Le père de Liza venait du Nord. Sa mère de Memphis. Liza n'avait jamais fréquenté de Nègres et éprouvait beaucoup de compassion pour leur sort. En choisissant ses mots, soucieux d'en dire le moins possible, Amos expliquait que lui et Nineva, ainsi que leurs enfants, faisaient partie des chanceux. Ils habitaient une jolie petite maison, construite quand le père de Pete avait rasé l'ancienne demeure familiale.

Ils avaient de quoi manger et se vêtir. Personne ne mourait de faim chez les Banning, mais les ouvriers agricoles étaient très pauvres. Leurs cases étaient vraiment sommaires. Les enfants, et il y en avait beaucoup, allaient toujours pieds nus.

Liza savait qu'Amos mesurait ses paroles. Il ne pouvait critiquer ouvertement son patron. Et il assurait qu'il y avait aussi beaucoup de Blancs pauvres dans la région, dont le sort n'était pas plus enviable que celui des ouvriers noirs.

Seule sur son cheval, Liza arpentait le domaine composé aux deux tiers de champs, le reste étant couvert de forêts. Elle découvrit des cases nichées au fond des bois, isolées du monde. Les enfants sur le seuil étaient crasseux, les yeux écarquillés, et refusaient de répondre quand elle leur adressait la parole. Les mères hochaient la tête, souriaient, et faisaient rentrer leur marmaille dans la maison. Dans un semblant de village minuscule, elle trouva une boutique et une église flanquée d'un cimetière. Des baraques branlantes s'agglutinaient le long des chemins de terre.

Liza fut indignée par les conditions de vie de ces gens. Elle se promit qu'un jour elle trouverait le moyen d'améliorer leur sort. Toutefois, elle garda ce projet pour elle. Elle ne parla pas à Pete de ses explorations dans les bois, bien qu'il l'apprît rapidement. L'un des ouvriers lui rapporta qu'il avait vu une femme blanche sur un cheval. Évidemment, Liza reconnut qu'il s'agissait d'elle. Où était le problème ? On ne lui avait pas spécifié qu'il y avait des zones interdites.

Non. Il n'y en avait pas. Les Banning n'avaient rien à cacher. Qu'est-ce que tu cherchais, au juste ?

Je me promenais à cheval. Combien de Nègres vivent sur nos terres ?

Pete ne savait pas le nombre exact, parce que les familles grandissaient sans cesse. Une centaine, peut-être ? Mais tous n'étaient pas employés par la plantation. Quelques-uns travaillaient ailleurs. Certains partaient, d'autres revenaient. Quelques hommes avaient plusieurs femmes. En quoi ça l'intéressait ?

Simple curiosité. Liza savait que son projet prendrait des années, et pour l'instant, Pete avait d'autres soucis à gérer. Il devait encore de l'argent aux banques. Le pays subissait toujours la Grande Dépression. Ils n'avaient pas beaucoup d'argent de côté. Même lors de leurs virées à Memphis, ils veillaient à ne pas trop dépenser.

*

En 1938, vers la fin du mois de mars, alors qu'elle et Amos profitaient d'une belle journée de soleil pour planter des petits pois et des haricots, elle eut un vertige. Elle se redressa pour reprendre son souffle et s'évanouit. Amos la prit dans ses bras et l'emporta sur le perron. Nineva, qui faisait office d'infirmière, de médecin et de sage-femme à résidence, lui passa sur le visage une serviette humide et la ranima. Après quelques minutes, Liza se sentit mieux et annonça : « Je crois que je suis enceinte. »

Cela n'a rien de surprenant ! songea Nineva sans rien dire. Cet après-midi-là, Pete la conduisit chez le médecin à Clanton. Il confirma qu'elle était enceinte de deux mois. Joel et Stella étaient trop jeunes pour qu'on leur annonce la nouvelle, et personne dans la maison ne pipa mot. En privé, Pete et Liza se réjouissaient. Après deux fausses couches, et beaucoup d'efforts, ils avaient enfin réussi. Pete lui ordonna de laisser le potager aux soins d'Amos et de se ménager.

Un mois plus tard, Liza perdit encore une fois son bébé. Ce fut un véritable traumatisme et elle sombra dans une profonde dépression. Elle tira les rideaux dans sa chambre et n'en sortit quasiment plus. Nineva, toujours fidèle au poste, montait la voir pour s'occuper d'elle à chaque fois que Liza y consentait. Pete aussi restait le plus possible auprès elle, mais rien ni personne ne parvenait à la sortir de ses idées noires, pas même Joel ou Stella. Finalement, Pete l'emmena consulter un spécialiste à Memphis, et ils en profitèrent pour passer deux nuits chez les parents de Liza – tout cela fut sans effet. Tôt un matin, pendant le petit déjeuner, Pete confia à Nineva qu'il était très inquiet. Comment une personne aussi pétillante et pleine de vie que Liza pouvait-elle sombrer dans un état aussi morbide ?

Nineva avait l'habitude des femmes blanches dépressives – Ma'ame Banning n'avait pas esquissé un sourire durant les quatre dernières années de sa vie, et elle lui avait tenu la main chaque jour. Nineva s'asseyait avec Liza pendant de longs moments, tentait d'engager la conversation. Au début, la jeune femme passait le plus clair de son temps à pleurer, sans rien dire. Alors Nineva parlait et parlait encore, lui racontait des histoires du temps où sa mère et sa grand-mère étaient esclaves. Elle lui apportait du thé, des cookies et, à chacune de ses visites, ouvrait un peu plus les rideaux. Jour après jour, les deux femmes restaient ensemble et bavardaient et, peu à peu, Liza se rendit compte qu'elle n'était pas la plus à plaindre. Elle était une privilégiée et avait eu la chance d'être née du bon côté. Elle avait trente ans, était en bonne santé, et de belles années l'attendaient. Elle était déjà mère et, si elle ne devait pas avoir d'autres enfants, elle avait d'ores et déjà une magnifique famille.

Neuf semaines après sa fausse couche, Liza s'éveilla un matin, attendit que Pete parte aux champs, enfila son pantalon de toile, ses gants, vissa son chapeau de paille sur sa tête et annonça à Nineva qu'elle devait s'occuper du jardin. Nineva la suivit et souffla quelques mots à l'oreille d'Amos. Il ne la lâcha pas d'une semelle et, quand le soleil fut trop haut et que les premières gouttes de sueur perlèrent au front de la jeune femme, il insista pour qu'ils fassent une pause. Nineva arriva avec du thé glacé au citron, et ils s'installèrent tous les trois sous un arbre et devisèrent gaiement.

Bientôt, Pete et Liza reprirent leurs anciennes habitudes. Et même s'ils avaient une vie sexuelle accomplie, elle ne tomba plus enceinte. Deux années passèrent sans alerte. Lors de son trente-troisième anniversaire, en novembre 1940, Liza était convaincue qu'elle ne pourrait plus avoir d'enfants.

23

À la fin de l'été 1941, la récolte semblait particulièrement prometteuse. Les graines avaient été plantées mi-avril. Pour la fête du 4 Juillet, les plants arrivaient à la taille, et à mi-poitrine début septembre pour le Labor Day. Le temps était favorable, avec des journées chaudes, des nuits fraîches, et de bonnes pluies de temps en temps. Après un long hiver à défricher, Pete était parvenu à ensemencer trente hectares de plus. Il avait remboursé ses emprunts aux banques. Mais en bon paysan, il savait que rien n'était acquis. Il y avait tant d'inconnues.

Ces bons augures ne pouvaient faire oublier les événements qui secouaient le monde. En Europe, l'Allemagne avait envahi la Pologne deux années plus tôt, ce qui avait déclenché le conflit. L'année précédente, les bombardements de Londres avaient commencé et, en juin 1941, Hitler avait attaqué la Russie avec la plus grande armée de l'histoire. En Asie, les Japonais étaient en guerre contre la Chine depuis dix ans. Forts de leurs derniers succès militaires, ils avaient décidé de conquérir les colonies anglaises, françaises et hollandaises du Pacifique sud et leur domination dans cette région semblait totale. En août 1941, les États-Unis fournissaient au Japon quatre-vingts pour cent de ses besoins en pétrole. Quand Roosevelt déclara l'embargo, l'économie nippone se trouva fragilisée, comme sa puissance militaire.

La guerre paraissait inéluctable sur les deux fronts. Restait à savoir combien de temps les États-Unis pourraient encore se tenir à l'écart. C'était là la grande question. Beaucoup d'amis de Pete étaient encore en service actif dans l'armée, et tous, sans exception, pensaient que le pays ne pourrait pas demeurer neutre bien longtemps.

Huit ans plus tôt, il avait abandonné sa carrière militaire – à regret. Aujourd'hui, il ne se faisait pas d'illusion sur son avenir. Il aimait sa vie de fermier. Comme il aimait sa femme et ses enfants. Et éprouvait du bonheur à voir défiler les saisons, se succéder le cycle des semailles et des cueillettes. Il passait le plus clair de son temps aux champs, souvent à cheval, seul ou avec Liza à ses côtés, à surveiller la floraison, à trouver des solutions pour faire fructifier le domaine. Joel avait désormais quinze ans et, quand il n'était pas à l'école, ou à s'acquitter de ses corvées à la ferme, il battait les bois avec Pete pour tirer des cerfs ou des dindons sauvages. Stella avait treize ans et était très bonne élève, ce qui faisait la fierté de ses parents. La famille dînait ensemble tous les soirs, à 19 heures sonnantes, et à table aucun sujet n'était tabou. Bien sûr, le plus récurrent était la guerre.

En tant qu'officier de réserve, Pete était certain d'être appelé, et l'idée de quitter la maison lui serrait le cœur. Il se moquait de son ancien rêve de gloire militaire. Il était fermier désormais, trop vieux pour être soldat, du moins d'après lui. Il savait, toutefois, que l'armée ferait fi de son âge. Quasiment toutes les semaines, il recevait une lettre d'un camarade de West Point lui annonçant qu'il partait au combat. Tous s'étaient promis de rester en contact.

Son ordre de mobilisation tomba le 15 septembre 1941. Il devait se présenter à Fort Riley, la base du Vingt-sixième de cavalerie, son ancien régiment qui avait déjà été envoyé aux Philippines. Il demanda un délai de trente jours pour surveiller la récolte, délai qui lui fut refusé.

Le 3 octobre, pour son départ, Liza invita à la maison un petit groupe d'amis. Malgré les efforts de Pete pour dissimuler son appréhension, la soirée fut sinistre. Derrière les sourires, les encouragements et les embrassades, la tension était palpable. Pete les remercia tous, pour leur soutien et leurs prières, et rappela qu'à travers le pays des milliers d'hommes jeunes étaient appelés sous les drapeaux. Le monde était au bord d'une nouvelle guerre mondiale, et toutes les nations allaient payer un lourd tribut.

Dexter Bell, le nouveau pasteur, était présent, en compagnie de son épouse, Jackie. Ils étaient arrivés en ville un mois plus tôt et avaient été accueillis chaleureusement par la communauté. Dexter était jeune, enthousiaste, et avait un talent certain d'orateur. Jackie, de sa voix douce et mélodieuse, avait chanté deux arias à l'église qui avaient fait le bonheur de tous. Leurs trois enfants étaient charmants et bien élevés.

Longtemps après le départ des convives, les Banning, avec Florry, paressèrent dans le salon, tentant d'occulter l'inévitable. Stella s'accrochait à son père et contenait ses larmes. Joel, à l'image de la figure paternelle, s'efforçait de rester imperturbable, comme si tout allait bien. Il ajouta des bûches dans la cheminée pour chasser le froid. Ils étaient tous mutiques, plongés dans leurs pensées, songeant à l'avenir soudainement si incertain. Le feu mourut dans l'âtre. Il était temps d'aller se coucher. Demain, c'était samedi, jour du départ. Les enfants seraient encore endormis.

Quelques heures plus tard, à l'aurore, Pete jeta son sac sur la banquette arrière et embrassa Liza. Il s'éloigna avec Jupe, qui avait désormais vingt ans et était devenu un beau jeune homme. Pete le connaissait depuis sa naissance, et pendant des années Jupe avait été l'un de ses employés préférés. Il lui avait appris à conduire, l'avait inscrit au permis, payé les cours, et l'assurance. Et pour Liza, Nineva ou lui, il était le chauffeur quand il fallait faire des courses. Jupe avait même le droit de se servir du pick-up de Pete tout seul pour aller chercher de la nourriture ou du matériel à Tupelo.

Pete conduisit jusqu'à Memphis, s'arrêta devant la gare. Il demanda au jeune homme de bien s'occuper de la ferme, et le regarda s'en aller. Deux heures plus tard, Pete montait dans le train en direction du Kansas. Les wagons étaient pleins d'appelés rejoignant comme lui les bases militaires aux quatre coins du pays.

Pete avait quitté l'armée avec le grade de lieutenant. Il y revenait avec les mêmes galons. Il était affecté à son ancienne unité, le Vingt-sixième régiment de cavalerie. Il passa un mois d'entraînement à Fort Riley avant d'être envoyé le 10 novembre aux Philippines. Il était sur le pont d'un transport de troupes quand il passa sous le Golden Gate Bridge de San Francisco, en se demandant combien de temps il serait absent. Durant la traversée, il écrivit deux ou trois lettres par jour à Liza et à ses enfants et les posta toutes ensemble une fois à terre. Le navire fit halte à Pearl Harbor pour se réapprovisionner. Une semaine plus tard, Pete débarquait sur l'île de Luçon.

Le moment n'aurait pu être pire. Comme le lieu de son affectation.

24

Les Philippines, un archipel de sept mille îles, se situaient au sud de la mer de Chine méridionale. La géographie changeait d'île en île. On y trouvait des montagnes avec des sommets culminant à près de trois mille mètres, des forêts touffues, des jungles impénétrables, des plaines littorales, des plages et des kilomètres de côtes rocheuses. Les grandes îles étaient traversées par des rivières impétueuses impraticables. En 1940, le pays était riche, grâce à ses ressources minières et agricoles, ce qui en faisait une cible de choix pour l'envahisseur nippon. Les stratèges américains savaient les Philippines vulnérables et quasiment impossibles à défendre. Elles étaient proches du Japon, et l'armée impériale envahissait tous ses voisins.

Le général Douglas MacArthur était responsable de la défense de l'archipel. En juillet 1941, le président Roosevelt avait demandé à MacArthur, alors à la retraite, de reprendre du service. Il le nomma commandant des forces américaines en Extrême-Orient. Il installa son quartier général à Manille et s'attela à préparer la défense des Philippines, un défi de titan. Il avait habité le pays pendant des années. Il connaissait bien les Philippines et savait que la situation était périlleuse. À plusieurs reprises, il avait averti Washington de la menace nippone. Ses avertissements avaient été entendus, mais que d'une oreille. Il n'avait pas assez de temps pour préparer son armée au combat. Une mission impossible.

Dès qu'il prit son commandement, il réclama des troupes, des armes, des avions, des bateaux, des sous-marins et des vivres. Washington accepta tout mais ne livra pas grand-chose. En décembre 1941, alors que les relations avec les Japonais se détérioraient, l'armée américaine aux Philippines s'élevait à vingt-deux mille hommes, dont la moitié étaient des Scouts philippins, un corps d'élite composé de Philippino-Américains et de quelques natifs. Huit mille cinq cents soldats supplémentaires furent envoyés sur place. MacArthur mobilisa l'armée régulière des Philippines, un corps de paysans sous-équipés représentant douze divisions d'infanterie, du moins sur le papier. En comptant tout ce qui portait de près ou de loin un uniforme, MacArthur disposait de cent mille hommes, dont la majorité n'avaient jamais entendu un coup de feu de leur vie, hormis à la chasse.

L'état de l'armée régulière des Philippines était pathétique. Le gros du contingent, constitué de locaux, n'avait que des armes obsolètes de la Première Guerre mondiale – fusils, pistolets, mitrailleuses, tout datait au mieux de 1914. Leur artillerie était inefficace et dépassée. Et la plupart des munitions étaient défectueuses. Officiers et appelés étaient novices, et les camps d'entraînement étaient rares. Comme les uniformes au complet. Les casques d'acier étaient si peu nombreux que les Philippins se protégeaient le crâne avec des noix de coco.

L'aviation de MacArthur comptait quelques centaines d'appareils, presque tous bons pour la casse et refusés par les autres forces américaines. Il ne cessait de réclamer des armes, du matériel, des vivres, mais en vain – soit les États-Unis étaient à court, soit tout cela était affecté ailleurs.

*

Pete arriva à Manille pour Thanksgiving et fit le voyage en camion jusqu'à Fort Stotsenburg, à cent kilomètres au nord de la capitale. Il rejoignit alors l'escadron C du Vingt-sixième régiment de cavalerie. Après s'être présenté devant ses supérieurs, on lui attribua une couchette dans les baraquements et on le conduisit aux écuries pour qu'il choisisse son cheval.

À l'époque, le Vingt-sixième de cavalerie comptait sept cent quatre-vingt-sept hommes, pour la plupart des Scouts philippino-américains bien entraînés et cinquante-cinq officiers américains. C'était la dernière unité de troupes montées opérationnelle dans l'armée régulière des États-Unis. Elle était bien équipée, experte et connue pour sa discipline. Pete passa ses premiers jours en selle avec son nouveau compagnon, un pur-sang alezan foncé nommé Clyde.

Le polo était un sport populaire au Vingt-sixième de cavalerie et servait aussi d'entraînement équestre. Bien qu'il fût un peu rouillé au début, Pete prit de l'assurance et du plaisir aux matchs. Mais chaque jour la tension montait d'un cran, et le régiment, comme le reste des forces stationnées sur l'archipel, sentait que le compte à rebours tirait à sa fin. Bientôt, les Japonais allaient attaquer.

Au petit matin du 8 décembre, les opérateurs radio aux Philippines apprirent l'attaque sur Pearl Harbor. Fini de jouer. C'était la guerre. Toutes les unités américaines devaient se préparer au combat. Conformément au plan prévu pour la défense des Philippines, le général Brereton, commandant de la force aérienne, plaça toute sa flotte en état d'alerte. Dès 5 heures du matin, il se rendit au QG de MacArthur à Manille pour demander la permission d'envoyer une escadrille de B-17 frapper les bases nippones à Formose, à trois cents kilomètres de là. Toutefois, l'aide de camp de MacArthur refusa de lui accorder un rendez-vous, prétextant que le général était trop occupé. Le plan en cas d'agression des Japonais était bien rodé, et toutes les unités l'avaient répété cent fois. À la première attaque, une contre-attaque était lancée sans délai, mais MacArthur devait donner son feu vert. Et pourtant, contre toute attente, MacArthur restait invisible. À 7 h 15, Brereton, paniqué, revint à la charge pour demander audience, et une fois encore il fut débouté. Il devait attendre les ordres. À ce moment-là, des avions de reconnaissance japonais avaient été repérés et les rapports alarmistes s'amoncelaient sur le bureau de Brereton. À 10 heures, il exigea à nouveau d'être reçu. Encore un refus. Excédé, Brereton ordonna à ses bombardiers de décoller et de quitter la base, pour les protéger d'une éventuelle attaque nippone. Les B-17 commencèrent à tourner autour des îles, sans bombes.

Quand MacArthur, enfin, se décida à donner l'ordre d'attaquer, les bombardiers de Brereton étaient en l'air et à court de kérosène. Ils atterrirent au plus vite, avec leurs escadrilles de chasseurs. À 11 h 30, tous les avions américains étaient au sol pour faire le plein et être armés. Les équipes au sol travaillaient d'arrache-pied quand la première vague de bombardiers japonais arriva en formation parfaite. À 11 h 35, ils traversèrent la mer de Chine méridionale et eurent la base de Clark Field en vue. Les pilotes nippons n'en revinrent pas. Sous eux, soixante B-17 et une myriade de chasseurs stationnés en rang d'oignons, ailes contre ailes, offerts. En quelques minutes, toute la force aérienne des États-Unis fut anéantie. D'autres attaques similaires eurent lieu sur d'autres bases. Pour des raisons qui demeureront à jamais mystérieuses, les Américains avaient été pris de court. Les dommages étaient incalculables. Sans aviation pour assurer le soutien tactique et logistique, et sans renforts, la bataille des Philippines était perdue d'avance. Quelques heures après le début des hostilités, l'issue était scellée.

Les Japonais avaient bon espoir de prendre les îles en un mois. Le 22 décembre, une force de quarante-trois mille soldats d'élite débarqua en divers points stratégiques de l'archipel et eut raison des postes de défense. Au cours des premiers jours de l'invasion, les pronostics nippons semblèrent fondés. Toutefois, avec un entêtement et un courage exemplaires, les Américains et les Philippins, alors certains d'être abandonnés, résistèrent pendant quatre mois – quatre mois de combats intenses et sanglants.

*

Peu après l'invasion nippone, le 22 décembre, l'escadron C reçut l'ordre de monter au nord de l'île de Luçon, où il fit de la reconnaissance pour l'infanterie et l'artillerie et fut impliqué dans plusieurs escarmouches. La section de Pete était dirigée par le lieutenant Edwin Ramsey, un amoureux des chevaux qui s'était engagé dans le Vingt-sixième parce qu'on racontait qu'il y avait « une bonne équipe de polo ». Le lieutenant Banning était le commandant en second.

Ils passaient leurs journées à cheval, à sillonner la péninsule pour surveiller les mouvements de l'ennemi et évaluer leur force. Rapidement, il devint évident que les Japonais étaient supérieurs en nombre, en armes et en matériel. Pour prendre les îles, ils utilisaient leur division d'attaque, des vétérans aguerris qui étaient au combat depuis près de dix ans. Ayant désormais la maîtrise des airs, l'aviation nippone pouvait bombarder et attaquer à tout instant. Pour les

Américains, cloués au sol, rien n'était plus terrifiant que le hurlement des Zéros frôlant les arbres avec leurs deux canons de 20 millimètres et leurs deux mitrailleuses de 7,7 millimètres pour faucher tout ce qui bougeait au sol. Éviter les Zéros devint un rituel quotidien, parfois de chaque heure. Être furtif était encore plus compliqué pour le Vingt-sixième de cavalerie parce que les hommes devaient non seulement trouver un fossé pour se dissimuler, mais cacher aussi leur monture.

Au crépuscule, ils campaient, mangeaient et donnaient à boire aux chevaux. Chaque escadron avait à sa disposition des cuisiniers, des maréchaux-ferrants, et même des vétérinaires. Après le dîner, quand le calme revenait et que les hommes tombaient de sommeil, ils lisaient leur courrier et écrivaient des lettres. Jusqu'à l'invasion, et au blocus naval qui s'ensuivit, le service postal était d'une fiabilité remarquable au vu des conditions. Mais vers la fin décembre, la distribution ralentit considérablement.

La semaine de Noël, Pete reçut un carton de la taille d'une boîte à chaussures empli de lettres et de cartes postales provenant de sa famille, de proches et d'amis. Il y en avait tellement qu'il avait l'impression que tout Clanton lui avait envoyé un mot. Il relut tant de fois les lettres de Liza et des enfants qu'il les connaissait par cœur. Quand il écrivait aux siens, il décrivait les îles, un pays bien différent des douces collines du Mississippi. Il narrait la vie difficile dans l'armée. Mais jamais il ne parlait du danger. Il veillait à bannir tout mot susceptible de laisser percevoir sa peur. Les Japonais allaient bientôt débarquer, si ce n'était déjà fait, et ils seraient repoussés par l'armée américaine et ses frères d'armes philippins.

Le 24 décembre, MacArthur lança le plan de retraite, conçu avant la guerre, où il s'agissait de replier ses troupes sur la péninsule de Bataan pour offrir une dernière résistance. La victoire n'était pas au menu, et MacArthur le savait. L'objectif de l'état-major était de tenir position à Bataan et d'occuper les forces japonaises le plus longtemps possible, afin de les empêcher de débarquer ailleurs dans l'océan Pacifique.

Ralentir les Japonais était l'obsession du commandement. On ne parlait plus de résistance, mais d'« action retardatrice ».

Pour protéger ses hommes pendant la retraite sur Bataan, MacArthur mit en place cinq lignes de défense afin de freiner la progression nippone dans la zone centrale de l'île de Luçon. Le Vingt-sixième régiment de cavalerie eut alors un rôle crucial.

Le 15 janvier 1942, le lieutenant Ramsey et sa section venaient de terminer une mission de reconnaissance éprouvante, et il comptait laisser ses hommes et leurs montures se reposer quand l'escadron C apprit qu'une troupe importante de Japonais avançait dans leur direction. Une contre-attaque était prévue, et Ramsey voulut participer à l'assaut.

On lui ordonna de prendre Morong, un village situé sur un point stratégique le long du Batalan, dans la partie occidentale de Bataan. Morong était défendu par les Japonais, mais sans armes lourdes.

Ramsey rassembla sa section de vingt-sept hommes et monta au nord vers Morong par la route principale. Alors qu'ils atteignaient le Batalan sur le flanc est du village, ils s'approchèrent avec précaution et s'aperçurent que Morong avait été déserté. L'église catholique, seule construction en pierre du village, se dressait au milieu d'un amas de huttes sur pilotis. Ramsey divisa ses hommes en trois groupes de neuf cavaliers. Le lieutenant Banning en commandait l'un d'eux. Alors que Pete et son escouade approchaient de l'église, toute la section se retrouva sous le feu d'une avant-garde japonaise. Les hommes de Ramsey répliquèrent, et ils aperçurent l'armée japonaise qui traversait le cours d'eau. Si ces troupes atteignaient Morong, la section serait submergée.

Sans hésitation, Ramsey décida d'attaquer, une charge de cavalerie contre de l'infanterie, une première depuis quinze ans dans l'armée des États-Unis ! Il mit sa section en formation, brandit son pistolet et cria « chargez ! ». Avec leurs cavaliers hurlant et tirant à tout va, les chevaux lancés au galop pourfendirent l'avant des troupes. L'ennemi terrifié battit en retraite de l'autre côté de la rivière et tenta de se regrouper. Avec seulement trois blessés dans ses rangs, la section de Ramsey retint les Japonais jusqu'à ce que les renforts arrivent.

Ce serait la dernière charge de cavalerie de toute l'histoire militaire américaine.

Le Vingt-sixième continua de harceler l'ennemi afin de ralentir l'inévitable siège de Bataan. MacArthur déplaça le gouvernement philippin et le gros de son armée sur la péninsule, mais décida d'installer son centre de commandement dans un bunker de Corregidor, une île fortifiée protégeant la baie de Manille. Ses forces, fébrilement, établirent des lignes de défense partout sur Bataan. À l'aide de barges, les officiers firent venir des hommes et du ravitaillement de Manille, dans l'espoir de tenir leur position. L'objectif était d'engranger suffisamment de vivres pour nourrir quarante-cinq mille hommes pendant six mois. Finalement, c'est quatre-vingt mille soldats et vingt-cinq mille civils philippins qui se réfugièrent sur la péninsule. À la mi-janvier, le repli stratégique était terminé.

Alors que les forces américaines étaient confinées sur Bataan, les Japonais s'empressèrent de les isoler par un blocus naval et aérien. Trop confiant, l'état-major nippon commit une erreur tactique : ils retirèrent leurs divisions d'élite pour les envoyer au combat dans d'autres secteurs du Pacifique et les remplacèrent par des troupes moins aguerries. Cette erreur ne leur fut pas fatale, en revanche elle rallongea le siège de plusieurs mois et causa bien des souffrances inutiles.

Durant les premières semaines de la bataille de Bataan, les Japonais subirent de lourdes pertes, essuyant une résistance féroce des Américains et des Philippins qui voulaient tenir leur dernière place forte. Les victimes du côté Alliés furent beaucoup moins nombreuses mais les morts ne pouvaient être remplacés. Les Japonais avaient des ressources illimitées, en hommes et en matériel. Et ils éreintaient leur proie avec leur artillerie lourde et leur aviation.

Les conditions de vie sur Bataan se détériorèrent rapidement. Pendant des semaines, Américains et Philippins se battirent le ventre quasiment vide. Un soldat allié sur Bataan avait droit à deux mille calories par jour, soit la moitié de ce qui était nécessaire pour tenir au combat. La faim tenaillait les hommes et les vivres se raréfiaient. MacArthur avait fait une erreur incompréhensible : dans son empressement à concentrer ses forces sur la péninsule, il avait laissé derrière lui le gros de leur ravitaillement. Dans un seul hangar, des milliers de tonnes de riz avaient été abandonnées, de quoi nourrir l'armée pendant plusieurs années. Ses officiers l'avaient supplié de constituer des réserves sur Bataan, mais MacArthur n'avait rien voulu entendre. Quand il apprit que ses hommes étaient affamés et se plaignaient, il réduisit de moitié la ration de ses unités. Dans une lettre adressée à ses troupes, il promettait l'arrivée prochaine de renforts et de ravitaillement. Ses propres mots : « Des milliers de soldats et des centaines d'avions ont été expédiés. Le jour exact de leur arrivée est encore inconnu. » Les secours, donc, étaient en route.

C'était un mensonge. La flotte du Pacifique avait été décimée à Pearl Harbor, et n'avait pas de quoi briser le blocus japonais. Les Philippines étaient totalement isolées. Washington le savait, comme MacArthur.

Les hommes, affamés, mangèrent tout ce qu'ils trouvaient. Ils massacrèrent les kalabaw, la version philippine du buffle d'Asie. Sa chair dure comme du cuir devait être bouillie longtemps dans l'eau salée et attendrie au maillet pour la rendre tout juste comestible. Elle était servie avec une bouillie de riz moisi et infesté de vers. Quand tous les buffles furent tués, les chevaux et les mules furent abattus, même si les hommes du Vingt-sixième régiment de cavalerie refusèrent de manger leurs anciens compagnons.

Les soldats chassèrent le cochon sauvage, les lézards, même les corbeaux, les oiseaux exotiques et les serpents, y compris les cobras qui pullulaient dans la région. Dès qu'ils tuaient quelque chose, ils jetaient leur gibier dans une grande marmite commune pour la troupe. En février, il ne restait plus une mangue ou une seule banane à Bataan. Les hommes en étaient réduits à manger de l'herbe et des feuilles. La péninsule était entourée par la mer de Chine, réputée poissonneuse. Mais quitter le littoral se révéla impossible. Les aviateurs japonais prenaient un malin plaisir à attaquer et couler le moindre bateau de pêche. Sortir à découvert était du suicide.

La malnutrition était endémique. Début mars, les troupes n'avaient plus la force de monter des patrouilles, de préparer des embuscades, et encore moins de lancer des attaques. Les pertes de poids étaient saisissantes. En moyenne, les soldats avaient perdu entre quinze et vingt-cinq kilos.

Le 11 mars, MacArthur, obéissant aux ordres de Washington, quitta Corregidor avec sa famille et son état-major pour se réfugier en Australie et y installer son poste de commandement. Après avoir abandonné ses hommes, et n'ayant pourtant accompli aucun haut fait de guerre, il reçut la Medal of Honor pour sa défense héroïque des Philippines.

Les hommes émaciés qu'il avait laissés à Bataan n'étaient plus en état de se battre. Ils souffraient de multiples maux : œdèmes articulaires, saignements de gencives, engourdissement des membres, chute de tension, hypothermie, tremblements, frissons et anémies si sévères que bon nombre ne pouvaient plus marcher. La malnutrition entraîna rapidement la dysenterie, avec des diarrhées si violentes que les hommes s'évanouissaient. En temps de paix, le paludisme faisait déjà des ravages à Bataan. La guerre offrit aux moustiques de nouvelles proies. Après avoir été piqués, les hommes avaient de la fièvre, des suées et étaient parcourus de frissons incontrôlables. À la fin mars, mille hommes par jour contractaient le paludisme. Une grande partie des officiers était touchée. Un général rapporta que la moitié seulement de ses soldats pouvait combattre, l'autre était « si malade, affamée, et épuisée qu'elle ne pourrait jamais tenir une position ou lancer une offensive ».

Les hommes commencèrent à douter de la venue des renforts et des secours. Tous les matins, des guetteurs scrutaient la mer de Chine dans l'espoir de repérer des convois, mais, bien sûr, il n'y en avait pas. Roosevelt s'adressa à la nation à l'occasion de ses célèbres « Causeries au coin du feu », et expliqua au peuple américain que les Japonais avaient fait un blocus autour des Philippines et que cet « encerclement complet » empêchait l'envoi de « soutien conséquent ». Et parce que les États-Unis étaient en guerre sur deux grandes zones de combats, il fallait concentrer leurs forces sur « d'autres secteurs que les Philippines ».

Les hommes de Bataan écoutaient aussi la retransmission, sur leur radio à ondes courtes dans leurs trous ou dans leurs chars. Désormais, ils savaient. Personne ne viendrait.

*

Les Banning n'avaient reçu aucune lettre de Pete depuis près de deux mois. Ils étaient au courant qu'il se trouvait à Bataan, mais ignoraient à quel point la situation était désespérée. Eux aussi écoutaient le président à la radio et, pour la première fois, ils mesurèrent l'étendue du danger. Après l'émission, Stella monta pleurer dans sa chambre. Liza et Joel restèrent éveillés tard le soir, à parler de la guerre, en cherchant en vain des moyens de garder espoir.

Tous les dimanches matin, quand Dexter Bell commençait la messe, il énumérait les noms des hommes et des femmes du comté partis à la guerre, et la liste s'allongeait chaque semaine. Il priait longuement pour qu'ils reviennent sains et saufs. La plupart étaient encore en camp d'entraînement. Pete Banning, lui, connaissait l'enfer et avait droit à plus de prières que les autres.

Liza et ses enfants tentaient de se montrer courageux. Le pays était en guerre, partout les familles vivaient dans la peur. Un enfant de Clanton – tout juste dix-huit ans – avait été tué en Afrique du Nord. Sous peu, des milliers de familles américaines allaient recevoir de mauvaises nouvelles.

25

Sans montures, le Vingt-sixième régiment de cavalerie n'existait plus en tant qu'unité combattante. Ses hommes furent réaffectés et on leur donna des tâches auxquelles ils n'étaient guère accoutumés. Pete se retrouva dans l'infanterie. On lui mit une pelle dans les mains avec pour consigne de se creuser un trou, l'un des milliers le long d'une ligne de vingt kilomètres protégeant la pointe sud de la péninsule. C'était l'ultime rempart. Si les Japonais le brisaient, les Alliés seraient repoussés jusqu'à la mer.

À la mi-mars, il y eut une accalmie dans les combats, le temps que les Japonais resserrent leur nœud coulant sur Bataan. Ils se regroupèrent et firent venir du ravitaillement. Les Américains et les Philippins savaient que c'était la fin, et se terrèrent plus profond dans leur trou.

Pendant ces jours d'attente, Pete et ses camarades en profitèrent pour pelleter de la terre afin de renforcer les bunkers et les parapets, mais le travail était pénible. Les hommes étaient malades, affaiblis par la faim. Pete estimait avoir perdu vingt kilos.

Tous les dix jours, il devait percer un nouveau trou à sa ceinture pour maintenir son pantalon. Pour l'instant, il avait échappé au paludisme, mais il l'attraperait tôt ou tard. Il avait eu deux petites crises de dysenterie et il s'était vite rétabli parce qu'un médecin avait trouvé de l'élixir parégorique. Les nuits, il dormait sur une couverture à côté de son trou, son fusil à portée de main.

Dans la tranchée à sa droite, il y avait Sal Moreno, un sergent italien, un solide gaillard venant de Long Island. Sal était un enfant de la ville, originaire d'une famille nombreuse haute en couleur, et avait toujours de bonnes histoires à raconter. Il avait appris à monter à cheval dans une ferme où travaillait l'un de ses oncles. Après deux soucis avec la justice, il s'était engagé dans l'armée et s'était frayé un chemin jusqu'au Vingt-sixième de cavalerie. Une crise aiguë de paludisme avait failli l'emporter, mais Pete avait trouvé de la quinine au marché noir et l'avait soigné.

À sa gauche se terrait Ewing Kane, originaire d'une grande famille de Virginie qui était sorti avec les honneurs de l'Institut militaire de Virginie, comme son père et son grand-père. Ewing montait des poneys à l'âge de trois ans. Il était le meilleur cavalier du Vingt-sixième.

Cependant leurs chevaux avaient été mangés et désormais, ils allaient à pied et appartenaient à l'infanterie. Ils passaient des heures à parler, leur sujet préféré étant la cuisine. Pete décrivait les plats que concoctait Nineva – avec de la viande provenant de sa propre ferme : des côtelettes panées, des travers de porc fumés, des beignets de gombos, des beignets de poulet, des beignets de tomates vertes, des pommes de terre frites dans du bon gras de bacon, des courges frites et autres délicates fritures. Sal s'étonnait qu'on puisse faire une cuisine aussi grasse. Ewing décrivait le délice des jambons fumés et du bacon de Virginie, et les faisans rôtis, les palombes, les cailles, les poulets, et le célèbre ragoût de Brunswick. Comparés à Sal, ils étaient des amateurs. La mère et la grand-mère italiennes préparaient des plats totalement inconnus des deux autres : lasagnes, manicottis farcis, spaghettis à la bolognaise, escalopes au vinaigre balsamique, bruschettas à l'ail et tomates, beignets de mozzarella, et la liste n'en finissait pas. Au début, Pete et Ewing pensaient que Sal se vantait, mais la finesse des détails culinaires leur donnait l'eau à la bouche. Ils se promirent de se retrouver à New York après la guerre et de s'empiffrer de ces merveilles de la cuisine italienne.

Parfois ils riaient, se prenaient à rêver, mais le moral était au plus bas. Les hommes sur la péninsule en voulaient à MacArthur, à Roosevelt, à tous les gros bonnets de Washington de les avoir ainsi abandonnés. Ils étaient amers, misérables, et la plupart maugréaient à longueur de journée. D'autres insistaient pour qu'ils cessent leurs jérémiades. Se plaindre ne servait à rien. Souvent, des soldats pleuraient dans leur trou, d'autres craquaient et disparaissaient dans la jungle. Pete parvint à rester sain d'esprit en pensant à Liza et à ses enfants, et aux festins que Nineva préparerait un jour pour lui, avec tous ces légumes délicieux du potager d'Amos. Il voulait leur écrire mais il n'y avait plus ni papier ni crayons, ni service postal. Ils étaient complètement isolés, sans moyen de communication. Il priait pour sa famille tous les jours et demandait à Dieu de veiller sur eux quand il ne serait plus de ce monde. Car sa mort était certaine, à cause de la faim, des maladies, des bombes ou des balles.

Même si l'infanterie nippone faisait une pause, l'artillerie et l'aviation ne cessaient de les pilonner. Il n'y avait jamais de journée véritablement tranquille. Le danger était toujours proche. Tous les matins, en guise de réveil, les bombardiers attaquaient et, sitôt les avions disparus du ciel, les canons prenaient le relais.

Vers la fin mars, cent cinquante gros canons furent positionnés devant la ligne de défense américaine, et un bombardement intense commença. Le pilonnage fut continu et les dégâts très lourds. Beaucoup d'Américains et de Philippins furent déchiquetés dans leur trou. Les bunkers, que l'on croyait à l'abri des bombes, furent soufflés comme des fétus de paille. Les pertes furent cauchemardesques et les hôpitaux de campagne se retrouvèrent submergés de blessés et de mourants. Le 3 avril, après une semaine de bombardements incessants, l'infanterie et les blindés japonais s'engouffrèrent dans les brèches. Voyant leurs troupes céder une à une, les officiers tentèrent d'organiser une résistance mais, quelques heures plus tard, ils étaient défaits. Toutes les contre-attaques possibles furent montées, lancées et anéanties par les Japonais bien plus nombreux.

À cette époque, un général américain estimait qu'un seul soldat sur dix parvenait à marcher sur cent mètres, à armer son fusil et à tirer sur l'ennemi. Une force de combat de quatre-vingt mille soldats avait été réduite à deux mille cinq cents hommes valides. Sans nourriture, sans munitions, le moral au plus bas et sans soutien naval ni aérien, les Américains et les Philippins continuèrent à se battre, avec l'énergie du désespoir, et infligèrent de lourdes pertes à l'ennemi. Cependant les Japonais étaient supérieurs en nombre, bien mieux équipés, et l'issue parut inéluctable.

Sous la pression nippone qui ne faiblissait pas, le général Ned King et ses officiers d'état-major envisagèrent l'impensable : la reddition. Les ordres de Washington étaient clairs : l'armée devait combattre tant qu'il lui restait un homme debout. Une décision sans doute héroïque vue d'un confortable bureau de Washington, mais le général King était sur le terrain et confronté à la terrible réalité. Soit il se rendait, soit tous ses hommes étaient massacrés. Ceux qui étaient encore en mesure de se battre faiblissaient de jour en jour. Les Japonais se trouvaient à quelques kilomètres d'un grand hôpital de campagne abritant six mille blessés.

À minuit, le 8 avril, le général King rassembla son commandement et annonça : « À l'aube, je hisse le drapeau blanc pour négocier les termes de notre capitulation. Toute résistance est vaine et ne ferait qu'ajouter des morts inutiles. L'un de nos hôpitaux, qui est bondé, se trouve sur la ligne d'avancée de l'ennemi et d'ores et déjà à portée de leur artillerie légère. Nous n'avons plus les moyens d'organiser la résistance. »

Même si cette décision était inévitable, elle restait douloureuse. Beaucoup d'officiers présents pleuraient. Le général King ordonna la destruction immédiate de tout ce qui pouvait avoir une valeur militaire, mais conserva les voitures et les camions pour le transport des malades et des blessés vers les camps de prisonniers.

Avec soixante-dix mille hommes sous son commandement, la capitulation du général King fut la plus grande reddition de l'histoire américaine.

*

Pete apprit la nouvelle à midi le 9 avril et n'arrivait pas à y croire. Avec Sal, Ewing, et les autres du Vingt-sixième de cavalerie, leur premier réflexe fut de partir dans la jungle pour continuer à se battre. L'opération paraissait suicidaire. Ils avaient à peine la force de marcher. On leur avait demandé de détruire leurs armes et leurs munitions, de faire des provisions de nourriture si possible, de remplir leur gourde d'eau et de se mettre à marcher vers le nord à la rencontre des Japonais. Les hommes étaient stupéfaits, abattus, en larmes à l'idée que la vaillante armée américaine en soit réduite à se rendre. Tous vivaient cela comme une profonde humiliation.

Ils se mirent lentement en marche, la peur au ventre, bientôt rejoints par d'autres Américains et Philippins émaciés et sonnés. Ils furent des dizaines, puis des centaines sur la route, tous se dirigeant vers un avenir incertain et forcément sinistre. Ils s'écartèrent pour laisser passer un camion plein de blessés. Sur le capot se tenait un GI solitaire, tenant un drapeau blanc au bout d'un bâton. L'Amérique capitulait. Ce ne pouvait être vrai !

Les hommes étaient terrorisés. Les Japonais avaient la réputation d'être brutaux avec les habitants des pays occupés. Ils connaissaient leurs crimes de guerre perpétrés en Chine : viol des femmes, exécution des prisonniers, mise à sac de villes entières. En même temps, ils étaient un peu rassurés parce qu'ils seraient des prisonniers américains et donc protégés par le droit international, qui interdisait les mauvais traitements. Le Japon n'allait tout de même pas faire fi de la convention de Genève !

Pete, Sal et Ewing avancèrent ensemble vers le nord, à la rencontre de leurs geôliers. Arrivés au sommet d'une colline, ils eurent sous les yeux une vision de cauchemar : une division de blindés japonais rassemblée dans une clairière, attendant de se mettre en branle. Derrière, une masse de fantassins nippons. Au loin, des avions lâchaient leurs bombes. Et des canons tonnaient.

— Il faut balancer tous les trucs japs qu'on a sur nous ! déclara quelqu'un.

La consigne fut répétée à toute la colonne. La plupart des soldats l'entendirent et s'exécutèrent rapidement. Des pièces japonaises et des souvenirs tombèrent au sol ou furent jetés dans le fossé. Pete n'avait que trois petites boîtes de sardines dans sa poche, et juste sa montre, son alliance, une couverture, sa gamelle et une paire de lunettes de soleil. Il avait réussi à cacher vingt et un dollars dans l'étui de sa gourde.

Des soldats japonais approchèrent, agitant leurs fusils et aboyant des ordres dans leur langue. Ils avaient tous mis leurs baïonnettes au canon, de grandes lames inquiétantes. Les prisonniers furent rassemblés dans un champ, puis alignés. On leur ordonna de garder le silence. L'un des Japonais parlait un peu anglais, juste de quoi lancer ses instructions. Il demanda à chaque prisonnier de faire un pas en avant et de vider ses poches. Ils furent fouillés, mais visiblement les soldats japonais rechignaient à les toucher. Les cogner ou les gifler, cela allait, mais de là à tâter leurs poches… Presque toutes leurs possessions furent volées, officiellement « confisquées » – stylos plume, crayons, lunettes, lampes électriques, appareils photo, gamelles, pièces de monnaie, rasoirs et lames.

Jack Wilson, de l'Iowa, se tenait juste devant Pete quand un Japonais se mit à lui hurler dessus. Jack avait dans sa poche un petit miroir pour se raser et, manque de chance, il avait été fabriqué au Japon.

— C'est japonais ! cria le garde.

Jack mit trop de temps à réagir. Le Japonais lui asséna un coup de crosse au visage. Jack s'écroula au sol tandis que le soldat continuait de le rouer de coups jusqu'à ce qu'il perde conscience. D'autres gardes se mirent à frapper les prisonniers sous les encouragements des officiers qui ricanaient. Pete était abasourdi par ce soudain déchaînement de violence.

Ils se rendirent compte que les Japonais pensaient que toutes les possessions des prisonniers, billets, pièces de monnaie et autres babioles, avaient été récupérées sur les corps de leurs camarades morts au combat. Ainsi, il fallait venger leurs frères d'armes. Plusieurs prisonniers furent battus jusqu'à ce qu'ils s'écroulent, mais la vengeance connut son paroxysme quand un capitaine (d'une autre unité que le Vingt-sixième) vida ses poches. Un soldat hystérique lui hurla d'avancer d'un pas. Il avait trouvé quelques yens sur l'Américain et cela le rendit fou de rage. Un sous-officier japonais approcha, un grand sergent tout dégingandé avec une peau beaucoup plus sombre que les autres, et se mit à son tour à hurler sur le capitaine. Il lui donna un coup de poing dans le ventre, puis un coup de pied dans l'entrejambe. Et quand le malheureux se retrouva à quatre pattes par terre, le « Black Jap », comme ils le surnommeraient plus tard, sortit son sabre, l'empoigna à deux mains, le leva très haut et l'abattit. La tête, tranchée net, roula dans l'herbe. Le sang gicla à gros bouillons, et le corps décapité soubresauta quelques secondes avant de s'immobiliser.

Le Black Jap admira son œuvre avec un sourire. Il rangea son sabre dans son fourreau et menaça les autres prisonniers. Le soldat garda les yens et fouilla les poches du cadavre en prenant tout son temps. Les autres gardes, perdant alors toute retenue, se mirent à frapper à tour de bras.

Pete regardait fixement la tête coupée du capitaine, prêt à vomir. Il brûlait d'étriper le premier soldat qui passerait à côté de lui, mais cela aurait été suicidaire. Il respira lentement, attendant son tour d'être rossé. Il eut de la chance, du moins ce jour-là. À quelques mètres de lui, un autre soldat s'excita et gifla un prisonnier. Le Black Jap rappliqua aussitôt, découvrit d'autres yens et roua de coups le malheureux. Puis il sortit son sabre, et Pete détourna les yeux.

Deux décapitations d'affilée. Les Américains n'en revenaient pas. Pete en avait la nausée. C'était un véritable cauchemar. Il finirait toutefois par s'habituer car ce genre d'exécutions allait devenir son quotidien.

Les prisonniers restèrent en ligne pendant une heure sous le soleil des tropiques. Pete avait toujours détesté son casque et l'avait laissé derrière lui. Maintenant, il le regrettait. Quelques prisonniers avaient des casquettes, mais la plupart allaient tête nue. Ils étaient trempés de sueur et beaucoup commencèrent à avoir des cloques. Presque tous avaient des gourdes, mais il était interdit de boire. Quand les gardes se lassèrent de frapper les hommes, ils allèrent se reposer à l'ombre. Les blindés se remirent finalement en marche. Les prisonniers furent ramenés sur la piste, et on leur ordonna d'avancer vers le nord.

La marche de la mort de Bataan avait commencé.

*

Ils avançaient à trois de front dans la chaleur et la poussière. Sal était à la gauche de Pete, Ewing à sa droite. À la fin de la piste, ils prirent la grande route qui traversait la péninsule. Ils croisaient des colonnes interminables de fantassins, des convois de camions, de blindés et de pièces d'artillerie tirées par des chevaux, descendant au sud pour préparer l'assaut sur Corregidor.

Quand les gardes ne pouvaient les entendre, les prisonniers se parlaient. Ils étaient une vingtaine du Vingt-sixième de cavalerie, les autres avaient été disséminés par la débâcle. Pete leur ordonna de s'organiser par petits groupes de trois pour se soutenir les uns les autres. S'ils étaient surpris à s'adresser la parole, ils étaient battus. Pour tromper l'ennui, les gardes sortaient de temps en temps un prisonnier des rangs pour le fouiller et le cogner. Après cinq kilomètres, les hommes furent dépouillés de tous leurs biens. Pete reçut sa première claque quand un soldat lui prit ses boîtes de sardines.

Les fossés au bord de la route étaient jonchés de carcasses fumantes de chars et de camions, sabordés par les Américains et les Philippins la veille. À un moment, ils passèrent devant un grand tas de rations saisies par les Japonais, prêtes à être mangées, à portée de main. Mais à en croire les gardes, il n'y aurait aucun ravitaillement. Déjà sous-nourris, les prisonniers étaient totalement affamés. Sous cette chaleur implacable, des hommes commençaient à s'écrouler. Comme ils le découvrirent vite, il ne fallait surtout pas aider les plus faibles. Les gardes avec leur baïonnette embrochaient quiconque s'arrêtait pour relever un camarade. Ceux qui tombaient et ne parvenaient pas à se remettre debout tout seuls étaient roués de coups de pied et abandonnés sur le bas-côté.

Les baïonnettes des Japonais étaient grandes, plus de cinquante centimètres, avec une lame de quarante centimètres à elle seule. Monté sur un fusil Arisaka, le soldat nippon avait en main un épieu d'un mètre soixante-dix de long. Les soldats étaient fiers de leurs armes et ne demandaient qu'à s'en servir. Quand un prisonnier trébuchait et tombait, ou simplement s'écroulait d'épuisement, ils le piquaient entre les fesses pour le faire se relever. Si cela ne produisait pas l'effet escompté, ils enfonçaient la lame entière dans l'anus et le malheureux était laissé sur le bord de la route, baignant dans son sang.

Pete avançait la tête baissée, les yeux plissés pour éviter la lumière et la poussière. Mais il surveillait constamment les gardes, qui pouvaient surgir de nulle part. Quelques-uns montraient un peu de compassion, et frappaient moins souvent que les autres, cependant la plupart laissaient libre cours à leur haine. Le moindre prétexte était bon. Ils pouvaient être calmes et silencieux, le visage fermé, et d'un coup devenir des bêtes enragées – les frapper à coups de poing, à coups de pied, à coups de crosse, ou alors leur enfoncer leur baïonnette dans le corps. Ils les tabassaient pour un rien, parce qu'ils avaient relevé la tête ou parlé, parce qu'ils avançaient trop lentement ou n'avaient pas répondu à une question posée dans une langue qui leur était inconnue, ou encore parce qu'ils avaient aidé un camarade.

Tout le monde recevait des coups, mais les Japonais se montraient particulièrement cruels envers les Philippins, qu'ils considéraient comme une race inférieure. Dès les premières heures de marche, Pete vit au moins dix Scouts philippins se faire massacrer, leur cadavre jeté dans le fossé pour y pourrir. Pendant une pause, un groupe de Scouts passa devant eux. Ils avaient les mains attachées dans le dos et s'efforçaient de garder le rythme. Les gardes cognaient au hasard et prenaient un malin plaisir à les faire tomber pour les regarder se traîner par terre tandis qu'ils tentaient désespérément de se relever.

Menotter les prisonniers ne servait à rien. Dans son infortune, Pete se réjouit de ne pas être philippin.

À mesure que la colonne progressait sous un soleil de plomb, les hommes commencèrent à souffrir de déshydratation. Malgré tous leurs maux, l'eau restait leur principale préoccupation. La soif était leur premier tortionnaire. Leur corps s'employait à conserver son eau par tous les moyens. Les hommes ne transpiraient plus, n'urinaient plus. Leur salive devenait une pâte gluante, leur langue enflait, se collait à leurs dents et au palais. La poussière et la touffeur leur causaient de terribles migraines, au point de brouiller leur vision. Alors qu'il y avait de l'eau partout, dans les puits artésiens le long de la route, au robinet des fermes et des granges, dans les ruisseaux qu'ils traversaient ! Voyant leur souffrance, les gardes buvaient de longues gorgées à leurs gourdes pleines et s'aspergeaient le visage avec délectation. Ils mouillaient leurs foulards et les nouaient à leur cou pour se protéger la nuque.

Alors que les prisonniers approchaient des restes calcinés de l'hôpital numéro Un, ils aperçurent de nombreux blessés dans leur chemise de patient souillée ou vêtus de pyjamas verts errer dans les décombres, hagards et perdus. Certains étaient amputés et se déplaçaient sur des béquilles. D'autres avaient encore des plaies ouvertes, attendant d'être recousues. L'hôpital avait été bombardé quelques jours plus tôt, et tous étaient encore sous le choc. Quand les officiers japonais les virent, ils les rassemblèrent et leur firent rejoindre la colonne. Encore une fois, toute aide était interdite. Nombre d'entre eux s'écroulèrent au bout de quelques centaines de mètres. Ils furent abandonnés sur la route, mourants.

Lorsqu'ils croisèrent un nouveau convoi de camions et de blindés japonais, on les conduisit dans un champ pour les faire attendre en plein cagnard. Les prisonniers appelleraient ça le « bain de soleil ». Certains en perdirent l'esprit. Pendant qu'ils rôtissaient sous les rayons, un homme sortit sa gourde et tenta de boire en catimini une gorgée d'eau chaude, et cela agaça les gardes. Ils lui hurlèrent dessus, le rouèrent de coups, puis ils prirent toutes les gourdes pour les vider une à une. Le garde qui vida celle de Pete la lui lança si fort au visage qu'il en eut l'arcade sourcilière ouverte.

Au bout d'une heure, ils reprirent leur marche. Ils dépassèrent des hommes qui avaient reçu des coups de baïonnette et qui se vidaient de leur sang, suppliant qu'on leur vienne en aide. Partout, il y avait des cadavres de soldats américains. Impuissants, ils virent des soldats sortir du fossé deux Philippins blessés et les traîner au milieu de la route pour que les chars leur passent dessus. Plus ils marchaient, plus les morts et les moribonds jonchaient les bas-côtés. Pete s'émerveillait des facultés d'adaptation du cerveau humain. À force de voir ce carnage, et toute cette cruauté, il finit par ne plus rien ressentir. La chaleur, la faim, la privation amoindrissaient ses sens. Mais la colère bouillait toujours en lui. Et le désir de vengeance le taraudait. Il priait pour qu'un jour il trouve le moyen de tuer le plus possible de soldats japonais.

Il continuait à parler à ses camarades, à les encourager à faire un pas de plus, et un autre encore, pour grimper cette colline et tenir encore une heure. Forcément, à un moment ou à un autre, on allait leur donner à manger et les autoriser à boire. Au coucher du soleil, on leur fit quitter la route pour rejoindre une clairière. On leur permit de s'asseoir et de s'allonger. Aucune annonce de ravitaillement, ni eau, ni nourriture. Mais c'était si agréable de pouvoir se reposer. Leurs pieds étaient couverts d'ampoules, leurs jambes toutes raides. Beaucoup s'effondrèrent et s'endormirent. Pendant que Pete sommeillait, il y eut soudain du remue-ménage. Un nouveau bataillon de gardes arriva et se mit à réveiller les prisonniers à coups de pied. On leur ordonna de se relever et de reformer la colonne. La marche reprit dans l'obscurité et ils avancèrent deux bonnes heures en claudiquant, à une allure visiblement trop lente pour les Japonais qui leur aboyaient dessus.

Le premier jour, Pete et ses camarades comptèrent trois cents prisonniers. Le nombre changeait constamment. Certains s'écroulaient et mouraient, d'autres étaient abattus, des soldats errants étaient ramassés au passage et rejoignaient leurs rangs, et de nombreux groupes fusionnaient avec le leur. À un moment, durant la nuit (les Japonais ayant confisqué toutes les montres, ils n'avaient aucun moyen de savoir l'heure qu'il était), on les conduisit dans une clairière et on leur ordonna de s'asseoir. À l'évidence, leurs gardes avaient faim et c'était l'heure du dîner. Ensuite, ils passèrent entre les prisonniers avec un seau pour leur donner une louche d'eau. Elle était chaude et trouble, mais délicieuse. Chacun d'eux eut droit à une boule de riz. Un gros steak avec des frites n'aurait pas été meilleur.

Alors qu'ils savouraient leur repas, ils entendirent des coups de feu plus loin sur la route, et bientôt ils comprirent ce qui se passait. C'étaient les « vautours ». Une escouade qui les suivait et achevait méthodiquement ceux qui n'avaient pas eu la force de suivre le groupe.

La nourriture réveilla les sens de Pete, pour quelque temps du moins, et il fut à nouveau révolté par toute cette violence gratuite, et par le massacre de tant de prisonniers. Son calvaire pendant la marche de la mort dura six jours. Chaque nuit, avec ses compagnons, ils entendaient la sinistre besogne des vautours.

Après quelques heures de sommeil dans une rizière, les hommes furent à nouveau réveillés, regroupés en colonnes avec brutalité, et contraints à repartir. Pour beaucoup, il fut quasiment impossible de se remettre en marche mais les baïonnettes étaient là pour les aiguillonner. Désormais, les files de prisonniers, américains et philippins, s'étiraient à perte de vue.

À l'aurore, ils croisèrent une nouvelle colonne de troupes japonaises et de pièces d'artillerie. La route était tellement encombrée qu'ils furent conduits dans un champ. Derrière un abri coulait une rivière. Ils entendaient bruisser l'eau cristalline contre les rochers. Ce bruit obsédant devint une torture. Ils avaient si soif. Pour certains, c'était au-delà de ce qu'ils pouvaient endurer. Un colonel, avec courage, se leva, désigna le cours d'eau et demanda si ses hommes pouvaient aller boire. Le garde, pour réponse, l'assomma d'un coup de crosse.

Durant plus d'une heure, les prisonniers, prostrés, écoutèrent le clapotis de l'eau, tandis que le soleil se levait. Ils regardèrent le convoi qui continuait de passer, soulevant son nuage de poussière. Les gardes s'éloignèrent pour aller savourer un petit déjeuner composé de mangues et de gâteau de riz. Pendant qu'ils étaient occupés à manger, trois Scouts philippins rampèrent vers la rivière et plongèrent la tête dans l'eau fraîche. Un garde les aperçut et alerta les autres Japonais. Sans un mot, ils s'approchèrent à cinq mètres de la berge, se placèrent en ligne, comme un peloton d'exécution, et abattirent les malheureux.

Quand la route fut de nouveau libre, les prisonniers furent rassemblés et la marche reprit. « Bientôt, il y aura de la nourriture », annonça un garde à Pete, qui sur le coup faillit le remercier. Même si son estomac le faisait souffrir, la soif était bien pire. Au milieu de la matinée, sa bouche et sa gorge étaient si sèches qu'il ne pouvait plus parler, comme tous ses compagnons, et un silence sinistre tomba dans les rangs. Ils firent halte près d'un marais et on leur demanda de s'accroupir sous le soleil. Un soldat les autorisa à se rendre près d'une mare pour remplir leur gourde. L'eau brune et contaminée par les égouts, si elle n'était pas mortelle, leur ferait attraper la dysenterie ou pire encore, mais tous les hommes la burent.

À midi, ils s'arrêtèrent près d'un campement. À nouveau, on leur imposa de s'asseoir au soleil. Une odeur de cuisine flottait dans l'air. La plupart des prisonniers n'avaient eu droit qu'à une boule de riz ces trente dernières heures. Sous des tentes, des cuistots faisaient cuire du riz dans de grandes marmites. Les prisonniers les regardaient ajouter des saucisses, des morceaux de poulet frais et touiller leur ragoût avec de grandes spatules en bois. Derrière la tente, ils apercevaient un enclos construit à la hâte, ceint de fils de fer barbelés. À l'intérieur, il y avait une centaine de civils philippins en guenilles et affamés, des gens qui avaient travaillé pour l'armée. D'autres gardes arrivèrent. À l'évidence, c'était une cantine pour les troupes. Une fois leurs gamelles remplies, les soldats s'installèrent pour savourer leur bon repas. L'un d'eux s'approcha de l'enclos, leva une saucisse et la lança à travers les fils barbelés. La foule se jeta dessus, des animaux frénétiques qui criaient, griffaient, se battaient. Le garde éclata de rire, comme ses compères. C'était si drôle qu'ils se passèrent le mot. Bientôt, ils furent une dizaine à agiter des bouts de poulet ou de saucisses à travers le grillage. Les prisonniers accouraient, suppliaient leurs tortionnaires et se bagarraient pour être le premier à ramasser la nourriture quand elle tombait au sol.

Mais personne ne jeta rien aux Américains. Il n'y eut pas de déjeuner pour eux, juste l'eau saumâtre de leur gourde et une heure à cuire sous le soleil. La marche recommença durant tout l'après-midi, avec toujours plus d'hommes qui tombaient et étaient abandonnés.

Vers minuit, le 12 avril, second jour de la marche, ils arrivèrent à Orani, à cinquante kilomètres de l'endroit d'où ils étaient partis. Un tel périple aurait déjà été éprouvant pour des soldats en bonne forme mais, pour les survivants, c'était un miracle qu'ils soient allés si loin. Près du centre de la ville, on leur fit quitter la route pour les conduire dans un camp construit à la hâte, destiné à accueillir cinq cents prisonniers. Ils étaient déjà plus de mille lorsque la colonne de Pete se présenta. Évidemment, il n'y avait ni nourriture, ni eau, ni latrines. La plupart des hommes avaient la dysenterie, et le sol était couvert d'excréments, de sang, d'urine et de mucus, une boue immonde qui leur collait aux chaussures. Il y avait des asticots partout.

Aucune place pour s'étendre. Ils tentèrent de dormir assis dos à dos, mais leurs crampes étaient trop douloureuses. Et les hurlements de ceux qui avaient perdu la raison n'arrangeaient rien. Malades, déshydratés, anémiés et épuisés, la plupart des hommes étaient hagards, avaient l'esprit confus, incapables de discernement. Beaucoup déliraient, sombrant dans la folie, les autres étaient catatoniques, debout, figés de stupeur, errant comme des morts vivants.

Tous des moribonds. Ils tombaient par dizaines dans le coma et ne se réveilleraient jamais. À l'aube, le camp était jonché de cadavres. Quand les Japonais s'en aperçurent, ils ne donnèrent toujours ni eau ni nourriture, mais organisèrent une distribution de pelles et ordonnèrent aux « valides » de creuser des trous le long de la clôture. Pete, Sal et Ewing, tenant encore debout, furent enrôlés comme fossoyeurs.

Les déments furent parqués sous un abri et on leur intima le silence. Quelques comateux furent enterrés vivants, cela ne faisait guère de différence. Ils n'en avaient plus pour longtemps, de toute façon. Au lieu de se reposer, les pelleteurs travaillèrent toute la nuit, à mesure que les cadavres s'empilaient au pied des barbelés.

À l'aube, les Japonais ouvrirent les portes et apportèrent du riz cuit. Les prisonniers furent assis en rang d'oignons, les mains en coupe. Chacun reçut une louche de riz collant, leur premier « repas » depuis des jours. Après ce petit déjeuner, ils furent conduits par petits groupes vers un puits artésien, et on les autorisa à remplir leur gourde. La nourriture et l'eau apaisèrent les hommes pour quelques heures, mais le soleil était de retour. Au milieu de la matinée, les fous recommencèrent à hurler. La moitié des prisonniers furent sortis de l'enclos et reconduits sur la route. Et la marche reprit.

26

Sûrs de leur victoire, les Japonais avaient prévu d'utiliser Bataan comme camp de base pour attaquer l'île de Corregidor, dernière place forte des Américains. Pour cela, il fallait vider rapidement la péninsule des prisonniers américains et philippins. Le plan était de les faire remonter la Old National Road jusqu'à la voie ferrée de San Fernando, à cent kilomètres au nord, et de là, les transporter en train vers diverses prisons, dont le camp O'Donnell, un ancien fort philippin que les Japonais avaient converti en camp de prisonniers. Pour mener à bien ce projet, il était prévu d'évacuer cinquante mille hommes.

Toutefois, dans les heures qui suivirent la reddition américaine, les Japonais s'aperçurent que leurs chiffres étaient bien en dessous de la réalité. Ils avaient en charge soixante-seize mille prisonniers américains et philippins, plus vingt-six mille civils. Partout, les Japonais découvraient de nouveaux prisonniers, tous affamés, en manque d'eau et de nourriture. Comment l'ennemi osait-il se rendre alors qu'il lui restait autant de soldats ? Où était leur volonté de se battre ? Où était leur honneur ? Les Japonais n'avaient que mépris pour leurs captifs.

Plus la marche progressait, plus les rangs grossissaient. L'état-major nippon mettait les gardes sous pression, leur intimant d'avancer plus vite. Pas le temps de faire des pauses pour manger ou boire, pas le temps non plus de se reposer, ni de s'arrêter pour aider les plus faibles. Pas le temps d'enterrer les morts, ni de s'occuper des traînards. Les généraux hurlaient sur leurs officiers pour presser l'allure. Les officiers frappaient leurs soldats. Et à leur tour les soldats, de rage et de frustration, se défoulaient sur les prisonniers. C'était une spirale infernale : plus la colonne s'allongeait et ralentissait, plus la discipline se durcissait. Le chaos et l'horreur ne cessaient d'empirer. Les cadavres s'amoncelaient dans les fossés et les champs, brûlés par le soleil. Des nuées de mouches bourdonnaient autour des chairs en putréfaction, rejointes par des cochons et des chiens affamés. Des bandes de corbeaux, postées sur les barrières, attendaient de participer au festin, attaquaient parfois même les prisonniers.

*

Pete perdit de vue ses camarades du Vingt-sixième. Sal et Ewing étaient encore avec lui, mais il était impossible de savoir ce qu'étaient devenus les autres. Des groupes de prisonniers faméliques rejoignaient un jour la colonne, puis étaient laissés au bivouac le lendemain. Les hommes tombaient, mouraient, ou étaient tués. Une hécatombe. Pete se mit à ne penser qu'à lui, à lui seul.

Le quatrième jour, ils arrivèrent à Lubao. La ville qui comptait trente mille âmes était déserte – du moins ses rues l'étaient. Mais à l'étage derrière les fenêtres, les habitants les regardaient passer. Quand la colonne s'arrêta, les vitres s'ouvrirent et les gens commencèrent à lancer du pain et des fruits aux prisonniers. Les Japonais, fous de rage, leur interdirent de ramasser la nourriture. Quand un jeune garçon tapi derrière un arbre sortit de sa cachette pour donner une tranche de pain, un garde l'abattit sur-le-champ. Les prisonniers qui étaient parvenus à avaler une bouchée ou deux furent sortis des rangs et tabassés. L'un d'eux reçut un coup de baïonnette au ventre et fut pendu à un réverbère en guise d'avertissement.

Ils reprirent leur périple, parvenant mystérieusement à trouver la force de faire encore un pas, encore un kilomètre. Ils étaient si nombreux à mourir de déshydratation et d'épuisement que les Japonais lâchèrent du lest et les autorisèrent à remplir leur gourde dans l'eau des fossés ou des mares où s'abreuvait le bétail.

Le cinquième jour, la colonne croisa encore un long convoi de camions bondés de soldats. La route était étroite et les gardes ordonnèrent aux prisonniers de se mettre en file indienne de part et d'autre de la chaussée. Se retrouver si près de ces Américains puants et crasseux donna des idées aux troufions. Pour certains, c'était la première fois qu'ils voyaient l'ennemi. Ils leur lançaient des injures, des pierres, leur crachaient dessus. De temps en temps, un chauffeur de camion repérant un prisonnier légèrement hors du rang le heurtait sciemment avec son pare-chocs. Si le malheureux tombait sous le camion c'en était fini de lui. S'il était projeté dans le fossé, les escouades de vautours l'achèveraient plus tard. Si dans sa chute le corps faisait tomber d'autres prisonniers, les soldats dans les camions riaient aux éclats.

Pete était courbé en deux, suffoquant dans le nuage de poussière quand un soldat, se penchant hors du camion, abattit son fusil. Un coup de crosse parfait sur le crâne. Sous le choc, Pete s'écroula, inconscient. Il dégringola dans le fossé boueux et atterrit sur un pneu à côté d'un fourgon calciné. Sal et Ewing, qui étaient devant lui, ne le virent pas tomber.

La grande route devint si encombrée par les convois de troupes que les prisonniers furent conduits dans une rizière pour un nouveau bain de soleil. Sal et Ewing, ne voyant plus leur camarade, tentèrent de se renseigner. On leur raconta ce qui s'était passé. Leur premier réflexe fut d'aller le chercher, mais la raison les en dissuada. Quiconque se levait sans permission était roué de coups. Se porter au secours de Pete aurait été du suicide. Ils pleurèrent leur compagnon en silence, haïssant encore plus les Japonais, si tant est que ce fût possible. Mais ils avaient vu tant de morts que leurs sens étaient amoindris, leurs émotions mises en sourdine depuis si longtemps déjà.

Ils marchèrent jusqu'à la tombée de la nuit, et on leur accorda de dormir dans un champ. Il n'y avait aucune construction alentour. Les gardes distribuèrent des boulettes de riz puant et de l'eau. Sal et Ewing tentèrent de se reposer, en attendant que retentissent au loin les coups de feu des escouades de vautours. Quand les tirs commencèrent, ils se demandèrent laquelle de ces balles avait tué Pete Banning.

*

Pete reprit conscience et, même s'il avait les pensées embrouillées par le coup, il eut la présence d'esprit de faire le mort. Sa tête paraissait sur le point d'exploser, du sang lui coulait dans le cou. La colonne de prisonniers était sans fin, il percevait leurs plaintes étouffées tandis qu'ils avançaient à côté de lui. Il entendit aussi passer des camions, des soldats qui riaient. Certains chantaient. Les gardes hurlaient leurs ordres et leurs injures. Quand il fit noir, il rampa dans la poussière et se cacha sous un fourgon. Les convois cessèrent enfin, mais les colonnes de prisonniers continuaient à arriver. Plus tard dans la nuit, la route se fit déserte et silencieuse, du moins pour un moment, car il discerna des coups de pistolet au loin, qui se rapprochaient. Bientôt, il put distinguer les flashs orangés sortant des canons à mesure que les vautours tiraient sur les mourants et sur ceux qui étaient déjà morts. Il se recroquevilla et cessa de respirer. Les nettoyeurs passèrent à côté de lui sans le voir et poursuivirent leur chemin.

Pete décida de ramper jusqu'à un bosquet et ensuite de s'enfuir. Où ça ? Il n'en avait aucune idée. Il n'irait pas loin, c'était sûr, et il était déjà mort, de toute façon. Il attendit, attendit encore. Les heures passèrent et il s'endormit.

Un coup de baïonnette l'arracha au sommeil. Un soldat japonais pressait la lame sur sa poitrine, assez fort pour le réveiller, mais pas au point de percer la peau. Le soleil était haut dans le ciel et se mirait sur la lame d'acier qui lui sembla mesurer trois mètres de long. Le troufion sourit et lui fit signe de se lever. Il ramena Pete sur la route, où il rejoignit une autre procession de spectres faméliques. Il marchait de nouveau. Les premiers pas furent une torture, ses jambes étaient toutes raides. Il parvint toutefois à garder l'allure. Il ne reconnut aucun des prisonniers, mais à ce stade de souffrance ils se ressemblaient tous.

Après six jours, ils atteignirent leur première destination : la ville de San Fernando. Ils furent enfermés dans un autre camp de fortune clos de fils de fer barbelés, sans rien à manger. Ils étaient au-delà de la faim, et convaincus qu'ils marchaient vers leur mort. Jamais, ils n'avaient connu pires conditions de détention. Le camp avait déjà été utilisé par des centaines de prisonniers, et le sol était tapissé de sang et d'excréments. Des cadavres en décomposition attiraient les asticots et les mouches par millions.

San Fernando marquait la fin de la marche de la mort de Bataan. Soixante-dix mille prisonniers furent transférés, soixante mille Philippins et dix mille Américains. Pour Pete, le supplice dura six jours. Pour d'autres, il s'étira sur plus d'une semaine. Au cours de cette marche de cent kilomètres, on estime que périrent six cent cinquante Américains et onze mille

Philippins, de maladie, d'épuisement, ou simplement parce qu'ils avaient été abattus. Des civils innombrables moururent aussi. Seule une infime partie des morts fut enterrée.

Mais le pire était encore à venir.

*

Durant la première nuit à San Fernando, Pete parvint à trouver un endroit à l'écart de la merde et autres déjections et s'adossa contre les barbelés. Les hommes étaient si serrés les uns contre les autres qu'il était impossible de s'asseoir. Les chanceux qui, comme Pete, trouvaient un endroit propre étaient harcelés par les autres qui voulaient prendre leur place. Tout semblant de discipline avait disparu depuis longtemps. Quelques officiers tentaient de faire respecter l'ordre mais c'était impossible. Les hommes, trop faibles pour se battre, s'insultaient, proféraient de vaines menaces. Les fous déambulaient, hagards, marchant sur les autres, tout en quémandant à boire et à manger. La plupart des hommes avaient la dysenterie et, comme il n'y avait pas de latrines et aucun endroit où se soulager, ils n'avaient d'autre choix que de faire sous eux là où ils se tenaient.

À l'aube, les portes s'ouvrirent et les gardes entrèrent. En aboyant des ordres, ils firent reculer les prisonniers à coups de pied, et parvinrent à les mettre en rang. Trois grandes marmites furent apportées dans l'enceinte et les soldats commencèrent à distribuer une louche de riz dans leurs mains squelettiques.

Ceux qui étaient le plus près des portes furent nourris et, quand les fait-tout furent vides, les gardes repartirent. Moins de la moitié reçut quelque chose à manger et les portions étaient minuscules.

Derrière les barbelés, les gardes promirent une nouvelle distribution, de l'eau, de la nourriture, mais les prisonniers n'y crurent pas. Pete était trop loin pour avoir eu une poignée de riz. Il n'avait pas mangé depuis si longtemps. Il se replia dans sa coquille, hébété, tandis que le soleil du matin se levait, dardant déjà ses rayons rageurs. De temps en temps, il observait les visages cadavériques autour de lui, cherchant en vain Sal et Ewing, ou un camarade, mais ce n'étaient que des inconnus. Il s'en voulait tellement de s'être endormi sous le fourgon. Il avait eu une chance de s'évader et il l'avait laissée filer ! Sa blessure derrière le crâne saignait encore un peu. Une infection était possible, un autre risque de mourir, un de plus sur une liste déjà bien fournie. De toute façon, il n'y pouvait rien. S'il trouvait un médecin, le pauvre gars serait dans le même état que lui, voire pire.

Vers midi, les portes s'ouvrirent à nouveau et les gardes sortirent les prisonniers un à un. Ils constituèrent des groupes de cent. Une fois qu'ils eurent cinq unités, ils les firent traverser la ville. Pete faisait partie du dernier groupe.

Désormais, les habitants étaient habitués à voir passer dans leurs rues les colonnes de soldats américains crasseux et puants. Ils détestaient les Japonais avec autant d'ardeur que les prisonniers et tenaient à soulager le sort de ces malheureux combattants. Des fenêtres, ils lancèrent du pain, des gâteaux, des fruits et, curieusement, cette fois, les gardes nippons n'intervinrent pas. Pete ramassa une banane et l'avala en deux bouchées. Puis il trouva un morceau de biscuit dans la poussière. Quand il fut évident que les gardes se fichaient qu'on les nourrisse, de plus en plus de nourriture fut jetée aux prisonniers. Ils attrapaient tout ce qui passait à leur portée et dévoraient leurs prises sans ralentir le pas. Cachée dans une ruelle, une vieille femme lança une mangue à Pete. Il la croqua aussitôt, avec la peau. Comme la fois précédente, il fut surpris de la rapidité avec laquelle son corps retrouvait de la vigueur avec la moindre nourriture.

Ils arrivèrent à la gare, où cinq wagons à bestiaux les attendaient. Les fameux « 40 et 8 », de petits wagons couverts pouvant contenir soit quarante hommes soit huit chevaux, ou mules, ou vaches. Les Japonais parvinrent à y faire tenir cent hommes et refermèrent les portes coulissantes, laissant les prisonniers dans l'obscurité totale. Serrés épaule contre épaule, les hommes suffoquèrent aussitôt. Ils se mirent à cogner contre les parois de bois, à hurler pour qu'on les délivre. Alors qu'ils attendaient que le train démarre, la température monta et les hommes commencèrent à s'évanouir. Il n'y avait aucune ventilation, juste quelques fentes entre les planches des parois. Les prisonniers collaient leur nez et leurs bouches contre ces minuscules ouvertures.

Les gardes prirent position sur les bétaillères et martelèrent le toit à coups de crosse : « Silence, bande d'enfoirés ! » hurlaient-ils.

Enfin, le train s'ébranla et les wagons, dans une secousse, se mirent à bouger. Avec les mouvements de roulis, bon nombre de prisonniers furent malades et se mirent à vomir. La nourriture, avalée avec tant d'avidité quelques heures plus tôt, les quittait sous une forme déjà putride. L'odeur était insupportable. L'air était si chaud, si lourd, si puant que respirer était une souffrance.

Un homme tomba aux pieds de Pete et ferma les yeux. Sa première réaction fut de l'écarter à coups de pied, mais il s'aperçut qu'il ne respirait plus. D'autres mouraient, et certains n'avaient même pas la place de s'effondrer au sol.

Quand le train prit de la vitesse, les gardes ouvrirent les portes sur trois des wagons pour laisser entrer de l'air. Les hommes se battaient pour s'approcher des portes. L'un parvint à sauter et atterrit sur les rochers. Et ne bougea plus.

Au cours des trois heures de transport, le train traversa plusieurs bourgades. Les habitants se tenaient le long des voies et lançaient de la nourriture et des bidons d'eau par les portes ouvertes. Les conducteurs des trains étaient philippins et, sciemment, ils ralentissaient pour permettre aux prisonniers d'attraper le maximum de vivres. Presque toute la nourriture était partagée.

Quand le train s'arrêta finalement, les hommes furent rassemblés sur le quai. Ceux qui étaient encore vivants durent sortir les morts des wagons et entasser les corps le long des voies comme du bois de chauffage. Des dizaines de civils philippins les attendaient avec de l'eau et de la nourriture, mais ils furent chassés par les gardes. Les prisonniers marchèrent sur une centaine de mètres et furent parqués dans un champ pour un autre bain de soleil. Il faisait si chaud que le sol était brûlant.

Les hommes savaient où on les emmenait : au camp O'Donnell. Là-bas, sans doute, les conditions de vie allaient s'améliorer. Quand ils se lancèrent pour une marche de dix kilomètres, il était évident qu'ils seraient peu nombreux à pouvoir endurer cette nouvelle épreuve. Pete s'attendait à voir les gardes massacrer les retardataires. Apparemment, les consignes avaient changé : ils permirent aux plus forts d'aider les plus faibles. Mais ils étaient si peu à tenir debout. Dès le premier kilomètre, ce fut l'hécatombe. À cette époque, les gens du coin avaient vu bien des colonnes de prisonniers passer et, tout le long du chemin, ils leur lançaient de l'eau et des mangues. Les gardes, à coups de pied, les repoussaient ou en écrasaient le plus possible, pourtant de petits miracles pouvaient se produire. Pete trouva un bidon d'eau et put le vider tout entier sans se faire attraper. Il devait sans doute la vie à l'un de ces Philippins dont il ne connaîtrait jamais le nom. Quand l'homme devant lui s'écroula, Pete attrapa son corps squelettique, le soutint par le bras et lui dit qu'il n'allait pas abandonner maintenant, pas après avoir enduré tout ça, et le fit marcher les huit kilomètres restants.

Ils découvrirent le camp O'Donnell en passant le sommet d'une colline. Un ensemble de baraques au fond de la vallée, cernées par des kilomètres de fils de fer barbelés étincelant au soleil. Des miradors quadrillaient l'espace, des tours menaçantes, toutes arborant fièrement le drapeau japonais.

Pete se souviendrait toujours de cette vision. S'il avait su à cet instant les horreurs qui l'attendaient dans ce camp, il se serait enfui dans les champs jusqu'à ce qu'une balle l'arrête dans sa course.

27

Avant la guerre, O'Donnell, qui servait de camp de base temporaire pour une division de l'armée philippine, accueillait environ vingt mille hommes. Après quelques aménagements, les Japonais en avaient fait leur plus grand camp de prisonniers de guerre. Les deux cent cinquante hectares de rizières et de brousse étaient divisés en plusieurs sections rectangulaires où s'alignaient les baraquements et quelques bâtiments en dur, certains en ruines, d'autres inachevés. Après la chute de Bataan, plus de soixante mille détenus, dont dix mille Américains, furent entassés dans le vieux fort. L'eau était rare, comme les latrines, les médicaments, les lits d'hôpital, les réchauds et les vivres.

Pete et les autres survivants entrèrent par le portail est, avec les centaines de prisonniers qui affluaient des quatre coins de l'île. Ils furent accueillis par des gardes en chemisette blanche, armés de matraques, dont l'unique mission apparemment était de frapper des hommes désarmés et affaiblis. Impatients de montrer leur autorité aux nouveaux arrivants, les geôliers se mirent à distribuer des coups au hasard en hurlant des ordres dans un anglais approximatif que personne ne comprenait. Une démonstration de force parfaitement inutile. Les prisonniers en avaient déjà tant subi qu'ils n'avaient plus la force de se battre ni de résister. Ils furent emmenés sur une grande esplanade et placés au garde-à-vous en rangs impeccables. Les Japonais les laissèrent cuire sous le soleil pendant que d'autres détenus arrivaient. Ils furent fouillés à nouveau, comme s'ils avaient eu l'occasion de récupérer quelque objet de valeur en chemin !

Au bout d'une heure, il y eut de l'agitation devant le bâtiment qui abritait les quartiers du commandant du camp. Le grand homme en sortit, dans un uniforme bizarre comprenant un short trop grand et des bottes de cavalier qui lui montaient jusqu'aux genoux – une demi-portion ridicule qui prenait de grands airs.

Il se mit à beugler, et l'interprète philippin tenta de suivre le rythme. Le commandant commença par leur dire qu'ils n'étaient pas des prisonniers de guerre dignes de ce nom, mais des lâches. Ils s'étaient rendus, un péché impardonnable. Et puisqu'ils étaient des lâches, ils ne seraient pas traités comme des soldats. Il aurait aimé les tuer tous de ses propres mains mais lui, suivait le code d'honneur d'un vrai soldat, et les vrais soldats avaient de la compassion ! Toutefois, s'ils s'avisaient de désobéir au moindre point du règlement intérieur du camp, il les exécuterait avec joie sur-le-champ. Puis il se lança dans une longue tirade haineuse sur les races et la politique, en expliquant que les Japonais, bien sûr, étaient supérieurs puisqu'ils avaient gagné la guerre, écrasé les Américains, l'ennemi éternel, etc. Parfois, l'interprète était perdu et inventait visiblement pendant que le commandant attendait que ses paroles édifiantes soient traduites en anglais.

Vu leur état de faiblesse, la plupart des prisonniers écoutèrent à peine cette diatribe. Qu'importaient ses menaces. Ils ne voyaient pas ce que les Japonais pouvaient leur faire de pire, hormis leur couper la tête.

Le commandant éructa un long moment, fit des allées et venues sous leur nez jusqu'à ce que la lassitude l'emporte. D'un coup, il tourna les talons et s'en alla, avec sa petite cour derrière lui. Les gardes ordonnèrent aux prisonniers de rompre les rangs et ils furent séparés selon leur nationalité. Un camp regroupait les Américains, et un autre les Philippins.

Sur ordre du commandant du camp, le général Ned King avait la charge des prisonniers. Il accueillit les nouveaux aux portes de la seconde enceinte. Il leur serra la main, leur souhaita la bienvenue. Quand ils furent rassemblés autour de lui, il leur déclara : « Gardez bien ça en mémoire : vous n'avez pas baissé les armes. C'est moi qui me suis rendu. Pas vous. C'est ma décision, pas la vôtre. Je suis le responsable de tout ça. Et je vais l'assumer. Tout ce que je vous demande, c'est d'obéir aux Japonais, de ne pas provoquer l'ennemi pour ne pas envenimer encore la situation. »

Les nouveaux arrivants furent alors confiés à leurs officiers qui leur montrèrent leurs quartiers et expliquèrent les règles en vigueur dans le camp. Le

Vingt-sixième de cavalerie avait été disséminé et on ne savait plus trop qui commandait. Pete fut affecté dans un groupe du Trente et unième d'infanterie et conduit à son baraquement. La construction, de quatre mètres sur six, était branlante. Le toit de bambou semblait avoir été dévasté par une tempête. Les hommes étaient exposés au soleil et à la pluie. Il n'y avait ni lits de camp ni paillasses, juste un assemblage de tiges de bambou fendues et liées avec du rotin. La plupart n'avaient pas de couverture. Quand Pete demanda à un sergent ce qui se passait s'il pleuvait, on lui expliqua que les hommes se mettaient à l'abri sous les nattes de bambou.

O'Donnell ne possédait qu'un forage en état de marche et, avec son tuyau de moins de deux centimètres de diamètre, il alimentait les deux camps, celui des Philippins et celui des Américains. La pompe fonctionnait de temps en temps, mais souvent le moteur à essence avait des ratés et s'arrêtait. Et comme il y avait pénurie de carburant, les Japonais laissaient régulièrement le réservoir d'eau se vider complètement.

Pete voulait à tout prix boire, comme tout le monde et, finalement, il décida de prendre place dans la queue. Quand il remonta la file interminable, il croisa une succession d'hommes tristes et résignés. Personne ne parlait. Ils attendaient. La ligne bougeait à peine. Il lui fallut sept heures pour atteindre le robinet et pouvoir remplir sa gourde.

Le soir, les prisonniers furent alignés. On leur ordonna de s'asseoir. Le dîner fut servi : une louche de riz. Pas de viande, pas de pain, pas de fruits. Après avoir mangé, ils retournaient un à un à leur baraquement, qui était plongé dans l'obscurité. Il n'y avait rien à faire sinon tenter de dormir, une bataille jamais gagnée d'avance. Pete ne put supporter l'inconfort des nattes de bambou. Finalement, il trouva un tas d'herbe dans un coin et s'y pelotonna.

Sa bouche était rêche et collante. Avoir faim était douloureux, mais la soif faisait vaciller la raison. Il y avait tout juste assez d'eau pour boire, faire cuire le riz et faire fonctionner l'hôpital. Pas une goutte de plus. La peau de Pete était crasseuse, par endroits rouge et irritée. Pas de savon, pas d'eau pour se nettoyer. Il ne s'était pas lavé depuis des semaines, pas rasé depuis leur reddition à Bataan. Ses vêtements étaient des guenilles puantes, et il n'était pas question de faire la lessive. Son seul slip de rechange avait fini dans un fossé des jours plus tôt. Il ne savait plus quand il s'était brossé les dents pour la dernière fois. Sa bouche était douloureuse à force du manque d'hygiène. Il empestait aussi fort qu'un égout. Il le savait parce que c'était cette odeur qu'ils avaient tous.

Au cours de sa première nuit à O'Donnell, un coup de tonnerre réveilla Pete et ses camarades. Un orage approchait. Au moment où la pluie se mit à tomber, des milliers d'hommes sortirent en titubant des baraquements, têtes levées vers le ciel. Ils ouvraient la bouche, écartaient les bras, profitant de l'eau qui coulait sur eux. C'était un délice, un trésor inestimable, ils n'avaient cependant aucun moyen de récupérer cette manne. La pluie tomba longtemps et transforma les allées en rus boueux, mais les hommes restaient sous les trombes, savourant cette douche impromptue. Enfin, ils pouvaient se laver.

À l'aube, Pete pataugea dans la boue jusqu'à l'hôpital. On lui avait dit qu'il valait mieux se présenter là-bas le plus tôt possible. C'était un endroit abominable, empli de mourants, d'hommes nus, la plupart couchés à même la terre, baignant dans leurs excréments, attendant qu'on leur vienne en aide. Un médecin examina son entaille à l'arrière du crâne et annonça qu'il pouvait l'aider. Pete avait de la chance, il n'y avait pas d'infection. Avec une tondeuse électrique de l'armée, il rasa Pete et en profita aussi pour faire sa barbe. C'était agréable. Tout à coup, il se sentait plus léger et plus au frais. Le médecin n'ayant pas de produit anesthésiant, Pete serra les dents quand six agrafes vinrent refermer la plaie. Le médecin était content de trouver un patient qu'il pouvait soigner. Avec les autres, il se sentait si impuissant… Il donna à Pete quelques antibiotiques et lui souhaita bonne chance. Pete le remercia et se dépêcha de rentrer dans sa section, ne voulant pas rater la distribution du repas.

Le petit déjeuner se composait de riz, comme le déjeuner et le souper. Du riz infâme, infesté de bestioles et de vers, mais cela importait si peu. Avec la faim qui les tenaillait, ils étaient prêts à manger n'importe quoi. Le riz était gonflé à la vapeur, puis cuit dans l'eau pour faire le plus de volume possible. Parfois il y avait des traces de viande, du buffle ou du bœuf, mais en trop petite quantité pour qu'on en sente le goût. De temps en temps, les cuisiniers ajoutaient quelques légumes – tout était si insipide. Il n'y avait jamais de fruits. Pour tromper la faim entre deux repas, les hommes mangeaient les feuilles des arbres, l'herbe au sol. Bientôt, le camp O'Donnell fut dépouillé de toute végétation. Quand il n'y eut plus rien à manger, les prisonniers amorphes cherchèrent un coin d'ombre et se mirent à parler de nourriture.

Tous mouraient lentement de malnutrition. En moyenne, les prisonniers recevaient mille cinq cents calories par jour, soit la moitié du minimum vital. Et comme la plupart, à leur arrivée au camp, mouraient de faim, cette nouvelle privation leur était fatale. Peut-être était-ce intentionnel ?

Et pourtant, comme l'eau, la nourriture ne manquait pas aux Philippines.

Ces carences accentuaient les maladies. Tous les hommes étaient touchés par une pathologie ou une autre – paludisme, dengue, scorbut, béribéri, jaunisse, diphtérie, pneumonie, dysenterie – ou un cocktail de plusieurs d'entre elles. La moitié des hommes avaient déjà la dysenterie en arrivant. Les officiers formaient des équipes pour creuser des latrines, mais elles étaient vite remplies et débordaient. Certains avaient des diarrhées si violentes qu'ils ne pouvaient marcher et se souillaient sur leur couche. Plusieurs en mouraient. Sans médicaments, sans nourriture, la dysenterie devint endémique. Tout le camp empesta comme une fosse d'aisances.

Pete avait eu deux crises de dysenterie depuis Noël, mais il était parvenu à avoir de l'élixir parégorique par les médecins. Au deuxième jour à O'Donnell, il fut soudain à bout de souffle et épuisé. Et, comme tous les prisonniers, il resta prostré, en se demandant quelle maladie allait lui tomber dessus. Quand son estomac se tordit, il songea à la dysenterie. Lorsque survint la crise de diarrhée, il n'eut plus aucun doute. Et les premiers jours étaient toujours les plus durs.

Son nouvel ami s'appelait Clay Wampler, un cow-boy du Colorado qui avait été mitrailleur dans le Trente-deuxième d'infanterie. Clay partageait un espace avec Pete et lui avait souhaité la bienvenue dans sa misérable demeure. Avec l'aide de Clay, Pete se rendit à l'hôpital, espérant trouver de l'élixir parégorique, mais il n'y en avait plus nulle part. Clay se révéla un soigneur hors pair. Avec facétie, il lui répétait qu'il en attendait autant de lui quand ce serait son tour. Le troisième jour, Pete fut un peu rassuré : la crise était moins sévère qu'il ne le craignait. Il avait vu tellement pire chez des camarades. La dysenterie en emportait tant. D'autres souffraient simplement de crampes et de diarrhées, puis s'en remettaient.

Cette nuit-là, Pete se réveilla soudain trempé de sueur, parcouru de violents frissons. Les signes étaient évidents : c'était à présent le palu.

*

Le Vingt-sixième de cavalerie, du moins ce qu'il en restait, logeait dans le secteur nord-est, à l'autre bout du camp. Quand le régiment s'était replié à Bataan, il était encore opérationnel, comprenant une quarantaine d'officiers américains et environ quatre cents Scouts philippins. Durant le siège, toutefois, la cavalerie s'était révélée inefficace dans la jungle traîtresse de la péninsule. Et, rapidement, les chevaux avaient été reconvertis à un autre usage lorsque la faim était devenue l'ennemi numéro Un. Le 9 avril, le jour de la capitulation, le Vingt-sixième avait perdu quatorze officiers et environ deux cents Scouts. À O'Donnell, côté américain, ils étaient trente-six. Sal Moreno et Ewing Kane faisaient partie du groupe. Parmi les disparus, six étaient morts de source sûre, dont Pete Banning. D'autres n'avaient pas été capturés par les Japonais et étaient encore libres dans la jungle, tel le lieutenant Edwin Ramsey, le chef de la dernière charge de cavalerie à Morong. Ramsey avait pris le chemin des montagnes et allait bientôt organiser un groupe de guérilla.

Le commandant du Vingt-sixième était désormais le major Robert Trumpett, un ancien de West Point, originaire du Maryland. Il était arrivé à O'Donnell deux jours avant Pete et s'employait à organiser la survie de ses hommes. Comme tous les autres, ceux du Vingt-sixième de cavalerie souffraient de la faim, de la soif. Ils étaient épuisés, blessés, malades – la dengue et le paludisme, en particulier, faisaient des ravages. Ils avaient survécu à la marche de la mort, mais à O'Donnell ce serait encore un autre défi. Trumpett prépara une liste portant les noms des six Américains tués en opération ou morts pendant la marche, et parvint à la remettre à l'aide de camp du général Ned King. Le général avait ordonné à tous les chefs d'unité d'accomplir ce travail pour que les familles au pays puissent être prévenues.

Sur les six, quatre étaient tombés au combat – dont deux avaient pu être enterrés. Pete et un autre lieutenant avaient péri pendant la marche, et leurs corps ne seraient jamais retrouvés.

Le général King demanda au commandant du camp de donner les noms des morts et des prisonniers à un service administratif américain travaillant en résidence surveillée à Manille. Au début, le commandant refusa, puis finalement changea d'avis sur ordre de ses supérieurs. Les Japonais étaient fiers des pertes qu'ils avaient infligées aux Américains, et il était bon que le reste du monde le sache.

*

L'hôpital se réduisait à des huttes et des abris de bambou sur pilotis. Il y avait cinq unités de soins pour accueillir les patients, des constructions tout en longueur, ouvertes au vent, sans lits, sans couvertures, sans draps. Les malades étaient couchés à même le sol, côte à côte, certains souffrant le martyre, d'autres étant dans le coma, d'autres encore déjà morts. Dans des conditions normales, l'hôpital pouvait prendre en charge deux cents personnes. En cette fin de printemps, ils étaient huit cents alignés par terre, attendant des médicaments qui n'arriveraient jamais. La plupart allaient mourir.

Dès que les prisonniers de la marche de Bataan commencèrent à arriver, l'hôpital se transforma en mouroir. Le personnel soignant souffrait des mêmes maladies que ses patients et il manquait de tout. Les produits de première nécessité, tels que la quinine pour le paludisme, l'élixir parégorique pour la dysenterie, la vitamine C pour le scorbut, se faisaient rares. Presque toutes les bandes, les gazes, désinfectants, aspirines étaient apportés en cachette par des prisonniers venant d'autres hôpitaux. Les Japonais ne fournissaient quasiment rien.

Les médecins étaient contraints de rationner les traitements et les gardaient pour les hommes qui semblaient avoir une chance de survivre. Ils gâchaient des médicaments s'ils les donnaient à un cas sévère. Quand les réserves s'amenuisèrent trop, ils instaurèrent un système de tirage au sort.

Clay ramena Pete à l'hôpital et parvint à coincer un médecin. Il expliqua que son ami avait le paludisme et la dysenterie. Son état empirait d'heure en heure. Le docteur était désolé, mais il n'avait rien à leur donner. Clay avait entendu une rumeur – avec tant d'hommes désœuvrés, la fabrique de rumeurs tournait à plein régime dans le camp. On racontait qu'on pouvait se procurer des médicaments au marché noir. Le médecin déclara ne pas être au courant. Mais au moment où ils allaient partir, il leur murmura : « Derrière le bâtiment quatre. »

À l'endroit en question, assis à l'ombre d'un arbre, un Américain grassouillet était installé à une table de fortune, un jeu de cartes en main, et faisait une sorte de réussite. À voir son visage joufflu, il était évident qu'il profitait du système. Au moment de la capitulation à Bataan, Clay avait remarqué que certains prisonniers étaient plus gras que les autres. Ils étaient souvent plus âgés et étaient tous en poste quelque part dans la bureaucratie labyrinthique de l'armée américaine. Quand ils s'étaient retrouvés dans les colonnes de la marche de la mort, ils étaient tombés comme des mouches.

Mais ce type-là n'avait sans doute pas marché. Et n'avait pas non plus raté beaucoup de repas. Il était grand et costaud, la poitrine large, de gros biceps et un cou de taureau. Et un air suffisant que Clay détesta aussitôt. Le type se donna quelques cartes, releva la tête vers Clay et demanda :

— Besoin de quelque chose ?

Clay lâcha Pete, qui parvint à rester debout, et analysa la situation. Il n'avait pas affaire à un soldat digne de ce nom. Il n'avait que mépris pour ce genre de parasites.

— Oui, mon ami a besoin de quinine et de parégorique. On m'a dit que tu avais ça.

Sur la table, quatre flacons trônaient à côté de son jeu de cartes. L'homme désigna du menton son trésor et annonça :

— Il me reste quelques pilules ici. Un dollar chaque.

Dans la seconde, Clay s'emporta :

— Sale ordure !

Il chargea, renversa la table, envoyant en l'air cartes et flacons. Le vendeur se leva d'un bond, « Putain de merde ! » et tenta de riposter mais Clay se baissa et d'un uppercut, le frappa en plein dans les testicules. Au moment où l'autre s'écroulait au sol, hurlant de douleur, Clay lui balança un coup de pied dans la tête, puis se jucha sur lui et se mit à lui marteler le visage, pris d'une rage aveugle qui occulta sa faim, sa fatigue, sa déshydratation et tous ses autres maux. Une rage nourrie par des jours de frustration, des jours à bouillir de colère, à s'interdire de résister, de se battre, de se venger enfin. Après une dizaine de coups, Clay s'arrêta :

— Espèce de sous-merde. Te faire du fric sur le dos de mourants. Tu es pire que les Japs !

Le trafiquant n'en avait pas fini. Il parvint à se mettre à quatre pattes, souffrant sans doute bien plus de son entrejambe que de sa figure tuméfiée et sanglante. Il se releva, chancelant. Il regarda autour de lui et s'aperçut qu'une petite foule s'était rassemblée. Rien n'était plus distrayant qu'une bonne bagarre, sans doute parce que peu de prisonniers en avaient encore la force.

Il saignait du nez, de la bouche, et avait une entaille à l'arcade sourcilière droite. Il aurait dû rester à terre. En boitant, à cause de ses parties douloureuses, il s'avança vers Clay, l'air mauvais.

— Sale fils de…

Il n'eut pas le temps de terminer sa phrase. Il reçut un direct dans les dents. Personne ne vit le coup partir. Dans un enchaînement parfait, une gauche-droite suivit, et Clay fit couler encore plus de sang. Le vendeur n'avait rien d'un boxeur, n'avait jamais eu à se battre contre un cow-boy du Colorado, et il passa un sale quart d'heure, sans pouvoir placer un coup.

Clay tournait autour de lui, esquivait les attaques et cognait comme s'il avait eu un Jap en face de lui. Un puissant crochet au menton sécha à nouveau le gars et l'envoya valdinguer sur la plaque de bois qui lui servait de table. Clay, toujours aussi furieux, ramassa la planche, l'empoigna comme un gourdin, et se mit à frapper le type au sol. Les craquements des fibres sur la boîte crânienne étaient horribles, mais Clay ne voulait pas s'arrêter. Il avait vu tellement de morts… Un de plus, la belle affaire. La vie n'avait plus de valeur, et qui irait lui reprocher d'avoir tué une ordure pareille ?

Un garde, baïonnette au canon, vint lui tapoter le dos. Clay s'arrêta, tourna la tête vers le Japonais et se redressa. Il tenta de reprendre son souffle, soudain épuisé.

Le garde esquissa un sourire et dit :

— Ne t'arrête pas. Continue.

Clay contempla le visage sanguinolent du trafiquant, puis se tourna vers Pete, sous l'arbre, qui secoua la tête. Il observa les hommes faméliques autour de lui qui étaient venus assister au pugilat.

Enfin, il reporta son attention sur le Jap :

— Non. J'ai terminé.

Le garde leva sa baïonnette, piqua la poitrine de Clay, et désigna l'homme à terre.

— Tue-le.

Clay ignora la lame sur son torse et répondit :

— Non. Tuer, c'est votre travail.

Il recula d'un pas, s'attendant à ce que le soldat se rue sur lui et lui fasse regretter ses paroles, mais le garde baissa son arme et se contenta de regarder Clay, qui alla récupérer Pete appuyé contre le tronc. La foule se dispersa lentement tandis que le vendeur reprenait connaissance.

Pete avait trouvé un nouvel ami. Une heure plus tard, ils se protégeaient du soleil derrière les baraquements. L'odeur à l'intérieur était devenue insoutenable. Pete était assis à l'ombre d'un arbre, à côté de Clay. Ils parlaient avec d'autres camarades quand le même garde les retrouva. Le soldat se planta devant Clay. Le prisonnier se leva et baissa la tête, certain de recevoir une correction ou pis encore. Mais le garde sortit un petit flacon de sa poche et le lui tendit. Il désigna Pete du menton et déclara :

— Pour ton ami.

Puis il tourna les talons et s'éloigna.

C'était de la quinine, et cela sauva la vie de Pete et celle de quelques autres camarades.

28

Comme de coutume, à 18 heures, Nineva laissa le dîner sur la cuisinière et rentra chez elle. De la fenêtre de la chambre, Liza la regarda s'en aller, soulagée d'être enfin seule avec ses enfants. Depuis neuf années que Liza vivait ici, elle et Nineva avaient appris à cohabiter, souvent côte à côte, pendant qu'elles mettaient en conserve les fruits et légumes du jardin en parlant des enfants. Depuis le départ de Pete à la guerre, les deux femmes s'entraidaient, chacune voulant paraître plus forte que l'autre. Devant les enfants, elles se montraient stoïques, certaines que les Alliés allaient l'emporter et que Pete allait bientôt rentrer. En réalité, l'une comme l'autre étaient pleines d'inquiétude et de chagrin, mais ne pleuraient que lorsqu'elles étaient seules.

Le mardi 19 mai, la famille était attablée pour le dîner et parlait de l'été qui arrivait. Les vacances scolaires commençaient, et Joel et Stella avaient hâte de profiter de ces trois mois de liberté. Joel avait seize ans. Il allait entamer sa dernière année au lycée avec un an d'avance. Stella en avait quinze et entrait en seconde. Ils avaient envie de voyage, La Nouvelle-Orléans ou la Floride, mais, étant donné la situation, il était difficile de faire des projets. Ils n'avaient plus de nouvelles de leur père depuis quatre mois, et cette incertitude pesait sur leurs vies comme un couvercle.

Dehors, Mack se mit à aboyer et un faisceau de lumière jaunâtre balaya la fenêtre de la cuisine. Une voiture arrivait et se garait devant la maison. Comme les Banning n'attendaient personne, les enfants et leur mère échangèrent un regard inquiet. Liza bondit de sa chaise.

— Je vais voir qui c'est.

À la porte d'entrée, deux militaires se présentèrent en uniforme. Quelques instants plus tard, tout le monde était installé dans le salon. Liza, avec ses enfants de part et d'autre d'elle, avait pris place sur le canapé. Stella était déjà en larmes.

Le capitaine Malone déclara d'un ton solennel :

— J'ai malheureusement de mauvaises nouvelles à vous annoncer. Le lieutenant Banning est porté disparu, et est présumé mort. Nous n'en avons pas la preuve absolue. Cependant, au vu des circonstances, ses compagnons pensent qu'il est décédé. Je suis désolé.

Stella enfouit son visage entre les cuisses de sa mère. Liza serra ses deux enfants contre elle. Ils se tinrent enlacés, hoquetant de chagrin, tandis que les deux officiers gardaient les yeux baissés. Les deux hommes ne s'étaient pas portés volontaires pour cette mission, mais ils exécutaient les ordres et écumaient ainsi tout le nord du Mississippi pour faire ces visites sinistres.

Liza serra les dents et demanda :

— « Présumé mort. » Qu'est-ce que cela veut dire, exactement ?

— Qu'on n'a pas retrouvé le corps, répondit le capitaine Malone.

— Il y a donc une chance pour qu'il soit encore vivant ? s'enquit Joel en s'essuyant les joues.

— Oui, il y a une chance, mais pas de faux espoir. Les hommes du lieutenant Banning ont de très bonnes raisons de croire qu'il a été tué.

— Vous savez ce qui s'est passé ? demanda Liza.

— On a juste quelques informations. Et on ne sait si elles sont exactes. Le lieutenant Banning a été capturé quand les Alliés se sont rendus aux Japonais, après la bataille de Bataan. C'était le mois dernier, les 9 et 10 avril. Pendant la marche forcée vers le camp de prisonniers, il a été blessé et laissé en arrière, comme beaucoup d'hommes. C'est là qu'il aurait été tué par des soldats japonais.

À cet instant, peu importait la façon dont il était mort. Le choc était trop fort et l'émotion noyait les détails. Pete Banning n'était plus de ce monde. C'était l'insoutenable vérité. Ils ne le reverraient jamais – Pete, le mari, le père, le patriarche, l'ami, le patron, le frère, le voisin, l'une des grandes figures de la communauté. Ils allaient être si nombreux à partager leur peine. La famille pleura un long moment puis, quand les militaires n'eurent plus rien à ajouter, ils se levèrent, présentèrent à nouveau leurs condoléances et quittèrent la maison.

Liza n'avait qu'une envie : se réfugier dans sa chambre, fermer la porte et s'enfouir sous les couvertures pour pleurer et se noyer dans son chagrin. Mais ça aurait été de l'apitoiement. C'était hors de question. Elle avait deux enfants et ils avaient plus que jamais besoin d'elle. Alors au lieu de fondre en larmes, elle se redressa et passa à l'action.

— Joel, prends le pick-up, va chercher Florry et ramène-la ici. En passant, préviens Nineva. Et dis à Jupe d'aller avertir les Nègres.

La nouvelle se répandit rapidement et, dans l'heure, une série de voitures et de pick-up étaient garés devant la maison. Liza aurait préféré passer cette première nuit à pleurer son mari au calme avec ses enfants et Florry, mais cela ne se passait pas comme ça dans le Sud rural. Dexter et Jackie Bell arrivèrent avec la première vague et passèrent un peu de temps seuls avec les Banning. Il lut quelques passages de l'Évangile et dit une prière. Liza lui expliqua que sa famille n'était pas prête à affronter une horde de gens éplorés. Le clan alla se réfugier dans la chambre parentale pendant que Dexter demandait gentiment aux gens de revenir plus tard. À 22 heures, il arrivait encore du monde.

À Clanton, les commérages étaient la seule distraction. À 8 heures du matin, Dexter ouvrit son église pour que ceux qui connaissaient Pete puissent s'arrêter un moment et prier. Durant les premières heures qui suivirent cette nouvelle tragique, les gens gardèrent à l'esprit que Pete était simplement porté disparu et que sa mort n'était pas officielle. Il y avait donc de l'espoir, et l'espoir incitait voisins et amis à prier longtemps et avec ardeur.

Plus tard dans la matinée, Dexter et Jackie rendirent visite à Liza et aux enfants, qui n'avaient toujours aucune envie de voir du monde. À nouveau, le pasteur conseilla aux gens de s'en aller. Ils arrivaient à cinq par voiture, pour apporter des gâteaux, des tartes, des plats cuisinés, une débauche de nourriture dont personne n'avait besoin, mais c'était la tradition. Après avoir reçu quelques mots de réconfort de la part de Dexter, les visiteurs, comprenant qu'ils ne pourraient voir Liza et la serrer dans leurs bras, quittaient la maison en silence, remontaient dans leurs véhicules et s'en allaient.

Liza décida qu'il n'y aurait pas de service funéraire. Il restait une chance pour que son mari soit en vie et, avec ses enfants, ils s'accrocheraient à cet espoir et tâcheraient de ne pas écouter les informations sinistres qui parvenaient des Philippines. Du moins, ils allaient essayer. Au fil des jours, Liza accepta de voir quelques amis proches, comme Joel et Stella. La violence du choc s'estompa, mais la douleur, le chagrin demeurèrent, indélébiles.

Les habitudes revinrent, entretenant un semblant de normalité. La famille prenait le petit déjeuner ensemble, ainsi que le dîner, souvent avec Nineva assise à leur table – une nouveauté. Tous les jours de la semaine, Dexter Bell leur rendait visite vers 10 heures pour un petit office privé – il leur lisait un verset ou un chapitre de l'Évangile ou prononçait quelques paroles de réconfort, et terminait toujours par une prière. Jackie était parfois du voyage, mais, la plupart du temps, le pasteur venait seul.

Deux semaines après avoir appris la nouvelle, Florry emmena Joel et Stella passer un long week-end à Memphis. Liza avait insisté pour qu'ils acceptent de partir. C'était bien qu'ils prennent un peu de distance avec l'ambiance sinistre de la maison, qu'ils se changent les idées. Florry avait des amis excentriques là-bas, et leur humour était irrésistible. Ils descendirent tous les trois au Peabody. La chambre de Joel était quasiment à côté de celle où il avait été conçu, mais il n'en sut jamais rien.

Pendant que les enfants de Pete étaient absents, Dexter Bell passa tous les jours chez les Banning pour son office matinal. Lui et Liza s'installaient dans le salon et parlaient doucement. Dans la cuisine, Nineva n'en perdait pas une miette.

*

L'élixir parégorique du marché noir fonctionna, et sa troisième crise de dysenterie diminua, sans toutefois disparaître totalement. Le paludisme était toujours là aussi, tapi. Pete parvenait néanmoins à gérer, même si parfois il se retrouvait cloué par terre, tremblant des pieds à la tête, transi de fièvre. Il avait des hallucinations et s'imaginait de retour chez lui.

Clay et lui se protégeaient du soleil derrière les baraquements et regardaient la cohorte de morts qu'on menait au cimetière. À la fin avril, vingt-cinq Américains mouraient chaque jour. En mai, ils étaient cinquante. Cent, en juin.

La mort rôdait. Comment oublier cette menace alors qu'ils voyaient des cadavres dans toutes les allées ? Elle était toujours sous leurs yeux. Chaque jour, ils étaient un peu plus affamés, un peu plus près de s'écrouler – et une fois à terre, ils ne se relèveraient jamais. Les maladies étaient endémiques et il n'y avait aucun moyen de les arrêter. Forcément, ils allaient attraper l'une d'elles, et ce serait la fin – une fin indigne.

Pete voyait ses compagnons, les uns après les autres, cesser de lutter et mourir. Et, à plusieurs reprises, lui aussi avait été tenté de lâcher prise. Ils étaient tous des morts en sursis, et seuls tenaient ceux qui avaient une volonté d'airain. Abandonner le combat était si tentant, garanti sans douleur, alors que vivre signifiait supporter une journée de plus en enfer. Certains pourtant étaient déterminés à s'accrocher, quelles que soient les tortures que leur infligeait l'ennemi, alors que d'autres, n'en pouvant plus, fermaient les yeux.

Pete survécut en pensant à sa femme et à ses enfants, à sa ferme, au passé glorieux de sa famille dans le comté de Ford. Il se rappelait les histoires qu'il avait entendues dans sa jeunesse sur les anciennes guerres, les batailles et les querelles, tous ces récits hauts en couleur qui se transmettaient de génération en génération. Il songeait à Liza et à ces jours miraculeux au Peabody, quand ils passaient leurs nuits tous les deux, ce qui ne se faisait pas quand on était un couple respectable dans les années 1920. Il pensait au corps de Liza, à son désir pour elle, intarissable. Il se souvenait des parties de chasse et de pêche avec Joel sur leurs terres, quand ils rapportaient à la maison des chevreuils, des dindons sauvages, des lapins, des brèmes et des perches qu'ils vidaient à côté de la grange avant de donner leurs prises à Nineva pour qu'elle les cuisine et leur serve pour le dîner. Il se souvenait de Stella petite, en pyjama sur le canapé, qui le regardait avec de grands yeux quand il lui lisait une histoire avant le coucher. Et de sa peau douce comme une pêche. Il voulait être là quand ses enfants finiraient leurs études et se marieraient.

Pete avait pris sa décision : il ne mourrait pas, ni de maladie, ni de faim. Il était un enfant de la campagne, un dur à cuire, un ancien de West Point, un officier de cavalerie, et il avait une famille merveilleuse qui l'attendait à la maison. Peut-être la providence lui avait-elle donné la force nécessaire, à la fois physique et mentale ? Il était plus résistant que les autres, du moins c'est ce qu'il se disait. Il voulait aider les plus faibles, mais il était impuissant. Tout le monde mourait. Et il devait, avant tout, veiller sur lui.

Alors que les conditions de vie se dégradaient à O'Donnell, les hommes parlaient de plus en plus d'évasion. Un prisonnier, par essence, ne songe qu'à s'évader, non ? C'était dans l'ordre des choses. Pourtant dans leur état physique, cela semblait presque impossible. Ils étaient trop faibles pour courir bien loin, et les Japs étaient partout. Il aurait été facile de s'échapper, puisqu'on les faisait sortir du camp pour aller travailler, mais ils n'étaient pas en condition pour survivre dans la jungle.

Pour contrecarrer toute velléité de fuite, les Japs instaurèrent successivement deux règles très simples à comprendre – simples dans leur formulation et d'une violence inouïe dans leur application. Au commencement, il y eut la règle numéro un : si un prisonnier tentait de s'enfuir et qu'il était attrapé, il serait fouetté et laissé pour mort. Pour montrer un exemple concret, les gardes rassemblèrent plusieurs milliers de prisonniers un après-midi devant les quartiers du commandant du camp.

Cinq Américains avaient tenté de s'échapper et avaient été attrapés. Les Japonais les déshabillèrent, leur attachèrent les mains et les suspendirent par les bras au-dessus d'un rail de chemin de fer. Ils les hissèrent si haut que leurs orteils touchaient à peine le sol. Au début, toute l'assistance crut que les Japs allaient pendre leurs camarades. Les cinq hommes étaient d'une maigreur cadavérique, les côtes saillant de leur torse. Un officier avec un fouet s'approcha des prisonniers, et un interprète expliqua ce qui allait se passer – ce qui était plutôt évident. L'homme était un expert en maniement du fouet. Le premier coup sur les reins du supplicié lui arracha un hurlement. Le fouet s'abattit encore et encore, et bientôt tout le dos et les fesses du malheureux furent sanguinolents. Quand il perdit connaissance, l'officier s'approcha du second prisonnier. La séance dura ainsi une demi-heure, sous le soleil brûlant. Quand les cinq hommes furent ensanglantés et inconscients, le commandant du camp s'avança et annonça quelle serait désormais la nouvelle règle : si un prisonnier s'échappait, alors dix de ses camarades seraient ainsi fouettés, jusqu'à ce que mort s'ensuive, et laissés pourrir au soleil.

Évidemment, la démonstration coupa court à tous les projets d'évasion.

*

Clay trouva un Scout philippin qui travaillait comme chauffeur et était parvenu à organiser un marché noir pour la nourriture à l'intérieur de la section américaine du camp O'Donnell. Ses prix étaient honnêtes et il proposait des boîtes de saumon, de sardines, de thon, et du beurre de cacahuètes, des fruits et des cookies.

Pete et Clay prirent une décision. Avec l'argent caché au fond de l'étui de la gourde de Pete, ils achèteraient toute la nourriture qu'ils pourraient se payer, se la partageraient entre eux – et avec nul autre – et tâcheraient de survivre. Ce plan exigeait une grande préparation parce qu'il était difficile de manger en cachette. Ils étaient tous affamés et tous se surveillaient. Ils n'étaient pas fiers de vouloir tout garder pour eux, mais ils ne pouvaient nourrir les soixante mille malheureux du camp. La première livraison de Clay fut une boîte de saumon, quatre oranges et deux cookies à la noix de coco, et pour un dollar et demi, ils firent un véritable festin.

L'idée était que l'argent dure le plus longtemps possible et, quand il n'y en aurait plus, il serait temps de penser à la suite. La nourriture redonna des forces à Pete et il se mit à parcourir le camp à la recherche de ses anciens compagnons du Vingt-sixième de cavalerie.

*

Les Japonais entraient rarement dans le camp et n'avaient que peu d'intérêt pour ce qui s'y passait. Ils savaient que les conditions de détention étaient inhumaines et se détérioraient chaque jour, mais ils faisaient semblant de ne pas voir les prisonniers. Tant que les détenus restaient derrière les grillages et accomplissaient le travail qu'on leur demandait, l'ennemi les ignorait avec superbe.

Toutefois, les piles de cadavres posaient un réel problème. Le commandant voulait qu'ils soient brûlés, mais le général King demandait des funérailles plus respectueuses. Les Japonais étaient adeptes de la crémation, pas les Américains.

Avec plus de cent morts par jour, King organisa donc des enterrements. Des groupes de fossoyeurs se relayaient aux pelles, tandis que d'autres leur apportaient les dépouilles. La plupart provenaient de la morgue de l'hôpital, mais il y avait des corps en décomposition un peu partout dans le camp.

Pete et Clay apprirent que ceux qui restaient actifs vivaient plus longtemps, à l'inverse de ceux qui végétaient assis, hébétés. Ils se portèrent donc volontaires pour creuser. Ils quittaient les baraquements après le petit déjeuner et marchaient jusqu'au cimetière américain qui se trouvait juste à l'entrée du camp, à environ huit cents mètres de l'hôpital. On leur remettait leurs outils – de vieilles pelles et des pièces de métal tordu à peine capables de prélever une livre de terre. Un officier traçait les contours de la nouvelle fosse – deux mètres de large, six de long, pour un mètre de profondeur – et les terrassiers se mettaient à l'œuvre. Ils étaient des dizaines. Le travail était urgent parce que les cadavres pourrissaient à vue d'œil.

Les morts arrivaient dans des couvertures tendues entre deux tiges de bambou, ou sur des civières bricolées avec de vieilles portes. Les équipes de transport utilisaient tout ce qui pouvait soutenir des corps squelettiques de cinquante kilos, dont la plupart avaient déjà commencé à se décomposer au soleil. L'odeur était nauséabonde et soulevait le cœur à chaque inhalation.

Devant chaque trou, un officier notait le nom des défunts et l'endroit exact où ils étaient inhumés. Toutefois, certains n'avaient plus leur plaque d'identification et demeuraient inconnus. Les fosses contenaient une vingtaine d'hommes. Quand l'une d'elles était pleine, les fossoyeurs ensevelissaient leurs camarades, un travail sinistre.

Le cimetière était appelé l'Ossuaire. Et il portait bien son nom. Pete pouvait compter les côtes de tous les morts qu'il enterrait et, à chaque fois qu'il recouvrait de terre l'un de ses compagnons, il maudissait les Japonais.

Jour après jour, Clay et lui se portaient volontaires pour creuser les tombes. Pour Pete, c'était une façon de préserver une ultime part d'humanité en lui. Quelqu'un devait veiller à ce que chaque soldat ait droit à une sépulture digne, du moins la plus digne possible étant donné les circonstances. Si Pete mourait, il était sûr qu'une autre bonne âme lui creuserait une tombe.

Les morts étaient chaque jour plus nombreux et la cadence de travail s'intensifiait. Avec leurs outils médiocres, et l'épuisement, creuser était de plus en plus pénible. L'Ossuaire grandissait sans cesse. Les porteurs arrivaient avec leur cargaison en un flot ininterrompu.

Un jour, une fosse étant pleine, l'officier ordonna aux ouvriers de la refermer. Pete et Clay avec quatre autres compagnons commencèrent à recouvrir de terre les dépouilles. Soudain, Pete se figea. Dans le trou, à quelques mètres de lui, il reconnut un visage, malgré les paupières closes et la barbe hirsute. Il demanda à l'officier le nom du mort. C'était bien Sal – Salvadore Moreno, du Vingt-sixième de cavalerie.

Pete ferma les yeux et resta tétanisé.

— Pete ? Ça va pas ? s'inquiéta Clay.

Pete recula de la fosse et s'adossa contre un poteau de la clôture. Il se laissa glisser au sol, enfouit son visage entre ses mains et pleura.

29

Finalement, creuser des tombes ne se révéla pas une si bonne idée. Les Japonais observaient les fossoyeurs à distance. Ils avaient besoin des plus « vaillants » pour travailler comme esclaves dans les mines de charbon au Japon. Pete et Clay furent choisis avec un groupe de mille personnes. Le premier signe révélateur eut lieu un matin, après le petit déjeuner, quand un garde apparut et ordonna à cinq hommes du baraquement de le suivre. Dans la cour, ils furent alignés et placés au garde-à-vous. Un convoi de camions arriva et chaque homme reçut une boule de riz, une banane et une ration d'eau.

Comme le supposaient Pete et Clay, il ne s'agissait pas d'un groupe de travail habituel et, au bout d'une heure de voyage, une certaine excitation gagna les conversations. Ils quittaient O'Donnell pour de bon ? Les Japonais déplaçaient sans cesse les prisonniers et, quelle que soit leur destination, cela ne pouvait être pire que le camp !

Bientôt, ils pénétrèrent dans les rues encombrées de Manille, et les spéculations allèrent bon train.

Quand ils s'arrêtèrent au port, les hommes ne savaient plus que penser. Devaient-ils se réjouir d'abandonner O'Donnell, ou s'inquiéter d'être envoyés au Japon ? Rapidement, leur joie fondit comme neige au soleil.

Ils furent rassemblés sur un quai et l'attente commença. Un groupe d'un autre camp arriva et fit courir une rumeur : la Croix-Rouge avait négocié un échange de prisonniers et ils embarquaient pour l'Australie, et la liberté. Pete et ses compagnons d'O'Donnell, toutefois, ne se faisaient aucune illusion. Devant eux était amarré un vieux cargo tout rouillé, sans aucune identification – pas de nom, pas de numéro, pas de nationalité.

Finalement, on les plaça en une longue file indienne et, lentement, ils gravirent la passerelle pour embarquer. Une fois à bord, ils furent conduits à une écoutille, avec une échelle menant aux cales. Les gardes étaient nerveux et aboyaient leurs ordres. Au moment où Pete s'engagea dans l'ouverture, il fut assailli par une odeur infecte montant du tréfonds des soutes. À mesure qu'ils descendaient les échelons, il aperçut les visages pâles et luisants de centaines de prisonniers déjà à bord. Comme il l'apprendrait plus tard, il s'agissait de mille deux cents détenus venant d'une prison de Manille. Les gardes leur avaient déjà annoncé qu'ils partaient aux travaux forcés dans les mines du Japon.

Avec ce nouvel afflux de prisonniers, l'air commença à manquer. Les hommes suffoquaient, tassés les uns contre les autres, corps contre corps, ils étaient si serrés qu'ils ne pouvaient ni s'allonger ni s'asseoir. Même bouger était impossible. Les gardes continuaient pourtant à remplir la cale, faisant avancer les récalcitrants à coups de crosse. La température monta à quarante degrés et les prisonniers commencèrent à s'évanouir, mais il n'y avait pas la place pour tomber. Ils allaient bientôt tous mourir.

*

L'empereur Hirohito avait refusé de signer la convention de Genève. Depuis le début des hostilités en Asie, son armée traitait les prisonniers de guerre comme des esclaves. Pour faire face à la pénurie de main-d'œuvre qui sévissait au pays, les Japonais décidèrent d'envoyer massivement les prisonniers de guerre américains dans leurs mines de charbon. Pour ce faire, tous les bateaux, quels que soient leur âge et leur état, étaient réquisitionnés. Les vaisseaux transportaient à l'aller leurs soldats aux Philippines et repartaient avec une cargaison de *boys* pour les camps de travail nippons.

Durant la guerre, cent vingt-cinq mille prisonniers alliés furent transportés au Japon – dont vingt et un mille périrent à bord ou en mer, après le naufrage des bateaux. Le 6 août 1945, quatre cents prisonniers américains travaillaient dans une mine de charbon à seulement soixante-dix kilomètres de Hiroshima. Quand la première bombe atomique explosa, le sol se souleva et trembla. Ils comprirent aussitôt que ce n'était pas un bombardement classique comme il s'en produisait tous les jours. Tous se mirent à prier pour que ce soit le commencement de la fin.

Les Japonais n'avaient pas construit assez de bateaux pour acheminer les troupes et les vivres – l'une de leurs nombreuses erreurs d'appréciation. En outre, contrairement à ce qu'ils avaient prévu, ils n'étaient pas parvenus à anéantir la flotte sous-marine américaine – ni à Pearl Harbor ni ailleurs – durant les premiers jours du conflit. À l'été 1942, les sous-marins américains chassaient dans le Pacifique Sud, tels des loups solitaires, et décimaient les navires marchands nippons. Pour compenser ces pertes, l'état-major nippon surchargeait les cargos, que ce soit avec leurs troupes à l'aller ou au retour avec leurs prisonniers de guerre pour servir de main-d'œuvre au pays. Leurs cargos étaient constamment surchargés, trop lents, bons pour la casse et facilement repérables.

On les appelait les « bateaux de l'enfer ». Entre janvier 1942 et juillet 1945, les Japonais organisèrent cent cinquante-six transports de prisonniers américains vers les camps de travail, et les conditions de voyage étaient une torture pire encore que tout ce que les prisonniers avaient enduré. Enfermés dans les cales, sans nourriture, sans eau, sans latrines et sans air respirable, les hommes s'évanouissaient, devenaient fous et mouraient en masse.

Et il y avait les torpilles. Puisque les Japonais ne mettaient aucune inscription sur leurs bateaux, les Alliés ne pouvaient savoir à quel type de transport ils avaient affaire. On estime que cinq mille prisonniers de guerre à bord de ces cargos périrent sous les torpilles américaines.

Le bateau de Pete quitta Manille six heures après qu'il eut embarqué, et les hommes autour de lui suffoquaient déjà, et suppliaient leurs geôliers. Par chance les gardes ouvrirent quelques écoutilles et un peu d'air frais entra dans les cales. Un colonel parvint à convaincre un soldat que ses hommes mouraient et qu'un esclave mort ne servait à rien. Finalement, les Japonais autorisèrent les prisonniers à monter sur le pont, où ils purent respirer et regarder la lune. L'air était une manne miraculeuse. Cependant personne ne parla d'eau ni de nourriture. Les gardes se tenaient côte à côte, arme contre arme, prêts à abattre le premier homme qui tenterait de sauter à l'eau. Même si le suicide était très tentant, personne n'en avait l'énergie.

Pete et Clay passèrent la nuit sur le pont avec des centaines d'autres, sous un ciel étoilé dont ils auraient pu admirer la beauté s'ils avaient été chez eux. Mais là, ces constellations leur rappelaient seulement que la liberté était loin.

Bien sûr, les gardes n'avaient l'ordre de tuer qu'en cas de dernière nécessité. Les esclaves avaient désormais de la valeur, et les laisser mourir dans les cales était hors de question. À l'aube, les cadavres furent sortis des soutes et jetés à la mer sans autre cérémonie. Pete les regarda heurter la surface de l'eau, flotter un moment, avant d'être engloutis. Et à chaque fois que l'océan en avalait un, il avait une pensée pour la mère, le père, la jeune épouse qui était dans l'Oregon, le Minnesota, la Floride, et qui en ce moment même priait ou attendait en vain une lettre. Dans combien de temps un militaire en uniforme viendrait-il toquer à leur porte pour leur annoncer la nouvelle qui briserait leur monde ?

Le soleil était haut dans le ciel, et il n'y avait aucune ombre sur le pont. Pas d'ombre, pas de nourriture, pas d'eau. Et les prisonniers se plaignaient de plus en plus à leurs geôliers. Les gardes, le doigt sur la détente, les injuriaient en retour dans leur langue. Au fil de la journée, la tension devint insupportable. Finalement, un prisonnier courut vers le bastingage et sauta à l'eau, vingt-cinq mètres plus bas. Il y eut un grand *splash !* suivi d'un staccato de coups de feu. Les Japs, redoutables au sabre et à la baïonnette, étaient de mauvais tireurs notoires. Il était impossible de savoir si le fuyard avait été touché. Toutefois, les tirs furent si nourris que ce déluge de feu dissuada quiconque de tenter à son tour l'expérience.

Les heures passaient, et les hommes cuisaient au soleil. Pour ne pas mourir d'insolation, ils allaient faire de petits tours à l'ombre dans les cales où la puanteur était insupportable. La plupart souffraient de dysenterie. Les gardes finirent par les autoriser à s'accrocher aux cordages en poupe pour évacuer leur diarrhée sanglante. Tout plutôt que de se soulager sur le pont.

Par chance, des nuages vinrent l'après-midi du deuxième jour et occultèrent les rayons. Les prisonniers furent reconduits dans les cales, avec l'assurance qu'on allait leur donner à manger. Ils se mirent en file indienne pour retarder le plus possible une nouvelle descente aux enfers. Les gardes semblaient comprendre leur réticence et ne les houspillèrent pas. Les ténèbres revinrent, et toujours aucun signe de nourriture. Soudain, il y eut un mouvement de panique parmi les gardiens. Certains arrivaient de la proue, courant et hurlant, sans que personne ne sache pourquoi.

La première torpille toucha le bateau à l'arrière, juste devant la salle des machines. La deuxième au milieu, un tir parfait. Les deux explosions firent osciller le navire. Une note grave traversa toute la coque d'acier, la faisant vibrer de part en part. C'était un vieux bateau qui ne résisterait pas longtemps. Même Pete qui, en cavalier et fils de paysan, ne connaissait rien aux choses maritimes, comprit que le naufrage serait rapide. Clay et lui s'accroupirent sur le pont et regardèrent les gardes paniqués refermer les écoutilles, piégeant mille huit cents Américains dans les cales. Il restait une centaine de prisonniers sur le pont. Les soldats ne se souciaient plus d'eux. Le bateau coulait. C'était désormais chacun pour soi.

Un prisonnier plus courageux que les autres voulut ouvrir une écoutille. Un garde l'abattit d'une balle dans la nuque et écarta son corps du pied. Adieu l'héroïsme.

Une troisième torpille fit tomber tout le monde sur le pont. Et un chaos général s'ensuivit. Les soldats détachèrent en hâte les canots en caoutchouc et lancèrent les gilets de sauvetage à l'eau. Les prisonniers enjambèrent les garde-fous et sautèrent dans l'océan noir sans savoir sur quoi ils allaient atterrir. Alors que Clay et Pete se précipitaient vers le bastingage, ils passèrent devant un garde qui avait posé son fusil pour détacher un canot. Par réflexe, Pete prit l'arme, descendit ce salopard d'une balle en plein visage, jeta l'arme par-dessus bord et sauta à l'eau. Et durant toute sa chute dans le vide, il rit à gorge déployée.

L'amerrissage fut violent, mais l'eau était chaude. Clay creva la surface à côté de lui et ils commencèrent à nager, à la recherche d'un objet auquel s'accrocher. La mer était d'un noir d'encre, et partout montaient des cris et des appels au secours, à la fois en anglais et en japonais. Il y eut une explosion dans le bateau et Pete entendit les mugissements des malheureux piégés dans ses entrailles. Il nagea le plus vite possible, avec les dernières forces qui lui restaient. Pendant une seconde, il perdit Clay de vue. Il l'appela.

— Ici ! cria Clay en retour. J'ai un canot !

Ils se hissèrent tant bien que mal dans l'embarcation. Elle semblait conçue pour accueillir six hommes.

— Tu as buté ce fils de pute ! s'exclama Clay dès qu'ils eurent repris leur souffle.

— Oui ! répondit Pete avec fierté. Et avec son propre fusil !

Ils entendaient des appels en japonais dans la nuit. Ils se turent immédiatement. Avec l'aide des petits avirons qu'ils découvrirent dans une sacoche contenant aussi des fusées de détresse mais ni eau ni nourriture, ils se mirent à ramer avec énergie tout en regardant le bateau gîter et commencer à sombrer. Les hurlements au loin étaient déchirants.

Pendant dix minutes, quinze, vingt, ils pagayèrent, et ne s'arrêtèrent que lorsqu'ils furent certains d'être à l'abri. À un kilomètre de là, le navire se dressa soudain à la verticale, et sombra dans l'océan. En fermant les écoutilles, les gardes avaient tué mille huit cents soldats américains déjà malades et affamés.

Des ténèbres de la mer, quelqu'un appela. Et ce n'était pas en anglais. Pete et Clay se cachèrent au fond du canot et attendirent. Assez vite, ils entendirent un choc contre le boudin, puis une tête apparut. Ils attrapèrent le garde et le tirèrent dans le bateau. Comme la plupart des Japs, il était petit, pas plus d'un mètre cinquante, soixante kilos, et sans baïonnette ni sabre, il paraissait beaucoup plus frêle. Il n'avait pas de gourde sur lui, ni sac à dos, ni nourriture, ni eau. Ce n'était qu'un Japonais sans intérêt qui, quelques minutes plus tôt, martyrisait ses prisonniers. Clay le cogna si fort que la mâchoire céda. Ils le frappèrent à tour de rôle et l'étranglèrent. Quand le Jap cessa de respirer, ils le balancèrent dans l'eau, où il resterait à jamais avec tous leurs frères qu'il venait de condamner.

Et cela faisait du bien. Malgré la soif et la faim, même s'ils dérivaient dans ce canot sans savoir où ils allaient, ils éprouvaient une immense satisfaction. Ils avaient enfin rendu les coups, fait couler le sang, tué l'ennemi, renversé la tendance en faveur des Alliés. Pour la première fois depuis des semaines, ils étaient libres. Il n'y avait plus de gardiens cruels et brutaux, avec leurs fusils et leurs baïonnettes pour les surveiller. Ils ne creusaient plus de tombes. Il n'y avait pas de monceaux de cadavres autour d'eux.

Ils flottaient sous un ciel empli d'étoiles. Puisqu'ils ignoraient quelle direction était la moins mauvaise, ils abandonnèrent les avirons et se reposèrent, bercés par la houle. La mer de Chine méridionale était très fréquentée. Demain, quelqu'un les trouverait.

*

Le premier bateau fut une frégate japonaise. Dès que Pete reconnut le pavillon, Pete et Clay se glissèrent dans l'eau et se cachèrent derrière les boudins. Le bateau passa sans se soucier d'un canot vide à la dérive et ne ralentit pas. Il semblait se diriger vers le lieu du naufrage, sans doute pour aller récupérer des survivants japonais. Plutôt mourir noyé que de se laisser reprendre par l'ennemi. Pete et Clay s'en étaient fait le serment.

Le deuxième navire fut un bateau de pêche philippin de douze mètres, dirigé par un homme nommé Amato avec ses deux fils pour équipage, trois personnes parmi les plus gentilles de la terre. Sitôt qu'ils comprirent que Pete et Clay étaient américains, ils les hissèrent à bord et les emmitouflèrent dans des couvertures. Ils leur donnèrent d'abord de l'eau, puis du café chaud – ils n'en avaient pas bu depuis des mois ! Pendant que Teofilo dégonflait le canot pneumatique et le cachait et que Tomas tenait la barre, Amato assaillit les Américains de questions. D'où venaient-ils ? Pourquoi étaient-ils prisonniers ?

Depuis combien de temps ? Il avait un cousin qui vivait en Californie et aimait les États-Unis. Son frère était un Scout philippin et se cachait dans les montagnes. Amato détestait les Japonais encore plus que Pete et Clay.

Où comptaient-ils aller ? Ne sachant où ils se trouvaient, les deux ex-prisonniers n'avaient aucune destination en tête. Amato leur expliqua qu'ils étaient à trente kilomètres des terres. La semaine dernière, les Américains avaient encore torpillé un bateau avec plein de leurs soldats à bord. Pourquoi faisaient-ils ça ? Pete expliqua que ces bateaux ne portaient aucune marque d'identification.

Teofilo leur apporta des bols de riz chaud avec du *pandesal*, un pain légèrement sucré typique des Philippines. Ils en avaient mangé avant la guerre et n'avaient pas été très convaincus. Mais, aujourd'hui, c'était un don du ciel. En plus, il était beurré. Pendant qu'ils mangeaient – lentement, suivant les conseils d'Amato pour ménager leur corps affaibli –, Teofilo faisait griller des filets de maquereaux et de chanos sur un petit gril à gaz. Pete et Clay avaient l'habitude de manger lentement. La faim avait été leur compagne pendant six mois. Mais ils brûlaient d'envie d'emplir leur bouche de nourriture. À la première bouchée de poisson, Pete mâcha à peine, et sourit quand la chair descendit dans son estomac.

Amato était sous contrat avec l'armée japonaise et devait leur livrer chaque jour ses prises ; il était donc important qu'ils reprennent le travail. Ils remirent à l'eau leurs lignes et pêchèrent des thons albacore, des saumons et des vivaneaux rouges, pendant que Pete et Clay dormaient dans la cabine. À leur réveil, ils eurent encore droit à du riz et à du poisson, et burent des litres d'eau. Au soir, tandis que Tomas nettoyait le pont et rangeait les lignes, Amato ouvrit un bocal contenant un alcool de riz fait maison et en versa une rasade dans leur tasse. C'était aigre, sans goût. Ce n'était pas le genre d'alcool qu'on aurait servi au bar du Peabody, mais c'était fort et efficace.

À la deuxième tournée, Pete et Clay étaient tout joyeux. Ils étaient libres, rassasiés pour la première fois depuis Noël, et savouraient l'eau-de-vie un peu plus à chaque lampée.

Amato habitait San Narciso, un village de pêcheurs sur la côte ouest de l'île de Luçon. Manille était à quatre heures de voyage, voire cinq ou six, suivant l'état des routes, des chemins de montagne et la fréquence des ferries. Par la mer, la capitale était à trois heures de navigation, en contournant la péninsule de Bataan, et c'était bien le dernier endroit d'où les deux hommes voulaient s'approcher. Amato certifiait que Manille grouillait de Japonais et ne voulait pas emmener son bateau là-bas.

Plus tard dans la journée, quand San Narciso fut en vue, Tomas réduisit les gaz. Il était temps d'avoir une discussion sérieuse. Il y aurait des Japonais au port, attendant leur livraison de poissons, mais il s'agissait de cuisiniers, pas de soldats, et ils n'inspecteraient pas le bateau. Pete et Clay pourraient dormir à bord cette nuit. Demain toutefois ils devraient s'en aller.

S'ils étaient attrapés ou repérés, Amato et ses fils perdraient leur bateau et sans doute leur tête.

La première option était la fuite. Amato pouvait les mettre en contact avec un ami. Mais retourner au pays était un long voyage sur l'océan à bord de mauvais bateaux, et Amato jugeait l'entreprise trop risquée. Depuis le début de la guerre, il connaissait quelques Américains qui avaient tenté l'aventure. Personne ne savait s'ils étaient parvenus à bon port. En outre, il y avait le problème du paiement des passeurs, or la plupart des prisonniers étaient sans le sou. Pete confirma aussitôt que c'était leur cas.

L'autre option était de continuer le combat. Amato avait des contacts qui pourraient les emmener dans les montagnes rejoindre la guérilla. Beaucoup de groupes d'Américains et de Scouts philippins opéraient dans la jungle de Luçon. Ils harcelaient l'ennemi et parvenaient parfois à bloquer les mouvements de troupes ou l'acheminement des vivres. L'armée impériale voulait en finir avec cette résistance et offrait des récompenses. La situation était plus que dangereuse.

— On ne s'enfuit pas, répondit Pete. On est ici pour se battre.

— Et on a des points à rattraper, ajouta Clay.

Amato sourit et hocha la tête. En fier Philippin, il ne supportait pas l'invasion nippone. S'il avait pu, il aurait bien empoisonné tous ses poissons pour tuer l'ennemi. Il espérait qu'un jour les Américains auraient l'avantage et libéreraient son pays. Il avait hâte de vivre ce moment.

Lorsque le port fut en vue, Pete et Clay descendirent se cacher dans la cabine. Une fois le bateau amarré au quai, Tomas et Teofilo déchargèrent leurs caisses de poissons et attendirent leur unique client. Un petit Japonais potelé arborant un tablier taché de sang s'approcha sans dire bonjour et inspecta les prises. Il fit une offre. Amato lui rit au nez. Sa contre-offre fut rejetée avec le même mépris. Et le marchandage commença. Un rite immuable tous les après-midi. Le cuisinier n'avait pas le temps de peser les poissons. Il fit sa dernière offre – cette fois, non négociable – et la transaction fut conclue. L'argent changea de mains et, à en juger par l'expression d'Amato, il n'était pas satisfait du prix, comme d'habitude. Deux soldats japonais arrivèrent avec une carriole, chargèrent le poisson et s'en allèrent tandis que le cuisinier marchandait avec le capitaine du bateau voisin.

Quand ils furent tous partis, Teofilo ralluma le gril et prépara le dîner. Le menu était identique – riz, *pandesal* beurré et maquereau grillé. Il s'était écoulé dix heures depuis leur petit déjeuner, et ni Pete ni Clay n'étaient malades d'avoir trop mangé. Ils avaient pris un déjeuner léger, deux fois de l'alcool et, pour l'instant leurs corps affaiblis avaient tenu bon. Quand ils étaient affamés, manger était une obsession. Aujourd'hui que la nourriture était disponible et que les morsures de la faim avaient disparu, ils pouvaient enfin penser à autre chose.

Amato leur ordonna de rester dans la cabine, même s'ils avaient trop chaud. Le port serait désert la nuit, pourtant il fallait se méfier. Si un marin ou un gosse à vélo apercevait deux Américains sur un bateau de pêche, l'information pouvait être vendue aux Japonais.

Les trois pêcheurs firent leurs sacs et leur souhaitèrent bonne nuit. Toujours avisé, Amato prit soin de récupérer son bocal d'eau-de-vie. Les Américains avaient assez bu.

En un rien de temps, l'air devint suffocant. Pete entrouvrit la porte et jeta un coup d'œil à l'extérieur. C'était nuit noire. Le bateau amarré à côté d'eux n'était qu'une forme sombre. Les seuls bruits provenaient des mouvements de l'eau contre les coques.

— RAS, annonça-t-il.

Et Clay le rejoignit dehors. Ils veillèrent à rester invisibles derrière les plats-bords. Quand ils parlaient – ce qui était rare –, c'était dans un murmure. Quelques lumières brillaient en ville, mais les quais étaient vides.

Dans la cabine, il y avait un petit lavabo. À côté, un morceau de savon ratatiné qui n'avait pas servi depuis longtemps. Pete le prit, le cassa en deux et tendit une moitié à Clay. Pete se déshabilla, passa par-dessus le bastingage et, sans bruit, entra dans l'eau. Sans doute était-elle souillée comme toutes les eaux des ports, mais il n'en avait cure. Il fit mousser le savon jusqu'à la dernière particule et prit un bain digne d'un grand seigneur. Quand il eut terminé, Clay se débarrassa de sa chemise, de son pantalon, de ses chaussettes et, pour la première fois depuis des mois, il put les laver. Leurs habits n'étaient plus que des guenilles, mais ils n'avaient rien d'autre à se mettre.

À un moment dans la nuit – sans montre, ils ne pouvaient savoir quelle heure il était au juste – la touffeur tomba d'un coup et une brise marine se leva. Ils retournèrent dans la cabine et refermèrent la porte. Ils étaient tentés de dormir sur le pont, à la belle étoile, mais la peur d'être aperçus était trop grande. Jusqu'ici ils avaient survécu à toutes les horreurs de la guerre. Ç'aurait été vraiment dommage de se faire prendre par un gamin à vélo.

On devait être le 20 juin. Ils n'étaient pas certains de la date exacte – il n'y avait pas de calendrier dans la cabine et, bien sûr, il n'y en avait pas au camp. Au bout d'un moment, un prisonnier affamé cesse de se préoccuper du compte des jours. Ils s'étaient rendus le 10 avril. Pete avait remonté à pied la péninsule de Bataan pendant six jours. Clay, pendant cinq. Cela faisait environ deux mois qu'ils étaient à O'Donnell. Et le seul fait de penser à cet endroit infernal les faisait trembler. Mais ils avaient survécu au camp, comme à la marche de la mort, au siège de Bataan, aux combats, à la reddition de leur armée, aux wagons à bestiaux bondés, aux bateaux de l'enfer, et aussi aux privations, aux maladies et à ces hécatombes abjectes qui les laisseraient traumatisés à vie. Comment leur corps avait-il pu supporter ça ? Où leur esprit avait-il trouvé la force de résister ?

Ils étaient vivants ! La guerre n'était pas terminée, mais ils avaient connu le pire, c'était une évidence. Ils n'étaient plus prisonniers et, bientôt, ils allaient pouvoir se battre à armes égales avec l'ennemi.

Alors que le problème de la nourriture était derrière eux – pour l'instant, du moins –, ils se mirent à parler de leurs épouses et de leurs familles. Ils voulaient absolument leur écrire. Si seulement leurs lettres pouvaient leur parvenir. Ils en parleraient demain matin avec Amato.

Un gamin, à bicyclette, traversa le port, roulant au hasard pour le simple plaisir de se promener. Entendant des voix provenant d'un bateau de pêche, il s'approcha pour écouter. Des voix dans une langue étrangère. De l'anglais.

Il continua sa balade et, quand il rentra enfin chez lui, où sa mère l'attendait, il lui raconta sa découverte. Furieuse de le voir revenir si tard, elle lui donna une tape avec humeur. Quel drôle de gosse, toujours à raconter des histoires et à fabuler !

30

Amato et ses fils arrivèrent à l'aube alors que le port se réveillait. Teofilo était le plus grand des trois, avec son mètre soixante-douze. Ses habits ne convenaient ni à Pete, qui mesurait un mètre quatre-vingt-cinq, ni à Clay qui faisait seulement cinq centimètres de moins. La longueur était le vrai problème, pas le tour de hanches. Les Américains étaient si maigres qu'ils pouvaient presque faire deux tours avec leur ceinture.

La veille, après le dîner, Amato avait rendu visite à un ami, celui qu'on surnommait « le géant » pour lui acheter deux pantalons, deux chemises et deux paires de chaussettes. L'homme, au début, avait refusé, parce qu'il s'agissait quasiment de toute sa garde-robe. Il ne voulait rien lui vendre sauf si Amato lui expliquait ce qui se passait. Quand le grand du village comprit à qui étaient destinés ces vêtements, il refusa l'argent. En plus de ses habits, il leur adressa tous ses vœux de réussite. L'épouse d'Amato lava et repassa ensuite les affaires et, quand il les sortit avec fierté de son sac, il en avait les larmes aux yeux. Pete et Clay aussi.

Amato, penaud et plein de regrets, expliqua qu'il n'avait pu leur trouver de chaussures. Les Américains avaient les pieds longs et étroits. Ceux des Philippins étaient courts et larges. Une seule boutique en ville vendait des souliers, cependant le marchand n'avait rien en réserve pour des Occidentaux. Amato était désolé, il avait tout essayé mais il avait échoué.

Pete le pria d'arrêter de se confondre en excuses et lui annonça qu'il avait un sujet important à évoquer. Ils voulaient écrire à leur épouse. Ils n'avaient plus eu de contact depuis Noël et ils savaient que leur famille devait être morte d'inquiétude. Pour Pete et Clay, c'était une demande toute simple, mais Amato n'aima pas ça. Il expliqua que le service postal n'était pas fiable, qu'il était surveillé de près par les Japonais. Des milliers d'Américains erraient dans les Philippines, des hommes comme eux, et tous désiraient envoyer une lettre au pays. Très peu de courrier parvenait à quitter les îles. L'ennemi avait la mainmise sur tout. Le postier à San Narciso tenait l'épicerie et c'était un collabo notoire. Si lui, Amato, lui remettait deux lettres écrites par des Américains, il allait avoir de gros problèmes.

La poste était une voie bien trop risquée. Pete insista : peut-être était-il possible d'envoyer leur courrier d'une autre ville ? Finalement, Amato céda et envoya Tomas au village. Il revint avec deux feuilles de papier, fines comme des pelures d'oignon et deux enveloppes. Il trouva un crayon. Sur la petite table dans la cabine, Pete écrivit :

Chère Liza,

On s'est rendus le 10 avril et j'ai passé les trois derniers mois dans un camp de prisonniers. Je me suis échappé et maintenant je fais partie de la guérilla dans l'île de Luçon. J'ai survécu à bien des choses et je veux continuer à vivre et rentrer à la maison dès que nous aurons gagné cette guerre. Je t'aime, comme j'aime Joel et Stella. Je pense à vous à chaque instant. Je t'en prie, dis-leur que je les aime, eux et Florry. Je suis avec Clay Wampler. Sa femme s'appelle Helen. S'il te plaît, passe-lui ce message. Elle habite au 1427 Glenwood Road, à Lamar dans le Colorado.

Je t'aime.

Pete

Il inscrivit l'adresse sur l'enveloppe, ne donna pas d'adresse de retour, la cacheta et tendit le crayon à Clay.

L'équipage quitta le port sous les ahanements du vieux moteur diesel qui semblait sur le point de rendre l'âme. Le bateau ne laissait aucun sillage dans l'eau et bientôt ils furent en haute mer. Droit devant, à l'ouest, c'était le Viêtnam, à mille cinq cents kilomètres. Sur leur droite, la Chine, plus proche, à mille kilomètres.

Teofilo fit du café très fort. Et tandis qu'ils le savouraient, il prépara du riz, du *pandesal* et encore du poisson grillé. Pete et Clay mangèrent avec précaution. L'épouse d'Amato avait cuisiné des biscuits au gingembre et, pour la première fois depuis des mois, ils redécouvraient le goût du sucre. Ni l'un ni l'autre n'avait parlé de cigarettes, et pourtant Amato sortit un paquet tout neuf de Lucky Strike, provenant sans doute du marché noir de Manille. Jamais une bouffée de tabac ne leur avait paru aussi délicieuse.

Deux heures plus tard, ils trouvèrent un banc de thons. Pendant que Tomas et Amato remontaient les lignes, Teofilo assommait les poissons avec un maillet, les vidait et les nettoyait. En fumant leur cigarette, Pete et Clay les regardaient s'activer, impressionnés par leur efficacité.

À midi, Tomas mit le cap sur Luçon. Ses montagnes n'avaient jamais disparu de l'horizon. Alors qu'ils se rapprochaient de la côte, Amato leur expliqua le plan. Le bateau s'arrêta finalement à deux cents mètres du rivage, le long d'une côte rocheuse et déserte. Teofilo gonfla le canot pneumatique qui leur avait sauvé la vie et les aida à monter à bord. Amato leur donna un sac avec de l'eau et de la nourriture et leur souhaita bonne chance. Ils se dirent adieu, les ex-prisonniers remercièrent encore une fois leurs sauveurs et s'éloignèrent. Teofilo fit faire demi-tour au bateau et mit cap au large.

Lorsque Pete et Clay furent hors de vue, Amato prit les deux enveloppes, les déchira en petits morceaux et les jeta à la mer. Son bateau avait été fouillé à deux reprises par la marine japonaise, et il ne voulait pas prendre un tel risque.

Pete et Clay, venant respectivement de la cavalerie et de l'infanterie, étaient des novices en matière de navigation et se révélèrent incapables de diriger le canot. L'embarcation se fit drosser sur les récifs et s'y écrasa. Les deux hommes manquèrent de se noyer. Pete parvint néanmoins à garder le sac au sec et à escalader les rochers. Une fois sur la terre ferme, ils attendirent. Caché dans les buissons, leur contact, un Philippin nommé Acevedo, observa leur arrivée mouvementée. Il apparut d'un coup derrière les deux hommes, émit un petit sifflement et leur fit signe de le suivre.

Acevedo était tout jeune, juste un gamin avec un chapeau de paille, mais son visage fermé et son corps musclé prouvaient qu'il était un combattant aguerri. Plus important encore, il était lourdement armé – un fusil en bandoulière, et deux pistolets à la ceinture. Dans un bon anglais, il leur expliqua qu'ils allaient emprunter des chemins dangereux dans les montagnes, et que, si tout se passait bien, ils atteindraient le premier camp à la nuit tombée. Les Japs étaient partout. Il fallait marcher vite et sans bruit – et sans parler. C'était impératif.

Ils s'enfoncèrent bientôt dans une jungle épaisse par des sentiers que seul Acevedo pouvait distinguer. Et toutes ces sentes étaient pentues. Après une heure d'ascension, ils firent halte. Pete et Clay étaient hors d'haleine. L'air rare n'arrangeait pas les choses. Pete demanda s'il pouvait fumer. Acevedo fronça les sourcils et secoua la tête. Un non catégorique. Il savait ce que les deux hommes avaient enduré, et ils étaient visiblement très affaiblis. Il leur promit de ralentir l'allure. Mais il mentit. Ils repartirent à un rythme encore plus soutenu. Soudain, il leva la main, s'arrêta net et se baissa. De l'autre côté d'une crête, ils aperçurent une route pleine de Japonais, un convoi de troupes. Ils regardèrent la cohorte de camions passer en retenant leur souffle. Personne ne pipa mot. Ils reprirent leur marche et cette fois le chemin descendit dans un vallon. Tout en bas bruissait une rivière. Acevedo scruta les alentours. Ne repérant aucun ennemi, ils traversèrent rapidement le cours d'eau et disparurent aussitôt dans le sous-bois. Le chemin recommença à grimper. Quand ses mollets furent en feu, Pete, haletant, demanda une pause. Ils s'assirent dans un bosquet et mangèrent des gâteaux de riz et des biscuits à la noix de coco.

À voix basse, Acevedo leur expliqua que son frère était un Scout et qu'il était mort à Bataan. Il voulait tuer le plus possible de Japonais avant de se faire descendre. Pour l'instant, il en avait onze à son tableau de chasse, et peut-être quelques-uns de plus. Les Japonais torturaient et décapitaient tous les guérilleros qu'ils attrapaient, alors le code d'honneur était de ne jamais se rendre. Il valait mieux se faire sauter la tête soi-même que de laisser les Japs agir. Clay lui demanda quand ils pourraient avoir des armes. Il répondit qu'il y en avait plein au camp. Des provisions et de l'eau aussi. Les combattants n'étaient pas bien nourris, mais personne ne mourait de faim.

La petite collation les rasséréna et ils repartirent. Le soleil commençait à disparaître derrière les sommets et ils s'engagèrent sur un sentier étroit qui longeait le flanc d'une montagne. C'était un passage périlleux, sur des rochers instables. Un faux pas et c'était la chute. Pendant une cinquantaine de mètres, ils seraient exposés. À mi-parcours, alors qu'ils avançaient courbés, en tâchant de ne pas tomber dans le précipice, des coups de feu retentirent sur l'autre versant. Des tireurs embusqués, qui attendaient leurs proies. Acevedo fut touché à la tête et tomba à la renverse. Une balle effleura la manche droite de Pete, manquant de peu sa poitrine. Par réflexe, les deux hommes sautèrent dans le ravin tandis que les balles ricochaient autour d'eux. La descente fut brutale, ils heurtèrent des arbustes, furent lacérés par les épines des buissons. Clay parvint à s'accrocher à une liane et put arrêter sa chute, mais Pete continua à dévaler, comme un pantin désarticulé, rebondissant sur les rochers et les taillis. Un grand *dao* l'arrêta. Le choc avec l'arbre fut si violent que Pete faillit perdre connaissance.

Clay distinguait tout juste la chemise de Pete en contrebas et parvint à se laisser glisser jusqu'à lui. Quand il l'eut rejoint, les deux hommes firent l'inventaire des dégâts. Rien de cassé. Ils avaient le visage et les bras tailladés et en sang, mais les coupures n'étaient pas profondes. Pete avait pris un sérieux coup sur la tête et était encore groggy. Au bout d'un moment toutefois, il fut prêt à bouger. Ils entendirent des voix – et ce n'était pas de l'anglais. L'ennemi les cherchait. Le plus silencieusement possible, ils se mirent à descendre – des pierres se détachèrent et en dévalant la pente firent un raffut de tous les diables. Au fond du ravin, ils se cachèrent dans les buissons à proximité d'un ruisseau et attendirent. Il y eut des bruits d'éclaboussures. Trois soldats, fusil à la main, remontaient le cours d'eau. Ils passèrent à quelques mètres de Pete et Clay, qui restèrent couchés au sol, sans respirer. Une heure passa, peut-être deux, et le ravin fut noyé d'ombres.

En murmurant, ils évoquèrent l'idée de remonter la pente dans l'espoir de retrouver leur sac de vivres et Acevedo. Ils étaient certains que le jeune homme était mort, mais ils avaient besoin de ses armes. Les Japonais n'allaient pas abandonner la traque et se contenter de retourner à leur campement. Deux Américains représentaient un trophée trop prestigieux. Alors Pete et Clay préférèrent ne pas tenter le diable. Seuls, désarmés et pourchassés, sans savoir où ils étaient et encore moins où aller, ils passèrent une nuit sans sommeil dans leur buisson, harcelés par les insectes, les bestioles, les lézards et les épines, en priant pour que les pythons et cobras passent au large. À un moment, Pete demanda qui avait eu la bonne idée de rejoindre la guérilla. Clay gloussa en sourdine et jura que ce n'était pas lui.

Quand arriva l'aube, il était temps de bouger. La faim revenait tourmenter leurs entrailles. Ils s'abreuvèrent au ruisseau et décidèrent de le suivre, sans savoir où il menait. Durant toute la journée, ils se déplacèrent parmi les ombres, en évitant le moindre espace à découvert. À deux reprises, ils entendirent des voix. À l'évidence, il valait mieux avancer la nuit. Et se reposer le jour. Mais pour aller où, au juste ?

Le cours d'eau se jetait dans une petite rivière. En restant à couvert, ils regardèrent passer un bateau de patrouille japonais. Six hommes avec des fusils, deux avec des jumelles. Ils scrutaient les berges. Plus tard dans l'après-midi, ils trouvèrent un sentier et décidèrent de le suivre à la nuit tombée. Ils ne savaient pas où il menait, mais leur position actuelle était bien trop dangereuse.

Le chemin était invisible dans la nuit. Ils le perdirent rapidement, tournèrent en rond, le retrouvèrent, le perdirent à nouveau. Ils s'allongèrent sous une saillie rocheuse et tentèrent de dormir.

À leur réveil à l'aube, la jungle était nimbée de brume. Elle offrait un camouflage inespéré. Ils découvrirent bientôt un autre chemin, un simple sentier dans la végétation. Après qu'ils eurent grimpé un mont pendant deux heures, le soleil dissipa le brouillard et le sentier s'élargit. Ils étaient épuisés et affamés lorsqu'ils débouchèrent sur une falaise dominant un profond ravin. Trente mètres plus bas, une rivière se frayait un passage entre les rochers. Ils s'installèrent dans l'ombre et observèrent le cours d'eau. Que faire ? Sauter ? Mourir était préférable au supplice qu'ils enduraient. La mort serait une libération. Leurs chances de survie étaient inexistantes de toute façon. S'ils sautaient, au moins ils mourraient de leurs propres mains.

Des coups de feu retentirent non loin et, soudain, ils n'eurent plus aucune envie de suicide. S'il y avait des tirs, cela signifiait que les deux camps étaient face à face. Les guérilleros étaient donc tout près. La fusillade ne dura pas plus d'une minute, mais cela les incita à changer de secteur. En descendant, ils poursuivirent leur progression, courbés, veillant à ne jamais se trouver à découvert. Ils aperçurent tout en bas un nouveau ruisseau, et ils s'abreuvèrent à son eau claire. Ils se reposèrent une heure puis reprirent leur marche.

Quand le soleil fut au-dessus de leurs têtes, ils arrivèrent à l'orée d'une clairière. Au milieu, un filet de fumée montait d'un petit feu. Un soldat japonais était adossé contre un gros rocher. Apparemment, il dormait. Cachés dans les buissons, Pete et Clay l'observèrent un long moment et remarquèrent le sang sur ses deux jambes. À l'évidence, il avait été blessé et abandonné par son unité. De temps en temps, il bougeait le bras, preuve qu'il était vivant. Sans bruit, Pete contourna la clairière tandis que Clay se rapprochait, dissimulé par le rideau d'arbres. Pete grimpa sur le rocher et, quand il fut au-dessus de sa cible, il souleva une grosse pierre et l'abattit sur la tête du Japonais. Clay fondit sur l'homme. Pete le frappa à nouveau avec la pierre pendant que Clay lui prenait son fusil et le transperçait avec sa baïonnette. Ils le tirèrent dans les fourrés et ouvrirent son sac à dos. Des boîtes de conserve – sardines, saumon, maquereaux – avec un paquet de viande séchée. Ils mangèrent goulûment, leurs mains et leurs chemises couvertes du sang de leur victime. Ils cachèrent le corps dans un buisson et quittèrent en hâte la clairière.

Pour la première fois depuis des mois, ils avaient des armes. Clay prit l'Arisaka avec la baïonnette ainsi que la gourde, Pete le pistolet Nambu semi-automatique dans son étui. Il équipa la ceinture de trente cartouches, de deux chargeurs, et d'un couteau de combat pourvu d'une lame de quinze centimètres. Ils coururent pendant une heure avant de s'arrêter pour dévorer une autre boîte de sardines. S'ils étaient pris maintenant, ils seraient torturés et décapités sur place. Mais ils ne se feraient pas capturer. En se serrant la main – leurs mains rouges de sang – ils conclurent un pacte : ni l'un ni l'autre ne se laisseraient prendre vivants. S'ils étaient cernés, ils se tireraient une balle dans la tête avec le pistolet. D'abord Pete, puis Clay.

Ils se remirent en mouvement, gravirent un autre versant. Ils entendirent encore des coups de feu, une fusillade plus nourrie, cette fois. Et plus longue. Ils ne savaient que faire. Fuir ? Se rapprocher ? Dans le doute, ils attendirent, cachés dans les buissons en bordure du sentier. Les tirs s'espacèrent, puis cessèrent. Une heure s'écoula. Le soleil commença à descendre vers l'ouest.

Au détour d'un virage ils tombèrent nez à nez avec un jeune Philippin qui courait dans leur direction. Il était menu, maigrelet, en nage – et sans armes. Il s'arrêta net.

— Américains, annonça Pete.

Le jeune homme s'approcha, les yeux rivés sur leurs armes.

— C'est japonais, ça, fit-il en désignant la baïonnette.

Clay esquissa un sourire et montra le sang sur ses mains.

— Et ça aussi, c'est japonais.

Le garçon sourit à son tour.

— Vous, soldats américains ?

Les deux hommes acquiescèrent.

— Nous voulons rejoindre la guérilla, annonça Pete. Tu peux nous mener à eux ?

Son sourire s'élargit et il répondit avec fierté :

— Putain de sa mère ! Et vous venez d'où comme ça ?

Pete et Clay éclatèrent de rire. Clay, plié en deux, en lâcha son fusil. Pete secouait la tête, n'en revenant pas non plus. Il se représentait ce gamin philippin assis devant un feu de camp, au milieu d'un groupe de GI s'amusant à lui apprendre le langage fleuri de leur pays. À l'évidence, il y avait des gars du Texas et d'Alabama dans la bande.

Lorsqu'ils retrouvèrent leur sérieux, le jeune annonça :

— Suivez-moi. C'est à une heure d'ici.

— C'est parti, répondit Pete. Mais tranquille.

Le garçon était un pisteur, un parmi les centaines qu'utilisait la guérilla pour ses communications, puisque les rebelles n'avaient quasiment aucune radio. Ils transportaient les messages et les ordres. Comme ils connaissaient tous les chemins, ils faisaient aussi office de pisteurs. Ils étaient rarement attrapés mais, si cela se produisait, ils étaient systématiquement torturés pour leur arracher des informations, puis exécutés.

*

Ils gravirent des pentes pendant un long moment, et l'air se raréfia encore. La fraîcheur était la bienvenue, cependant Pete et Clay avaient du mal à suivre. Alors qu'ils approchaient du premier bivouac, le garçon siffla trois fois et attendit. Visiblement, il entendit un signal en réponse qui demeura inaudible pour Pete et Clay et recommença à avancer. Ils étaient sur les terres de la guérilla à présent, et à l'abri comme n'importe quel soldat américain aurait pu l'être dans son unité. Deux Philippins lourdement armés surgirent de nulle part et leur firent signe de les suivre.

Ils dépassèrent un minuscule *barrio* où personne ne fit attention à eux. Ils poursuivirent leur chemin jusqu'au premier camp, où d'autres Philippins, en plus grand nombre, faisaient la cuisine sur un feu de bois. Ils étaient une vingtaine, installés sous des abris, et se préparaient pour la nuit. À la vue des deux Américains, ils se levèrent et firent un salut militaire.

Après une demi-heure de marche sur un chemin toujours aussi raide, ils découvrirent un ensemble de petites constructions cachées par la végétation. Un Américain, dans un treillis usé jusqu'à la corde et des rangers tout neufs, les accueillit. C'était le capitaine Darrell Barney, un ancien du Onzième d'infanterie, aujourd'hui officier dans la résistance du secteur ouest de Luçon. Après les présentations,

Barney appela les occupants d'une rangée de huttes de bambous. D'autres Américains en sortirent. Il y eut des sourires, des poignées de main, des accolades à foison. Rapidement Pete et Clay se retrouvèrent assis à une table, devant du riz, des pommes de terre et des travers de porc, un festin réservé aux grands événements.

Pendant qu'ils se restauraient, les hommes les assaillaient de questions. Le plus bavard, un dénommé Alan DuBose, originaire de Louisiane, reconnut avec fierté que c'était lui qui donnait des cours d'argot à leurs amis philippins. Ils étaient six Américains, en plus de Pete et Clay, et aucun n'avait connu la déroute de Bataan. Après la reddition, ils s'étaient enfuis dans les montagnes aux quatre coins des îles. Ils étaient en bien meilleure santé qu'eux, même si le paludisme continuait à faire ses ravages.

Les Américains avaient eu vent de la marche de la mort et ils voulaient tout savoir. Pendant plusieurs heures, Pete et Clay racontèrent leur histoire et finirent par se détendre et rire avec leurs nouveaux camarades. C'était si bon de ne plus être seuls. Ils avaient tant souffert, tous les deux qu'ils n'en revenaient pas de se retrouver avec des compatriotes qui se battaient encore.

Pete apprécia ce moment, mais il ne pouvait refouler les images de cauchemar du camp O'Donnell. Il pensait à tous ceux qu'il avait connus là-bas, à tous ces hommes qui ne s'en sortiraient pas vivants. Ils étaient toujours là-bas, mourant de faim, pendant qu'eux deux étaient ici, à festoyer. Il songeait à l'Ossuaire, aux centaines de cadavres faméliques qu'il avait enterrés. Et aussi au bateau de l'enfer, et aux cris de ses camarades piégés dans les cales tandis que le navire sombrait. Il était pris entre deux forces. À la fois il savourait cette nourriture, ce partage avec ses compagnons d'armes, et plaisantait avec eux – entendre tous ces accents américains faisait si chaud au cœur – et, l'instant suivant, il devenait mutique, incapable d'avaler une autre bouchée car les images le submergeaient.

Les souvenirs, l'horreur, l'indicible, jamais cela ne s'effacerait.

Plus tard dans la soirée, on les conduisit aux douches et on leur donna du savon. L'eau était tiède. Une merveille ! Par réflexe, ils voulurent se raser, mais tous les autres Américains portaient la barbe. On leur donna des sous-vêtements, des chaussettes propres et des treillis de l'armée, même si, dans la jungle, il n'y avait pas d'uniforme officiel. Le médecin, aussi américain, les examina et nota les problèmes évidents. Il y avait dans le camp pléthore de médicaments. Il leur promit que, dans deux semaines, ils seraient prêts à retourner au combat. On leur attribua une hutte, leur nouveau baraquement, ainsi que des lits de camp et des couvertures. Au matin, ils rencontreraient le commandant. Et on leur remettrait de nouvelles armes, plus qu'ils ne pourraient en porter.

Seuls dans l'obscurité, les deux hommes parlèrent du pays. Jamais la maison ne leur avait paru si proche.

31

La résistance de Luçon pour le secteur ouest était placée sous le commandement du général Bernard Granger, un Anglais, héros de la Première Guerre mondiale. Granger avait une soixantaine d'années, mince, solide, et militaire jusqu'au tréfonds. Il avait vécu aux Philippines ces vingt dernières années. Il dirigeait, à un moment, une grande plantation de café. Les Japonais avaient confisqué cette exploitation, tué ses deux fils et l'avaient contraint à se réfugier dans les montagnes avec sa femme et le reste de sa famille. Ils vivaient dans un bunker au fond de la jungle, qui faisait office de QG pour la guérilla. Ses hommes le vénéraient et l'appelaient Lord Granger.

Il était à son bureau sous un filet de camouflage quand Pete et Clay lui furent présentés. Il renvoya ses aides de camp, mais ses gardes du corps restèrent à ses côtés. Il leur souhaita la bienvenue de sa voix haut perchée d'Anglais, dans une diction oxfordienne, et demanda du thé. Pete et Clay s'installèrent dans des sièges de bambou et observèrent dans un silence respectueux cette figure hiératique de la résistance.

Parfois, le rebord de son chapeau de safari lui cachait l'œil gauche. Quand il parlait, il retirait de sa bouche sa pipe de maïs et, quand il écoutait, il coinçait la tige entre ses dents et la mâchonnait, comme s'il tentait d'avaler chaque mot de son interlocuteur.

— J'ai ouï dire que vous en avez vu de belles, à Bataan, annonça-t-il de sa voix mélodieuse. La réalité doit être pire que ce que l'on raconte.

Les deux hommes acquiescèrent puis lui décrivirent quelques épisodes. Bataan avait été brutal, mais ce n'était rien comparé au camp O'Donnell.

— Et les Nips envoient vos *boys* dans leurs mines de charbon, à ce qu'il paraît, commenta Granger en servant le thé dans des tasses de porcelaine.

Pete décrivit les conditions de vie dans le bateau et leur sauvetage en mer.

— On aura ces salopards, conclut Granger. S'ils ne nous ont pas les premiers. Bien sûr vos chances de survie vont s'améliorer ici, mais nous restons tous des morts en sursis.

— Mieux vaut mourir au combat, répondit Clay.

— C'est l'idée, soldat. Notre boulot est de contrecarrer suffisamment les plans des Nips pour que leur état-major se décide à lâcher ces îles. Il n'est pas question que les Alliés contre-attaquent sans nous inclure dans le programme. Le haut commandement pense qu'il peut faire l'impasse sur ces îles et frapper directement le Japon, et c'est bien possible. Mais MacArthur a promis de revenir et c'est ce qui nous donne la force de tenir. Nos soldats philippins ne se battent pas pour rien. D'abord et avant tout, c'est leur terre. Du lait ? Du sucre ?

Pete et Clay déclinèrent les deux offres. Ils auraient préféré un café bien fort, mais ils avaient eu droit à un copieux petit déjeuner. Granger continua à parler pendant un moment, puis s'arrêta soudain et regarda Pete fixement :

— Et vous, comment êtes-vous arrivé ici ?

Pete lui résuma son parcours : West Point, sept ans de service dans le Vingt-sixième régiment de cavalerie, puis une retraite anticipée pour des raisons familiales. Parce qu'il voulait sauver la ferme de ses parents. Une épouse. Deux enfants au Mississippi. Il avait le grade de premier lieutenant.

Les yeux de Granger restèrent fixés sur Pete, sans un battement de sourcils, tandis qu'il assimilait chaque mot.

— Vous savez donc monter à cheval ?

— Avec ou sans selle, répondit Pete.

— J'ai entendu parler du Vingt-sixième. On dit qu'ils ont de bons tireurs.

— Oui, général.

— Nous avons besoin de snipers. On en manque toujours.

— Donnez-moi donc un fusil.

— Vous étiez à Fort Stotsenburg ?

— Oui. Mais juste avant décembre.

— Satanés Nips ! La base sert aujourd'hui de nid pour leurs Zéros et leurs bombardiers. Des appareils plus lourds encore y sont stationnés depuis la bataille de Corregidor. J'aimerais bien leur faire sauter quelques avions, mais on n'a pas encore trouvé le moyen d'y parvenir. Et vous ? demanda Granger en se tournant vers Clay.

Enrôlé en 1940. Trente et unième d'infanterie. Un spécialiste des mortiers. Rang de sergent. Un fier cow-boy du Colorado qui savait aussi monter et tirer.

— Magnifique. J'aime les hommes qui veulent se battre. C'est malheureux à dire, mais nous avons beaucoup d'Américains ici qui cherchent juste à se cacher et à rentrer au bercail. Certains ont perdu la tête. D'autres sont trop malades. Certains ont déserté et erraient dans la forêt. Ce sont des fardeaux, pour tout dire, mais nous ne pouvons les chasser. La première leçon que vous apprendrez ici, c'est de ne pas poser de questions. Tout le monde a son histoire, et les lâches ne disent jamais la vérité.

Il but son thé et déroula une carte.

— Un petit topo sur nos opérations en cours. Nous sommes ici, au milieu des monts Zambales, un terrain plutôt accidenté, comme vous avez pu vous en rendre compte. Certains sommets sont à près de trois mille mètres d'altitude. Nous avons environ un millier de combattants disséminés sur deux cent cinquante kilomètres carrés. Si nous restons cachés, on peut tenir très longtemps, mais se terrer ne fait pas partie du programme. La guérilla combat, jamais par des assauts frontaux, jamais à découvert. Nous frappons vite et nous disparaissons. Les Nips attaquent nos camps dans les vallées et en bas, c'est très dangereux. Vous allez vite vous en rendre compte. Nos rangs grandissent sans cesse grâce à l'afflux de Philippins qui prennent le maquis. Les débuts ont été difficiles mais, à présent, nous parvenons à leur faire mal.

— Vous ne craignez pas que les Japs viennent ici ? s'enquit Pete.

— On craint un tas de choses, pour tout dire. On voyage léger, on est toujours prêts à évacuer pour rejoindre des zones moins risquées. Nous ne pouvons lutter contre eux en face-à-face. Nous n'avons pas d'artillerie lourde, juste quelques mortiers, quelques canons légers et autres pièces volées à l'ennemi. Nous avons des fusils en pagaille, des pistolets, des mitrailleuses, mais pas de véhicules. Nous sommes de la piétaille, et nous profitons du terrain accidenté. Notre plus gros problème, ce sont les communications. Nous n'avons que de vieilles radios, rien de portable, et nous ne pouvons les utiliser parce que les Nips nous écoutent. Alors nous avons recours aux pisteurs pour coordonner nos actions. Nous n'avons aucun contact avec MacArthur, pourtant il sait que nous sommes là et que nous combattons. Et pour répondre à votre question, oui, nous sommes en relative sécurité ici. Mais le risque existe. Si les Nips nous repèrent, ils lanceront illico leurs avions pour nous bombarder. Venez, je vais vous montrer nos réserves.

Granger se leva avec entrain et ramassa sa canne. Il lança quelques mots en tagalog à ses gardes qui s'éloignèrent aussitôt au pas de course. D'autres combattants les rejoignirent tandis que le trio quittait le camp pour emprunter un chemin étroit.

— Le Vingt-sixième de cavalerie a fait parler de lui, reprit Granger. Edwin Ramsey. Je suppose que vous ne le connaissez pas ?

— C'était mon commandant, répondit Pete avec fierté.

— Ça alors ! Un sacré soldat ! Il a refusé de se rendre et a rejoint les montagnes. Il se trouve à cent cinquante kilomètres d'ici et se bat comme un beau diable. Il paraît qu'il a cinq mille hommes avec lui dans le centre de Luçon et plein de contacts à Manille.

Passé un virage, deux sentinelles soulevèrent un rideau de lianes et de racines. Ils pénétrèrent dans une grotte.

— Prenez des torches, ordonna Granger.

Et deux gardes leur éclairèrent le chemin. La caverne déboucha dans une grande salle souterraine, des stalactites descendant du plafond. Des bougies éclairaient les parois de proche en proche. Et Pete et Clay avaient sous les yeux un véritable arsenal.

Granger continuait de parler :

— C'est du matériel abandonné par les Yankees qu'on a repris aux Nips. J'aime à penser qu'on a assez de balles pour chacun de ces salopards.

Il y avait des palettes de munitions. Des caisses de fusils. Des piles de conserves et d'eau. Des sacs de riz. Des barils d'essence. Des tas de boîtes encore renfermant sans doute d'autres vivres.

— Au fond, dans une autre salle, on stocke deux tonnes de dynamite et de TNT. Vous vous y connaissez en explosifs ?

— Non, répondit Pete.

Clay secoua la tête.

— Dommage. Nous avons grand besoin d'un artificier. Le dernier s'est fait exploser par accident. Un Philippin. Il était sacrément bon. Mais on finira bien par en trouver un. Vous en avez assez vu ?

Sans leur laisser le temps de répondre, Granger fit demi-tour. La visite était terminée. Pete et Clay étaient impressionnés par l'ampleur des réserves. C'était rassurant, aussi. Ils suivirent Granger à l'air libre et commencèrent à descendre le versant. Ils s'arrêtèrent. L'endroit offrait une vue magnifique sur les montagnes. Les lignes de crêtes semblaient s'étendre à l'infini.

— Les Nips ne s'aventurent pas aussi loin, poursuivit le général. Ils ont trop peur. Et ils savent que nous sommes forcés de descendre pour les attaquer. Et c'est ce que nous faisons. Des questions ?

— Quand allons-nous au combat ? demanda Clay.

Granger lâcha un rire.

— Voilà ce que j'aime entendre ! Malades et sous-nourris, mais prêts à se battre. Dans une semaine. Laissez les toubibs vous remettre d'aplomb et alors vous pourrez faire couler autant de sang que vous voudrez.

*

Les deux jours suivants, Pete et Clay profitèrent de ce luxe imprévu. Ils dormaient, mangeaient, buvaient tout leur saoul. Les médecins les gavaient de médicaments et de vitamines. Quand l'ennui les gagna, on leur donna des fusils et des pistolets et ils purent se rendre sur le stand de tir pour s'entraîner. Un vétéran philippin nommé Camacho leur fut assigné comme instructeur et leur apprit les arcanes de la survie dans la jungle : faire un minuscule feu pour cuisiner, toujours de nuit pour que la fumée ne soit pas repérée, construire un abri de branchages pour dormir quand il pleuvait, charger un sac avec le minimum vital, garder au sec leurs armes et munitions, se débarrasser à mains nues d'un cobra belliqueux et aussi d'un python affamé, et cent autres choses qui pouvaient un jour leur sauver la vie.

Le troisième jour, Pete fut convoqué au PC de Lord Granger pour boire le thé et faire une partie de cartes. Ils s'installèrent de part et d'autre de la table et bavardèrent, le général faisant le plus gros de la conversation.

— Vous savez jouer au crib ? demanda-t-il en sortant le plateau.

— Bien sûr. J'y jouais à Fort Riley.

— Excellente nouvelle ! Je fais une partie tous les après-midi à 15 heures en prenant le thé. Ça détend. (Il battit le jeu et distribua les cartes.) Il y a deux nuits, les Nips ont attaqué l'un de nos avant-postes, un camp qui était pourtant bien défendu. Ils nous ont pris par surprise avec une grosse unité. Le combat a été rude. Et nous l'avons perdu. Ils cherchaient Bobby Lippman, un major de Brooklyn, et ils l'ont eu, avec deux autres Américains. Les Philippins de son unité ont été soit tués dans la bataille, soit décapités sur place. Les Nips adorent ça, couper des têtes et les laisser à côté des corps pour effrayer la population. Bref, Lippman et les deux autres ont été emmenés dans une prison de Manille pour être interrogés par les pires tortionnaires japonais. On m'a dit que certains interrogateurs parlaient mieux anglais qu'un Britannique. Lippman va passer un sale moment. Ils vont le fouetter et le brûler pendant un ou deux jours. Ils ont tout un tas de méthodes. S'il parle, ce qui est probable, on le saura bientôt. S'il ne lâche rien, il sera passé par le fil de leur épée, ces longs sabres que vous avez vus. C'est la guerre, Banning et, comme vous le savez, il y a bien des façons de mourir.

— Je pensais que vous aviez des sentinelles et des tours de garde à chaque poste ? s'étonna Pete. Comment ont-ils pu vous prendre par surprise ?

— On ne le saura jamais. Leur truc favori c'est de soudoyer des locaux, des Philippins qui ont besoin d'argent, ou de riz, et qui sont prêts à vendre des informations. Plus les Nips se rapprochent, plus nous avons du mal à nous ravitailler. Dans certains villages, les paysans ne mangent pas tous les jours. Les Nips n'ont pas leur pareil pour monnayer la survie. Nous avons installé de nombreux postes dans ces montagnes. Parfois nous y séjournons, parfois ils sont déserts, mais ce sont nos refuges. Si nous restons une nuit, voire une semaine, les gens du coin ne tardent pas à le découvrir. Il est alors facile d'aller trouver un Nip pour négocier le renseignement. Vous êtes prêts à vous battre ?

— Plutôt deux fois qu'une !

— D'après les toubibs, vous allez survivre. Certes, nous sommes tous en sous-poids, et infectés par une ou deux saloperies, mais vous et Clay, vous n'avez plus que la peau sur les os ! Vous n'avez pas été gâtés.

— Nous sommes en pleine forme, général, et on s'ennuie ferme. Donnez-nous une mission.

— Vous allez, tous les deux, partir avec DuBose et sa section de dix hommes. Camacho sera toujours avec vous, et c'est le meilleur. Vous partirez au milieu de la nuit, marcherez trois ou quatre heures. La mission est à la fois de repérage et de combat. Si Lippman parle sous la torture, nous devons le savoir. Et pour cela, il faut voir ce que font les Nips et où ils vont. Après deux jours sur les chemins, vous rejoindrez une autre unité, d'autres gars à nous dans les montagnes. Ils ont recruté un fabricant de bombes qui posera alors ses câbles et tout le bazar. La cible est un convoi. A priori, ce sera un boulot facile et vous aurez l'occasion de descendre quelques Nips. Ça devrait vous plaire.

— Je suis impatient !

— Si tout va bien, l'artificier est prêt à passer un peu de temps avec vous pour vous apprendre à vous débrouiller avec du TNT. Alors soyez de bons élèves.

Pendant que Pete distribuait les cartes pour une autre manche, Granger rechargea sa pipe, tout en continuant à parler :

— Pauvre Lippman. On veut tous éviter de se faire attraper, en tout cas pas en vie. Il vaut bien mieux se tirer une balle dans la tête que de tomber entre les mains des Nips. Mais ce n'est pas toujours aussi facile. Les hommes sont parfois blessés et incapables de se tuer. Parfois, ils sont surpris dans leur sommeil. Et souvent, Banning, je crois que nous nous croyons si experts en survie que l'on pense pouvoir résister à tout. Alors nous lâchons nos pistolets, levons les bras en l'air, et on se laisse emmener. À mon avis, une heure après, on le regrette amèrement. Vous avez déjà été tenté d'en finir ?

— À bien des reprises. La soif et la faim nous rendaient fous, et tous ces morts autour de nous. Si seulement j'avais pu m'endormir, j'aurais choisi de ne pas me réveiller. Mais on a survécu. Et on va encore survivre. Parce que je compte bien rentrer chez moi un jour, général.

— Alors foncez ! Mais ne laissez pas les Nips vous prendre vivants, compris ?

— C'est prévu.

32

Ils quittèrent le camp peu après minuit, dix combattants suivant deux pisteurs qui auraient pu trouver leur chemin les yeux fermés. Six Philippins et quatre Américains, tous lourdement armés, avec des sacs à dos contenant de la nourriture, de l'eau, des couvertures, des bâches et toutes les munitions possibles. Heureusement, l'aller se faisait en descente. Pete et Clay ne quittaient pas des yeux les pieds de leurs compagnons devant eux. C'était la première leçon qu'ils avaient apprise. Regarder autour d'eux était inutile, parce qu'il n'y avait rien à voir dans l'obscurité. Un faux pas, et on pouvait chuter – sur Dieu sait quoi !

Pendant la première heure de marche, personne ne parla. Alors qu'ils approchaient du premier *barrio*, un guetteur les accueillit. Il expliqua à Camacho, dans un dialecte inconnu, que la voie était libre. Ils n'avaient pas vu l'ennemi depuis des jours. La section contourna les huttes et poursuivit sa route. Aucune sentinelle au deuxième *barrio*, et le hameau semblait endormi. Après trois heures de descente, le terrain devint plat. Ils firent halte à un avant-poste : quatre abris cachés dans la végétation, et vides. Ils se reposèrent pendant une demi-heure, et reprirent des forces avec des sardines et de l'eau. DuBose s'approcha des deux nouveaux.

— Vous tenez le coup ?

Pete et Clay lui assurèrent que c'était une partie de plaisir pour eux, même si en vérité ils étaient déjà épuisés. Les autres étaient en pleine forme, comme s'ils sortaient d'un petit échauffement. Ils se remirent en route et cette fois le sentier grimpa. Au bout d'une heure de marche, ils firent une nouvelle pause. DuBose savait ce qu'avaient enduré les deux nouveaux et voulait les protéger. La section descendit dans un ravin, traversa un ruisseau, et arriva en vue d'un *barrio* plus grand. À couvert dans les buissons, ils observèrent la zone quelques minutes. Puis Camacho alla trouver le guetteur. Ici non plus, pas de signe de l'ennemi ces derniers jours. Pendant qu'ils attendaient, DuBose s'installa à côté de Pete et lui murmura :

— Les gens ici sont plutôt sûrs. Chaque village a un chef, et celui-là est un gars fiable. En revanche, passé ce *barrio,* c'est le no man's land.

— Où est la route ?

— Pas loin.

Au point du jour, ils se tenaient cachés dans un fossé le long d'une route de terre, une voie visiblement très empruntée. Ils entendirent du mouvement de l'autre côté, puis plus rien.

— DuBose ? lança quelqu'un en face.

— Par ici !

Des têtes émergèrent des buissons, et Carlyle, un Américain, vint vers eux. Il commandait une section de douze hommes, comprenant trois Yankees avec des barbes hirsutes et des visages aussi émaciés que ceux du groupe de DuBose. Ils se dépêchèrent de récupérer les caisses de TNT et, pendant une heure, ils installèrent les explosifs, branchèrent les détonateurs. L'artificier était un vétéran philippin qui avait visiblement de l'expérience en la matière. Quand le TNT fut en place, les hommes se mirent à couvert dans les fourrés, DuBose indiquant à chacun son emplacement. Pete, le sniper, s'installa derrière des rochers, avec pour ordre de tirer sur tout ce qui bougeait. Clay reçut une mitrailleuse légère et fut positionné cinquante mètres plus bas.

Camacho resta à côté de Pete et lui parla à voix basse pendant que le soleil se levait : les Japonais convoyaient des tonnes de vivres et de matériel à l'intérieur des terres, et la guérilla devait les attaquer et tenter d'interrompre cet approvisionnement. Des espions au port avaient révélé qu'un convoi de quatre ou cinq véhicules était en route. Personne ne savait ce qu'ils transportaient, mais faire sauter les camions était excitant en soi. Pete avait hâte de voir ça.

Son index, posé sur la détente, le démangeait déjà et son estomac se contractait d'impatience. Il n'était pas allé au feu depuis des mois et l'attente était une torture. Quand il entendit le grondement des moteurs, Camacho lui dit de se préparer.

Quatre véhicules. Ceux de tête et de queue étaient emplis de troupes pour protéger la marchandise chargée dans les deux camions du milieu. Les guérilleros attendirent. Longtemps. Pete finit par se demander s'il n'y avait pas un problème avec les explosifs. Mais quand ils détonèrent, le sol trembla si fort que Pete fut soulevé de terre. Le camion de tête se retourna comme une crêpe, projetant les soldats en tous sens. Les troisième et quatrième furent renversés sur le côté. Les tirs jaillirent des buissons, un feu nourri provenant de vingt rebelles. Les Japs qui avaient survécu à l'explosion se traînaient au sol ou claudiquaient. La plupart furent abattus avant qu'ils n'aient le temps de tirer une seule balle. Le chauffeur du deuxième camion voulut s'échapper par le pare-brise cassé en rampant sur le capot. Pete mit fin à ses espérances. Clay, posté à l'arrière du convoi, avait un angle de tir parfait sur le camion de troupes. Avec sa Type 99 nippone, il faucha les Japonais un à un tandis qu'ils tentaient de récupérer leurs armes. Certains voulurent se cacher derrière les camions mais furent aussitôt abattus par les combattants de l'autre côté de la route. Il n'y avait nulle part où se cacher. La fusillade sauvage dura encore cinq minutes. Un Jap parvint à se mettre à l'abri entre les camions Deux et Trois et tira quelques salves vers les arbres avant d'être descendu à son tour.

Lentement, la fusillade cessa. Quand le silence revint, les guérilleros attendirent, espérant voir un Jap au sol tendre la main vers son arme. Mais tout était immobile, et la poussière retombait. DuBose et

Carlyle s'approchèrent avec précaution et firent signe à leurs hommes de les suivre. Tous les Japs, mourants ou déjà morts, reçurent une balle dans la tête. Les prisonniers étaient des fardeaux. Et il n'y avait pas de place ni de nourriture pour eux. Dans cette version de la guerre, aucun des deux camps ne faisait de prisonniers, sauf si les captifs étaient des officiers américains, auquel cas ils étaient d'abord torturés.

DuBose et Carlyle aboyèrent leurs ordres avec impatience. Deux Philippins furent envoyés en amont pour vérifier que d'autres camions n'arrivaient pas. Et deux autres en aval. Les morts – trente-sept au total – furent dépouillés de leurs armes et sacs à dos. Par chance, le premier camion de marchandise n'avait pas été atteint. Il était plein de fusils, de grenades, de mitrailleuses et de plusieurs centaines de kilos de TNT. Chaque embuscade réservait son lot de surprises. Aucune balle perdue n'avait touché les explosifs. Un petit miracle. Le deuxième camion de marchandise était couché sur le flanc. Il transportait des rations alimentaires. DuBose décida de charger le plus de nourriture possible dans le camion d'armes et de s'enfuir avec.

Après avoir dégagé les cadavres du chemin, les guérilleros parvinrent à pousser le camion de tête dans le fossé. Avec un Philippin au volant, l'unique véhicule indemne s'ébranla. Pete et cinq autres compagnons se retrouvèrent assis sur le toit, leurs fesses à quelques centimètres au-dessus de tonnes d'explosifs. Avant de disparaître dans le virage, les combattants se retournèrent pour admirer leur œuvre. Trois camions fumants, un tas de cadavres, et pas un seul blessé dans leurs rangs.

Les Zéros nippons surveillaient constamment le secteur en volant au ras des arbres. D'un instant à l'autre, ils allaient surgir. DuBose voulait se mettre à couvert au plus vite. Les pilotes, en découvrant le carnage sur la route, allaient vouloir se venger. En quelques salves de mitrailleuses, ils feraient sauter leur camion et les réduiraient tous en charpie.

Le chauffeur quitta la route, traversa une clairière et fonça vers les arbres. Enfin, ils trouvèrent une cachette sous la canopée. DuBose ordonna aussitôt à ses hommes de recouvrir le véhicule de branchages. Une fois certains que le camion était invisible du ciel, même à dix mètres d'altitude, les hommes se retirèrent dans le sous-bois pour ouvrir les sacs à dos des Japonais. Ils firent ripaille avec des boîtes de poisson et des galettes de riz. Un Jap avait visiblement des problèmes avec l'alcool puisqu'il transportait dans son barda quatre flasques de saké. Et la collation vira à la petite fête improvisée.

Pendant que leurs hommes trinquaient à leur victoire, DuBose et Carlyle s'entretinrent dans la cabine du camion. Leur discussion fut interrompue par le vrombissement aigu des Zéros en approche. Deux chasseurs survolèrent en rase-mottes la route puis remontèrent dans le ciel dans un rugissement rageur. Ils firent un second passage et disparurent.

Les deux officiers brûlaient de retourner sur le lieu de l'attaque. Cette portion de route était l'endroit idéal pour monter des embuscades, et les Japs allaient sûrement envoyer un gros détachement de troupes sur place. L'opération avait été un tel succès, ils avaient éliminé tant de soldats… Il était très tentant de compléter encore leur tableau de chasse, mais DuBose préféra s'abstenir. Leur mission était de frapper comme l'éclair et de disparaître, pas d'organiser de véritables offensives. En outre, dans les conditions actuelles, le produit de leur rapine avait plus de valeur que quelques morts japs de plus.

Le camion ne pouvant gravir la montagne, DuBose décida d'acheminer la cargaison à pied jusqu'au camp de base. Puisque ses hommes ne pouvaient transporter davantage de matériel, il envoya une dizaine de Philippins dans les *barrios* alentour pour trouver des bœufs et des mules. Ils offriraient des tas de victuailles en échange de la location des bêtes.

DuBose mit un terme à la fête et ordonna à ses hommes de commencer à décharger le camion. Peu après midi, quelques mules et bœufs apparurent sur le chemin. Il n'y en avait pas assez, mais plusieurs locaux avaient accepté d'interrompre leur travail contre de la nourriture. Les premières bêtes chargées venaient de disparaître dans les sous-bois quand un pisteur arriva hors d'haleine annonçant que les Japonais arrivaient. Sans hésitation, DuBose demanda à l'artificier de piéger le camion avec le reste d'explosifs encore à bord. Les carcasses sur la route allaient ralentir la progression des Japonais. Ce qui leur donnerait un peu de répit. Les guérilleros ôtèrent le camouflage pour que les Japs puissent repérer le véhicule, et allèrent se cacher dans les fourrés.

L'équipe d'éclaireurs arriva sur des motocyclettes, découvrit le camion, et s'empressa d'aller prévenir les autres. Bientôt trois transports de troupes se garèrent à proximité et les soldats investirent les lieux, courbés en deux, craignant une autre attaque. Mais tout resta silencieux. Lentement, ils s'approchèrent du camion. Quand ils comprirent que l'ennemi était parti, ils se détendirent un peu et se mirent à fureter autour du véhicule, cependant on percevait encore de la nervosité dans leurs voix. Quand leur officier monta dans le véhicule pour jeter un coup d'œil au chargement, l'artificier tira un fil à cent mètres de là. L'explosion fut glorieuse et projeta dans les airs des dizaines de corps.

DuBose et ses hommes admirèrent le spectacle, sourire aux lèvres, puis se replièrent dans la jungle. Chaque combattant portait le plus d'armes et de vivres possible. Et bientôt, l'ascension reprit. Pete et Clay étaient au bord de la syncope, mais ils tinrent bon. Ils avaient connu des marches forcées dans des conditions bien pires et ils savaient que leurs corps, même malingres, tiendraient le coup.

Longtemps après la tombée de la nuit, ils atteignirent le premier avant-poste. Tout le monde s'écroula au sol. Les pisteurs avaient annoncé le succès de l'opération à Lord Granger, et celui-ci leur envoyait des renforts pour les aider à porter le butin. DuBose accorda à la troupe un jour de repos et demanda que l'on dresse le camp. D'autres pisteurs arrivèrent. Ils avaient de bonnes nouvelles. Les Japs ne les avaient pas suivis.

Les combattants mangèrent et, une fois repus, ils parvinrent à partager une nouvelle tournée de saké. Pete et Clay se trouvèrent une portion de sol sec sous une hutte et savourèrent leur victoire du jour. Les conversations s'éteignirent rapidement, et tout le camp s'endormit.

Pendant deux jours, la colonne grimpa dans les montagnes, faisant de nombreuses haltes pour se restaurer et reprendre des forces. À deux reprises, ils durent faire un long détour parce que les pisteurs avaient appris que les Japs étaient tout proches et organisaient de grandes battues pour les retrouver. Les Zéros sillonnaient le ciel comme des guêpes furieuses, impatients de faire rugir leurs mitrailleuses. Cependant ils ne voyaient jamais rien. Les hommes se cachaient dans les ravins et les grottes.

Quand enfin ils arrivèrent au camp de base, Lord Granger les attendait, tout joyeux. Il serra dans ses bras chacun d'entre eux. Beau travail, les garçons ! Magnifique ! Hormis quelques ampoules aux pieds et des courbatures, pas un seul n'avait été blessé.

Les combattants se reposèrent quelques jours et, rapidement, ils s'ennuyèrent de nouveau.

*

La saison des pluies commença par un typhon qui balaya tout le nord des Philippines. Des torrents dévalaient les montagnes, le vent arrachait les toits de bambou. Au plus fort de la tempête, les hommes allèrent se réfugier dans les cavernes et y restèrent terrés deux jours entiers. Les chemins furent transformés en rus boueux et la plupart devinrent impraticables.

Mais la guerre continuait, et les Japonais devaient toujours approvisionner leurs troupes. Leurs convois s'enlisaient et se retrouvaient bloqués pendant de longues périodes. Ils devinrent des proies faciles pour la guérilla, qui se déplaçait à pied. Granger gardait ses sections sans cesse en action, leur donnant des cibles à attaquer avec ordre de disparaître aussitôt. Les représailles nippones étaient brutales, et les civils payaient le prix fort.

Pete eut sa propre unité, la section G, comprenant vingt hommes en incluant Clay et Camacho, et il fut promu au rang de major de la résistance de Luçon pour le secteur ouest. Un tel grade n'aurait pas de reconnaissance officielle, mais l'armée régulière s'était enfuie avec MacArthur en Australie. Lord Granger était désormais seul maître à bord et nommait qui il voulait.

Après un raid victorieux contre un convoi, le major Banning et ses hommes, en se repliant, arrivèrent aux abords d'un *barrio*. L'odeur de fumée était forte et, bientôt, ils découvrirent une scène de cauchemar. Les Japonais avaient détruit le village. Toutes les huttes étaient en feu, les enfants couraient en tous sens, égarés, hurlants. Sur la place, une quinzaine d'hommes gisaient au sol, morts, les mains attachées dans le dos, leurs corps ensanglantés et mutilés, leurs têtes coupées, alignées avec soin quelques mètres plus loin.

Plusieurs femmes aussi avaient été tuées et laissées là où elles étaient tombées.

Un jeune garçon jaillit des buissons et courut vers eux, furieux et en pleurs. Camacho l'attrapa et lui parla en dialecte. Le garçon criait, agitait ses poings en direction des combattants.

— Il nous en veut, expliqua Camacho, il dit que c'est à cause de nous que les Japonais sont venus.

Camacho parla encore avec le garçon, mais il était inconsolable.

— Il dit que les Japonais sont passés il y a une ou deux heures et qu'ils ont accusé les villageois d'aider les Américains. Ils voulaient savoir où les Yankees se cachaient, et comme ils n'en savaient rien, ils ont fait ça. Sa mère et son père ont été massacrés. Ils ont emmené sa sœur et d'autres jeunes filles. Ils vont les violer et les tuer.

Pete et ses hommes étaient sans voix. Ils écoutaient l'échange entre les deux Philippins, contemplant le carnage avec horreur.

— Il dit que son frère est allé trouver les Japonais, poursuivit Camacho, qu'il va leur dire où vous êtes. Tout est de votre faute. Tout est de la faute des Américains.

— Explique-lui que nous combattons les Japonais, intervint Pete. Nous aussi, nous les détestons. Nous sommes dans le même camp qu'eux.

Camacho tenta de raisonner le garçon, mais il ne voulait rien entendre. Il braillait et ne cessait de montrer son poing à Pete. Finalement, il s'arracha des bras de Camacho et courut vers le tas de morts. Il désigna l'un des corps sans tête en vagissant de chagrin.

— C'est son père, expliqua Camacho. Les Japs l'ont forcé à regarder quand ils l'ont décapité. Ils leur ont fait ça à tous, tour à tour, en les menaçant de tuer tout le monde s'ils ne leur donnaient pas d'informations.

Le garçon s'enfuit dans les buissons et disparut. Les plus jeunes s'accrochaient au corps sans vie de leur mère. Les huttes brûlaient. Les combattants voulaient les aider, mais la situation était trop risquée.

— Allons-nous-en, ordonna Pete.

Ils s'éloignèrent, pataugeant dans la boue, et marchèrent ainsi jusqu'au soir, puis la pluie se mit à tomber. Ils bivouaquèrent, montèrent des abris avec des bâches. Il plut toute la nuit sans relâche. Ils dormirent à peine.

Pete fit des cauchemars. Il revit cette scène d'horreur.

Une fois de retour au camp de base, il dressa son rapport à Lord Granger et décrivit ce qu'avaient fait les Japonais dans ce village. Granger ne voulut rien montrer, cependant il savait que le major Banning était ébranlé. Il lui donna ordre de se reposer quelques jours.

Autour du feu, cette nuit-là, Pete et Clay racontèrent l'histoire à leurs compatriotes. Eux aussi avaient connu leurs lots d'abominations et ils s'étaient endurcis. L'ennemi était d'une sauvagerie sans limite, et cette cruauté ne faisait que renforcer l'esprit de vengeance de la guérilla.

33

Pendant l'absence de Pete, le coton continua à pousser et à la mi-septembre la cueillette commença. Le temps fut clément, les cours se maintinrent à la Bourse de Memphis, les ouvriers travaillaient du matin au soir, et Buford parvenait à garder suffisamment de journaliers sur place. La récolte apportait un semblant de normalité à la région comme à ses habitants, qui vivaient sous les sombres augures de la guerre. Tout le monde connaissait un soldat qui soit attendait d'embarquer, soit combattait déjà. Pete Banning avait été le premier mort du comté de Ford, mais partout ailleurs des *boys* étaient tués, blessés ou portés disparus.

*

Après quatre mois de veuvage, Liza était parvenue, elle aussi, à retrouver un semblant de normalité. Une fois les enfants à l'école, elle prenait le café avec Nineva, qui peu à peu devint sa conseillère et son soutien. Liza s'occupait du jardin avec Amos et Jupe, s'entretenait chaque matin avec Buford pour parler de la récolte, et évitait d'aller en ville. Elle s'était vite lassée de toutes ces questions qu'on lui posait : comment allait-elle ? Tenait-elle le coup ? Et Joel et Stella ? Comment supportaient-ils tout ça ? Si on la voyait en ville, elle devait endurer des embrassades à n'en plus finir, et des effusions de larmes, de la part de gens qu'elle connaissait à peine. Pour les enfants, elle se forçait à aller à l'église avec toute la famille. Mais la messe du dimanche lui devint de plus en plus pénible. Ils commencèrent à manquer des offices pour éviter d'entendre à chaque fois toute l'affliction de leur communauté, et de plus en plus souvent, Liza allait avec les enfants prendre un brunch chez Florry. Personne ne leur reprocherait ces absences.

Quasiment tous les matins, en semaine, Dexter Bell rendait visite à Liza. Ils prenaient le café et disaient une prière. Ils s'installaient dans le bureau de Pete, fermaient la porte et parlaient à voix basse. Comme toujours, Nineva rôdait alentour.

Pete était parti depuis près d'un an, et Liza savait qu'il ne reviendrait pas. S'il avait été en vie, il aurait trouvé le moyen d'envoyer une lettre ou de lui faire passer un message. À mesure que les jours et les semaines s'écoulaient sans nouvelles, la réalité prenait corps en elle. Elle ne l'aurait avoué à personne et, avec courage, elle endurait cette période difficile comme s'il y avait encore de l'espoir. C'était important pour Joel et Stella, pour Nineva et Amos, pour tout le monde, mais en privé, elle pleurait et restait prostrée dans sa chambre des heures durant.

Joel avait seize ans, il entrait en dernière année au lycée et il parlait de s'enrôler dans l'armée. Il aurait bientôt dix-sept ans et, après son diplôme, il pourrait partir à la guerre si sa mère était d'accord. Elle avait bien sûr mis son veto. Cette simple idée la révoltait. Elle avait perdu son mari et n'était pas prête à perdre son fils. Stella se disputait avec Joel pour le faire changer d'avis. Peu à peu, le jeune homme cessa de parler d'aller se battre. Son avenir était à l'université, pas sur un champ de bataille.

*

Début octobre, les pluies cessèrent et le ciel s'éclaircit. Le terrain détrempé libéra une nouvelle génération de moustiques, et le paludisme frappa durement la guérilla. Quasiment tous les hommes étaient touchés, à divers degrés de gravité, et beaucoup pour la troisième ou quatrième fois. Ils avaient pris l'habitude de vivre avec la maladie, avaient toujours sur eux leur flacon de quinine et s'occupaient de leurs camarades plus mal en point qu'eux.

Quand les routes furent à nouveau praticables, les convois de Japonais devinrent plus fréquents, mais la guérilla était trop faible pour attaquer. Pete avait repris des kilos, quoiqu'il lui en manquât encore vingt-cinq, quand la fièvre le cloua au sol une semaine durant. Pendant une accalmie, alors qu'il était emmitouflé dans une couverture, et tout juste lucide, il s'aperçut que c'était le 4 octobre, un an jour pour jour depuis son départ de la maison. Il venait de vivre l'année la plus mémorable de son existence.

Il dormait quand un pisteur le réveilla. Lord Granger voulait le voir. Pete et Clay sortirent de leur hutte en chancelant et allèrent se présenter au PC du général. Les espions annonçaient qu'un grand convoi de camions-citernes avait quitté le port pour gagner l'intérieur des terres. Dans l'heure qui suivit, la section G descendit les montagnes dans l'obscurité. Elle rejoignit la section D de DuBose au bivouac. Au matin, quarante hommes se mirent en marche, tous affaiblis par le paludisme, mais impatients d'en découdre. La guerre continuait, malgré les pluies et les moustiques.

L'armée impériale avait ouvert une nouvelle route d'approvisionnement, avait appris Granger. DuBose la trouva le premier et lui et Pete, avec leurs hommes, l'explorèrent à la recherche d'un lieu propice à une embuscade. N'en ayant pas trouvé, ils rebroussaient chemin quand quatre Zéros surgirent soudain au ras des arbres. Les majors Banning et DuBose ordonnèrent à leurs troupes de se cacher dans la colline et d'attendre. Bientôt, une unité de reconnaissance apparut sur la route, deux sections de fantassins. Ils avaient des machettes et se frayaient un chemin de part et d'autre de la route à travers la végétation, à la recherche de rebelles. C'était une nouvelle tactique, ce qui prouvait l'importance stratégique du convoi. Le bruit des camions se fit entendre quelques minutes plus tard. Ils étaient nombreux. Les trois premiers transportaient des troupes, prêtes au combat. Derrière, six camions-citernes arrivaient, chargés jusqu'à la gueule d'essence et de gazole. L'arrière de la colonne était protégé par trois autres camions de soldats.

Le plan aurait été d'attaquer avec des grenades afin de déclencher un immense incendie, malheureusement les guérilleros étaient trop loin de la route. La cible était tentante, mais le major Banning, sagement, ordonna à ses hommes de ne pas bouger. Il avertit DuBose cent mètres plus bas. DuBose était du même avis, et les rebelles reculèrent dans la jungle. Le convoi passa lentement et fut bientôt hors de vue.

Le retour au camp de base fut sinistre.

*

Le ciel sans nuage apporta non seulement des moustiques mais des essaims de Zéros et d'avions de reconnaissance pour la marine. Granger craignait que les Japonais ne découvrent sa position, mais restait persuadé qu'une attaque terrestre était peu probable. L'ennemi ne semblait guère enclin à se lancer dans de longs combats d'infanterie dans les montagnes. En revanche, il redoutait une attaque par les airs. Quelques bombes, quelques obus tombant au bon endroit pouvaient causer des dégâts irréparables. Tous les jours, il réunissait son état-major pour envisager une délocalisation de la base, mais ses officiers n'étaient pas très chauds. Ils étaient bien camouflés, leurs vivres et munitions à l'abri dans les grottes. Déplacer la base créerait une grande activité qui risquait d'être repérée par les avions. Ils étaient ici sur leur terrain et pensaient pouvoir résister à tout.

Par un informateur, ils avaient appris que les Japonais offraient une récompense de cinquante mille dollars pour la tête de Lord Granger, et, fidèle à lui-même, le général prit ça comme un honneur. La récompense pour un officier américain impliqué dans la résistance était dix fois moindre.

Un après-midi, pendant une partie de crib, Granger tendit à Pete une boîte métallique. Elle avait la taille d'une brique mais en beaucoup plus léger. À une extrémité, il y avait un bouton et un interrupteur.

— C'est une bombe Lewes, le nouveau joujou d'un de nos artificiers de Manille. À l'intérieur, il y a quatre cent cinquante grammes de plastic, une centaine de thermite, un peu de fioul et un détonateur. La face inférieure est aimantée. Il suffit de la coller sur le flanc d'un avion, à côté des réservoirs, de tourner le bouton, d'appuyer sur l'interrupteur et de prendre ses jambes à son cou. Et quelques minutes plus tard, vous aurez droit à un beau feu d'artifice.

Pete admira l'objet et le posa sur la table.

— Ingénieux.

— C'est un commando britannique qui a mis cette bombe au point. Un dénommé Jock Lewes en Afrique du Nord. Nos petits gars ont détruit là-bas des flottes entières de zincs italiens et allemands. C'est une invention de génie, si vous voulez mon avis !

— Et ?

— Et les Nips ont cent Zéros à Fort Stotsenburg, ceux-là mêmes qui nous harcèlent. Je pensais à un raid. Vous connaissez l'endroit, à ce qu'on m'a dit.

— Très bien, même. Le Vingt-sixième de cavalerie y était cantonné. J'ai passé pas mal de temps là-bas avant les combats.

— Vous pensez que c'est jouable, major ? Les Nips ne verront rien venir. Mais cela reste dangereux comme l'enfer.

— C'est un ordre ?

— Pas encore. Réfléchissez. Vous et DuBose, quarante hommes. Et quarante de plus provenant d'un autre groupe opérant au-dessus de Stotsenburg. Les bombes Lewes seront livrées de Manille et déposées quelque part à proximité du fort. D'ici, Stotsenburg est à trois jours de marche. Une vraie expédition ! Je me disais que vous pourriez vous préparer pour cette opération et décider sur place. C'est très risqué. Dans la plaine, les Nips sont partout. Si c'est impossible, faites demi-tour et revenez indemne.

— Je le sens bien, répondit Pete en admirant la bombe incendiaire.

— Nous avons les cartes, les plans, tout ce qu'il faut. Plein d'infos sur le terrain. Vous aurez le commandement. Ce sera votre opération. Mais vous n'en reviendrez sûrement pas.

— C'est pour quand ?

— Vous vous pensez en état ? Avec ces fièvres, ces tremblements…

— On a tous le palu, et je vais beaucoup mieux.

— Vous en êtes sûr ? Ce n'est pas un ordre et vous pouvez dire non. Comme vous le savez, je n'envoie jamais mes hommes en missions suicides.

— On reviendra entiers, je vous le promets. En plus, je commence à m'ennuyer ferme.

— Magnifique, major ! Magnifique !

Ils partirent au crépuscule, avec DuBose et sa section D une demi-heure derrière eux. Ils crapahutèrent pendant dix heures et s'arrêtèrent à l'aube en surplomb d'un village. Ils se reposèrent toute la journée et repérèrent plusieurs patrouilles japonaises. Le soir venu, ils se remirent en marche. Les monts laissèrent place à des collines et la végétation se raréfia. À l'aube du troisième jour, ils firent halte sur une élévation. Fort Stotsenburg était à un kilomètre devant eux, au milieu d'une vaste plaine.

De son poste d'observation, Pete prit la mesure des dimensions impressionnantes de son ancien camp. Le fort n'abritait pas seulement le Vingt-sixième de cavalerie, mais aussi quatre régiments d'artillerie, deux américains et deux philippins, ainsi que le Douzième régiment d'intendance. Les baraquements en longues lignes abritaient huit mille soldats. Même les grands piliers de l'entrée du camp étaient visibles à cette distance. Des dizaines de bâtiments bordaient les deux larges allées, autrefois occupées par les gentils, et aujourd'hui grouillant d'ennemis. Derrière, il distinguait la grande esplanade où il jouait au polo, mais le moment n'était pas à la nostalgie. Plus loin, il aperçut les Zéros, en rangs serrés et parfaits le long de la piste. Jamais il n'en avait vu autant. Et il y avait aussi une vingtaine de chasseurs biplaces que les Alliés surnommaient des Nicks. Aucun mur d'enceinte, ni clôture, ni barbelés. Juste des milliers de Japs qui vaquaient à leurs affaires. Des troupes défilaient sur l'esplanade tandis que des Zéros décollaient ou atterrissaient.

Les pisteurs les conduisirent à un poste avancé où ils retrouvèrent une unité commandée par le capitaine Miller, un type au visage poupin originaire du Minnesota. Il avait dix hommes, tous philippins, et ils connaissaient bien le terrain. Miller attendait l'arrivée d'une autre section. Elle était censée être sur place la veille. Les hommes étudièrent les cartes et attendirent. À minuit, quand le fort fut endormi, Pete, DuBose et Miller partirent en reconnaissance et passèrent la nuit à inspecter les alentours. Ils revinrent à l'aube, épuisés, mais avec un plan d'attaque.

Les bombes Lewes ne furent pas livrées à la date prévue. Ils patientèrent deux longs jours, en espérant avoir des nouvelles de Manille. Ils attendaient également les renforts que Granger avait promis, mais ils n'étaient toujours pas là. Pete s'inquiétait. Peut-être avaient-ils été capturés ? Toute la mission était peut-être en danger ? Il avait, en tout, cinquante-cinq hommes prêts à se battre. À l'aube du troisième jour, alors que les vivres diminuaient, les combattants commencèrent à perdre patience. Le major Banning les reprit en main et fit taire la grogne.

Les bombes incendiaires arrivèrent enfin, au dos de trois mules conduites par de jeunes garçons, des gamins tout maigres qui ne risquaient pas d'attirer l'attention. Une fois de plus, Pete s'émerveilla de l'ingéniosité de Granger et de l'efficacité de son réseau.

Le fort se trouvait à la périphérie d'Ángeles, une grande ville de cent mille habitants offrant une multitude de bars et de lupanars pour occuper les officiers japonais. Le raid débuta à 1 heure du matin par l'attaque de deux capitaines ivres morts qui regagnaient leur voiture au sortir d'une boîte de nuit. Trois Philippins se faisant passer pour des paysans leur tranchèrent la gorge dans une ruelle et prirent leurs uniformes. Ils tirèrent trois coups de feu en guise de signal. Dix minutes plus tard, ils passaient le contrôle aux portes du fort. Une fois dans la place, ils garèrent la voiture devant la résidence du commandant et disparurent dans la nuit. Trois bombes Lewes étaient fixées sous la voiture et l'explosion rompit le calme de la nuit. Les guérilleros, cachés derrière le gymnase, se mirent à tirer en l'air. Les gardes paniquèrent aussitôt.

Les avions étaient surveillés par des sentinelles, la nuit. En entendant l'explosion, et les tirs ensuite, elles quittèrent leur poste et se précipitèrent vers le lieu de la fusillade. Le major Banning en profita pour pénétrer dans le camp par le nord, DuBose par l'est, et Miller par l'ouest. Ils abattirent tous les gardes qu'ils aperçurent puis ils entreprirent de placer les bombes sur les flancs des Zéros tant honnis. Dans les ténèbres, personne ne pouvait distinguer les petits engins incendiaires.

Au moment où les assaillants se repliaient, Don Bowmore, un gars de Philadelphie, reçut une balle dans la tête. Il était juste à côté de Pete, qui aussitôt descendit la sentinelle et attrapa son camarade.

Camacho l'aida à tirer Bowmore dans les fourrés à cent mètres de là, mais il était mort sur le coup. Puisqu'il ne risquait pas de parler, Pete décida d'abandonner son corps. Dans la jungle, on ne pouvait récupérer les corps, la rapidité et la furtivité étant vitales pour la guérilla. Pete prit le fusil de Bowmore et le tendit à Camacho. Quant à lui, il récupéra le Colt .45 qui ne le quitterait plus de toute la guerre, revolver qu'il rapporterait chez lui, au Mississippi.

En quelques minutes, les rebelles s'étaient enfuis dans la nuit, alors que dans le fort les sirènes hurlaient et que des centaines de Japonais couraient en tous sens. Beaucoup s'étaient rassemblés autour de la carcasse fumante de la voiture, attendant les consignes. Les officiers, sous le choc, s'époumonaient et lançaient des ordres contradictoires. Les tirs avaient cessé. Les sentinelles finirent par convaincre leurs supérieurs que la véritable cible était les avions – même s'ils ne savaient pas avec quoi les rebelles espéraient les détruire. Des patrouilles reçurent l'ordre d'aller fouiller les appareils, mais c'était trop tard. Le feu d'artifice avait commencé.

Cinq minutes après avoir posé les bombes incendiaires, Pete ordonna à ses hommes de s'arrêter. Ils se retournèrent et profitèrent du spectacle. Les explosions n'étaient pas bruyantes, mais multicolores, et particulièrement efficaces. Dans une succession rapide, les Zéros s'embrasèrent un à un comme des petits feux de Bengale, à mesure que leurs réservoirs s'enflammaient. Ils formaient dans la nuit des guirlandes de lumières parfaitement alignées. Dans cette lumière glorieuse, ils virent les Japonais reculer, saisis d'horreur.

Pete savoura un court instant cette victoire puis ordonna à ses hommes de se replier, et vite.

Les Japonais allaient lancer des sections de recherche, il n'y avait pas de temps à perdre. Ils ne seraient à l'abri qu'une fois dans les montagnes.

Les pertes, bien que minimes, étaient néanmoins inquiétantes : trois combattants légèrement blessés avaient pu s'enfuir. En plus de Bowmore, un Philippin était mort au combat, et deux autres, sévèrement touchés, avaient été capturés. Aussitôt, ils avaient été emmenés et, pour eux, le calvaire commençait.

Au poste avancé, on fit les comptes. Cinquante et un survivants ! C'était inespéré ; et l'adrénaline les rendait tous euphoriques, mais quand Pete apprit que deux combattants avaient été blessés et laissés sur place, l'inquiétude le gagna. Les deux malheureux allaient être torturés sans merci. Il fallait toujours partir du principe qu'un homme allait parler sous la torture. Certains résistaient à une souffrance indicible sans craquer. D'autres souffraient, et souffraient encore, puis lâchaient des informations. Parfois elles étaient vraies, parfois fausses.

Dans tous les cas, ils mouraient.

Pete ordonna à sa troupe de ne prendre que le strict nécessaire avec eux et de se remettre en route. Il dit au revoir à Miller et à ses combattants et conduisit les sections D et G dans les ténèbres.

*

Le premier prisonnier philippin avait une profonde blessure à la poitrine et saignait beaucoup. Après un rapide examen, les Japonais conclurent qu'il allait mourir. Ils le sanglèrent à une table, arrachèrent ses vêtements et attachèrent des fils électriques à ses parties génitales. Quand la première décharge passa, il hurla et les supplia d'arrêter. Dans la pièce voisine, le deuxième Philippin entendit les implorations de son camarade.

Le premier ne donna aucune information. Quand il perdit connaissance, il fut emmené à l'extérieur et décapité au sabre. Sa tête fut rapportée et déposée sur la poitrine du second prisonnier. L'officier japonais expliqua l'évidence : si tu ne parles pas, tu emporteras tes secrets dans ta tombe. Des fils électriques furent enroulés à ses testicules et à son pénis et, au bout d'une demi-heure de torture, il commença à parler. La tête coupée fut retirée et placée dans un coin de la pièce. Un médecin examina son tibia fracturé et s'en alla sans le soigner. Le détenu donna le nom du général Bernard Granger et un endroit où était censé se trouver son camp de base dans les montagnes – une fausse information. Il lâcha les noms de tous les officiers américains qu'il connaissait et révéla que le major Pete Banning était le commandant du raid. Il ne savait pas qui avait fabriqué ces petites bombes incendiaires, mais elles provenaient de Manille. À sa connaissance, il n'y avait pas d'autres attaques prévues pour le moment.

Le médecin revint dans la pièce. Il nettoya la plaie, mit un bandage et donna au prisonnier des antidouleurs. Cela ne le soulagea pas. L'interrogatoire dura toute la nuit. Quand le prisonnier ne parvint plus à répondre aux questions, il inventa. Plus il parlait, plus les Japonais se montraient amicaux. À l'aube, il eut droit à un café chaud et à un petit pain, puis on lui annonça qu'il aurait droit à un traitement de faveur parce qu'il s'était montré coopératif. Quand il eut terminé de manger, on l'emmena dans un coin de l'esplanade où son camarade gisait nu et décapité au pied d'un gibet. Pas très loin, il aperçut les restes calcinés et encore fumants de soixante-quatorze Zéros.

Les Japonais le pendirent par les mains et se mirent à le fouetter sous les ricanements des soldats qui assistaient au spectacle. Quand il perdit connaissance, il fut abandonné en plein soleil, et tout le monde partit s'occuper des carcasses des avions.

34

Quand, en Australie, on apprit l'attaque sur le Fort Stotsenburg, le général MacArthur fut aux anges. Il prévint aussitôt le président Roosevelt et, comme à son habitude, revendiqua la paternité d'une opération dont il ne savait pourtant rien une semaine après les faits. Il écrivit « mes commandos » ont exécuté « mon plan dans le détail » avec une bravoure sans pareille et des pertes absolument minimes. Ses forces rebelles attaquaient ainsi les Japonais sur toute l'île de Luçon, et c'était lui qui était aux commandes et organisait tous ces coups portés derrière les lignes ennemies.

Le raid sur Stotsenburg avait rendu furieux les Japonais et lorsque les hommes des sections G et D arrivèrent au camp de base, épuisés et affamés, après quatre jours de marche, une nuée de Zéros tout neufs vrombissaient dans les cieux. Les Japonais avaient des réserves quasiment illimitées et ils redoublaient d'efforts pour trouver Granger. Ils n'y parvinrent pas, mais, comme ils mitraillaient tout ce qui bougeait au sol, la guérilla dut renforcer le camouflage de ses positions et se terrer encore plus profondément dans la jungle. Et cela entrava considérablement leur liberté de mouvement.

Les Japonais faisaient des raids dans les *barrios* en moyenne montagne et brutalisaient les habitants. La nourriture se fit rare pour la population, et la rancœur contre les Américains grandit. Ne connaissant pas l'oisiveté, Granger décida de monter des embuscades contre les patrouilles nippones. Les convois routiers étaient trop protégés. Les attaquer aurait été suicidaire. Au lieu de ça, les hommes de Granger rôdaient sur les chemins, traquant des proies isolées. Les assauts étaient rapides et, après une brève fusillade, la patrouille ennemie était décimée. L'infanterie japonaise ne pouvait lutter contre des guérilleros bien cachés, tous d'excellents tireurs. Au fil des semaines et des pertes humaines, les Japonais abandonnèrent l'idée de retrouver Granger et redescendirent dans les vallées pour garder les routes. Pas une fois le réseau d'espions de la guérilla n'indiqua qu'une opération d'envergure était envisagée contre leur camp de base.

Granger et ses hommes étaient à l'abri, mais la guerre continuait à faire rage partout ailleurs. Au printemps 1943, le Japon contrôlait tout le Pacifique Sud et menaçait l'Australie.

*

Le pont traversait le Zapote au fond d'une vallée escarpée. De part et d'autre, les parois rocheuses s'élevaient quasiment à la verticale, infranchissables à pied. Le cours d'eau était étroit mais profond et impétueux. Les hommes du génie n'avaient pu installer un pont flottant pour le franchir. Alors les Japonais avaient construit un pont en bois de *narra*, qui étaient grands et nombreux dans le secteur. La construction avait été compliquée, et des dizaines de Philippins étaient morts sur le chantier.

Quand Granger reçut l'ordre de le détruire, il envoya les majors Banning et DuBose repérer les lieux avec une section de dix hommes. Ils marchèrent pendant deux jours sur un terrain difficile et finirent par trouver une arête pour observer leur cible. Le pont était tout au fond de la vallée, à plus d'un kilomètre. Avec des jumelles, ils observèrent l'endroit pendant des heures. Les convois n'étaient jamais arrêtés à l'entrée du pont. De temps en temps, un camion de troupes le passait, ou quelques voitures de hauts officiers. Son importance stratégique était évidente, à en juger par le nombre de soldats en faction. Il y avait un poste de garde de chaque côté, avec des dizaines de sentinelles, armées de mitrailleuses. Sur les berges en contrebas, d'autres soldats bivouaquaient à proximité des têtes de pont. Le courant était trop fort et impétueux pour les bateaux.

À la tombée de la nuit, les convois se firent plus rares. Vers 20 heures, le pont était beaucoup plus tranquille. Les Japonais avaient retenu la leçon : la guérilla était redoutable la nuit. Et ils évitaient donc de se trouver sur les routes après le coucher du soleil. De temps en temps, un camion, sans doute vide, traversait la rivière d'est en ouest pour aller chercher un autre chargement.

Banning et DuBose étaient d'accord : il était impossible de faire sauter le pont avec des explosifs. Un assaut direct avec des hommes serait du suicide. Hormis quelques lance-grenades, les guérilleros n'avaient aucune pièce d'artillerie. Ils retournèrent au camp faire leur rapport à Granger, qui ne fut pas étonné. Ses pisteurs lui avaient décrit la même situation. Après une journée de repos, les chefs de section s'entretinrent avec le général sous le couvert des arbres. Autour d'un thé, ils discutèrent des possibilités d'attaque, qui n'étaient pas nombreuses. Un plan émergea, le seul qui avait une chance de succès.

La plupart des convois transportaient des armes, des vivres, de l'essence et autres marchandises en provenance de divers ports de Luçon sur la côte occidentale pour être acheminées, à travers les montagnes, via un réseau de routes et de ponts que les Japonais s'évertuaient à garder en état. La majeure partie des camions s'arrêtaient dans un grand fort aux portes de Camiling. Dans des hangars immenses, l'ennemi engrangeait tout le matériel nécessaire pour gagner la guerre. Une fois déchargés et dûment répertoriés, armes, équipement et vivres seraient transportés aux quatre coins de Luçon. Le fort de Camiling était donc une cible de choix pour la guérilla et les Japonais le savaient. Même Granger l'avait déclaré imprenable.

La ville et ses environs étaient engorgés par les camions. Les routes n'étant pas adaptées, les Japonais en construisaient sans cesse de nouvelles. Comme toujours, mafias et autres parasites suivaient l'armée, et bars, restaurants, auberges, bordels, cafés et fumeries d'opium pullulaient dans le secteur.

Le major Banning recherchait un camion vide et bâché. Il y en avait plein garés pare-chocs contre pare-chocs devant les tripots sur la grande rue à l'entrée de Camiling. Camacho et Renaldo portaient des uniformes d'officiers de l'armée impériale. Leur déguisement était parfait, jusqu'aux petites lunettes rondes qu'avaient tous les Japonais et qu'abhorraient autant d'Américains. Le poids lourd qu'ils avaient repéré était vide. Il allait chercher un nouveau chargement à l'ouest. En revanche, son réservoir était plein.

Après quelques bières, les chauffeurs, deux soldats de deuxième classe, quittèrent l'établissement et se dirigèrent vers le véhicule. Ils trouvèrent Camacho et Renaldo sur leur chemin qui les rouèrent de coups de poing. Les bagarres étaient fréquentes aux abords des bars – rien d'étonnant avec des soldats éméchés –, et les passants n'y prêtèrent quasiment aucune attention. L'échauffourée se termina brusquement quand Camacho leur trancha la gorge et balança les corps à l'arrière du camion, là où se cachait Pete. Sans la moindre pitié, Pete les regarda se vider de leur sang tandis que Camacho prenait le volant. Ils firent halte à proximité d'un *barrio*, retrouvèrent les sections G et M et chargèrent cinquante kilos de TNT ainsi que cent litres d'essence. Les combattants s'installèrent à l'arrière après avoir jeté les deux cadavres dans un ravin. Une heure plus tard, avant la descente escarpée qui menait dans la vallée, les guérilleros quittèrent le camion. Un pisteur les conduisit sur un chemin accidenté qui menait au Zapote.

Tandis que le camion approchait du pont et de son poste de garde, Camacho et Renaldo prirent leurs armes et retinrent leur souffle. Depuis leurs repérages, ils savaient que les gardes ne fouillaient jamais leurs propres véhicules. À quoi bon ? Des centaines empruntaient ce pont jour et nuit. À l'arrière, Pete referma son doigt sur la détente de sa mitrailleuse. Les gardes, regardant à peine le camion, leur firent signe de passer.

Camacho, toujours aussi téméraire, s'était porté volontaire. De plus, il n'avait pas peur de l'eau. Renaldo disait être un excellent nageur. Pete, le responsable de l'opération, n'aurait jamais emmené qui que ce soit d'autre pour une mission aussi risquée.

Le camion s'immobilisa au milieu du pont. Camacho et Renaldo lâchèrent leurs armes, enfilèrent leurs gilets de sauvetage artisanaux et passèrent à l'arrière. Pete, qui était devenu un expert en explosifs, installa le détonateur et ordonna à ses compagnons : « Sautez ! » Ils tombèrent dans les eaux noires et glacées du Zapote et furent emportés par le courant. Dans un virage, un kilomètre plus loin, DuBose, perché sur un rocher, les attendait. Ses hommes étaient dans l'eau, attachés les uns aux autres comme un groupe de cordée, prêts à sortir leurs compagnons des flots. L'explosion fut magnifique, un coup de tonnerre dans cette nuit tranquille de pleine lune. La boule de feu engloutit le camion et le pont sur quinze mètres à la ronde. Les gardes, paniqués, accoururent, mais comprirent vite qu'ils ne pourraient rien faire et se réfugièrent sur les rives. Le pont, dévoré par les flammes, allait s'effondrer.

Pete était malmené par le courant violent. Le gilet de sauvetage le maintenait plus ou moins à la surface. Il entendit les cris des soldats et des coups de feu, mais il était à l'abri dans les flots tumultueux. Nager était impossible. C'était déjà compliqué de flotter. À plusieurs reprises, il fut entraîné vers le fond, il parvint toutefois à ne pas boire la tasse. Une fraction de seconde, il put se retourner et entraperçut le brasier en amont. À l'approche du coude de la rivière, le courant le projeta contre des rochers invisibles dans l'obscurité. Sa jambe gauche se fractura. La douleur fut fulgurante et il faillit s'évanouir. Il réussit à se dégager et entendit des appels auxquels il répondit. Le courant perdit de sa puissance après le virage et les voix se firent plus proches. Quelqu'un l'attrapa et le hissa sur la berge. Camacho était déjà là, mais pas Renaldo. Ils observèrent le halo de l'incendie au loin. Une seconde explosion retentit, ouvrant un trou béant dans le tablier du pont, et la carcasse du camion tomba dans la rivière.

DuBose et Clay soulevèrent Pete par les épaules et tout le monde se mit en marche. La douleur, presque insoutenable, rayonnait des orteils à la hanche. Il était pris de vertige, tout juste conscient. Après quelques dizaines de mètres, ils durent s'arrêter et DuBose lui fit une piqûre de morphine. Les combattants avaient souvent fabriqué des civières de fortune. Rapidement, avec deux tiges de bambou et une couverture, ils en confectionnèrent une pendant que le reste du groupe scrutait la rivière à la recherche de Renaldo. En vain.

Pendant deux jours, le major Banning souffrit le martyre, mais sans jamais se plaindre. La morphine faisait des miracles. Des pisteurs étaient partis prévenir Granger et, quand les hommes abordèrent la dernière ascension pour rejoindre le camp de base, un médecin arriva avec des médicaments et une civière digne de ce nom. Des troupes reposées portèrent Pete jusqu'au camp. Granger les accueillit en héros. Il allait et venait parmi eux, fier de ses hommes, les serrant dans ses bras, promettant des médailles.

Le médecin fabriqua une attelle pour la jambe de Pete, et lui annonça qu'il ne pourrait se battre avant plusieurs mois. Il avait une double fracture du fémur, si ce n'était une triple, son tibia était cassé aussi et sa rotule pulvérisée. Pour bien faire, il aurait fallu opérer pour réparer tout ça, ce qui était impossible dans la jungle. Pete eut l'interdiction formelle de quitter son lit de camp pendant deux semaines. Et Clay joua les gardes-malade.

Rapidement, Pete ne tint plus en place. Il quitta son lit dès que Clay lui fabriqua des béquilles. Le médecin lui ordonna de ne pas bouger, mais Pete l'envoya paître. Il s'installait le matin sous l'auvent de Granger et devint une nuisance pour tout le monde. Sans y être invité, il se mit à donner son avis sur les tactiques militaires et les opérations de guérilla. Pour le faire taire, Granger sortait le plateau de crib. Rapidement, Pete devint imbattable, voulut jouer pour de l'argent, mais dut se contenter de reconnaissances de dettes.

Les semaines passèrent et Pete aida le général à préparer toutes ses attaques. Il regardait avec envie ses compagnons nettoyer leurs armes, remplir leur barda et partir en opération. Clay fut promu lieutenant et commanda la section G.

Un matin brumeux de juin, un pisteur débarqua chez Granger pour lui annoncer que DuBose et la section D avaient été attaqués pendant la nuit. Les guérilleros philippins avaient été tués. DuBose et deux Américains avaient été capturés avant qu'ils n'aient le temps de mettre fin à leurs jours. Ils avaient été passés à tabac puis emportés.

Pete retourna dans sa hutte, s'assit sur son lit de camp et pleura.

*

À l'été 1944, l'armée américaine était à moins de cinq cents kilomètres des Philippines et pouvait bombarder les Japonais avec leurs B-29. Grâce à leurs porte-avions, les avions américains attaquaient les aérodromes nippons.

La guérilla observait le ciel avec un plaisir morbide. Une invasion était imminente, et MacArthur demandait de plus en plus de renseignements aux forces rebelles dans la jungle. Les Japonais concentraient leurs troupes et établissaient des garnisons tout le long de la côte ouest de Luçon, et la situation, du moins pour les guérilleros, devint plus dangereuse que jamais. Non seulement, ils devaient poursuivre leurs attaques, mais également surveiller l'ennemi et évaluer ses forces.

*

Granger avait finalement réussi à installer une radio et était en contact avec le QG des forces américaines. Il était submergé de demandes. Il devait repérer l'ennemi et faire des rapports journaliers. Les renseignements fournis par la résistance de Luçon ouest devinrent cruciaux pour l'invasion. Granger dut séparer ses hommes en unités de plus en plus petites et les envoyer en mission de plus en plus loin.

La section G de Pete se réduisit à lui-même, Clay, Camacho, trois autres Philippins et trois pisteurs. Il se servait à nouveau de sa jambe blessée, mais chaque pas était douloureux. Au camp, il se déplaçait en boitant à l'aide d'une canne, sur les chemins il serrait les dents et, à l'aide d'un bâton et de quelques injections de morphine, il menait ses hommes. Ils voyageaient avec des sacs toujours plus légers et, grâce aux pisteurs, ils tenaient Granger informé. Leurs expéditions duraient des jours et ils se retrouvaient souvent à court de vivres et de munitions.

L'île de Luçon était défendue par plusieurs divisions d'infanterie nippone et il y avait des soldats partout. Il fallait éviter les embuscades. Au moindre coup de feu, des renforts rappliqueraient et les rebelles se retrouveraient dépassés par le nombre.

Le 20 octobre 1944, cent mille hommes de la Sixième armée américaine débarquèrent à Leyte, une île à l'est de Luçon. Avec un appui naval et aérien, les forces australo-américaines firent reculer les Japonais, et continuèrent leur reconquête de l'archipel. Le 9 janvier 1945, la Sixième armée débarqua sur l'île de Luçon, mit en déroute les Japonais et poursuivit sa progression à l'intérieur des terres. Granger, alors, changea de tactique et renforça ses patrouilles. À nouveau, les rebelles purent attaquer les convois et les troupes nippones qui battaient en retraite. Le 16 janvier, après un raid victorieux sur un petit dépôt de munitions, Pete et sa section tombèrent nez à nez avec tout un bataillon de Japonais. Ils se retrouvèrent aussitôt sous le feu par trois flancs, avec quasiment aucune voie de retraite. Les Japonais étaient aussi épuisés qu'eux, mais ils avaient l'avantage du nombre. Pete ordonna à ses hommes de se mettre à couvert dans les rochers et riposta avec l'énergie du désespoir. Deux Philippins furent abattus. Puis il y eut des tirs de mortier. Une grenade atterrit à côté de Camacho qui fut tué sur le coup. Un obus explosa derrière Pete et des éclats lacérèrent sa jambe droite – la valide. Il s'écroula dans un hurlement de douleur et lâcha son arme. Clay l'attrapa, le jucha sur ses épaules et disparut dans les fourrés. Les autres couvrirent leur retraite pendant un moment, puis rompirent les rangs à leur tour. Il n'y avait qu'un seul chemin devant eux et personne ne savait où il menait. Mais ils s'y élancèrent tête baissée. Apparemment, les Japonais étaient trop fatigués pour les poursuivre.

La jambe de Pete saignait beaucoup et, rapidement, Clay fut couvert de sang. Ils arrivèrent près d'un ruisseau, le traversèrent avec précaution et finalement se réfugièrent dans un bosquet. Clay retira sa chemise, la déchira pour faire un garrot à Pete. Ils fumèrent une cigarette et comptèrent leurs morts. Ils avaient perdu quatre hommes, dont Camacho. Pete les pleurerait plus tard. Il tapota son Colt .45 et rappela à Clay qu'ils ne devaient pas se faire prendre vivants. Clay lui assura qu'ils ne seraient pas pris du tout. Durant tout l'après-midi, les hommes se relayèrent pour aider Pete à marcher, celui-ci ayant refusé qu'on le porte sur une civière. Au soir, ils dormirent près d'un *barrio* qu'ils ne connaissaient pas. La section était loin du camp de Granger, mais un garçon du village leur apprit que des Américains étaient dans les parages. De vrais soldats, pas des guérilleros.

À l'aube, suivant la direction que leur avait indiquée le garçon, ils se remirent en route et arrivèrent bientôt au bord d'une route. Cachés dans les buissons, ils attendirent, aux aguets – des moteurs vrombissaient au loin. Et enfin, ils les virent, de magnifiques camions, pleins de soldats américains. Quand Pete aperçut le drapeau flotter à l'antenne de la Jeep de tête, il en eut les larmes aux yeux. Sans aide, il s'avança au milieu de la route, dans son treillis usé et couvert de sang, et attendit que la Jeep s'arrête. Un colonel en sortit et s'approcha. Pete le salua et annonça : Lieutenant Pete Banning, du Vingt-sixième régiment de cavalerie. West Point 1925.

Le colonel observa la troupe derrière Pete. Des hommes pas rasés, sous-nourris, certains blessés, armés jusqu'aux dents, pour la plupart avec du matériel japonais.

Le colonel ne salua pas Pete. Il s'approcha de lui et le serra dans ses bras.

*

Les survivants de la section G furent emmenés au port de Dasol où la Sixième armée continuait à débarquer. Des dizaines de barges déversaient des troupes sur les plages, sous la protection de navires surveillant la côte. Des milliers de soldats encombraient le port. C'était chaotique et merveilleux.

Les hommes de Pete furent conduits dans une tente de premiers secours. Ils eurent droit à un repas, à une douche chaude, à du savon et à un rasoir. Des médecins les auscultèrent, plus habitués à soigner des hommes jeunes et vigoureux blessés au combat que des guérilleros malades et anémiés. Pete avait le paludisme, une amibiase et souffrait de malnutrition. Il pesait soixante-deux kilos. Bien que toujours d'une maigreur impressionnante, il avait repris du poids en deux ans et demi. Il devait faire dix kilos de moins quand il avait quitté le camp O'Donnell. Lui et trois autres compagnons furent transférés dans un hôpital de campagne. Pete allait être opéré pour qu'on lui retire les éclats dans sa jambe, et son cas fut traité en priorité. L'hôpital était déjà plein de blessés revenant du front.

Clay et le reste de la troupe reçurent des uniformes tout neufs, encore raides d'amidon. Désormais, il faisait du 34, il avait perdu quinze centimètres de tour de taille. On leur donna une tente avec des lits de camp, et pour consigne de se reposer. Un passe leur permit d'aller manger à volonté à la cafétéria.

Le lendemain, Clay rendit visite à son commandant à l'hôpital et fut soulagé d'apprendre que l'opération s'était bien passée. Les médecins pouvaient s'occuper des blessures, mais ils n'avaient pas le matériel pour remettre en place ses os mal ressoudés. Il faudrait attendre d'être de retour au pays. Pete et Clay s'inquiétaient pour leurs camarades encore au camp de base et prièrent pour Camacho, Renaldo, DuBose et les autres qu'ils avaient perdus. Ils pensaient aussi à tous ceux qui souffraient toujours à O'Donnell et dans les autres camps de prisonniers nippons. Ils demandèrent à Dieu de les sortir vite de cet enfer. Ils parvinrent également à rire en se remémorant leurs aventures dans la jungle.

Clay revint le lendemain avec une nouvelle : on lui donnait le choix entre continuer à se battre avec la Sixième armée ou être affecté à une base militaire aux États-Unis. Pete voulait qu'il rentre chez lui. Clay était de cet avis. Ils avaient tous les deux assez combattu comme ça.

Trois jours plus tard, Pete fit ses adieux à ses hommes que, pour la plupart, il ne reverrait jamais. Pete et Clay se prirent dans les bras et se promirent de rester en contact. Avec dix autres blessés, Pete fut installé à bord d'une barge médicalisée et transporté sur un grand navire-hôpital de l'armée. Ils attendirent deux jours que le bateau soit plein, puis le vaisseau mit le cap vers l'Amérique. À bord, de jolies infirmières le nourrissaient quatre fois par jour et le traitaient en héros. La vision de leurs jambes et de leurs jolies fesses, l'odeur de leur parfum lui donnaient envie de retrouver Liza et de pouvoir la serrer dans ses bras.

Quatre semaines plus tard, le bateau entrait dans la baie de San Francisco. La dernière fois que Pete avait vu le Golden Gate, c'était en novembre 1941, juste avant l'attaque de Pearl Harbor.

Il fut emmené à l'hôpital militaire Letterman, au Presidio. Comme tous les soldats à bord, Pete n'avait qu'une obsession : appeler sa famille.

35

Quand Clanton apprit que Pete Banning était vivant, le choc s'avéra encore plus grand que lorsqu'il avait été déclaré disparu. Nineva fut la première à le savoir car elle se trouvait dans la cuisine quand le téléphone sonna. Elle rechignait toujours à répondre parce qu'à ses yeux le téléphone était un gadget de Blancs. Elle décrocha finalement et déclara avec lassitude : « Ici la résidence des Banning. » Un fantôme lui parla, le fantôme de M. Pete. Comme elle ne voulait toujours pas le croire, Pete éleva la voix et lui demanda d'aller chercher sa femme, et vite !

Liza était devant la grange et tenait les rênes de son cheval tandis qu'Amos réparait un étrier. Ils furent tous les deux surpris par les cris de Nineva et se précipitèrent vers la maison pour savoir ce qui se passait. Sur le perron, Nineva sautait sur place, agitait les bras, totalement hystérique :

— C'est Missié Pete ! C'est Missié Pete ! Il est vivant ! Il est vivant !

Liza était certaine que Nineva avait perdu l'esprit mais elle courut quand même jusqu'au téléphone.

Quand elle entendit la voix de Pete, elle faillit s'évanouir. Les jambes en coton, elle se retrouva assise sur une chaise de la cuisine. Non sans effort, Pete la convainquit qu'il était bel et bien vivant et qu'il se trouvait dans un bon lit d'hôpital à San Francisco. Il avait plusieurs blessures mais encore ses quatre membres, et ses jours n'étaient pas en danger. Il voulait qu'elle prenne un train pour venir le voir le plus vite possible. Liza, au début, ne parvint pas à articuler un mot, et lutta pour ne pas fondre en larmes. Quand elle reprit ses esprits, elle se souvint que leur conversation n'était sans doute pas privée. Sur cette ligne rurale, il y avait toujours quelqu'un pour écouter ce qui se disait. Elle allait récupérer Florry, foncer en ville, et rappeler Pete sur une ligne privée. Elle envoya Amos chercher Florry pendant qu'elle se changeait.

Agnes Murphy habitait un kilomètre plus haut sur la route et c'était une mégère notoire. Tout le monde dans ce coin de campagne pensait qu'elle devait passer ses journées assise à côté du téléphone et s'empresser de décrocher à chaque fois qu'il sonnait. Et, en effet, elle ne perdit pas une miette de la conversation entre Pete et Liza et appela aussitôt toutes ses amies en ville, l'occasion étant trop belle.

Florry arriva hors d'haleine et les deux femmes sautèrent dans la Pontiac. Liza détestait conduire et elle était pire conductrice encore que Florry, mais à cet instant cela n'avait plus aucune importance. Elles foncèrent vers Clanton, dérapant sur les graviers de l'allée qui menait à la grande route. Elles pleuraient et riaient en même temps.

— Il dit qu'il est blessé mais que ce n'est pas grave. Il a été capturé par les Japonais, s'est évadé et a combattu dans une guérilla ces trois dernières années, expliqua Liza.

— Dieu tout-puissant ! répéta Florry. Une guérilla ? Qu'est-ce que c'est que ça ?

— Aucune idée ! Aucune idée ! Je n'arrive pas à y croire !

— Dieu tout-puissant.

Elles s'arrêtèrent en ville dans un hurlement de pneus et foncèrent chez Shirley Armstrong, la meilleure amie de Liza. Elle vaquait dans sa cuisine quand les deux femmes lui annoncèrent la nouvelle. Après les pleurs et les embrassades, Liza emprunta le téléphone de Shirley et, sur sa ligne privée, elle rappela l'hôpital Letterman à San Francisco. Cela sonna longtemps. En attendant que quelqu'un décroche, elle essuya ses larmes et tenta de reprendre contenance. Florry ne fit pas cet effort et, assise sur le canapé, elle pleurait de joie avec Shirley.

Liza parla avec Pete pendant dix minutes, puis tendit le téléphone à Florry. Liza quitta la maison, se rendit à l'école, alla chercher Stella dans sa classe et lui annonça la nouvelle dans le couloir. Le temps que Stella soit autorisée à quitter les cours, les professeurs débarquèrent dans le bureau du directeur pour une nouvelle séance d'embrassades.

Pendant ce temps, Florry au téléphone ne chômait pas. Elle appela le bureau du doyen à Vanderbilt et demanda qu'on trouve Joel toutes affaires cessantes. Elle joignit Dexter Bell à l'église. Elle parla aussi à Nix Gridley à la prison. En sa qualité de shérif, Nix était le dépositaire des grandes nouvelles du comté, un rôle parfaitement officieux.

Une heure après l'appel de Pete, tous les téléphones en ville retentissaient.

Liza et Florry rentrèrent à la ferme pour organiser la suite. C'était la fin février et le travail aux champs était minime. Dans la cour derrière la maison, les Nègres arrivaient à pied pour savoir si la nouvelle était vraie. Liza, debout sur le perron, la leur confirma. Dexter et Jackie Bell apparurent les premiers pour partager ce moment de liesse, et bientôt ce fut un défilé de voitures. Tous les amis des Banning venaient fêter l'événement.

*

La première opération dura huit heures. Les chirurgiens entreprirent de recasser les os de sa jambe gauche pour les repositionner convenablement. Quand ils eurent terminé, ils placèrent une grosse attelle de plastique qui couvrait la jambe de la cheville à la hanche, hérissée de broches et de plaques d'acier. Le membre était maintenu en l'air par un système de sangles, de chaînes et de poulies. C'était une véritable torture. Quant à la jambe droite, ceinte d'un bandage, elle était tout aussi douloureuse. Les infirmières le gavaient d'antalgiques. Pete dormit quasiment tout le temps les deux jours qui suivirent l'intervention.

Et c'était tant mieux. Pendant le mois de traversée sur le navire-hôpital, il avait fait des cauchemars terribles et avait à peine dormi. Les horreurs des trois dernières années le hantaient jour et nuit. Un psy avait tenté de l'aider, mais parler de ce qu'il avait vécu ne faisait qu'aggraver son état. Quant aux médicaments, ils lui embrumaient l'esprit. Un moment, il était gagné par une euphorie improbable et se mettait à rire tout seul, et l'instant suivant, il sombrait dans une profonde tristesse. Il dormait toute la journée et hurlait la nuit.

À Letterman, les infirmières réduisirent les antidouleurs quand elles apprirent que sa femme arrivait. Pete devait être le plus vif et alerte possible.

Une infirmière conduisit Liza dans une aile de l'hôpital. Elle découvrit deux rangées de lits, séparés par de minces rideaux. En traversant la grande salle, Liza ne put s'empêcher de regarder les autres patients. La plupart étaient de jeunes garçons qui paraissaient tout juste sortis du lycée. Quand l'infirmière s'arrêta et lui indiqua l'emplacement de Pete, Liza prit une grande inspiration et tira le rideau. En veillant à ne pas toucher aux chaînes et aux poulies, ni à ses jambes blessées, elle se jeta contre lui et le serra de toutes ses forces dans ses bras – un geste qui la surprit elle-même, mais dont Pete rêvait depuis des années.

Elle était toujours aussi belle. Élégante, irrésistible, avec ce parfum qu'il n'avait jamais oublié, elle l'embrassa. Ils se murmuraient des mots d'amour, riaient et pleuraient – tout à la fois. Le temps sembla suspendu. Il lui caressait les reins, les fesses au vu de tous les autres patients, et elle s'en fichait. Elle était blottie contre lui et c'était tout ce qui comptait au monde.

En chuchotant, ils se parlèrent longtemps. Joel, Stella, Florry, la ferme, leurs amis, tous les ragots… Il lui laissait faire le gros de la conversation parce qu'il n'avait aucune envie de lui raconter ce qu'il avait vécu. Quand les médecins arrivèrent pour la visite, ils lui firent un rapide résumé de l'état de leur patient. Il y aurait encore d'autres interventions chirurgicales, la convalescence serait longue, mais avec le temps tout rentrerait dans l'ordre.

Une aide-soignante apporta un fauteuil, un oreiller et une couverture pour que Liza puisse s'installer confortablement. Liza alla acheter des livres, des magazines, lui fit la lecture, et lui parla, encore et encore. Elle ne quittait son chevet qu'à la nuit tombée pour regagner son hôtel.

Rapidement Liza connut les noms de tous les blessés dans la salle et se mit à plaisanter avec chacun d'eux sans réserve. Ils se réveillaient quand elle était là, c'était un tel plaisir pour ces jeunes garçons de voir une femme si belle et pétillante leur prêter attention. Elle les prit sous son aile. Elle écrivait à leurs petites amies, passait les coups de fil à leurs mères, leur donnant toujours de bonnes nouvelles, avec entrain et optimisme quelle que soit la gravité de leurs blessures. Elle leur lisait leur courrier, ravalant souvent ses larmes, leur apportait des chocolats et des bonbons quand elle en trouvait.

Pete était l'un des plus chanceux. Il n'était ni paralysé ni défiguré et il avait encore ses quatre membres. Certains garçons étaient dans un sale état et avaient droit à encore plus d'attention de la part de Liza. Pete était plus qu'heureux de partager sa femme et admirait le don qu'elle avait pour mettre de la bonne humeur dans cette salle.

Elle resta deux semaines et s'en alla, parce que Stella était seule à la maison avec Florry et Nineva. Après son départ, cette partie de l'hôpital redevint sinistre. Tous les jours, les patients demandaient à Pete quand Liza allait revenir.

Elle fut de retour à la mi-mars. Et elle vint cette fois avec toute la famille. Joel et Stella, profitant des vacances de printemps, avaient hâte de voir leur père. Pendant trois jours, tout le monde campa autour du lit et réveilla toute la salle. Après leur départ, Pete dormit deux jours d'affilée, gavé de sédatifs.

Le 4 mai, une ambulance l'emmena à la gare et il embarqua dans un wagon médicalisé de l'armée pour un voyage à l'intérieur du pays. Le train fit plusieurs arrêts pour déposer d'autres blessés dans des hôpitaux plus proches de leur terre natale. Le 10 mai, il arriva à Jackson dans le Mississippi, où Liza, Stella et Florry l'attendaient. Elles suivirent l'ambulance à travers la ville, jusqu'au Foster General Hospital. Là-bas, Pete passerait trois mois de convalescence.

III

LA TRAHISON

36

Deux semaines après l'exécution de Pete, son testament fut ouvert à la cour de chancellerie du comté de Ford. John Wilbanks avait préparé le document peu après le procès. Il était très clair : le gros des avoirs de Pete allait dans un fonds pour Liza, dont Wilbanks serait l'administrateur. Son bien le plus précieux – sa terre – ne lui appartenait plus. Il en avait fait don à Joel et à Stella à parts égales, et cela incluait la maison. Pete avait insisté pour qu'il soit précisé que Liza aurait le droit d'y vivre jusqu'à la fin de sa vie, tant qu'elle ne se remariait pas et à condition qu'elle sorte un jour de Whitfield. John l'avait mis en garde : il serait difficile de faire appliquer cette disposition si les enfants, en propriétaires légitimes, ne voulaient pas de leur mère dans les murs. Et ce n'était pas le seul problème de ce testament – des éléments dûment pointés par l'avocat avaient été ignorés avec obstination par son client.

Au moment de sa mort, Pete avait l'entière propriété du matériel agricole, du bétail, des véhicules, ainsi que celle des comptes en banque – le nom de

Liza ayant été ôté après son internement. Avant, il s'agissait de comptes communs, mais Pete ne voulait pas qu'elle ait accès à l'argent. Il y avait mille huit cents dollars sur son compte personnel, cinq mille trois cents sur celui de l'exploitation et sept mille cent sur un compte épargne. Une semaine avant son exécution, Pete avait transféré deux mille deux cents dollars sur le compte de Florry pour couvrir les frais de scolarité de Joel et Stella. Il lui avait donné aussi son petit coffre-fort contenant un peu plus de six mille dollars en liquide et pièces d'or – de l'argent intraçable. Il n'avait ni emprunts, ni dettes, excepté les factures des fournisseurs pour l'année en cours.

Il ordonna à John Wilbanks de finaliser le legs le plus vite possible et de payer les droits de succession. Il désigna Florry comme son exécutrice testamentaire et, dans une lettre, lui demanda de payer les honoraires que lui réclamerait le cabinet Wilbanks, quel que soit le montant, et lui laissa une liste de quelques autres affaires à régler.

En 1947, une bonne terre dans le comté de Ford valait deux cent cinquante dollars l'hectare. En gros, il avait donné à ses enfants près de cent mille dollars, en incluant la valeur de la maison dans le calcul. Pete laissait à sa femme l'équivalent du quart de ce montant, protégé dans un fonds, et aussi, au dire de John Wilbanks, bien des ennuis si Liza décidait de contester le testament.

Mais Pete était certain qu'elle ne le ferait pas.

Comme l'exigeait la loi, durant trois semaines consécutives, Wilbanks annonça dans le journal du comté l'ouverture de la succession pour que d'éventuels créditeurs sachent qu'ils avaient quatre-vingt-dix jours pour se manifester. Aucune information concernant le montant de ladite succession ne fut donnée.

À Rome, en Georgie, Errol McLeish recevait par la poste le *Ford County Times*. Chaque semaine, il le parcourait de long en large, attendant que des créditeurs se fassent connaître.

*

Peu après l'enterrement, Joel et Stella quittèrent la demeure rose de Florry. Après l'université, cela avait été un refuge agréable avec de bons repas, du feu dans la cheminée, de la musique sur le phonographe, le tout égayé par les animaux et les excentricités de leur tante. Mais au fil du temps, ils commencèrent à étouffer.

Les enfants réintégrèrent leur ancienne chambre et entreprirent de redonner de la vie à leur maison – une tâche titanesque. Ils ouvrirent les portes et les fenêtres pour faire entrer de l'air frais. C'était l'été et la touffeur était suffocante. Le téléphone n'arrêtait pas de sonner. Des inconnus, des amis plus ou moins lointains appelaient pour les assurer de leur soutien, leur poser des questions saugrenues, voire se mêler de leurs affaires. Finalement, ils cessèrent de répondre. Ils recevaient une montagne de lettres. Ils les lisaient toutes. La plupart provenaient de vétérans qui leur racontaient des choses gentilles sur Pete, même si peu d'entre eux l'avaient connu personnellement. Pendant quelques jours, Joel et Stella tentèrent de répondre à ce courrier par de petits mots, mais bientôt la tâche devint fastidieuse et vaine. Leur père n'était plus de ce monde. À quoi bon répondre à ces inconnus ? Les lettres s'empilèrent alors sur l'ancien bureau de Pete. Quelques bonnes âmes de Clanton leur apportaient des plats et des gâteaux, comme le voulait la tradition après un décès, mais, quand Joel et Stella découvrirent que ces gens leur rendaient visite uniquement par curiosité, ils cessèrent d'ouvrir la porte.

Des journalistes passaient également, chacun quêtant des renseignements ou un commentaire. Ils n'obtinrent rien. Le reporter d'un magazine, plus pugnace que les autres, rôda longtemps autour de la maison, jusqu'à ce que Joel sorte le fusil.

Nineva n'était pas d'un grand secours. Elle était terrassée par la mort de son ancien patron et ne cessait de pleurer. Le matin, elle déambulait à travers les pièces, faisant le ménage et la cuisine sans grande conviction, mais à midi, elle était trop épuisée pour travailler. Stella le plus souvent la renvoyait chez elle, préférant ne plus l'avoir dans les pattes.

Tous les soirs, après le dîner, juste avant que la nuit tombe, quand enfin la chaleur se dissipait, Joel et Stella prenaient le chemin du Old Sycamore et parlaient un peu avec leur père. Ils posaient la main sur sa tombe, versaient une larme, récitaient une prière, et rentraient à la maison en se tenant le bras. Au retour, ils parlaient à voix basse, toujours abasourdis par ce qui était arrivé à leur famille. Au fil des jours, ils finirent par accepter la situation : ils ne sauraient jamais pourquoi leur père avait tué le pasteur, ni pourquoi leur mère était soudain tombée dans une telle dépression.

Ils se convainquirent qu'ils ne voulaient pas savoir. Ils souhaitaient juste que ce cauchemar cesse pour reprendre le cours de leur existence, persuadés que quelque part, très loin d'ici, une autre vie les attendait.

*

Joel appela le directeur de l'asile de Whitfield et, pour la troisième fois, il demanda à voir sa mère. Le directeur promit de s'entretenir avec les médecins. Il rappela le lendemain pour annoncer que c'était impossible. Le motif était le même que les deux fois précédentes : Liza n'était pas en état de recevoir des visites. Sans autre explication. Sans doute leur mère avait-elle été prévenue de la mort de Pete et elle avait dû sombrer encore un peu plus.

Avant de mourir, Pete n'avait pas prévu de nommer quelqu'un pour veiller sur son épouse. Joel demanda à John Wilbanks d'aller voir le juge afin qu'il le désigne, lui ou Stella, comme tuteur, mais Wilbanks estimait que c'était trop tôt.

Joel s'emporta. Il menaça de prendre un autre avocat pour défendre ses intérêts et ceux de sa mère. Sous la pression, le garçon se révéla doué dans les négociations, vif d'esprit, le verbe haut et le raisonnement solide. John Wilbanks, impressionné, en parla à son frère Russell, et lui affirma que Joel avait sans doute un bel avenir dans les salles d'audience. Après deux jours de joutes verbales, John déposa les armes et alla avec Joel trouver le juge Abbott Rumbold qui régnait sur la cour de chancellerie. Depuis des années, le juge Rumbold accédait à toutes les requêtes de Wilbanks et, dans l'heure qui suivit, Joel fut désigné comme tuteur de sa mère durant son hospitalisation. Il obtint une copie certifiée de cette décision de justice et rappela Whitfield.

Le 7 août, quatre semaines après la mort de leur père, Joel et Stella roulaient vers le sud pour voir leur mère – la première fois depuis un an. Florry avait hésité à venir et Joel, le nouveau chef de famille, lui avait suggéré de remettre sa visite à la prochaine fois. Florry, soulagée, avait accepté.

Comme quelques mois plus tôt, le même vigile les attendait à l'entrée avec son registre, mais cette fois tout fut plus simple. Joel roula jusqu'au Pavillon 41, armé de son document officiel, et marcha vers le bureau du Dr Hilsabeck. Les deux hommes s'étaient entretenus au téléphone la veille et toutes les autorisations étaient en ordre. Le médecin se montra plus ouvert. Après avoir examiné l'attestation du vieux juge Rumbold, il croisa les doigts sur son bureau et se déclara à leur service.

Stella fut la première à parler :

— Nous voulons savoir de quoi souffre notre mère. Vous la gardez ici depuis plus d'un an, vous devez donc avoir une petite idée ?

Hilsabeck esquissa un sourire pincé.

— Bien sûr que nous le savons. Mme Banning présente des troubles dépressifs aigus. La « dépression nerveuse » n'est pas un terme médical à proprement parler, mais il est souvent utilisé pour décrire l'état clinique de patients tels que votre mère. Elle souffre de dépression, d'angoisse et est extrêmement stressée. Sa dépression la plonge dans le désespoir et induit des pulsions suicidaires ou d'automutilation. Son angoisse se manifeste par une tension artérielle élevée, des contractions musculaires intenses, des vertiges et des tremblements. Elle peut souffrir d'insomnie sévère pendant une semaine entière, et dormir durant toute une journée la semaine suivante. Elle a des hallucinations, voit des choses qui ne sont pas réelles, hurle la nuit parce qu'elle fait beaucoup de cauchemars. Elle a des sautes d'humeur, mais le plus souvent du côté sinistre. Quand il y a un bon jour, où elle paraît à peu près heureuse, il est immédiatement suivi par trois jours noirs. Parfois, elle est quasiment catatonique. Elle est paranoïaque, persuadée que quelqu'un l'épie ou qu'il y a une personne dans sa chambre. Cela provoque des crises de panique où la terreur la paralyse et l'empêche de respirer. D'ordinaire ces épisodes disparaissent en une heure ou deux. Elle mange à peine, refuse de prendre soin d'elle. Son hygiène est mauvaise. Et elle n'est guère coopérative. Dans son groupe de parole, elle reste obstinément dans son coin. Nous avions observé une légère amélioration avant le meurtre de Dexter Bell, mais sa mort a eu un effet dévastateur. Après quelques mois, elle allait un peu mieux, malheureusement, depuis l'exécution de votre père, Liza a rechuté.

— Vous avez fini ou il y a encore d'autres choses ? demanda Stella en s'essuyant les yeux.

— Je suis désolé.

— Elle est schizophrène ? s'enquit Joel.

— Je ne pense pas. La plupart du temps, elle a une bonne perception de la réalité et ne souffre pas d'épisodes délirants, à l'exception de ces crises de paranoïa. Elle n'entend pas de voix. Il est difficile de déterminer comment elle se comporterait en société, puisqu'elle n'est jamais sortie d'ici. Mais non, je ne crois pas que votre mère soit schizophrène. En revanche excessivement déprimée, oui.

— Il y a dix-huit mois maman allait bien, déclara Stella, du moins en apparence. Et aujourd'hui, elle a une maladie qui ressemble à une dépression nerveuse extrême. Que s'est-il passé, docteur ? Qu'est-ce qui a provoqué ça ?

Hilsabeck secoua la tête.

— Je n'en sais rien. Mais je suis d'accord avec vous. Il y a eu un événement traumatique. D'après ce que je sais, vous avez tous les trois réussi à gérer la situation quand vous avez appris que votre père était porté disparu et sans doute mort. Son retour a été un moment joyeux, ce genre de miracle génère du bonheur, pas de la dépression. Il s'est produit quelque chose. Cependant, comme je vous l'ai dit, Liza n'est pas très coopérative et refuse de parler du passé. C'est très frustrant, pour tout dire, et nous ne pourrons l'aider tant qu'elle ne voudra pas se confier.

— Comment vous la soignez, alors ? demanda Joel.

— Par de l'écoute, du conseil, une meilleure alimentation, du soleil. On essaie de l'installer dans le parc, mais le plus souvent elle rechigne. On la protège, on évite qu'elle apprenne d'autres mauvaises nouvelles. Je pense que peu à peu elle va faire des progrès. C'est important qu'elle vous voie.

— Et les médicaments ? interrogea Stella.

— Dans notre branche, il court toujours des rumeurs annonçant la mise au point d'antipsychotiques efficaces, mais ce ne sera pas avant plusieurs années. Quand elle n'arrive pas à dormir ou qu'elle est trop angoissée, on lui administre des barbituriques. Et de temps en temps, une pilule pour faire baisser sa tension artérielle.

Il y eut un long silence tandis que Joel et Stella assimilaient toutes ces informations qu'ils voulaient connaître depuis si longtemps. Le pronostic n'était pas encourageant, mais peut-être était-ce un commencement. Ou le début de la fin ?

— Vous pensez pouvoir la remettre d'aplomb, docteur ? insista Joel. Y a-t-il une chance qu'elle puisse un jour rentrer à la maison ?

— Je ne sais pas si c'est une bonne idée, monsieur Banning. À ce que je peux en juger, c'est un endroit plutôt sombre et sinistre, ces temps-ci.

— C'est rien de le dire, renchérit Stella.

— Je ne suis pas sûr que votre mère puisse supporter d'autres mauvaises nouvelles si elle retourne chez elle.

— Nous non plus, marmonna Stella.

Le Dr Hilsabeck se leva brusquement :

— Allons voir Liza. Suivez-moi, je vous prie.

Ils empruntèrent un long couloir et s'arrêtèrent devant une baie vitrée. Un peu plus loin en contrebas, ils aperçurent un bouquet d'arbres et des allées qui sinuaient vers un petit étang. Près d'un kiosque à musique, une dame était assise dans un fauteuil roulant, à l'ombre, avec une infirmière à ses côtés. Elles semblaient bavarder.

— C'est Liza, annonça le médecin. Elle est au courant de votre venue et est impatiente de vous voir. Vous pouvez sortir par là, ajouta-t-il en désignant une porte d'un mouvement de tête.

Liza sourit dès qu'elle aperçut ses enfants. Elle tendit les bras d'abord vers Stella et la serra contre elle. Puis elle fit de même avec Joel. L'infirmière leur adressa un sourire et s'esquiva.

Ils approchèrent le fauteuil d'un banc et s'assirent en face d'elle. Joel lui tenait une main, Stella l'autre. Ils s'étaient préparés à avoir un choc en la voyant et ils s'efforcèrent de ne rien laisser paraître. Elle était si pâle, d'une maigreur extrême, sans maquillage, ni rouge à lèvres, ni bijoux. Ce n'était plus la femme resplendissante et pleine de vie qu'ils avaient connue et aimée. Ses cheveux autrefois blonds comme les blés avaient viré au gris et étaient rassemblés en un petit chignon. Elle portait une fine blouse blanche d'hôpital et était pieds nus.

— Mes chéris, mes chéris, mes chéris…, répétait-elle en étreignant leurs mains avec un sourire douloureux.

Elle n'avait plus les mêmes yeux. Ils avaient perdu leur éclat, leur luminosité, remplacés par deux puits noirs. Elle baissa la tête légèrement, comme si elle préférait regarder leur poitrine.

Les minutes passaient tandis qu'elle continuait à psalmodier « mes chéris ». Joel et Stella lui tapotaient la main, cherchant quelque chose à dire. Considérant que toute parole était bonne, Joel articula :

— Le Dr Hilsabeck trouve que tu t'en sors très bien, m'man.

Elle hocha la tête et répondit doucement :

— Peut-être. Certains jours, ça va. Je veux juste rentrer à la maison.

— Oui, on va te ramener, maman, mais pas aujourd'hui. Il faut attendre que tu ailles mieux, que tu manges mieux, que tu prennes le soleil, faire ce que te demandent les docteurs et les infirmières. Et bientôt, on rentrera à la maison.

— Pete sera là ?

— Non, maman. Papa ne sera pas là. Il est mort. Je croyais que les médecins te l'avaient dit.

— Oui, ils me l'ont dit, mais je ne les crois pas.

— C'est la vérité, maman. Pete est mort.

Stella se leva doucement, déposa un baiser sur la tête de sa mère et se dirigea vers le kiosque. Elle s'assit derrière, sur les marches, et enfouit la tête dans ses mains.

Merci du soutien, sœurette ! pensa Joel. Il se mit à parler de tout et de rien, du moins rien qui ait de rapport avec le fait qu'ils se trouvaient dans le parc d'un hôpital psychiatrique, assis avec leur mère, visiblement malade. Il lui donna des nouvelles de Stella. Elle retournait à Hollins pour sa troisième année et comptait plus tard aller travailler à New York. Il évoqua sa décision de faire du droit. Il était accepté à Vanderbilt et à Ole Miss mais il avait envie de prendre une année sabbatique, pour voyager, peut-être. Tandis qu'il soliloquait, Liza releva lentement les yeux, comme si entendre la voix de son fils l'apaisait. Elle esquissa un sourire et hocha doucement la tête.

Il n'était pas très sûr de vouloir être avocat, c'était pour cette raison qu'il souhaitait faire une pause dans ses études. Il était allé à Washington avec Stella et avait beaucoup aimé cette ville. Joel avait un ami là-bas qui tenait un restaurant. Il lui avait proposé de l'embaucher.

Après avoir bien pleuré, Stella les rejoignit et participa à la conversation en sens unique. Elle lui raconta son expérience comme nounou à Georgetown, évoqua ses cours de l'année prochaine et ses projets. Par moments, Liza souriait et fermait les yeux, comme bercée par leur voix.

Les nuages disparurent et le soleil de midi se mit à taper fort. Ils poussèrent le fauteuil roulant à l'ombre. L'infirmière les observait mais restait à distance. Quand il y eut un trou dans la conversation, Liza murmura :

— Continuez à me parler.

Et c'est ce qu'ils firent.

Une aide-soignante leur apporta des sandwichs et du thé glacé. Ils improvisèrent un déjeuner sur une table de pique-nique et encouragèrent Liza à manger. Après quelques bouchées, elle se désintéressa totalement de la nourriture. Elle voulait encore entendre leurs charmantes voix pleines d'entrain et de jeunesse, alors ils lui parlèrent encore, à tour de rôle, en veillant à ne jamais évoquer Clanton.

Longtemps après le repas, le Dr Hilsabeck apparut et annonça que la malade avait besoin de repos. Il était ravi de cette visite et demanda à Joel et Stella s'ils pouvaient passer encore la voir. Évidemment !

Ils embrassèrent leur mère, lui promirent de revenir le lendemain pour une autre séance de papotage, et se rendirent à Jackson. Ils prirent des chambres à l'Heidelberg Hotel, un établissement bon marché du centre-ville. Une fois leur clé en poche, ils partirent se promener jusqu'au capitole du Mississippi. Mais la chaleur et la touffeur eurent raison de leurs efforts. De retour dans le hall climatisé du Heidelberg, ils voulurent commander de l'alcool. Le serveur leur indiqua alors un bar clandestin derrière l'hôtel. Là, ils purent boire ce qu'ils voulaient et n'évoquèrent pas l'état de leur mère. Ils en avaient assez de parler, de toute façon.

37

Sans autorisation pour exercer au Mississippi, Errol McLeish dut s'associer à un confrère local pour mener à bien son projet. Bien sûr, il n'était pas question d'engager quelqu'un de Clanton. Tous les bons là-bas étaient des proches des Wilbanks. McLeish voulait un « tueur », une pointure dans le nord du Mississippi, mais sans lien avec le comté de Ford. Il prit son temps, mena de longues recherches, eut beaucoup d'entretiens et finalement sélectionna un avocat de Tupelo nommé Burch Dunlap. Les deux hommes se rencontrèrent un mois avant l'exécution de Pete et commencèrent à échafauder leur plan. Dunlap aimait bien l'affaire pour son potentiel médiatique et parce que, du moins selon lui, la victoire était assurée.

Le 12 août, Dunlap, pour le compte de Jackie Bell, lança un recours en dommages et intérêts contre les biens de Pete Banning. La requête exposait des faits connus de pratiquement tout le monde, et demandait un demi-million de dollars en réparation du préjudice suite à la mort de Dexter Bell. Le plus surprenant, c'était le lieu où fut déposé ce recours : la cour fédérale d'Oxford et non le palais de justice de Clanton. Jackie Bell prétendait être désormais résidente de Georgie et, à ce titre, pouvait saisir la cour fédérale, où les jurés viendraient de trente comtés différents et où peu d'entre eux auraient de la sympathie pour l'assassin.

Florry étant l'exécutrice testamentaire, ce recours devait lui être remis en main propre. Elle se trouvait derrière sa maison, à nourrir ses oiseaux, quand Roy Lester, sortant de nulle part, lui tendit une grosse enveloppe.

— De mauvaises nouvelles, Florry, annonça-t-il en touchant le bord de son chapeau pour la saluer. Encore des soucis avec la justice.

— Qu'est-ce que c'est ? demanda-t-elle, sachant que Nix et ses adjoints avaient sans doute lu ce qu'il y avait dans ce courrier.

— Une plainte déposée par Jackie Bell à la cour fédérale.

— Ben voyons…

— Tu veux bien signer ici ? fit-il en lui tendant un crayon et un papier.

— Signer pour quoi ?

— Ça dit qu'on t'a bien donné le papier et qu'il est désormais en ta possession.

Elle signa, le remercia, et emporta l'enveloppe à l'intérieur. Une heure plus tard, elle débarquait dans le bureau de John Wilbanks, montait les escaliers au pas de charge. Elle balança le recours sur le bureau et s'effondra en larmes dans le canapé. John alluma un cigare et se mit à lire le document de trois pages.

— Ça ne me surprend pas, dit-il en s'asseyant dans un fauteuil en face d'elle. Si je me souviens bien, on avait envisagé cette possibilité.

— Un demi-million de dollars ?

— C'est très exagéré, mais c'est de bonne guerre. On demande toujours plus que ce qu'on espère obtenir.

— Tu vas t'en occuper, John ? Il n'y a pas de quoi s'inquiéter, n'est-ce pas ?

— Oh, je peux m'en occuper, c'est sûr, au sens où je peux défendre l'affaire, pourtant il y a quand même du souci à se faire. D'abord les faits sont parfaitement établis. Deuxièmement, Burch Dunlap est un bon avocat qui sait ce qu'il fait. Déposer le recours à la cour fédérale est une idée de génie et, franchement, ça, je ne m'y attendais pas.

— Et pour le reste, tu savais que cela allait arriver ?

— Florry, on en a discuté il y a quelques mois. Le mari de Jackie Bell a été assassiné et l'assassin a des biens, ce qui est très rare.

— Je ne me souviens pas qu'on en ait parlé. Mes nerfs ont été mis à rude épreuve, cette année, et ma pauvre tête ne suit plus. Qu'est-ce qu'on va faire, John ?

— Toi, rien. Je vais assurer la défense. Et attendre la suite.

— La suite ? Ce n'est pas fini ?

— Non, je le crains.

Deux jours plus tard, Burch Dunlap déposa un nouveau recours, cette fois à la cour de chancellerie du comté de Ford et assigna Joel et Stella Banning en justice. Errol McLeish, sachant que les deux jeunes allaient bientôt reprendre leurs études, décida de porter plainte contre eux avant qu'ils ne quittent la ville. Roy Lester, encore une fois, se rendit à la ferme des Banning, pour porter les papiers à Joel, Stella et Florry.

Être poursuivis en justice par un bon avocat était déjà anxiogène, mais se retrouver avec deux procès sans axe de défense était réellement terrifiant. Les trois accusés allèrent demander conseil auprès de John et Russell Wilbanks. Les Wilbanks étaient des amis fidèles, et leur présence était réconfortante. Malgré tout, l'inquiétude planait immanquablement, même du côté des deux avocats.

Les Banning pouvaient-ils perdre leur terre ? De ce point de vue, Florry ne craignait rien, mais le legs anticipé en faveur de Joel et Stella était leur talon d'Achille et le camp d'en face le savait. À l'évidence, Pete avait planifié le meurtre de longue date et, en transférant le gros de ses biens à ses enfants, il espérait empêcher la partie adverse d'attaquer sa propriété.

Les frères Wilbanks établirent le programme pour les mois à venir. Dunlap allait se démener pour que soit lancé au plus vite le procès en dommages et intérêts, et s'il gagnait – ce qui était hautement vraisemblable – il irait trouver la cour de chancellerie du comté, armé de cette décision de justice, et attaquerait leur terre. Avec le système d'appels et de recours, les

Wilbanks pouvaient faire traîner l'affaire pendant des années, ce qui allait coûter une fortune en honoraires.

John Wilbanks promit de se battre bec et ongles sur tous les fronts, mais sa confiance était pure posture.

Les trois Banning quittèrent le cabinet abattus et, sur un coup de tête, décidèrent de filer au Peabody à Memphis, où ils pourraient noyer leurs angoisses au bar, savourer un bon repas et passer une nuit d'insouciance, loin du comté de Ford. Autant dépenser de l'argent tant qu'ils en avaient encore.

Joel conduisit, seul à l'avant comme un chauffeur de maître, avec les deux filles à l'arrière. Pendant les premiers kilomètres personne ne parla. Stella ne rompit le silence que lorsqu'ils furent arrivés au comté de Van Buren :

— Je ne veux pas retourner à Hollins. Les cours commencent dans trois semaines, et je ne me vois pas m'asseoir en classe pour écouter un prof parler de Shakespeare ou de je ne sais quelles autres futilités alors que mon père vient d'être exécuté et que ma pauvre mère se trouve dans un asile psychiatrique. Franchement ? Comment pourrais-je avoir la tête à travailler ?

— Donc, tu veux arrêter tes études, résuma Florry.

— Pas arrêter, juste faire une pause.

— Et toi, Joel ?

— Je me dis la même chose. La première année à la fac de droit est un parcours du combattant. Je ne suis pas sûr d'être en état. Je voulais choisir Vanderbilt mais, maintenant que l'argent est un problème, je vais me rabattre sur Ole Miss. Et pour tout dire, je ne me vois pas non plus en classe à écouter de vieux croûtons dérouler leurs cours soporifiques.

— D'accord, répondit Florry. Et qu'est-ce que vous comptez faire dans les mois à venir ? Traîner à la maison et embêter Nineva ? Ou alors aider aux champs et ramasser le coton avec les Nègres ? Buford a toujours besoin de main-d'œuvre. Et si vous en avez assez de vous casser les reins dans les champs, vous irez cueillir les légumes dans le potager pour que nous ayons quelque chose à manger cet hiver. Amos sera ravi de vous montrer comment traire les vaches tous les matins à 6 heures. Nineva va adorer vous avoir dans les pattes quand elle fera les conserves. Et quand vous vous lasserez de la ferme, vous pourrez toujours faire une balade en ville où tout le monde viendra prendre de vos nouvelles, en répétant qu'ils sont tellement tristes pour votre père. C'est ça que vous voulez ?

Joel et Stella restèrent silencieux.

Florry poursuivit :

— J'ai un meilleur plan. Dans trois semaines, vous serez loin d'ici parce qu'il faut que vous terminiez vos études avant qu'on n'ait plus d'argent du tout. À la demande de votre père, je suis responsable de votre éducation, et c'est moi qui signe les chèques. Si vous quittez l'école maintenant, vous n'y retournerez pas, alors vous allez serrer les dents et continuer. Stella, tu retournes à Hollins et toi, Joel, à la fac de droit. Laquelle ? Je m'en fiche. L'important, c'est que tu ne restes pas ici.

Ils roulèrent quelques kilomètres sans que Stella et Joel ne pipent mot, le temps que l'évidence s'impose.

— Tout bien réfléchi, annonça Stella, Hollins n'est pas le pire des endroits, vu la situation.

— Si je fais du droit, je vais sans doute choisir Ole Miss. Comme ça, je pourrai rendre visite à maman le week-end et passer de temps en temps chez Wilbanks, voir si je peux aider.

— Je suis persuadée que John s'en sort très bien, répondit Florry. On peut se payer Vanderbilt, si tu préfères.

— Non. Quatre ans là-bas ça me suffit. C'est bien que je sorte du cocon. En plus, il y a plein de filles à Ole Miss.

— Tiens donc ! Depuis quand c'est important ?

— Depuis toujours.

— Il est peut-être temps que tu aies une relation sérieuse. Après tout, tu as vingt et un ans.

— Tu es aussi en charge de notre éducation sentimentale ?

— Bien sûr que non.

— Alors garde tes conseils pour toi.

*

Avant de partir, à l'automne, Joel et Stella firent à trois reprises le voyage jusqu'à Whitfield pour voir Liza. Le Dr Hilsabeck était satisfait et leur assurait que cela faisait beaucoup de bien à leur mère, même si les enfants ne voyaient guère d'amélioration. L'apparence physique de Liza restait inchangée. Lors d'une visite, elle refusa de quitter sa petite chambre sombre et n'articula pratiquement pas un mot. Les deux autres fois, elle les laissa l'emmener dehors en fauteuil, profiter de la chaleur d'août à l'ombre des arbres. Elle souriait de temps en temps, mais cela restait rare, parlait peu – et sans jamais formuler une phrase complète. Elle écoutait ses enfants lui faire la conversation à tour de rôle. Pour rompre la monotonie, Joel lui lisait des articles du *Time Magazine* et Stella du *Saturday Evening Post*.

Nerveusement, ces visites étaient éprouvantes et les enfants restaient perdus dans leurs pensées sur le chemin du retour. Après quatre passages à Whitfield, ils commencèrent à se dire que leur mère ne quitterait jamais cet endroit.

*

Le 3 septembre, tôt le matin, Joel chargea la valise de Stella dans le coffre de la Pontiac, et ils se rendirent à la maison rose pour un dernier petit déjeuner avec leur tante. Marietta les gava de petits pains, d'omelette et leur prépara des paniers-repas pour le voyage. Ils quittèrent Florry qui était en larmes, firent une halte au Old Sycamore pour dire une prière sur la tombe de leur père, puis filèrent à la gare où Stella faillit rater le 9 h 40 pour Memphis. Ils s'étreignirent sur le quai, s'efforçant de ne pas pleurer, et se promirent de se donner des nouvelles.

Quand le train fut hors de vue, Joel remonta dans la voiture, fit le tour de la place de Clanton, passa devant l'église méthodiste et finalement rentra chez lui. Il fit ses bagages, salua Nineva et Amos, et prit la route vers Oxford où se trouvait la faculté de droit. Par l'ami d'un ami, il avait trouvé un petit appartement près du centre, au-dessus du garage d'une veuve. Ce n'était pas cher et la propriétaire ne louait qu'à des étudiants. La veuve lui montra le minuscule trois-pièces et lui énonça les consignes : pas d'alcool, pas de fêtes, pas de jeux d'argent, et bien sûr pas de filles. Le loyer était de cent dollars pour les quatre mois, de septembre à décembre. Joel accepta les règles – même s'il n'avait aucune intention de les suivre – et donna l'argent à la femme. Quand elle fut partie, il déballa ses affaires et rangea ses vêtements dans un placard.

Le soir venu, il se promena sur North Lamar en direction du palais de justice qui était illuminé au loin. Il alluma une cigarette et la fuma en passant devant les vieilles maisons à l'ombre des arbres. Sur les perrons, les gens bavardaient après le dîner. Familles et voisins attendaient la fraîcheur de la nuit. Même si les étudiants étaient de retour pour ce début d'année universitaire, il n'y avait personne sur la place. Rien d'étonnant, au fond. Il n'y avait pas de bars, pas de boîtes de nuit, pas de restaurants. Oxford était une petite ville morne, bien loin des feux de Nashville.

Joel se sentait seul au monde.

38

L'affaire concernait un accident mortel, entre une voiture avec toute une famille à son bord et un wagon transportant plusieurs tonnes de bois. Le drame avait eu lieu la nuit, sur une route reliant Tupelo à Memphis, à un passage à niveau, construit pour des raisons obscures au pied d'un coteau, si bien que les véhicules descendant le versant dans la nuit ne voyaient les trains qu'au dernier moment. Pour éviter les collisions – car il y en avait déjà eu plusieurs – la compagnie ferroviaire avait installé des feux lumineux des deux côtés de la route, à l'est et à l'ouest, mais n'avait jamais fait placer de barrières qui auraient arrêté toute la circulation. Le wagon en question était le onzième d'un long attelage qui en comptait soixante, le tout tiré par deux locomotives et terminé en queue par un fourgon-frein rouge antédiluvien.

Les avocats qui défendaient la compagnie de chemin de fer n'en démordaient pas : aucun conducteur attentif ne pouvait rater un objet aussi gros qu'un wagon de vingt-cinq mètres de long transportant des troncs d'arbres sur une hauteur de cinq mètres. Ils firent passer des photos du wagon en question, sûrs de leur coup.

Toutefois, ils n'étaient pas de taille face à Burch Dunlap, qui représentait la famille décédée dans l'accident – les parents et leurs deux enfants en bas âge. En deux jours de procès, Dunlap critiqua les concepteurs du passage à niveau, détaillant le nombre d'accidents dus aux failles de sécurité, démontra que la société ferroviaire avait été maintes fois avertie du danger et discrédita complètement les deux autres conducteurs qui avaient été appelés comme témoins de la défense et présenta au jury une série de photographies mettant en évidence le manque criant d'entretien de ce passage à niveau.

Le jury fut de l'avis de Dunlap et accorda à la famille soixante mille dollars de dommages et intérêts, une somme record pour une cour fédérale du Mississippi nord.

Installé discrètement au fond de la salle, Joel Banning suivit le procès du début à la fin, et en eut la nausée. Burch Dunlap était un maître à la barre et il captivait les jurés du début à la fin. Il était sur ses terres, confiant, implacable, irrésistible. Il était bien préparé, droit dans ses bottes, et prenait toujours de court les témoins et les avocats de la défense.

Et bientôt, son prochain gibier serait les Banning et leur plantation.

C'est en examinant le programme des audiences à la cour fédérale d'Oxford – ce qu'il faisait régulièrement – que Joel avait remarqué le nom de l'avocat qui représentait les intérêts des victimes dans cette affaire d'AVP. Par curiosité, il avait séché les cours pour pouvoir suivre tout le procès. Maintenant, il le regrettait.

Après le verdict, Joel songea à appeler Stella – mais il risquait de lui gâcher sa journée. Impossible de parler à Florry car sa ligne de campagne pouvait être écoutée par n'importe qui alentour. Et à quoi bon lui infliger cela ? Il avait pourtant envie d'en parler à quelqu'un. Malheureusement pendant ces premières semaines à Ole Miss, il s'était tenu à l'écart des autres étudiants et n'avait sympathisé avec personne. Il restait dans son coin, silencieux, taciturne, se montrait parfois désagréable, et toujours sur la défensive parce qu'il craignait qu'un étudiant plus téméraire que les autres ne vienne lui parler de son père. Il savait que tout le monde murmurait dans son dos.

Trois mois après l'exécution, la blessure était toujours aussi douloureuse. Joel était certain qu'à Ole Miss il était le seul étudiant à connaître une telle tragédie familiale.

Le 9 octobre, il fit l'école buissonnière, prit la voiture, et partit boire une flasque de bourbon au bord d'un lac. Un an plus tôt, jour pour jour, son père avait tué le pasteur Bell.

Joel étudiait avec opiniâtreté mais trouvait les cours ennuyeux. Le week-end, quand à Oxford toute la population ne parlait plus que de football, il prenait la route de Whitfield pour aller voir sa mère, ou passait à la ferme prendre des nouvelles de Florry et veiller sur la récolte. La maison était devenue un endroit vide et sinistre, avec seulement Nineva à qui parler. Elle aussi était déprimée. Elle passait sans conviction la serpillière dans la cuisine, n'ayant plus grand-chose à faire. Tout le monde semblait atteint par cette sinistrose. Souvent, les vendredis après-midi, Joel rendait visite à John Wilbanks pour faire le point sur les problèmes familiaux ou lui montrer une requête ou un recours qu'il avait peaufiné pendant la semaine à la fac. Wilbanks était impressionné par les aptitudes du jeune homme et, à plusieurs reprises, il lui fit entendre que son cabinet pourrait avoir besoin de sang neuf dans quelques années. Joel se montrait poli et réservé, répondant qu'il ne savait pas où il voulait vivre et exercer.

En vérité, Clanton était bien le dernier endroit où il s'imaginait habiter.

*

Alors que les vacances approchaient, Florry lança l'idée d'une virée à La Nouvelle-Orléans. Toutefois, ce projet ne se concrétisa jamais. Sans doute à cause de l'argent. Les finances de la famille étant si incertaines, des coupes drastiques étaient pratiquées ici et là. En 1947, le cours du coton fut moyen. Rien de dramatique, mais pas de quoi se réjouir non plus. Pete n'étant plus là, la cueillette s'était faite avec moins d'intensité et d'efficacité.

Stella arriva à la ferme le 21 décembre. Le soir, ils décorèrent le sapin, tandis que le phonographe jouait des chants de Noël. Ils burent, aussi, plus que de coutume. Bourbon pour Joel et Stella, gin pour Florry. Rien pour Marietta qui se cachait dans sa chambre au sous-sol, convaincue qu'ils avaient tous perdu la tête.

Malgré la situation, ils tentèrent de préserver l'esprit de Noël. Ils s'offrirent de petits cadeaux, firent bonne chère et mirent beaucoup de musique. À aucun moment ils ne parlèrent des deux procès qui les attendaient et assombrissaient leur avenir.

Le jour de Noël, ils embarquèrent une fois encore dans la Lincoln de Florry et partirent pour Whitfield. Un an plus tôt, ils avaient fait le même voyage et n'avaient pas été autorisés à voir Liza. Cette époque était révolue. Pete n'était plus là pour s'interposer et Joel était désormais le tuteur légal de sa mère. Ils s'installèrent avec elle dans un coin de la salle de séjour et lui donnèrent leurs cadeaux ainsi que les chocolats envoyés par Nineva et Marietta. Liza sourit beaucoup, parla un peu plus que d'habitude et parut heureuse d'être l'objet de tant d'attentions.

Partout dans la grande pièce des familles étaient rassemblées autour d'un proche – tous ayant la peau pâle et les joues creusées. Il y avait des anciens qui semblaient déjà morts, et des plus jeunes aussi, comme Liza, mais qui ne paraissaient pas moins enfermés dans leur monde. Serait-ce ici sa vie désormais ? Ne guérirait-elle jamais ? Allaient-ils devoir toute leur existence lui rendre ces visites pathétiques ?

Même si le Dr Hilsabeck continuait d'affirmer que Liza faisait beaucoup de progrès, ils n'avaient guère vu d'amélioration ces quatre derniers mois.

Elle n'avait pas pris de poids, les infirmières continuaient à la promener en fauteuil roulant pour qu'elle ne brûle pas ses maigres calories à marcher. Souvent, pendant de longs moments, Liza ne disait pas un mot. Parfois, une étincelle traversait ses yeux, mais c'était si fugace…

En rentrant à Clanton, ils se demandèrent si tous ces voyages servaient à quelque chose.

*

Après Noël, la musique s'arrêta et il se mit à pleuvoir. Faire semblant d'être joyeux devint trop lourd à porter, et même la maison rose, pourtant excentrique et farfelue d'ordinaire, était nimbée d'un nuage noir. Stella annonça qu'elle devait rentrer à Hollins pour terminer d'obscurs devoirs. Florry passait beaucoup de temps dans sa chambre à lire ou à écouter de l'opéra.

Pour fuir cette chape de plomb, Joel partit une journée plus tôt et retourna à Oxford. Quand la faculté rouvrit ses portes, il alla aussitôt consulter ses notes du semestre et découvrit avec satisfaction qu'elles étaient bonnes.

À la fin janvier, il se retrouva à nouveau à la cour fédérale, cette fois pour représenter sa famille. Le juge avait organisé une audience préliminaire et tous les avocats étaient présents. Florry, l'exécutrice testamentaire de Pete, qui pourtant était censée être là, s'était fait porter pâle. Comme Joel habitait sur place, il pouvait s'occuper de tout, n'est-ce pas ?

Joel était assis à la table de la défense, inquiet, entre John et Russell Wilbanks. Il surveillait du coin de l'œil Burch Dunlap et son associé. Se retrouver dans l'arène avec Dunlap était terrifiant.

Le juge passa en revue la liste de tous les témoins et voulut savoir ce que chacun allait dire à la barre. Poliment, les avocats discutèrent des pièces à conviction, de la liste des jurés et autres points habituels de procédure. Le magistrat consulta son calendrier et annonça que le procès aurait lieu le 24 février, dans moins d'un mois. Puis il demanda s'il y avait une chance que les deux parties s'entendent sans aller jusqu'au procès. Les avocats échangèrent un regard. À l'évidence, ils étaient pris de court.

Burch Dunlap se leva et dit :

— Votre honneur, je suis toujours prêt à envisager un accord à l'amiable, si celui-ci, bien sûr, est équitable pour mon client. Comme vous le savez, nous avons un autre procès à la suite de celui-ci à la cour de chancellerie du comté de Ford où nous allons tenter de démontrer que le défunt a cédé sa propriété à ses enfants en prévision du meurtre. La donation date de trois semaines avant l'assassinat. À cet égard, nous avons demandé une estimation des terres. (Il prit un dossier et l'agita sous le nez du juge.) La terre dans ce secteur vaut deux cent cinquante dollars l'hectare, le don s'élève donc à soixante-cinq mille dollars et nous considérons que ce bien entre dans la succession de Pete Banning et que à ce titre, notre cliente, Jackie Bell, peut y faire prévaloir ses droits. Quant à la maison, elle est estimée à trente mille dollars. Sans compter d'autres avoirs et possessions.

John Wilbanks se leva à son tour, sourit et secoua la tête, comme si Dunlap était un idiot.

— Ces chiffres sont bien au-dessus de la valeur réelle du marché, votre honneur. Nous les réfutons totalement. Quant à évoquer un accord à l'amiable, c'est grandement prématuré. Nous comptons faire entendre notre voix au comté de Ford et protéger la propriété des Banning. Et qui sait ce que le jury ici décidera. Laissons la procédure suivre son cours. On reparlera de ça ultérieurement.

— Il sera peut-être trop tard, monsieur Wilbanks, répondit le juge.

Entendre Burch Dunlap parler avec une telle désinvolture d'une terre qui avait été défrichée, labourée, cultivée par ses arrière-arrière-arrière-grands-parents emplissait Joel de colère. Où se croyait-il pour convoiter ainsi le produit du travail d'autrui et monnayer sa valeur ? À une vente aux enchères ? À une partie de poker ? C'était indécent ! Il comptait donc spolier sa famille de tous ses biens ? Et quelle était sa commission au passage ?

Les avocats échangèrent arguments et contre-arguments sans que le débat n'avance. Finalement, le juge appela l'affaire suivante. Une fois sortis du palais de justice, Joel et John Wilbanks firent une promenade sur la place pendant que Russell fonçait se réfugier dans un bar.

— Nous devrions quand même discuter de l'éventualité d'un accord financier, avança Wilbanks.

— D'accord. Je vous écoute.

— Dunlap demande beaucoup, mais ce n'est pas non plus du grand délire. On pourrait proposer vingt mille en liquide et voir comment il réagit. C'est beaucoup d'argent, Joel.

— Je le sais bien ! Où trouverait-on une telle somme ?

— Il y a environ quinze mille sur les comptes. Toi et Stella pourriez hypothéquer la terre. Ma famille dirige la banque, je te rappelle. Je vous obtiendrai un prêt à un taux intéressant.

— Vingt mille ? Tant que ça ?

— Parles-en avec Florry. Inutile de te rappeler que les faits sont contre nous. Ton père est coupable et c'est sans appel. Le jury va avoir de la compassion pour les Bell et, en ce moment, la compassion est notre pire ennemie.

39

Errol McLeish ricana quand il apprit le montant que proposait la partie adverse. Même vingt-cinq mille, il leur rirait au nez. McLeish voulait tout : les terres, la maison, le bétail, les ouvriers. Et pour cela, il avait un plan.

Fin février, lui et Jackie arrivèrent à Oxford et prirent une chambre dans un hôtel sur la place. Une chambre pour deux, même s'ils n'étaient pas encore mariés.

Le procès commença le 24 au matin. Jackie, la plaignante, s'assit avec Dunlap et ses avocats. Elle était séduisante, toute vêtue de noir. Florry, gavée d'anxiolytiques, se trouvait entre John et Russell, avec Joel juste derrière elle.

Quand l'occasion s'était présentée, Joel était allé parler à Jackie, il lui avait serré la main et avait tenté d'être courtois. Elle ne fit pas cet effort. Elle était désormais la veuve éplorée, qui réclamait justice et vengeance. Florry la méprisait et l'ignora totalement.

Pendant que le juge Stratton expliquait la procédure de sélection à la cinquantaine de jurés potentiels, Joel se retourna et regarda l'assistance. Il y avait quelques journalistes au premier rang. Les portes s'ouvrirent au fond de la salle et, à sa stupeur, une classe de troisième année entra dans le tribunal, accompagnée de son professeur. C'était un procès à la cour fédérale, et comme l'affaire avait un certain retentissement, c'était un bon sujet d'étude. Joel aperçut également d'autres étudiants de sa faculté de droit, attendant la suite avec impatience. À cet instant, il regretta de n'avoir pas choisi une université dans un autre État.

Toute la matinée fut consacrée à la constitution du jury. À midi, les six jurés retenus allèrent s'installer sur leur banc. Un septième – le suppléant – rejoignit le groupe. C'était un procès au civil. Quatre voix suffisaient pour rendre un verdict. En cas d'égalité, trois contre trois, le procès serait annulé et il faudrait rejuger l'affaire.

Après la pause déjeuner, Burch Dunlap se dirigea vers le box des jurés, rajusta sa cravate de soie et, avec un grand sourire, leur souhaita la bienvenue dans ce temple de la justice. Joel observait chaque geste, analysait chaque mot, et, de son point de vue partial, il trouva que Dunlap en faisait un peu trop quand il remercia les jurés pour le temps et les efforts qu'ils consacraient au service du droit et de l'équité. Toutefois, aussitôt après, il entra dans le vif du sujet : les faits et les responsabilités étaient clairement établis. Il s'agissait d'un meurtre de sang-froid qui avait conduit son auteur sur la chaise électrique, comme il se devait. Le véritable accusé était donc mort. Par conséquent, la plaignante était contrainte d'attaquer ses biens pour obtenir réparation. Une grande partie des débats s'attacherait à estimer la valeur de la vie de Dexter Bell, une valeur qu'on ne saurait réellement mesurer, bien entendu. Dunlap n'indiqua aucun montant. Cela arriverait en son temps. Mais il s'empressa d'annoncer que le révérend Bell était un être exceptionnel, un père parfait, un pasteur tout entier dévoué à sa paroisse, que son existence avait une grande valeur même s'il ne gagnait pas beaucoup d'argent par son ministère.

Tandis que Dunlap s'exprimait avec beaucoup d'éloquence, Joel sentait presque physiquement les biens de la famille s'envoler. À plusieurs reprises durant son introduction, Dunlap lâcha que Pete Banning était un « grand propriétaire terrien », un « planteur prospère ». À chaque fois, Joel tressaillait et observait les jurés. Lui et Stella ne s'étaient jamais dit que leur famille était riche, et entendre cet orateur déclarer qu'ils vivaient dans le luxe et l'opulence était déconcertant. Les jurés, des gens de la classe moyenne pour la plupart, semblaient convaincus. Un riche fermier avait tué un pauvre pasteur. Le thème général fut installé dès le début du procès, et il serait difficile de faire oublier leur première impression aux jurés.

John Wilbanks fit une courte présentation où il demanda au jury s'il était juste de faire payer une famille pour les péchés d'un homme déjà dûment condamné et châtié par ses pairs. La famille de Pete Banning n'avait rien fait de mal, absolument rien. Ses enfants avaient eux aussi perdu un père. Pourquoi les punir ? Les Banning n'avaient-ils pas déjà assez souffert comme ça ? Ce procès n'était rien d'autre qu'une manœuvre pour priver une famille de ses biens, un patrimoine durement gagné, une terre qu'elle cultivait depuis des décennies. Les Banning étaient d'honnêtes fermiers depuis des générations, qui travaillaient dur et qui n'étaient ni riches ni puissants, et ces enfants n'avaient rien à faire ici, sur le banc des accusés. Du point de vue toujours partial de Joel, John Wilbanks avait, avec brio, démontré que la plaignante était juste une opportuniste avide d'argent. Quand Wilbanks se rassit à sa table, la salle sentit toute l'indignation de l'avocat.

Le premier témoin était Jackie Bell. Et comme dix-huit mois plus tôt à Clanton, elle monta dans le box avec sa robe très moulante et se mit à pleurer. Quand elle narra le moment où elle avait découvert le cadavre de son mari, les jurés, tous des hommes, l'écoutaient bouche bée, pris d'une grande compassion. John Wilbanks décida de ne pas l'interroger.

Nix Gridley était le témoin suivant. Il détailla la scène de crime, montra les mêmes photos où l'on voyait Dexter Bell baignant dans son sang et l'arme du crime, le Colt .45 appartenant à l'accusé, et déclara que Pete Banning, un homme qu'il connaissait de longue date, était mort sur la chaise électrique. Nix avait assisté à l'exécution, et il était présent aussi quand le légiste avait déclaré le décès.

Après le témoignage de Nix, Burch Dunlap présenta les pièces du dossier : les copies du verdict de la cour de Clanton déclarant Pete Banning coupable d'assassinat sur la personne de Dexter Bell, et les décisions de la cour suprême confirmant la condamnation et la sentence.

À la fin de cette longue journée, il fut établi que Pete avait assassiné Dexter Bell et que pour ce meurtre il avait été condamné à mort et exécuté. Tout ça pour ça ! songea Joel. Ces faits étaient connus de tous depuis des mois. Mais les jurés semblaient fascinés.

Maintenant que la culpabilité de l'accusé était patente, les débats allaient pouvoir se porter sur la question des réparations. À 9 heures, le mardi matin, Jackie Bell revint dans le box des témoins et montra ses déclarations d'impôts des années 1940 à 1945. Au moment de sa mort, Dexter Bell recevait un salaire de deux mille quatre cents dollars par an, versé par l'église méthodiste de Clanton. Le pasteur n'avait pas été augmenté depuis 1942. Il n'avait pas d'autres revenus. Elle non plus. La famille vivait dans un presbytère prêté gracieusement par l'église, toutes charges comprises. Évidemment, la famille vivait chichement mais c'était la vie qu'ils avaient choisie et ils s'en satisfaisaient.

Elle regagna sa place. Dunlap, ensuite, appela le Pr Potter, son expert, professeur d'économie à Ole Miss. Bardé de diplômes, il avait écrit quelques livres, et il fut aussitôt évident qu'il en savait plus long sur le sujet financier que n'importe qui dans la salle. John Wilbanks lui posa quelques questions pour évaluer son champ d'expertise, mais veilla à ne pas l'attaquer de front.

Ensuite, sous la houlette de Burch Dunlap, le Pr Potter détailla l'historique des revenus de Dexter Bell en sa qualité de pasteur, compara ses émoluments avec d'autres confrères dans des paroisses similaires, et donna beaucoup de chiffres. Au moment de sa mort, à l'âge de trente-neuf ans, le revenu annuel de Dexter, en incluant tous les avantages en nature, s'élevait, selon les calculs de Potter, à trois mille trois cents dollars. Compte tenu d'un taux d'inflation annuel de deux pour cent, et du fait que Dexter Bell aurait sans doute travaillé jusqu'à soixante-dix ans – ce qui était la norme chez les hommes d'Église en 1948 –, alors le total de ses revenus, tout compris, se serait élevé à la fin de sa vie active à cent six mille dollars.

Dunlap sortit de grands graphiques colorés pendant que Potter détaillait ses chiffres, et parvint à faire croire au jury que l'argent évoqué était de la monnaie sonnante et trébuchante qui avait été volée aux Bell par la mort prématurée du pasteur.

Pendant son contre-interrogatoire, John Wilbanks, cette fois, ne ménagea pas ses coups : il y avait beaucoup de failles dans les calculs de Potter. Comment savait-il que Dexter Bell allait travailler jusqu'à soixante-dix ans et qu'il allait être pasteur toute sa vie ? Que le taux d'inflation resterait constant ? Que Dexter Bell serait augmenté régulièrement ? Et sa femme ? Elle allait peut-être se remarier et épouser un mari qui gagnait beaucoup plus ? Wilbanks sema le doute et marqua quelques points mais, du moins aux yeux de Joel, il chipotait sur des chiffres ridiculement petits. Tout le monde savait que les pasteurs ne roulaient pas sur l'or. Pourquoi tenter de minimiser leurs émoluments déjà très modestes ? Était-ce réellement une bonne idée ?

Le témoin suivant fut un agent immobilier de Tupelo. Après avoir présenté ses qualifications, Dunlap lui demanda s'il avait réalisé une estimation de la propriété des Banning. Il répondit par l'affirmative et sortit un dossier. John Wilbanks se leva d'un bond pour empêcher le témoin d'aller plus loin. Cette objection était prévisible puisque ce point de désaccord n'avait pas été réglé en audience préliminaire.

Wilbanks, avec véhémence, déclara que la terre n'appartenait plus à Pete Banning et qu'elle ne devait pas être incluse dans ses biens. Pete l'avait léguée à ses enfants, de la même manière que Pete l'avait reçue de ses parents, et ainsi de génération en génération. Il montra les copies de l'acte de cession au bénéfice de Joel et de Stella.

Dunlap contre-attaqua en affirmant que cette donation était frauduleuse, et cela eut le don d'agacer le juge Stratton. Il tança Dunlap, lui disant qu'il n'avait pas à employer le terme « frauduleux » puisque ce fait n'avait pas encore été établi. Wilbanks rappela au juge et à Dunlap qu'il y avait un autre procès à venir à la cour de chancellerie du comté de Ford pour statuer sur ce transfert de propriété. Le juge Stratton était d'accord et interdit à Dunlap de laisser entendre que la terre appartenait à Pete Banning au moment de sa mort, ce point n'ayant pas été jugé.

C'était une belle victoire pour la défense, et Dunlap parut être pris en défaut. Toutefois, en acteur rompu à la scène, il reprit aussitôt contenance. Après le départ de l'expert immobilier, il appela Florry à la barre. Wilbanks, ayant anticipé cette manœuvre, avait tenté de la préparer au mieux. Il lui avait assuré que cela ne durerait pas longtemps, mais Florry était quand même terrorisée.

Après quelques questions préliminaires, Dunlap lui demanda si elle était l'exécutrice testamentaire de son frère. Oui. Et quand avait-elle été nommée à cette fonction ? Tâchant d'ignorer le regard des jurés, Florry se concentra sur le visage amical de son neveu et expliqua que son frère, Pete, avait fait un nouveau testament quelques mois après sa condamnation à mort. Dunlap présenta à la cour une copie de l'acte et demanda à Florry de l'identifier, ce qu'elle fit.

— Je vous remercie, répondit Dunlap. Maintenant, conformément à la loi, et aux conseils de M. Wilbanks ci-présent, avez-vous fait l'inventaire des biens et propriétés appartenant à Pete Banning ?

— Oui.

Wilbanks lui avait demandé de répondre le plus brièvement possible.

Dunlap ramassa d'autres documents et les montra à Florry.

— Pouvez-vous confirmer à la cour qu'il s'agit bien de l'inventaire des avoirs de votre frère que vous avez dressé en novembre dernier ?

— Oui.

— Une fois l'inventaire réalisé, la succession est rendue publique, n'est-ce pas ?

— Je suppose. C'est vous l'avocat.

— Certes. Maintenant, madame Banning, pouvez-vous, je vous prie, examiner, dans cette liste que vous avez établie, le paragraphe C de la page 2, et le lire aux jurés.

— Ils ne peuvent pas le faire tout seuls ?

— S'il vous plaît, madame Banning.

Florry mit un temps fou à ajuster ses lunettes, tourna une page, chercha le paragraphe C, avec un agacement évident. Finalement, elle annonça :

— Sur la première ligne, c'est le montant de l'argent qu'il y avait sur son compte personnel à la First State Bank. Mille huit cents dollars. Sur la deuxième ligne, c'est le compte de la ferme, dans la même banque. Cinq mille trois cents dollars. En numéro trois, c'est son compte épargne, même banque toujours. Sept mille cent dollars. Ça suffit ?

— Continuez, je vous prie, madame Banning, répondit patiemment Dunlap.

— Un pick-up Ford de 1946. Pete en avait acheté un nouveau à son retour de la guerre. Pour environ sept cent cinquante dollars. Je suppose que vous voulez lui prendre ça aussi.

— Poursuivez, madame Banning.

— Sa voiture, une Pontiac de 1939, valeur six cents dollars.

Joel remua sur son siège, s'imaginant sans cette voiture qu'il conduisait depuis l'été dernier.

Florry poursuivit l'énumération des biens. Il y avait deux tracteurs John Deere, quelques remorques, des charrues et autre matériel agricole, le tout pour un montant de neuf mille dollars. Il s'agissait d'une ferme, avec ses cochons, ses poulets, ses vaches, ses chèvres, ses mules et chevaux. Et un commissaire-priseur avait estimé le cheptel à trois mille dollars.

— À un ou deux poulets près ! railla Florry. C'est tout. À moins que vous ne vouliez aussi récupérer ses chaussettes et ses slips.

Elle expliqua que Pete n'avait pas d'argent chez lui quand il est mort et pas de dettes.

— Et quelle est la valeur de la demeure coloniale des Banning ? demanda Dunlap en haussant la voix.

John Wilbanks bondit de son siège :

— Objection, votre honneur ! La maison fait partie intégrante des terres, et les terres ont été léguées à ses enfants. Nous avons déjà discuté de ce point !

— En effet, répondit le juge Stratton, visiblement agacé par Dunlap.

— Très bien, je retire cette question, marmonna Dunlap.

Mais le mal était fait. L'expression « demeure coloniale » flottait encore dans l'air. Quand Florry fut autorisée à regagner sa place, Joel observa les jurés et il n'aima pas ce qu'il lut dans leurs yeux. Le riche planteur qui vivait dans une demeure coloniale avait tué un humble serviteur de Dieu. Et justice devait être faite.

*

D'ordinaire, dans un procès en dommages et intérêts à la suite d'un décès, la défense aurait contesté la culpabilité de son client, en appelant une kyrielle de témoins qui auraient tous expliqué que la mort n'avait pas été causée par l'accusé, ou que la victime était partiellement responsable de ce qui lui était arrivé. Mais pas dans l'affaire Bell contre Banning. John Wilbanks n'avait aucun moyen de susciter le moindre doute quant à l'origine de la mort du pasteur et toute tentative en ce sens risquerait de saper le peu de crédibilité qu'il avait.

Au lieu de ça, Wilbanks avait choisi de batailler sur l'ampleur de la compensation et d'alléger la sévérité du verdict. Il appela son unique témoin, un autre expert économique arrivant de Californie, à l'autre bout du pays. Wilbanks connaissait ses classiques, du moins en matière juridique : plus un expert venait de loin, plus son témoignage était pris au sérieux.

Le spécialiste s'appelait Satterfield et enseignait à Stanford. Il avait écrit des livres et était souvent cité comme expert auprès des tribunaux. L'objet de son témoignage était le suivant : la somme qu'aurait gagnée Dexter Bell s'il avait vécu, quel que soit le montant que le jury était prêt à verser, devait être drastiquement réduite pour prendre en compte la réalité de sa valeur actuelle. À l'aide d'un grand tableau en couleur, il expliqua aux jurés que mille dollars versés chaque année pendant dix ans équivalaient certes à dix mille dollars. Enfantin. Mais si ces dix mille dollars étaient versés d'un coup, maintenant, le destinataire pouvait placer l'argent ou l'investir et finalement gagner beaucoup plus. Par conséquent, il n'était que justice de réduire le paiement aujourd'hui

– autrement dit le verdict – pour tenir compte de cet effet d'aubaine.

Le Pr Satterfield annonça que sa méthode de calcul était adoptée par tous les tribunaux du pays. Involontairement, il laissa entendre que le Mississippi était, peut-être, un peu trop isolé pour le savoir – une remarque qui ne plut pas aux jurés. La conclusion de son évaluation était la suivante : en appliquant « un taux d'inflation plus vraisemblable », le montant du préjudice financier s'élevait à quarante et un mille dollars pour la famille Bell.

John Wilbanks pensait que cinquante mille dollars en dommages et intérêts seraient supportables pour les Banning. Ils pourraient hypothéquer la plantation. Ils ne seraient pas les seuls, la plupart des fermiers croulaient sous les dettes. En travaillant dur, si le temps et les cours étaient de leur côté – la prière quotidienne de tout planteur –, ils s'en sortiraient. Wilbanks comptait aussi sur le conservatisme des jurés de campagne : des gens qui n'avaient pas d'argent devant eux rechignaient souvent à donner des fortunes à leur prochain.

Durant le contre-interrogatoire, Burch Dunlap batailla avec Satterfield sur les chiffres et, en quelques minutes, tout le monde était perdu, entre valeurs présentes, valeurs actualisées, projection des taux d'inflation et indemnisation structurée. Les jurés, en particulier, n'y comprenaient plus rien et, en voyant leur mine renfrognée, Joel comprit que Dunlap les assommait volontairement de chiffres.

À la fin de l'après-midi, quand l'appel des témoins fut terminé et que les avocats eurent joué toutes leurs cartes, Burch Dunlap se leva pour s'adresser au jury. Sans notes, en feignant d'improviser, il évoqua les graves conséquences de cette mort, une mort dont la responsabilité ne saurait être imputée, même partiellement, à la victime. Tout le monde peut commettre des négligences, c'est comme cela que se produisent les accidents. L'erreur est humaine. Mais ici, il ne s'agit pas d'un accident. Il s'agit d'un meurtre de sang-froid, prémédité, planifié de longue date et mûrement réfléchi. Une action violente menée par un soldat aguerri contre un homme désarmé, avec la volonté délibérée de tuer.

Joel ne parvenait pas à détacher son regard des jurés. À l'évidence, ils buvaient les paroles de Dunlap comme du petit-lait.

Quelle était la juste réparation pour un méfait aussi monstrueux ? Oublions les morts – le pasteur Bell et Pete Banning –, parlons des vivants. Dunlap ne se disait pas très inquiet pour la famille Banning. Les deux enfants faisaient de bonnes études. Florry était propriétaire de sa part du domaine, et personne ne pouvait la lui prendre. Ils avaient des vies privilégiées. Mais qu'en était-il de Jackie Bell et de ses trois enfants ?

À cet instant, Dunlap fit une digression et narra une petite histoire. Un coup de maître ! Au bord des larmes, il raconta que son propre père était mort quand il avait six ans et évoqua le drame que ce fut pour sa mère, ses frères et sœurs. Il décrivit chaque épisode et, quand il en arriva à la scène de l'enterrement où le petit Burch regardait le cercueil de son père descendre dans la fosse, John Wilbanks se leva et lança :

— Votre honneur, s'il vous plaît, tout cela est sans rapport avec l'affaire !

— C'est la plaidoirie finale, monsieur Wilbanks, répondit le juge Stratton dans un haussement d'épaules. Par principe, je n'interviens jamais.

Dunlap remercia le juge, puis sortit les griffes et se moqua des « riches Banning » qui voulaient se faire passer pour de pauvres gens. Ils possédaient « des centaines d'hectares de bonnes terres » alors que ses clients, les Bell, n'avaient rien. Les jurés ne devaient pas se laisser duper par les Banning et leurs avocats.

Il se moqua aussi du Pr Satterfield de Stanford, et demanda qui connaissait le mieux le Mississippi rural, « un professeur pédant débarquant de Californie avec ses idées libérales et son nœud papillon ou ce bon vieux Pr Potter d'Ole Miss ? ».

Dunlap fit une prestation parfaite, et Joel en eut la nausée.

John Wilbanks ne chercha pas à remettre en cause la responsabilité de Pete, mais choisit de discuter les chiffres. Il tenta désespérément de minimiser toutes les estimations concernant les biens des Banning et le préjudice financier des Bell. Les jurés toutefois restèrent de marbre.

En conclusion, Dunlap porta le coup de grâce en réclamant non seulement des dommages et intérêts compensatoires mais aussi des dommages et intérêts punitifs, tels qu'on en exige pour les affaires les plus immorales et révoltantes. Il fallait ici non seulement réparer le préjudice mais sanctionner – Pete Banning méprisait la vie humaine, et sa culpabilité était pleine et entière.

*

Le juge Stratton, ayant présidé de nombreux procès, savait que les jurés se mettraient vite d'accord. Il les envoya en délibération à 18 heures et suspendit la séance. Une heure plus tard, le jury revenait dans la salle d'audience.

Le verdict avait été voté à l'unanimité. Le jury déclarait Pete Banning et son patrimoine redevables du préjudice financier consécutif à la mort de Dexter Bell et octroyait à la famille Bell cinquante mille dollars en dommages et intérêts compensatoires, ainsi que cinquante mille dollars en dommages et intérêts punitifs. Pour la deuxième fois en moins d'un an, Burch Dunlap obtenait les plus lourdes réparations dans les annales du district nord du Mississippi.

40

Durant sa première année de droit, Joel se referma encore plus sur lui-même. Il devint presque asocial. Le verdict contre les biens des Banning était connu de tout le milieu juridique et, évidemment, l'exécution de son père était célèbre aux quatre coins du Mississippi. C'était la grande chute pour sa famille et les messes basses allaient bon train. Il enviait Stella qui se trouvait à plus de mille kilomètres de là.

Il partit à Whitfield passer un long week-end avec sa mère. Hilsabeck voulut s'entretenir avec lui. Les deux hommes se dirigèrent vers le parc sous un magnifique soleil de printemps, avec ses allées bordées d'azalées et de cornouillers. Hilsabeck alluma sa pipe, joignit ses mains dans le dos et marcha lentement, comme s'il portait un grand poids sur les épaules.

— Elle ne fait guère de progrès, annonça-t-il. Elle est ici depuis deux ans et je ne suis pas satisfait de son état de santé.

— Enfin, vous le reconnaissez ! répliqua Joel. Je n'ai vu absolument aucune amélioration durant ces huit derniers mois !

— Elle coopère jusqu'à un certain point, puis se ferme totalement. Il s'est produit un événement traumatique, quelque chose dont elle ne peut pas – ou ne veut pas – parler. Autant que je sache, votre mère était une femme de caractère, avec une forte personnalité, et elle n'a jamais souffert de problèmes psychiatriques ni de dépression. Elle a fait plusieurs fausses couches, certes, mais ce n'est pas si exceptionnel dans la vie d'une femme. À chaque fois qu'elle perdait un bébé, elle se repliait sur elle-même et traversait une période difficile, accompagnée sans doute d'un petit passage à vide, mais elle s'en sortait toujours. Quand elle a appris que votre père était porté disparu, et sans doute mort, cela a été un moment terrible pour elle. Florry et vous m'avez parlé de tout cela en détail. C'était en mai 1942. Et cela a duré trois années et, comme vous me l'avez dit, la famille a courbé le dos et tenu le coup. Cependant, je suis persuadé qu'il est arrivé quelque chose à votre mère durant cette période. Un grand traumatisme. Malheureusement, je ne parviens pas à lui faire dire ce que c'est.

— Vous voulez que j'essaie ?

— Non. Ce doit être un événement si horrible que je ne sais pas si elle acceptera d'en parler un jour. Et tant qu'elle garde ça enfoui en elle, son état ne peut guère s'améliorer.

— Vous pensez que cela a un rapport avec Dexter Bell ?

— Absolument. Je ne vois pas pourquoi, sinon, votre père l'aurait tué.

— C'est la grande question. J'ai toujours pensé qu'il y avait eu quelque chose entre elle et Bell, mais j'ignore comment mon père a découvert leur secret. Aujourd'hui, il est mort, Bell est mort, et ma mère refuse de parler. On est dans une impasse, docteur.

— Et les gens qui travaillent chez vous, vous les avez interrogés ?

— Pas vraiment. C'est vrai que Nineva fait partie des meubles, et qu'elle est au courant de tout. Mais elle est d'une grande loyauté. Elle ne dira rien. Elle nous a quasiment élevés, Stella et moi, alors on la connaît bien. Elle ne parlera jamais.

— Même si cela pouvait nous aider ?

— Nous aider dans quel sens, au juste ?

— Peut-être sait-elle quelque chose ? Ou a-t-elle vu ou entendu quelque chose ? Si on avait une info, cela me donnerait un levier sur Liza. Je pourrais la déstabiliser, faire tomber ses défenses. Nous sommes bloqués, Joel, il faut tout tenter.

— Entendu, je vais essayer. On n'a rien à perdre.

Ils passèrent devant un vieillard ratatiné dans son fauteuil roulant, à l'ombre d'un orme. Il les regarda d'un air soupçonneux mais ne dit rien. Les deux hommes lui firent un sourire.

— Bonjour, Harry, lança Hilsabeck.

Mais Harry ne répondit pas, parce que Harry ne parlait plus depuis dix ans. Joel le salua aussi – il connaissait le nom de quasiment tous les résidents permanents du Pavillon 41. Il espérait que sa mère n'y resterait pas comme eux jusqu'à la mort.

— Il y a un autre point que je voulais aborder avec vous, ajouta Hilsabeck. Il existe une nouvelle molécule, appelée la chlorpromazine, qui semble donner de bons résultats. C'est un neuroleptique utilisé dans le traitement de la schizophrénie, de la dépression et d'autres pathologies. Je pense que Liza serait une bonne candidate.

— Vous me demandez mon autorisation ?

— Non. Je voulais juste vous prévenir. Nous allons commencer la semaine prochaine.

— Et les effets secondaires ?

— Pour l'instant, le plus connu est le gain de poids, ce qui dans son cas serait le bienvenu.

— Alors allons-y.

Ils longèrent un petit étang et trouvèrent un banc à l'ombre, au frais. Ils s'assirent et regardèrent les canards s'ébattre dans l'eau.

— Elle parle souvent de la maison ? s'enquit Joel.

Hilsabeck réfléchit un moment, en tirant sur sa pipe.

— Pas tous les jours, mais c'est dans son esprit, c'est certain. Liza est trop jeune pour qu'on la considère comme une résidente permanente, alors nous lui laissons toujours entendre qu'elle pourra rentrer chez elle. Elle n'en parle pas, mais comme nous, elle pense que ce jour viendra. Pourquoi cette question ?

— Parce que la situation à la maison s'annonce compliquée. Je vous ai dit que nous sommes attaqués en justice par la famille de Dexter Bell. Il y a deux procès. Et nous venons d'en perdre un. Nous allons faire appel, utiliser tous les recours, et on se défendra jusqu'au bout. Mais l'autre procès approche et nous pouvons le perdre aussi. Il va y avoir des droits de gage, des injonctions de justice, des saisies. Il y a encore des manœuvres juridiques possibles. Cependant, quand toutes les cartes auront été jouées, on risque de nous prendre la terre et la maison. C'est même très probable.

— Et ce serait pour quand ?

— Difficile à dire. Sans doute pas cette année, la suivante. Dans deux ans, tous les appels et recours légaux auront été tentés.

Hilsabeck vida sa pipe en la tapotant sur le bord du banc. D'une seule main, il ouvrit sa tabatière avec adresse et rechargea le fourneau, puis il gratta une allumette, alluma la bourre fraîche et tira une longue bouffée.

— Ce serait catastrophique pour elle, annonça-t-il enfin. Elle rêve de rentrer chez elle, de vous retrouver, vous et Stella. Elle s'imagine s'occuper du jardin avec Amos, faire des promenades à cheval, fleurir la tombe de votre père ou aider Nineva en cuisine. (Il tira une autre bouffée.) Où pourrait-elle aller ?

— Je n'en ai aucune idée, docteur. Nous n'avons pas réfléchi à la question. C'est encore loin. Mais c'est ce qui nous attend au bout de la route. Nous avons de bons avocats, mais les Bell aussi. Et en plus, les faits sont de leur côté, les faits et la loi.

— Ça va être terrible pour elle, terrible. Je ne vois pas comment soigner Liza si elle sait qu'elle ne va pas pouvoir rentrer chez elle.

— Pour l'instant, gardez ça pour vous. En attendant, on va se battre.

*

Tôt un vendredi matin, alors qu'il était censé être à Oxford, Joel se réveilla dans sa chambre à la plantation, se rendit dans la cuisine, alluma la cafetière et, pendant que le liquide passait, se lava et s'habilla. Il était assis à la table de la cuisine avec une tasse devant lui quand Nineva arriva comme de coutume à 7 heures précises. Ils se dirent bonjour.

— Prenons le café tous les deux, Nineva. Il faut qu'on parle.

— Tu ne veux pas déjeuner ? répondit-elle en nouant son tablier.

— Non. Je mangerai plus tard en ville. Je n'ai pas très faim, ce matin.

— Tu as toujours été comme ça. Déjà tout petit. Tu touchais à peine à tes œufs et hop ! tu étais parti. Qu'est-ce qui te tracasse ?

— Sers-toi une tasse.

Elle prit son temps, ajouta beaucoup de crème et beaucoup de sucre. Enfin, elle s'assit en face de lui et le regarda, mal à l'aise.

— Il faut que l'on parle de Liza, annonça-t-il. À Whitfield, son médecin n'est pas satisfait de ses progrès. Il y a beaucoup de secrets dans son monde, Nineva, des petits mystères qui s'ajoutent les uns aux autres sans jamais se résoudre. Tant que nous ne savons pas ce qui lui est arrivé, Liza ne sera pas en état de revenir ici.

Nineva secouait déjà la tête : non, elle ne savait rien.

— Pete est mort, poursuivit Joel. Liza n'est pas loin de le rejoindre, si ça continue comme ça. Son médecin ne peut l'aider que si la vérité sort. Combien de temps passait-elle avec Dexter Bell à l'époque où elle croyait que papa était mort ?

Elle tenait sa tasse des deux mains. Elle prit une gorgée, la reposa sur la soucoupe et réfléchit une seconde.

— Il venait souvent. C'est un secret pour personne. J'étais toujours là. Ou Amos, ou Jupe. Parfois sa femme l'accompagnait. Ils se retrouvaient dans le bureau de Missié Pete et lisaient la Bible, disaient une prière. Il ne restait jamais longtemps.

— Ils étaient seuls ?

— Parfois, je suppose. Mais comme je te l'ai dit, j'étais toujours dans les parages. Rien ne s'est passé entre eux, en tout cas pas dans cette maison.

— Tu en es sûre ?

— Joel, je ne sais pas tout. Je n'étais pas tout le temps avec eux. Tu crois qu'elle a fricoté avec le pasteur ?

— Il est mort, non ? Donne-moi une autre raison pour laquelle papa l'aurait tué ? Ils se voyaient quand tu n'étais pas là ?

— Si je n'étais pas là, comment veux-tu que je le sache ?

Comme toujours, elle était d'une logique implacable.

— Alors, rien de suspect ? Jamais ?

Nineva grimaça et se frotta les tempes comme si un souvenir douloureux lui revenait. À voix basse, elle murmura :

— Une fois, il y a eu quelque chose.

— Je t'écoute, Nineva, la pressa Joel, sentant qu'il touchait au but.

— Un jour, elle m'a dit qu'elle devait aller à Memphis, que sa mère était à l'hôpital, au plus mal. Elle avait un cancer. Bref, Liza voulait que le pasteur lui rende visite parce que c'était la fin. Sa mère s'était éloignée de l'Église et à ce moment-là, elle souhaitait voir un prêtre pour être en paix avec Dieu. Et comme Liza pensait beaucoup de bien de Dexter Bell, il fallait que ce soit lui qui vienne voir sa mère à Memphis pour qu'elle parte l'âme tranquille. Liza déteste conduire, comme tu le sais, alors elle m'a dit que le pasteur passerait la prendre en voiture le lendemain matin, après que toi et Stella seriez partis à l'école, et qu'ils iraient ensemble à Memphis. Juste tous les deux. Et c'est ce qu'ils ont fait. Sur le coup, je n'ai pas tiqué ni rien. Le pasteur est venu le matin, seul, je lui ai préparé une tasse de café, et tous les trois on est restés dans la cuisine. Il a même dit une petite prière pour demander à Dieu de veiller sur eux pendant le trajet, et pour que Sa main pleine d'amour soigne la mère de Liza. C'était vraiment très touchant, je me souviens. Je n'ai rien trouvé de bizarre sur le coup. Liza m'a demandé de ne pas vous en parler parce qu'elle ne voulait pas vous inquiéter au sujet de votre grand-mère, alors j'ai rien dit. Ils sont partis toute la journée et sont revenus le soir. En rentrant, Liza avait la nausée à cause de la voiture, elle avait mal au ventre et est partie se coucher. Pendant deux ou trois jours, elle ne s'est pas sentie bien. Elle pensait qu'elle avait dû attraper quelque chose à l'hôpital de Memphis.

— Je ne me souviens pas de ça.

— Tu étais très occupé par l'école.

— Quand était-ce ?

— Quand ? Je ne prends pas de notes, Joel !

— D'accord. Alors combien de temps après l'annonce de la mort de papa ? Un mois, six mois, un an ?

— Longtemps après. Quand est-ce qu'on a su pour Missié Pete ?

— En mai 42.

— Il faisait froid à l'époque. Et on ramassait le coton. C'était au moins un an après.

— En automne 43 ?

— Possible. Je ne suis pas très douée avec les dates, Joel.

— C'est curieux, parce que sa mère n'est pas morte. Mamie Sweeney est vivante. Elle se porte comme un charme et vit à Kansas City. Elle m'a écrit la semaine dernière.

— C'est vrai. J'ai demandé à Liza des nouvelles de sa mère et tout ça, et elle n'a jamais voulu m'en parler. Elle m'a dit plus tard que la visite du pasteur Bell avait dû être utile parce que le Seigneur avait pris soin d'elle et l'avait guérie.

— Donc ils ont passé la journée ensemble et Liza est revenue malade à la maison. Ça ne t'a pas paru louche ?

— Je ne me suis pas posé la question.

— Telle que je te connais, Nineva, j'en doute. Rien ne t'échappe ici.

— Je m'occupe de mes affaires.

— Comme tout le monde. Où était Jackie Bell, ce jour-là ?

— Je ne surveille pas Jackie Bell !

— Mais personne ne t'a parlé d'elle ?

— Je n'ai pas cherché à savoir. Et on ne m'a rien dit.

— Et après coup, tu as pensé qu'un truc clochait ?

— Comme quoi ?

— Il y a plein de pasteurs à Memphis et plein d'autres entre ici et là-bas. Pourquoi la mère de Liza aurait-elle eu besoin d'un pasteur de Clanton ? Mamie est membre de l'église épiscopale de Memphis, on y est allés quelques fois avec Stella, avant qu'elle ne déménage. Pourquoi Liza ne nous a pas prévenus, que notre grand-mère était très malade et qu'elle était à l'hôpital ? On lui rendait visite de temps en temps. Personne ne nous a jamais dit qu'elle avait un cancer et, à l'évidence, elle n'est pas morte. Toute cette histoire pue, Nineva. Et tu n'as jamais eu de soupçons ?

— Possible.

— Comment ça, possible ?

— Pour tout t'avouer, je n'ai jamais compris pourquoi cela devait être un grand secret, leur voyage à Memphis. Je me suis dit : si sa mère est vraiment malade, alors elle devrait parler aux gosses et les emmener la voir. Mais non, elle ne voulait pas que vous le sachiez. C'était étrange. Comme si elle et le pasteur voulaient s'échapper pour la journée, et qu'il leur fallait inventer une bonne raison. Oui, c'est vrai, j'ai eu des soupçons, après ça, mais à qui voulais-tu que j'en parle ? À Amos ? Je peux lui raconter ce que je veux, il oublie tout dans la seconde, cet idiot !

— Et à Pete, tu lui en as parlé ?

— Il ne m'a jamais posé de questions.

— Est-ce que tu lui en as parlé, oui ou non ?

— Non. À personne. Sauf à Amos.

Joel la laissa dans la cuisine et partit sur les petites routes du comté. Il tentait de mettre les pièces du puzzle en place et il en avait le tournis. Il avait l'impression d'être un détective privé qui venait de découvrir le premier indice d'une énigme qui paraissait jusqu'ici insoluble.

Malgré sa confusion, il était certain que Nineva lui avait dit tout ce qu'elle savait.

41

En plus de préparer son examen final, Joel peaufina le recours en appel de la décision de la cour fédérale. Puisque gagner du temps était le nerf de la guerre, avec John Wilbanks ils attendirent le dernier jour pour déposer leur dossier auprès de la cour d'appel du cinquième circuit, le 1er juin 1948.

Deux jours plus tard, le 3 juin, le juge Abbott Rumbold se décida enfin à ouvrir le second procès intenté par Jackie Bell, visant à casser la donation de Pete Banning et à prouver qu'elle avait été effectuée à des fins frauduleuses.

Burch Dunlap réclamait ce procès depuis des mois, et le planning de Rumbold n'était pas surchargé. Cependant, le programme des audiences à la cour de chancellerie était sa prérogative exclusive, et il en faisait ce qu'il voulait depuis des décennies. Rumbold, comme à l'accoutumée, suivait toutes les requêtes de John Wilbanks. En outre, il éprouvait une réelle sympathie pour les Banning. Si Wilbanks cherchait à faire traîner cette affaire, il avait toqué à la bonne porte.

Dunlap s'attendait à ce genre d'arrangements. Il voulait aller au combat, encaisser les coups, en finir avec cette étape, parfaire son dossier et faire appel à la cour suprême du Mississippi, où la loi prévalait sur les vieilles amitiés.

Il n'y avait pas de jury dans les cours de chancellerie. Les présidents y régnaient en maître absolu et, en général, ce despotisme s'aggravait avec l'ancienneté. Les procédures variaient d'un district à l'autre, et elles pouvaient changer à la dernière minute au bon vouloir du juge.

Rumbold entra dans la grande salle d'audience sans fanfare et salua l'assemblée. Walter Willy braillait ses annonces uniquement aux audiences de la cour de circuit. Le juge trouva donc le public assis à son arrivée.

Il souhaita la bienvenue à tout le monde. Il y avait foule. Les habitués, bien sûr : les anciens qui autrement s'ennuyaient ferme sur leurs bancs dans le parc, les employés municipaux en pause, les secrétaires qui avaient leur bureau juste au bout du couloir et, au balcon, Ernie Dowdle, Hop Purdue, Penrod et quelques autres Nègres. Mais aussi une cinquantaine de spectateurs.

Le verdict de la cour fédérale, prononcé trois mois plus tôt contre les Banning – cent mille dollars en dommages et intérêts –, en avait choqué plus d'un à Clanton. Pete Banning était toujours un héros dans le comté de Ford, et les habitants n'appréciaient guère que Jackie Bell tente de lui voler sa terre, un bien qui était dans la famille depuis plus de cent ans.

Puisque Joel et Stella étaient nommément accusés, ils devaient assister aux débats. Ils étaient assis à la table de la défense entre les deux Wilbanks, et s'efforçaient d'ignorer la présence de Jackie Bell à l'autre table. Il y avait tant de choses qu'ils auraient voulu pouvoir ignorer : le public derrière eux, les regards insistants des greffiers et des avocats, la peur d'être poursuivis en justice et condamnés. Mais le pire, la véritable abomination, c'était d'être assis à six mètres de l'endroit exact où leur père avait été électrocuté onze mois plus tôt. Cette salle, comme tout le palais de justice, était désormais un temple de la douleur, et ils auraient préféré ne jamais y remettre les pieds.

Rumbold, en fronçant les sourcils, s'adressa à Burch Dunlap.

— J'accorde aux parties quelques remarques préliminaires. La parole est d'abord au plaignant.

Dunlap se leva, un calepin à la main.

— Je vous remercie, votre honneur. Comme vous le savez, les faits ayant été confirmés dans leur grande majorité, je n'ai pas beaucoup de témoins à présenter. Le 16 septembre 1946, soit trois semaines avant l'assassinat du regretté pasteur Bell, feu le mari de ma cliente, M. Pete Banning a fait don à ses enfants, les accusés ci-présents, Joel et Stella Banning, de l'entièreté de sa propriété, soit deux cent soixante hectares de plantation, à parts égales entre eux deux. Une copie de cet acte a été versée au dossier.

— Je l'ai lu, grommela Rumbold.

— Je n'en doute pas, monsieur le juge. Et nous allons prouver que c'est la première fois qu'un

Banning transmet sa terre par donation de son vivant. Pas une seule fois cela ne s'est produit depuis 1818. La famille a toujours légué son domaine par testament, jamais par donation anticipée. Le but de Pete Banning était évidemment de protéger ses biens parce qu'il prévoyait d'assassiner Dexter Bell. C'est aussi simple que cela.

Dunlap se rassit. John Wilbanks s'était déjà levé de sa chaise.

— Je voudrais signaler à la cour, votre honneur, que M. Dunlap ne peut savoir ce que Pete Banning avait en tête quand il a signé cette donation. Il a raison toutefois de préciser que cette terre appartient à la famille depuis 1818, quand Jonas Banning, l'arrière-arrière-grand-père de Pete Banning, a commencé à assembler sa ferme. La famille a toujours entretenu cette terre et l'a agrandie à chaque fois que l'occasion se présentait. En toute franchise, il est proprement révoltant qu'une personne non résidente du Mississippi, ou qui que ce soit d'ailleurs, veuille aujourd'hui prendre ces terres à la famille. Je vous remercie.

— Appelez vos témoins, ordonna le juge à Dunlap. C'est à vous de commencer.

— J'appelle M. Claude Skinner, avocat au barreau du Mississippi.

Skinner se leva de son siège parmi les spectateurs, descendit l'allée centrale et s'installa dans le box des témoins.

— Veuillez, s'il vous plaît, décliner vos nom et profession.

— Claude Skinner, avocat. Mon cabinet se trouve à Tupelo et je suis spécialisé en droit foncier.

— Quand avez-vous rencontré Pete Banning ?

— Il est venu à mon bureau en septembre 1946 pour me demander de préparer une donation. Il avait l'entière propriété d'une parcelle dans le comté de Ford, avec une maison sise sur ladite propriété, et désirait transmettre ce bien à ses enfants.

— Vous l'aviez déjà rencontré auparavant ?

— Non, monsieur. Il est venu avec un extrait du cadastre, ainsi que les actes de propriété des terres et de la maison. Je lui ai demandé qui s'occupait de ses affaires dans ce comté. Il m'a répondu que c'était le cabinet Wilbanks mais qu'il préférait ne pas passer par eux pour cette donation.

— Il vous a dit pourquoi ?

— Non. Et je n'ai pas posé de question. M. Banning n'était pas très bavard.

— Alors vous avez préparé les documents n'est-ce pas ?

— Absolument. Il est revenu la semaine suivante et a signé les papiers. Mon secrétaire, après certification de l'acte, l'a fait enregistrer au greffe de la cour de chancellerie juste au bout de ce couloir. J'ai facturé quinze dollars pour ce travail et j'ai été payé en liquide.

— Lui avez-vous demandé pourquoi il voulait faire don de ses biens à ses enfants ?

— Pas expressément. En étudiant l'historique des actes de propriété, je me suis aperçu que les Banning n'avaient jamais fait de donation de leur vivant. Leur propriété avait toujours été transmise par legs testamentaires. C'est ce que je lui ai fait remarquer et M. Banning m'a répondu, je cite : « Je protège mes biens. »

— Protéger ses biens ? Contre quoi ?

— Il ne l'a pas dit. Et je n'ai pas posé la question.

— J'en ai terminé, monsieur le juge.

John Wilbanks paraissait troublé quand il se leva et il regarda Skinner, les sourcils froncés :

— Quand vous avez su que mon cabinet s'occupait des affaires de la famille depuis des années, ça ne vous est pas venu à l'idée de me passer un coup de fil ?

— Non, monsieur. Il était clair que M. Banning ne voulait pas avoir recours à vous, ni à quelque avocat de ce comté. Il a fait le voyage jusqu'à Tupelo pour que je me charge de ce travail.

— Même par simple correction professionnelle ?

— Non. Ça ne m'a pas paru nécessaire.

— Je n'ai pas d'autres questions.

— Vous pouvez regagner votre place, annonça Rumbold. Appelez votre témoin suivant.

Dunlap se leva.

— Votre honneur, j'aimerais appeler M. Joel Banning.

— Des objections ? s'enquit le juge.

John Wilbanks s'y attendait et Joel avait été bien préparé.

— Aucune, répondit-il.

Joel jura de dire la vérité et s'installa sur le fauteuil des témoins. Il lança un petit sourire à sa sœur, contempla l'assistance du haut de ce perchoir qui lui donnait une vue unique sur la salle, fit un petit signe de tête à Florry assise au premier rang, puis se prépara à subir l'assaut de l'un des meilleurs avocats du Mississippi.

— Monsieur Banning, commença Dunlap, où étiez-vous quand vous avez appris que votre père avait été arrêté pour le meurtre de Dexter Bell ?

— En quoi cela a un rapport avec l'affaire ? répliqua Joel, par réflexe.

— Répondez à la question, s'il vous plaît, insista Dunlap, un peu déstabilisé par la réaction du jeune homme.

— Et vous, pourquoi vous ne répondez pas à ma question ? lança Joel sans se démonter.

John Wilbanks était debout :

— Votre honneur, le témoin a raison. La question de M. Dunlap est absolument sans lien avec ces débats. Je fais objection.

— Objection acceptée, répondit Rumbold d'une grosse voix. C'est effectivement sans lien.

— Peu importe, marmonna Dunlap.

Joel avait envie de lui lancer un sourire sardonique, l'air de dire « Un point pour moi ! », mais il se contenta de garder une mine renfrognée.

— Je poursuis. Avant que votre père ne vous fasse don de la plantation en septembre 1946, vous avait-il parlé de son projet ?

— Non.

— Et à votre sœur, il lui en avait parlé ?

— Demandez-le-lui.

— Vous ne le savez pas ?

— Je ne crois pas, mais je ne peux en être absolument certain.

— Où étiez-vous le jour où votre père a signé cette donation ?

— À l'université.

— Et votre sœur ?

— À l'université.

— Et après, votre père vous a-t-il parlé de cette donation ?

— Juste la veille de sa mort.

— Et quand était-ce ?

Joel hésita et s'éclaircit la voix. Lentement, haut et fort, il répondit :

— Mon père a été exécuté ici même, dans cette pièce, le 10 juillet de l'année dernière.

Après un silence, Dunlap prit un dossier et en sortit des papiers. Un à un, il les montra à Joel. C'étaient les copies des anciens testaments de ses aïeux. Dunlap lui demanda de les authentifier. Toute la liasse avait bien sûr déjà été versée au dossier, mais Dunlap voulait du piquant. Ses intentions étaient claires, et sa tactique implacable : les Banning avaient scrupuleusement légué leurs terres à la génération suivante par testament. Pete avait hérité des deux cent soixante hectares et de la maison en 1932 à la mort de sa mère. Elle en avait hérité elle-même trois ans plus tôt, lors du décès de son mari. Lentement, avec application, Joel énuméra la succession des titres de propriété, retraçant quasiment toute l'histoire de la famille. Il connaissait par cœur chaque testament, presque jusqu'au moindre mot. À chaque génération, les hommes mouraient les premiers – tous dans la force de l'âge – et léguaient la terre à leur épouse, dont aucune ne s'était remariée.

— Donc votre père est le premier de la lignée des Banning à ne pas avoir transmis son patrimoine à son épouse pour faire une donation directement à ses enfants ? Exact ? demanda Dunlap.

— Exact.

— Ça ne vous paraît pas curieux ?

— Ce n'est un secret pour personne. Ma mère a des problèmes de santé en ce moment. Je préfère ne pas entrer dans les détails.

— Je ne vous en ai pas demandé.

Au fil des heures, Dunlap établissait sa démonstration. La donation de Pete était suspecte à bien des égards. Joel, Stella, Florry et même John Wilbanks reconnaissaient en privé que Pete avait fait ce legs anticipé pour protéger sa terre quand il avait décidé de tuer Dexter Bell. Et c'était, en salle d'audience, de plus en plus évident.

À midi, tous les témoins avaient été entendus. Les avocats firent une rapide conclusion et Rumbold annonça qu'il rendrait sa décision « dans quelque temps ».

— Pouvez-vous nous indiquer une date, votre honneur ? demanda Dunlap.

— Je n'ai pas de date butoir, monsieur Dunlap, répliqua Rumbold, agacé. Je vais réexaminer les pièces ainsi que mes notes et je rendrai mon verdict en temps et en heure.

Dunlap, devant son public, ne voulut rien lâcher.

— Selon toute vraisemblance, votre honneur, cela ne devrait pas être long. Le procès a duré moins de quatre heures. Les faits sont clairement établis. Il n'y a aucune raison de tergiverser.

Rumbold s'empourpra de colère et il tendit un doigt vengeur vers Dunlap :

— Je suis le président de cette cour, monsieur Dunlap, et je n'ai nul besoin de vos conseils sur la façon de gérer ce procès. Je vous ai assez entendu.

Dunlap connaissait la réputation du juge, comme tous les avocats du secteur : Rumbold pouvait faire traîner les choses *ad vitam aeternam*. Les présidents des cours de chancellerie n'avaient aucune date pour rendre leur verdict et la cour suprême du Mississippi, qui comptait en son sein de nombreux anciens juges de cour de chancellerie, n'avait jamais voulu imposer de délais à ces juridictions.

— La séance est levée, annonça Rumbold, en fusillant Dunlap du regard.

Et il abattit son marteau.

*

Jackie Bell et Errol McLeish quittèrent la salle d'audience sans un mot et se dirigèrent vers la voiture. Ils se rendirent dans une maison à quelques kilomètres de là pour déjeuner avec la meilleure amie de Jackie Bell du temps où elle habitait à Clanton. Myra était sa source d'information dans la communauté. Elle savait tout ce qui se disait à l'église comme en ville et n'aimait guère le nouveau pasteur qui remplaçait Dexter Bell. Ils étaient peu à l'apprécier d'ailleurs et Myra avait toute une liste de griefs à son encontre. Dexter Bell manquait à tous, aujourd'hui encore, deux ans après sa mort.

Pourtant Myra ne portait pas plus Errol McLeish dans son cœur. Il avait le regard fuyant, la poignée de main molle et, à l'évidence, il manipulait Jackie. Même s'il était avocat, qu'il avait quelques biens et se vantait d'avoir beaucoup d'argent, Myra sentait que son véritable objectif était Jackie et ce qu'elle pourrait arracher aux Banning.

Il avait bien trop d'influence sur la jeune femme qui, aux yeux de Myra, était encore fragilisée par cette tragédie. Myra avait fait part de ses craintes à ses amies de la paroisse, sous le sceau du secret, bien sûr. La rumeur courait déjà que Jackie voulait récupérer la terre et la jolie maison des Banning, et que McLeish tirait les ficelles.

Une connaissance de Mary au Bedford Hotel raconta qu'ils n'avaient pris qu'une seule chambre, au nom de M. et Mme McLeish, alors que Jackie avait assuré à Myra qu'elle ne comptait pas se remarier.

Un couple illégitime dans une même chambre d'hôtel dans le centre-ville de Clanton… Et la femme était la veuve du pasteur !

42

Le trajet en train de Memphis à Kansas City durait sept heures et demie, avec une multitude d'arrêts. Mais Stella et Joel s'en fichaient. C'était l'été. Les cours étaient terminés. Ils étaient loin de la ferme, voyageaient en première classe, où les serveurs leur apportaient du vin frais dès qu'ils leur faisaient signe. Stella lisait un recueil de nouvelles d'Eudora Welty, tandis que Joel s'échinait sur *Absalon, Absalon !* Il avait vu deux fois M. Faulkner à Oxford, où sa présence passait quasiment inaperçue. Il était bien connu qu'il aimait dîner sur le tard au Mansion, un restaurant à côté de la place. Un soir, Joel s'était assis à côté de lui alors que l'écrivain mangeait seul. Avant la fin de ses études, Joel s'était juré de trouver le courage de l'aborder. Il rêvait de prendre un bourbon avec le grand homme et de lui raconter l'histoire tragique de son père. Peut-être M. Faulkner en avait-il entendu parler ? Peut-être pourrait-il en faire un roman ?

À leur descente à la gare de Kansas City, ils prirent un taxi pour se rendre dans une petite maison du centre-ville. Papy et mamie Sweeney avaient quitté

Memphis après la guerre, et ni Joel ni Stella ne leur avaient rendu visite depuis. Ils n'avaient pas souvent vu les parents de Liza pendant leur enfance. En grandissant, ils avaient compris que Pete ne les appréciait pas et que l'inimitié était mutuelle.

Les Sweeney n'avaient pas d'argent mais avaient toujours voulu fréquenter la classe supérieure. C'est pour cette raison qu'ils envoyaient Liza traîner au Peabody quand elle était au lycée. Ses parents comptaient beaucoup sur elle pour redorer le blason de la famille. Malheureusement, au lieu de harponner un riche fils de famille de Memphis, elle était tombée enceinte d'un fermier du Mississippi !

Comme quasiment tous les gens de Memphis, les Sweeney considéraient avec mépris tout ce qui venait du Mississippi. Ils s'étaient montrés polis avec Pete quand Liza l'avait fait venir à la maison pour la première fois, en espérant que ce n'était pas le bon, même s'il était charmant et sortait de West Point. Et avant qu'ils n'aient le temps de faire part de leurs réticences, Pete l'avait emmenée et l'avait épousée, un mariage qui les avait anéantis. Ils n'étaient pas sûrs que leur fille fût enceinte quand elle avait quitté la maison, mais le petit Joel était arrivé vite après. Pendant des années, ils s'étaient évertués à raconter à leurs amis que le petit était né neuf mois après les noces.

Quand Pete fut porté disparu, les Sweeney furent d'un piètre réconfort pour Liza, c'est du moins ce que pensa leur fille. Ils venaient rarement à la ferme et, quand ils s'aventuraient dans la campagne, ils n'avaient qu'une idée en tête : rentrer au plus vite chez eux. En privé, ils avaient honte que leur fille ait décidé de vivre dans un trou perdu. En citadins ignorants, ils n'avaient que dédain pour la terre, le coton, le bétail, les œufs et les légumes frais. Ils étaient choqués que les Banning aient des « gens de couleur » pour travailler dans la maison et aux champs. Quand Pete revint d'entre les morts, ils montrèrent peu d'intérêt pour cette résurrection, et il se passa des mois avant qu'ils ne viennent lui rendre visite après son retour au pays.

À la fin de la guerre, M. Sweeney fut muté à Kansas City, un changement de poste présenté comme une grande promotion, alors qu'il s'agissait d'une tentative désespérée pour garder un emploi. Leur nouvelle maison était encore plus petite que celle de Memphis, mais les deux filles n'habitaient plus avec eux et ils n'avaient pas besoin de beaucoup d'espace. Puis Liza était tombée malade et avait été internée à Whitfield. Les Sweeney ne dirent à personne que leur fille était enfermée dans un hôpital psychiatrique au fin fond du Mississippi. Ils lui avaient rendu visite une fois et avaient été horrifiés par son état et ses conditions de vie.

Puis Pete avait été arrêté, jugé et exécuté, et les Sweeney s'étaient félicités d'habiter si loin de Clanton.

Leurs seuls contacts étaient épistolaires, au travers des quelques lettres que leur envoyaient Joel et Stella devenus grands. Il était peut-être temps de leur rendre visite. Les Sweeney les accueillirent chez eux et semblèrent touchés que les enfants aient fait un si long voyage pour venir les voir. Après un dîner interminable, avec des plats insipides parce que mamie n'avait jamais aimé cuisiner, ils parlèrent des études, de la faculté de droit et de leurs projets. Ils évoquèrent aussi Liza. Stella et Joel venaient de passer deux jours avec leur mère, et prétendirent qu'elle faisait de grands progrès. Ses médecins étaient très optimistes. Ils avaient un nouveau médicament sur lequel ils fondaient de grands espoirs. Liza avait regagné un peu de poids. Les Sweeney auraient bien voulu descendre dans le Sud pour la voir mais l'emploi du temps de papy était surchargé.

Ils n'évoquèrent pas les graves problèmes de la famille avec la justice. De toute façon, papy et mamie s'en fichaient. Ils préféraient parler d'eux et de leurs merveilleux amis qui avaient réussi à Kansas City. Ici, c'était tellement mieux qu'à Memphis. Les enfants ne comptaient pas rester dans le Mississippi, n'est-ce pas ?

Stella dormit dans la chambre d'amis et Joel sur le canapé. Après une nuit inconfortable, des bruits dans la cuisine réveillèrent Joel, et l'odeur du café, aussi. Papy était à table, mangeait un toast en feuilletant rapidement le journal, pendant que mamie battait la pâte pour les pancakes. Après quelques minutes de bavardage, papy saisit sa mallette et s'en alla au pas de charge, impatient d'aller au bureau sauver une affaire de la plus haute importance.

— Il travaille tout le temps, soupira mamie. Asseyons-nous et bavardons.

Stella les rejoignit peu après et ils savourèrent un long petit déjeuner avec des pancakes et des saucisses. Au milieu du repas, Stella parla d'un devoir qu'elle devait rendre pour la rentrée. Elle devait retracer l'historique médical de ses proches. L'ensemble des résultats serait analysé dans le but d'estimer l'espérance de vie de chaque étudiant. Du côté des Banning, la situation était assez sombre. Le père de Pete était mort d'une crise cardiaque à quarante-cinq ans. Sa mère d'une pneumonie à cinquante. Tante Florry, à cinquante ans, semblait relativement en forme, mais pas un seul Banning, homme ou femme, depuis cent ans n'avait dépassé l'âge de soixante-dix ans.

Feignant de vouloir aider sa sœur, Joel prenait des notes. Ils discutèrent des parents de mamie, tous les deux décédés, comme ceux de papy.

Mme Sweeney avait soixante-six ans et se vanta d'être en excellente santé. Elle ne souffrait d'aucune maladie et ne prenait aucun médicament. Elle n'avait jamais eu de cancer, ni de problèmes cardiaques, ou autres pathologies graves. Elle n'avait été hospitalisée que deux fois à Memphis – pour la naissance de ses filles. C'était tout. Elle détestait les hôpitaux et préférait les éviter. Joel et Stella déclarèrent qu'ils étaient heureux d'avoir hérité un peu des bons gènes des Sweeney.

*

Si Nineva avait dit la vérité – et elle n'était pas du genre à mentir –, pourquoi Liza avait-elle alors raconté que sa mère se mourait d'un cancer à l'hôpital de Memphis ? Et pourquoi l'avait-elle caché à ses enfants comme à tout le monde ?

Une question s'imposait : s'ils avaient menti, qu'avaient-ils réellement fait ce jour-là ?

*

Deux nuits à Kansas City suffisaient amplement. Mamie les conduisit à la gare et tout le monde s'enlaça en se promettant de rester en contact et de se donner des nouvelles. Une fois dans le wagon-restaurant, Joel et Stella poussèrent un long soupir et commandèrent du vin.

Ils s'arrêtèrent à Saint-Louis et descendirent dans un hôtel du centre. Joel voulait voir jouer les Cardinals au Sportman's Park et avait insisté pour que sa sœur l'accompagne. Elle ne s'intéressait pas du tout au baseball, mais ne pouvait refuser. L'équipe était à la deuxième place du championnat. Stan Musial était en forme cette saison et détenait le record du meilleur frappeur et le plus grand nombre de home-run, et c'était important pour son frère de le voir jouer. Le match fut plaisant.

Après leur halte à Saint-Louis, ils poursuivirent leur voyage vers l'est, changèrent de train à Louisville et Pittsburgh, et arrivèrent enfin à l'Union Station de Washington le 17 juin au soir. Le stage de Stella – deux mois dans une maison d'édition – commençait le lundi suivant, et il lui fallait trouver une chambre bon marché.

À son retour à Clanton, Joel recommencerait à travailler au cabinet Wilbanks – comme assistant juridique à titre gracieux. Il n'était pas très pressé de rentrer. Il en avait assez du droit et des études, et songeait à sauter un an, voire deux. Il voulait partir loin, aller à l'aventure vers l'ouest, où il pourrait oublier tous ces ennuis qui lui minaient l'existence. Pourquoi ne pas aller pêcher la truite dans les montagnes plutôt qu'être enfermé dans des salles de classe à mourir d'ennui, faire la navette à Whitfield pour voir sa mère – des visites qui le déprimaient à chaque fois –, s'inquiéter du prochain coup ourdi par Burch Dunlap, ou passer ses soirées à la maison rose pour tenir la main de Florry pendant qu'un ténor d'opéra s'époumonait sur le phonographe ?

Étant à court d'argent, il tira un trait sur la première classe et acheta un billet de seconde pour Memphis. Il était au bar de l'Union Station, buvant une bière au comptoir, quand elle traversa le hall de la gare. Des cheveux bruns coupés à la garçonne, des yeux noirs, un visage parfait. Elle devait avoir vingt ans, une vraie beauté, et il n'était pas le seul à l'avoir remarquée. Grande, mince, une silhouette sublime. Quand elle fut hors de vue, il revint à sa bière et à ses problèmes. Il n'allait pas voyager en première parce qu'il s'inquiétait pour l'argent. Il en était là !

Il vida sa pinte et se dirigea vers le hall des départs. Et il la vit à nouveau ! Il pressa le pas pour se rapprocher en espérant qu'elle allait dans la même direction que lui. Et c'était le cas. Il vit deux gars, l'œil lubrique, la lorgner de la tête aux pieds. Il monta dans le wagon juste derrière elle et se débrouilla pour s'asseoir à côté d'elle. Il s'installa, feignant de l'ignorer, ouvrit un magazine et se plongea dans sa lecture. Leurs coudes se touchaient presque. Profitant du train qui s'ébranlait, il lui glissa un petit coup d'œil. Il y avait quelque chose d'exotique chez elle, et de mystérieux. C'était irrésistible. Joel n'avait jamais vu un visage aussi beau. Elle lisait un livre de poche, toute à sa lecture, comme si elle était seule dans le wagon. Sans doute un mécanisme de défense, songea-t-il. Elle doit être constamment importunée à chaque fois qu'elle met le nez dehors !

Une fois hors de Washington, la température monta. Joel se leva pour retirer sa veste. Elle releva les yeux. Il lui sourit. Pas elle. Il se rassit et demanda :

— Tu vas où ?

Son sourire le rendit tout chose.

— À Jackson.

Il y avait plusieurs Jackson dans le Sud et, heureusement, ils étaient tous au moins à mille kilomètres d'ici. Avec un peu de chance, il serait assis à côté d'elle pendant des heures.

— Jackson, au Mississippi ?

— Oui.

— Je connais bien la région. Tu habites là-bas ?

— Non. Je suis de Biloxi, mais je vais passer une nuit ou deux à Jackson.

Elle avait une voix douce et sensuelle, avec une pointe d'accent du golfe. Pour le reste du Mississippi, la côte appartenait à un autre monde. Une région très catholique, avec de multiples influences – françaises, espagnoles, créoles, indiennes et africaines –, peuplée aujourd'hui d'Italiens, de Yougoslaves, de Libanais, de Chinois et, comme partout, d'Irlandais. Un vrai *melting-pot* !

— J'aime bien Jackson, dit-il, ce qui n'était pas entièrement vrai, mais c'était à son tour de parler.

— Oui. C'est pas mal, répondit-elle sans enthousiasme. (Elle posa son livre sur ses genoux. Un signe ostensible qu'elle était prête à bavarder avec lui.) C'est quoi tes endroits préférés à Jackson. Tu sors où ?

Moi, je vais à l'HP de Whitfield, parce que ma mère est internée là-bas ! Il lui donnerait son prénom pas son nom de famille. C'était son mécanisme de défense à lui.

— Il y a un bar où on peut boire de l'alcool, derrière l'hôtel Heidelberg. L'endroit est sympa. Je m'appelle Joel.

— Moi, c'est Mary Ann. Mary Ann Malouf.

— Malouf ? Ça vient d'où ?

— Mon père est libanais. Et ma mère irlandaise.

— Et les gènes de l'Orient ont gagné. Tu es vraiment très belle.

Comment avait-il pu dire ça ? Quel idiot !

Contre toute attente, elle lui sourit et son cœur tressauta.

— Et toi, où tu vas ? demanda-t-elle.

— Je descends à Memphis.

Ou je fais l'aller-retour jusqu'à Mars, si tu restes avec moi !

— Je suis à Ole Miss. En fac de droit, précisa-t-il.

D'ordinaire, annoncer qu'on faisait du droit produisait son petit effet sur les filles. C'était l'une des raisons qui l'incitaient à ne pas lâcher ses études. Les filles aimaient bien parler à des garçons qui allaient devenir avocats. Il s'en était vite aperçu et utilisait très souvent ce stratagème.

— Ça fait longtemps que tu es à Ole Miss ?

— Un an.

— Je ne t'ai jamais vu, là-bas.

— Là-bas ? Où ça là-bas ?

— Sur le campus. J'entre en deuxième année de licence.

L'université comptait quatre mille étudiants, avec seulement quinze pour cent de filles. Comment avait-il pu la rater ? Il esquissa un sourire.

— Décidément, le monde est petit. Les étudiants en droit ont la fâcheuse tendance à rester dans leur coin.

Il n'en revenait pas. Non seulement il allait faire le voyage avec elle pendant les dix prochaines heures, mais elle serait sur son campus dans deux mois. Oui, pour une fois, il pouvait sourire. C'était si rare.

— Qu'est-ce qui t'amenait à Washington ? demanda-t-elle.

— J'ai aidé ma sœur à emménager, pour son job d'été. On vient d'une petite ville pas très loin d'Oxford. Et toi ?

— Je rendais visite à mon fiancé. Il travaille pour une commission du sénat.

Et d'un coup, c'était fini. Il espérait qu'il n'avait rien laissé paraître, ni froncement de sourcils, ni grimace, ou pire qu'il n'avait pas eu les larmes aux yeux. Il devait garder le même air souriant et détendu. Mais c'était difficile.

— Fiancé ? C'est bien, articula-t-il. C'est pour quand, le grand jour ?

— Je ne sais pas trop. Après mes études. Je ne suis pas pressée.

Maintenant que toute histoire d'amour était devenue impossible, ils parlèrent de leurs projets pour l'été, de l'université, de la faculté de droit et de ce qu'ils comptaient faire après leur diplôme. Même si elle était magnifique, Joel finit par perdre tout intérêt pour elle et s'endormit.

43

Après trois mois à attendre en vain que Rumbold statue sur l'affaire, Burch Dunlap passa à l'action. Ce serait un coup d'épée dans l'eau, mais cela aurait le mérite de mettre le juge dans l'embarras. Début septembre, Dunlap déposa un recours à la cour suprême de l'État du Mississippi pour qu'elle exige que Rumbold rende sa décision dans les trente jours. Il n'était prévu nulle part qu'une telle requête puisse être formulée, et encore moins qu'elle soit recevable. Dunlap, bien sûr, le savait. Dans son recours, il laissait entendre que Rumbold faisait preuve de partialité et qu'il aurait dû se déclarer incompétent pour gérer ce litige. Il résuma les déclarations des témoins, donna l'inventaire des pièces versées au dossier et précisa que le procès n'avait duré que quatre heures. Il rappela la loi et la jurisprudence en pareil cas, expliqua que l'affaire était simple et limpide, et conclut sa demande en ces termes : « Le planning de la cour de chancellerie du vingt-deuxième district est loin d'être saturé. Au premier coup d'œil, il est évident que la charge de travail du juge est plus que légère. Un éminent juriste aussi expérimenté que l'honorable Abbott Rumbold devrait pouvoir rendre sa décision en moins d'une semaine. Un délai de trois mois, à ce jour, est préjudiciable pour les parties. Une justice trop lente est un déni de justice. »

John Wilbanks admira la hardiesse de Dunlap. La manœuvre était brillante. La cour suprême allait rejeter cette requête sans commentaire mais, grâce à ce subterfuge, les juges sauraient désormais qu'une affaire importante allait leur être soumise et qu'il y avait peut-être des collusions illicites au sein de la cour du comté de Ford. Wilbanks rédigea une réponse d'une page entière où il rappelait à la cour suprême que de telles requêtes étaient absolument interdites par le Code de procédure civile, et que les avocats ne pouvaient changer les règles à leur guise.

La cour suprême ignora le recours de Dunlap, et ne daigna pas même y répondre.

Un mois plus tard, toujours sans nouvelles de Rumbold, Dunlap déposa un nouveau recours, en tout point identique au précédent. La réponse de John Wilbanks inclut cette fois un avertissement : les requêtes intempestives et déplacées de Dunlap entraînaient une augmentation inutile des frais juridiques pour les parties. Dunlap contre-attaqua. Wilbanks répondit encore. La cour suprême commença à s'agacer. Et Rumbold continua de faire le mort.

*

Le mercredi, ses cours se terminant à midi, Joel avait pris l'habitude de rentrer déjeuner chez sa tante. Marietta cuisinait un plat délicieux chaque semaine pour sa venue et il mangeait avec Florry sur le perron de la maison rose pendant que les oiseaux caquetaient dans leur volière. Derrière s'étendaient les plants de coton à perte de vue. Dès que le temps se rafraîchirait, la cueillette serait lancée. Ils parlaient comme toujours de Stella, de Liza, de la faculté de droit, mais ne s'attardaient pas sur les procès en cours et leurs problèmes juridiques. Quant à l'éventualité de perdre la terre, c'était un sujet totalement tabou.

Après ce long déjeuner, Joel faisait un saut chez lui pour s'assurer que tout allait bien avec Nineva et Amos. Il n'y avait rien de nouveau. Comme d'habitude, il allait trouver Buford pour parler de la récolte, puis partait en ville. Il se garait sur la place, se rendait à pied au cabinet Wilbanks et y travaillait quelques heures. John et Russell lui donnaient des recherches à faire et des synthèses à rédiger pendant son temps libre à Ole Miss. En fin de journée, ils prenaient un bourbon sur la terrasse. Puis Joel chargeait dans le coffre de la Pontiac sa pile de dossiers et retournait à Oxford.

Après deux tentatives, Joel comprit qu'il ne pouvait dormir à la ferme. La maison était silencieuse, vide et déprimante. Il y avait trop de portraits de famille, trop de moments heureux définitivement figés sur le papier, trop de souvenirs. Dans le bureau de son père, sur le mur à côté de sa table de travail, trônait une grande photographie de Pete à la cérémonie de sortie de West Point. Joel avait aimé cette image toute sa vie. Aujourd'hui, c'était un crève-cœur. Il ne pouvait plus la regarder.

Avec Stella, ils avaient envisagé de retirer tous ces cadres, tous ces livres, toutes ces médailles, de les ranger dans des coffres pour ne plus les voir, mais ils n'avaient pas encore trouvé l'énergie de faire le grand nettoyage. En outre, si Liza rentrait un jour et tentait de se reconstruire, ces souvenirs du passé seraient importants pour elle.

Leur magnifique demeure restait donc dans la pénombre, un lieu de solitude, avec pour seule âme qui vive Nineva qui venait chaque jour passer le plumeau ici et là et en faire le moins possible.

Lorsqu'il arrivait à la ferme, Joel n'avait qu'une envie : partir. Et chaque fois, ce besoin était plus impérieux. Sa vie ne serait plus jamais la même. Son père était mort. Le futur de sa mère était plus qu'incertain. Stella se préparait à rejoindre les lumières du Nord, bien loin du comté de Ford. Les frères Wilbanks voulaient que Joel intègre leur cabinet après sa sortie de la faculté, mais cela n'arriverait pas. À Clanton, il serait toujours « le fils Banning », le gars dont le père avait été grillé sur la chaise électrique juste ici, dans la salle du tribunal.

Sérieusement ? Les Wilbanks croyaient qu'il allait pouvoir plaider dans un tribunal qui avait condamné son père à mort ? Comment pouvait-il avoir une vie normale, et heureuse, dans une ville où la moitié des habitants voyait son père comme un assassin et où l'autre moitié se disait que sa mère avait fricoté avec le pasteur ?

Clanton était le dernier endroit où Joel voulait vivre !

Biloxi, en revanche, paraissait pleine de promesses. Il ne traquait pas Mary Ann Malouf, mais il savait où se trouvait son dortoir et connaissait son emploi du temps par le menu. Grâce à ces renseignements, il s'arrangea pour la croiser « par hasard » sur le campus. Les deux fois, elle sembla contente de tomber sur lui. De temps en temps, il la regardait de loin, et s'agaçait de voir nombre de garçons faire pareil que lui. Quand le Kentucky débarqua en ville pour un match de football le 1er octobre, Joel lui proposa de sortir avec lui. Elle déclina l'offre en lui rappelant qu'elle était fiancée. Son amoureux était un ancien d'Ole Miss et avait encore des amis sur le campus. Elle ne pouvait s'afficher avec quelqu'un d'autre.

Ce n'était pas un non catégorique, juste de circonstance. Joel nota cette distinction. Il répondit que, selon lui, il n'était pas juste qu'une jolie étudiante comme elle s'interdise d'avoir une vie sociale alors que son fiancé à Washington devait prendre du bon temps sans vergogne. Et d'ailleurs, pourquoi ne portait-elle pas de bague de fiançailles ? Parce qu'il ne lui en avait pas offert, lui répondit-elle.

Joel insista et, finalement, elle accepta de dîner avec lui en fin de soirée. Juste un repas, rien d'autre. Il passa la prendre devant le Lyceum à la nuit tombée, et l'emmena en voiture dans le centre-ville. Ils se garèrent à proximité du magasin Neilson's. De là, ils descendirent à pied South Lamar jusqu'au Mansion, le seul restaurant encore ouvert à cette heure. En passant le seuil, Joel aperçut William Faulkner à sa table habituelle. Il dînait seul et lisait un magazine.

Il venait de publier *L'Intrus*, son quatorzième roman. Un critique du *Memphis Press-Scimitar* avait écrit un article mitigé sur ce livre mais, plus important, un autre article dans le même journal révélait que Faulkner en avait vendu les droits à la MGM. Joel avait acheté le livre à Jackson en allant rendre visite à sa mère. À cette époque, il n'y avait pas de librairie à Oxford et les habitants du coin se fichaient des œuvres de l'enfant du pays. La plupart du temps, habitants d'Oxford et Faulkner s'ignoraient avec superbe.

Dans un sac en papier, Joel avait deux de ses livres en édition originale : *L'Intrus*, tout neuf, qu'il n'avait pas encore lu, et *Tandis que j'agonise,* un volume tout écorné qui appartenait à son père.

Le restaurant était vide à cette heure. Joel et Mary Ann s'installèrent au plus près de la table de l'écrivain, dans la limite de la politesse. Joel espérait que Faulkner remarquerait sa jolie compagne et qu'il tenterait de lui faire du gringue – tout le monde savait qu'il était coureur de jupons – mais il était tout à sa lecture.

Ils commandèrent du thé glacé, un plat de légumes et mangèrent en silence, attendant une ouverture. Joel était aux anges. Il était assis en face de la fille de ses rêves et juste à côté de Faulkner, à qui il avait bien l'intention de dire bonjour.

Quand l'écrivain eut terminé la moitié de son poulet grillé, il repoussa son assiette, prit une bouchée de son crumble aux pêches, puis sortit sa pipe. Enfin, il releva la tête et aperçut Mary Ann. Avec amusement, Joel vit l'intérêt briller dans ses yeux. Faulkner commença à la dévorer du regard tout en bourrant son fourneau. Joel se leva aussitôt. Il s'approcha, présenta ses excuses de déranger ainsi le grand homme, et lui demanda s'il voulait bien lui dédicacer ces deux livres, *Tandis que j'agonise*, un exemplaire appartenant à son père, et son tout nouveau roman *L'Intrus*.

— Bien sûr, répondit Faulkner de sa voix haut perchée.

Il sortit un stylo de sa poche et prit les deux ouvrages.

— Je suis Joel Banning. J'étudie le droit ici.

— Enchanté de faire votre connaissance, jeune homme. Et votre amie, comment s'appelle-t-elle ? ajouta-t-il en lançant un sourire vers elle.

— Mary Ann Malouf. Elle est aussi étudiante.

— Mon Dieu, elles sont plus jeunes d'année en année !

Il ouvrit le premier livre, écrivit simplement son nom de sa petite écriture serrée, le lui rendit et signa le second.

— Je vous remercie, monsieur Faulkner.

Comme il ne voyait rien à ajouter et que pour Faulkner l'entretien paraissait terminé, Joel retourna à sa table. Il n'avait pas pu lui serrer la main, et jamais Faulkner ne se rappellerait son nom. Une évidence.

Mais il l'avait rencontré. Et il s'en souviendrait toute sa vie.

*

En novembre, Burch Dunlap déposa un troisième recours, et un quatrième en décembre. Après avoir fait traîner l'affaire pendant six mois, le juge Rumbold décida qu'il était temps de statuer. Dans un rapport de deux pages, il jugeait que la donation de Pete Banning à ses deux enfants était valide et en rien frauduleuse. Il rejetait donc la plainte de Jackie Bell.

S'attendant à cette décision, Dunlap termina de rédiger son appel dans la nuit et envoya sa requête à Jackson, à une cour suprême qui connaissait d'ores et déjà tous les détails de l'affaire.

Pendant les vacances de Noël, Joel habita chez Florry et passa ses journées au cabinet Wilbanks à préparer leur dossier pour s'opposer à l'appel de Dunlap. Son travail de documentation, commencé de longue date, était exhaustif, minutieux, et dressait un tableau pour le moins inquiétant : en règle générale, quand on examinait les décisions rendues dans les diverses juridictions du pays, les tribunaux statuaient le plus souvent en faveur de la transmission des propriétés au sein des familles. Toutefois, la justice n'appréciait guère que des criminels fassent don de leurs biens pour éviter de dédommager les victimes. Et il ne faisait aucun doute que Pete avait voulu protéger sa terre avant de tuer Dexter Bell.

Pendant que Joel travaillait sur la jurisprudence de ce genre d'affaires, il avait souvent l'impression que tous ses ancêtres étaient présents dans la pièce. Ils avaient défriché cette terre, l'avaient arrachée à la nature sauvage, dépierrée, labourée avec des bœufs et des mules, ils avaient perdu des récoltes entières à cause des inondations et des ravages dus aux parasites, avaient agrandi la plantation à la moindre occasion, avaient emprunté de l'argent, s'étaient endettés pendant des années, et étaient parvenus à tout rembourser grâce aux bonnes années. Ils étaient tous nés et enterrés là et, aujourd'hui, après plus d'un siècle de dur labeur, l'avenir du domaine reposait sur les épaules du jeune Joel.

Au Old Sycamore, ils gisaient sous des stèles bien alignées. Leurs fantômes venaient-ils soutenir le combat du dernier de la lignée ?

La pression n'en était que plus grande. Et Joel passait ses journées de travail avec un nœud au ventre. La famille avait été suffisamment humiliée comme ça. Perdre la terre serait l'ultime infamie.

Une autre considération était tout aussi angoissante : Stella et lui comptaient sur les revenus de la plantation. Ils voulaient tenter leur propre aventure, trouver leur voie mais, depuis toujours, ils savaient que l'exploitation familiale serait là en cas de coup dur. Enfants de fermiers, ils avaient appris qu'il y avait de bonnes et de mauvaises années, des récoltes exceptionnelles et des inondations, des hauts et des bas dans les cours, et que rien n'était jamais garanti. Cependant leur terre était libre de dettes et prête à supporter les aléas de la vie. Ils ne pouvaient laisser partir ce trésor.

Et il y avait Liza. Elle parlait de plus en plus de la maison. Elle prétendait que Nineva lui manquait, ce dont Joel doutait fortement. Mais elle voulait retrouver sa vie d'antan, son potager, ses chevaux, ses amis. Si tout disparaissait, les effets seraient catastrophiques sur elle. À chaque visite, le Dr Hilsabeck demandait des nouvelles des procès, espérant voir la fin de cet imbroglio juridique qui lui semblait si mystérieux.

Alors Joel étayait et préparait les dossiers. John Wilbanks révisait ses brouillons, les annotait et donnait ses conseils. Il déposa son recours contre l'appel de Dunlap le matin du 18 janvier. Et l'attente commença. La cour suprême pouvait juger l'affaire dans trois mois comme dans un an.

L'après-midi, Joel rangea ses papiers, débarrassa son bureau et remit en ordre la petite pièce où il avait passé tant d'heures à travailler. Il avait déjà dit au revoir à Florry et comptait rentrer à Oxford le soir même pour commencer son quatrième semestre à la faculté de droit. Il retrouva John Wilbanks sur la terrasse pour boire un dernier verre. Le temps était doux pour la saison, une vraie journée de printemps.

John alluma un cigare, en proposa un à Joel, qui refusa. Ils sirotèrent leur Jack Daniel's et parlèrent du temps.

— Je n'ai pas envie de te voir partir, annonça Wilbanks. C'était bien de t'avoir ici.

— Oui, c'était bien, renchérit Joel, même si l'expérience avait été longue et éprouvante.

— On aimerait que tu nous rejoignes pour les grandes vacances et que tu fasses un autre stage.

— Merci. C'est gentil.

Il ne comptait pas revenir cette année, ni la suivante, ni jamais, mais il était trop tôt pour l'annoncer à John Wilbanks.

— Je vais peut-être rester travailler à la fac cet été. Pour en finir au plus vite.

— Rien ne presse. Tu devrais profiter de tes années d'université.

— J'en ai assez des études. Je veux m'en aller et me lancer.

— J'espère que tu réfléchiras à notre proposition d'embauche.

Pourquoi tourner autour du pot ? Son père ne mâchait pas ses mots et tout le monde appréciait sa franchise. Joel prit une grande lampée d'alcool et déclara :

— Monsieur Wilbanks, je ne suis pas sûr de pouvoir exercer ici, dans cette ville. Quand j'aperçois ce palais de justice – et on ne risque pas de le rater –, je pense aux derniers moments de mon père. Il avance plein de dignité dans la rue, au milieu de la foule, avec tous ces anciens combattants venus lui rendre hommage, le soutenir, puis il entre dans ce bâtiment, monte l'escalier… Sa longue marche vers sa propre mort. À chaque fois que je pénètre dans cette salle, j'ai cette image : mon père sanglé sur la chaise électrique.

— Je comprends, Joel.

— Je ne pourrai jamais l'effacer. Comment voulez-vous que je défende mes clients dans ce tribunal ?

— Je comprends.

44

Le 28 mars, treize mois après le procès à Oxford, la cour d'appel du cinquième circuit à La Nouvelle-Orléans confirma le verdict de la cour fédérale, ainsi que le montant de la réparation : cent mille dollars en dommages et intérêts. La décision fut unanime. Même si les juges étaient impressionnés par la somme demandée, ils n'avaient aucune sympathie pour un riche planteur ayant assassiné son pasteur. Le meurtre était prémédité. La famille de la victime avait grandement souffert. Les jurés avaient entendu les parties, écouté les témoins, étudié les pièces et dûment délibéré. Les juges de la cour d'appel ne voulaient pas annuler la décision de ce jury populaire. Et confirmèrent l'entièreté du verdict.

Pour les Banning, ce fut un coup terrible. Les frères Wilbanks et Joel pensaient que, à la suite de leur appel, le verdict serait certes confirmé, mais considérablement allégé. Cinquante mille dollars en dommages punitifs, c'était une première. Au vu de la valeur des terres de Pete et de ses autres biens, le paiement d'une réparation raisonnable pouvait être supportable, aux alentours de cinquante mille dollars. Joel et Stella, les héritiers, ou la succession de Pete, pouvaient emprunter cette somme en hypothéquant la terre. Mais trouver cent mille dollars était insurmontable.

L'avenir de la ferme dépendait à présent de la seule cour suprême du Mississippi. Si elle confirmait le jugement de Rumbold, à savoir que la donation n'avait pas de caractère frauduleux, alors Joel et Stella pourraient garder le domaine. Burch Dunlap et Errol McLeish, désormais son partenaire inséparable, en seraient réduits à attaquer les autres biens de Pete – les comptes en banque, le matériel agricole, le bétail, les véhicules – dans l'espoir de grappiller le moindre dollar. Mais si la cour invalidait le jugement, alors la terre reviendrait dans le patrimoine de Pete et serait assujettie au verdict de la cour fédérale d'Oxford. Tout, y compris la maison et les meubles, serait perdu.

Avec l'aide de Joel, John Wilbanks fit appel de la décision de la cour d'appel du cinquième circuit devant la Cour suprême des États-Unis – ce qui était une pure perte de temps. Mais la démarche occuperait encore Dunlap et ferait gagner quelques mois. Dunlap fit enregistrer au greffe du comté de Ford le verdict de la cour fédérale et réclama le versement des cent mille dollars, plus les intérêts courants à compter de ce jour. Wilbanks fonça à la cour de chancellerie, réveilla le vieux Rumbold et déposa un recours pour interdire à Dunlap de saisir quoi que ce soit avant d'avoir la réponse de la Cour suprême des États-Unis.

Après une courte et houleuse audience, Rumbold statua à nouveau en faveur des Banning. Dunlap déposa aussitôt une requête auprès de la cour suprême du Mississippi pour être entendu d'urgence. Wilbanks s'y opposa.

Joel relut les attaques et contre-attaques depuis son refuge au-dessus du garage à Oxford. Pour dix dollars par mois, il loua le rez-de-chaussée et, avec le pick-up de son père, il commença discrètement à emporter les plus beaux meubles de la maison pour les mettre à l'abri dans le garage. Nineva n'apprécia pas, mais elle n'avait pas son mot à dire

À la mi-mai, Joel s'installa au volant de la Lincoln de Florry et partit avec sa tante pour un long voyage jusqu'en Virginie. Ils descendirent au Roanoke Hotel, où ils organisèrent une fête pour Stella et ses amies de Hollins. Par un beau jour de printemps, ils se retrouvèrent au milieu des familles toutes fières pour assister à la remise du diplôme de Stella. Le lendemain, tandis que ces dames buvaient le thé à l'ombre, Joel chargea dans la voiture les affaires de Stella. Quand tous ses sacs et cartons furent dans le coffre, il était en sueur. Stella dit adieu à son université, une école qu'elle aimait, et à ses amies. Jamais Joel n'avait vu une telle effusion de larmes, pas même à des funérailles.

Toujours préposé à la conduite, Joel quitta Hollins et fila au nord sous la houlette des deux femmes installées à l'arrière. Il y avait tellement de bagages qu'il ne voyait rien dans le rétroviseur. Trois heures plus tard, ils étaient perdus dans Richmond. Ils firent quand même halte dans un petit grill et un habitant du coin leur indiqua le chemin, avec force gestes. Après ce rapide déjeuner, ils reprirent la route, cap sur Washington.

Stella voulait vivre à New York. C'était son grand projet. Travailler pour un magazine et écrire des romans pendant son temps libre. Mais réaliser ce rêve prendrait plus de temps que prévu. Les places dans les maisons d'édition étaient rares. En revanche, les écoles manquaient toujours de professeurs. St Agnes, à Alexandria, était une école épiscopale et un pensionnat pour jeunes filles. Ils lui proposaient un poste d'enseignante en littérature pour des classes de troisième et d'être surveillante de dortoir. Pendant que Stella et Florry prenaient le thé avec la directrice, Joel, sous le cagnard, transporta les cartons et les sacs de sa sœur dans une chambre encore plus petite que celle de Hollins.

L'école l'autorisa à laisser la voiture dans l'enceinte. Pour dix dollars, le concierge accepta de regonfler les pneus et de démarrer le moteur tous les jours. Ils appelèrent un taxi, traversèrent le Potomac pour gagner Washington. À Union Station, ils prirent le train pour New York.

*

Avant que Burch Dunlap et ses clients avides ne leur prennent tout leur argent, ils avaient décidé d'en dépenser le maximum. Stella avait terminé l'université et avait un emploi. Il restait à Joel une dernière année de droit à payer avant de commencer à travailler. La terre de Florry était à l'abri des vautours, et elle avait de l'argent de côté. 1949 était peut-être le dernier été qu'ils passeraient ensemble, alors autant le faire avec panache !

Sur le port de Manhattan, ils montèrent à bord d'un transatlantique en partance pour Londres. Ils allaient passer les deux semaines suivantes à se reposer, à lire et tâcher d'oublier leurs problèmes. Sur le pont, Joel et Stella remarquèrent que Florry ne paraissait pas en forme. Elle avait toujours été en surpoids, mais restait énergique et pleine d'entrain. Et là, elle avait du mal à monter les escaliers et était tout essoufflée après une courte promenade. À cinquante ans, elle paraissait déjà vieille et fatiguée.

À Londres, ils passèrent une semaine au St Regis et jouèrent les touristes, puis se rendirent à Édimbourg, où ils embarquèrent dans le magnifique Royal Scotsman pour une semaine de balade en train à travers les Highlands. Quand ils se lassèrent de visiter châteaux, manoirs, sites historiques et distilleries, ils rentrèrent à Londres pour deux jours de pause, avant de poursuivre leur voyage à Paris.

Stella et Joel prenaient un café dans le hall de l'hôtel Lutetia quand ils apprirent la nouvelle. Florry était encore dans sa chambre. Elle ne se sentait pas très bien ce matin-là et elle avait préféré se reposer plutôt que visiter la ville au pas de charge. Un chasseur s'approcha de Joel et lui tendit un télégramme. Il provenait de John Wilbanks. La cour suprême de l'État du Mississippi, à sept voix contre deux, avait décidé d'annuler le jugement de Rumbold. La donation en leur faveur était nulle et non avenue. La propriété restait dans le patrimoine de leur père et, de fait, serait sujette au paiement des dommages et intérêts.

— Décision cassée et infirmée, articula Joel, abasourdi.

— Ce qui veut dire ? s'enquit Stella.

— Que c'est fini. La cour suprême du Mississippi a trouvé que le jugement rendu par Rumbold était erroné et a décidé de clore l'affaire sans autre audition.

— Et un appel ?

— Oui, on va déposer un autre recours à la Cour suprême des États-Unis pour gagner un peu de temps. Ensuite, avec les Wilbanks, on envisagera de se déclarer en faillite.

Ils burent leur café en regardant les gens passer dans le hall luxueux.

— J'ai une question à te poser, Joel, et je veux une réponse honnête. Est-ce que cela veut dire que Jackie Bell et ses enfants vont un jour habiter chez nous ?

— C'est possible, mais tout espoir n'est pas perdu. À un moment, Wilbanks va s'asseoir avec son avocat et tenter d'arracher un accord à l'amiable.

— Comment ça marche ?

— On va leur proposer de l'argent.

— Je croyais qu'on avait déjà essayé ?

— C'est vrai. Vingt-cinq mille dollars. Et ils ont refusé. Ça va être beaucoup plus que ça.

— Combien ?

— Je ne sais pas. Tout dépend de l'argent qui reste en banque et de combien on peut emprunter.

— Tu veux vraiment hypothéquer la terre ? Tu sais comme papa se méfiait des banques.

— On n'aura peut-être pas le choix.

*

Dans son arrêt, la cour suprême du Mississippi jugeait que les agissements de Pete étaient frauduleux à de multiples niveaux. D'abord, il avait profité de sa terre en continuant à vivre dessus, à la cultiver et à en tirer des bénéfices. Ensuite, il n'avait rien reçu en retour de sa donation à ses enfants. Troisièmement, le transfert de la propriété était en faveur de membres de sa famille, ce qui était hautement suspect. Et quatrièmement, lorsqu'il avait signé la donation, il avait de bonnes raisons de croire qu'elle serait attaquée en justice par ses créditeurs par la suite.

John Wilbanks lut ce rendu de justice dix fois et trouva la logique de la cour imparable. Le cabinet était allé au bout des processus d'appel. Restait le recours auprès de la Cour suprême des États-Unis, mais il n'y avait aucune chance qu'elle accepte de reconsidérer l'affaire. Il s'entretint avec un ami de Memphis, spécialiste en faillite personnelle, mais ce qu'il apprit ne lui donna guère d'espoir. Demander la mise en faillite de la propriété de Pete permettrait de gagner du temps, toutefois il y avait peu de chance qu'elle soit acceptée.

Wilbanks retourna à la cour de chancellerie pour demander une autre injonction, celle d'interdire toute saisie avant la fin des recours. Rumbold, fidèle à son habitude, accepta. Dunlap encaissa le coup et fit appel. Cependant, même un juge aussi partial que Rumbold ne pourrait repousser longtemps l'inévitable.

Après l'audience, Dunlap, calme et serein, s'entretint avec Wilbanks et lui fit une proposition. Il était temps d'arrêter le marathon juridique et de se rendre à l'évidence. Les appels ne donneraient rien, pas plus qu'une déclaration en faillite personnelle. Pourquoi ne pas céder la terre, les deux cent soixante hectares, la maison et le matériel à Jackie Bell ? Si les Banning étaient d'accord, alors sa cliente laisserait tomber les saisies sur les comptes en banque.

Wilbanks s'offusqua d'une telle proposition et lança en se levant :

— Les Banning préféreront brûler leur maison et leurs champs plutôt que de les céder à une étrangère !

— C'est ça ! Mais rappelez quand même à vos clients que l'incendie volontaire est un crime, dans ce pays, passible d'une longue peine de prison.

*

Quand Joel et Florry franchirent la frontière du Mississippi fin juillet, ils observèrent, comme de coutume, les champs de coton, et ce qu'ils virent ne fut pas rassurant. Les fortes précipitations du printemps avaient retardé la pousse et, à l'évidence, durant les deux mois qu'ils avaient passés en Europe, le temps n'avait pas été clément. Les bonnes années, le coton était en fleur autour du 4 juillet et, début septembre, le jour de la fête du Travail, les plants arrivaient à la taille.

Au Mississippi, cette année s'annonçait catastrophique et plus ils s'enfonçaient vers le sud, pire c'était. Ils ne voyaient aucune fleur. Les tiges arrivaient tout juste aux genoux. Et dans les terres basses, des hectares entiers avaient été lessivés par la pluie.

Nineva leur prépara du café et leur demanda comment s'était passé leur voyage. Au lieu de ça, ils voulaient parler du temps. Pendant leur absence, il avait plu tous les jours. Et quand il ne pleuvait pas, le ciel était couvert. Le coton avait besoin de soleil et de sécheresse. Le temps humide avait saccagé la récolte. Amos se battait dans le potager, mais rien n'avait vraiment poussé.

Comme si la vie chez les Banning n'était pas déjà assez déprimante comme ça !

Joel reconduisit sa tante à la maison rose et déchargea les valises. Ils burent un verre sur le perron, contemplèrent les champs stériles. Ils regrettaient l'Écosse.

*

John Wilbanks voulait voir Joel toutes affaires cessantes. Même si le jeune homme aurait préféré éviter le cabinet, le palais de justice et tout le centre-ville de Clanton, il n'avait pas le choix. Ils se retrouvèrent dans la grande salle de réunion au rez-de-chaussée, signe que l'heure était grave. Russell les avait rejoints. Un autre signe.

Les frères sortirent leur arsenal de fumeur. Un petit cigare noir pour John, une cigarette pour Russell. Joel déclina cigare et cigarette, mais dit qu'il partagerait avec eux leur fumée.

John résuma la situation. Ils avaient deux appels totalement vains en attente à la Cour suprême des États-Unis, qui seraient rejetés, selon toute vraisemblance, dans deux mois, dès que le greffe là-bas aurait terminé de gérer la paperasse. Il n'y avait aucune raison que la Cour montre quelque intérêt pour l'un ou l'autre de ces recours. Burch Dunlap avait fait enregistrer le verdict de la cour fédérale au palais de justice de l'autre côté de la rue et attendait tranquillement que les Banning et leurs avocats se lassent de leurs vaines manœuvres procédurales et jettent l'éponge.

— Et la mise en faillite ? s'enquit Joel.

— Ça ne marchera pas, parce que Pete n'avait aucune dette. On pourrait tenter et faire traîner encore un peu, mais Dunlap demandera aussitôt une audience devant le juge des faillites. Et il faut savoir que, si nous déclarons la ferme en faillite, un administrateur va gérer la succession. Et ce n'est pas nous qui le nommerons. Mais la cour.

Russell lâcha un nuage de fumée et annonça :

— Il y a fort à parier que l'administrateur demandera à Florry, l'exécutrice testamentaire, de céder toute la propriété à Jackie Bell, la bénéficiaire du jugement.

— Cela n'aurait rien de surprenant.

— Ce n'est pas tout. Il y a nos honoraires. Notre facture s'élève pour l'instant à sept mille dollars, et je ne suis pas sûr qu'il y ait assez d'argent sur les comptes pour nous payer. Nous avons déposé des requêtes à répétition, des recours à droite à gauche, en espérant un miracle, et c'est très chronophage. Une déclaration de mise en faillite, juste pour gagner du temps, fera encore tourner le compteur.

— Je comprends.

— Nous sommes au bout du chemin, expliqua John. Nous n'avons plus de cartouches. Il ne nous reste plus qu'à essayer de négocier de bonne foi avec ces gens. Il y a une dernière idée, la seule qui pourrait encore sauver la terre. Il faudrait hypothéquer les deux propriétés – celle de Pete et celle de Florry. Les cinq cent vingt hectares. Emprunter le maximum possible et proposer le tout à Dunlap.

— Combien ? demanda Joel, avec méfiance.

— La maison est évaluée à trente mille. La terre vaut deux cent cinquante dollars l'hectare, mais c'est la fourchette haute, et tu auras du mal à en tirer autant sur le marché. Comme tu le sais, il n'y a que quatre cent dix hectares cultivés. Aucune banque ne va te prêter de l'argent à cette valeur à cause du risque. Réfléchis. Pete est parvenu à l'équilibre ou à dégager un petit bénéfice la plupart du temps parce qu'il était propriétaire de sa terre et sans dettes, et qu'il travaillait comme un forçat, poussait ses ouvriers, comptait chaque dollar. Si tu hypothèques la terre, le vrai propriétaire, c'est la banque. Deux mauvaises récoltes, comme cette année, et tu plonges. En deux temps trois mouvements, la banque commence à parler de saisie. Ça arrive tous les ans, par ici, même quand le coton est là.

Russell reprit le flambeau :

— Nous avons parlé à notre frère banquier, et il n'est pas chaud pour ce prêt. Si Pete était vivant, et qu'il était aux commandes, la ferme serait plus attractive. Mais il n'est plus là, et toi, tu n'es pas un fermier. Quant à Florry, elle est dans son monde. Les banques vont fuir.

— Et jusqu'à combien me prêterait votre frère ?

— Soixante-quinze mille, au mieux, répondit John.

— Et encore, ce n'est pas gagné, pondéra Russell. Il se pose un autre problème, évident : nous représentons ta famille et aussi la banque. Et si tu es en défaut de paiement ? Le cabinet se retrouvera en plein conflit d'intérêts, et cela pourrait nous causer de graves problèmes.

— Nous n'avons pas encore discuté avec l'autre banque de la ville. Comme tu le sais, c'est plutôt tendu entre nos deux familles. Je ne pense pas qu'ils voudront se mouiller, mais on pourrait aller voir une grosse banque de Tupelo.

Joel se leva et marcha de long en large dans la pièce.

— Je ne me vois pas demander à Florry d'hypothéquer sa terre. C'est trop dur pour elle. C'est tout ce qu'elle a, et si elle perd sa maison, elle n'a nulle part où aller. Je ne peux pas faire ça. Je ne lui demanderai jamais ça.

John tapota son cigare sur le bord du cendrier et déclara :

— Très bien, voilà ce que je te propose : je vais rencontrer Dunlap et négocier. Il doit travailler au pourcentage et n'a pas encore touché un sou. Il sera peut-être intéressé par un règlement en espèces sonnantes et trébuchantes. Je pense commencer à cinquante mille et voir sa réaction. Cinquante mille, c'est jouable, non ?

— Je suppose, répondit Joel. Enfin, l'idée de devoir autant me rend malade.

— C'est normal, mais Stella et toi pourrez garder votre terre et votre maison.

— Et s'ils sont plus gourmands ?

— Chaque chose en son temps. Faisons déjà un premier round. Je vais crier misère, je te le promets.

45

Sous le soleil d'août, la petite chambre de Liza était une vraie fournaise. Il n'y avait pas de fenêtre pour faire entrer de l'air, rien pour repousser la touffeur sinon un petit ventilateur que lui avait acheté Joel l'été précédent. Après quelques minutes, mère et fils, trempés de sueur, décidèrent d'aller chercher de l'ombre dehors. Elle marchait beaucoup mieux ces derniers temps. Son état s'était amélioré, du moins physiquement. Elle avait gagné quelques kilos, quoiqu'elle mangeât toujours aussi peu. Parfois, la chlorpromazine lui donnait de l'appétit. En tout cas, le médicament l'apaisait et elle avait arrêté de s'agiter et de se tripoter les cheveux comme elle le faisait autrefois. Elle les avait d'ailleurs coupés plus court, les lavait plus souvent, et avait troqué sa blouse d'hôpital tachée pour la robe en coton que lui avait apportée Stella. Une grande étape avait été franchie quand, trois mois plus tôt, sa fille lui avait offert trois tubes de rouge à lèvres. À présent, chaque visiteur avait droit à un beau sourire vermillon.

Le Dr Hilsabeck affirmait qu'il était content de ses progrès, mais Joel ne croyait plus que sa mère pourrait rentrer un jour. Après trois ans d'internement, cet établissement était devenu sa maison. Oui, elle allait mieux, cependant il lui restait encore beaucoup de chemin à parcourir.

Ils quittèrent le bâtiment et se dirigèrent vers l'étang. Ils s'installèrent à une table de pique-nique sous un chêne. La chaleur était étouffante et l'air terriblement lourd. Il n'y avait pas la moindre brise. À l'inverse de ses autres visites, Joel avait attendu celle-ci avec impatience. Il lui raconta en détail leur voyage à New York, Londres, en Écosse et à Paris.

Liza écoutait ce récit, sourire aux lèvres, un sourire qui lui brisa le cœur, parce que c'était tout ce qu'elle pouvait espérer, écouter les aventures de ses enfants. Sa mère ne rentrerait pas chez elle – la maison était un sujet tabou.

*

Joel trouva une petite chambre dans un motel miteux près de la plage de Biloxi et partit à la recherche de Mary Ann Malouf, qui avait rompu avec le gars de Washington. L'année d'avant, ils s'étaient beaucoup vus parce qu'il lui faisait une cour assidue. À Ole Miss, ils partaient dîner en catimini. Ils avaient fait deux voyages à Memphis, où personne ne risquait de les reconnaître. Il avait insisté pour qu'elle se débarrasse de son fiancé à Washington et qu'elle sorte avec un garçon en chair et en os.

Durant l'été, elle travaillait à mi-temps dans une boutique de vêtements sur Main Street. Quand il passa les portes du magasin, elle sembla contente de le voir. Il resta le plus longtemps possible avec elle, jusqu'à ce que son patron commence à leur jeter des regards noirs. Il la retrouva après son travail pour boire un soda. Il voulait rencontrer sa famille. Elle n'était guère convaincue. Ses parents avaient accepté son fiancé et ne comprendraient pas qu'un nouveau prétendant soit dans les parages.

Un peu refroidi, Joel se promena sur la côte pendant quelques jours, pour rester loin de la maison et des offres d'emploi. Il avait frappé à la porte de quelques cabinets d'avocats, décroché deux entretiens, mais cela n'avait rien donné. Plus il restait à Biloxi, plus il appréciait cette ville – son mélange culturel, ses restaurants de poisson et de fruits de mer, ses bars où l'on pouvait commander de l'alcool sans y laisser sa chemise, ses bateaux amarrés dans les ports et les marinas, et cette nonchalance si particulière qu'on ne trouvait que sur les côtes. Quant à Mary Ann, il n'était pas près de la laisser filer.

*

Burch Dunlap passa le mois d'août dans le Montana, loin de la canicule. Évidemment, ses vacances le requinquèrent. Il rentra au bureau le jour de la fête du Travail plein d'énergie et bien déterminé à s'enrichir. Sa prochaine proie était les Banning.

À la cour de chancellerie du comté de Ford, fief incontesté du juge Abbott Rumbold, il réclama la saisie pénale des biens des Banning. La loi était très claire sur ce point. Dunlap était curieux de voir comment Rumbold allait pouvoir la contourner en faveur de ses protégés.

Une semaine plus tard, il s'installa dans sa salle de réunion pour accueillir son confrère John Wilbanks, qui venait expressément à Tupelo ouvrir les négociations – ou plutôt, comme il l'avait dit à son compère Errol McLeish, pour implorer leur pitié.

Mais il n'y aurait point de pitié.

John Wilbanks eut droit à un café avant de prendre place autour de la magnifique grande table. Il avait en face de lui Dunlap, flanqué de McLeish, un type pour qui John n'avait que mépris.

Dunlap alluma un cigare et, après quelques mots de bienvenue, entra dans le vif du sujet :

— Vous ne venez pas les mains vides, John. Dites-nous le chiffre que vous avez en tête.

— Comme vous le savez, mes clients voudraient garder la terre de leurs ancêtres. Et ils en ont assez de me payer.

— Vous avez fait un tas de démarches absolument superflues, répliqua Dunlap. On s'inquiétait, nous aussi, du montant de vos honoraires. Puisqu'ils sont prélevés sur le patrimoine.

— Souciez-vous déjà de vos honoraires, Burch ! Je m'occupe des miens.

Dunlap lâcha un grand rire, comme si un vieux camarade avait sorti une belle repartie.

— Vous avez raison. Allez-y, poursuivez.

— Il n'y a pas beaucoup de liquidités chez les Banning. Quelle que soit la somme que nous vous offrirons, nous devrons l'emprunter et donc hypothéquer la maison et la terre.

— Combien, John ?

— Tout dépend des revenus que peut tirer la ferme chaque année. Cette année, la récolte est catastrophique. Comme vous le savez, la culture du coton est une activité à risques. Ma famille est dans le coton depuis des décennies, et je me suis souvent demandé si cela valait tous ces efforts.

— Votre famille s'en sort très bien, John.

— Dans certains domaines, oui. Les Banning pensent pouvoir emprunter cinquante mille et, avec un peu de chance, supporter la dette. C'est le mieux qu'ils puissent faire.

Dunlap lui retourna un grand sourire, comme si ce premier round l'avait beaucoup amusé.

— Allons, John. Ils détiennent plus de cinq cents hectares, libres de gages, dont quatre cent dix de bonnes terres cultivables. Leur maison est l'une des plus belles de la région. Ils ont une demi-douzaine de bâtiments, tous en excellent état, plus le matériel agricole, le bétail, sans compter les Nègres.

— Je vous en prie, Burch, ces gens n'appartiennent pas à la terre.

— En réalité, c'est du pareil au même. Cinquante mille, on est loin du compte, John. Je pensais qu'on allait discuter sérieusement.

— Ce qui n'est pas sérieux, c'est d'inclure dans le calcul la parcelle de Florry Banning. C'est la moitié du domaine et elle n'est pas impliquée dans cette affaire. Elle est totalement en dehors de ça.

— C'est vite dit. Pete Banning exploitait les terres de sa sœur en même temps que les siennes et lui donnait la moitié des bénéfices. Les deux lots proviennent de la même source – leurs parents, leurs grands-parents, etc.

— C'est absurde, Burch. Florry n'a rien à voir avec la mort de Dexter Bell, et vous le savez très bien. Insinuer que sa terre entre dans l'équation est ridicule. Si vous en êtes si persuadé, alors attaquez-nous et demandez-en la saisie.

— On n'obtiendra rien tant que vous avez le vieux Rumbold dans la poche.

John esquissa un sourire.

— C'est un grand magistrat. L'un de nos meilleurs.

— Peut-être mais, à Jackson, les juges de la cour suprême ne sont pas aussi dithyrambiques. Cinquante mille dollars, c'est inacceptable, John.

— J'ai mis un chiffre sur la table. À votre tour de parler.

McLeish annonça d'un ton glacial :

— Plus de cent mille. Jackie doit encore payer M. Dunlap.

— Disons cent vingt mille, John, reprit Dunlap. J'ai accepté d'être payé au pourcentage en cas de victoire, et je vous ai battu à plates coutures. J'ai bien défendu les intérêts de ma cliente et je ne veux pas que mes honoraires réduisent sa part.

— Vous avez fait du bon travail, Burch, c'est incontestable. Mais ce que vous me demandez est au-delà de nos moyens. Aucune banque n'acceptera de prêter plus de soixante-quinze mille dollars avec, pour garantie, les terres de Pete et sa maison. Le domaine de Florry reste en dehors de tout ça.

— Vous proposez soixante-quinze mille dollars ? demanda Dunlap.

— Pas encore. Mais si je les mettais sur la table, vous les accepteriez ?

McLeish secoua la tête.

— Non, lâcha-t-il.

Wilbanks et Dunlap étaient de bons négociateurs, mais les meilleures cartes étaient dans le camp d'en face. Quand la montagne était trop haute, mieux valait la contourner :

— Les gamins voudraient vraiment garder leur maison, annonça Wilbanks, c'est chez eux depuis toujours. Vous savez que leur mère a des problèmes de santé. Un jour peut-être, Liza pourra sortir de l'hôpital et il est vital qu'elle ait encore sa maison. On pourrait envisager une séparation entre la maison et la terre ? J'ai conçu une division du domaine qui ôterait seulement deux hectares, une petite parcelle avec la maison, les potagers et les granges. Et votre cliente aurait tout le reste.

— Un accord pour toute la plantation moins ces deux hectares ?

— Quelque chose comme ça. Je cherche juste de nouvelles pistes.

— Combien êtes-vous prêt à payer pour ces deux hectares ?

— La maison est évaluée à trente mille dollars, et c'est une estimation très optimiste. Ce sont deux gentils gosses qui essaient de sauver quelque chose de cette catastrophe.

— Et comment comptent-ils rembourser une hypothèque sur la maison ?

— Bonne question. Mais nous allons trouver. Florry pourra peut-être les aider.

Il y avait toutefois un obstacle rédhibitoire à cette proposition : Jackie Bell voulait la maison. Bien sûr, McLeish se garda bien de le révéler. Elle tenait même davantage à la maison qu'à la plantation. Son amant rêvait de devenir un riche *gentleman-farmer* et comptait déjà son argent, mais Jackie voulait juste avoir une belle maison.

McLeish secoua à nouveau la tête.

— C'est hors de question. Ces deux hectares valent quasiment autant que le reste de la propriété. C'est inacceptable.

Il avait la morgue de celui qui réclamait son dû, à savoir la terre que des gens honnêtes et travailleurs avaient fait fructifier au fil des générations au prix d'efforts acharnés. Wilbanks ne connaissait pas de plus belles personnes que les Banning. Il méprisait McLeish, pour son arrogance, pour sa cupidité.

— Dans ce cas, tout est dit.

*

Vers la fin septembre, en deux jours, la Cour suprême des États-Unis fit le grand ménage : le premier jour, elle rejeta le recours des Banning à l'encontre du verdict rendu par la cour fédérale et, le lendemain, elle rejeta celui contre la cour suprême du Mississippi qui avait annulé le jugement de Rumbold. Le dernier clou du cercueil était planté.

La voie était désormais libre pour que Dunlap obtienne la saisie pénale des biens de Pete Banning. Du moins elle aurait dû l'être. Cependant en travers du chemin se tenait un monolithique Abbott Rumbold, plus entêté que jamais. Dunlap s'époumonait, gesticulait, exigeait une date. Mais le vieux Rumbold, quasiment sourd, n'entendait rien.

Et soudain, il mourut. Le 9 octobre 1949, son honneur Abbott Rumbold succomba au grand âge et s'éteignit à quatre-vingt-un ans. Il trépassa paisiblement dans son sommeil ou, comme disaient les Noirs, « il se réveilla mort ». Après trente-sept ans de bons et loyaux services, il était la plus haute figure de la cour de chancellerie du Mississippi. Joel quitta Ole Miss et vint assister à ses funérailles à l'église baptiste avec John et Russell Wilbanks.

La messe célébra un homme qui avait vécu une belle et longue vie. Il y eut quelques larmes, et beaucoup de rires, et le sentiment rassurant qu'un saint homme avait retrouvé sa place dans le ciel.

Les prochaines funérailles auxquelles Joel assisterait seraient bien différentes.

46

Pour rompre la monotonie et réacclimater les patients à la vie normale, les médecins et la direction de Whitfield organisaient toutes les semaines, avec les cas les plus légers, une sortie au cinéma Paramount sur East Capitol Street, dans le centre de Jackson. Pour la séance de l'après-midi, un autocar s'arrêtait dans une rue voisine à cent mètres du cinéma. Les pensionnaires étaient accompagnés par des aides-soignantes et des infirmières. Une fois descendus du bus, ils veillaient à se comporter comme n'importe quel groupe se rendant à une projection. Ils portaient des vêtements de ville et passaient inaperçus dans la foule. Seul un observateur aguerri aurait pu remarquer qu'ils souffraient tous de troubles mentaux.

Liza adorait le cinéma et s'inscrivait à toutes les sorties. Elle s'était coiffée, maquillée, avait mis du rouge à lèvres et portait la robe que lui avait envoyée Stella.

Le Paramount jouait *Madame porte la culotte*, une comédie avec Spencer Tracy et Katharine Hepburn, et le hall était déjà plein à 13 heures. L'infirmière en chef acheta les billets et guida le groupe vers deux rangées de sièges. À la gauche de Liza se tenait Beverley, une vieille dame internée depuis de nombreuses années, et, à sa droite, il y avait Karen, une jeune femme triste qui d'ordinaire dormait durant tout le film.

Après quinze minutes de projection, Liza murmura à Beverley qu'elle avait besoin d'aller aux toilettes. Elle se faufila dans l'allée, prévint l'infirmière et quitta la salle. Et aussi le cinéma.

Elle descendit East Capitol jusqu'au croisement avec Mill Street et entra dans la gare centrale où elle acheta un billet de seconde classe pour Memphis. Sa main tremblait quand elle récupéra son ticket. Elle avait les jambes flageolantes. La gare étant quasiment déserte, elle put trouver un siège à l'écart. Elle prit de longues inspirations, tentant de reprendre contenance, et sortit de sa poche un petit bout de papier intitulé « Choses à faire l'une après l'autre », un pense-bête qu'elle avait mis des semaines à peaufiner, craignant d'être submergée par l'émotion et de paniquer. Elle relut la liste, la replia et la rangea dans sa poche. Elle sortit du bâtiment, marcha jusqu'à un grand magasin où elle acheta un sac à main bon marché, un chapeau de paille encore meilleur marché, ainsi qu'un magazine. Elle fourra dans le sac le reste de son argent, un petit flacon de pilules, son rouge à lèvres, et s'empressa de retourner à la gare. Pendant qu'elle attendait son train, elle lut à nouveau sa liste et sourit. Pour l'instant, elle avait tout réussi. Par sécurité, elle surveillait les portes d'entrée, au cas où des gens de l'hôpital arriveraient. Mais elle n'en vit aucun.

L'infirmière appréciait tant le film qu'elle oublia Liza et son passage aux toilettes. Quand cela lui revint à l'esprit, elle partit aussitôt jeter un coup d'œil. Ne la trouvant pas, elle appela deux aides-soignantes et elles commencèrent à chercher dans la salle qui était quasiment pleine. Dans le hall, personne ne se souvenait d'avoir vu sortir une femme maigre dans une robe jaune après le début du film. Elles continuèrent à fouiller le cinéma. Liza n'était nulle part. Les deux aides-soignantes partirent arpenter les rues du centre-ville. L'une d'elles entra finalement dans la gare. À cet instant, Liza était déjà à une heure de la ville, loin au nord. Assise près de la fenêtre du wagon, sa liste serrée dans sa main, elle regardait défiler le paysage, tentant de s'habituer aux bruits et à l'agitation du monde réel. Elle était restée enfermée pendant trois ans et demi.

La police de Memphis et le Dr Hilsabeck furent prévenus. Tout le monde s'inquiétait, mais ce n'était pas non plus la panique. Liza n'était une menace pour personne, et elle était suffisamment stable pour se débrouiller toute seule, du moins pour quelques heures. Hilsabeck, qui ne voulait pas que la famille s'affole ou trouve son équipe incompétente, n'appela ni Joel, ni Florry, ni le shérif Gridley.

Liza avait acheté son billet en liquide et il n'existait aucun registre où figurait le nom des passagers. Toutefois, une guichetière se souvenait d'une femme correspondant au signalement de Liza et assura qu'elle avait pris un billet pour Memphis. Il était 15 heures. Le film était terminé et le car devait ramener les résidents à Whitfield.

Quand le train arriva à Batesville à 16 h 15, son sixième arrêt, Liza décida de descendre. On devait déjà la chercher et ils pouvaient surveiller les trains et les autocars. Devant la gare, elle trouva deux taxis, deux vieilles berlines d'avant-guerre plus décaties encore que leurs chauffeurs appuyés contre le capot. Elle demanda au premier s'il pouvait l'emmener à Clanton qui se trouvait à une heure et demie de route. Elle proposa dix dollars pour la course qu'il refusa, à cause de ses pneus usés. Le second accepta pour quinze dollars. Ses pneus étaient en plus piteux état encore, mais elle n'avait pas le choix.

Au moment de monter dans la voiture, le chauffeur demanda :

— Vous n'avez pas de bagages ?

— Non. J'aime voyager léger.

Il s'installa au volant, démarra et s'éloigna de la gare.

— Vous avez une bien jolie robe, lança-t-il en la regardant dans le rétroviseur.

Liza lui montra son sac à main :

— J'emporte toujours avec moi un Colt .45 quand je me déplace et je sais m'en servir. Alors pas de gestes inconsidérés ou vous allez le regretter.

— Pardon, madame.

Une fois sorti de la ville, il eut le courage d'ouvrir la bouche à nouveau :

— Vous voulez écouter la radio ?

— D'accord. Mettez ce que vous voulez.

Il alluma le poste, tripota le bouton et trouva une station de country.

*

La nuit était tombée quand Hilsabeck se résolut à prévenir Joel. Il lui raconta ce qui était arrivé et reconnut qu'ils ne savaient plus où chercher. Joel n'en revenait pas. Sa mère s'était enfuie. Et à l'évidence, cette évasion était prévue de longue date. Que faire ? Aller à Jackson aider les enquêteurs ? À Memphis où l'on pensait qu'elle se rendait ? À Clanton ? Ou juste rester là à attendre des nouvelles ? Il appela Stella et lui assura qu'on allait bientôt la retrouver. Il fallait prévenir Florry, mais il préféra attendre. Son téléphone était toujours connecté à la ligne rurale. Des dizaines de personnes pouvaient écouter leur conversation, qui s'empresseraient d'aller raconter à tout Clanton que Liza s'était échappée de l'asile psychiatrique.

Pendant une heure, Joel marcha de long en large dans son appartement, attendant un appel qui lui annoncerait que sa mère avait été retrouvée et qu'elle allait bien. Il téléphona au bureau du shérif à Clanton, mais personne ne décrocha. Le vieux Tick Poley devait dormir du sommeil du juste. Les prisonniers feraient sauter les grilles de leur cellule à coups de dynamite qu'il n'entendrait rien !

Finalement, il appela Nix Gridley chez lui, sur sa ligne personnelle, et lui apprit la nouvelle. Nix l'assura de son soutien. Il allait tout de suite prendre sa voiture et prévenir Florry.

*

Quand le taxi arriva devant la longue allée qui menait à la ferme, Liza demanda au chauffeur de s'arrêter, lui donna ses quinze dollars et descendit de voiture. Quand le taxi eut disparu sur la route déserte, elle avança lentement dans la nuit noire, distinguant à peine les graviers devant elle. Tout était éteint, que ce soit dans la maison, les granges ou les dépendances. Au loin, la fenêtre de la masure qu'occupaient depuis toujours Nineva et Amos était faiblement éclairée. À mesure qu'elle s'approchait, la grande maison sortit de l'ombre. Elle traversa la pelouse, puis gravit le perron et tourna la poignée de la porte. Elle était fermée à clé, ce qui était curieux à la campagne. Tout le monde laissait ouvert.

Elle avait envie d'inspecter ses fleurs et ses plantations, de voir comment tout avait poussé en trois ans et demi, mais il faisait trop sombre. La lune était cachée par les nuages. Elle contourna la maison, aperçut le pick-up de Pete garé sur le côté, là où il l'avait laissé. Elle savait que Joel avait récupéré la Pontiac. À l'arrière, elle se fraya un chemin dans les hautes herbes. Le vent soufflait de l'ouest et elle réprima un frisson en se frottant les bras. La porte de derrière n'était pas verrouillée. Elle entra dans sa maison et s'arrêta dans la cuisine, saisie par cette odeur familière : un mélange de tabac et de café, de bacon grillé, de tartes aux fruits, de ragoûts de bœuf et de chevreuil que Nineva laissait mijoter des jours, avec cet arôme de tomates confites et de légumes compotés qui flottait dans l'air, et aussi l'odeur du cuir mouillé des bottes de Pete dans un coin, et celle de savon que Nineva répandait toujours autour d'elle. Liza vacilla sous cet afflux de parfums et s'adossa au comptoir.

Dans les ténèbres, elle entendait ses enfants pouffer de rire et embêter Nineva aux fourneaux qui préparait le petit déjeuner. Elle revoyait Pete assis à la table, avec son café et ses cigarettes, lisant le journal de Tupelo. La lune perça les nuages, un rayon filtra par la fenêtre. Et la pièce lui apparut. Elle inspira lentement, très lentement pour laisser entrer en elle toutes les senteurs de son ancienne vie.

Elle essuya des larmes et décida de rester dans le noir. Personne ne savait qu'elle était là. Allumer une lampe attirerait trop l'attention. En même temps, elle avait envie d'inspecter toute la maison, pour voir si Nineva s'en occupait bien. La vaisselle était-elle bien lavée et rangée dans les placards ? Y avait-il de la poussière sur les guéridons ? Et qu'étaient devenues les affaires de Pete – ses vêtements dans l'armoire, ses livres et ses papiers dans son bureau ? Elle se rappelait vaguement en avoir parlé avec Joel, mais elle avait oublié les détails.

Elle entra avec précaution dans le salon et se laissa tomber dans le canapé, qui avait toujours la même odeur qu'autrefois. Son dernier souvenir ici était aussi le plus douloureux. Joel à sa droite, Stella à sa gauche, tous les trois pâles d'angoisse tandis que le capitaine leur annonçait que Pete était porté disparu et probablement mort. C'était le 19 mai 1942. Dans une autre vie.

Des phares éclairèrent un instant la pièce et la lumière soudaine la fit sursauter. Elle s'approcha de la fenêtre et vit une voiture de la police du comté passer devant la maison et prendre la petite route menant chez Florry. On la cherchait, évidemment. Elle attendit. Vingt minutes plus tard, la voiture de patrouille repassa en sens inverse et quitta la propriété.

Elle était chez elle, dans sa propre maison, et n'avait commis aucun crime, se rappela-t-elle. Si on la trouvait, on la ramènerait à Whitfield. Rien de plus. Mais cela n'arriverait pas.

Elle se mit à se balancer d'avant en arrière, un réflexe qu'elle ne pouvait maîtriser. Quand elle était angoissée ou qu'elle avait peur, elle commençait à s'agiter ainsi, à marmonner en se tripotant les cheveux. Beaucoup de résidents à Whitfield avaient ce genre de manie. Ils dodelinaient, grommelaient, chacun à sa manière, quand ils étaient à la cafétéria ou dans le parc, mais Liza n'était pas comme eux. Elle en était convaincue. Elle guérirait, et bientôt elle retrouverait sa vie d'avant.

Au bout d'une heure peut-être – elle avait perdu toute notion du temps –, elle s'aperçut qu'elle ne se balançait plus et qu'elle avait cessé de geindre. Elle avait tant à dire. C'était si lourd à porter.

Elle retourna dans la cuisine, où se trouvait le seul téléphone de la maison, et appela Florry. Sachant qu'elle n'était pas seule sur la ligne, elle évita de trop en dire :

— Florry, je suis ici.

— Où ça ? Qui est à l'appareil ? bredouilla Florry, déconcertée par ces mots lapidaires.

— Je suis rentrée, répondit Liza avant de raccrocher.

Elle se rendit derrière la maison et attendit. Bientôt elle aperçut des phares de voiture sur la petite route. Florry se gara sur le côté.

— Par ici, Florry ! lança Liza. Sur le perron.

Florry fit le tour de la bâtisse dans l'obscurité, en trébuchant sur les cailloux.

— Pourquoi tu n'allumes pas ? (Elle s'arrêta au pied des marches et regarda Liza :) Qu'est-ce que tu fais ici ?

— Viens me serrer dans tes bras.

Elle me demande ça, à moi ? s'étonna Florry. Elle a définitivement perdu la tête ! Elle monta l'escalier et les deux femmes s'enlacèrent.

— Je répète ma question : qu'est-ce que tu fais ici ?

— Je voulais rentrer à la maison. Le docteur est d'accord.

— Ce n'est pas vrai et tu le sais. Les médecins s'inquiètent. Les enfants sont fous d'angoisse. La police te cherche partout. Pourquoi tu as fait un truc pareil ?

— J'en avais assez de Whitfield. Allons à l'intérieur.

Elles entrèrent dans la cuisine.

— Allume les lumières. On n'y voit rien.

— Je préfère rester dans le noir. Et je ne veux pas que Nineva sache que je suis ici.

Florry actionna quand même un interrupteur. Elle lui avait déjà rendu visite à Whitfield et, à chaque fois, comme Joel et Stella, elle était saisie par l'apparence de Liza. Son état s'était un peu amélioré, mais sa maigreur restait maladive, ses joues pâles et creusées.

— Tu as l'air en forme. C'est bon de te voir.

— C'est surtout bon de rentrer chez moi.

— Il faut appeler Joel et le rassurer.

— Je viens de lui parler. Il sera là dans une heure.

Florry se détendit.

— Parfait. Tu as mangé ? Tu as l'air affamé.

— Je ne mange pas beaucoup, Florry. Allons dans le salon et parlons.

Comme tu veux ! Elle comptait accéder à toutes ses demandes en attendant l'arrivée de Joel. Quand il serait là, il prendrait les choses en main.

Elles entrèrent dans le salon. Liza alluma une petite lampe. Une faible lumière se répandit autour d'elles, laissant le reste de la pièce noyé d'ombres. Florry aurait aimé davantage de clarté mais ne fit pas de commentaires. Elle s'installa à un bout du canapé, Liza empila des coussins dans l'autre angle et se laissa aller au fond du dossier. Elles se regardèrent dans ce clair-obscur étrange.

— Tu veux un café ? s'enquit Liza.

— Non merci.

— Moi non plus. J'ai quasiment cessé d'en boire. Ça ne fait pas bon ménage avec mes médicaments. Cela me donne des maux de tête terribles. Tu n'imagines pas tous les cachets qu'ils me donnent. Parfois je les avale. Parfois je les garde sous ma langue et les recrache dès qu'ils ont le dos tourné. Pourquoi tu n'es pas venue me voir plus souvent ?

— Je ne sais pas. C'est loin. Et ce n'est pas un endroit très plaisant.

— Plaisant ? C'est un hôpital psychiatrique. Tu t'attendais à quoi ? Il ne s'agit pas de toi, Florry, mais de moi. C'est moi, la patiente. La folle. C'est moi, la malade, et tu es censée me rendre visite, me soutenir moralement.

Les deux femmes ne s'étaient jamais très bien entendues, et Florry se souvint pourquoi. Mais elle était prête à encaisser sans rien dire si cela pouvait aider. Heureusement, une ambulance passerait la récupérer demain et la ramènerait à Whitfield.

— Tu veux vraiment qu'on se dispute, Liza ?

— C'est ce qu'on a toujours fait.

— Ce n'est pas vrai. Au début, oui. Mais après, on a compris toutes les deux qu'il valait mieux mettre beaucoup d'espace entre nous. On est restées amies, mais de loin, pour le bien de toute la famille.

— Si tu le dis. Je veux que tu me racontes quelque chose, Florry, quelque chose dont personne ne m'a parlé.

— Si tu veux.

— Je veux savoir ce qui s'est passé le jour où Pete a tué Dexter Bell. J'imagine que tu n'as pas très envie de revenir là-dessus, mais tout le monde est au courant, tout le monde sauf moi. Pendant longtemps, à Whitfield, ils n'ont rien voulu me dire. Ils devaient craindre que cela aggrave mon état et ils avaient raison, parce que, lorsqu'ils m'ont finalement raconté, je suis tombée dans le coma pendant une semaine et j'ai failli mourir. Bref, je voudrais entendre ta version.

— Pourquoi, Liza ?

— Pourquoi ? Parce que c'est une partie importante de ma vie, tu ne crois pas ? Mon mari tue notre pasteur, est condamné à mort pour cela, et je n'ai aucun détail ? Allez Florry, j'ai le droit de savoir. Raconte-moi.

Florry haussa les épaules et commença son récit.

*

Les chapitres s'enchaînèrent : la vie en prison, les audiences, les réactions en ville, les articles dans les journaux, le procès, l'exécution, l'enterrement, le défilé des vétérans devant sa tombe.

Parfois une larme coulait sur la joue de Liza, qu'elle essuyait d'un revers de main. Parfois, elle fermait les yeux, comme si elle se représentait les images d'horreur. Elle poussait de temps en temps un gémissement et se balançait un peu d'avant en arrière. Elle posa quelques questions et ne fit de commentaires qu'à deux reprises.

— Tu sais qu'il est venu me voir la veille de son exécution ?

— Oui. Je me souviens.

— Il a dit qu'il m'aimait toujours mais qu'il ne pouvait pas me pardonner. Tu imagines ça, Florry ? De l'amour, mais pas assez pour le pardon. Sa mort était au bout du chemin, et il ne pouvait quand même pas me pardonner.

— Te pardonner quoi ?

Et par ces mots, Florry lui posait la grande question.

Liza ferma les paupières et pencha la tête en arrière. Ses lèvres se mirent à bouger, marmonnant des mots qu'elle seule pouvait entendre. Puis elle se figea. À voix basse, Florry répéta :

— Te pardonner quoi, Liza ?

— Il y a tant à raconter, Florry. Je veux le faire maintenant parce que je n'en ai plus pour longtemps. Quelque chose ne va pas chez moi, et pas seulement dans ma tête. Il y a une maladie enfouie en moi, et c'est de pire en pire. C'est peut-être un cancer, peut-être autre chose, je ne sais pas, mais c'est là et ça grossit. Les médecins ne le voient pas, mais moi, je le sens. Ils peuvent me donner des médicaments contre ma dépression nerveuse, en revanche, ils n'ont rien contre ma maladie.

— Je ne sais que te dire, Liza.

— Alors ne dis rien. Contente-toi d'écouter.

Les heures passaient, et toujours pas de nouvelles de Joel. Liza semblait ne pas s'en soucier. Mais Florry savait qu'il aurait dû être arrivé depuis longtemps.

Liza se leva brusquement.

— Je vais aller changer de vêtements, annonça-t-elle. J'ai envie de mettre mon pyjama de lin et ma robe de chambre en soie, celle que Pete aimait tant.

Elle se rendit dans la chambre à coucher tandis que Florry étirait ses jambes douloureuses. Elle alla dans la cuisine se servir un verre d'eau. L'horloge au mur indiquait 23 h 40. Elle décrocha le téléphone pour appeler Joel et se rendit compte du problème. Le fil reliant la base au combiné avait été coupé, un coup de ciseaux au milieu. Le téléphone était inutilisable, et n'avait sans doute pas servi pour contacter Joel.

Elle retourna dans le salon et attendit. Liza était dans la chambre, elle avait laissé la porte ouverte et pleurait, de plus en plus fort. Elle était allongée sur le lit qu'elle partageait autrefois avec Pete et portait son pyjama blanc sous sa robe de chambre beige. Elle était pieds nus.

Florry se pencha au-dessus d'elle.

— Ça va aller, Liza. Je suis là. Qu'est-ce qui ne va pas ?

Liza désigna une chaise.

— Assieds-toi, s'il te plaît.

Elle s'essuya le visage avec un mouchoir et essaya de se calmer. Florry s'assit et attendit. Liza n'avait pas appelé Joel. Joel n'avait pas prévenu les médecins, ni Stella. Ils attendaient tous fébrilement des nouvelles, et Liza était ici sur son lit, dans sa maison.

Florry brûlait de lui demander pourquoi elle avait coupé le fil du téléphone, mais cette conversation ne mènerait nulle part. Liza était peut-être sur le point de révéler des secrets que tous pensaient perdus à jamais. Il ne fallait pas qu'elle change d'avis. C'était mieux finalement que Joel ne risque pas de débarquer.

Liza articula :

— Pete t'a parlé avant sa mort ?

— Bien sûr. Nous avons évoqué un tas de choses – les enfants, la ferme, toutes les choses qu'une personne veut régler avant de mourir.

— Il t'a parlé de nous et de nos problèmes ?

Oui, il l'avait fait, mais Florry préféra ne rien dire. Elle voulait entendre toute l'histoire de la bouche de la principale intéressée.

— Pas du tout. Tu sais comme Pete était secret avec ces choses-là. Quel genre de problèmes ?

— Oh, Florry, il y a tant de secrets, tant de péchés. Je comprends que Pete ne veuille pas me pardonner.

Elle recommença à pleurer, à hoqueter. Les sanglots se muèrent en vagissements, des plaintes déchirantes. Jamais Florry n'avait entendu une telle douleur. Tout le corps de Liza était traversé de spasmes, de violents soubresauts comme si elle allait vomir. Elle se tordait sur le lit, prise de convulsions, versant toutes ses larmes. Et le chagrin dura, intarissable. Ce spectacle était insoutenable. Florry, n'en pouvant plus, alla s'étendre à côté d'elle sur le lit et la prit dans ses bras.

— Ça va aller, Liza. C'est fini, ma chérie. Ça va aller.

Florry la serra plus fort, continuant à lui murmurer des paroles de réconfort, lui tapota le dos, la berça doucement, lui parla encore et encore jusqu'à ce qu'enfin Liza commence à se détendre. Elle respira plus lentement, comme si elle avait trouvé refuge dans son corps malingre, et continua à pleurer en silence. Tout bas, elle murmura :

— J'ai des choses à te dire.
— Je t'écoute, Liza. Je suis là.

*

Liza se réveilla dans la pénombre, sous les couvertures. La porte de sa chambre était ouverte, la maison silencieuse. La seule lumière provenait de la petite lampe dans le salon. Liza repoussa sans bruit les draps, se leva, et sortit de la chambre à coucher. Florry était allongée sur le canapé, pelotonnée sous un plaid, dormant à poings fermés. À pas de loup, Liza se rendit dans la cuisine, ouvrit la porte de derrière, sortit sur le perron et descendit les marches. L'air était frais. Ses pieds nus furent aussitôt trempés. Elle traversa la pelouse pour rejoindre l'allée qui menait aux granges, les pans de sa robe de chambre flottant derrière elle.

La lune apparaissait de temps en temps entre les nuages, nimbait un moment les bâtiments de sa clarté bleue, puis l'obscurité revenait. Elle connaissait le chemin par cœur et n'avait pas besoin de lumière. Quand elle dépassa la dernière dépendance, elle aperçut la silhouette de ses chevaux dans leur enclos. Elle ne passait jamais devant eux sans aller leur parler, mais cette fois elle n'avait rien à leur dire.

Elle avait les pieds congelés, mais elle s'en fichait. La douleur avait si peu d'importance à présent. Malgré les frissons, elle continua à marcher. Encore la petite montée jusqu'au Old Sycamore, et elle fut au milieu des morts – tous les anciens Banning dont elle connaissait l'histoire par le menu. La lune s'était cachée et elle ne pouvait lire les noms sur les tombes, mais elle savait où il était enterré puisqu'elle connaissait l'emplacement des autres stèles. Elle posa les doigts sur la pierre froide et suivit le contour des lettres.

Elle avait trouvé son mari.

Malgré son chagrin, ses remords, sa honte, elle en avait assez de pleurer. Elle avait froid et avait hâte d'en finir.

Les gens disent que, dans ces moments-là, on est en paix. Mais ce n'est pas vrai. Elle n'éprouvait ni apaisement, ni soulagement, ni espérance – ce qu'elle allait faire serait forcément considéré comme le geste de désespoir d'une femme mentalement dérangée.

Elle s'assit sur la tombe, adossée à la stèle, elle ne pouvait être plus près. Le corps de son mari était juste six pieds sous elle. Elle lui confia qu'elle l'aimait, qu'elle allait bientôt le rejoindre. Et lorsqu'ils seraient à nouveau réunis, elle priait pour qu'enfin il lui accorde son pardon.

De la poche de sa robe de chambre, elle sortit le petit flacon de pilules.

47

Amos la trouva au point du jour. Quand il fut assez près des tombes pour être sûr qu'il n'avait pas de visions, il se précipita vers la maison en criant. Il n'avait pas couru aussi vite depuis des décennies. Apprenant que Liza était morte, Florry s'évanouit sur le perron. Nineva l'aida à s'étendre sur le canapé et la consola.

Nix Gridley et Roy Lester arrivèrent quelque temps plus tard. Quand Amos leur annonça ce qu'il avait vu au Old Sycamore, ils filèrent au cimetière. Le flacon de pilules vide était suffisamment explicite. Ce n'était pas un crime. Un crachin tombait. Nix décida qu'il ne fallait pas la laisser sous la pluie. Avec l'aide de Lester, il installa Liza sur la banquette arrière et retourna à la maison. Nix entra pour soutenir la famille pendant que Lester emmenait le corps à la maison funéraire.

Vers 5 heures, Florry s'était réveillée et s'était rendu compte que Liza avait disparu. Paniquée, elle avait couru chez Nineva, où Amos prenait son petit déjeuner. Nineva et Amos avaient fouillé en vain les alentours de la maison et les dépendances pendant que Florry était partie chez elle prévenir la police. En plus du shérif, elle avait appelé Joel et le Dr Hilsabeck, pour leur exposer la situation.

Joel arrivait d'Oxford quand il croisa la voiture du shérif qui quittait la ferme. Une fois dans la maison, il apprit la fin de l'histoire. Florry était dévastée. Elle haletait, manquait d'air, répétait que tout était sa faute. Après que Joel eut eu Stella au téléphone, il insista pour emmener sa tante à l'hôpital. Elle fut admise pour des douleurs thoraciques et on lui administra aussitôt des tranquillisants. Il se rendit ensuite au bureau de Nix, où il utilisa sa ligne privée. Il parla au Dr Hilsabeck qui fut abattu par la nouvelle. Il rassembla son courage pour appeler papy et mamie Sweeney à Kansas City et leur annoncer que leur fille était morte. Il joignit ensuite Stella pour tenter d'organiser le programme des prochains jours.

Il quitta le bureau de Gridley et se rendit au funérarium de Magargel. Dans une pièce sombre et froide au fond du bâtiment, il regarda une dernière fois le visage de sa mère, autrefois si magnifique. Puis choisit un cercueil.

Il parvint à remonter dans sa voiture avant de craquer. Assis derrière le volant sur le parking des pompes funèbres, le regard vide, alors que les essuie-glaces allaient et venaient sur le pare-brise, Joel fut submergé de chagrin. Il pleura longtemps.

*

La messe fut célébrée à l'église méthodiste, celle construite par le grand-père de Pete et où Joel et Stella avaient été baptisés. Le pasteur était nouveau. Il venait d'être affecté à Clanton par sa hiérarchie. Il connaissait l'histoire, mais ne l'avait pas vécue, et il voulait réconcilier les factions, ramener la paix dans sa paroisse.

Au début, Joel et Stella avaient prévu un enterrement privé, comme celui qu'avait choisi Pete pour son inhumation au Old Sycamore, mais les proches les convainquirent que leur mère avait droit à des funérailles à l'église. Ils avaient cédé et étaient allés voir le pasteur.

Il y avait foule. Deux fois plus de personnes que ne pouvait en accueillir le bâtiment. Alors les gens patientaient dans leurs voitures en attendant de voir passer le cercueil. Amis et connaissances qui n'avaient pu faire leurs adieux à Pete prirent cette fois soin d'arriver très en avance pour le service funéraire de Liza.

M. et Mme Sweeney étaient assis entre Joel et Stella et fixaient des yeux le cercueil à deux mètres d'eux. Mme Sweeney était inconsolable et ne cessait de s'essuyer les yeux. M. Sweeney restait stoïque, le visage fermé, presque en colère, comme s'il reprochait à tout ce coin de campagne d'être responsable de la mort de sa fille. Joel et Stella avaient assez pleuré comme ça. Ils se tenaient droits sur leur siège, encore abasourdis par ce qui leur arrivait, et avaient hâte que ce soit fini. L'occasion était trop triste pour que quiconque tente d'apporter un peu de légèreté.

Il n'y eut pas d'éloges chaleureux pour se rappeler le bon vieux temps, les bons moments avec la défunte. Personne ne fit allusion à Pete, pas dans cette église. Le cauchemar des Banning continuait, et ceux qui étaient présents ne pouvaient l'alléger.

Il y eut quelques chants, un court sermon, la lecture de deux ou trois passages de la Bible, et tout fut terminé en moins d'une heure, comme l'avait promis le pasteur. Alors qu'Emma Faye Riddle se lançait pour son dernier morceau à l'orgue, l'assistance se leva et le cercueil fermé fut emporté dans l'allée, suivi par Joel et Stella, main dans la main. Derrière eux, M. et Mme Sweeney avançaient en se soutenant mutuellement. Derrière encore, il y avait des membres du clan Sweeney. Mais aucun Banning. Florry était chez elle, alitée. Leur petite famille mourait trop vite. Bien sûr, les Noirs n'avaient pas eu le droit d'entrer dans l'église.

Pendant que Joel suivait le cercueil, que l'orgue jouait et que les dames pleuraient, il sentait tous les regards posés sur lui. Dans le fond de la salle, il aperçut sur la droite le plus joli minois de la terre. Mary Ann Malouf avait fait le voyage d'Oxford avec une de ses amies. La voir dans cette église fut pour Joel le seul moment agréable de la journée. En traversant le hall, il se jura qu'un jour il épouserait cette fille.

Une heure plus tard, un petit groupe se rassembla au Old Sycamore pour l'inhumation. Juste la famille, quelques amis proches, Amos et Nineva, Marietta et une dizaine d'autres Nègres qui habitaient sur la ferme. Florry voulait être présente, mais Joel jugea qu'il valait mieux qu'elle reste dans la maison rose. Joel se retrouvait malgré lui le chef de famille et devait prendre des décisions qui ne lui plaisaient pas forcément. Après une prière, quelques lectures d'évangile et le même émouvant « Amazing Grace » chanté par Marietta, quatre hommes descendirent le cercueil en terre, à moins de trente centimètres de celui contenant la dépouille de son mari. Côte à côte, ils demeureraient désormais pour l'éternité.

Elle était responsable de sa mort et lui de la sienne. Au-dessus d'eux, ils laissaient deux bons enfants qui ne méritaient pas d'être punis pour les péchés de leurs parents.

*

Une semaine après les funérailles, c'était Thanksgiving. Joel devait retourner d'urgence à la faculté, même si en troisième année, il avait un emploi du temps beaucoup plus souple. Le lundi, avec Stella, ils se rendirent à Oxford. Il rencontra le doyen et joua cartes sur table. Il avait des affaires de famille compliquées à régler et avait encore besoin de quelques jours. Le doyen, connaissant la situation, se montra compréhensif et assura qu'un arrangement était possible. Joel était parmi les dix meilleurs de sa promo.

Puisqu'ils étaient à Oxford, Joel invita Mary Ann à déjeuner au Mansion pour lui présenter sa sœur. Pendant qu'ils roulaient vers le restaurant, Joel reconnut qu'il avait des sentiments pour cette fille. Stella était ravie d'apprendre que son frère se sentait prêt pour une relation sérieuse. Depuis la maladie de leur mère et la mort de leur père, Stella et Joel se parlaient beaucoup, et plus ouvertement. Ils se soutenaient mutuellement et ne se cachaient pas grand-chose. En dignes descendants des Banning, on leur avait appris les vertus du silence, à ne quasiment rien dire ni exprimer, mais ces temps étaient révolus. Il y avait toujours eu bien trop de secrets dans cette famille.

Le courant passa aussitôt entre les deux jeunes femmes. En un rien de temps, elles sympathisèrent, bavardèrent et rirent ensemble. Joel n'en revenait pas. Il ne dit pas grand-chose pendant le repas, les deux filles ne lui en laissèrent pas l'occasion. En rentrant à la maison, Stella lui annonça qu'il devait vite lui passer la bague au doigt avant qu'un autre ne le fasse. Joel prétendit qu'il n'était pas inquiet. Ce déjeuner leur avait changé les idées. Toutefois, dès qu'ils arrivèrent dans le comté de Ford, ils pensèrent à nouveau à leur mère, et le silence tomba dans la voiture. Quand Joel s'engagea dans l'allée de la ferme, il roula sur quelques dizaines de mètres puis s'arrêta à mi-chemin. Il coupa le moteur et ils regardèrent la maison au loin.

— Jamais je n'aurais cru que je dirais ça un jour, articula finalement Stella, mais je n'aime plus du tout cet endroit. Il n'y a plus de bons souvenirs, ils ont été mis en charpie. Je ne veux plus de cette maison.

— On devrait la brûler.

— Tu es sérieux ?

— Presque. Savoir que Jackie Bell et ses gosses, et cette ordure de McLeish, vont vivre ici, ça m'est insupportable. McLeish va devenir un planteur, un type important. C'est dur à avaler.

— Mais tu ne vivras plus jamais ici, n'est-ce pas ?

— Certes.

— Moi non plus. Alors qu'est-ce que ça peut faire ? On reviendra pour rendre visite à Florry, mais quand elle ne sera plus là, on ne remettra plus les pieds ici.

— Et le cimetière ?

— Le cimetière ? À quoi bon regarder de vieilles pierres et pleurer ? Ils sont morts, et c'est douloureux parce qu'ils devraient être en vie, mais c'est comme ça. Ils ne sont plus là, Joel. Pour ma part, j'essaie d'oublier comment ils sont morts pour me souvenir d'eux en vie. Il faut se souvenir des belles choses.

— C'est difficile, en ce moment.

— C'est vrai.

— Tout est fini, Stella. Nous allons perdre la ferme.

— Je sais. Signe leur papier et passe à autre chose. Moi, je retourne à la grande ville.

*

La directrice de St Agnes se montra également compréhensive et accorda à Stella un délai d'une semaine. Elle devrait rentrer le dimanche après Thanksgiving.

Ils séjournèrent à la maison rose et ne s'approchèrent pas de leur maison. Marietta fit rôtir une dinde et prépara toutes sortes de plats et de tartes, et ils s'efforcèrent de se montrer joyeux. Florry allait mieux et voulut profiter de ce moment avec eux.

Tôt le lendemain matin, Joel chargea les bagages de Stella dans la Pontiac et ils embrassèrent leur tante. Ils firent une halte au Old Sycamore, versèrent une larme. Ils s'arrêtèrent devant leur maison, et Stella courut embrasser Nineva. Puis ils partirent.

Elle avait proposé de prendre le train pour Washington, mais Joel ne voulait rien entendre. Elle était encore fragile – ils l'étaient tous, non ? Et il n'était pas question de la savoir seule dans un train pendant des heures. Ils avaient besoin de temps tous les deux. Le voyage en voiture serait idéal. Au moment de quitter la ferme et de s'engager sur la grande route, Stella regarda sa maison, les champs alentour. Elle espérait bien ne jamais revenir.

Et ce serait le cas.

*

Les juges décédés étaient remplacés, sur nomination du gouverneur, par des magistrats intérimaires en attendant les prochaines élections. Le gouverneur Fielding Wright, qui avait assisté à l'exécution de Pete deux ans et demi plus tôt, fut submergé de demandes après la mort de Abbott Rumbold. L'un des grands soutiens de Wright dans le Nord-Mississippi n'était autre que Burch Dunlap, et celui-ci appuyait lourdement la candidature de Jack Shenault, un ami de Tupelo. Dunlap voulait une conclusion rapide et lucrative de l'affaire Banning, et, pour cela, il fallait que Shenault soit aux commandes.

Début décembre, alors que Joel s'échinait sur ses partiels à Ole Miss, le gouverneur nomma Shenault à la tête de la cour de chancellerie pour succéder à Rumbold. John Wilbanks, comme la plupart des autres avocats, n'apprécia guère ce choix, en particulier parce qu'il n'habitait pas le comté. Même si le juge assurait qu'il allait déménager.

Wilbanks faisait campagne pour un autre candidat, mais entre les Wilbanks et le gouverneur la rivalité était une vieille histoire.

Par respect pour la famille, Dunlap attendit un mois après les funérailles de Liza pour entrer en action. Il convainquit Shenault d'organiser une rencontre à Clanton avec John Wilbanks et Joel Banning, qui était de retour dans le comté pour les vacances de Noël et qui avait été nommé administrateur adjoint des biens de son père. Ils se retrouvèrent dans les bureaux du juge derrière la salle de tribunal, un endroit que Joel honnirait à jamais.

Depuis longtemps, Dunlap réclamait la saisie pénale des biens de Pete Banning, la dernière salve dans cette longue bataille juridique et, visiblement, le nouveau juge ne comptait pas traîner.

Toutefois, Shenault préférait régler les litiges en chambre plutôt qu'en salle d'audience. On le disait d'ailleurs fin négociateur. Il s'était certainement bien préparé pour cette rencontre – sous la houlette de Burch Dunlap, à n'en pas douter.

Selon son honneur, qui avait passé la robe pour plus de solennité, le scénario était tout écrit : l'audience devant statuer sur ladite saisie durerait une heure, pas plus, les deux parties présenteraient leurs pièces et leurs requêtes, voire un témoin ou deux, mais l'affaire était limpide. Lui, Shenault, ordonnerait selon toute vraisemblance la vente judiciaire de la propriété de Pete Banning, ce qui entraînerait sa mise aux enchères immédiate. Le plus haut enchérisseur remporterait le bien, et l'argent de la vente serait versé à Jackie Bell qui, par décision de justice, devait recevoir cent mille dollars en dommages et intérêts. Personne ne s'attendant à ce que les enchères montent aussi haut, la propriété resterait gagée à hauteur du reliquat.

Cependant, selon son avocat, la plaignante était prête à renoncer à cette compensation financière contre l'acquisition de la terre, de la ferme et des biens afférents.

Bien sûr, si Shenault se prononçait en faveur de Jackie Bell, comme il allait évidemment le faire, les Banning pourraient interjeter appel de sa décision devant la cour suprême du Mississippi, ce qui serait un moyen pour eux de gagner du temps – une tactique déjà trop utilisée par la défense. Toutefois un tel recours serait absolument vain et sans effet, selon le juge.

Joel était de cet avis, et John Wilbanks aussi. C'était la fin. Se lancer dans cette nouvelle parade, c'était juste retarder l'inévitable et ça ferait grimper encore un peu plus les honoraires des avocats.

Ayant obtenu un accord de principe des deux parties, Shenault leur donna trente jours pour peaufiner les détails de la transaction et cala la prochaine rencontre pour le 26 janvier 1950.

*

Portés par l'esprit festif de la période et la perspective d'un avenir prospère, Jackie Bell et Errol McLeish se marièrent deux jours avant Noël au cours d'une cérémonie intime. Les trois enfants de Jackie étaient tout endimanchés et fiers comme des petits paons. Quelques amis étaient présents, dans une petite chapelle derrière l'église épiscopale.

Les parents de la mariée n'étaient pas invités. Ils n'approuvaient pas cette union parce qu'ils se méfiaient d'Errol McLeish et de ses réelles motivations. Son père avait insisté pour que Jackie consulte un avocat avant de l'épouser, mais elle avait refusé. McLeish avait la mainmise sur son affaire et son argent, disait-il, et elle courait tout droit à un désastre financier si elle ne se protégeait pas.

Et de plus, elle n'allait plus à l'église, ce qui mettait ses parents très mal à l'aise. Elle avait tenté de leur expliquer ses doutes, qu'elle avait perdu la foi, mais ils ne voulurent rien entendre. On était croyant ou pas, et les païens risquaient la damnation éternelle.

Jackie était tout heureuse de quitter Rome pour revenir à Clanton. Elle avait besoin de mettre de la distance avec ses parents et, plus important encore, elle était impatiente de récupérer la maison des

Banning. Elle y était venue à de nombreuses reprises et jamais elle n'aurait imaginé qu'un jour cette merveille lui appartiendrait. Après une vie passée dans de petits presbytères et des maisonnettes de location, une vie où tout était petit, étriqué et provisoire, elle, Jackie Bell, allait être la propriétaire de l'une des plus belles demeures du comté de Ford.

48

Par un matin froid, deux jours après Noël, Joel traversa les champs après une visite au Old Sycamore. Des flocons commençaient à tomber. Ce n'était que de la neige fondue, mais toute la région pouvait être tapissée de blanc en fin d'après-midi. Il pressa le pas en direction de la maison, s'apprêtant à proposer une virée vers le sud, quand tante Florry annonça qu'elle allait passer deux mois à La Nouvelle-Orléans, chez Twyla. Ça faisait un certain temps qu'elle y pensait. Tout la déprimait ici : la mort de Liza et ses remords cette nuit-là, le mauvais temps, le paysage morne et sinistre, et, bien sûr, le fait que la ferme de Pete était perdue – elle allait devoir passer tous les jours devant les nouveaux propriétaires ! De sombres augures, partout. Elle voulait fuir tout ça.

Dans l'heure, ils prirent la route alors que les conditions météorologiques se dégradaient. Ils faillirent ne pas pouvoir traverser le comté de Polk tant la neige tombait dru. Enfin, le temps s'améliora après Jackson.

Pendant le trajet, ils abordèrent de nombreux sujets importants. Joel comptait demander Mary Ann en mariage ce printemps. Il avait acheté une bague de fiançailles à Memphis et était impatient de la lui offrir. Il allait s'installer à Biloxi et pensait décrocher une place dans un petit cabinet là-bas. Rien de ferme, mais il avait bon espoir. Florry s'inquiétait pour Stella, qui était plus fragile. La jeune fille passait les vacances avec des amis à Washington et n'avait pas trouvé le courage de rentrer. Toute la famille était déprimée, bien sûr ! Le sujet le plus urgent, c'était la terre de Florry. Qu'allaient-ils en faire ce printemps ? Aucun des deux ne se sentait la force d'aller discuter avec McLeish pour trouver un arrangement. Florry s'en allait justement pour éviter tout contact avec lui. Finalement, ils décidèrent que Joel irait voir Doug Wilbanks, le cousin de John, pour lui louer la parcelle. Il cultivait déjà des centaines d'hectares dans plusieurs comtés et ne serait pas intimidé par McLeish. Ni Florry ni Joel ne savaient ce qu'il adviendrait des Nègres sur la propriété, mais ces pauvres gens en avaient vu d'autres. McLeish, de toute façon, aurait besoin de main-d'œuvre. Personne ne mourrait de faim.

Et ils ne pouvaient pas s'occuper de tout le monde, si ? Leur existence avait été mise sens dessus dessous depuis le meurtre, et ils n'avaient aucun moyen de revenir en arrière. Ils devaient panser leurs plaies. Ces deux dernières années avaient été terribles. Cela faisait un moment, reconnut Florry, qu'elle voulait partir vivre à La Nouvelle-Orléans avec Twyla. Twyla était plus âgée, la solitude commençait à lui peser, et elle avait une grande maison dans le Vieux Carré avec bien trop de pièces pour elle seule.

Tante et neveu parlèrent ainsi longtemps, du présent ou de l'avenir, mais jamais du passé. Toutefois, après quatre heures de route, Joel demanda :

— Stella et moi savons que tu en sais plus que tu ne veux bien le dire.

— Plus sur quoi ?

— Sur Pete et Dexter Bell, et maman. Sur ce qui s'est passé. Tu sais quelque chose, n'est-ce pas ?

— Qu'est-ce que ça peut faire ? Tout le monde est mort.

— Le soir de l'exécution de papa, tu es allée le voir à la prison. Qu'est-ce qu'il t'a raconté ?

— Il faut vraiment qu'on ressasse tout ça ? Ça a été la pire nuit de ma vie.

— C'est typique des Banning : ne jamais répondre ! Qui vous a appris à être aussi fuyants ? Pete et toi, vous êtes de vraies anguilles !

— Ne sois pas déplaisant, Joel.

— Je ne le suis pas. Réponds juste à ma question.

— Qu'est-ce que tu veux savoir ?

— Pourquoi papa a tué Bell.

— Il ne m'a jamais donné de raison et, crois-moi, j'ai essayé de lui tirer les vers du nez ! Mais il était têtu comme une mule.

— Sans blague. Je suppose que maman a eu une liaison avec Dexter Bell et que papa l'a découvert quand il est rentré de la guerre. Il a dû lui faire avouer, et elle a été submergée par la honte et les remords.

Elle a dû craquer mentalement, quelque chose comme ça, et Pete a voulu la chasser de la maison. Wilbanks est allé voir le juge Rumbold pour le convaincre que maman avait besoin de repos et papa l'a emmenée à Whitfield. Après ça, papa n'a jamais pu se faire à l'idée que sa femme lui avait été infidèle, en particulier après les horreurs qu'il a vécues à la guerre. Tu imagines ça ! Il était là-bas, mourant de faim, rongé par la dysenterie et le paludisme, il a été torturé, maltraité, a subi toutes les humiliations, puis il s'est battu deux ans dans la jungle, et pendant ce temps-là elle s'envoyait en l'air avec le pasteur. Ça l'a rendu fou, et c'est pour ça qu'il a tué Dexter Bell. Quelque chose s'est brisé dans sa tête. C'est ça, Florry ?

— Tu crois que ton père a perdu l'esprit ?

— Oui. Pas toi ?

— Non, je pense qu'il savait exactement ce qu'il faisait. Il n'était pas fou. Pour le reste, je suis d'accord avec ton histoire, mais Pete avait toute sa tête.

— Et il ne t'a jamais rien dit ?

Elle prit une longue inspiration, détourna la tête vers la fenêtre. Ce silence était explicite, mais ses mots exprimèrent l'inverse :

— Non. Pas un mot.

Elle mentait, bien sûr.

*

Il ne risquait pas de neiger à La Nouvelle-Orléans. Il faisait près de quinze degrés, l'air était limpide. Twyla les accueillit avec une effusion d'embrassades et de cris de joie. Pendant que la domestique déchargeait la voiture, elle leur servit à boire. Dans ses valises qu'elle avait bouclées en un éclair, Florry avait apporté assez d'affaires pour tenir un an. Joel annonça qu'il allait peut-être prendre une chambre au Monteleone Hotel sur Royal Street, mais Twyla ne voulut rien entendre. Sa jolie maison de ville avait plein de chambres et elle avait besoin de compagnie. Ils s'installèrent dans le patio à côté d'une vieille fontaine, l'eau coulant de la gueule d'un tigre en ciment, et bavardèrent de tout et de rien. Dès que Florry les quitta pour aller aux toilettes, Twyla se pencha vers Joel :

— Elle a une sale tête !

— Ces derniers temps ont été difficiles. Elle s'en veut pour la mort de ma mère.

— C'est bien triste, Joel. Florry a été hospitalisée, n'est-ce pas ?

— Oui. Quelques jours. Douleurs à la poitrine. Je me fais du souci pour elle.

— Elle est pâle et maigre.

— Ce qu'il lui faut, ce sont des gombos, du jambalaya et des beignets d'huîtres. Je l'ai amenée jusqu'ici, maintenant à toi de la nourrir.

— Je m'en occupe. Et nous avons de très bons docteurs en ville. Je vais veiller à ce qu'on prenne soin d'elle. Les gènes dans votre famille ne sont pas très, comment dire… Costauds ?

— Merci du compliment. Mais c'est vrai, on a tendance à mourir jeune.

— Et comment se porte la charmante Stella ?

— Ça va. Elle n'a pas voulu rentrer. C'était trop tôt. Elle a préféré rester à Washington. C'est dur pour tout le monde en ce moment.

— Je comprends ça. Il serait temps que la roue tourne un peu de votre côté.

Florry revint à grands pas, les pans de sa large robe flottant derrière elle. À l'évidence, elle était heureuse d'être ici avec Twyla. Sur une vieille table, supposée provenir d'une ferme quelque part en France, une domestique déposa un plateau d'huîtres et servit du vin frais.

Ils mangèrent, burent et rirent toute la soirée. À nouveau, le comté de Ford semblait appartenir à un autre monde.

*

Le lendemain, tard dans la matinée, Joel sortit de sa chambre avec la bouche sèche et un mal de crâne carabiné. Il trouva de l'eau, étancha sa soif. Il avait grand besoin d'un café. Une femme de ménage lui indiqua où se trouvait la porte d'entrée. Il sortit sous un soleil radieux. Encore une journée parfaite dans le Vieux Carré. Il prit une grande inspiration et descendit Charles Street vers Jackson Square. Il y avait là-bas un petit bar où l'on servait un café bien fort et mêlé de chicorée. Joel but une tasse, en commanda une autre à emporter et traversa Decatur Street pour rejoindre le marché français. Il gravit l'escalier menant à la digue et s'installa sur un banc. C'était l'un de ses endroits préférés de la ville. Il aimait y flâner, regarder passer les bateaux sur le fleuve.

À la maison, dans la bibliothèque de son père, il y avait un livre de photographies sur La Nouvelle-Orléans. Sur un cliché datant des années 1870, des dizaines de bateaux à vapeur étaient amarrés, bord à bord, tous chargés de balles de coton provenant des plantations de l'Arkansas, du Mississippi et de la Louisiane. Enfant, Joel se racontait que le coton de la ferme se trouvait sur l'un d'eux, attendant d'être transporté vers des terres lointaines. Le coton des Banning était très important, se disait-il. On en avait besoin aux quatre coins du monde. Et il faisait vivre tous ces gens sur les navires et les docks.

Au siècle dernier, le port grouillait d'activité, les bateaux à aubes arrivaient de l'amont et une armée de dockers déchargeaient leur précieuse cargaison. Toutefois ces temps étaient révolus. Il y avait encore du passage sur le grand fleuve, mais les vapeurs avaient été remplacés par de grandes barges transportant des céréales et du charbon. Au loin, des vaisseaux étaient amarrés, vestiges de la guerre.

Joel était fasciné par le Mississippi et se demanda à chaque fois où allaient tous ces bateaux. Certains descendaient au sud, vers le golfe, d'autres en revenaient. Il n'avait aucune envie de retourner à Clanton. Là-bas l'attendaient un dernier semestre de droit à la faculté, une succession de réunions avec des avocats et des juges pour réduire à néant les biens de son père. Et surtout, il lui faudrait faire ses adieux à la terre, à la maison, à Nineva et à Amos, et à tous ceux qu'il avait connus depuis son enfance.

Il traîna à La Nouvelle-Orléans pendant trois jours et, quand il commença à s'ennuyer, il salua Florry, la serra dans ses bras et s'en alla. Sa tante semblait revivre ici, dans cette ville.

Il roula jusqu'à Biloxi et alla voir le père de Mary Ann sur son lieu de travail. Joel lui présenta ses excuses de débarquer ainsi à l'improviste, mais il ne voulait pas que Mary Ann sache qu'il était en ville ; il était venu lui demander la main de sa fille. Pris de court, le père n'eut pas d'autre choix que d'accepter.

Ce soir-là, Joel dîna chez ses futurs beaux-parents et dormit sur le canapé du salon.

49

Comme prévu, le début de l'année 1950 fut sinistre. Le 26 janvier, dans la magnifique salle de réunion du cabinet Wilbanks, John et Joel prirent place en face de Burch Dunlap et Errol McLeish. Le juge Shenault, cette fois sans robe, s'installa en bout de table pour arbitrer les négociations.

Joel, en sa qualité d'administrateur adjoint, signa le document qui transférait la propriété des deux cent soixante hectares de terres, avec la maison, à Jackie Bell, désormais Jackie Bell-McLeish. Pour éviter tout problème avec Florry, le domaine avait été dûment balisé. Tous les bâtiments avaient été identifiés et listés dans un autre acte : écurie, poulailler, hangars, étable, granges, porcherie, ainsi que la petite maison de Nineva et Amos, celle occupée par Buford Provine le contremaître, et les quatorze cabanes dans les bois où logeaient à ce moment-là les ouvriers agricoles. L'acte de cession donnait également le détail des biens personnels de Pete : son pick-up Ford de 1946, les tracteurs John Deere, les remorques, les charrues, les planteuses et tout le matériel agricole jusqu'à la moindre pelle et au moindre râteau, sans oublier les chevaux et les animaux. McLeish aurait tout. Contre trois cents dollars, il avait accepté que Joel garde la Pontiac de 1939.

Un autre document énumérait le mobilier dans la maison, du moins ce qu'il en restait. Joel était parvenu à emporter les livres, les souvenirs, les armes, les vêtements, les bijoux, les photos, les parures de lit ainsi que les plus beaux meubles.

Quant à l'argent, McLeish se montra conciliant. Il se doutait, à juste titre, que la plus grande partie avait été soit dépensée soit cachée. En se fondant sur l'inventaire qu'avait dressé Wilbanks à l'automne 1947 pour l'évaluation de la succession, il accepta la somme de deux mille cinq cents dollars, au nom de son épouse, bien sûr.

Joel exécrait cet individu depuis si longtemps, et avec une telle ardeur, qu'il avait l'impression d'être allé au bout de sa haine. McLeish était si pompeux et si pathétique quand il évoquait ce patrimoine que les Banning avaient fait fructifier à la sueur de leur front. À l'entendre, il semblait vraiment croire qu'il méritait cette terre.

Cette réunion était un cauchemar. Joel en avait la nausée. Dès que ce fut possible, il s'en alla sans un mot, claqua la porte et sortit du cabinet. Il retourna à la ferme. Il avait les larmes aux yeux quand il coupa le moteur.

Nineva et Amos étaient assis derrière la maison (jamais les deux employés ne se seraient installés côté façade) et avaient cet air hagard de ceux qui ont tout perdu. Ils étaient nés sur la terre des Banning et ne l'avaient jamais quittée. Quand ils virent les larmes de Joel, eux aussi se mirent à pleurer. Ils finirent par surmonter leur chagrin et trouvèrent la force de lui dire adieu. Quand Joel les laissa sur le perron, Nineva s'effondra en larmes et Amos la prit dans ses bras. Joel alla ensuite retrouver Buford, qui l'attendait dans le froid à côté de la grange. Il transmit le message du nouveau propriétaire : le grand Errol McLeish voulait lui parler cet après-midi même. Buford garderait sans doute son travail. Joel avait dit tant de bien du contremaître que ce serait une idiotie de le remplacer. Buford le remercia, lui serra la main et essuya une larme.

Le visage fouetté par la bise glacée, Joel se rendit à pied au Old Sycamore à près d'un kilomètre de là pour dire au revoir à ses parents. Par chance, le cimetière de famille se trouvait sur la parcelle de Florry et serait donc accessible pour toujours, du moins dans un futur immédiat. « Pour toujours » ne signifiait plus rien. À sa naissance, Joel devait garder cette terre « pour toujours ».

Pendant un long moment, il contempla les deux stèles, en se demandant pour la millième fois comment la vie de ses parents avait pu devenir si compliquée et tragique. Ils étaient bien trop jeunes pour mourir, et pour laisser des secrets qui empoisonneraient à jamais l'existence de ceux qu'ils aimaient. Il observa les autres sépultures. Combien de mystères les Banning avaient-ils ainsi emportés avec eux ?

Il arpenta une dernière fois les petites routes entre les champs, chaque chemin, chaque sente tortueuse, et quand il remonta dans sa voiture, ses doigts étaient tout engourdis. Il était transi jusqu'aux os, jusqu'au cœur aussi. Au moment de quitter la ferme, il s'interdit de regarder la maison. Il aurait dû la brûler.

*

Plus tard cet après-midi-là, McLeish fit son entrée dans sa nouvelle maison et se présenta à Nineva. Ni l'un ni l'autre ne chercha à se montrer aimable. Il se méfiait d'elle parce qu'elle avait travaillé toute sa vie pour les Banning, et de son côté, Nineva le considérait comme un intrus et un voleur.

— Vous voulez garder votre travail ? demanda-t-il.

— Pas vraiment. Je suis trop vieille. Trop vieille pour tenir une maison. Il y a des gamins, pas vrai ?

— Trois.

— Vous voyez ! J'ai plus l'âge pour faire la lessive, le ménage, la cuisine, le repassage. Pour trois gosses plus une épouse ! Amos et moi, on a besoin de se reposer. On a fait notre temps.

— Vous reposer où ça ?

— On pourrait rester ici ? C'est une toute petite maison, mais c'est tout ce qu'on a. On est là depuis plus de cinquante ans. Cette maison n'a de valeur pour personne.

— On verra ça. On m'a dit qu'Amos trait les vaches et s'occupe du potager.

— C'est vrai, mais il se fait vieux.

— Quel âge a-t-il ?

— Environ soixante, je dirais.

— Et vous ?

— À peu près pareil.

— Vous avez des enfants ?

— Plein, mais ils sont tous partis. Au nord. Il n'y a qu'Amos et moi dans notre petite maison.

— Où est M. Provine ?

— Buford ? Dans le hangar des tracteurs. Il vous attend.

McLeish traversa la cuisine et sortit par l'arrière de la maison. Il resserra son écharpe, alluma un cigare et traversa la cour. Il passa devant les granges et les abris, comptant les têtes de bétail. Quelle chance il avait ! Jackie et les gosses arriveraient la semaine suivante et pour tous les cinq commencerait alors le plus doux des défis : devenir une famille importante du comté de Ford.

*

Maintenant que sa tante était bien au chaud dans son cocon de La Nouvelle-Orléans, que les biens de son père avaient été cédés et que la maison de famille était occupée par des étrangers, Joel n'avait plus aucune raison de retourner dans le comté de Ford. D'ailleurs, il n'en avait aucune envie. L'argent de son père, du moins la majeure partie, avait servi à payer le cabinet Wilbanks pour leurs bons et loyaux services. Même s'il avait cessé d'appeler John Wilbanks toutes les semaines, il avait appris que McLeish avait congédié Nineva et Amos et qu'il les avait expulsés de leur maison en leur donnant quarante-huit heures pour déménager. Ils habitaient en ce moment chez des proches à Clanton. Au dire de Buford Provine, qui avait parlé avec le contremaître des Wilbanks qui s'occupait de la terre de Florry, McLeish comptait demander un loyer aux ouvriers agricoles pour leurs cabanes et réduire leur salaire.

Joel était outré, furieux. Comment Nineva et Amos allaient-ils pouvoir vivre ailleurs et trouver une nouvelle maison, à leur âge ? Il brûlait de foncer à Clanton pour les voir et leur donner un peu d'argent. Les autres ouvriers pâtissaient aussi de la situation alors qu'ils n'avaient rien fait de mal. Ils avaient toujours été bien traités par son père et son grand-père, mais maintenant un crétin était aux commandes. Il ne connaissait donc pas le vieil adage : l'injustice n'incite pas à la loyauté ? Cette nouvelle le révoltait et c'était une raison de plus pour oublier la ferme.

Heureusement qu'il y avait Mary Ann, sinon il aurait broyé du noir, un étudiant de vingt-quatre ans sans plus aucune perspective d'avenir. Elle avait accepté de devenir sa femme, et il prévoyait un petit mariage à La Nouvelle-Orléans après la fin de ses études en mai. Quand le printemps arriva, et avec lui le renouveau et l'espoir, Joel reprit le dessus et tenta de profiter de ses derniers jours à l'université. Mary Ann et lui étaient inséparables. Pour les vacances de printemps, ils prirent le train pour Washington et passèrent une semaine avec Stella.

Durant le trajet, à l'aller comme au retour, ils parlèrent de leur avenir. Joel voulait fuir très loin, comme sa sœur, loin de ses souvenirs et s'installer dans une grande ville du Nord où tout était possible. Mary Ann n'était pas aussi pressée de partir, mais en petite-fille d'immigrés, elle n'était pas opposée à prendre un nouveau départ. Ils étaient jeunes, amoureux, ils allaient se marier, alors pourquoi ne pas explorer le monde ?

*

Le mercredi 19 avril, Florry fut réveillée à l'aube par de violentes douleurs à la poitrine. Faible, le souffle court, elle alla prévenir Twyla avant de s'effondrer dans un fauteuil. Une ambulance l'emmena au Mercy Hospital, où son état fut stabilisé. D'après ses médecins, elle avait eu un petit infarctus et son état général était préoccupant. Le lendemain, Twyla appela Joel à Ole Miss et, le vendredi, il sécha son dernier cours de la journée pour descendre d'une traite à La Nouvelle-Orléans. Mary Ann, s'inquiétant pour ses examens, ne fut pas du voyage.

À l'hôpital, Florry était ravie de sa visite – elle ne l'avait pas vu depuis trois mois et demi –, mais elle feignit d'être agacée par tant d'attention. Elle se disait en pleine forme, qu'elle en avait assez des médecins et était prête à rentrer chez Twyla pour recommencer à écrire. Elle avait une idée pour une nouvelle. Joel fut surpris par son apparence. Elle avait pris un coup de vieux, et paraissait avoir dix ans de plus, avec ses cheveux gris et sa peau crayeuse. Bien qu'elle fût toujours en surpoids, elle avait beaucoup maigri. Sa respiration était sifflante et souvent elle manquait d'air.

Dans le couloir, Joel confia ses inquiétudes à Twyla.

— Elle a l'air mal en point, lui murmura-t-il.

— Elle a une maladie dégénérative du cœur, Joel. Son état ne va qu'empirer.

Il n'avait jamais songé à la mort de Florry. Après avoir perdu son père et sa mère, il ne pouvait perdre sa tante. Il avait totalement refoulé cette idée.

— Ils n'arrivent pas à la soigner ?

— Ils essaient. Elle a des tas de médicaments et tout le tralala, mais ils ne parviendront pas à inverser le processus, ni même à l'arrêter.

— Mais elle n'a que cinquante-deux ans.

— Pour un Banning, c'est vieux.

Merci du renseignement !

— Elle ressemble à une vieille femme.

— Elle est très faible, très fragile, elle n'a pas d'appétit, alors qu'elle voudrait bien manger. Son cœur faiblit de jour en jour. Elle va sortir demain, et ce serait bien si tu pouvais rester avec nous ce week-end.

— Bien sûr. C'est ce que je comptais faire.

— Et il faut que tu dises la vérité à Stella.

— Stella et moi sommes les seuls de la famille à ne rien nous cacher.

Une ambulance ramena Florry chez Twyla le samedi matin et elle alla tout de suite mieux. Un bon déjeuner fut servi dans le patio. C'était une agréable journée de printemps, le thermomètre flirtant avec les vingt-cinq degrés. Florry était si heureuse d'être encore en vie. Contre l'avis des médecins, elle but du vin et avala une grosse assiette de haricots rouges et de riz. Plus elle parlait, mangeait et buvait, plus elle retrouvait de l'entrain. Son esprit gagna en vivacité, comme sa langue, et sa voix se fit à nouveau forte et claire. C'était un retour étonnant. Et Joel cessa de penser à d'autres funérailles.

Après une longue sieste le samedi après-midi, il partit se promener dans le Vieux Carré, qu'il aimait toujours autant, même s'il se sentait un peu seul sans Mary Ann. Jackson Square grouillait de touristes, il y avait des orchestres à chaque coin de rue. Il but un verre dans son café préféré, se fit tirer le portrait – une caricature ridicule pour un dollar –, acheta un bracelet de pacotille pour Mary Ann, écouta un groupe de jazz devant le marché français, et finalement il alla sur la digue, s'assit sur l'un des bancs en fer forgé et regarda passer les bateaux.

Dans les lettres qu'ils s'écrivaient chaque semaine, Florry lui annonçait qu'elle voulait assister à la remise de son diplôme fin mai. Et lui ne voulait pas. Trois ans plus tôt, quand son père avait été exécuté et que toute sa famille était en lambeaux, Joel avait sauté la cérémonie à Vanderbilt. Il comptait faire de même à Ole Miss, mais Florry s'y opposait. Ils avaient passé tous les trois un bon moment à Hollins pour la remise du diplôme de Stella et il en serait de même à Ole Miss, du moins c'était son idée.

Leur discussion à ce sujet reprit le dimanche matin pendant le petit déjeuner dans le patio. Florry insistait pour se rendre à Oxford et assister à la cérémonie, et Joel soutenait que cela ne servirait à rien parce qu'il n'y serait pas. La bataille était bon enfant. De temps en temps, Twyla levait les yeux au ciel : Florry n'irait nulle part, ou alors au Mercy Hospital, pour un autre séjour.

Florry n'avait pas beaucoup dormi la veille et se sentit soudain fatiguée. Twyla avait embauché une infirmière qui aida Florry à remonter dans sa chambre.

— Elle ne va pas tenir longtemps, chuchota Twyla. Tu le sais ?

— Comment ça ?

— Il faut te préparer au pire.

— Combien de temps ? Un mois ? Un an ?

— Va savoir ? Quand tes cours se terminent-ils ?

— Le 12 mai. La remise des diplômes a lieu la semaine suivante, mais je n'irai pas.

— Et Stella ?

— Elle finit au même au moment.

— Alors ce serait bien que vous rappliquiez ici au plus vite et que vous passiez le plus de temps possible avec elle. Vous serez mes invités, évidemment.

— Merci.

— Tu pourrais rester tout l'été, avant et après ton mariage. Elle ne parle que de toi et Stella. Vous avoir ici, c'est important pour elle.

— C'est très généreux de ta part, Twyla. Merci encore. Elle ne rentrera donc jamais à Clanton ?

Twyla haussa les épaules et détourna les yeux.
— J'en doute. Les médecins ne seront pas d'accord de toute façon. Et pour tout te dire, Joel, elle ne veut pas rentrer là-bas. En tout cas plus maintenant.
— Je comprends.

50

Le Crescent Limited faisait la navette deux fois par jour entre New York et La Nouvelle-Orléans, un voyage de plus de deux mille kilomètres en trente heures. À 14 heures, le 4 mai, un jeudi, Stella monta dans le train à l'Union Station de Washington et s'installa dans un wagon confortable, même si le voyage n'avait rien d'agréable. Pour essayer de passer le temps, elle ôta sa montre, tenta de dormir, lut des magazines, un roman et grignota ce qu'elle avait apporté. Oui, ce périple était obligatoire ! La directrice de St Agnes n'avait pas été ravie de ce départ précipité. À cause de ses problèmes familiaux, elle avait déjà été absente bien trop souvent, et les cours s'arrêtaient dans une semaine. Cela ne pouvait attendre quelques jours ?

Non, impossible, d'après Twyla. C'était la fin pour Florry. Et aux yeux de Stella, être au chevet de sa tante était bien plus important que son travail. La directrice avait cédé, de mauvaise grâce, et lui avait annoncé qu'elles discuteraient de la poursuite de son contrat à son retour. Stella était devenue une enseignante appréciée de ses élèves et St Agnes ne voulait pas la perdre.

Florry avait été emmenée d'urgence à l'hôpital une deuxième fois. Puis une fois encore. Ses médecins ne faisaient plus grand-chose, sinon la gaver de médicaments et tirer une tête d'enterrement. Florry était de retour chez Twyla, alitée. Elle s'éteignait et réclamait ses neveux. Joel était sur place. Il ratait des examens mais s'en moquait.

Le train prit du retard et arriva à La Nouvelle-Orléans le vendredi en fin d'après-midi. Joel l'attendait à la gare. Ils sautèrent dans un taxi pour se rendre chez Twyla, sur Charles Street. Elle les accueillit sur le pas de la porte et les conduisit dans le patio où du fromage, des olives, du pain et du vin les attendaient. Pendant qu'ils mangeaient et buvaient, elle leur expliqua que Florry se reposait mais qu'elle allait bientôt se réveiller.

Twyla chassa une domestique et baissa la voix :

— Elle veut vous parler avant qu'il ne soit trop tard. Elle a des choses importantes à vous dire, des secrets qu'elle veut vous révéler. Je l'ai convaincue qu'il était temps de parler. Demain, il sera peut-être trop tard.

Joel prit une grande inspiration et regarda Stella avec une lueur de terreur dans les yeux.

— Elle t'a raconté ? s'enquit Stella.

— Oui. Elle m'a raconté. Tout.

— Et cela concerne nos parents, n'est-ce pas ? demanda Joel.

Twyla poussa un long soupir, puis but une lampée de vin.

— La nuit où votre père est mort, quelques heures seulement avant son exécution, Florry est passée le voir à la prison, et pour la première fois il lui a expliqué ses raisons. Il lui a fait jurer sur la Bible qu'elle n'en parlerait à personne, et surtout pas à vous deux. Il y a six mois, la nuit où votre mère est morte, elle et Florry étaient seules dans la maison, dans la chambre à coucher, votre mère était à court de pilules et en plein désarroi. Mais elle a raconté une autre version de l'histoire, une version que votre père n'a jamais sue. Elle a fait promettre à Florry de ne rien révéler. Et elle a tenu parole, jusqu'à dernièrement quand elle était à l'hôpital. Elle a cru qu'elle allait mourir. Les médecins pensaient que c'était la fin. Et finalement, elle a souhaité parler, elle ne voulait pas emmener ce secret dans sa tombe.

— Dans notre famille, la vérité est aussi insaisissable qu'un nuage de fumée, répliqua Joel.

— Mais cette fois, vous allez l'entendre, et ça ne va pas vous plaire. Pourtant il le faut, j'en suis convaincue. Ça va vous décevoir. Vous choquer. Mais seule la vérité vous permettra d'avancer. Sinon, vous aurez toujours ce poids sur les épaules, des doutes et des soupçons qui empoisonneront votre existence. Quand vous saurez la vérité, vous pourrez tirer un trait sur le passé, l'oublier et regarder l'avenir. Il va vous falloir être forts tous les deux.

— J'en ai assez d'être forte, lâcha Stella.

— Pourquoi d'un coup, j'ai un mauvais pressentiment ? répondit Joel, en avalant une gorgée de vin.

— On a réduit les médicaments, elle sera un peu plus alerte, mais elle se fatigue vite.

— Elle souffre ? s'enquit Stella.

— Pas trop. Son cœur faiblit lentement. C'est si triste.

Au fond du patio, une infirmière sortit de la chambre et fit un signe de tête à Twyla.

— Elle est réveillée. Vous pouvez y aller.

Florry était assise dans le lit, adossée contre une pile d'oreillers. Elle leur sourit et les embrassa. Elle portait l'une de ces larges robes colorées, sans doute pour dissimuler le fait qu'elle avait beaucoup maigri. Ses jambes étaient sous une couverture. Pendant quelques minutes, elle fut un vrai moulin à paroles, s'enthousiasma pour le mariage de Joel et parla de la tenue qu'elle allait porter pour l'occasion. Elle semblait avoir oublié la remise de diplôme à Ole Miss dans deux semaines.

D'un coup, elle parut très fatiguée et ferma les yeux. Stella s'assit au pied du lit et lui tapota affectueusement les pieds. Joel s'installa dans un fauteuil.

Quand elle rouvrit les paupières, elle souffla :

— J'ai des choses à vous dire.

*

— Quand Pete est revenu de la guerre, il avait des bandages partout, des plâtres aux deux jambes, vous vous en souvenez. Il a passé trois mois à l'hôpital de Jackson, le temps de retrouver des forces. Quand il est revenu à la ferme, il marchait avec une canne. Il faisait un tas d'exercices et, chaque jour, il marchait un peu plus longtemps. C'était le début de l'automne 1945. La guerre était finie et le pays tentait de retrouver une vie normale. Il avait connu l'enfer là-bas mais il n'en parlait jamais. À l'évidence, vos parents avaient une vie conjugale très active, disons ça comme ça. Nineva a raconté à Marietta, qu'avant la guerre, dès qu'elle avait le dos tourné votre mère et votre père filaient dans la chambre à coucher.

— C'est pour ça qu'ils ont été obligés de se marier, Florry. On le sait bien. J'ai vu mon certificat de naissance et la date de leur mariage. Nous ne sommes pas stupides.

— Je n'ai pas dit ça. Je m'en doutais, mais je n'en ai jamais eu la preuve.

— Papa a pris les choses en main et, avant ma naissance, il a demandé à être envoyé en Allemagne. Comme ils étaient loin, cela a évité les ragots.

— Oui. Une façon de faire taire tout le monde.

Florry ferma à nouveau les yeux, poussa un long soupir comme si elle était épuisée. Joel et Stella échangèrent un regard inquiet.

Elle les rouvrit, battit des paupières et sourit :

— Où en étions-nous ?

— À l'Allemagne. Tu racontais que c'était plutôt torride entre nos parents.

— C'est rien de le dire ! Ça marchait bien entre eux. Une fois Pete rentré de la guerre et rétabli, il a voulu remettre ça. Il y avait pourtant un problème.

Liza n'avait plus d'intérêt pour la chose. Au début, Pete a cru que c'était à cause de son apparence, de son corps meurtri, couvert de cicatrices. Mais elle ne voulait pas s'expliquer. Finalement, ils ont eu une grosse dispute et elle lui a sorti une histoire, son premier mensonge. Elle lui a dit qu'elle avait fait une fausse couche peu après son départ de la maison, en 1941. Elle en avait déjà fait trois, comme vous le savez.

— Quatre, rectifia Stella.

— D'accord, quatre. À l'époque, ils étaient convaincus que Liza ne pouvait plus avoir d'enfants. Et pourtant, apparemment, elle était enceinte quand il est parti à la guerre, et ils ne le savaient pas. Quand elle s'en est aperçue, elle n'en a parlé à personne parce qu'elle avait peur de perdre un autre bébé et ne voulait pas inquiéter Pete. Il était alors à Fort Riley et allait bientôt embarquer. Puis elle a fait une fausse couche, du moins c'est ce qu'elle lui a dit, et à la suite de ça, elle a eu des problèmes, des problèmes de femme. Elle avait des pertes déplaisantes. Elle a vu des médecins. Elle prenait des médicaments. Mais son corps faisait des choses qu'elle ne pouvait maîtriser, et elle avait perdu tout appétit pour le… sexe. C'est embarrassant d'employer ce mot-là devant vous, les enfants.

— Allons, Florry. On sait tout sur le sexe, répondit Joel.

— Vous deux ? demanda-t-elle en regardant Stella.

— Oui, tous les deux.

— Oh…

— C'est bon, Florry, on est adultes maintenant.

— D'accord. Le sexe, le sexe, le sexe. Voilà je l'ai dit. Et comme elle n'était jamais disposée à le faire, Pete le vivait mal. Pauvre homme. Il avait passé trois ans dans la jungle à moitié mort, à rêver d'eau et de nourriture, et aussi à sa jolie femme qui l'attendait à la maison. Alors il a commencé à se poser des questions. Au dire de Liza, elle était tombée enceinte, juste avant son départ pour Fort Riley, début octobre 1941. Mais fin août de cette même année, Pete s'était fait mal au dos en voulant arracher une souche et il souffrait le martyre. Le sexe était hors de question à ce moment-là.

— Oui, je m'en souviens, lança Stella. Quand il est parti à Fort Riley, il pouvait à peine marcher.

— Il s'était d'ailleurs tellement abîmé le dos que les médecins à l'armée avaient failli le réformer, reprit Florry. Pete était certain qu'ils n'avaient pas eu de rapports en septembre. Il avait eu le temps d'y penser un million de fois pendant qu'il était prisonnier. Selon Liza, elle était tombée enceinte début octobre, n'avait rien dit pendant deux mois et comptait l'annoncer à Pete par courrier si le bébé était encore là au troisième mois. Mais elle l'avait perdu début décembre, au deuxième mois, et n'en avait donc pas parlé, ni à lui, ni à personne. Pete savait que ce n'était pas vrai. Si elle était tombée enceinte, alors c'était fin août, avant ses problèmes de dos. Ça faisait donc plus de trois mois au moment de cette fausse couche. Il a alors étudié le calendrier et reconstitué la chronologie. Puis un jour il a coincé Nineva et lui en a parlé. Elle n'était pas au courant, ce qui était pour le moins curieux, puisque Nineva sait tout ce qui se passe dans cette maison. Rien sur la fausse couche, rien sur cette grossesse. Si Liza avait été enceinte de trois mois, Nineva l'aurait su. Elle avait mis au monde une centaine de bébés, dont Pete et moi. Si Liza lui mentait pour la fausse couche, elle pouvait lui mentir aussi pour ses pertes, comme pour son manque d'intérêt pour le sexe. Alors les soupçons l'ont envahi. Liza tenait absolument à laver elle-même ses sous-vêtements. Et Nineva le lui confirma. Avec le temps, il attendit l'occasion et eut la confirmation des pertes. Il y avait bien des petites taches sur ses culottes. Et elle prenait effectivement beaucoup de pilules en cachette. Il voulait en parler à ses médecins, mais Liza a refusé catégoriquement. De toute façon, les indices s'accumulaient et les mensonges ne tenaient plus. Son épouse avait un problème médical qui n'avait rien à voir avec une fausse couche. Elle en avait déjà fait trois.

— Quatre, rectifia encore Stella.

— D'accord. Nineva avait parlé de Dexter Bell, avait dit qu'il passait beaucoup de temps avec Liza quand on avait appris que Pete était porté disparu et sans doute mort. On se souvient tous de cette période horrible et Dexter était souvent à la maison. Pete s'était toujours méfié de lui, il trouvait qu'il regardait bien trop sa femme. Et il y avait cette rumeur à l'église, bien sûr, je l'ai appris après coup. On racontait qu'il avait eu une histoire avec une femme. Une jeunette de vingt ans, je crois. C'était juste une rumeur, mais Pete était devenu tellement suspicieux.

Florry poussa un soupir et réclama un verre d'eau. Elle s'essuya la bouche du revers de la main, prit une longue inspiration. Elle ferma les yeux et poursuivit :

— Bref, Pete est alors allé à Memphis et a engagé un détective privé. Il lui a donné beaucoup d'argent, et des photos de Liza et de Dexter. À l'époque, il y avait trois docteurs, si on peut appeler ça des docteurs, je ne sais pas trop ce qu'ils étaient au juste, et ils doivent toujours exercer, d'ailleurs. Trois docteurs qui faisaient ça, des… avortements.

Stella hocha la tête, stoïque. Joel poussa un long soupir. Florry garda les paupières closes et reprit :

— Évidemment, le détective a trouvé un docteur qui a reconnu Liza et Dexter d'après les photos, mais il voulait un gros pot-de-vin pour en dire plus. Pete n'avait pas le choix. Il a payé le gars deux mille dollars en liquide et il a eu la confirmation : le 29 septembre 1943, il avait fait ça pour Liza.

— Mon Dieu, lâcha Joel.

— Ça confirme ce que t'a raconté Nineva, dit Stella. Quand maman et Bell sont partis ensemble à Memphis.

— Tout juste.

— Je ne suis pas au courant de cette histoire-là, répondit Florry.

— Il y a tant de secrets, répondit Stella. Continue. On reviendra là-dessus après.

— Très bien. Inutile de vous dire que Pete était à ramasser à la petite cuillère. Il avait la preuve que Liza l'avait trompé et que ce n'était pas une simple aventure, elle était tombée enceinte et s'était fait avorter dans une clinique sordide à Memphis. Il était furieux, dévasté. Il avait été trahi par l'être qu'il adorait plus que tout.

Elle marqua un silence et essuya une larme.

— C'est si horrible. Je ne voulais pas raconter cette histoire.

— C'est mieux comme ça, tante Florry, répondit Stella. On veut connaître la vérité.

— Alors, il lui a demandé des explications…, insista Joel.

— Oui. Il a choisi le bon moment et lui a mis la preuve sous le nez. C'est là qu'elle a craqué. Nerveusement. Psychologiquement. Peu importe comment les médecins appellent ça. En tout cas, quelque chose s'est brisé en elle. Elle a tout reconnu : la liaison, l'avortement, l'infection qui a suivi et qui ne veut toujours pas partir. Elle a imploré son pardon, encore et encore. Elle l'a supplié le reste de son existence pour qu'il la pardonne. Mais il n'a jamais pu. C'était trop pour lui, trop douloureux. Il était passé si près de la mort, il avait si souvent senti son souffle, pourtant il avait trouvé la force de survivre pour elle, pour vous. Et pendant ce temps-là, elle s'envoyait en l'air avec Dexter Bell. Comment pouvait-il oublier ça ? Alors il est allé voir John Wilbanks. Et tous les deux, ils sont partis trouver le juge. Liza a été internée à Whitfield, et elle s'est laissé faire. Elle savait qu'elle avait besoin d'aide, et qu'elle devait s'éloigner de lui. Une fois Liza exilée, Pete a tenté de reprendre le cours de sa vie, mais ce n'était plus possible.

— Et il a tué Dexter Bell, conclut Stella.

— Ça se comprend, renchérit Joel.

Il y eut un long silence, chacun essayant de reprendre ses esprits. Joel se leva, ouvrit la porte, alla dans le patio se servir un verre de vin et rapporta la bouteille.

— Quelqu'un en veut ?

Stella secoua la tête. Florry semblait s'être endormie.

Il se rassit dans le fauteuil, but une gorgée, puis une autre.

— Je suppose que ce n'est pas la fin de l'histoire, articula-t-il finalement.

— Non, ce n'est que le début, répondit Florry dans un murmure, les yeux toujours fermés. (Elle toussa, s'éclaircit la gorge et se redressa :) Vous vous souvenez tous les deux de Jupe, le petit-fils de Nineva. Il travaillait à la maison et au potager.

— On a grandi ensemble, Florry, répliqua Joel. On était inséparables.

— C'est vrai. Il a quitté la maison tout jeune, il est allé à Chicago puis il est revenu. Pete lui a appris à conduire, il le laissait prendre le pick-up pour aller faire les courses en ville, il avait un lien spécial avec lui. Il avait beaucoup d'affection pour ce garçon.

Elle déglutit en grimaçant, prit une grande inspiration et ajouta :

— Votre mère aussi…

— Non…, grogna Joel, sous le choc.

— Ce n'est pas possible, bredouilla Stella.

— Et pourtant c'est le cas. Quand votre père a coincé votre mère avec la preuve qu'elle avait avorté, il lui a demandé si c'était Dexter Bell. À cet instant fatidique, elle a dû prendre une décision. Faire un choix. La vérité ou le mensonge. Et votre mère a menti. Elle ne pouvait se résoudre à admettre qu'elle avait eu des rapports avec Jupe. C'était impensable. Inimaginable.

— Comment c'est arrivé ? demanda Joel.

— Il l'a forcée ? s'enquit Stella.

— Pas du tout. À l'évidence, la nuit où votre mère est morte, elle savait parfaitement ce qu'elle allait faire. Et moi, je n'ai rien vu venir. J'étais avec elle et elle était au bout du chemin. Elle parlait, parlait, elle voulait tout m'expliquer. Parfois, elle semblait lucide, parfois totalement égarée, mais elle ne cessait pas de parler. Elle m'a raconté que Nineva avait été malade pendant une semaine et qu'elle avait dû rester chez elle. Jupe travaillait alors dans le jardin et le potager. Un jour qu'il était dans la maison, seul avec Liza, c'était arrivé. C'était un an après qu'on a appris que Pete était mort, et cela leur a pris comme ça. Une impulsion. Rien de prémédité. Il n'y a eu aucun jeu de séduction, personne n'a forcé qui que ce soit. Juste deux adultes consentants. Voilà, c'est arrivé une fois. Et cela s'est reproduit.

Joel ferma les yeux et lâcha un soupir. Stella regardait fixement le sol, bouche ouverte, sonnée.

Florry enfonça le clou :

— Votre mère a toujours détesté conduire, alors Jupe est devenu son chauffeur et pour échapper à la surveillance de Nineva, ils partaient en ville. Ils avaient leurs cachettes en chemin, et un peu partout dans le comté. C'est devenu un jeu, un jeu très agréable, m'a dit Liza. Ça n'a rien d'extraordinaire, les enfants, les deux races se sont mélangées dès le premier jour. Encore une fois, elle se croyait veuve, elle était seule, elle prenait un peu de bon temps, pas de quoi fouetter un chat. C'est du moins ce qu'elle croyait.

— Non…, marmonna Joel.

— Pas de quoi fouetter un chat ? répéta Stella.

— C'est arrivé. Point. Et on ne peut rien y changer. Je vous répète simplement ce que votre mère m'a dit cette nuit-là. Bien sûr, elle n'avait plus toute sa tête, mais elle n'avait aucune raison de me mentir. Elle voulait que quelqu'un sache la vérité avant de quitter ce monde. C'est pour cela qu'elle m'a tout raconté.

— Et tu n'as pas eu des doutes ? demanda Joel.

— Jamais. Pas une seule seconde. Je n'ai jamais eu de soupçons qu'il s'agisse de Jupe, de Dexter Bell ou de qui que ce soit. On essayait juste de s'en sortir, de continuer à vivre sans Pete. Ça ne m'est pas venu à l'esprit que Liza pouvait avoir quelqu'un.

— Continue, Florry, lâcha Stella. Finissons-en avec cette histoire sordide.

— C'est vous qui vouliez savoir la vérité, répondit Florry.

— Maintenant, je n'en suis plus si sûr, murmura Joel.

— Continue, s'il te plaît.

— J'essaie, les enfants. Et ce n'est pas facile. Bref, leurs ébats se sont arrêtés quand Liza est tombée enceinte. Pendant un mois, elle a été dans le déni, mais les premiers signes sont apparus et elle a compris que Nineva ou quelqu'un d'autre allait le remarquer. Comme vous l'imaginez, elle était paniquée. La solution évidente – celle pour laquelle optent toutes les femmes blanches en pareil cas –, c'est de crier « Au viol ! ». Cela rejette la faute sur le Noir et facilite grandement les choses pour mettre fin à la grossesse. Ne sachant que faire, elle a décidé d'en parler à Dexter Bell, un homme en qui elle avait toute confiance. Et pour info, il ne l'a jamais touchée, jamais de façon déplacée. Il a toujours été attentionné, ne cherchant qu'à réconforter ses ouailles. Dexter l'a convaincue de ne pas se lancer dans cette histoire de viol, et a ainsi sauvé la vie de Jupe. Parce que le pauvre garçon allait se retrouver pendu à un arbre en un rien de temps. À peu près au même moment, Nineva et Amos ont découvert que leur petit-fils et la femme du patron fricotaient ensemble. Terrifiés, ils lui ont ordonné de partir sur-le-champ.

Joel et Stella étaient sans voix. La porte s'entrouvrit. Twyla passa la tête par l'interstice et demanda :

— Tout va bien ?

— Tout va bien, murmura Florry.

La porte se referma. Non, rien n'allait bien.

Joel se leva avec son verre de vin et alla à la fenêtre contempler le patio.

— Nineva savait que maman était enceinte ?

— Liza était convaincue que non. Personne n'était au courant. Pas même Jupe. Ils lui ont fait quitter la ville à peu près au moment où Liza a découvert qu'elle était enceinte.

— Comment Nineva a appris leur liaison ?

Florry ferma à nouveau les yeux et respira profondément, comme si elle cherchait à puiser dans ses dernières forces. Les paupières toujours closes, elle toussa et reprit :

— Un petit Noir pêchait dans la rivière et il les a vus. Il a filé chez lui pour tout raconter à sa mère. La nouvelle est parvenue aux oreilles de Nineva et Amos. Ils ont été horrifiés et ont mesuré aussitôt le danger pour Jupe. Le garçon s'est retrouvé dans le premier car pour Chicago. Je crois qu'il est toujours là-bas.

Il y eut un long silence dans la pièce. Plusieurs minutes s'écoulèrent sans que personne ne prononce un mot. Florry rouvrit les yeux mais évita le regard des enfants. Joel revint s'asseoir, posa le verre sur la table et se prit la tête dans les mains.

— Donc Pete a tué le mauvais gars, c'est ça ?

Florry ne répondit pas.

— J'ai souvent songé au moment où Pete a forcé Liza à lui avouer qu'elle s'était fait avorter. Cela a dû être une épreuve terrible. Elle a été obligée de choisir, dans la précipitation. Pete accusait déjà Dexter Bell. Alors il était plus facile pour elle de ne pas le contredire que de prendre le temps de réfléchir. Un choix, fait dans un moment de grand stress et de confusion, et regardez les conséquences.

— C'est vrai, concéda Stella, mais si elle avait eu le temps, elle n'aurait quand même pas dit la vérité. Aucune femme blanche dans sa position ne peut assumer ça.

— Ta mère n'était pas une putain, répondit Florry. Si elle avait cru un seul instant qu'il y avait la moindre chance pour que Pete soit en vie, elle ne serait jamais allée voir ailleurs. C'était une femme bien, qui aimait ton père de tout son être. J'étais avec elle la nuit où elle est morte, et elle était torturée par le remords. Elle avait si mal. Elle implorait encore son pardon. Elle regrettait tant sa vie d'autrefois avec sa famille. C'était un être brisé, pitoyable. Vous devez vous souvenir de la mère bonne et aimante qu'elle a été.

Joel se leva et sortit de la chambre sans un mot. Il traversa le patio, n'adressa pas une parole à Twyla, assise dans son rocking-chair, et quitta la maison. Il descendit Charles Street en direction de Jackson Square, il s'assit sur les marches de la cathédrale et regarda tout un petit monde à l'œuvre sur l'esplanade : bateleurs et jongleurs, musiciens, bonimenteurs, arnaqueurs et escrocs, dessinateurs, pickpockets, proxénètes, touristes. Tous les hommes noirs étaient des Jupe en puissance, cherchant une proie. Toutes les femmes blanches, avec leur maquillage outrancier, étaient des doubles de sa mère cherchant à assouvir leurs pulsions. Tout se mélangeait. Plus rien n'avait de sens. Il avait du mal à respirer, sa vue se brouillait.

Puis, sans même se souvenir d'avoir bougé, il se retrouva sur la digue. Les barges allaient et venaient sur le fleuve. Il les regardait passer sans les voir. Foutue vérité ! Il était mieux sans elle ! Chaque jour, ces trois dernières années et demie, il n'avait cessé de se demander pourquoi son père avait fait ça, cette question le hantait, et des milliers de fois il s'était dit qu'il n'aurait pas la réponse. Voilà, aujourd'hui, il savait. Et il regrettait le temps de l'ignorance, ce temps béni.

Pendant un long moment, Joel resta coupé du monde, figé sur son banc, secouant parfois la tête en signe d'incrédulité. Il était abasourdi, stupéfait. Puis, peu à peu, sa respiration retrouva son rythme normal, ses sens revinrent. Personne ne saurait jamais, se convainquit-il, sinon lui, Stella, Twyla, et Florry – qui ne serait bientôt plus de ce monde et qui, en digne Banning, emporterait ses secrets dans sa tombe. Stella et lui feraient de même. Leur famille brisée, ruinée, avait connu assez d'humiliations comme ça.

Mais quelle importance cela avait-il, au fond ? Ni lui ni Stella, ni Florry ne retourneraient vivre dans le comté de Ford. La vérité resterait enterrée au Old Sycamore. Il ne se rendrait plus jamais là-bas.

Une main toucha son épaule et Stella s'assit à côté de lui, tout près. Il passa son bras autour d'elle et la serra contre lui. Il n'y avait pas de larmes. Ils étaient trop choqués pour ça.

— Comment va Florry ? demanda-t-il.

— Elle n'en a plus pour longtemps.

— Elle est tout ce qui nous reste.

— Non, Joel. Toi et moi, nous sommes là. Alors, s'il te plaît, ne meurs pas jeune.

— Je vais essayer.

— Une question, monsieur l'avocat. Si maman avait dit la vérité, qu'aurait fait papa ?

— C’est la question que je me pose aussi. Je suis sûr qu’il aurait divorcé et qu’il aurait chassé Liza. Il aurait voulu se venger, mais à l’époque Jupe était parti se réfugier à Chicago. Et les lois dans le Nord ne sont pas les mêmes.

— Mais maman serait en vie, non ?

— Je suppose. Va savoir.

— Et papa, lui, serait vivant.

— Oui. Et aussi Dexter Bell. Et nous aurions encore notre terre.

Elle secoua la tête et marmonna :

— Tout ça à cause d’un mensonge.

— Maman n’avait pas vraiment le choix.

— Sans doute. Je suis si triste pour elle. Et pour papa. Et pour Dexter. Pour nous tous, en réalité. Comment on a pu en arriver là ?

Sentant qu’elle tremblait, il la serra plus fort contre lui. Il lui embrassa le haut de la tête alors qu’elle se mettait à pleurer.

— Quelle famille ! murmura-t-il.

NOTE DE L'AUTEUR

Voilà de nombreuses années, j'ai assumé deux mandats à la chambre des représentants du Parlement de l'État du Mississippi. Je n'ai pas particulièrement apprécié cette mission et il faudrait faire un relevé d'empreintes minutieux au Capitole de Jackson pour avoir la preuve que j'ai réellement siégé dans ces murs. Je n'ai laissé aucune contribution. Et, à la première occasion, j'ai cédé ma place. La fonction impliquait de longues attentes et, pour tromper l'ennui, nous nous retrouvions devant les machines à café ou les distributeurs d'eau pour écouter les anecdotes hautes en couleur, et souvent hilarantes, que racontaient nos collègues, des vétérans en politique provenant des quatre coins de l'État qui savaient broder et enjoliver à merveille. Pour tout dire, la vérité importait peu.

Durant mon court séjour au Parlement, on m'a raconté l'histoire de deux notables vivant dans une petite ville du Mississippi dans les années 1930. L'un avait tué l'autre pour des raisons apparemment mystérieuses, et il n'avait jamais expliqué son geste. Une fois l'homme condamné à mort, le gouverneur proposa de le gracier s'il révélait son mobile. Le prisonnier refusa l'offre et fut pendu le lendemain devant le palais de justice, sous les yeux du gouverneur qui n'avait jamais assisté à une exécution.

J'ai donc volé cette histoire ! Je crois que c'est une histoire vraie, mais je ne me souviens plus de la personne qui me l'a racontée, ni où cela se passait exactement, ni quand. Il y a de fortes chances pour que ce ne soit que pure invention, d'ailleurs. Et j'ai fait tant d'ajouts, tant d'embellissements que je n'ai aucun scrupule à dire qu'il s'agit d'un roman.

Cependant, si d'aventure un lecteur reconnaît cette anecdote, qu'il me le fasse savoir. Je serais ravi que l'on puisse authentifier les faits.

Comme de coutume, beaucoup d'âmes charitables m'ont aidé dans mes recherches. Mille mercis à Bill Henry, Linda et Tim Pepper, Richard Howorth, Louisa Barrett, et aux « Bus Boys » : Dan Jordan, Robert Khayat, Charles Overby, et Robert Weems. Une mention spéciale à John Pitts pour le titre.

Des dizaines, sinon des centaines, de livres ont été écrits sur la marche de la mort de Bataan. Ceux que j'ai trouvés et lus sont absolument fascinants. Les souffrances de ces soldats, leur héroïsme, dépassent l'entendement, à l'époque comme maintenant, soixante-quinze ans plus tard.

J'ai donc glané mes informations dans les ouvrages suivants :

Shadows in the Jungle de Larry Alexander ; *Bataan Death March* du Lt. Col. William E. Dyess ; *American Guerrilla: The Forgotten Heroics of Russell W. Volckmann* de Mike Guardia ; *Lapham's Raiders* de Robert Lapham et Bernard Norling ; *Some Survived* de Manny Lawton ; *Escape from Davao* de John D. Lukacs ; *Lieutenant Ramsey's War* d'Edwin Price Ramsey et de Stephen

J. Rivele ; *My Hitch in Hell* de Lester I. Tenney ; *Escape from Corregidor* d'Edgar D. Whitcomb.

Tears in the Darkness de Michael Norman et Elizabeth M. Norman est un récit poignant de la marche de la mort de Bataan vu à la fois du camp américain et japonais. *The Doomed Horse Soldiers of Bataan* de Raymond G. Woolfe Jr. raconte l'épopée du fameux Vingt-sixième régiment de cavalerie et sa charge finale. Je recommande hautement la lecture de ces deux ouvrages.

DU MÊME AUTEUR :

CHEZ ROBERT LAFFONT :

Le Droit de tuer
La Firme
L'Affaire Pélican
Le Client
L'Héritage de la haine (Le Couloir de la mort)
L'Idéaliste
Le Maître du jeu
L'Associé
La Loi du plus faible
Le Testament
L'Engrenage
La Dernière Récolte
Pas de Noël cette année
L'Héritage
La Transaction
Le Dernier Match
Le Dernier Juré
Le Clandestin
L'Accusé

La Revanche
Le Contrat
L'Infiltré
Chroniques de Ford County
La Confession
Les Partenaires
Calico Joe
Le Manipulateur

CHEZ LATTÈS :
L'Allée du sycomore
L'Ombre de Gray Mountain
L'Insoumis
L'Informateur
Le Cas Fitzgerald
Les Imposteurs
Les Oubliés

CHEZ OH ! ÉDITIONS / XO :
Théodore Boone : Enfant et justicier
Théodore Boone : L'Enlèvement

CHEZ XO ÉDITIONS :
Théodore Boone : Coupable ?
Théodore Boone : La Menace

[illegible] sur Presses Offset par [illegible]

PAPIER À BASE DE FIBRES CERTIFIÉES

Le Livre de Poche s'engage pour l'environnement en réduisant l'empreinte carbone de ses livres. Celle de cet exemplaire est de :
500 g éq. CO_2
Rendez-vous sur
www.livredepoche-durable.fr

Composition réalisée par PCA

Achevé d'imprimer en février 2021, en France sur Presse Offset par
Maury Imprimeur – 45330 Malesherbes
N° d'imprimeur : 251753
Dépôt légal 1re publication : mars 2021
LIBRAIRIE GÉNÉRALE FRANÇAISE – 21, rue du Montparnasse – 75298 Paris Cedex 06

63/2012/7